KB083580

이정진
소설

금강산 보라 부인
역사 판타지

금강산 보라 부인

초판발행　　　2019년 8월 31일

지은이　　　　이정진
펴낸이　　　　안종만

편　집　　　　강민정
기획/마케팅　노　현
표지디자인　　이미연
제　작　　　　우인도·고철민

펴낸곳　　　　도서출판 박영사
　　　　　　　경기도 파주시 회동길 37-9(문발동)
　　　　　　　등록 1952. 11. 18. 제406-3000000251001952000002호(倫)
전　화　　　　02)733-6771
f a x　　　　02)736-4818
e-mail　　　　pys@pybook.co.kr
homepage　　www.pybook.co.kr
ISBN　　　　978-89-10-98011-7　03810

정　가　　　　18,000원

차례

1
신부가 괴물이다

시댁에 온 신부를 아무도 거들떠보지 않았다. 새색시는 첫날부터 굶주렸다. 그녀는 낯선 집 방 안에서 홀로 잠을 잤다. 괴물 같은 신부 생김새에 혼쭐이 난 신랑 이시원은 한사코 신방을 멀리했다. 신부를 흘낏 쳐다본 첫눈에 크게 놀라 신랑은 줄행랑을 쳤다. 그 뒤로 신랑은 한 번도 제 발로 신부를 찾아가지 않았다.

색시의 얼굴은 거무스름하고 넓적했다. 마마 자국이 파인 골마다 땟국이 가득 끼어 있는 듯했다. 눈썹은 애벌레가 살아 꿈틀거리는 것 같았고, 툭 튀어나온 이마에다가 헝클어진 갈색 곱슬머리. 두 눈은 달팽이처럼 작고 보일락 말락 했다. 큼직한 주먹코가 볼썽사나웠고, 크고 두꺼운 입술은 퉁퉁 부어올라 있었다. 턱은 축 늘어져서 앞 목을 다 덮을 정도였다. 키는 6척에 이르고 양팔이 무릎 아래까지 내려와 흐늘쩍거렸다. 걸을 때마다 절뚝거렸고 온몸에서 악취가 진동했다.

시원은 아내가 멀찌감치 눈에 들어오기만 해도 고개를 돌리고 코를 막았다. 아버지 이정李正은 아들 시원에게 의지할 데 없이 외로운 처를 가엾이 여겨 너그러이 대해야 한다고 끊임없이 타일렀다. 하지만 아들은 색시만 보면 겁에 질린 듯 그녀 근처엔 얼씬거리지도 않았다. 아내를 내쫓아 버릴까 하는 생각마저 종종 그의 뇌리를 스쳐 지

나갔다. 그러나 아버지의 노여움을 살 거라는 생각에 그는 그런 마음
을 꾹 억누를 수밖에 없었다.

"무슨 기구한 팔자로 내가 이 꼴을 당해야 한단 말이냐? 내가 왜
저런 해괴망측한 며느리를 봐야 하냐? 저 짐승 같은 계집을 어찌한
단 말이냐?" 깊은 시름에 젖은 시어머니 민 씨도 가슴을 치며 통곡
하곤 했다.

"며느리에게 호의를 가지고 사려 깊게 대하시오." 남편의 이런 충
고를 부인은 들은 척도 하지 않았다. 자신의 불운을 한탄하며 부인
은 종들이 보는 앞에서 며느리에게 낯 뜨거운 욕설을 퍼부었다.

"아무짝에도 쓸모없는 저 게으른 계집에게 먹을 것을 조금만 줘
라. 방 안에 온종일 쑤셔 박혀서 하는 짓이라곤 그저 먹고 잠자는 것
뿐이니, 원." 낙심한 부인은 며느리가 시댁에 도착한 지 이레 뒤에 종
들에게 일렀다.

아씨를 향한 마님과 서방님의 노골적인 혐오와 냉대를 곁에서 지
켜본 하인들마저 그를 대놓고 홀대했다. 마님은 그런 하인들을 꾸짖
지도 않았다. 하여 하인들도 덩달아 아씨 뒤에서 쑥덕거리며 무례한
언사들을 서슴지 않았다. 마치 염병에 걸린 사람처럼 아무도 신부를
가까이하려 들지 않았다.

신부는 이레 전 금강산에서 왔다. 그를 맞으러 간 시원과 이정 대
감 일행이 여러 날 고생고생 끝에 그녀와 그녀의 아버지를 겨우 찾아
냈다. 혼인서약을 곧바로 맺고 신부는 신랑 일행과 함께 금강산에서
내려오다가 도둑 떼를 만났다. 잠시 이 예기치 못한 소동을 겪은 뒤
에야 조선의 도읍 한양에 있는 시댁에 이르렀다.

혼인 전 그녀는 아버지 박문옥과 함께 산 좋고 물 좋은 아름다운
금강산 깊은 계곡에 터를 잡고 행복하게 살고 있었다. 박문옥은 마법

과 무도에 능한 은자隱者였다. 그는 오직 사람들을 도울 목적으로만 마술과 무술을 썼다. 그의 비범한 재능을 본 사람들은 그를 도사나 신선이라고 불렀다. 아내가 해산하고 곧바로 세상을 뜬 이래로 그는 홀로 십사 년 동안 외동딸을 정성을 다해 키웠다. 그는 딸의 교육에 무던히도 신경을 썼다. 그의 정성 어린 가르침 덕분에 딸은 조선과 중국의 고전을 익히고 무술과 마술 기량도 닦았다. 그녀 또래들과는 감히 비할 수 없을 만큼 빼어나게 능수능란하고 다재다능했다. 한마디로 보기 드문 규수였다.

박문옥은 끔찍이도 사랑하는 딸에게 신랑감을 찾아 주기 위해 한동안 온 나라 이곳저곳을 떠다녔다. 하지만 딸에게 합당한 젊은이를 찾지 못했다. 어느 날 한양에서 청렴한 이정 대감과 장래가 크게 촉망되는 그의 외아들 시원에 대해 백성들이 수군거리는 소문을 박문옥이 들었다. 대감이 늘 올바르게 처신해 왔고 퉁소를 불고 바둑을 두는 솜씨도 대적할 상대가 아무도 없다고 했다. 사람들은 입에 침이 마르도록 그를 칭송하며 탄복했다. 하여 박문옥은 소문의 진위를 직접 확인하기로 작심했다.

만일 박문옥이 이정의 탁월한 능력과 덕성에 대한 소식을 듣지 못했더라면, 그의 딸은 아직도 금강산에서 마음 편히 즐겁게 잘살고 있었으리라.

이정은 공인으로서의 행실이 하도 올곧은지라 백성들에게 존경을 사지 않을 수 없었다. 그가 함경도 고성에서 현감으로 재직할 당시 처리했던 한 유명한 사건 이후 공명정대하고 고결하다는 평판이 관직 생활 내내 그를 따라다녔다.

그 사건은 남석주라는 가난한 양반에 관한 이야기였다. 그는 마을의 향리로 한때 떵떵거렸지만 아버지가 주색잡기로 집안이 거덜이 난

궁생원이었다. 남석주는 아들의 책 사줄 돈이 모자라 마을 백정에게 닭을 팔러 갔다. 그가 닭을 백정에게 맡기고 책값을 알아보러 잠깐 가게 밖으로 나갔다. 돌아와서 그가 돈을 받으려 하니 백정은 자기가 언제 닭을 받은 적이 있냐면서 시치미를 뚝 뗐다. 남석주는 고을 현감 이정에게 곧바로 탄원했다. 사건은 신속하고 공정하게 해결됐다. 이정은 남석주와 백정에게 각각 그날 아침에 모이로 무엇을 주었는지 물었다. 남석주는 옥수수를 한주먹 먹였다고 대답했고, 백정은 벌레와 작두콩을 주었다고 했다. 닭의 위장을 열어 보니 옥수수 알갱이들이 나왔다. 백정에게서 닭 값을 받아낸 남석주는 마침내 아들에게 책을 사줄 수 있게 됐다. 이정의 기민하고 현명한 판결은 고성 사람들뿐만 아니라 그 이야기가 돌고 돌아 함경도와 다른 지방 사람들에게도 깊은 인상을 남겼다. 그 뒤에도 이정은 가는 곳마다 공명정대한 관리라는 칭송이 자자했다. 평생 올곧은 공인이 되려고 끊임없이 노력했으니 능히 그럴 만도 했다.

당시 조정에서는 당파 싸움이 극심했다. 지방에서는 탐관오리들이 너도나도 백성들의 재물을 갈취하느라 정신이 없었다. 이런 와중에도 공인으로서 백성을 위해 최선을 다하는 이정의 헌신적인 멸사봉공은 어둠 속의 횃불 같았다. 얼마 안 있어 공평무사하고 올곧은 이정은 모든 공인의 모범이라는 찬사가 온 나라 방방곡곡에 널리 퍼졌다.

이정에게는 또한 똑똑하고 잘생긴 아들이 있었다. 아들은 아버지를 닮았는지 어린 나이에 뛰어난 성적으로 과거 초시에 합격했다. 사람들은 그 아들에 대해서도 칭찬이 자자했다. 그가 크게 출세하여 나라를 이끌 큰 인물이 될 것임은 누구에게나 자명해 보였다. 이정 부자에 대한 아낌없는 찬사를 귀담아들으며 박문옥은 속으로 이 대감 댁에 꼭 가보리라고 다짐했다.

어느 날 아침 이 대감은 평소보다 일찍 일어났다. 그는 사랑채 문을 열고 마당을 내다보았다. 이른 봄인지라 상쾌하고 따스한 공기가 방 안으로 스며들어 왔다. 바람에 실려 온 상큼한 꽃향기를 들이마시니 몸 안에 활력이 치솟는 것 같았다. 이제 막 떠오른 태양은 안뜰에 햇살을 흩뿌리며 형형색색 생기를 불어넣었다. 이른 봄에 핀 온갖 꽃들이 사랑채와 뜰을 꽃향기로 가득 메웠다. 오래된 매화나무는 분홍 꽃잎을 떨구면서 은은한 향을 내뿜었다. 아침 일찍부터 금방이라도 새싹이 돋아날 듯 봄비 가득 머금은 오동나무 가지 위에 앉아 까치 떼가 조잘조잘댔다.

'까치 소리는 기쁜 소식을 전한다고 하지 않는가. 무슨 반가운 소식이 있는 걸까?' 잠시 상념에 잠기다 대감은 생각을 떨치고 선반에 있는 책을 꺼내 곧바로 읽기 시작했다. 읽던 책장 위로 거미 한 마리가 천장에서 사뿐히 내려앉았다. 그는 마음이 어수선해져서 얼굴을 돌렸다. 그 틈에 거미는 방바닥으로 냉큼 기어내려 어디론가 사라졌다. '집 안에 거미가 나타나면 귀한 손님이 찾아온다고 하는데 도대체 누구일까?' 대감은 잠시 머뭇거리며 궁금증에 빠졌다. 이내 다시 책으로 눈을 돌렸다. 간단히 아침 식사를 마친 뒤 그는 궁궐로 갔다.

조정에서 일찌감치 귀가한 대감은 방 안에서 다시금 책을 읽다가 피곤해진 눈을 잠시 붙이고 쉬고 있었다. 아침에 본 까치와 거미를 떠올리다 무심코 마당에 핀 꽃들을 바라보았다. 갑자기 그의 방 앞으로 초라한 모습의 낯선 사람이 다가오고 있었다. 키가 크고 마른 체격의 이 사람은 머리에 챙 넓은 삿갓을, 온몸에는 성근 삼베옷을 걸치고 있었다. 그는 왼손에 명아주 지팡이를 짚고 짚신을 신고 있었다. 비록 때 묻고 헤진 옷차림새였지만, 나그네의 꼿꼿한 자세와 날카롭게 번득이는 눈빛에는 뭔가 예사롭지 않은 기운이 감돌았다. 그를 자세히 살펴본 대감은 그가 평범한 사람이 아님을 곧바로 알아챘다. 대감은 얼른 일어나서 겉옷 옷깃을 여미고 방 밖으로 나와 낯선 손님을 맞이했다.

"어서 오십시오, 어르신." 대감이 말했다. 그는 언제나 그의 집을 찾아오는 사람이면 누구든 따뜻하게 맞이했다.

"이렇게 반가이 맞아 주셔서 감사합니다." 높은 이마와 콧대를 지닌 대감의 수려한 용모를 눈여겨보며 나그네는 낭랑한 목소리로 답했다.

"별말씀을…. 저의 누추한 집에 모시게 돼서 되레 제가 기쁩니다." 대감은 나그네를 사랑방으로 모셨다.

나그네가 모자를 벗으니 상투를 튼 희끗희끗한 머리가 드러났다. 얼굴은 젊어 보였고 굵은 눈썹 밑에서 두 눈이 샛별처럼 빛났다. 나그네는 대감이 건네준 방석 위에 앉았다.

"저는 금강산 유점사 부근 초야에 묻혀 사는 박문옥이라고 합니다. 사람들은 저를 유점사 처사라고 부르죠." 나그네는 자기를 소개했다.

"처사를 뵈어서 반갑습니다. 저는 이정이라 합니다." 대감이 공손히 답했다.

"들자 하니 백성들이 대감의 청렴 고결함을 무척이나 높이 사고 있더군요. 더구나 대감께서는 퉁소와 바둑에 능하시다는 소식이 저에게는 제일 반가웠습니다. 저 역시 퉁소와 바둑을 여간 좋아하는 게 아닙니다. 대감의 퉁소 연주를 듣고 바둑을 한판 같이 두었으면 하는 마음으로 여기까지 오게 됐습니다." 처사는 털어놓았다.

"사람들이 저에 대해 이러쿵저러쿵 말하는 것은 다 과찬이지요. 저의 퉁소나 바둑에 관한 소문도 사실은 과장된 것이고요." 대감이 태연스럽게 말했다.

"어쨌거나 저는 대감의 연주를 듣고 바둑을 같이 두고자 천 리를 멀다 않고 여기까지 왔습니다." 처사는 계속 청했다.

대감은 참으로 겸손한 사람이었다. 장안에 통소 연주나 바둑으로 그를 능가할 적수가 거의 없지만, 그는 겸양을 잃지 않았다.

"봉달아, 여기 귀한 손님께서 오셨으니 주안상 좀 내오렴." 대감은 손짓으로 종을 불러 명했다.

얼마 지나 안채에서 마련한 주안상이 나왔다. 대감은 처사가 왼손 잡이임을 대뜸 눈치챘다. 두 사람은 음식과 술을 즐기고 난 뒤 주안 상을 물렸다. 대감은 봉달을 시켜서 그가 아끼는 통소를 가져오라고 했다. 하인은 냉큼 통소를 가져와서 대감에게 건네주었다.

"비록 변변찮은 솜씨입니다만, 귀한 손님을 위해서 한 곡 타보겠 습니다." 통소를 능숙하게 잡으며 대감은 말했다.

깊고 구슬픈 가락이 방 안을 그윽하게 메웠다. 얼마 안 있어 애잔 한 곡조가 방문 밖으로 새어 나가자 뜰에 있는 매화나무 꽃잎들이 하나씩 사르르 떨어졌다

눈을 지그시 감고 황홀한 가락의 박자에 맞춰 머리를 흔들며 처 사는 무아지경에 빠져 있었다.

"참 좋소이다. 너무나도 훌륭한 연주이시오." 곡이 끝나자마자 마 음으로부터 나오는 칭찬을 처사는 아끼지 않았다.

"이제 제게 한 곡 들려주시면 영광이겠습니다." 대감은 처사의 열 띤 감흥에 감사의 미소로 답하며 부드러운 천으로 통소를 정성스레 닦고 나서 처사에게 통소를 건네주며 청했다.

"대감의 흥겨운 연주를 막 듣고 나서 제가 감히 이 귀한 통소를 제대로 불 수 있을지 염려스럽습니다." 처사는 통소를 정중히 받아들 고 화답했다. "하오나, 제 별 볼일 없는 곡으로나마 최선을 다해 대감 의 극진한 환대에 보답해 드리겠소이다."

처사는 통소를 부드럽게 어루만지고 입에 갖다 댔다. 천상의 가락

이 방 안에 넘실넘실 차오르더니 마당으로 흘러나갔다. 꽃들이 가락에 따라 흔들거렸다. 좀 전에 매화나무에서 떨어진 꽃잎들이 원래 있던 가지로 서둘러 날아가더니 나무는 다시 화사한 꽃들로 뒤덮였다. 느닷없이 한 쌍의 푸른 잿빛 학이 날아와 장단에 맞추어 날개를 펄럭이며 매혹적인 춤을 추었다. 그러는 동안 나비와 벌들이 마당의 꽃들 사이사이를 흥분한 듯 날아다니고 있었다.

대감은 천상의 음악 소리와 사랑채 뜰의 풍경에 그만 입이 떡 벌어지고 말았다. 음악에 맞춰 온갖 꽃잎들이 춤을 추고 매화나무는 호사스럽게 자랑하듯 그의 꽃을 뽐내고 있었다. 새, 나비, 벌 등 온갖 날것들도 꽃들의 춤에 장단을 맞추며 우아하게 날아다니는 것이 꼭 극락세계의 음악을 찬미라도 하는 듯했다. 대감은 이 손님이 이 세상 사람이 아니라고 믿어 의심하지 않았다.

"처사의 곡은 참으로 경이롭습니다. 이 세상의 곡이 아님이 틀림없군요. 저는 이 세상에 살면서 그렇게 신묘한 곡은 평생 처음 들어봅니다. 그 무엇과도 비할 수 없군요." 황홀감에 넋이 나간 그는 통소 연주가 끝나자 자신도 모르게 탄성을 질렀다.

"과찬의 말씀이십니다." 처사는 겸허히 말했다.

대감은 봉달에게 바둑을 가져오라고 지시했다. 바둑을 두기 시작하자마자 대감은 자신이 처사의 맞수가 되지 못함을 곧바로 눈치챘다. 그는 매수 온 힘을 다해 두었건만 처사는 태연자약하게 수를 놓았다. 대감은 매수마다 몇 수를 내다보는 처사의 포석에 자기가 어떤 초인적인 존재와 마주하고 있음을 다시금 깨달았다.

"처사께서는 저의 집에 오래오래 머물러 주십시오." 통소 연주와 바둑을 같이 할 사람이 생겨서 기분이 좋아진 대감은 청했다.

처사는 대감의 호의를 받아들여 대감과 벗하며 며칠을 즐거이 함께 보냈다. 온갖 주제를 가지고 깊은 대화를 나누다 보니 서로 취향이 같은지라, 두 사람 사이에는 존경과 우정이 자연스레 싹텄다.

"듣자 하니 대감의 아드님이 출중하다고 온 한양에 소문이 자자하더군요. 제가 자제분을 잠깐 만나보고 싶은데 어떻겠습니까?" 처사가 찾아온 지 사나흘 지나서 그는 청 하나를 불쑥 내놓았다.

"무슨 말을 들으셨는지는 모르겠습니다만 당연히 제 아들 녀석을 처사께 인사드리게 해야죠." 대감은 처사의 청을 서슴지 않고 받아들였다.

대감은 봉달을 시원에게 보냈다. 아버지의 부름을 받은 시원은 급히 사랑채로 왔다. 방 안으로 들어오는 도령의 길게 땋아 늘인 머리가 출렁거렸다.

"제 아들 녀석입니다. 시원아, 이 귀하신 손님께 어서 인사드리렴." 대감은 처사에게 아들을 소개했다.

"저의 집에 찾아오신 어르신께 인사드립니다." 시원은 낭랑한 목소리로 고개를 숙이며 정중히 인사했다.

처사는 잠시 도령을 유심히 바라보았다. 키가 크고 보기 드물게 훤칠한 체격의 젊은이를 보고 처사는 마음이 흡족해졌다. 도령은 그의 아버지처럼 넓은 이마에 곧은 콧날을 가졌다. 이목구비가 반듯한 얼굴에 두 눈은 생기 넘치는 지력知力으로 번득였다.

"시원 도령을 만나서 나도 반갑네." 처사는 답례하고 물었다. "올해 나이가 몇인고?"

"열네 살입니다, 어르신." 시원이 대답했다.

"시원 도령은 아주 앞날이 유망해 보이는구먼. 호걸이 될 운을 타고났어. 언젠가 자네의 용맹이 나라를 위험에서 구할 테니 자네는 만고의 영웅이 될 거야. 늘 백성 편에 서서 백성을 위하니 자네의 명망은 세상천지에 자자할 것일세. 이를 위해 학문과 무예에 힘쓰게나. 그리고 입신양명하기 위해서는 반드시 안사람을 잘 두어야 하네. 대대로 자네 후손들이 고위 관직에 올라 나라를 위해 출중한 공적을 많이 쌓을 거야."

"고맙습니다, 어르신. 말씀하신 것을 잘 명심해서 최선을 다하겠습니다." 낯선 이의 말에 어리둥절해진 시원은 살짝 부끄러워하며 답했다.

생김새부터 마음에 드는 이 젊은이가 겸손하고 바른 자세까지 갖춘지라 처사는 그에게 호감을 깊이 느꼈다.

"처사님 말씀이 큰 뜻으로 와닿습니다." 대감은 처사의 말에 고무돼서 말했다. "제 아들아이에게 사려 깊은 좋은 말씀을 들려주셔서 감사할 따름입니다. 덕분에 이 애가 학문과 무예에 더욱더 열심히 할 것으로 믿습니다."

시원은 인사를 하고 자리를 떠났다.

"대감께서 극진히 대접해 주신 데 대해 제가 다시 한번 깊이 감사드립니다." 처사가 입을 열었다. "염치는 없지만 청이 하나 또 있는데 꺼내도 괜찮을지 모르겠습니다."

"물론이지요. 서슴지 마시고 말씀하십시오." 대감은 오히려 더 궁금해졌다.

"실은, 제게도 동갑내기 여식이 하나 있는데 그동안 그 애와 부부가 될 사람을 찾으러 여기저기 쏘다녔소이다. 여태껏 사윗감을 못 찾고 있었는데 오늘 밤에서야 시원 도령을 보는군요. 도령과 우리 딸이 서로에게 잘 어울리는 반려가 되리라는 확신이 듭니다. 애 어미는 해산하고 곧바로 그만 세상을 뜨는 바람에 제가 혼자 오랫동안 애를 키웠습니다. 제 딴에는 딸내미를 정성껏 귀하게 길렀습니다. 제 딸애가 용모가 좀 모자랍니다. 그러나 장담컨대 그 애의 남다른 기예技藝와 교양이 어느 양갓집 규수 못지않습니다. 대감께서 그 애를 너그러이 잘 살펴 주시기만 한다면 언젠가는 대감의 가문에 큰 재물과 복을 안겨 드릴 겁니다. 저의 제의가 느닷없고 주제넘은지 압니다만 자제분과 제 여식 간의 혼사를 고려해 주십사 하고 청을 드립니다."

대감은 아들에게 온 이 갑작스러운 혼인 제의에 놀라움을 금치 못했다. 당연히 이 처사의 딸이라면 예사롭지 않으리라 짐작됐다. 대감은 아들의 혼사를 어찌해야 할지 난감했지만 한편으로는 자신의 난처한 입장을 처사가 사전에 알고 있지 않았나 하는 의아심까지도 들었다. 실은 그 역시 아들의 혼사 문제로 그동안 고심을 거듭해 왔다.

당시 조정에서는 극심한 당쟁이 횡행하고 있었다. 사적인 이익과 정치 야욕에 급급하여 불충하고 무능한 대신들이 참혹한 당파 싸움에 빠져 있었다. 고관대작들 사이에서 번번히 일어나는 사화士禍는 사회불안과 기강 문란의 원인이 됐다.

이처럼 살얼음 한복판에 서 있는 것 같은 조정의 어지럽고 어려운 상황에서 이 대감은 아들의 혼처를 정하는 일을 마음속 깊이 고민하고 있었다. 한양 사대문 안에는 시집갈 딸을 둔 대신들이 여럿 있었고 그들 모두 시원을 사위로 삼고자 이래저래 손을 뻗치고 있었다. 만약 어느 한 고관대작 집과 사돈을 맺으면 거절당한 다른 명문가 가족들과 가문에 격분을 사기 십상이었다. 그땐 그들은 이정과 그의 가문을 어떻게든 해코지하려고 작당할 수도 있는 일이었다. 대감은 그의 결정이 가족과 문중, 특히 관직에 있는 친인척에게 엄청난 해를 끼칠 수 있음을 잘 알고 있었다. 그래서 어떻게 해야 할지 난감한 마음이었다. 만약 잘못 입을 놀리거나 잘못 발을 디디면 이 씨 문중이 송두리째 커다란 위험에 빠질 수 있는 상황이었다. 그리하여 그는 아들의 신붓감 고르기를 섣불리 결정하지 않도록 각별히 신경 쓰고 있는 참이었다.

황해도 연안 이 씨의 종손으로서 대감은 대대로 내려온 가문의 자랑스러운 명망을 유지하고 보존해야 할 무거운 책임이 있었다. 그리하여 그는 일가친척에 끼칠 해를 우려해서도 어느 당파와도 혼례하는 것을 몹시 꺼렸다. 그들 중 어느 집안이든 아들 시원이 장가를 들게 되면 사돈을 맺지 못한 집안과는 원수가 되는 판국이었다. 이런 당파 싸움에 잘못 걸려들면 관직에 있는 그의 친인척은 물론이고 온 친족이 모조리 날벼락을 맞을 수도 있는 위험이 늘 도사리고 있었다.

당시 조정에 있는 자들은 누구나 '사화'란 말만 들어도 부들부들 치를 떨었다. 이 말이 담고 있는 무서운 뜻을 모르는 사람이 없었다. 백여 년 전 조선 10대 임금 연산군 치하에서 조신朝臣과 선비들에게 대대적으로 행해졌던 참혹한 사화가 대표적인 사례다. 심할 경우에는 한번 죄인으로 몰린 자들의 친인척은 9대에 걸친 자손들까지 그 죄를 물어 처형하거나 추방당했다. 조상의 묘까지 부관참시剖棺斬屍하는 등 잔학하기 짝이 없었다. 대감은 그런 사화가 행여 되풀이되지 않을까 늘 노심초사했다. 아들을 비롯한 온 친인척이 이러한 혹독한 정치 함정에 빠져들어 참변을 당하지 않도록 그가 할 수 있는 모든 노력을 다해 왔다.

이런 복잡하고 암울한 생각들이 그의 머릿속을 스쳐 지나가자 그는 더 이상 숙고하거나 주저할 필요가 없어졌다. 그는 아들이 처사의 딸과 혼약할 것을 허락했다. 처사의 제의가 그를 정치적 난국에서 벗어나게 할, 하늘이 내려 주신 해결책이구나 하고 믿으며. 시원이 이름 없는 집안의 처자와 혼약을 맺으면 한양의 명문 세도가들로부터 원한을 사지 않을 것이라고 판단했다.

"아내가 될 사람에게서 중요한 것은 용모가 아니라 정숙과 덕행이지요." 그는 쾌히 동의했다.

"감사합니다, 대감." 처사는 대감으로부터 승낙한다는 답변을 듣자 너무나 기뻤다.

처사는 곧바로 시원의 사주팔자를 물었다. 시원의 생년, 생월, 생일, 생시에 대한 여덟 자를 알아본 처사는 잠시 자신의 손금을 살펴보더니 상서로울 혼례 날짜를 잡았다.

"내년 봄 매화나무 꽃들이 만개할 무렵에 혼례를 치르는 것이 가장 좋겠는데, 괜찮겠습니까?" 그는 대감께 물었다.

"저희도 좋겠습니다. 저기 있는 매화나무가 싹 틀 무렵에 아들과 함께 금강산으로 출발하겠습니다." 대감은 흔쾌히 합의했다.

"하오나 금강산이 한양과 너무 멀리 떨어져 있으니, 혼례를 간소히 치르는 게 어떻겠습니까? 그리고 먼 거리를 생각하여 저희는 함도 사양하겠습니다." 처사는 다시 제안했다.

"그러죠. 참 사려 깊고 옳으신 제안이십니다. 먼 거리를 염두에 두고 가벼이 움직여야겠군요." 대감은 곧바로 동의했다.

처사는 그가 받은 극진한 환대에 깊은 감사를 표하고 금강산에 있는 자신의 거처로 오는 길을 알려 줬다. 그리고 그는 떠날 채비를 했다.

"박 처사, 날이 어두워지고 있습니다. 하룻밤 더 주무시고 내일 이른 아침에 떠나시는 게 어떻겠습니까?" 대감은 해가 금세 서산을 넘어간다면서 떠나려는 처사를 붙잡으려 했다.

"하룻밤 더 머물라 하시니 저는 이루 말할 수 없이 감사할 따름입니다." 처사는 거듭 감사를 표하면서도 정중히 사양했다. "하지만 제 갈 길이 멀어 곧 가야만 합니다. 내년 봄에 다시 뵙도록 하지요."

처사는 마당 밖으로 걸어 나가 빠르게 다가오는 어둠 속으로 사라졌다. 오색영롱한 연무가 꼬리처럼 홀연히 자취를 감춘 그를 뒤따라갔다.

대감은 급히 처사를 뒤쫓아 갔지만 그의 눈에 보이는 거라곤 여

러 빛깔의 희미한 연무뿐이었다. 어렴풋한 피리 곡조가 하늘 어디에
선가 흘러 퍼졌다. 머리를 긁적거리며 귀를 쫑긋 세우며 대감은 희미
해져 가는 음악 소리를 따라갔다. 그러나 거의 까맣게 깔린 땅거미
속에서 아무런 형체도 눈에 들어오지 않았다.

"조금 전까지만 해도 여기 계셨건만. 어디로 그리 쏜살같이 가 버
리신 걸까?" 대감은 중얼거렸다.

"우리 시원이가 금강산에서 오신 신기神技한 처사의 따님과 혼약
을 맺었소. 시원이가 운이 좋아." 집 안으로 들어온 그는 몹시 신이
난 어조로 아내에게 말했다.

"지금 한양에서는 고관대작들 집안의 규수들이 죄다 우리 아들에
게 시집오겠다고 난리를 펴고 있는 판입니다. 그런데 어찌 근본도 잘
모르는 깊은 산속 촌구석 아이를 며느리로 삼겠다는 것입니까?" 부
인은 대번에 마음에 내키지 않는다는 반응을 보였다.

"얼른 일가친척이나 부르시오. 우리 아들의 정혼定婚을 정식으로
알려야 하지 않겠소?" 대감은 반가워하지 않는 부인을 못마땅해하며
엄하게 지시하듯 말했다.

이튿날 아침 부인 민 씨는 사대문 안에 사는 가까운 이 씨와 민
씨 친인척들에게 하인들을 보냈다. 시원의 혼약을 알릴 테니 큰집에
모이라는 요청을 받은 이 씨 집안 연장자들이 종갓집으로 꾸역꾸역
모여들었다. 민 씨 친척들도 시원의 혼약을 축하하려고 바삐 달려왔
다. 저녁 무렵 문중 사람들이 널찍한 사랑방에 거의 모두 모였다. 남
녀가 서로 반대편에 앉아서 귀한 종손 시원이가 앞으로 혼사를 치를
것이라는 소식에 모두 흥분해서 끼리끼리 수군거리고 있었다.

이 대감이 예를 갖추어 인사말을 하고 시원의 혼약을 발표하기도
전에 친인척들은 자신의 생각을 떠들썩하게 밝히기 시작했다. 전갈

을 가져온 하인들로부터 시원이 금강산에 사는 처사의 딸에게 장가 갈 거라는 소식을 이미 캐냈던 터라 그들은 열띤 언쟁을 벌였다.

"평판 좋은 명문 가문의 규수들이 한양 여기저기 널려 있는데 우리 조카의 색싯감으로 금강산 산골 시골 촌뜨기를 택하시다니 가당치 않으십니다!" 민 씨의 오빠 민인환의 부인 이천 서 씨는 잔뜩 불만에 차서 목소리를 높였다.

"대체 시원이와 부부가 될 규수가 누구인가요? 똑똑하고 잘생긴 우리 시원이와 잘 어울릴 만큼 재주도 있고 아리따운가요? 그런 규수가 아니라면 당장이라도 이 혼사를 접으시는 것이 좋겠소이다." 이정의 사촌 형 이철이 말했다.

"그 처사의 집안 배경은 어떻습니까? 우리 가문만큼 빼어난 것인지요? 그게 아니라면 똑똑한 우리 조카를 어찌 근본도 잘 모르는 집안의 아녀자와 혼인시킬 수 있답니까? 서둘러 혼약을 허락하시기 전에 신붓감의 집안 배경을 좀 더 세밀히 따져 보셔야 할 것 아닌가요?" 대감의 둘째 아우인 이영은 다소 거들먹거리는 말투로 물었다.

"예부터 자식의 신붓감을 정하는 일은 애비가 할 일이다." 연로한 이정의 고모이신 청송 심 씨가 대감을 두둔하고 나섰다. "우리 귀한 종손을 위해 처사의 딸을 받아들인 건 그럴 만한 이유가 있지 않겠소. 우린 그저 애비의 결정을 믿고 따라야 하지요."

"규수의 성격이나 외모, 가정환경, 이런 것들 다 신중히 고려하지도 않고서 어떻게 하나밖에 없는 우리 아들의 신붓감을 함부로 고를 수가 있는 거예요?" 마침내 부인 민 씨는 이제까지 꾹 누르며 참고 있던 분통을 터트렸다. "당신 벌써 잊으신 거예요? 우리가 아들 보게 해 달라고 삼신할머니께 얼마나 오랫동안 온 정성을 다해 손이 발이 되도록 간절히 빌었나요? 아들 얻기 위해 신통하다는 약은 모조리 다 구해 써 봤지 않았습니까? 아이 서는 데 효험 있다고 조상님들로부터 대대로 내려온 말씀에 따라 기자 도끼와 배냇저고리를 여러 해 동안 늘 지니고 다녔고요. 우리 부부가 말년에 자비로우신 신령님의 보살핌 덕분에 귀한 보배 늦둥이를 얻게 되어 얼마나 기뻤었습니까? 아들 키우는 데도 온갖 사랑과 정성을 아낌없이 쏟아붓지 않았나요? 그런데도 당신은 깊은 산골에 사는 생면부지인 사람의 여식을 며느릿감으로 고르다니요. 하나밖에 없는 우리 아들에게 어떻게 이런 짓을 하실 수 있어요? 아들 혼사에 제 의견은 왜 들은 척도 하시지 않았나요? 어떻게 이럴 수가 있어요? 제가 시원의 어미가 아닌가요?"

"물론 당신은 우리 자식 어미요! 여러 해 동안 삼신할머니께 들인 정성 덕분에 우리가 금지옥엽 같은 자식을 얻었다는 사실을 내 어찌 잊겠소? 때로는 우리 친자식을 가지는 희망을 접은 적도 있었소. 그러다 늦은 나이에 자식을 봤을 때 이루 말할 수 없이 복에 겨웠고! 시원이가 태어난 그날도 잊을 수가 없소. 당시 나라가 난국이라 집에도 못 오고 조정에 머물며 가슴이 미어지던 생각도 문득문득 떠오르지요. 궁정에 머물며 아들 출산 소식을 듣고 난 뒤 세이레가 지나서야 겨우 시원이를 잠깐 보았소. 우리 아기가 존명에 절대 중하다는 세이레를 이겨 내서 얼마나 다행이었는지! 그리고 나서 곧바로 조정으로 가야 했소. 아들이 반듯한 젊은이로 자라나는 것을 바라볼 때마다 자랑스럽기만 했소. 애비로서 내 어찌 아들에게 무엇이 이로울지 고심하지 않을 수 있겠소." 대감은 갑작스러운 혼사 소식에 분통을 삭이지 못하는 아내를 달래고자 나름대로 애를 썼다.

"한양에 귀한 명문 가문 출신의 아리따운 규수들이 넘쳐납니다. 그런데 우리 귀한 아들의 신붓감으로 천한 촌뜨기를 고르시다니! 전 그렇게 못 해요. 당장 이 혼사를 뒤집든 어쩌든 없던 일로 하시지요!" 민 씨는 다그쳤다.

가족과 친인척의 생각을 얼마간 청취한 대감은 모든 언쟁을 멈추게 했다.

"앞으로 있을 시원의 혼사에 대한 여러분의 생각들을 잘 들었소이다. 우리 아들은 이렇게 자신의 혼인과 행복에 대해 온 가족, 일가 친척들이 염려해 주며 사랑을 베푸니 정말 복 받은 아이입니다. 솔직히 말씀드리면 내가 이 결정을 쉽게 가볍게 내린 것은 결코 아닙니다. 내 자식의 배우자를 결정하는 것이 우리 가족은 물론이고 우리와 외가 문중 모두에 심대한 영향을 끼칠 수 있으므로 나로서는 깊이깊이 고심해서 내린 결정입니다." 대감이 진심을 담아 설명했다.

"금강산에서 오신 박 처사와의 만남은 매우 흡족한 것이었소. 그분은 며칠 동안 여기 머무시면서 제게 큰 덕을 베푸셨소. 박 처사를 뵙자마자 보통 분이 아니시라는 것을 한눈에 알아봤습니다. 그분과 술잔을 부딪치며 통소를 불고 바둑도 두고 나라 안팎 정사에 대한 대화도 나눴는데 도무지 나로선 그분의 상대가 되지 못했소. 그분의 통소 연주와 바둑 솜씨는 더할 나위 없이 완벽하였소. 통소나 바둑을 하지 않을 때에는 시간 가는 줄 모르며 경전과 역사를 함께 논했소이다. 정말 그분의 학문은 보기 드물게 깊이와 너비가 있었소. 난 그분의 겸양과 박학다식을 접하고 그분과의 우정을 소중히 간직하고 있소이다. 비록 짧은 만남이었건만, 그분이 저 세상에서 오신 신선임에 조금도 의심이 없소이다."

"형님보다 통소와 바둑을 더 잘하는 어른이 이 세상에 또 어디 있단 말이오?" 대감의 막냇동생 이솔이 말도 안 된다는 듯 외쳤다. "난 도무지 믿을 수가 없습니다!"

"다시 말하지만 그분은 자신의 귀한 따님을 우리 아들과 혼약을 이룰 생각으로 나를 찾아온 것 같았소. 이 세상에 오신 신선이 시원을 위해 혼사를 제안하셨는데, 내가 어찌 마다할 수 있겠소? 그런 신령하신 분의 따님 또한 그 아버지 못지않은 능력과 재간을 갖췄음은 능히 짐작되는 일이오. 내 말 명심하시오. 그 규수는 언젠가 우리 가정과 가문에 큰 기쁨과 번창과 다복을 가져올 것이오!"

대감의 말에 일부는 불만에 차 고개를 저었지만 몇몇은 고개를 끄덕이며 수긍의 뜻을 보였다.

그들 가운데 대감이 고른 시원의 신붓감에 대해 가장 못마땅해하는 사람은 민 씨였다. 외동아들 일생일대의 가장 중요한 결정을 남편이 그렇게 서둘러서 했다는 것을 부인은 도저히 납득할 수 없었다. 그는 남편이 택한 이름도 없는 집안 출신의 며느릿감을 끝까지 반대했다. 남편이 혼자서 정한 혼사로 심기가 몹시 불편해진 부인은 끄떡도 하지 않고 며칠이고 안방에만 머물렀다.

2
백년가약을 맺다

마당의 매화나무에 싹이 트기 시작했다. 대감은 아들 시원의 혼례 날이 다가왔음을 곧 알아채고 금강산으로 갈 채비를 했다. 그 명산까지는 오백 리 길이었다. 그래서 처사의 슬기로운 제안대로 행차를 단출하게 했다. 자식의 혼례 때문에 먼 거리를 다녀와야 하므로 대감은 조정으로부터 한 달가량 말미를 받았다.

금강산으로 떠나기 전 이 대감은 시원의 성인식인 관례를 올리려고 미리 상서로운 날을 받아놓았었다. 사당 훈장 설영식이 주례를 진행했다. 머리에 상투를 틀고, 옷을 세 차례 갈아입고, 술 마시는 예절을 배우고 청만靑晩이라는 자를 받았다.

성인식이 끝나자 시원은 아버지를 따라 사당에 들어가 관례를 올렸음을 조상들에게 알렸다. 그리고 축하해주러 모인 많은 친인척들에게 인사했다.

"시원아, 축하한다." 막내 숙부 이솔이 자랑스러워하며 말했다. "이제 장가가도 되겠네."

시원이 관례를 올린 다음날 대감은 시원을 비롯한 집안 하인 여섯 명과 말 세 마리를 데리고 금강산으로 가기로 했다. 정성 들여 장식한 가마사인교를 들고 갈 가마꾼 네 명도 따로 고용했고, 혼례를 진행시킬 유생 한 분도 같이 가기로 했다. 따스하고 화창한 봄날, 말을 탄 아버지와 아들, 혼례를 주례할 선비를 포함한 신랑 측 일행은 목적지를 향해 떠났다.

　일행은 가는 길 앞에 끝없이 펼쳐지는 아름답고 쾌청한 봄날 풍광에 담뿍 젖어 피로마저 잊었다. 나비들은 따스한 햇볕 속에 나부끼고 숲속 저 멀리 어딘가에서 대감 일행을 반기듯 꾀꼬리가 아리땁게 노래를 부르고 있었다. 새봄을 맞아 초록빛 새싹으로 갈아입은 나무 위에서 까치들도 지저귀며 상서로운 혼인을 반기는 듯했다. 산에는 온갖 꽃들이 빼곡히 차 있었다. 그 모양새가 마치 분홍, 하양, 빨강, 노랑, 자주, 초록 등 오만 가지 색깔의 붓 자국이 찍힌 거대하고 화려한 그림 같았다. 가는 길 곳곳 산과 들녘은 봄의 생동감이 넘쳤다. 일행은 이른 봄 풍광이 주는 기쁨에 넋이 나간 듯 온통 울퉁불퉁하고 굽이진 길이 불편한 것조차 잊었다.

　이레가 지나 그들은 단발령에 도달했다. 멀리 늠름하게 우뚝 솟은 금강산이 눈에 들어왔다. 일만 이천 봉의 그 장엄함이란 숨 막히게 경이로웠다. 금강산은 불교도들에게 성소聖所나 다름없었다. 신라 시대 때 승려 이차돈은 불교의 공인을 위해 순교를 자청했다. 우윳빛 흰 피를 뿜어내는 그의 잘린 머리가 날아가 바로 이 금강산 봉우리에 꽂혔다고 한다. 어느덧 해가 서산에 지고 땅거미가 깔리니 새들도 숲속 둥지로 날아가 버렸다. 대감은 하인 봉달을 보내 하룻밤 묵을 숙소를 찾아보게 했다. 얼마 안 있어 하인이 돌아와 멀지 않은 곳에 묵기 편한 주막이 있다고 아뢨다. 피로에 지친 일행은 거기서 하룻밤 머물기로 했다.

　"금강산 유점사의 박문옥 처사가 어디 사시는지 혹시 아시오?"
다음날 아침 출발에 앞서 대감은 주막 주인에게 물었다.

"소싯적에 저희 집안 어르신들께서 그분에 대해 말씀하신 것을 들었습니다. 백성을 돕기 위해 신기한 마술과 무술 묘기를 행하셨다 합니다. 아주 오래전에 그분께서 우리 고장의 깊은 산속에 있는 절 근처에 사셨다고 하던데요." 어리둥절한 표정을 지으며 주막 주인은 머리를 긁적거리며 대답했다.

　"아주 오래전이라니…. 그분이 대체 언제 거기서 사셨다는 것이요?" 대감은 몹시 황당해하며 물었다.

　"듣자 하오니 한 3백 년 전 즈음에 어느 오막살이에서 사셨다는군요." 주인은 놀라울 것 없다는 듯이 차분한 어조로 말했다.

　깜짝 놀란 듯 대감과 혼례 일행은 믿을 수 없다는 표정으로 서로 눈길을 주고받았다. 당혹감에 못 이겨 그들은 자기들이 혹시나 말을 잘못 들은 게 아닌가 하며 고개를 저었다. 대감은 주막 주인의 까닭 모를 말이 도무지 이해되지 않았다. 천상에서나 들을 법한 퉁소 연주를 하고, 바둑을 두면 매번 이기고, 게다가 자기의 딸을 시원과 부부 인연 맺자고 청하던 그 처사가 다 내가 상상에서 지어낸 인물이란 말이냐! 대감은 아무리 생각해도 믿어지지 않았다. 처사와 함께 지내던 즐거웠던 그 시간을 무어라고 설명할 것인가.

　"분명 저 주막 주인은 박 처사에 대해 잘못 알고 하는 소리일 게다. 괜한 말에 신경 쓰지 말고 어서 가세." 주막 주인의 말이 들을 가치가 없는 것이라고 일축하고 그는 혼례 일행에게 기운을 내도록 독려했다.

　처사를 찾지 못한 채로 귀가하다니, 그건 안 될 일이었다. 일행은 금강산의 동쪽 길을 택하여 하루 종일 찾아 헤맸다. 하지만 절이나 처사의 자취는 아무 데도 없었다. 종일 돌아다녀도 사람이 살았던 흔적조차 보이지 않았다. 땅거미가 질 무렵 그들은 발걸음을 재촉하여 다시 주막으로 돌아와서 숨을 돌렸다.

다음날 아침 일찍, 일행은 이번에는 이 그림같이 아름다운 금강산의 서쪽 길로 들어갔다. 산길은 좁고 가팔랐으며 우뚝 솟은 산봉우리들로 겹겹이 둘러싸여 있었다. 대감과 시원, 그리고 유생은 각자 말에서 내려 한 줄로 걸었다. 가마꾼들은 구불구불한 길을 조심스럽게 간신히 지나갔다. 이 굽이진 길 저 아래편에는 맑은 개울이 쨍쨍 내리쬐는 햇빛을 받아 은빛 찬란하게 빛나고 있었다. 그날도 하루 종일 찾아다녔지만 사람이 사는 흔적은 아예 보이지 않았다.

해가 질 무렵, 어디선가 와자지껄하게 떠들고 웃는 요란스러운 목소리들이 들렸다.

"너희들은 누구냐? 너희들 중에 혹시 박문옥 처사께서 사시는 곳을 아는 사람 있느냐?" 대감이 위엄 있게 큰소리로 물었다.

"우리는 염소지기온데 처사 댁 앞길 따라 여기까지 내려 왔습니다요." 염소 떼를 모는 아이들 셋이 혼례 일행으로부터 불과 몇 발자국 앞에 멈춰 서서 그들 중 한 아이가 대답했다.

"그러면 처사 댁에서 그분을 뵈었는고?" 한숨을 크게 쉬면서 대감이 물었다.

"마을 어르신들이 처사님에 대해 말씀하시는 걸 자주 들곤 했습니다." 두 번째 염소지기 아이가 의아한 표정을 지으며 답했다. "아주 오래전에 금강산 깊은 산속 오두막집에서 사시면서 주변에 병든 사람이나 가난한 사람들을 많이 도와주셨다고 합니다."

"언제 그런 일들을 하셨다더냐?" 대감은 놀란 마음을 억누르며 물었다.

"한 3백 년 전이래요." 셋째 아이가 나서서 대답했다.

"얘들아…." 대감이 하나 더 캐물어 보려고 했으나 아이들은 이미 염소 떼를 몰고 가파른 오솔길을 따라 뛰어 내려가더니 이내 사라졌다.

일행은 극심한 혼란과 낙담에 빠져 어쩔 줄 몰랐다. 참을 수 없을 만큼 불안하고 몸도 지칠 대로 지쳤고, 그중 몇 사람은 맨바닥에 털썩 주저앉았다. 이 톱니처럼 뾰쪽뾰쪽한 신비로운 산봉우리의 수가 일만 이천 개나 되는데 여기 어디서 처사를 찾을 꿈이라도 꾸겠는가. 덤불 속에서 바늘 찾는 꼴이 아니고 뭐겠는가.

"아버님, 처사님을 못 뵙는 것은 매우 안타까운 일이오나 지난 이틀 동안 우리는 할 일을 다 했습니다. 이제 집으로 되돌아가셔야 한다고 사료됩니다." 시원은 낭패스러워하는 아버지를 보니 안쓰럽기 이를 데가 없었다.

"지금 빈손으로 돌아가면 우리는 장안의 웃음거리가 되지 않겠느냐. 게다가 내가 무슨 체면으로 앞으로 친척, 친지들의 조롱을 견딜지 모르겠다." 대감은 아들의 말이 옳다고 생각하면서도 통탄을 금치 못했다.

"처사를 내일까지는 찾아내리라고 믿는다. 실은 내일이 우리가 만나기로 약속한 날이다. 만약 그분을 못 뵙게 된다면 즉시 귀가하기로 하자." 대감은 하루 더 버텨 보기로 정하고 일행의 사기를 진작시키기 위해서도 흔들림 없는 어조로 말끝을 맺었다.

그의 안심시키는 말에 일행은 다소 마음이 든든해졌다.

그즈음 날이 어느새 완전히 어두워져서 여태껏 온 길을 되돌아가기 힘들어졌다. 그들은 산중에서 밤을 보낼 적당한 곳을 찾는 수밖에 없었다.

"봉달아, 방금 전에 염소지기 아이들이 왔던 오솔길을 내일 다시 찾을 수 있도록 표시해 놓아라. 그 길로 가면 처사 댁에 이를 것 같다." 자리를 떠나기에 앞서서 대감은 몸종에게 지시했다.

"네, 대감." 봉달은 오솔길 입구에 서 있는 나뭇가지 하나에 흰 천을 단단히 묶어 놓았다.

조금 헤맨 끝에 다행히도 그들은 꽤 큰 바위벽을 발견했다. 그 바위 아래에서 그날 밤을 지내기로 했다. 밤공기가 무척이나 쌀쌀했다. 하인들은 여기저기 바위 아래에서 옹기종기 모여 서로 부둥켜안고 조금이나마 덜 춥고 덜 불편한 잠자리를 만들려고 애를 썼다. 대감과 시원도 으스스한 밤바람에 서로 몸을 가까이 맞대며 잠을 재촉했다. 구슬프게 우는 올빼미 소리에 그들의 마음도 울적해졌다. 그리고 어디선가 산짐승들의 우짖는 소리에 그날 밤을 꼬박 뜬눈으로 지새우다시피 했다. 동쪽 산등성이 위로 떠오르는 눈부신 아침 햇살이 그들을 깨웠다.

아침 일찍부터 혼례 일행은 어제 염소지기 소년들을 만났던 그 길목을 찾느라 부산을 떨었다. 드디어 그들은 흰 천으로 표시해 둔 나무를 발견했다. 염소지기 아이들이 지나온 그 길 역시 전날 그들이 다니던 서쪽 비탈길 못지않게 꼬불꼬불했다. 하인 정직이 앞장서서 길을 살폈다. 아침부터 오후 내내 그 길을 오르락내리락하던 그들은 납작한 큰 바위 위에 앉아서 휴식을 취했다. 사흘째 힘들게 샅샅이 찾았지만 계속 허탕만 치니 일행 모두가 많이 낙심하고 몸도 지칠 대로 지쳤다. 그러던 중 어디선가에서 와삭와삭하는 소리가 들려와 모두 소리 나는 그곳을 바라보았다. 지척에 있는 수풀더미가 반으로 갈라지자 챙이 넓은 밀짚모자를 쓰고 삼베옷을 입은 한 어른이 나무 지팡이로 수풀을 툭툭 치면서 나타났다. 그는 바위에 앉아 지친 채로 쉬고 있는 대감 일행을 바라보았다.

"처사를 사방팔방 찾아다녔소이다." 대감은 이 낯선 이를 뚫어지게 응시하다가 그를 향해 뛰어가 말했다. "이렇게 뵈니 반갑기가 이를 데 없소이다, 처사!" 너무나도 반가운 나머지 그는 처사의 양손을 꼭 잡고 인사했다.

"이 보잘것없는 소인을 찾아오시느라 여러 날 고생을 끼쳐서 죄송할 따름입니다." 처사는 정중히 사과했다. 그는 그들을 인도하면서 말했다. "저의 집은 여기서 그다지 멀지 않습니다. 저를 따라오십시오."

혼례 일행은 오랜만에 안도의 한숨을 깊이 내쉬었다. 처사는 앞에서 사뿐사뿐 가벼운 걸음으로 일행을 인도했다. 마치 그의 발걸음 하나하나가 좁은 산길의 폭을 넓히고 울퉁불퉁한 바닥을 평평히 만드는 듯했다. 얼마 안 있어 그들은 대나무 덤불숲으로 둘러싸인 넓은 빈터에 도착했다. 근처 뜰에는 화초들이 활짝 피었고 그 뜰 한가운데에 조그만 초가집이 있었다. 초가집 뒤로 웅대한 절벽이 드높이 솟았는데 이 절벽을 따라 폭포수가 맑은 물웅덩이로 떨어지고 있었다. 폭포수가 만들어 내는 고운 연무 주변에 무지개가 저물어 가는 햇빛을 받으며 낮게 걸려 있었다. 한 폭의 산수화 같은 이 풍경은 피로에 찌든 일행에게 황홀한 별천지나 다름없었다. 모두 지난 며칠 동안의 피로와 절망감을 깨끗이 잊고서 이 매혹적인 풍광에 어느새 푹 빠져들었다.

뜰 한구석에는 기품 있는 노송老松이 사방으로 널리 퍼진 가지들을 자랑하고 있었다. 이 소나무 아래에 매끄럽고 납작한 큰 반석이 있었다.

"이 누추한 초가집에 귀한 손님들을 제대로 모시지 못해서 송구스럽습니다." 처사는 그 반석 위에 돗자리를 펼치고 손님들에게 앉을 것을 권했다.

숨 막힐 듯이 찬연한 풍경에 젖어 있는 일행은 꽃향기를 들이마시며 돗자리에 앉았다. 봄의 화사함이 뜰 안을 가득 채웠다. 이 아름다운 광경은 여기서 그치지 않았다. 두루미, 봉황새, 공작 등 화려한 날짐승들이 그들에게 다가와서 인사하고 뜰 주위를 춤추며 훨훨 날아다녔다. 숲속 어디에선가 꾀꼬리들도 목청을 높여 노래를 부르고 있었다. 혼례 일행은 자신들이 신선들이 산다는 옥산玉山 도원경桃源境

으로 굴러들어 온 것은 아닌가 하는 착각마저 들었다.

"서산에 해가 지기 전에 슬슬 혼례식을 하는 게 어떻겠습니까?" 일행이 한숨을 돌릴 충분한 휴식을 취하고 나니 처사가 제안했다.

대감은 처사의 제의에 흔쾌히 동의하고 아들과 유생에게 준비하라고 일렀다. 처사는 유생을 집의 한쪽으로 안내하고 나서 시원과 그의 혼례복을 들고 있는 몸종 장동을 집의 다른 쪽으로 데리고 갔다.

처사는 그들을 조그만 방에 두고 나갔다. 시원은 주변을 훑어보자마자 방 안에 있는 서로 걸맞지 않은 물품들이 금방 눈에 들어왔다. 벽의 한 면에 나란히 걸려 있는 아녀자의 의류와 장신구는 규수의 방임을 알렸다. 하지만 다른 벽에 기대어 세워진 저 무서운 창칼은 뭐에 쓰는 걸까? 그것들 옆의 대臺 위에 놓여 있는 붓 더미는 또 어떻고? 건너편 벽 선반 위에 쌓인 것들은 무슨 책들일까?

"장동아, 저기 책들 두어 권 가져와 보렴." 시원이 선반을 가리키며 말했다.

하인은 선반에 가서 납작하게 눕혀 있는 책 더미 속에서 낡은 책 몇 권을 꺼내 왔다.

"이것들은 마술과 무술에 관한 책이로구나!" 시원은 제목을 살피고 책 안을 훑어보고 자기도 모르게 불쑥 말이 튀어나왔다.

"무슨 말씀이신지요, 도련님?" 어리둥절해진 하인이 물었다.

"난 처자가 무슨 책을 읽나 궁금했거든." 시원은 설명했다. "그런데 왜 이런 마술과 무술책들이 여기에 있는 거지? 칼, 창, 곤봉, 전투용 도끼, 작살, 별의별 무시무시한 무기들이 다 있네. 대관절 뭣 때문에 여기 있는 걸까?"

"어쩌면 처사의 물건들을 이 방에 보관해 둔 것 아닐까요?" 장동이 머리를 긁적이며 말했다.

그는 신기하다는 듯이 책들을 쳐다보다가 제자리에 두었다.

26

"이런 책들과 무시무시한 무기들을 아녀자의 방에 함께 놓는다는 것이 말이 되느냐?" 시원은 의아스럽다는 말투로 투덜거렸다.

"정말 이상합니다요. 저런 것들은 분명 규수의 물건인데요. 하지만 여기는 규수의 방처럼 보이지 않는데요." 장동은 머리를 갸우뚱하며 중얼거렸다.

'왜 서로 쓰임새가 다른 물건들을 이 방에 함께 두었을까? 대체 그것들이 무엇을 의미할까?' 시원은 이런 생각을 감출 수 없었다.

그는 무심코 창밖을 내다보았다. 혼례상과 적색 병풍이 이미 마당에 자리 잡고 있었고 유생은 혼례식을 관장할 준비를 끝냈다.

정성 들인 활옷을 입은 신부 역시 혼례식을 기다리고 있었다. 활옷은 원래 조선 궁중의 공주나 옹주가 입던 대례복이었으나 평민도 혼례식에서만은 입을 수 있도록 허용됐다. 활옷에는 신혼부부의 백년해로를 빌기 위해서 장수와 화목을 상징하는 거북, 사슴, 학, 소나무, 대나무, 산, 폭포, 구름 등의 장식이 우아했다. 보드라운 긴 백색 비단천이 신부의 손등을 덮으며 길게 늘어져 있었다. 손을 이마 위까지 올렸기에 자연히 그녀의 얼굴은 가려져서 보이지 않았다. 쪽 찐 머리가 목덜미 부분에 고정됐다. 쪽에 꽂힌 긴 금비녀는 한쪽 끝이 봉황새 머리 모양으로 미려하게 조각됐다. 그 밑에 두 개의 보석 조각이 박힌 비취 장식이 팔랑거리며 날아갈 듯한 자태를 보여 주었다. 금박 잎사귀 무늬로 장식된 검은색 비단 앞 댕기가 양쪽 어깨선까지 드리워져 있었다. 바닥까지 내려오는 댕기가 쪽 찐 머리에서부터 비녀에 걸쳐서 양 갈래로 뒤에 길게 늘어져 있었다. 그녀의 얼굴은 이마까지 올라온 치렁치렁한 소매 뒤에 감춰졌다. 보석이 심겨 있는 검은 족두리만 겨우 보일락말락 했다.

마당에 있는 혼례를 주관하는 유생과 신부가 눈에 들어오자 시원은 몸종에게 서두르라고 다그쳤다. 도령의 윗도리 위로 단령團領이 재빠르게 씌워졌다. 품대를 차서 예복을 단정히 조였고, 상투 위에 사모를 얹었다. 이곳에 오기 며칠 전 시원은 성인식 관례冠禮를 올려 이미 머리에 상투를 튼 상태였다. 목화木靴를 신으니 혼례 복장이 마무리됐다. 성장盛裝을 한 시원은 기대감에 부풀어 마당으로 뛰어나가 장신의 신부 앞에 섰다. 사모를 머리에 쓰고 흉배胸背를 단 군청색의 비단 예복을 입은 도령은 잘생기고 씩씩한 풍모였다. 그는 양손에 신랑 부채인 청선靑扇을 들고 있었다.

유생은 혼인을 주자가례朱子家禮에 따라서 진행하고 음양 의식을 간단히 치렀다. 그러고 나서 유생은 혼례의 세 가지 의식—매파중매쟁이가 오고 가는 의혼, 혼수를 보내는 납폐, 그리고 신부를 데리고 오는 친영—을 정성 들여 읊었다. 두 가지 예식은 만족스럽게 행해졌음이 선포됐고, 하나만 남아 있었다. 유생은 음양론에 따라 신부는 서쪽을, 신랑은 동쪽을 향하여 서게 하여 서로에게 네 번씩 절을 하게 했다. 혼례식은 신랑신부가 같은 잔의 술을 네 모금씩 마시는 것으로 끝을 맺었다. 백년가약을 맺는 의식은 이렇게 조촐하게 마무리했다. 그런데 신부는 이 짧은 혼례식 동안 머리에 덮개를 계속 쓴 채로 있었고, 술을 마실 때에도 고개를 옆으로 돌려 덮개를 살짝 올릴 뿐이었다. 그리하여 신랑을 비롯한 아무도 그녀의 얼굴을 조금도 엿볼 수 없었다.

혼례식이 다 끝나기 전에 들짐승들이 대나무 숲 근처에 모였다. 머리에 뿔 하나만 우뚝 솟은 흰 일각수기린, 토끼, 반달곰, 여우, 사슴 등이 하늘이 정해 주신 혼례를 지켜보려고 모였다. 이들은 신부의 어린 시절 친구들로 무리 맨 앞에 서 있는 흰 일각수가 울음소리를 내며 앞발을 구르는 모습이 마치 신비한 혼례를 축하라도 하는 듯했다. 짐승들은 제 각각 축하 인사를 보냈다. 어둠이 짙어져 가는데 짐승들이 울부짖는 합창을 해대자 일행들은 깜짝 놀라 움찔하기까지 했다.

"아이고! 저건 흰 일각수 아닌가? 정말 일각수가 이 세상에 살고 있단 말이야?" 깜짝 놀란 장동이 크게 외치자 한양에서 온 혼례 일행도 모두 눈이 휘둥그레졌다.

"놀라지 마십시오. 저 짐승들은 우리 딸내미의 착한 친구들이랍니다. 오늘 새색시를 축하해 주러 온 게죠." 처사는 미소를 지으며 그들을 안심시켰다.

처사의 말에 일각수는 인사라도 올리듯이 앞발굽을 위로 곧추세우더니 이어서 어둠 속에 녹아들 듯 사라졌다. 그 뒤를 따라 다른 짐승들도 숲속으로 뿔뿔이 헤어졌다.

처사의 말에 마음이 놓이긴 했지만 손님들은 여전히 소름이 돋아 있는 상태였다. 그들은 부들부들 떨며 흰 일각수와 다른 짐승들이 사라지고 난 그 빈자리를 여전히 멍하니 바라보고 있었다.

'어떻게 짐승들이 새색시의 친구가 될 수 있다는 거지? 왜 색시는 얼굴을 보이지 않는 걸까?' 시원은 이 모든 게 신기하고 의아하기만 했다. 이런저런 해답 없는 질문이 그의 머릿속을 어지럽게 가득 채웠다.

이러던 와중에 근방 어딘가에서 생전 처음 맡아 보는 향긋한 향내가 흘러나와 코를 찔렀다.

"대나무가 꽃을 피우다니!" 처사는 대나무 숲을 가리키며 소리쳤다. "60년에서 120년 사이에 겨우 한 번 피는 대나무 꽃을 지금 보다니, 이건 기적이나 다름없소이다. 혼사에 길조일세."

이 기이한 일을 선언하는 그의 얼굴에 어두운 그림자가 얼핏 스쳐 지나갔다. 비록 대나무 꽃이 핀 것은 경사로운 조짐이지만, 거기에는 참화가 뒤따름을 그는 알고 있기 때문이다.

"처사 어르신, 이런 경사스러운 일에 그리 기뻐하시는 표정이 아니시군요." 처사의 걱정스러운 얼굴빛을 눈치챈 대감이 말을 건넸다.

"대나무가 꽃을 피우는 것은 좋은 징조입니다만, 그 여파로 기근이나 죽음 등 재앙을 초래하기도 하지요." 처사는 솔직히 자신의 우려를 털어놓았다.

그러나 이 암울한 징조와는 상관없이 그 아름다움과 색다른 향기의 경이로움은 사람들을 매료하기에 충분했다. 지는 해의 햇빛을 받으며 빛을 발하는 대나무 숲으로 모두 달려가서 이 희귀한 꽃들을 바라보는 눈이 휘둥그레졌다. 그 화사한 꽃들을 만져 보거나 코를 대면서 평생 한 번 있을까 말까 한 이 기회를 마음껏 만끽하고자 했다. 멀찌감치 신부는 이런 풍경을 응시하다가 조용히 자신의 방으로 들어갔다.

"이렇게 귀한 대나무 꽃을 다 보다니!" 정직이 감탄하며 외쳤다. "이런 행운이 우리 일평생 또다시 찾아오겠습니까?"

대나무 꽃을 만끽한 일행들이 흥분해하며 노송 아래 반석으로 돌아와 돗자리에 앉았다.

"깊은 산중인지라 채소나 버섯, 혹은 약초밖에는 구할 수가 없소이다." 처사는 여러 가지 채소와 버섯 음식, 그리고 그 스스로 솔잎으로 빚은 송화주 한 병과 함께 돗자리 위에 상을 차려놓고 양해를 구했다. "귀한 손님들께 이런 변변찮은 음식을 내놓게 돼서 송구스럽기 그지없습니다."

피로와 배고픔에 지친 일행은 걸신들린 듯이 음식에 달려들었다. 놀랍게도 접시 위의 이 맛있는 음식이 전혀 줄어들지 않는 것으로 보였다. 처사는 손님들에게 일일이 송화주를 한 잔씩 따라 주었다. 긴 여행에 지친 손님들은 독한 술을 마시고 모두 돗자리 위에서 깊은 잠에 빠졌다. 신랑 역시 술을 들이켜자 얼마 지나서 인사불성이 되어 쓰러졌고 장동도 새신랑 옆에 큰대자로 드러누웠다.

그들이 원기를 회복하고 일어났을 때 해는 금강산 일만 이천 봉위의 하늘 한복판에 떠 있었다. 그들은 씻을 겨를도 없이 처사가 크게 차려 놓은 아침상을 마주했다.

"간밤에 잠자리가 편하셨습니까?" 처사는 호의가 넘치는 밝은 목소리로 아침 인사를 했다. "제가 드린 술을 마시자마자 금방 잠드시더군요. 또 먼 거리 여행을 하셔야 하니 더 이상 잔을 권해 드리지 않겠습니다."

"어젯밤에 주신 송화주가 인간의 입술에 닿으면 안 될 것이었나 봅니다. 신선주神仙酒를 마셨는데 어찌 우리 인간이 취하지 않고 버틸 수 있겠습니까? 기분이 상쾌합니다. 어제 마신 술 때문이겠지요?" 몸을 펴고 웃으며 대감은 흔쾌히 답했다.

처사는 그저 빙그레 머금은 미소로 대답을 대신했다. 그는 신랑이 신부의 가족을 위로하고자 여러 날 신부 집에서 머무는 요식을 굳이 하지 말자고 대감에게 간곡히 부탁했다. 금강산은 물론이고 산 근처에도 친인척이 살지 않으니 그는 이런 요식 절차는 생략해도 좋겠다는 것이 설득의 변이었다. 대감도 앞으로 귀갓길이 얼마나 힘든지 너무나도 잘 알고 있기에 서슴없이 동의했다.

처사 댁을 찾기 위해 혼사 일행이 겪어야 했던 고난을 생각하니 대감은 관례에 벗어나지만 사려 깊은 이 제안을 받아들이지 않을 수 없었다. 아침 식사를 금세 끝낸 수행원들은 떠날 채비를 했다.

신부가 마당에 가지고 나온 아름답게 장식된 큰 궤짝은 이내 다른 짐 꾸러미들에 합쳐졌다. 장옷을 걸친 채로 기다리고 있는 그녀는 여전히 얼굴을 가리고 있었다. 장옷 밖을 내다보는 검은 눈만이 보일락 말락 했다.

"시댁에서의 삶이 편치 못할 것이다." 처사는 딸과 헤어지며 몇 가지 일러 주었다. "때로는 감내하기 힘들 것이다. 그러나 3년 동안 고난을 잘 인내하면 지극한 행복과 큰 성취가 네 앞에 열릴 거다. 네가 한양에서 겪게 될 시련은 말로 다 할 수 없는 것이지만, 너는 마음을 굳게 먹고 잘 극복하도록 해라. 용기를 잃지 말고 인내심을 가져라. 잘할 자신이 있지?" 아버지는 애지중지하는 딸이 몹시 염려스러워 물었다.

"네, 아버님. 최선을 다하겠습니다." 딸은 눈물을 글썽거리며 대답했다.

"고통이 도무지 견딜 수 없는 거라면 네 어미에게 도움을 빌어라. 네 어미는 자신의 목숨을 버리면서까지 너를 낳았다. 어미의 사랑이 네 가슴속에 늘 있음을 명심해야 한다. 사랑이 모든 해악으로부터 너를 보호할 것이니. 어미의 희생을 생각하며 힘을 내고 용기를 갖도록 해야 한다."

"네, 아버님. 저는 제 가슴속에 어머님과 아버님의 깊은 사랑을 받으며 자라 왔습니다. 이 거친 산속에서 큰 위험에 처할 때마다 어머님의 사랑을 제 가슴속 깊이 새겼습니다." 딸은 감정에 북받친 목소리로 답했다.

"네 어미가 죽으면서, 네 혼인날에 네게 이렇게 타이르라고 내게 부탁했다. '여자가 시집가면, 눈 뜬 봉사로 3년, 벙어리로 3년, 귀머거리로 3년을 보내야 하느니라. 그렇게 9년의 세월이 흐르면 혼자 힘으로 온존해질 수 있느니라.' 네 어미의 이 말을 기억하며 위안을 받도록 해라." 그는 간절히 말했다.

"네, 아버님. 어머님께서 주신 말씀을 마음속 깊이 고이 간직하겠습니다." 딸의 눈에서 눈물방울이 뚝뚝 떨어졌다.

"이 부적이 너를 모든 해악으로부터 지켜줄 것이다. 고통이 극에 달하면 이 거북이상에 손을 대거라. 그러면 네 근심이 차차 사라질 게다." 아버지는 딸에게 조그만 금거북이상을 주며 말했다.

"아버님, 고맙습니다." 딸은 눈물을 닦으며 그 귀한 선물을 받았다.

처사는 끈이 달린 쌈지에 거북이상을 넣고 딸의 목에 걸어 주었다.

"언젠가 너의 재능이 매우 쓸모 있게 될 날이 올 게다." 그는 그녀에게 무술과 마술책 한 질도 건네주며 말했다. "네게 막중한 일이 맡겨질 테니 그때를 대비하여 단단히 각오하고 이 진귀한 책들을 잘 공부해 두도록 해라. 세상에 이런 종류의 책은 또 없다. 그러니 책들을 잘 보관하고 그 안에 설명된 기법을 완전히 습득하도록 애써라. 때가 되면 즉시 네 기량과 학식이 세상에 이롭게 쓰이도록 해야 하느니라."

"명심하겠습니다. 부디 몸조심하시고 강령하십시오, 아버님." 딸은 금강산에 혼자 남아 계실 아버지를 걱정하며 그의 안녕을 빌었다.

"소인의 하나밖에 없는 여식을 잘 보살펴주실 것을 굳게 믿어 의심치 않으니 대감께 안심하고 맡깁니다." 처사는 무거운 마음으로 모두에게 무사한 귀가를 빌었다.

대감은 며느리를 잘 돌보겠다고 약속하며 사돈에게 작별 인사를 했다. 언젠가 꼭 다시 뵙고 싶다는 마음도 표했다.

출발에 앞서서 하인들은 액운이 접근하지 못하도록 신부 가마 위에 호피 무늬 이불을 얹혔다. 또 악운을 쫓고 자손 번창을 확실히 보장한다는 의미에서 숯 한 조각과 목화씨 한 줌을 신부가 앉을 방석 아래에 넣었다. 가마가 다 준비되자, 신부는 안으로 들어가 앉았다. 드디어 혼례 일행은 한양으로 출발했다.

해가 서산 아래로 숨으려고 할 즈음 그들은 하룻밤 머무를 만한 근처의 숙소를 찾았다. 신부가 방에 들어가 장옷을 벗고 시아버지와 신랑에게 인사를 했다. 그녀의 얼굴을 처음으로 본 아버지와 아들은 가공할 만한 엄청난 충격에 몸을 움찔거렸다. 너무나도 끔찍한 나머지 정신이 혼미해진 신랑은 날카로운 비명을 질러 댔다. 시원은 그녀로부터 뒷걸음치며 물러섰고, 대감은 이 뜻밖의 놀라움을 내색하지 않으려고 안간힘을 다했다.

"저 여자는 괴물이어요! 저렇게 무서운 짐승과 같이 살 순 없어요!" 시원은 몸서리치면서 신부로부터 고개를 돌리고 소리를 질렀다.

아들을 자제시키면서 아버지는 처사가 자신의 딸에 대해 한 말을 상기했다. 그의 확신에 찬 말들이 대감의 귓전에 돌았다. '제 딸애의 용모가 좀 모자랍니다만 한양의 여느 양갓집 규수 못지않게…' 처사가 자기 딸의 추한 용모에도 불구하고 내 아들과 어울리는 배필이라고 확고히 주장한 데에는 어떤 불가사의한 이유가 있을 게다. '참 이상하구나. 보통은 흉측한 딸자식을 가진 부모는 바깥세상에 딸을 못 내보내는데 내 아들과 백년가약을 하다니 참 알 수 없구나. 아무튼 간에 처사가 딸의 흉측한 용모를 감춘 것에는 그럴 만한 이유가 있겠지.' 머릿속이 이러저러한 생각으로 어지러운 가운데, 대감은 아들을 달래고 위로하느라 애가 탔다.

"진정해라, 시원아. 비록 너의 처가 아름답지는 않으나 백년가약을 맺은 사이 아니냐. 이제 저 애가 네 아내임을 한시도 잊어서는 안 된다. 아녀자에게서 중요한 것은 외모가 아니라 바른 행실이다. 비록 용모가 못할지라도 착한 아내를 맞이한 것을 감사해야 한다. 명심해라. 사람의 눈을 현혹하는 것은 찰나에 불과하다. 겉만 번드르르 반짝이는 것은 곧 그 광채를 잃지만, 진실한 것은 오래오래 가느니라."

"하오나 아버님, 저는 저런 기괴한 여인과 함께 못 삽니다. 너무나도 끔찍합니다!" 시원은 몸을 부들부들 떨면서 격하게 소리쳤다.

"시원아, 그렇게 흥분만 할 게 아니다. 미모가 빼어난 여인들 때문에 패가망신敗家亡身한 지아비들에 관한 사서史書를 많이 읽지 않았느냐? 벌써 잊었느냐?" 대감은 아들을 설득시키고자 말했다.

시원은 격렬하게 고개를 흔들면서 아버지의 말씀에도 굽히지 않았다.

"조선의 10대 왕인 연산군을 망쳐 놓은 요부 장녹수에 대해 읽어 보지 않았느냐? 양귀비는 어떻고? 당나라의 그 총명하던 현종을 몰락시킨 장본인이 아니냐? 그네들과 달리 황월영 부인은 미인이 아니었다. 너는 제갈량의 아내인 황 부인을 모르지 않을 게다. 한나라 황실의 후손인 영웅 유비가 제갈량으로부터 현명한 충언을 얼마나 많이 받았느냐? 제갈량은 비록 용모는 추하나 지혜가 넘치고 재주가 비상한 부인을 극진히 사랑하고 존중했다. 그는 다른 무엇보다 아내의 의견을 제일 중시해서 군사작전을 시행하기에 앞서 늘 아내와 의논했다고 한다."

시원은 아예 양손으로 귀를 막고 아버지의 말을 들으려 하지 않았다. 생각만 해도 소름이 끼쳤고 무릎이 후들후들 떨렸다. 저런 괴물과 평생 함께 살아야 한다는 생각에 겁이 나서 미칠 지경이었다.

"아, 차라리 태어나지 말 것을! 저는 죽고 싶은 마음뿐입니다!" 극도의 괴로움에 떨며 그는 울부짖었다.

대감은 공포에 질린 아들을 달래느라 애를 먹었다.

신부는 고개를 숙인 채 심란한 마음으로 입을 꼭 다물고 묵묵히 앉아 있었다.

"시원의 말에 너무 마음 상하지 말거라. 시원은 내게 맡기고 어서 네 방으로 가서 좀 쉬도록 해라." 시아버지는 그녀를 위로했다.

"감사합니다, 아버님. 그리하겠습니다." 두근거리는 가슴을 가라앉히며 신부는 감사의 절을 올리고 나갔다.

대감은 아들이 벽에 기대고 잠든 모습을 보고 한숨을 돌렸다.

3
산 도둑 떼를 만나다

다음날 혼례 일행은 한양으로 발걸음을 재촉했다. 그들은 서둘러 귀가하고픈 마음에 부산하게 움직였다. 그러다가 오히려 길을 그만 잘못 들어서 알 수 없는 곳으로 깊이깊이 빠져들어 가버렸다. 날은 어두워져 가는데 그들은 이 낯설기 짝이 없는 산속에서 길을 잃고 말았다. 횃불을 켰건만 왔던 길도 제대로 알 수가 없었다. 길을 찾느라 허둥지둥하는 사이에 해는 서산의 가파른 능선 너머로 이미 사라졌다.

밤은 점점 깊어 가는데 외딴길은 울툭불툭하고 가파르기 짝이 없었다. 좁은 길은 높은 벼랑 끝을 따라 꼬불꼬불하게 이어져 있었다. 잘 보이지도 않는 험한 길을 가마꾼들은 조마조마한 마음으로 조심조심 걸어갔다.

"아이고!" 갑자기 뒤쪽의 가마꾼 하나가 비틀비틀 걷더니 소리 지르며 넘어졌다.

가마가 벼랑 끝에 떨어질 위험에 빠졌다. 그러자 바로 그 가마꾼 뒤를 걷던 시원이 재빨리 손을 뻗쳐서 가마를 잡았다. 그리고 조심스럽게 가마꾼들을 도와 가마를 안전한 곳에다 내려놓았다.

혼비백산한 가마꾼들이 땅바닥에 쓰러져 앉았다. 그들은 가쁜 숨을 내쉬며 두근거리는 가슴을 가라앉혔다. 하마터면 그들은 가마와 함께 벼랑 끝으로 굴러 내려갈 뻔한 아슬아슬한 순간이었다.

크게 놀란 딴 혼례 일행들도 한숨을 내쉬었다.

"어디 다친 데는 없느냐?" 대감은 며느리가 걱정되어 횃불을 들고 얼른 가마로 가서 물었다.

"네, 아버님. 없습니다." 가마의 창문을 살짝 열고 며느리가 밝은 목소리로 대답했다.

대감은 안도의 한숨을 쉬었다. 그리고 가마꾼을 살폈다.

"어디 다친 데는 없느냐?" 대감이 물었다.

"없습니다. 괜히 성가시게 해서 죄송할 따름입니다. 제가 그저 발을 헛디뎌 넘어졌을 뿐입니다." 가마꾼은 몹시 미안해하며 걱정스러워하는 동료들에게도 고개를 숙여 사과했다. "여러분에게 걱정을 끼쳐서 미안합니다. 다음엔 더 조심해 이런 일이 없을 테니 용서해 주십시오. 서방님, 우리 목숨을 구해줘서 정말 고맙습니다."

"큰일날 뻔했는데 그대가 무사하니 다행이오." 앞쪽에 가마를 잡고 있던 가마꾼이 그를 위로하며 말했다.

"천만다행이오." 나머지 가마꾼들도 한시름 놓고 그에게 다가와 위로의 말을 해줬다.

이날 밤을 머무를 만한 곳을 찾느라 일행은 여기저기 허겁지겁 헤맨 끝에 산속 으슥한 구석에 있는 제법 크고 깊은 동굴 하나를 발견했다. 동굴 안은 굉장히 넓고 그 중간에는 큰 평평한 공간이 있었고 천장은 아주 높았다. 행여나 짐승들이 있지나 않은지 하인들이 먼저 들어가 조심스럽게 살펴보니 안전해 보였다. 하여 그날 밤은 그곳에서 쉬기로 하였다. 그들은 짐을 내리고 말들을 동굴 뒤쪽에 묶어 놓았다. 모두 후다닥 식사를 마치고 잠자리에 들 준비를 했다. 그들이

38

막 눈을 붙이려는데 갑자기 웬 사내들이 와자지껄하게 떠들어 대는 소리가 들려서 깜짝 놀랐다. 한밤중 이 시각에 이 외딴곳에 누가 온 걸까? 하고 모두 의아해했다.

우악스럽고 험상궂게 생긴 대여섯 명의 사내가 횃불을 들고 요란스럽게 동굴 안에 들어왔다. 검은 두건을 머리에 두른 그들의 윗도리는 까만 때가 따닥따닥 붙어 번지르르했다.

"뭔 놈들이냐? 어찌 감히 우리 동굴 안에서 잠을 자는 거냐?" 두목으로 보이는 사내가 무섭게 소리를 꽥 질렀다.

무리 중에 가장 거칠고 우락부락해 보이는 이 산적은 넓게 벌어진 어깨에다가 숱이 많고 헝클어진 머리를 뒤로 넘겨 묶은 채였다. 거무튀튀한 얼굴에 노려보는 눈초리가 날카롭기 짝이 없었다. 게다가 키는 다른 도적들보다 머리 하나는 더 컸다.

"우리는 한양으로 가는 중인 길손들이오. 길을 잘못 들어서 산중에서 길을 잃었소. 어둠 속에서 가까스로 이 동굴을 찾아들었소. 이 동굴에 주인이 있는 줄은 몰랐소." 대감은 비록 흠칫 놀라기는 했지만 동요되지 않은 목소리로 침착하게 대답했다.

"뭐야? 여긴 우리의 동굴인데 함부로 쳐들어오다니! 우린 산적이다. 어디 감히 남의 잠자리에 들어와?" 두목은 을러메는 목소리로 호통을 쳤다.

하인들은 기겁해서 부들부들 떨며 몸을 움츠렸다. 그들은 산적들이 무슨 짓을 저지를지 그저 두려울 뿐이었다.

"니들 가진 것, 다 내놔. 안 그러면 당장 죽여 버리겠다!" 두목은 윽박지르는 말투로 목소리를 높였다.

그는 부하들에게 일행의 귀중품을 모두 빼앗으라고 명령했다. 그가 칼을 빼들어 머리 위로 쳐들자 횃불에 비친 칼날이 시퍼렇게 빛났다.

"죽기 싫으면 가진 것들 전부 다 내놓아!" 두목을 따라서 부하들도 자기들의 단도를 꺼내어 사납게 휘두르며 소리를 질렀다.

그들이 어찌나 큰소리로 고래고래 겁을 주었는지 일행은 얼굴이 순식간에 백지장 같았다. 그들 중 몇은 발작하듯 몸을 부들부들 떨기도 하고, 온몸이 얼어붙은 듯이 땅바닥에 주저앉아 꼼짝달싹도 못했다.

"허둥대거나 섣부른 짓을 하지 마라." 대감은 모두에게 침착할 것을 당부했다.

산적 하나가 횃불로 동굴 안을 비추었다. 벽에 기대어 놓은 궤짝들이 보이자 그리로 가서 그 안에 무엇이 있는지 열어 봤다.

"여기 먹을 것이 있네! 배고파 죽겠는데 잘됐네. 우선 요기부터 합시다." 남은 음식물을 보자 그는 좋아서 군침을 흘리며 소리쳤다.

먹을 게 있다는 말을 듣자마자 산적들은 음식물에 덤벼들어 서로 먼저 먹겠다고 다투듯이 소란을 피웠다. 배를 채우고 난 뒤 그들은 기름에 찌든 소매로 입을 닦고 시끄럽게 트림을 해댔다.

"돈이나 귀중품을 빨리들 내놓아!" 그들은 다시 칼을 휘두르면서 혼례 일행에게 윽박질렀다.

대감이 값비싼 소지품들을 순순히 꺼내 놓자, 산적 하나가 대감의 갓도 달라고 요구했다. 대감이 거절하자 이 산적은 칼을 휘두르더니 대감의 갓끈을 확 잡아당겨서 풀었다. 그러고 나서 그 갓을 자기 머리에 쓰고 대감을 비웃듯이 거드럭거리며 동굴 안을 돌아다녔다.

"이런 갓을 쓰니까 나도 양반 나리 같지 않냐?" 다른 도적들이 와자그르르 웃었다.

심하게 과장된 몸짓으로 그들은 비명을 지르거나 넙죽 엎드려 머리를 조아리고 높은 양반을 비꼬는 장난까지 흉내 내며 떠들어 댔다. 얼마 안 있어 그 갓을 쓴 도적이 양반을 조롱하는 장난이 싫증났는지 갓을 내던져 버렸다.

시원이 재빠르게 아버지의 갓을 주워 왔다. 하인 정직이 곧바로 대감의 갓을 깨끗이 닦아 가져오자, 대감은 받아서 다시 갓을 썼다.

"아니, 이게 뭐야?" 그때 다른 도적 하나가 소리쳤다. "각시가 타는 가마네. 거 참 값깨나 나가겠군. 혹시 이 안에 예쁜 각시가 있는 거 아니냐?" 기대에 부푼 그는 입맛을 다시고 손을 비비며 가마로 갔다.

가마의 출입문을 후닥닥 연 도적은 들뜬 마음으로 가마 안을 들여다보았다. 횃불에서 새어 나오는 희미한 빛을 통해 그가 본 것은 그를 되 쳐다보는 장옷 속의 검은 눈동자 두 개뿐이었다. 장옷을 낚아채려고 하자마자 그는 저 멀리 튕겨 날아가더니 동굴 반대편 바닥에 쿵 하고 떨어져서 고통에 몸부림쳤다.

바닥에서 신음하고 있는 도적이 손에서 떨어뜨린 횃불을 봉달이가 잽싸게 주웠다. 정직은 도적의 손아귀가 풀리면서 단도가 자기 앞으로 떨어지자 그것을 냉큼 잡았다.

"많이 아프냐?" 다른 도적이 그에게 급히 다가가서 걱정스럽다는 듯이 물었다.

"온몸이 부서진 것같이 아파." 고통이 워낙 큰지라 도적은 끙끙거리며 간신히 대답했다.

또 다른 도적이 화가 난 기세로 돌진하듯 가마로 뛰어갔다. 그는 조심스럽게 가마 안을 들여다보았다. 보이는 것은 이번에도 장옷뿐이었다. 이 도적이 장옷을 잡아당겨 벗기려고 하는 순간 그도 여러 척 높이 공중으로 튀어 올랐다. 공중에 붕 뜬 상태로 그는 어찌할 바를 모르며 팔다리를 허우적거리고 겁에 질려 비명을 질렀다. 그는 공중을 한 바퀴 돌더니 바로 땅바닥에 곤두박질했다. 머리가 흙구덩이에 박혀 다리로 허공을 힘없이 걷어차는 모습이 가관이었다.

"사람 살려!" 그는 소리를 질렀다. 다른 도적들이 달려들어 그를 빼내려고 안간힘을 다했지만 소용이 없었다. 그는 계속 흙구덩이에 박혀서 꼼짝달싹 못 하고 있었다.

부하들에게 괴상한 일이 두 번이나 일어나자 두목 스스로 노발대발하며 가마로 달려갔다. 희미한 횃불 빛으로 보이는 가마 안의 장옷을 벗기려고 그는 손을 뻗쳤다. 그러나 장옷에 그의 손이 닿자마자 녹색섬광이 뿜어져 나와 그를 동굴 저편으로 휙 날려 보냈다. 쿵소리를 내며 그도 땅에 맥없이 떨어졌다. 나머지 도적 셋이 두목에게 달려갔는데 놀랍게도 두목의 몸이 얼어 있었다. 부하들은 두목의 마비된 몸을 풀어 보려고 했지만 헛수고였다. 그들은 불안한 마음에 서로를 쳐다보기만 할 뿐 앞으로 어떻게 해야 할지를 몰랐다. 눈이 휘둥그레지더니 그들도 모르게 입을 떡 벌리고 엉거주춤 서 있었다.

"어디 내가 해 보마!" 그들 중 한 도적이 무모하게 또 가마를 향해 달려가서 소리쳤다. 그도 가마 안의 장옷을 보자 그 것을 벗기려다가 고통에 울부짖었다. "앗, 아파! 손이 마구 타들어 간다!" 과연 그가 소리친 대로 뜨거운 화염이 그의 손목을 덮고 있었다.

아직은 무사한 나머지 두 도적은 기괴한 가마를 멍하니 바라보며 슬금슬금 뒤로 물러섰다. 그들은 너무나도 충격을 받아 입이 다물어지지 않았다.

"이게 도대체 뭔 일이야? 어떻게 이런 괴상한 일들이 일어날 수 있는 거지?" 듣도 보도 못한 이 기괴한 현상들에 당혹하고 놀란 그들은 넋을 잃은 채 서로를 망연히 쳐다보며 물었다.

순식간에 벌어진 이 무시무시한 광경을 지켜보면서 충격을 받기는 혼례 일행도 마찬가지였다. 그들 역시 이 해괴한 장면을 두 눈으로 똑바로 목격했지만 도저히 믿어지지 않았다.

"어떻게 된 일이지?" 놀란 장동이 봉달에게 소곤거렸다.

동굴 안에서 소동이 일어나자 동굴 뒤에 묶어 놓았던 말들이 홍

분해서 울부짖으며 앞발로 땅을 차기 시작했다.

"저기 말이 있다!" 말의 울음소리가 들리자 두 도적은 소리가 나는 곳으로 갔다.

동굴 주변을 횃불로 비추니 육중한 바위에 묶어 놓은 말 세 마리가 눈에 띄었다. 그들은 팔을 뻗쳐서 말고삐를 잡으려고 했으나 손이 닿지 않았다. 마치 그들의 접근을 막기 위해서 말들 주위에 투명한 벽이 쳐진 것 같았다. 이 보이지 않는 장벽을 칼로 뚫어 보려고도 거듭 시도했지만 말짱 헛수고였다. 그들이 시끄러운 소리를 내니 말들은 더 놀라서 콧김을 거칠게 내뿜으며 앞발을 동동 구르고 있었다. 결국 말을 잡으려는 시도도 좌절되었다. 그들은 도무지 어떻게 해야 할지 엄두도 못 내고 동료들이 있는 동굴 쪽으로 되돌아왔다.

혼례 일행도 도적들이 말을 포기한 이유가 궁금해 그들만 멍하니 쳐다보았다.

그들이 얼떨떨해하는 사이에 신부가 그 불가사의한 가마 밖으로 늠름히 나와서 머리에 덮어쓴 장옷을 벗어 던졌다. 주변의 깜박이는 횃불이 그녀의 부풀어 오른 검은 얼굴에 섬뜩한 그림자를 드리웠다. 그러자 그 흉한 얼굴은 더더욱 흉측하게 보였다. 그녀를 바라본 도적들은 공포에 질려 몸 둘 바를 모른 채 뒷걸음질 쳤다.

"사람 살려! 괴물이다!" 도적 하나가 소리를 꽥 질렀다.

소리친 도적이 몸이 풀리고 있는 두목에게, 그리고 다른 한 명은 흙구덩이에 박힌 동료에게 달려가서 각자 그들을 일으켜 세우고 동굴 밖으로 줄행랑을 쳤다.

"같이 가!" 다른 상처 입은 도적들도 큰소리로 외치며 그들 뒤를 절뚝절뚝 엉금엉금 따라갔다.

신부를 처음으로 보게 된 일행들은 행여나 비명이 새어 나갈까 봐

두 손으로 입을 꼭 막았다. 이루 말할 수 없는 충격에 그들도 차가운 맨땅에 주저앉아 눈을 감았다. 그들은 대감과 신랑의 기분이 상하지 않도록 자신들의 당혹감을 가까스로 억눌렀다.

"너, 괜찮은 거니?" 며느리가 무사한지 걱정이 된 대감은 그녀에게 급히 다가가 물었다.

"네, 아버님. 저는 아무 일 없습니다. 염려해 주셔서 감사합니다." 신부는 의젓하게 차분히 대답했다.

"밥을 먹지 않았더구나. 배가 많이 고프지 않느냐?" 대감이 걱정스러워서 물었다.

"아닙니다, 아버님. 저는 괜찮습니다." 신부는 머리 숙여 대답했다.

"그런데 그 산적들한테 어찌 그런 일이 다 일어났을까?" 대감이 며느리를 실험하는 듯 물었다.

"저 또한 뭣 때문에 그들이 저 모양이 됐는지 전혀 알지 못합니다. 이상한 빛이 가마 밖으로 나오더니 저들의 정신 줄을 빼앗았습니다." 신부는 태연하게 대답했다.

대감은 봉달에게서 횃불을 건네받았다. 그는 가마 주위를 돌면서 그 불가사의한 일이 어떻게 일어났는지 알아내려고 했다. 대체 뭣 때문에 그 산적들이 그런 괴이한 행동을 하고 기겁을 하며 동굴 밖으로 도망갔는지 대감은 궁금하지 않을 수가 없었다. 가마를 꼼꼼히 살펴봐도 그저 보통의 것과 다르지 않았다. 그는 눈에 보이는 것 이상의 인간 영역 밖의 무엇이 존재하리라는 생각이 들었다. 그는 며느리를 미심쩍어하는 눈초리로 쳐다봤다. 이 애가 아마 뭔가를 숨기고 있을 게다. 그는 그녀가 이 모든 기상천외한 일에 깊숙이 관여했다고 생각되었다. 그러나 지금 당장 진상을 밝히라며 다그치는 것은 옳지 않다고 판단했다. 언젠가 때와 장소를 가려서 이에 대한 답을 들으리라고 마음먹었다.

대감의 의심스러워하는 눈길을 피하며 신부는 아무것도 모르는 척했다.

기운이 다 빠진 일행은 다시 잠을 청할 수가 없었다. 모두 날이 얼른 밝기만을 기다렸다. 그저 빨리 짐을 챙겨서 집으로 가고 싶을 뿐이었다.

뻘건 빛으로 이글거리는 아침 해가 톱니처럼 뾰족뾰족한 산 정상 틈 사이로 의젓이 솟아오르자 동굴 안으로도 햇빛이 담뿍 스며들었다. 이윽고 동굴 안이 환해지니 하인들은 후닥닥 짐을 꾸렸다. 그 뒤부터 한양으로 돌아가는 길은 평온하고 순조로웠다. 온갖 색깔의 꽃들과 싱그러운 새순, 새잎을 자랑이라도 하는 듯한 어린 초목들로 산들이 싱싱하게 빛나고 있었다. 어서 집에 도착하기를 바라는 조급한 마음에 이 호사스러운 봄 풍경이 그들 눈을 오래오래 사로잡지는 못했다. 진달래, 개나리, 벚꽃들이 그들이 지나고 있는 오솔길가를 빼곡히 메우고 있었다. 며칠 후 한양의 성벽에 도달해 친숙한 동대문흥인지문을 바라보자 그들은 기뻐서 어쩔 줄 몰랐다.

길고 험난했던 여행에서 돌아온 그들은 모두가 피곤이 겹치고 겹쳐 기진맥진한 상태였다. 하지만 대감 댁에는 신부를 구경하기 위해 일가친척들이 많이 모여 기다리고 있었다. 그들 일행이 대문 앞에 도착하자마자 앞을 다투어 우르르 몰려 나왔다.

"신부 얼굴 좀 보자. 어디 있느냐?" 대감 집 안팎에서 서성거리며 기다리던 친척들이 너도나도 외쳤다.

"제발 우리 좀 지나가게 해주오. 긴 여행으로 몹시들 피곤하오." 대감은 그들을 진정시키고자 했다.

혼례 일행은 대감 댁 안으로 들어왔고, 친척들은 서로 밀고 당기면서 일행의 뒤를 따라갔다.

"시원아, 새색시가 마음에 드느냐? 색시가 곱고 예쁜고?" 이철의 부인인 진주 강 씨가 방문을 열어 보며 흥이 난 목소리로 물어보았다.

"어…." 시원은 우물거리며 강 씨 곁을 지나갔다.

그가 대답을 마칠 겨를도 없이 외삼촌 민인호와 부딪혔다.

"시원아, 장가가니까 어떠냐?" 외삼촌은 시원의 등을 토닥이며 눈을 찡긋하면서 물었다.

시원은 대답 대신에 얼굴을 찌푸리고 신방으로 빨리 들어갔다. 괴상한 생김새의 아내가 한쪽 구석에 앉아 있는 것을 보자마자 그는 밖으로 뛰쳐나왔다. 그때 사람들이 신방으로 몰려와서 새색시의 얼굴 좀 보자고 난리를 피웠다. 괴상망측한 신부를 쳐다보자 모두 비명을 지르며 욕설을 퍼부었다. 어떤 이들은 공포에 질려 뒤로 자빠졌고 몇몇 여인들은 아예 기절해 버렸다.

"저런 괴물 같은 게 다 있나. 저걸 보다니 재수 더럽게 없네!" 충격을 받은 남자들 중 한 친척이 예의고 뭐고 다 내팽개치고 신부에게 침을 뱉고 소리쳤다.

"신부를 혼자 있게 내버려들 두시오! 긴 여행으로 얼마나 피곤한지 보면 모르겠소?" 아수라장이 된 현장에 대감이 와서 모두를 방문 밖으로 내쫓고 근엄히 꾸짖었다. "결혼한 여인에게서 가장 중요한 것은 바른 행실이지 외모가 아니오." 그의 확고한 말이 이어졌다. "내 말을 잘 명심하시오. 언젠가 우리 며느리를 자랑스러워할 날이 꼭 올 거요. 두고 보시오. 이 애가 우리 가문에 영광과 축복을 가져다줄 테니."

대감이 적극적으로 신부를 옹호해 주었지만 친척들은 대놓고 그녀에 대해 험담을 쏟아 냈다. 악의에 찬 짓궂은 언사가 여기저기서 소란스럽게 흘러나왔다. 시원의 장가를 축하하는 이 모임이 순식간에 신부에게 온갖 욕설을 퍼붓는 자리로 변했다.

"저 못생긴 짐승이 우리 가문에 영광과 복을 가져 온다고요?" 이정의 외삼촌 유용석이 거들먹거리며 비웃듯이 말했다. "그런 건 꿈도 꾸지 말아요. 그런 가당치도 않은 기대를 하시다니. 머리가 다들 돌았는지. 아이고, 불쌍한 우리 시원이! 저 소름 끼치는 계집과 살아야 한다니 우리 시원이 불쌍해 어떡하지요? 저 계집을 당장 내쫓고 명문 집안 규수를 얻어야 해요."

"시원이가 처복도 되게 없구나!" 이철도 맞장구쳤다. "저런 흉측한 도깨비 같은 계집과 살 바엔 나 같으면 차라리 죽어 버리겠어. 지금이라도 늦지 않았으니 저 애를 친정으로 보내고 장안의 명문가에서 아리따운 색시를 구해 줘야 하지 않겠소이까?"

"저 애는 멀리 촌구석에서 왔구나." 모두가 좋아해 마지않는 남양 홍 씨가 가르치듯이 말했다. "똑똑하고 잘생긴 우리 시원이가 미천하고 끔찍한 괴물 계집에겐 너무 아깝지 않은가요. 저 애를 내보내고 색시는 한양에 있는 곱게 생긴 규수를 찾아야지요. 아무튼 시집갈 나이가 된 장안 고관대작들의 딸들 중에서 골라야 하지요."

"대관절 무슨 생각으로 저런 역겨운 계집을 며느리로 고르신 거요? 하나밖에 없는 우리 아들을 저렇게 소름 끼치는 괴물과 어떻게 살라고 하시는 거예요?" 이번에도 가장 극렬한 불만의 목소리는 다름 아닌 시원의 어머니, 민 씨에게서 나왔다. 부인은 새로 본 며느리에 대해 거리낌 없이 불만을 쏟아 냈다. "절대로 이건 안 돼요. 저 계집을 당장 금강산으로 쫓아내시구려. 유서 깊은 명문 집안의 기품 있고 아리따운 규수들이 이 사대문 안에 수두룩한데 그들 중 하나를 우리 시원이 색시로 맞이해야 하지 않겠어요? 그런데 어째서 금강산까지 가서 저런…."

"다들 그만들 하시오!" 대감은 아내의 푸념을 중간에 자르고 모두에게 엄중한 주의를 주었다. "용모는 큰 의미가 없소. 중요한 것은 바른 성품과 정숙한 행실이라고 내 누차 말하지 않았소. 여러분 모두가 우리 며느리를 아끼고 사랑해 주시길 바라오. 만일 우리 며느리에게 함부로 못된 짓을 한다면 내가 가만히 있지 않겠소." 그는 시원을 노려보면서 다그쳤다. "시원아, 당장 네 방으로 가지 않고 뭐하고 있느냐!"

"저 괴물 같은 계집을 아내로 맞은 우리 시원에게 무슨 합방의 낙이 있겠소이까?" 어머니는 애틋하게 한탄했다. "저 짐승 같은 것에게 무슨 애정이 생기겠소이까? 아이고, 우리 불쌍한 아들아! 지지리도 처복이 없지. 내 마음이 너무 아프구나!"

시원은 절망스러워하는 어머니를 향해 애원하는 듯한 눈빛을 보였다. 그리고 나서 그는 떨리는 무릎을 주체하지 못하며 신부 방으로 어슬렁어슬렁 걸어갔다. 방 안에 들어가니 괴물 같은 신부의 얼굴이 눈에 들어왔다. 그는 즉시 고개를 돌리고 코를 막고 옷소매에서 부채를 꺼내어 얼굴을 가렸다. 그는 벽에 기대앉아서 그저 날이 새기만 바랄 뿐이었다. 먼 길을 다녀온지라 신랑은 여독을 못 이기고 곧 고개를 숙인 채 코를 골기 시작했다. 부채가 바닥에 툭 떨어졌다.

신랑은 잠들었건만, 가련한 새색시는 방구석에 틀어박혀 앉아 신랑을 쓸쓸히 바라보며 뜬눈으로 밤을 지새웠다. 시댁 식구들이 그에게 벌 떼처럼 몰려와 퍼부은 욕설을 생각하니 기가 막혔다. 한낮 우박처럼 쏟아진 온갖 수모를 꿀꺽 삼키며 그녀는 솟구치는 눈물을 꾹 참았다.

'이렇게 모두 냉대하는 이 낯선 곳에서 따뜻한 말로 나를 감싸 주고 위로해 줄 사람이 있을까?' 앞날을 생각만 해도 캄캄했다. '반드시 견뎌내야지!' 절망에 빠진 그녀는 자신도 모르게 이를 악물고 굳게 다짐했다.

헤어질 때 아버지가 하신 말씀을 되새기며 그녀는 쏟아지려는 눈물을 삼켰다. 사방을 둘러봐도 아무도 그녀를 도와주는 사람이 없으니 살아남기 위해서는 마음을 단단히 먹어야겠다고 다짐했다. 그녀는 앞으로 한없이 펼쳐질 시련과 묵묵히 참아야 할 고난의 길목에 이제 겨우 들어섰을 뿐이었다. 언제 어디서나 그녀 가슴속 깊은 곳에 함께 하는 어머님의 보살핌과 사랑이 자신을 결코 그냥 내버려 두지 않을 거라고 혼잣말을 곱씹었다. 어머님의 사랑이 이 모든 역경을 극복해 줄 것이라고 굳게 믿었다.

그녀는 시댁 문중 사람들이 맞대 놓고 하는 잔혹한 모욕에 큰 충격을 받은지라 시아버지가 그녀를 두둔해 준 사실을 까맣게 잊고 있었다. 시아버지가 자기를 편들어 준다고 깨달으니 불현듯 마음에 큰 위안이 됐다. 이제 그녀는 진정 아무것도 두려워하거나 걱정할 필요가 없다고 마음을 새로 가다듬었다. 하지만 잠은 여전히 오지 않았다. 이렇게 살기가 가득한 집에서 어떻게 이겨 낼 수 있을까에 골몰하느라 그녀는 그날 밤을 한숨도 못 자고 뜬눈으로 새웠다.

신랑은 세상 물정 모르고 깊은 잠에 빠져 있었다. 새벽 햇살이 방에 비쳐들자 잠에서 깨어난 그는 눈을 비비자마자 아내 쪽은 쳐다보지도 않고 황급히 방을 뛰쳐나갔다. 아버지의 불같은 격노가 두려워 그는 이틀 정도 이 짓을 했지만 사흘째가 되는 날부터는 아예 신방 출입 겉치레조차도 그만두었다. 그는 아버지 모르게 사랑채에 있는 자기의 옛 방에 가서 홀로 잠을 잤다.

이정 대감 댁의 새 며느리가 괴물같이 생겼다는 소문이 하인들의 입을 통해 밖으로 빨리 새어 나갔다. 한양 저잣거리에는 그녀의 소문이 가마꾼을 통해 벌써부터 퍼지고 있었다. 그녀의 흉측한 생김새와 시시콜콜한 흠집까지도 화제가 되며 한양 내에 소문이 돌고 돌았다. 한양 사대문 안의 고관대작 집안 여종들은 이 소문을 듣고서 각자의 마님들께 미주알고주알 일러바쳤다. 사람들은 신부의 생김새에 대한 풍문만 듣고도 터무니없는 상상을 불태우며 이 괴이한 신부를 꼭 한 번 보기를 너도나도 바랐다.

4
외딴 초가집살이

대감 댁에서는 신부를 염병 걸린 사람처럼 멀리했다. 대감 외에는 그 누구도 그녀에게 말을 곱게 건네는 사람이 없었다. 대감은 며느리가 건강한지, 편안한지를 걱정하며 따뜻하고 인자한 마음으로 늘 가슴 아파했다. 측은함이 가득한 그는 며느리가 무엇을 원하고 필요로 하는지 관심을 가졌다. 그리고 되도록이면 며느리의 얘기는 무엇이든지 다 들어 주려고 애썼다. 그러나 이런 아버지와 달리 아들은 반항했고 생각이 짧았다. 그래서 아내의 추한 겉모습 뒤에 숨은 참모습을 터득하지 못하고 늘 그녀를 피하기만 했다.

대감은 종종 사랑채로 시원을 불러서 나무라곤 했다. 그는 아들로 하여금 그의 가엾고 외로운 아내에게 이해심과 동정심을 가질 것을 타이르며 훈계했다.

"네가 오로지 사람의 겉모양만 보고 그 진면목을 꿰뚫어 보지 못하면, 아예 선비가 될 생각도 하지 마라. 옛말에도 교언영색은 진정한 덕이 아니라 하지 않았느냐." 아버지는 아들에게 틈이 날 때마다 타일렀다.

그러나 안타깝게도 아들은 아버지의 바른 충고를 귓등으로도 들으려고 하지 않았다.

시원이 아버지로부터 이렇게 엄한 꾸짖음을 듣고 난 며칠 뒤였다. 새아씨가 시부모에게 문안을 드리러 갔다. 대감은 그녀의 큰절을 온화한 미소로 받아 주었다. 그러나 시어머니는 역겨움을 못 이겨 고개를 돌렸다.

"뭔가 마음에 걸리는 게 있느냐? 감추지 말거라. 괴로운 것이 있으면 내게 말해 보려무나." 대감은 며느리의 마음에 동요가 있음을 알아차리고 그녀에게 하고 싶은 말을 하라고 재촉했다.

"아버님, 지금의 형편으로는 제가 효성을 다해 시부모님을 극진히 모시지도 못합니다. 또한 부부간에 화락하며 지내기도 불가능할 것 같습니다." 시아버지가 진심으로 걱정해 주니 그녀는 감복하여 마침내 입을 열었다. "저는 이 집안의 눈엣가시입니다. 가옥과 인접한 너른 마당에 별당을 하나 제게 지어 주십시오. 저는 앞으로 사람들의 차가운 눈총과 멸시로부터 거리를 두어야 살아갈 수 있겠습니다. 그러면 아무도 제게 신경을 쓰지 않아도 될 겁니다."

"당치도 않은 소리를 하지 말거라. 네가 우리 가족에게서 숨어 지낼 이유가 없다." 대감은 터무니없다는 듯이 단호하게 말했다. "감히 너를 괴롭히려는 자는 누구든지 나한테 단단히 혼이 날 각오부터 해야 할 것이다. 게다가 그 빈터는 사대부 가문의 아녀자가 지낼 만한 곳이 아니다. 자칫 잘못하면 도둑들이나 말썽꾼들에게 봉변당하기에 십상이고."

"아버님, 그런 염려는 마십시오. 난입자를 막을 만한 나무들을 심으면 됩니다." 며느리는 흔들림 없이 대답했다.

"시원이가 곧 정신 차려서 외모가 사람의 전부가 아니요, 무엇이 진정 중요한지 알아보는 사리 분별을 갖게 되리라고 본다." 며느리를 가엾이 여기며 대감은 위안의 말을 건넸다. "시원이 제정신을 바짝 차리도록 엄하게 나무라겠다고 내 약속하마. 모든 것을 내게 맡기고 걱정하지 마라."

"저 애는 응당 박대받을 만하니까 그런 대접받는 것이지요. 우리 아들은 아무 잘못 없소이다. 저렇게 악취가 나는 못난 계집과 어떻게 합방할 수 있겠는지!" 옆에서 시어머니 민 씨는 한숨을 푹 쉬면서 이렇게 조용히 중얼거렸다.

"이놈아, 아직도 왜 그리 철이 없느냐?" 대감은 아들을 그의 방으로 또 불러서 나무랐다. "왜 그리 옥석을 가리지 못하느냐? 네 처를 그렇게 불행하게 만들어야 속이 시원하겠느냐? 계속 그렇게 처를 무시하며 독수공방하게 한다면 그 애는 외로움에 지쳐 스스로 목숨을 끊을지도 모르지 않느냐. 만에 하나 그렇게 된다면 이는 우리 가문에 큰 화禍가 될 것이다. 훌륭하신 조상님들로부터 대대로 쌓아 온 우리 가문의 명예를 더럽히고 싶은 거냐? 그런 불상사가 일어나기를 원치 않는다면 얼른 가서 네 처를 달래 주거라. 옛말에도 있듯이 여자가 한을 품으면 오뉴월에도 서리가 내리는 법이다."

"아버님, 부디 저의 어리석음을 용서해 주십시오. 다시는 아버님의 말씀을 거역하는 일이 없겠습니다. 가서 아내와 화해하겠습니다." 그는 제 생각이 모자랐다며 아버지 앞에 무릎을 꿇고 앉아서 용서를 구했다.

시원은 그날 저녁 아내를 위로해 주러 가겠다고 마음을 크게 먹었다. 아버지를 위해서라도 그래야 했다. 그는 심호흡을 하고 처의 방으로 들어갔다. 하지만 그의 얼굴 정면으로 뿜어져 나오는 고약한 냄새에 그는 거의 자빠질 뻔했다. 역한 냄새에 그는 코를 잡고 눈을 감았다. 아버지의 말씀을 따르겠다는 그의 결심도 순식간에 땅바닥에 내던져진 채로 그는 그날 밤을 벽에 기대고 앉아서 보냈다. 낙담한 아내는 등을 돌리고 잠이 든 남편을 처참한 심경으로 물끄러미 쳐다보왔다. 새벽이 되자마자 그는 쏜살같이 방을 빠져나갔다.

며칠 뒤 며느리는 대감에게 아침 인사를 드리는 자리에서 가택 옆의 빈터에 따로 별당을 지어 주실 것을 또다시 간곡히 청했다.

"아버님, 빈터에 소박한 별당 하나 지어 주시면 저는 더 이상 바랄 게 없습니다." 며느리의 간청이 절실하게 들렸다.

"그래, 그 빈터에 안락한 별당을 지어 주마." 아들이 약속을 어긴 사실을 알게 된 대감은 걱정으로 마음이 타서 한숨을 푹 쉬며 약조했다.

며느리는 감사의 말씀을 올리고 물러났다.

이 대감 댁에 접한 너른 터는 이 씨 문중의 소유지였다. 여태껏 특별한 용도 없이 방치돼 잡초만 무성하게 자라는 땅이었다. 가끔 말들이 그곳에 와서 잡초를 뜯어 먹곤 했다. 하인 정직이 별당을 짓는 일을 총괄하도록 지시받았고, 비용은 아낌없이 쓰였다.

얼마 안 있어 본채 옆의 너른 터에 서너 개 방이 있는 아담한 별당이 세워졌다. 별당은 남향으로 그 북쪽과 서쪽은 산으로 둘려 있었고 남쪽에는 울창한 소나무 숲이 있었다. 동쪽에는 본채의 돌담이 세워져 있었다. 뜰 한쪽에는 조그만 연못과 정원이 나란히 있었다. 뜰에 화초를 심고 뒤쪽에 우물을 팜으로써 집 짓는 일이 일단 마무리됐다.

"대감, 별당이 다 축조되었습니다." 정직이 사랑채로 가서 아뢰었다.

대감은 곧장 정직의 뒤를 따라 별당을 둘러보러 갔다.

"이 별당은 참으로 거처하기에 편안하게끔 잘 지어졌구나." 세심히 살펴본 뒤 대감은 흡족해하며 정직을 칭찬했다.

그러고 나서 곧 별당에 들어갈 아씨를 모실 몸종으로 아홉 살짜리 미화를 보냈다. 이 어린 종은 아씨가 별당에서 잘 지낼 수 있도록 열심히 도왔다.

"미화야, 네 덕분에 내가 이곳으로 빠르고 쉽게 옮겨 왔구나." 어린 종의 부지런함이 마음에 들어 아씨가 말을 건넸다. "여기서 같이 살아야 하니, 우리 서로 친해져야겠지? 네 얘기를 좀 해 주렴. 그러면 나도 내 얘기를 해 주마."

"제 아버지는 이름이 송 자 민 자 송민이라 하며 이 댁의 하인으로 일하셨습니다." 미화는 눈물을 글썽거리면서 말했다. "정원 일을 맡으셨죠. 나무를 베시다가 그만 쓰러지는 나무에 깔려서 돌아가셨습니다. 벌써 일 년 전 일이옵니다."

"그러면 너는 여기서 네 어머니와 함께 살고 있느냐?" 아씨가 물었다.

"아니요. 어머니는 저를 낳고 돌아가셨습니다." 그녀는 잠시 말을 멈추고 치맛자락으로 눈물을 닦고 말을 이어갔다. "아버지가 젖동냥을 하시면서 저를 키우셨습니다. 아기를 키우는 여종이나 마음씨 좋은 이웃 젖엄마들이 제게 남은 젖을 주었다고 합니다. 젖을 먹을 때 저는 빼짝 마르고 아주 허약했다 합니다. 하오나 아버지가 저를 유별나게 잘 보살펴 주셔서 튼튼해지고 건강해졌습지요."

"다행이구나, 미화야!" 어린 나이에 엄마, 아빠를 모두 잃은 미화를 아씨는 마음속으로 동정했다.

"아버지가 돌아가시고 나서 저는 잘 먹지도 자지도 못했습니다. 그만 병이 났습니다." 미화는 눈물을 다시 닦으며 말을 계속했다. "다들 제가 아버님을 따라서 죽을 거라고 생각하셨다네요. 하오나 조금씩 몸이 좋아지더니 지금은 다 나았습니다. 제가 수다를 너무 떨어서 마님께 꾸중을 듣곤 했습니다. 마님께서는 제가 없으니 좋아하실 겁니다."

"미화야, 친부모를 그렇게 일찍 여의었다니 참 안됐구나. 의지가지

없는 고아로 남겨졌으니 얼마나 마음이 쓰라렸을까." 아씨는 미화를 안쓰러워했다.

지금까지 미화에게는 자기 얘기를 털어놓고 들어줄 사람이 아무도 없었다. 그간 가슴속에 혼자만 담아 두었던 감정에 북받쳐서 그녀의 뺨에는 눈물이 하염없이 흘러내렸고 마침내 그녀는 구슬프게 통곡했다. 잠시 후 더 이상 쏟아 낼 눈물도 없이 눈물샘이 마르자 그녀는 딸꾹질까지 했다.

"이제 건강을 되찾아서 나와 함께 있을 수 있으니 정말 다행이구나." 아씨는 미화가 눈물을 다 닦을 때까지 기다린 뒤 입을 열었다. "우리 친정아버님은 아직 살아 계시나 친정어머님은 너의 어머님처럼 나를 낳자마자 세상을 떠나셨단다. 그래서 아버님께서 나를 홀로 키우셔야 했지. 우린 산중 깊은 곳에서 살다 보니 근처에 이웃이 아무도 없었어. 그래서 나는 머리에 뿔 하나 멋있게 우뚝 솟은 흰 일각수 젖을 얻어먹고 자랐단다. 흰 일각수는 매일 와서 날 보살폈지. 우리 어머니처럼. 그 외에도 여러 산짐승들이 어린 내게 친구가 돼 주어 같이 신나게 놀았지."

"아씨의 어머님께서 제 어머니처럼 아씨를 낳고 돌아가셨다고요? 정말이에요? 아씨는 어디서 사셨어요? 흰 일각수의 젖은 맛있었어요? 어떤 산짐승들과 친하셨나요?" 놀랍고 신기하기 그지없는 아씨의 어린 시절 얘기를 넋이 나간 채로 듣고 있던 어린 하녀는 언제 울었냐는 듯이 울음을 뚝 그치고 이런저런 질문을 거침없이 쏟아 냈다.

"우리 어머님은 내가 태어나자마자 곧 돌아가셨다고 해. 갓 태어난 딸이 건강하다는 것을 확인하시고 편안한 마음으로 세상을 뜨셨대. 하도 어릴 적이라 흰 일각수의 젖이 어떤 맛인지 전혀 기억이 나지 않아. 난 금강산에서 반달곰이나 여우, 토끼, 사슴 같은 짐승들과 같이 놀았어. 흰 일각수의 등을 타기도 했지."

"어머, 그런 산짐승들과 함께 지내셨어요? 무섭지 않으셨나요?" 미화는 계속 물었다.

"짐승들하고 재미있게 잘 놀았어. 하나도 무섭지 않았거든. 걔네는 아주 정답고 재미있었어." 아씨는 그녀의 행복했던 어릴 적을 회상하듯 눈을 지그시 감고 미소를 지으며 대답했다.

미화는 아씨 이야기가 하도 놀랍고 신기해서 할 말을 잃었다.

"미화야, 이제 우리는 서로를 잘 알게 됐으니 친하게 지내도록 하는 게 어떻겠니?" 둘 다 태어나자마자 어머니를 여의었다는 사실을 알게 된 그들은 서로에게 더 깊은 가까움을 느꼈다.

"아씨와 이곳에 같이 있게 되니 저는 정말 좋아요." 하녀는 고개를 끄덕이며 답했다.

아씨의 다정한 말에 그녀의 추한 생김새는 미화의 안중에도 없었다. 그녀는 본채에서 떨어져 산다는 것만으로도 날아갈 듯이 신나고 기뻤다.

"별당이 마음에 드느냐? 불편하지는 않느냐? 필요한 것 있으면 지체 말고 미화를 보내려무나." 며칠 뒤 대감이 별당에 들러 며느리의 안부를 물었다.

"아버님, 이곳은 더할 나위 없이 좋은 곳입니다. 이렇게 아늑한 별당을 지어 주시고 또 미화까지 보내 주셔서, 저는 이루 말할 수 없이 황송할 따름입니다. 어여쁜 뜰 안의 초여름 꽃들이 너무나도 곱습니다. 그 향기 또한 그윽하고요." 며느리가 모처럼 가뿐한 마음으로 화답했다.

"별당이 마음에 든다니 다행이로구나. 하지만 너무 휑한 곳에 있어 도적이 들거나 이런저런 위험에 노출될 수 있겠다. 네가 무사할지가 염려스럽구나. 혹시나 불한당이 들이닥칠지 모르니 하인 둘이 매일 밤 별당을 지키게 하마."

"아버님, 제 걱정은 하지 마십시오. 제 몸 하나는 저 혼자서도 충분히 보전할 수 있습니다. 괜스레 하인을 별당 경비로 보내지 않으셔도 됩니다. 제게 나무 몇 그루를 마련해 주시면 그것들이 담벼락이 되어 불한당들로부터 별당을 보호할 것이옵니다."

그러나 그녀의 반대에도 아랑곳하지 않고 대감은 방재와 강인을 별당으로 보내어 경비를 서도록 했다.

대감의 방문이 있고 난 다음날, 아씨는 미화를 시켜서 별당에 심을 나무와 다섯 가지 색깔의 흙五色土이 필요하다고 아버님께 아뢰었다.

아씨의 요청을 대감은 곧바로 받아 주었다. 그는 정직을 급히 종묘장에 보냈다.

"주문한 나무가 도착하면 아씨를 도와 나무를 심어 드려라." 대감은 정직이 돌아오자마자 지시했다.

"예, 대감. 그리하겠습니다." 정직이 곧바로 대답했다.

이틀 후, 다섯 가지 색깔의 흙과 묘목을 가득 실은 수레 여러 대가 대감 댁에 도착했다. 대감의 분부대로 정직은 삽과 괭이를 가지고 방재, 봉달, 화민과 강인 등을 데리고 별당으로 가서 이 나무 심는 일을 도왔다.

아씨는 도교의 동서남북 방향을 잡아 나무를 심는 법을 따랐다. 나무가 병충해 없이 튼튼하게 자라려면 네 방향에 나무를 서로 다른 색깔의 토양에 심어야 했다. 동쪽에는 푸른색, 서쪽은 하얀색, 남쪽은 붉은◎색, 그리고 흙에 나무를 심었다. 마지막으로 동서남북 둘레 한복판에는 노란 색깔 흙으로 나무 몇 그루를 심어 놓았다. 이 나무들이 별당의 울타리가 되었다.

워낙 너른 땅이라서 일꾼들은 여러 날 고생하면서 나무를 심었다. 이윽고 가져온 나무들을 모두 다 심자 아씨는 그들의 노고를 치하했다. 그날부터 아씨와 미화는 매일같이 나무에 정성스레 물을 주며 가꾸었다. 나무가 무럭무럭 자라나는 것을 지켜보는 것이 그들에게 하루하루의 큰 즐거움이었다. 아침 일찍부터 한낮 무렵까지 아씨는 미화와 함께 뜰을 가꾸었고, 점심을 먹고 나면 밤늦게까지 독서에 파묻혔다.

"미화야, 너도 글 읽기와 쓰기를 배우는 게 어떻겠니?" 나무 심기가 끝나고 며칠이 지난 어느 날, 아씨는 미화에게 물었다.

"아, 아씨, 정말이세요? 저도 정말 글을 배우고 싶습니다!" 미화는 기뻐서 어쩔 줄 몰라 손뼉을 치며 팔짝팔짝 뛰었다.

"물론이지. 내가 왜 거짓말하겠니?" 아씨는 말을 이었다. "하지만 네게 일러둘 게 있다. 글을 배우는 것은 보기만큼 쉬운 게 아니란다. 참을성과 끈기가 필요한 일이야. 열심히 공부하겠다고 약속하겠니?"

"네, 약속드려요. 그러면 아씨처럼 저도 글을 읽을 수 있도록 가르쳐 주시는 거죠!" 미화는 여전히 벅찬 흥분을 못 이겼다.

아씨는 종종 미화가 어깨너머로 그녀가 읽고 있는 책을 엿보는 것을 눈치채왔던 터였다. 자신의 몸종이 공부에 대한 열망을 가지고 있음을 미리 알아챈 아씨는 그녀에게 글을 직접 가르쳐야겠다고 마음했다.

미화는 책 안에 뭣이 있기에 아씨가 그토록 몰두하시는지 궁금하던 참이었다. 그녀는 책 안의 세계를 알고 싶은 마음이 간절했었다. 책 속의 글자들이 꿈틀거리는 소용돌이로 보였는데, 이제 그녀는 그것을 읽고 헤아리는 법을 배울 기회가 생긴 것이었다.

아침에 나무에 물을 주고 나면 아씨는 미화에게 한글언문을 가르쳐 줬다.

"한글을 배우게 되다니 너는 정말 운이 좋구나." 아씨는 자긍심에 찬 어조로 말했다. "거의 이백 년 전에 세종대왕께서 집현전의 학자들로 하여금 백성을 위해서 한글을 창제토록 하셨지. 열심히만 한다면 한글을 익히는 데 큰 어려움은 없을 거야. 한글을 다 깨치면, 한문도 가르쳐 줄까 해. 네가 얼마나 한글을 잘 배우느냐에 달려 있어."

"한글 공부를 열심히 하겠어요. 제가 잘하면, 한문도 가르쳐 주신다는 말씀이죠?" 미화는 부푼 마음으로 기대에 가득 차 있었다.

"그래, 네가 한글을 잘 익힌다면, 한문도 좀 가르쳐 주마."

독서삼매경에 빠진 아씨의 모습에 감화를 받아 온 터라 미화는 한글을 깨치리라고 단단히 마음을 먹었다. 그녀는 머리가 좋아서 빠르게 익혔고 또 열심히 연습했다. 나무에 물을 줄 때에나 부엌일을 할 때에나, 청소를 할 때에나, 마당을 쓸 때에도 배운 것을 꾸준히 쩌렁쩌렁 외우곤 했다. 그뿐만 아니라 뜰을 쓸 때에는 흙 위에, 근처 냇가에서 빨래를 할 때에는 모래 위에, 그녀는 끊임없이 글쓰기를 연습했다. 냇가 둑 위에 널어놓은 옷이 마르는 동안에 그녀는 모래 위에다 글자를 썼다. 잘 말린 옷은 풀을 먹여서 다듬잇방망이로 두들겨서 다듬어야 했다. 다듬이질할 때에도 그녀는 방망이 두드리는 박자에 맞추어 그날 배운 것을 암송하곤 했다. 그녀는 슬쩍슬쩍 눈가림하는 식으로 얼렁뚱땅하지 않았기에 한글 실력도 빠르게 늘어났다.

아씨는 나무를 가꾸고 몸종을 가르치느라 바쁜 나날을 보냈다. 쉴 새 없이 몰두할 일이 생겨 그녀는 시댁에서의 외로움은 잊고 지냈다.

미화가 공부를 시작한 지 몇 주가 지난 뒤에 있던 일이었다. 아씨는 미화를 대감에게 보내어 큰 붓과 두꺼운 종이를 가져오게 했다. 하녀는 대감이 계신 곳으로 찾아가서 아씨의 요청을 아뢰었다.

"아씨는 잘 있느냐? 요사이 뭘 하고 있는지? 나무들은 어떻게 됐느냐?" 대감은 며느리의 안부를 물었다.

"나리, 아씨는 편안히 잘 지내십니다." 미화는 명랑하게 대답했다. "아침엔 저와 함께 나무에 물을 주며 정원을 돌보시는데 벌써 나무가 많이 컸습니다. 오후에는 제게 글을 가르쳐 주십니다. 남은 시간엔 밤늦게까지 책을 읽으시고요. 그런데 아씨는 대감께 큰 붓과 좀 두꺼운 종이를 부탁드리라고 하십니다."

"그것들을 가지고 뭘 하겠다고 하는고?" 대감은 며느리가 서화 용구를 청하니 궁금하지 않을 수가 없었다.

"나리, 저도 알지 못합니다. 쓰임에 대해선 말씀이 없으셨습니다." 미화가 대답했다.

"네 아씨를 내가 한 번 봐야겠구나." 대감은 심부름을 간 방재가 서화 용구를 가지고 오자 말했다.

대감은 외딴곳에 며느리가 몸종과 함께 단둘이서만 사는 것에 대해 여전히 마음이 편치 못했다. 나무를 심고 난 뒤, 그녀가 하도 완강히 고집하는 바람에 화민과 강인은 야간 경비 일을 그만뒀다.

며느리가 거듭 안심을 시키기에 대감은 다소 마음을 놓았었지만, 새로 심은 나무들이 별당을 어떻게 보호해 주는지 직접 가서 눈으로 봐야 할 것 같았다. 아울러 그녀가 서화 용구를 대체 왜 빌려 달라고 하는지도 무척 궁금했다.

별당을 향해 발걸음을 돌린 대감은 좁은 문을 지나 너른 마당으로 나갔다. 미화가 총총걸음으로 뒤따라갔다. 그는 별당을 둘러싼 그리고 한복판에 몇 그루 있는 나무들의 울창한 모습을 보고 깜짝 놀랐다. 나무들이 벌써 별당을 가리고도 남을 정도로 높이 자라 있었다. 단 몇 주 만에 나무가 저렇게 높이 자랄 수 있다니, 도무지 믿어지지 않았다. 그런데 이 나무들은 어찌나 불길하고 험하게 보이는지 심장을 멈출 만큼 오싹함을 느꼈다. 나뭇가지들은 마치 울타리 위에서 똬리를 틀고 있는 맹수들처럼 보였고, 이런 섬뜩한 나무들을 짙은 안개가 휘감고 있었다. 대감과 미화가 별당의 터로 들어가자 번개가 번득이고 천둥이 대포 소리처럼 울렸다.

"여기 나무들이 왜 이리 사납고 험상궂게 보이는고?" 대감은 곧바로 덤벼들 것 같은 맹수 모양의 나무들이나 하늘을 찌를 듯한 우렛소리에도 전혀 동요하지 않는 미화에게 물었다.

"대감 나리, 걱정하실 것은 없습니다." 미화는 아무렇지도 않은 듯이 아뢰었다.

다리를 후들후들 떨면서 대감은 가까스로 며느리의 별당에 다다랐다.

"옥체 강령하십니까? 어쩐 일로 여기까지 찾아오셨습니까?" 아씨는 매무새를 바르게 한 뒤 시아버지께 극진히 예를 갖추어 고개 숙여 인사드렸다. 그녀는 오랜만에 시아버지를 뵙게 되니 얼굴에 생기가 돌았다.

"그래, 건강히 잘 있느냐?" 대감이 물었다. "그간 궁금했지만 경황이 없어서 여태껏 와 보지 못했다. 네가 본채에서 떨어져서 이렇게 허허벌판 속에 지켜 주는 사람도 없이 여종과 함께 단둘이서만 지내는 게 아직도 몹시 마음에 걸리는구나. 저 괴이하게 생긴 나무들을 가꾸면서 매우 분주히 보냈다는 말을 들었다. 정녕 저 나무들이 몹쓸 괴한들을 쫓아 주기라도 한단 말이냐?"

"그렇습니다, 아버님. 저 나무들을 보면 괴한들이 불미스러운 생각을 품을 엄두조차 못 내지요."

"허, 그것참 듣던 중 반가운 말이구나. 신기하기도 하고. 네가 안전하다고 하니 훨씬 마음이 놓인다." 이어 그는 궁금하던 것을 물었다. "그런데 이 물건들을 왜 청했느냐? 뭣에 쓰려고?"

"아버님, 이 별당은 저에겐 나무랄 데 없이 좋습니다. 그런데 이 집 이름 하나 없으면 되겠습니까? 별당에 이름을 붙이기 위해 붓들을 빌려주십사 하고 청했습니다."

"그렇구나. 어디, 네 붓 다루는 솜씨 좀 구경하자꾸나. 네 서법書法
을 보여다오." 시아버지가 재촉했다.

벼루에 물 몇 방울을 따르고 먹을 갈고 난 뒤 며느리는 붓을 부드
럽게 다듬고 먹에 적셨다. 그리고 종이 위에 큼직한 글씨체로 한 획
한 획을 힘차게 그으며 '피화당避禍堂'이라고 써 놓았다. 며느리의 필
적은 출중하기 이를 데가 없었다. 굵직한 한자가 종이 위에서 춤을
추듯 꿈틀거렸다. 글자 하나하나가 살아 있는 용들이 종이 밖으로 튀
어 나가 금방 하늘로 날아갈 것 같아 보였다.

"네 글씨에는 힘과 생동감이 넘치는구나. 글자 하나하나가 흡사
막 하늘로 솟구쳐 오르려는 용을 닮았구나. 이처럼 활력이 넘치는 글
씨체는 내가 근래에 본 적이 없다." 대감은 며느리의 글씨를 보고 칭
찬을 아끼지 않았다. "그래 네 아버님께 배운 글씨인고?"

"네. 저의 변변찮은 글씨를 과찬해 주시니 부끄럽고 황공할 따름
입니다. 아버님께서 저에게 가르쳐 주셨습니다." 며느리는 겸손한 마
음으로 대답했다.

"그런데 왜 별당 이름이 '피화당'이냐? 그건 재앙을 막는다는 뜻
아니냐?" 대감은 그 명칭에 의아해했다.

"네, 아버님, 맞습니다. 화를 피한다는 뜻입니다." 며느리는 차분
한 목소리로 답했다.

"그러면, 언젠가 예기치 못한 화가 우리에게 닥친다는 것 아니냐?
도대체 무슨 일인고?" 대감은 한편으로는 의심쩍고, 또 다른 한편으
로는 당혹스러워 다시 질문을 던졌다.

"아버님도 잘 아시지 않습니까. 인간의 운명이란 미리 내다볼 수
없는 것이지요. 나라의 운 또한 그러합니다. 마치 날씨와 같아서 하
루는 맑고 푸른 하늘에 햇볕이 쨍쨍 내리쬐고, 다음날엔 진눈깨비

나 굵은비를 억수같이 퍼붓고요. 앞으로 어느 한 개인이나 한 나라에 무슨 일이 닥칠지 누가 알겠습니까? 생과 사는 하늘이 정하는 일이니 그저 중생으로서 삼라만상의 오묘한 수를 따르는 수밖에요. 하오나 만반의 준비가 잘돼 있다면야 앞날에 무슨 일이 닥쳐도 든든한 대처가 되겠지요. 앞으로 저 나무들은 그 어떤 재앙에도 우리를 보호해 줄 것입니다."

"혹시 나라에 생각지 못할 변란變亂이 일어날 것이란 뜻으로 하는 말인고?" 대감은 화들짝 놀라며 물었다.

"인간만사 새옹지마이듯이 국운 역시 어찌 흥망성쇠를 피할 수 있겠습니까. 앞으로 크고 작은 화난이 있을 듯합니다. 미리 대비하는 것이 옳다고 생각됩니다." 며느리는 태연하면서도 공손히 밝혔다.

"어떻게 하면 된단 말이냐?" 대감이 반문했다.

"한 오십 년 전에 이율곡 판서께서 제안하신 선견지명을 본받아 대비해야 합니다. 그분이 말씀하셨듯이, 유비무환이요, 부국강병입니다."

"아니, 네가 어찌 이율곡의 진언도 다 아느냐?" 시아버지는 깜짝 놀라 물었다.

"친정아버님께서 제게 역사 공부를 시켜 주셨습니다."

대감은 며느리의 놀라운 역사 지식을 접하니 일전에 사돈과 함께 박학다식한 대화를 나누던 좋은 추억이 문득 떠올라 마음이 흐뭇해졌다.

"아버님, 지금으로선 먼 훗날을 크게 걱정하시지 않아도 됩니다. 언젠가 다리를 건너야 할 곳에 달할 것입니다. 때가 되면 모든 것이 만천하에 드러나겠지요. 송구합니다만 이것이 제가 알려드릴 수 있는 전부입니다."

대감은 며느리의 간청을 받아들이고 더 이상 물어보지 않았다. 며느리의 말은 종잡을 수 없었다. 어떤 불가사의한 사연 때문인지 그녀는 더 이상 설명하지 않았다.

"너의 아버님은 다재다능하신 진정 뛰어나신 분이시다. 정말 딸을 잘 가르치셨구나. 새삼 그분이 여기 머무시던 때가 그립구나. 언제 한 번 이곳을 내방해 주시면 좋으련만." 며느리의 말을 곧바로 알아차린 대감은 화제를 바꿔서 박 처사를 칭찬했다.

"고맙습니다, 아버님. 저 또한 친정아버님을 몹시 뵙고 싶습니다. 언젠가 이곳에 와 주셨으면 합니다."

며느리가 말을 마치자, '피화당'이라고 쓰인 종이가 땅에서 솟아올라 공중에서 잠시 맴돌더니 느닷없이 단단한 목판으로 탈바꿈하는 것이었다. 먹으로 쓴 글씨는 금자金字로 변해서 늦은 오후의 햇살을 받으며 눈부시게 빛났다. 이 금빛 문장紋章의 현판은 지붕으로 넘실넘실 날아가더니 처마 밑에 저절로 고정되는 것이었다.

"네가 보통 애가 아닌 줄 내가 진작 알았다만, 네 신통한 재주는 신기하기 이를 데가 없구나." 이 희한한 현상을 바라보며 대감은 눈이 휘둥그레지고 입에 거품을 물다시피 하며 말했다. 하늘을 우러러보며 그는 안타까움의 긴 한숨을 내쉰 다음 자신의 팔자를 한탄했다. "하나밖에 없는 아들 녀석이 철이 없어 어리석기만 하니 내 얼마나 불운한고. 녀석에겐 네 엄청난 재주를 알아볼 혜안이 없구나. 여기서 네 재주를 직접 보기만 해도 너한테 그토록 야박하게 굴지는 못할 터인데."

대감은 며느리가 스스로를 보호할 능력이 충분히 있음을 이미 간파하고 있었다. 이전에 금강산에서 자신을 욕보이려는 산적들이 혼나지 않았는가. 며느리가 이 끔찍하게 생긴 나무들의 괴이한 본질에 대해 말을 아끼는 것으로 보아 필히 나무들도 재앙을 막고 잡귀를 쫓아내는 초인적인 주술의 힘이 있으리라 어림짐작했다. 그로부터 며칠 뒤에 일어난 한 사건은 그의 직감이 영락없이 맞아떨어졌음을 보여줬다.

땅거미가 질 저녁 무렵이었다. 한 나그네가 울창한 소나무 숲에서 나타나더니 피화당의 울타리 밖에서 어슬렁거렸다. 울타리에 열린 틈이 보이자 그는 조심스럽게 너른 마당 안으로 들어섰다. 그러나 그가 발을 디디자마자 천둥소리가 마치 땅을 그 밑바닥부터 뒤집어엎을 듯이 굉음을 냈다. 귀청을 터지게 하는 이 우렛소리에 혼비백산해서 그는 비명을 지르며 도망쳐 숨을 곳을 찾았다. 그때, 소름 끼치게도 울타리가 희미한 저녁 빛을 받으며 맹수들 모습을 띠는 것이었다. 곧이어 이 사나운 짐승들이 귀신 기마병들로 빠르게 변신하더니 무시무시한 칼을 하늘 높이 쳐드는 것이었다.

"사람 살려! 사람 살려! 나 죽어요!" 자기에게 달려드는 이 '유령' 군대를 보고 나그네는 볼멘소리를 질렀다.

귀신들은 도망치는 침입자를 쫓아갔다. 그가 무기를 소지하지 않고 있음을 알고 죽이지는 않았다. 이내 유령들은 바람 속으로 희미하게 사라졌다. 그러자 나무들은 언제 귀신이 나타났냐는 듯이 다시 제자리로 돌아가 우뚝우뚝 섰다.

비명에 아씨와 미화는 방문을 열고서 어둑해진 마당을 내다보았다.

"미화야, 가서 누가 저렇게 소리를 지르는지 알아보고 오너라." 궁금하여 아씨가 미화에게 말했다.

"예, 아씨." 미화는 초롱불을 들고 마당으로 나갔다.

초롱불을 들고 몇몇 하인들도 대감을 모시고 본채에서 종종걸음으로 나와 피화당에 이미 와 있었다. 그들 역시 날카로운 비명이 어디서 나온 건지 알아보러 온 참이었다. 대감은 별당에 대한 그의 염려가 현실이 된 것인지 심히 걱정스러웠다.

정원 한구석에 한 젊은이가 눈을 양손으로 가리고 몸을 뒤튼 채로 큰 바위 뒤에서 움츠리고 있었다. 초롱불을 들어 올려 그를 비추니, 혼쭐이 난 이 젊은이는 이를 우두둑 맞부딪치며 떨고 있었다.

"제가 나쁜 뜻을 품고 들어온 건 아닙니다. 저도 모르게 우연히 공터로 들어왔습니다. 제발 살려만 주십시오." 젊은이는 부들부들 떨며 말했다.

"댁은 누구시오? 누가 댁을 죽인다고 합디까?" 정직이 어처구니가 없다는 듯이 물었다.

"저는 성은 오 가, 이름은 정한이라고 합니다. 부산에서 여러 날 걸려서 여기까지 올라왔습니다. 제 친척이 안국동 근처 어딘가에 살아서 찾으러 왔습니다. 제가 길을 잘 몰라서 송림 밖으로 나오다가 이리로 모르고 들어왔을 뿐입니다. 그런데 이 울타리가 갑자기 사나운 짐승으로 변했습니다. 그다음엔 하늘에서 떨어지는 기마병 혼령으로 변했습니다. 당연히 저는 죽어라 하고 소리 질렀을 뿐입니다. 유령들이 흉기를 뽑아 들고 잽싸게 제게 달려들기에 저는 죽어라 도망쳤을 뿐입니다."

"기마병 유령들이 어디 있다는 말이요? 여긴 아무것도 없지 않소." 봉달이 말했다.

"방금까지 여기 있었는데, 어디로 갔는지 저도 모르겠습니다." 젊은이는 어리둥절하며 겁에 질려 하늘만 물끄러미 쳐다보았다.

"이분은 누구신데 어인 일로 우리 마당에 있습니까?" 미화가 이때 초롱불을 들고 와 차분하게 물었다.

"친척 집을 찾느라 헤매다가 불찰로 여기까지 흘러들어 왔다고 하는구나." 정직이 믿을 수 없다는 듯이 답했다.

"참말입니다. 날이 어두워지니 길을 잃고 저도 모르게 소나무 숲 안에 들어갔습니다." 잔뜩 혼이 난 젊은이는 하던 말을 거듭했다.

"그런데 왜 마치 귀신이라도 본 듯이 마구 비명을 지르셨대요?" 미화가 물었다.

"귀신들한테 공격을 당했다고 하는구나." 봉달은 미심쩍다는 말투로 대답했다.

"정말 그랬습니다! 귀신이 자그마치 수천이나 됐습니다. 놈들이 저를 죽일 것 같아 소리를 질렀습니다. 게다가 귀청이 찢어지는 우렛소리가 계속 저를 따라붙어 이루 말할 수 없이 혼비백산했습니다!" 젊은이는 아직도 부들부들 떨고 있었다.

난입자가 하는 말을 들으니 대감은 얼마 전 며느리를 찾아갔을 때가 떠올랐다. 그때 그는 '유령' 병사들을 보지는 못했지만 꿈틀대는 야수처럼 생긴 울타리와 하늘을 찌르는 천둥소리에 소름이 끼쳤었다.

"대체 자네가 찾고 있는 자가 누구인고?" 대감은 즉시 화제를 바꾸어 질문 하나를 던졌다.

"제 숙부님을 뵈러 왔습니다. 성은 오 씨이고 이름은 성 자, 준 자로 조정의 병조에서 근무하십니다." 오정한이 대답했다.

"자네가 오성준의 조카인가?" 대감은 깜짝 놀라서 되물었다.

"예, 그렇습니다. 혹시나 제 숙부님을 아시는지요?" 오정한도 화들짝 하며 되물었다.

"그럼, 알고말고. 병조에 그렇게 유능한 실무 관리가 있어서 참 다행이지. 그의 집은 여기서 멀지 않다. 내 하인을 시켜서 자네를 그분 댁으로 안내하게 하마." 대감은 젊은이에게 도와주겠다고 했다.

"황공합니다. 제가 길을 잃지 않고 나리를 여기서 뵙지 못했더라면 숙부님 댁을 못 찾고 이 밤 내내 헤맬 뻔했습니다." 안도의 한숨을 푹 쉬며 젊은이는 고개를 몇 차례나 숙이며 감사를 드렸다.

"자네에게 도움이 돼서 다행일세. 자네 숙부께 내가 안부 전한다고 말씀드리게." 대감은 봉달에게 길을 일러 줬다. 오정한은 거듭 감사의 절을 올리면서 봉달을 따라 피화당을 나섰다.

낯선 이가 괴한이 아니라서 모두 안도했다. 하인들은 울타리가 맹수로 바뀌었다가 귀신 병사들로 변신했다는 기상천외한 이야기를 홍분 속에 떠들어 댔다. 그들은 그러다가도 어깨를 으쓱하며 나그네가 부산에서 먼 길을 온 끝에 지칠 대로 지친 피곤 때문에 헛것을 봤다며 그 이야기를 대수롭지 않게 여겼다.

"그자 말은 다 헛소리야! 망상도 유별나지! 정신이 나갔겠지!" 강인이 외쳤다.

대감의 생각은 달랐다. 그는 며느리의 별당에 불미스러운 침입이 불가능함을 확인하고 걱정을 덜었다. 그날 저녁 사건을 보니 침입자들은 피화당에서 무사할 길이 없었다. 박 처사가 헤어지면서 했던 말이 그의 귓가를 다시 맴돌았다. '난세가 되면 대감께선 제 여식의 도움을 받으실 수 있소이다….' 아직도 철부지인 내 아들에게 저렇게 비범한 딸을 시집보내다니. 그는 사려 깊은 사돈이 너무나도 고마워 자기도 모르게 고개를 숙였다. 언제 하나뿐인 내 자식이 철이 들어서 세상을 바로 보게 될지. 그는 낙담한 나머지 땅이 꺼지도록 깊은 한숨을 내쉬었다.

5
말라빠진 망아지

어느 날 아침 아씨는 시부모님께 문안드리러 본채를 향해 걸어갔다. 어느새 하루가 다르게 빨갛고 노란 옷을 갈아입는 마당의 나무들을 놀란 마음으로 눈여겨보았다. 대감 집을 둘러싸고 있는 저 먼 산들도 울긋불긋 가지각색으로 물들고 있었다. 본채의 안뜰에 서 있는 감나무들 가지에도 짙은 주황빛의 감들이 주렁주렁 매달려 있었다. 아침저녁으로 쌀쌀해진 날씨에 낮의 길이는 점점 짧아져 가고 있었다.

대감은 여느 때와 마찬가지로 며느리를 반갑게 맞이하였다. 그러나 시어머니는 여전히 차디차고 매정했다.

며느리가 뭔가를 주저하는 모습을 보였다.

"혹시 마음에 걸리는 게 있느냐? 그런 것 있으면 주저하지 말고 말하라고 했거늘. 고민이 있으면 기탄없이 털어놓으려무나." 대감은 부드러운 말씨로 물어보았다.

"아버님, 내일 아침 동대문에서 말 시장이 열릴 겁니다. 하인 한 사람을 보내시어 가장 깡마르고 꾀죄죄한 말을 3백 냥을 주고 사 오게 하십시오. 저쪽에서 부르는 값이 다섯 냥밖에 안 될지라도 반드시 3백 냥을 다 주셔야 합니다." 며느리는 다소 머뭇거리다가 이렇게 간청했다.

"아니, 다섯 냥밖에 안 되는 망아지를 어찌 3백 냥씩이나 주고 산단 말이냐? 병든 말에 드는 돈치고 너무 과하지 않느냐? 게다가 그런 보잘것없는 짐승을 사서 뭐에 쓰겠다고?" 시아버지는 의아한 듯 캐물었다.

"아버님, 일단 제 말대로 해 주시면 나중에 그 까닭을 분명히 아시게 될 것입니다. 3년 뒤에 큰 보상이 있으리라고 제가 확언해 드립니다." 며느리는 이렇게 권했다.

"말에 대해 저 아이가 뭘 안다고 저러는 거요? 피눈물 같은 돈을 그런 말 같지도 않은 짓에 헛되이 쓰지 마시구려. 저 애의 미친 소리를 귀담아들을 생각도 아예 마시오." 시어머니는 대뜸 반대하고 나섰다.

며느리의 괴이한 요청에 당혹하기는 대감도 마찬가지였다. 그러나 그는 며느리의 사리 분별과 초능력을 믿었다. 그는 다음날 꼭두새벽에 하인을 불러서 지시했다.

"화민아, 동대문에 가면 말 시장이 서 있을 게다. 거기 가서 가장 깡마르고 피부병으로 겉껍질이 여기저기 부르트고 네발로 제대로 서 있기도 힘든 망아지를 두말없이 3백 냥에 사 오렴." 그는 돈 꾸러미를 하인에게 쥐어 주고 분명하게 다시 일렀다. "상인이 얼마를 부르든 간에 그 비루먹은 말을 무조건 3백 냥을 주고 꼭 사와야 한다. 알겠느냐?"

"예, 분부대로 하겠습니다." 화민이 고개를 숙이며 대답했다.

"시장엔 온갖 사람들로 몹시 붐빌 거다. 조심하지 않으면 눈 뜨고 코 베이는 줄 알아라." 대감이 하인에게 단단히 타일렀다.

"명심하겠습니다, 대감님." 화민이 고개 숙인 채 다시 대답했다.

동이 터서 하늘이 불그스름해지자 화민은 동대문을 향해 집을 나섰다. 그는 피부병이 걸리고 바짝 마른 망아지 한 마리를 왜 그렇게 어마어마한 돈을 주고 사야 하는지 도무지 이해되지 않았다. 그러나 궁금해하지 않는 게 도리라고 생각했다. 힘차게 아침 길을 걸으며 노랗게 익은 한없이 넓은 들판의 벼 이삭들이 부드러운 가을바람에 살랑살랑 흔들리는 모습을 보았다. 그 모양새가 꼭 출렁이는 황금빛 물결 같았다. 잘 여물어 가는 감나무의 감들도 마치 붉은 열매 꽃인 양 집집마다 담장 밖을 살짝 내다보고 있었다. 눈부신 가을 풍광에 그의 발걸음도 마냥 가벼웠다.

가을에는 동대문에서 매달 마지막 닷새 동안 큰 말 시장이 열렸다. 제주도나 만주, 선양을 포함해서 전국 방방곡곡에서 온 말들이 이곳에 모였다. 마상들이 말들을 들여놓을 마방은 비록 겉으로는 엉성하게 보였지만 튼튼하게 만들어 놓았다.

말 시장에는 아침 일찍부터 도처에서 말을 팔거나 사러 온 사람들로 북적거렸다. 농부들은 논밭 일을 하는 데 필요한 말을, 가게 주인들은 물건을 운반하는 말을 각각 구매하러 이곳에 모였다. 양반들도 타고 다닐 만한 말을 보러 왔다. 그러나 말을 사고파는 일과는 관계없이 수많은 사람들이 말 구경, 사람 구경하는 재미로 이곳에 몰려왔다. 말 외에도 먹거리나 온갖 물건들이 매매됐고 이런저런 놀이들도 행해졌다.

상쾌한 가을 아침 공기를 만끽하며 화민은 동대문에 도착했다. 이른 아침부터 말 장수 몇몇이 안간힘을 쓰며 임시 마구간을 세우는 모습이 눈에 띄었다. 시장은 가을빛 영롱한 낮은 언덕에 둘러싸인 너른 벌판에 있었다. 화민은 태어나서 처음으로 말 시장을 구경했다. 지금까지 이런 곳이 있는 줄도 몰랐던지라 그 큰 규모와 드넓은 들판에 감탄이 저절로 나왔다. 마구간의 칸마다 여러 종류의 말들이 빼곡하게 들어서 있었다. 종자, 나이, 크기, 색깔 등이 각양각색인 이 말들은 다 합쳐서 족히 수백 마리는 되는 듯했다.

시장의 양쪽 가장자리에는 이런 마방이 길게 늘어서 있고 가운데의 넓은 공간에는 사람들이 지나다니면서 말을 사려고 살펴보고 있었다. 벌써 아침 일찍부터 상인들과 손님들 사이에서 가격을 흥정하고 왁자지껄 떠드는 고함이 들렸다.

"이리 와서 이 늘씬한 말 좀 보세요. 몸이 튼튼한 이 말이 단돈 스무 냥이니 거저 가지시는 거예요." 말 장수가 조금씩 밀려들어 오는 손님들을 붙잡으려고 고래고래 소리를 질러댔다.

"날쌘 말을 찾으시오?" 다른 장사꾼이 소리를 높였다. "만주 선양에서 가져 온 아주 빠른 말이 있습죠. 먼 길을 쏜살같이 달리는 말이 올시다. 서른 냥에 이런 말을 파는 데는 여기밖에 없어요. 이렇게 싼 가격에 이런 날쌘 말을 사시면 두고두고 만족하실 것입니다요!"

"정말 제대로 된 말을 원하시면 이놈을 단돈 스물닷 냥에 드리오리다." 또 다른 말 장수도 지지 않고 소리를 질렀다. "아주 힘이 세고 어디에다도 다 쓸 수 있는 말이죠. 물건도 잘 나르지, 심지어 주인 양반이든 가족이든 이곳저곳 편히 태워 드리기까지 하지, 뭐든 못하는 게 없어요."

귀청이 찢어지게 소리치는 말 장수들의 아우성은 여기저기서 가격을 흥정하는 손님들의 시끄러운 목소리와 뒤섞였다.

이에 질세라 다른 상인들도 고래고래 소리를 지르며 호객했다. 장날에는 국밥장수부터 시작해서 점쟁이까지 온갖 장사꾼들이 좌판을 벌이며 북새통을 이루었다. 그들은 말 시장 근처에 천막을 치고 장사를 했다. 점쟁이들은 돗자리를 깔고 그 위에 점괘와 별자리가 있는 탁자를 놓고 점을 쳤다. 어떤 이들은 상서로운 결혼 날짜를 받거나 혹은 좋은 묫자리를 찾기 위해 왔다. 승진 여부를 알아보기 위해 찾아온 관료들도 있었다. 먹거리 장터에선 맛 좀 보시라는 목소리들이 터져 나왔다. 그곳에서 풍겨 나오는 맛있는 음식 냄새에 이끌려서 국밥을 먹거나 녹두전이나 해물전을 안주 삼아 막걸리나 약주를 마시는 사람들로 북적거렸다.

보부상들도 물건들을 담은 바구니나 소쿠리를 들고서 여기저기 다니며 행상을 했다. 그들 중 가장 인기 있고 눈에 띄는 행상은 단연 엿장수였다. 보통 단단한 엿판을 목판 위에 올려놓고서 그 목판을 목에 걸고 다니는 이 엿장수들은 쨍그랑쨍그랑 쇠 가위 소리로 사람들 눈길을 잡으려 애썼다. 그들은 자그마한 정과 망치를 이용해 한입에 쑥 들어갈 만큼 작은 조각을 잘라 가며 엿을 팔았다. 아이들의 귀에는 엿장수의 가위질 소리는 듣기만 해도 군침을 흘리게 하는 달콤한 음악 소리나 다름없었다. 아이들은 엿장수를 신나게 좋아했다. 혹시라도 엿장수가 엿 조각을 떨어뜨리거나 아니면 너그러운 마음으로 나눠 주지나 않을까 하는 막연한 기대에 끌려 졸졸 따라다녔다.

"아저씨, 엿 조금만 깨 주세요." 배고픈 아이들이 엿장수 뒤를 쫓아다니며 졸라 대기도 했다.

엿장수는 가끔 부서진 엿 조각을 아이들에게 던져 주기도 하고 기분 좋은 날에는 엿 조각을 한 주먹 덥석 나눠 주기도 했다.

풍물패가 나타나자 축제 분위기가 한껏 고조됐다. 검은 고깔을 쓰고 빨강, 노랑, 파랑 등 세 가지 색깔 띠를 두른 흰옷 차림의 농부들이 꽹과리, 징, 소고, 북, 날라리, 장구 등을 치면서 가판대 여기저기를 훨훨 날 듯이 돌아다녔다. 그들은 머리를 연신 흔들어 댔다. 그들이 흔드는 모자에 단 긴 장식 끈이나 종이꽃도 이리 번쩍 저리 번쩍 빙빙 돌았다. 장날 농악놀이는 이처럼 색다른 재미를 더해 주었다. 아이들은 신이 나서 풍물패를 쫓아다니며 소리를 질렀다. 개구쟁이들은 획획 도는 장식 끈을 앞다투어 잡으려는 장난도 쳤다. 풍물패는 "많이 파시라"라고 인사를 올리며 가판대 곳곳을 돌아다녔다.

한바탕 풍물패가 소란을 피우며 장터 사람들을 모은 뒤 곧이어 머리 끈을 돌리며 춤을 추는 공연을 펼쳤다. 수많은 사람들이 점점 더 꾸역꾸역 모여들어 이 활기 넘치는 전통 오락을 구경하며 즐거워했다.

다른 한쪽에서는 흰옷 차림을 한 광대가 줄타기 곡예도 했다. 이를 보려고 구경꾼들이 몰려왔다. 긴 막대를 양손으로 들고 허리춤에 큰 부채를 끼워 넣은 채로 광대는 여러 척 높이의 기둥 사이에 매달린 밧줄 위에서 균형을 잡고 거리낌 없이 움직이고 있었다. 그는 긴 막대기를 들고 출렁출렁하는 꽤 먼 밧줄 끝까지 걸었다. 그리고 허리춤에서 부채를 꺼내어 부채질하며 다시 제자리로 되돌아갔다. 그러다가 껑충 공중으로 뛰어올라 한 바퀴 공중제비를 돌고 밧줄 위에 사뿐히 안착했다. 그가 약간이라도 비틀거리면 구경꾼들은 행여 땅에 뚝 떨어질까 봐 깜짝 놀라서 조마조마하며 숨을 죽였다. 이 등골이 오싹한 곡예가 끝나자 숨죽이고 있던 관중은 열렬히 환호하며 박수갈채를 보냈다.

이 온갖 장날의 놀이가 자기를 보란 듯이 손짓하는 것 같았지만 화민은 마음을 굳게 먹고 그 유혹을 꿋꿋이 물리쳤다. 그리고 왼쪽 마구간부터 시작해서 각 마방의 말들을 샅샅이 쭉 훑어보았다. 사람들이 하도 이리 밀치고 저리 밀치고 하는 바람에 각 마방에 있는 말들을 꼼꼼히 살펴보기가 너무 힘들었다. 어쨌거나 그는 여기서 필요한 말을 찾지 못해서 반대편에 있는 마구간으로 갔다. 거기에서도 각 마방을 면밀히 훑어보았으나 대감이 꼭 사 오라는 바짝 마르고 병든 말은 찾지 못했다.

그는 좀 더 잘 살펴봐야겠다고 마음먹었다. 하여 이번에는 지금까지 온 길과 반대 방향으로 천천히 내려갔다. 반쯤 갔을 때 여러 잘생긴 말들 사이에서 병들어 시들시들한 망아지 한 마리가 마방 한구석에 비틀비틀 서 있는 것을 보았다. 말들이 마구간 안을 왔다 갔다 하며 그 망아지를 가리는 바람에 미처 보지 못했던 것이었다. 마방 안에서 거니는 말들의 움직임을 따라서 그도 몸을 움직이며 그 망아지로부터 눈을 떼지 않으려고 애썼다. 한참 눈여겨보니 이 망아지가 대감이 말씀한 것과 면면히 일치했다. 분명코 대감이 사 오라고 했던 바로 그 옴에 걸린 말이었다.

화민은 그 망아지를 가리키며 말 장수에게 다가갔다. 이름이 만복이란 이 말 장수는 아까부터 그를 유심히 쳐다보고 있던 참이었다.

"저기 있는 바짝 야윈 말 좀 보고 싶은데요." 화민이 말했다.

"아니, 왜 하필이면 저 비루먹은 놈이란 말이오? 여기 힘세고 건장한 말들이 수백 마리는 될 텐데?" 어처구니가 없다는 표정으로 손사래를 치면서 만복이가 물었다. 키가 작고 안색이 어둠침침한 이 중년 말 장수의 넓적한 얼굴 위에 눈동자가 교활하게 빛났다.

"우리 주인 나리께서 병들고 비틀비틀하는 깡마른 놈을 사 오라고 하셨어요." 화민은 다시 그 말을 가리키며 대답했다.

"이놈의 이빨 좀 보시구려. 아주 튼튼하게 생겼지 않소이까? 이 힘차고 멋진 놈을 단돈 열닷 냥에 싸게 팔겠소이다. 이거 가져가고 저 말라빠진 놈은 생각도 마시구려!" 만복은 마구간에서 매끄럽게 잘빠진 말 한 마리를 끌고 나와 그 입을 크게 벌려 고르게 성한 이빨도 보여 줬다.

"안 돼요. 우리 주인 나리께서 저걸로 사 오라고 하셨거든요." 화민은 완강히 고집했다.

만복은 손님 설득을 포기하고 마구간으로 가서 그의 눈에는 아무 짝에도 못 쓸 그 망아지를 끄집어내 왔다.

"값이 얼마요?" 망아지가 주인 나리에게서 지시받은 말과 모양새가 같은가를 가까이서 세세히 확인한 다음 화민이 물었다.

"이런 쓸모없는 놈을 정 사 가시겠다면 내 얼마든지 싸게 줄 수 있소. 다섯 냥에 드리겠소이다." 만복은 어쩔 수 없다는 듯이 대답했다.

"여기 3백 냥이 있습니다." 화민이 돈을 내놓았다.

"귀먹었소? 아니 내가 다섯 냥이라고 하지 않았소? 그냥 다섯 냥만 주시면 이 보잘것없는 놈을 가져갈 수 있소이다." 화민이 주겠다는 가격에 만복은 화들짝 놀랐다.

눈이 휘둥그레진 말 장수는 입이 떡 벌어져서 다물어지지 않았다. 그는 돈을 받으려고 하지 않았다.

"저 귀머거리가 아니오. 우리 주인 나리께서 3백 냥에 사 오라고 하셨으니 어쩔 수 없어요. 자! 여기 돈 있으니 어서 제발 받으세요." 화민이 계속 고집했다.

"이 말라비틀어진 놈이 다섯 냥이면 고작인데 그렇게 큰돈을 받고 팔 순 없소이다. 내가 도둑으로 보이오? 3백 냥이라니, 말도 안 되오!" 만복은 팔짱을 긴 채로 물러서지 않았다.

"당신, 바보 아니오? 저 사람이 마음을 바꾸기 전에 얼른 3백 냥 받고 파시구려." 유심히 서서 두 사람의 입씨름을 보고 듣고 있던 구경꾼 하나가 말 장수에게 소리쳤다.

이렇게 두 사람이 말 값을 가지고 티격태격하니까 주변에서 구경꾼들이 하나둘씩 더 모이기 시작했다.

"당신 누군데 날 보고 바보라고 하는 거요!" 만복은 구경꾼의 말에 화가 치밀어 올라서 속사포처럼 말을 내뱉었다. "사람을 뭐로 아는 거요! 난 조정의 썩어 빠진 벼슬아치들하곤 달라요. 최소한 간도 쓸개도 있고 양심도 있어요! 무엇이 옳고 그름 정도는 가릴 줄 알아요. 이런 말라빠진 병든 놈을 어떻게 그런 큰돈과 바꾼단 말이오? 가당치도 않은 짓거리지!"

말다툼에 지친 화민은 끝까지 버티는 말 장수의 발치 쪽에다 백 냥을 후딱 던지고 말을 끌고 가려고 했다. 그러나 말 장수는 한사코 포기하지 않았다. 두 사람이 이 불쌍한 망아지에 매달려 서로 빼앗으려고 하니, 망아지가 놀라 날카롭게 울부짖었다. 마침내 화민이 말 장수를 물리치고 고삐를 낚아채어 달아났다. 만복은 기가 막혀서 멍하니 쳐다보았다. 대감에게 혼이 날 것에 겁이 난 화민은 나머지 2백 냥은 몰래 숨기기로 했다.

한편 대감은 방 안을 왔다 갔다 하며 화민이 돌아오기를 초조히 기다렸다. 이윽고 화민이 땀을 뻘뻘 흘리고 숨을 헐떡이며 망아지와 함께 나타났다. 대감은 별당의 며느리에게 말을 데려가게 했다.

"아버님, 이 말은 아니 됩니다. 값을 제대로 치르지 않으면 소용이 없습니다." 며느리는 말을 주의 깊게 살펴보더니 실망해서 고개를 저었다.

"그게 무슨 말이냐? 내가 그놈의 말에게 그렇게 많은 돈을 썼는데." 대감은 깜짝 놀라며 되물었다.

"그렇지 않습니다. 이 말에 쓴 돈은 단 백 냥뿐입니다. 그러면 소용이 없습니다. 하인에게 말을 되돌려주라고 하십시오." 그녀는 천천히 대답하였다.

"네 이놈, 정말 이 말을 사는 데에 3백 냥을 다 쓴 거냐?" 대감이 냉큼 달려온 화민에게 큰소리로 다그쳐 물었다. "못매를 맞고 싶지 않다면 당장 말하거라!"

"나리, 아무리 말 장수에게 3백 냥을 다 주려고 해도 도무지 그 작자가 말을 들으려고 해야 말이죠." 화민은 사실대로 말하며 용서를 빌었다.

"그럼 나머지 돈은 어디 있는 게냐?" 대감이 물었다.

"그 작자는 단지 다섯 냥만 받으려고 해서 제가 하는 수 없이 백 냥만 던져 주고 가까스로 도망치다시피 왔습니다. 나리 말씀을 거역해서 벌을 받을까 봐 겁이 나서 나머지 돈은 다른 곳에 숨겨 두었습니다요." 화민은 겁에 질려 그대로 자백했다.

"이놈이 감히 주인을 우롱하다니! 당장 가서 말 장수에게 나머지 돈을 다 주지 못할꼬! 이번에도 분부를 어긴다면 목숨이 붙어 있지 못할 게다!" 대감이 버럭 호통을 쳤다.

대감 나리의 으름장에 화민은 마치 저승사자에게 쫓기듯이 부리나케 돈을 챙겨 집 밖으로 뛰쳐나갔다. 생사가 걸린 문제인지라 그는 냉큼 말 장수에게 가서 악을 쓰며 하소연했다.

"임자가 그 말라비틀어진 말 값을 다 받지 않는 바람에 내가 주인 나리께 호된 꾸중을 들었소이다. 이 2백 냥을 제발 받아 주시구려. 그러지 않으면 나 뭇매 맞고 죽을지도 몰라요!" 그는 어리둥절해하는 말 장수를 나무라주고 나머지 2백 냥을 내던져 주었다. 그리고 쏜살같이 사라졌다.

"세상에 이런 일이 다 있다니, 믿기지가 않네. 그 놈의 비루먹은 망아지가 이런 복덩어리일 줄 누가 알았담? 와, 하루아침에 내가 떼돈을 벌다니. 아니 이런 횡재가 어디 있어!" 만복은 땅에 떨어진 돈 꾸러미를 믿어지지 않다는 듯이 멍하니 한참 내려다보았다. 그리고는 갑자기 하늘로 치솟을 듯이 기뻐서 고래고래 소리를 질렀다.

땀범벅이가 되어 돌아온 화민은 숨을 헐떡이며 대감에게 3백 냥을 다 지불했다고 아뢰었다. 그리고 대감을 모시고 이 사실을 알리러 아씨에게 갔다.

"아버님, 이제야 이것이 진정 우리 집안의 말이 되었습니다." 화민의 말을 듣고 아씨는 그 말을 다시 꼼꼼히 살펴본 다음 흡족해하며 시아버지에게 아뢰었다.

"이제 이 말은 어떻게 키워야 한단 말이냐?" 대감이 어리둥절해서 물었다.

"아침마다 옥수수, 보리, 들깨를 각각 세 홉씩 넣어서 죽을 만들어 먹여야 합니다. 그리고 밖으로 데리고 나가서 너른 땅의 풀을 마음껏 뜯어 먹게 해야 합니다. 여름이면 매일같이 말을 씻겨서 털을 빗질해 줘야 하고, 겨울엔 매일은 아니더라도 가끔 그렇게 해야 하고요. 밤에는 별당 터 천막에 묶어 두어 이른 아침 이슬을 마시게 해주어야 하고요. 그렇게 3년을 키우면 강하고 날렵한 말로 자라날 것입니다. 우리 집안에 복 또한 가져올 것이고요." 아씨가 말을 앞으로 어떻게 길러야 하는지를 소상히 아버님께 아뢰었다.

"화민아, 아씨의 말을 잘 명심하고 어김없이 잘 따라라." 대감은 별당을 떠나기 전에 화민에게 말을 책임지고 키우라고 지시했다.

"예, 나리. 분부대로 하겠습니다." 화민이 곧장 대답했다.

망아지를 어떻게 돌볼지를 아씨가 화민에게 다시 한번 설명해 주었다. 그때 미화는 방에서 일하다 말고 뛰어나와 설렌 마음으로 망아지를 쓰다듬어 주었다. 밤마다 별당 터로 돌아와 잠잘 거라는 생각에 미화는 마음이 흐뭇해졌다.

화민은 온 정성을 다해서 말을 키웠다. 아씨의 분부대로 여름에는 말에게 옥수수, 보리, 들깨 등을 사료로 쑨 죽을 주었다. 그리고 인근 들판이나 산에 데리고 가서 풀을 실컷 뜯어 먹게 했다. 밤이면 별당 터로 데리고 와서 자게 했다. 겨울에도 말은 죽과 사료를 먹고 인근 들판을 뛰어다녔다. 밤이면 피화당의 천막 마구간에서 잤다.

미화는 망아지가 귀여워서 어쩔 줄을 몰랐다. 사람들과 동떨어져 피화당에서 지내느라 같이 놀아 줄 동무가 없었던 터라 그녀는 자연히 이 망아지에게 관심과 사랑을 온통 쏟아부었다. 말이 아침에 풀을 뜯어 먹으러 밖으로 나가기 전에 미화는 아씨와 함께 말을 정성스레 쓰다듬어 주었다. 그리고 하루도 빠지지 않고 밤이 되면 말이 잘 돌아왔는지 살펴보곤 했다. 이럴 때마다 이루 말할 수 없는 행복감을 느꼈다. 화민이 이따금 미화가 말을 타도록 할 때마다 그녀는 너무 기뻤다. 그녀는 말이 좋아하는 사료들을 틈틈이 모아서 먹여 주곤 했다. 나무에 물을 주고 난 뒤 아씨와 미화는 가끔 말을 한바탕 씻겨줬다. 말은 기분이 좋아서 꼬리를 흔들어 물을 사방에 튀기는 장난을 하며 그들에게 화답했다. 허드렛일과 한글 공부와 함께 말을 보살피는 일로 미화는 이젠 피화당에서의 생활이 심심할 틈도 없었다.

아씨에게도 망아지를 돌보는 일은 자신의 박복하고 쓸쓸한 삶을 순간순간 잊게 하는 역할을 했다. 자신의 깊은 속내를 함께 할 사람이 주위에 아무도 없기에 그녀는 그나마 망아지 때문에 별당의 외로운 삶이 견딜 만했다. 때로는 그녀 자신의 삶이 피화당에 머무는 저 짐승보다 더 나을 게 없다는 생각도 들었다. 아침마다 말은 아씨를 보면 반가운 듯이 발을 힘차게 구르고 코를 쿵쿵거렸다. 마치 그녀의 고통에 위로라도 해 주듯이 말은 꼬리를 살랑살랑 흔들면서 아씨의 손에 코를 비볐다. 아씨를 역겨워하며 고개를 돌리지 않는 존재는 대감과 화민, 그리고 몸종 미화를 제외하면 오로지 말뿐이었다. 화민이 적절히 잘 먹이고 잘 가꾸어 주니 이 병든 말은 하루가 다르게 위풍당당한 준마로 무럭무럭 자랐다.

나무에 물을 주고, 미화에게 한글과 한문을 가르치고, 시부모에게 아침마다 문안드리고, 쑥쑥 자라나는 말을 보살피고, 가끔 찾아오는 시아버지를 맞이하고, 그리고 대감의 호된 꾸중으로 가뭄에 콩 나듯이 억지로 들어왔다가 살금살금 빠져나가는 남편의 모습을 그저 물끄러미 쳐다보며 — 어딘가 그녀 가슴 한구석이 텅 빈 채로 — 하루하루를 지내다 보니 어느덧 일상의 세월이 한 달, 두 달 지나가고 또 한 해, 두 해도 훌쩍 지나가 버렸다. 어느새 마당의 조그만 연못 연꽃도 세 번이나 피고 졌다. 세월도 삶도 정말 유수와 같이 흘렀다. 피화당에 온 지 어연 3년이 다 될 무렵 화민의 정성스러운 돌봄에다 아씨와 미화의 주의 깊은 보살핌을 받으며 망아지도 어느덧 전설에서나 나올 법한 뛰어난 준마로 탈바꿈했다.

말이 피화당에 온 지 정확히 3년이 되던 어느 화창한 가을날 아침이었다. 마치 자신의 생일을 자축이라도 하듯이 매끈하게 잘빠진 이 말은 고개를 높이 쳐들면서 힝힝 소리를 냈다. 그러고 나서 앞발을 쳐들었다가 기운차게 땅을 내리 찼다. 이런 식으로 말은 껑충껑충 뛰며 자신의 튼튼한 근육을 자랑스럽게 내보였다. 신이 난 말은 콧구멍을 벌름거렸다.

"옥체 만안하신지요?" 아씨는 미화를 통해 대감께서 별당에 오시라고 청한 뒤 대감이 미화와 함께 나타나자 예를 갖추어 고개를 깊이 숙여 인사를 드렸다.

"그래, 잘 지냈느냐?" 시아버지가 며느리에게 물었다.

"네, 아버님. 어서 오셔서 이 말을 보십시오. 이것이 우리가 3년 전에 샀던 그 옴에 걸린 병든 말인데 몰라볼 정도로 달라졌습니다. 어엿한 준마로 성장했습니다." 흥분하여 아씨는 어엿한 준마를 가리켰다.

"내가 저놈을 예전에도 몇 번 보았다만, 동대문 말 시장에서 사 온, 바로 그 말라빠진 망아지인지 도무지 알아볼 수가 없구나." 말을 본 대감은 자신의 눈을 의심하지 않을 수가 없었다. "저것이 과연 그 비실거리던 말과 같은 짐승이라고 누가 믿겠느냐. 정말 늠름하기 짝이 없구나. 이놈이 온 지 벌써 3년이 지났느냐?"

"네, 아버님. 그렇습니다." 며느리가 대답했다.

"어쨌거나 위풍당당한 모습이다. 이제 이놈을 어떻게 할 작정이냐?" 대감이 물었다.

"아버님, 명에서 마오퐁이라 불리는 칙사와 그 일행이 내일 아침에 북쪽에서 숙정문을 통과할 것입니다. 동이 트기 전에 하인들에게 숙정문에 가서 문 근처에 말을 묶어 놓으라고 하십시오. 그러면 말이 칙사의 눈에 필히 띌 것입니다. 그는 말의 참 가치를 알아보고 그 말을 사겠다고 할 것입니다. 그러면 3만 냥에 팔라고 하인에게 일러 주십시오. 칙사는 아주 싸게 명마를 얻었다면서 기뻐하며 돈을 기꺼이 지불할 것입니다." 며느리가 아뢰었다.

"너무 터무니없이 높은 가격을 부르는 것 아니냐?" 대감은 며느리의 말에 미심쩍다는 듯 다시 물었다.

"아닙니다, 아버님. 오히려 이런 비상하고 날쌘 말에겐 그 값이 헐값이나 다름없습니다. 그 칙사는 <삼국지>에 나오는 '적토마'같이 보기 드문 준마를 싼 값에 구했다며 기뻐서 어쩔 줄 몰라 할 겁니다."

"그래, 이제 알겠구나. 그리하마." 대감은 며느리 말을 따르겠다고 다짐하며 피화당을 떠났다.

"미화야! 네가 이 말을 얼마나 사랑하는지 내가 잘 알고는 있다만 이것은 곧 팔릴 것이니라." 대감이 별당을 나서자 아씨는 하녀를 불러서 자상하게 설명해 주었다. "가슴이 몹시 아프겠구나. 하지만 이해해다오, 미화야. 이 귀한 말은 그 빠르기와 날렵함이 견줄 데 없는 명마란다. 그런 말을 언제까지나 여기에 둘 수는 없지 않겠니? 사람도 그렇지만 말도 꼭 자기가 필요한 곳에 있어야 하느니라. 그 특별한 재능이 제대로 인정받고 그 용도에 맞게 쓰여야 하지. 내 말의 뜻을 알겠느냐?"

"잘 알겠습니다. 하오나, 저는 참 힘듭니다." 상심한 마음에 눈물이 뺨을 타고 하염없이 흘러내리면서도 미화는 고개를 끄덕였다.

미화는 소맷자락으로 눈물을 훔쳤다. 그토록 사랑하는 말과 헤어지다니 가슴이 미어졌다. 미화는 하도 울다 보니 목이 멜 지경이었다.

"이 말을 남에게 넘겨야 하다니 나 역시 무척 슬프다. 말을 떠나보내야 하니 가슴이 먹먹하구나." 아씨는 이렇게 말했다.

미화는 슬피 울었다. 아씨는 미화가 마음껏 울도록 내버려 두었다. 그것이 미화 자신에게 도움이 되리라고 생각했기 때문이다.

"하지만 우리 밝은 쪽도 보자꾸나." 마침내 미화가 울음을 그치자 아씨는 위로의 말을 해 줬다. "보기 드문 희귀한 능력을 갖춘 말이니 새 주인에게서도 귀한 대접을 받을 것이다. 그 말이 받는 보살핌은 더할 나위 없이 만족스러울 것이고. 이는 진정 우리가 바라고, 또 그래서 기뻐해야 할 일이 아니겠느냐?"

코를 훌쩍이고 딸꾹질하며 미화는 고개를 다시 끄덕였다.

다음날 아침 일찍 아직 하인들이 말을 데리러 오기 전 미화는 무거운 마음으로 말에게 마지막 작별 인사를 했다. 그녀는 눈물범벅이 된 채 말을 사랑스럽게 토닥여 주었다. 그리고 그간 아껴 두었던 말이 좋아하는 먹이 한 묶음을 주었다. 말은 미화의 손에 코를 비비면서 이 특별한 간식을 우적우적 씹어 먹었다. 하녀는 말의 목덜미에 얼굴을 파묻고 잘 가라고 속삭였다. 그러고 나서 말을 뿌리치듯이 몸을 돌렸다. 이때 말이 천막에서 나와 앞다리를 높이 들어 올려 허공을 긁는 듯한 자세를 취하더니 날카로운 소리를 지르며 힝힝 울었다. 마지막으로 말을 한 번 더 보려고 고개를 돌린 그녀는 말의 동작을 보고 손을 흔들었다. 단 하나뿐인 친구를 잃은 그녀는 가슴이 찢어지는 고통을 느꼈다.

"너를 돌보는 일이 내게 큰 낙이었단다." 미화가 가고 난 뒤 얼마 안 있어 아씨도 방문을 열고 마당으로 나가서 이 명마를 쓰다듬으며 눈물을 머금고 작별 인사를 했다. "이 쓸쓸하고도 따분한 별당 생활에 네가 큰 힘이 돼 주었지. 친구처럼 넌 내 마음을 편안하게 해 주었어. 너는 이제 곧 너의 능력을 높이 사는 주인을 새로 만나게 될 거야. 너의 비상한 재주를 알아보니 그분은 너를 각별히 잘 보살펴 줄 거다만 나는 네가 항상 그리울 거다. 잘 가거라."

말이 벌름거리는 코를 그녀의 손에 비비며 힝힝 소리를 냈다. 그리고 헤어질 시간임을 감지한 듯 말은 앞발을 힘차게 차더니 경례하듯이 앞발을 공중으로 높이 들어 올렸다.

대감은 아직 어둠이 걷히지 않은 꼭두새벽에 화민과 방재를 불러서 말을 북문에 데리고 가라고 지시했다. 그는 며느리가 일러 준 대로 자세하게 설명해 준 뒤 그들을 내보냈다.

하인들은 동이 틀 무렵 북문으로 말을 끌고 갔다. 화민은 말을 이끌었고 방재는 등에 지게를 지고 몇 리를 걸어서 목적지에 도달했다. 대문 근방에 있는 소나무 숲으로 가서 길가에 가장 가까운 소나무에다 말을 단단히 묶어 놓았다. 그러고 나서 그들은 근처 소나무에 등을 기대어 눈을 감은 채로 명 사절단이 지나가기를 기다렸다.

아침 해가 동쪽에서 서서히 솟아오르자 하늘이 구릿빛으로 변하며 멀리서 먼지구름이 이는 것이 보였다. 말에서 나오는 짙은 분뇨 냄새가 바람에 실려 와 하인들의 콧구멍을 괴롭혔다. 이는 곧 명 사절단 수행원들의 긴 행렬이 다가오고 있음을 알리는 신호였다. 점점 크게 들리는 말발굽 소리가 거리에 울려 퍼졌다. 다채로운 색깔의 깃발을 든 기수들부터 왔고, 이어서 보병 수행원들과 기마병 호위대가 뒤따라왔다. 잘빠진 말들을 타고 있는 이 기마병들은 칙사를 호위하고 있었다.

"명 사절단이 혹시라도 말을 못 보고 지나가면 어떡하지?" 화민이 걱정스러워 봉재에게 말했다.

그러나 걱정할 필요가 없었다. 사절단이 가까이 다가오자 말은 힝힝 소리를 내며 발을 굴렀다. 하늘을 찌를 듯이 날카로운 말소리가 들리니 가마 안의 칙사는 휘장을 열고서 밖을 내다보았다. 그는 소나무에 묶인 의젓하고 늠름한 말을 보자마자 순식간에 그의 심장이 뛰는 기쁨을 맛봤다.

"행렬을 멈춰라!" 칙사가 명했다. 명 사절단의 행렬이 곧바로 멈췄다.

"저기 가서 저 말의 주인 같아 보이는 사람에게 혹시 말을 팔 의향이 있는지 물어보시오." 칙사가 역관에게 말했다.

"저 말을 파실 거요?" 역관은 즉각 달려가서 물었다.

"예, 그렇습니다." 역관의 질문에 걱정을 날려 버린 화민은 반색을 하며 곧바로 대답했다.

"얼마를 부르시겠소이까?" 역관이 다시 물었다.

"싸게 해서 3만 냥입니다, 나리." 화민이 태연스럽게 대답했다.

"말 값이 3만 냥이라고 합니다." 역관은 듣자마자 칙사에게 달려가서 머리를 조아리며 그대로 아뢰었다.

"어서 가서 내가 그 말을 사겠다고 하시오." 칙사는 열띤 표정으로 주저 없이 말했다.

"그러겠습니다." 역관이 다시 화민에게 뛰어가 칙사의 뜻을 전했다.

"저런 뛰어난 천리마가 그 정도 가격에 팔리다니. 저건 아주 보기 드문 좋은 말이지. 수백 년, 아니 천년 만에 하나 나올까 말까 하는 명마로군." 그는 흥분하여 혼자 중얼거렸다.

칙사는 그 말의 희귀성과 진가를 단숨에 알아챘던 것이다. 중국에서 그와 같은 종으로 삼국 시대 장수 여포가 타고 다니던 적토마가 있었다. 여포가 죽은 뒤 그 적토마는 조조에게 넘겨졌고 조조는 이를 대장군 관우에게 선사했다. 관우가 죽임을 당하고 난 뒤 적토마는 먹기를 거부하다가 얼마 안 있어 주인을 따라 죽었다. 그 이후 이 적토마와 같은 좋은 중국 어디에서도 다시 나타나지 않았다고 알려졌다.

칙사는 손짓으로 부하 하나를 불러서 지시했다. "어서 가서 3만 냥어치 금은화를 가져오너라."

부하는 즉시 금은화가 가득 들어 있는 궤짝을 가져왔다. 그와 역관은 화민에게 가서 이 무거운 돈 궤짝을 건네주고 궤짝 안을 살펴보라고 말했다. 화민은 거액의 금은화를 보고 고개를 끄덕였다. 내심 아무리 이 말이 빼어나다 하더라도 저 명 칙사가 뭣 때문에 말 한 마리에 그렇게까지 거금을 지불하는지 의아했다. 말을 넘겨주기에 앞서 화민은 작별 인사의 표시로 말을 가볍게 두드렸다. 말은 지난 3년 동안 받았던 보살핌에 감사라도 하듯이 공중에 앞발을 들어 올리고 높은 소리를 내며 화답했다.

화민은 말이 떠나기 전에 마지막으로 한번 말을 물끄러미 쳐다봤다. 그러고 나서 방재의 지게에 돈 궤짝을 올려놓았다. 궤짝이 워낙 무거운지라 발을 떼기가 버겁고 귀갓길이 마냥 멀게만 느껴졌다. 서로 번갈아 가며 지게를 짊어지고 가끔 휴식을 취해 봤지만 여전히 발걸음이 무거웠다. 집에 도착하자마자 그들은 대감에게 말을 3만 냥에 팔았다고 아뢰었다. 금은화가 가득한 궤짝을 보고 대감은 소스라치게 놀랐다. 말 한 마리에 정말로 저런 거금을 지불하다니 믿어지지 않았다. 놀라움에 할 말을 잃은 대감은 며느리에게 이 사실을 알리기 위해 별당으로 급히 갔다.

별당에 들어선 대감은 며느리와 몸종이 아무 일도 없었다는 듯이 대청마루에 함께 앉아 공부하고 있는 것을 보았다. 그들은 대감의 인기척을 듣자마자 일어서서 정중히 인사를 드렸다.

"대관절 너는 그 말이 그렇게 높은 가격에 팔릴 줄을 어떻게 미리 알았느냐?" 대감은 흥분을 감추지 못하고 물었다.

"아버님도 아시다시피, 그 말은 보통 말이 아니었습니다. 그것은 하루에 천 리를 달린다는 천리마 또는 적토마라고 불리는 희귀종이옵니다. 호수에서 태어난 수컷용이 종마種馬로 변신해 암말을 만났는데, 그들 사이에 태어난 자손이 바로 이 천리마입니다. 이런 종은 세상에서 지극히 드뭅니다. 먼 옛날부터 사람들은 천리마의 존재를 인지하고는 있었습니다만, 오로지 몇 안 되는 현자들만이 이 희귀한 말의 진가를 알아보는 능력을 갖췄지요. 이 말에 대한 칭송은 자자하여 '천상의 말'이나 '혈한마血汗馬'라고 널리 알려졌습니다. 중국 삼국 시대의 유명한 장수가 이 말의 주인이었다는 전설이 있습니다. 우리나라에서도 두 마리의 천리마가 있었다고 하지요. 하나는 고구려 시조 주몽의 말이고 다른 하나는 고구려 평원왕의 부마 온달 장군의 말이었다고 전해 옵니다. 알려진 바로는 그 뒤로는 천리마는 더 이상 나타나지 않았다고 합니다."

"그 말에 대해 어떻게 그리 잘 아느냐?" 시아버지가 깜짝 놀란 듯 물었다.

"친정아버님과 함께 그 말에 대해 좀 알아보았습니다." 며느리가 공손히 대답했다.

"처사께서 너를 정말 잘 키우셨구나. 그렇게 많은 것들을 가르치시다니." 대감은 불현듯이 처사를 머리에 떠올리며 말했다.

"우리나라에서는 이 말의 진가를 아는 사람은 거의 없습니다. 아버님, 조선엔 산이 많고 지형이 고르지 못해서 이 말은 그 출중한 능력을 제대로 발휘하지 못합니다. 하오나, 명 칙사는 이 천리마를 즉각 알아본 거지요. 그는 삼만 냥이란 가격이 너무 싸다고 여겼을 것이고, 그 값에 구했으니 오히려 횡재했다고 생각할 것입니다."

아씨가 대감께 드리는 설명을 엿들은 화민은 그제야 그 말의 진가를 알게 되었다. 화민은 자기가 그렇게 훌륭한 말을 길렀다는 것을 알게 되자 마음속으로나마 크게 기뻤다. 더구나 그가 3년 동안 밤낮으로 고생한 보람을 처음 느끼며 흐뭇해했다.

미화도 왜 그 말을 팔아야 하는지 좀 더 잘 이해할 수 있었다. 하지만 그렇다고 그의 마음에 쌓인 슬픔과 비탄의 감정이 풀리는 것은 아니었다. 또다시 눈물이 하염없이 뺨을 타고 내려왔다.

"네 능력은 참으로 경이롭기 그지없구나. 너는 고주몽의 모친이나 평강 공주처럼 앞을 내다보는 눈이 놀랍구나. 이 또한 사돈께 물려받은 재능이겠지?" 대감은 며느리에게 다시 한번 놀랐다.

"그렇습니다. 친정아버님께서 별들의 움직임을 유심히 살펴서 앞날을 읽어 가는 법을 가르쳐 주셨습니다." 아씨는 겸손하게 대답했다.

"그러게 내가 뭐라고 했느냐?" 들뜬 대감은 흥분된 어조로 말했다. "우리 문중 사람들에게 네가 우리 가문을 복되게 할 것이라고 으스댄 적이 있었지. 내 말이 맞지 않았느냐?" 그는 며느리의 비상한 예지력에 기쁜 마음을 감추지 못했다.

그는 부인에게 가서 며느리가 지닌 선견지명의 초능력이 기특하다고 칭찬했다. 3년 전 병든 말을 사자고 한 며느리의 제안에 매몰차게 비난을 퍼부은 것이 기억난지라 시어머니는 어깨를 한 번 으쓱하고선 잠자코 말이 없었다. 대감은 땅이 꺼지라고 또 한숨을 쉬지 않을 수가 없었다. 아들놈이 왜 그리 아둔하고 집안의 경사에도 아랑곳하지 않는지 그로서는 도무지 이해되지 않았다. 시원을 불렀으나 그는 어디에 갔는지 통 코빼기도 보이지 않았다.

며느리 덕분에 대감 댁 돈 궤짝이 하루아침에 두둑하게 불어났다.

6
신랑이 주색에 빠지다

말이 팔려 간 뒤 얼마 되지 않은 어느 날 아침이었다. 아씨는 시부 모님께 문안드리러 안채로 왔다.

"아버님, 서방님이 제겐 얼굴도 보이지 않습니다." 그날따라 문안 드리는 아씨 목소리는 유달리 힘이 없었다.

대감은 며느리가 걱정되어 그녀를 유심히 지켜보았다. 그리고 그 의 말에 귀를 기울였다.

"이는 그 누구 탓도 아니고 다 제 잘못입니다. 이렇게 추한 얼굴로 어찌 제가 지아비를 원망하겠습니까? 저는 그저 서방님이 본인의 입 신양명은 물론이고 이 씨 가문의 명예를 위해서라도 부디 학문에 매 진하여 과거 급제하기를 바랄 뿐입니다. 그 후 아버님 어머님께 효를 다해 모셔야 할 것이며, 언젠가 장안 명문가 출신의 새 신부를 맞이 해서 자손이 번성하고 다복하게 지내야 하겠죠. 이것이 제가 진심으 로 바라는 바입니다."

"어찌 너는 그리 말도 안 되는 생각을 할 수 있느냐?" 분별없이 고 집만 피우는 아들을 향한 며느리의 마음씨가 너무나도 너그러워 깊 이 감복한 대감은 눈물이 앞을 가렸다.

아씨는 고개를 숙이고 맥 빠진 사람처럼 시아버지의 따뜻한 말씀을 조용히 들었다.

"너처럼 선하고 출중한 처를 두고서도 시원이가 워낙 철이 없는지라 알아보지를 못하니 내가 도리어 부끄럽구나. 하나, 언젠가는 그놈도 네 진가를 꼭 알아볼 것이다." 대감은 안쓰럽기 짝이 없는 며느리에게 자신 있게 말했다.

시어머니는 며느리 때문에 자기 아들이 그리됐다고 믿었다. 그러나 며느리의 말이 현명하고 옳다고는 생각했다. 그는 아직까지도 속으로는 시원이 장원 급제하고 새 아내를 맞아들여 많은 손자를 얻기를 꿀떡같이 바라고 있었다.

"네가 여자로 태어난 게 못내 안타깝구나. 너같이 재덕을 겸비한 여자가 남자로 태어났다면 만고의 영웅이 되고도 남았을 것을." 대감은 아쉬움을 감추지 못했다.

며느리는 시아버지의 고마운 위로의 말씀에 한참 동안 고개를 숙이고 말없이 경청했다.

"신선처럼 고귀하신 사돈어른께서 너를 어찌 저 못난 철부지 놈에게 맡기셨는지 알다가도 모를 노릇이구나. 사돈어른께 받은 이 은덕을 어떻게 갚아드려야 할지 막막하구나. 아들놈이 어서 제정신을 차려야 할 텐데…." 대감은 애타는 마음에 탄식이 절로 나왔다.

"아버님, 너무 심려하지 마십시오." 며느리는 눈물이 글썽글썽한 대감에게 위로의 말씀을 드렸다.

"내가 세상을 뜨면 누가 너를 돌봐줄지 염려스럽구나." 시아버지는 고개를 돌려 눈물을 닦았다.

"제게 악운만 있으라는 법이 어디 있겠습니까. 인내하고 끝까지 기다리다 보면 제 앞날에도 좋은 일이 있을 것입니다." 깊은 시름에 찬 시아버지의 말씀은 며느리의 심금을 울렸다.

"물론 그래야지. 너는 당연히 복을 받아야 하고말고." 시아버지는 모처럼 며느리에게 밝고 길한 이야기를 듣자 맞장구를 쳤다.

"감사합니다, 사려 깊으신 아버님의 말씀을 결코 잊지 않겠습니다. 아버님의 말씀은 항상 저에게 큰 힘이 됩니다." 대감의 진정 어린 깊은 심려에 감격한 며느리는 갑자기 눈물이 쏟아지자 옷고름으로 눈물을 닦았다.

남편에게 외면당하면서도 아씨는 정원도 가꾸고 몸종에게 공부도 가르치며, 비루먹은 망아지를 준마로 길러서 팔았고, 밤늦게까지 친정아버지에게서 전수받은 무술과 마술책을 읽고 연습하며 분주하게 하루하루를 보냈다.

하지만 시원은 그동안 인생을 허송하고 있었다. 그러나 대감과 며느리 간의 이러한 진지한 대화가 있고 난 뒤 얼마 안 있어 시원은 그 방탕한 생활을 접고 집으로 돌아와야만 했다.

시원은 혼자서 과거를 공부하다가 혼인 뒤 점차 공부에 흥미를 잃었다. '괴물' 같은 아내 때문이기도 하지만 삶의 목표를 잃어버린 듯 그는 공부에 집중하지 못한 채 늘 답답하고 따분하기만 했다. 그러다가 그는 방탕한 삶에 그만 빠져들고 말았다. 한순간도 보고 싶지 않은 아내와의 혼인 생활에서 벗어나고픈 그는 배유화란 아름다운 기생의 품 안으로 빨려 들어갔다.

배유화의 주변엔 그 빼어난 미모와 재기로 인해 그녀를 탐내는 장안 명문가의 남자들이 넘쳐났다.

"배유화, 당신의 꾀꼬리 같은 노랫소리를 좀 들려주시오." 밤이고 낮이고 그녀의 노래를 청하는 손님이 북적거렸다.

"우리는 당신의 우아한 불사조 춤을 한번 보고 싶소. 어서 춤을 춰 보시오." 술을 마시러 온 장안의 부잣집 남정네들은 큰소리로 그녀에게 춤을 재촉했다.

그녀의 노래와 춤을 구경하러 온 손님들의 발길은 날이 갈수록 점점 더 늘어났다. 해서 그녀는 중요한 술자리에 빠지는 일이 없었다.

백여 년 전에 살았던 명기 황진이와 배유화는 자주 비견될 만큼 장안이 온통 그녀 이야기로 떠들썩했다. 그녀 스스로도 황진이처럼 되고 싶어 했다. 그리하여 마음속에 항상 황진이에 관한 모든 것을 품고 살았다 — 살아생전 그녀가 추었던 춤, 불렀던 노래, 같이 놀았던 손꼽히는 귀족과 고관들. 그녀는 가무나 서예, 시조詩調에도 남다른 재능을 보였다는데 어디서 그런 재주를 얻었을까?

'당시 개성의 유생, 정승, 선비, 한량, 심지어 고승들의 마음까지도 사로잡은 것으로 명성이 자자했다지. 하기야 그녀의 뛰어난 재능은 그녀가 남긴 시조에서 보석처럼 빛나고 있지. 때로는 요부가 되어 빼어난 용모와 교태로 점찍어 원하는 명사를 유혹했다. 그러다가도 싫어지면 가차 없이 걷어차 버리기도 했다고 하는데…. 당대 개성에서 생불로 통하던 지족선사가 그녀의 아름다움과 매력에 넋이 나갔다지 뭐야. 그녀가 아름다운 만석승무로 지족선사를 하룻밤에 유혹해서 파계까지 시켰다니! 이게 어디 보통 일인가?' 이처럼 황진이를 틈날 때마다 늘 생각하며 속으로 닮고 싶어 했다.

비록 배유화는 황진이에 필적할 정도의 재능은 못 가졌지만, 남정네들이 거부하기 힘든 빼어난 미색과 매력을 뿜어냈다. 시원도 그녀의 미모와 기교 넘치는 시와 그림에 홀딱 빠져들었다. 유화도 잘생긴 시원이 마음에 들었는지 그에게 가무 솜씨를 자랑하며 애정 어린 정성으로 향응을 아낌없이 베풀었다. 이 젊은이의 애틋한 애정 표현에 대한 화답으로 그녀는 흠모의 눈빛을 던지고 다정다감한 말을 속삭이며 술잔을 입술에 댔다. 그리고 그녀는 자기가 제일 좋아하는 황진이의 시를 읊어 주기도 했다.

푸른 산속 해맑은 계곡물아

어찌 그리 바삐 흐르는가?

푸른 바다 한번 들어서면

다시는 되돌아 못 올진대

밝은 달 산 가득한 이 밤

쉬어 간들 어떠리?

추한 용모의 아내가 워낙 역겨운지라 시원은 이 아리따운 기생을 자주 찾았다. 공부를 이미 내팽개친 그에게 아내와 가족은 안중에도 없었다. 단지 쾌락에 푹 빠지고 말았다. 이 요염한 기생을 품에 안고 약주 마시는 것만이 그의 유일한 낙이 되었다. 술에 취해 이 기생집에서 큰대자로 누워 희희낙락하며 하루하루를 낭비하기 일쑤였다. 그는 당연히 집안에서 무슨 일이 일어나는지도 관심이 없었다.

시원은 자주 곤드레 만드레 인사불성이 되곤 했고 자신이 어디에 있는지도 전혀 몰랐다. 될 대로 되라는 듯 집안일에는 아예 신경조차도 쓰지 않았다. 돈이 떨어지면 몸종 장동을 집에 보냈다. 그러면 장동은 시원이 시킨 귀중품을 가져오곤 했는데 그것은 곧 술값으로 전당 잡혔다. 그러다 어느덧 또 수중에 한 푼도 없게 되면 장동은 집에 가서 값나가는 물건을 또 집어 와야 했다. 시원은 여러 달에 걸쳐서 이렇게 배유화의 품으로부터 헤어나지 못하고 헤맸다.

시원이 기생에게 붙어서 허송세월하고 있다는 사실은 이미 대감댁 하인들 사이에서는 공공연한 비밀이었다. 어느 날 미화는 하인들이 시원 서방님의 기생집 출입에 대해서 수군거리는 것을 우연히 엿듣게 됐다.

"어젯밤에도 시원 서방님이 추접스러운 옷차림으로 고주망태가 되어 기생집에서 돌아오셨는데 장동이 업다시피 하고 왔다지 뭐야!" 진숙은 딴 하인들하고 이러쿵저러쿵 수군수군하고 있었다.

이 경악스러운 소식을 하인들에게서 듣자마자 미화는 즉각 아씨에게 뛰어가 알려주었다. 아씨도 깜짝 놀라 본채로 뛰다시피 달려갔다.

"아버님, 지금 서방님이 매우 염려스럽습니다." 아씨는 곧바로 시아버지에게 가서 알렸다. "그이가 지금 세월을 헛되이 보내고 있다 합니다. 물론 그것은 모두 다 제 탓입니다. 제 흉한 생김새 때문에 학문마저 포기하고 저렇게 밖으로 떠도는 것 같습니다. 그동안 제가 마치 오뉴월 염병이라도 걸린 것처럼 저를 피하기만 했습니다."

"무슨 말을 그렇게 하느냐?" 대감은 깜짝 놀라서 물었다.

"장안의 아리따운 기생에게 마음을 빼앗긴 것에 대해서는 제가 무어라 원망하지 않겠습니다. 오히려 그건 견딜 만한 일입니다. 하오나, 그이가 오랫동안 책 한 권도 읽지 않는 것이 못내 걱정됩니다. 만에 하나 과거를 보기도 전에 중도에 포기할 마음이라도 가지면 어찌합니까? 과거가 곧 실시될 거라는 소문이 있습니다. 서방님은 집에서 열심히 공부하셔야지 주색에 빠져서 시간을 허비하실 때가 아니라고 봅니다." 며느리의 말에는 애타는 마음이 가득했다.

"아니, 지금 내 아들 녀석이 천하에 몹쓸 난봉꾼이 되었단 말이냐? 대체 이놈이 언제부터 기생집을 드나들었는고?" 극심한 충격을 받은 시아버지가 다그쳐 물었다.

"아버님, 그건 저도 잘 모릅니다. 그이가 저렇게 몸을 축내고 쓸데없이 시간을 버리지 않도록 해야 하는데 그저 막막하기만 합니다. 제발 그이가 집에 돌아와서 다시 공부를 시작할 수 있게 도와주십시오." 며느리는 고개를 푹 숙이고 청했다.

"그간 내가 조정 일로 경황이 없어서 아들 녀석에게 관심을 두지 못했구나. 미안하다. 녀석이 아침 문안을 오지 않아도 공부하느라 시간이 빠듯해 그러려니 하고 넘어가곤 했는데. 녀석이 그런 짓을 하고 다니는 건 네 잘못이 아니다. 내가 제때 돌봐야 했건만…. 이건 어디까지나 내 탓이다." 대감은 개탄해 마지않았다.

깊은 슬픔에 잠긴 며느리는 아무 말도 못 하고 앉아 있었다.

"너무 염려 마라. 내가 녀석을 찾아올 테니. 안 온다면 질질 끌고라도 오겠다. 내 눈을 부릅뜨고 이제부터 녀석이 공부하는 것을 직접 지켜보겠다." 대감은 며느리를 안심시키려 했다.

"감사합니다. 아버님 말씀에 한결 마음이 놓입니다." 며느리는 인사를 드리고 방을 떠났다.

다음날 아침 대감은 아들을 찾았으나 나타나지 않았다. 장동과 봉달을 불러 시원이 있는 곳을 물었다. 서방님을 배신하고 싶지 않은 하인들은 고개를 조아리고 침묵을 지키고 있었다.

"시원이가 어디 있냐고 내 묻지 않느냐?" 대감은 진노해서 호통을 쳤다. "이놈들, 바른말을 하지 않으면 나한테 매를 맞을 줄 알아라!"

"시원 서방님은 거의 온종일 장안의 기생집에서 보냅니다." 겁에 질린 장동이 대감께 아뢰었다.

"가서 녀석에게 곧바로 집에 오라고 전해라!" 노발대발한 대감의 눈에 불꽃이 번쩍였다. "만일 녀석이 말을 안 들으면 내가 의절하고 당장 내쫓겠다고 일러라!"

"예. 곧바로 뛰어가서 서방님을 모셔 오겠습니다." 봉달이 재빨리 대답했다.

장동과 봉달은 서둘러 기생집이 있는 도성 내로 급히 달려갔다. 거기에는 이른 아침부터 술에 취한 손님 하나가 고래고래 소리 지르며 온 집안을 떠들썩하게 했다.

"난 배유화의 첫사랑이다. 그녀하고 술을 한잔 꼭 해야겠다." 생김새가 부잣집 도령으로 보이는 한 젊은이가 곤드레만드레 만취 상태에서 꽥꽥 큰소리를 배유화 방문 앞에서 지르고 있었다.

우락부락한 하인들 두세 명이 그 술꾼이 유화 방에 들어가지 못하게 가로막았다. 최근에는 이런 일이 자주 생겼다. 그 이유는 유화를 만나기가 엄청나게 어려워졌기 때문이다. 웬일인지 유화는 자기를 찾아온 많은 손님들을 반갑게 대우하지도 받으려고도 하지 않았다.

"유화는 어디 있소? 난 내 연인이 따라 주는 술 한잔만 꼭 받아 마셔야겠소! 유하는 어서 내게 술 한잔 따르시오. 어서!" 성난 주정뱅이는 고래고래 소리를 질렀다.

술에 잔뜩 취한 이 젊은이는 유화 방으로 들어가려고 했다.

"도련님, 이제 조용히 집으로 돌아가시지요!" 우락부락 사납게 생긴 하인이 그를 가로막으며 권고했다.

"네 이놈, 비켜라! 감히 내 앞을 가로막아? 내가 누군지 아느냐?" 주정뱅이는 눈을 가물거리며 꽥꽥 소리 질렀다.

하인들은 이 시끄럽게 떠드는 술꾼을 마당으로 끌어내리려 했다. 그러나 술꾼은 비틀비틀하며 유화의 문고리를 꽉 잡고 서 있었다. 죽을힘을 다하여 하인들을 발로 차고 주먹질까지 하며 그는 온갖 소란을 피웠다. 밖에서 하인 두 명이 더 와서 힘을 합쳐 발버둥을 치는 그의 팔다리를 붙잡고 문밖으로 내던졌다.

"나쁜 놈들! 내 이 수모는 꼭 갚아 줄 것이다. 두고 봐라!" 젊은이는 온갖 욕설을 퍼부으며 비틀비틀 사라졌다.

기생방에 있는 시원은 지독한 술 냄새를 풍기며 인사불성이 된 상태였다. 그는 주변에서 벌어지는 일에 대해서는 아무것도 모르고 있었다. 그때 장동과 방재가 나타나 시원을 데리고 가려 하자 그는 있는 힘을 다해 하인들을 뿌리쳤다.

"내 손을 놓아라! 놓란 말이야!" 소리를 버럭버럭 지르면서 하인들을 발로 차고 때리며 그는 집으로 가지 않으려고 발버둥을 쳤다.

공손한 말로 시원을 구슬리는 일은 불가능했기에 하인들은 마침내 겁을 주기 시작했다.

"서방님, 만일 저희하고 당장 집으로 가시지 않으면 대감의 진노가 하늘을 찌를 것입니다!" 장동은 마치 경고하듯이 말했다.

"대감께서 서방님과 부자 인연을 끊고 집에서 내쫓아 버리신다고까지 하셨어요!" 봉달이 보탰다.

"아버님께서 정말 그렇게 말씀하셨단 말이냐?" 술에 잔뜩 취한 시원이 투덜거렸다.

"예, 분명히 그렇게 말씀하셨어요." 장동이 서슴지 않고 말했다.

아버지의 격분에 놀란 시원은 마지못해 집에 가겠다고 했다. 이리비틀 저리 비틀 제 몸도 잘 가누지 못하니 제대로 걷기조차 힘들었다. 양옆에서 그를 부추겨 주는 하인의 도움을 받아 겨우 발걸음을 뗐다. 집에 도착한 그는 아버지를 뵙기에 앞서서 우물가에 가서 찬물을 몸에 끼얹으며 술에서 깨어나려고 했다. 그러고 나서 하인의 도움을 받으며 젖은 옷을 갈아입고 대감이 계신 사랑채로 가서 그 앞마당에 무릎을 꿇고 앉았다.

"아버님, 옥체 만강하시옵니까?" 감기는 눈을 가까스로 뜨고 그는 우물거리는 목소리로 인사말을 올렸다.

"네 이놈 그간 어디 있었느냐? 도대체 무슨 짓을 하고 다녔던 게냐?" 웅얼거리는 아들의 목소리를 듣고서 아버지는 방문을 열고 불호령을 했다.

무릎을 꿇고 앉아 고개를 숙인 채 시원은 그저 유구무언일 뿐이었다.

"네 꼬락서니가 그게 뭐냐? 그게 과거 준비 중이라는 유생의 자세냐? 과거가 곧 있을 거란 소문도 못 들었느냐? 대체 시험을 치르기

나 할 거냐?"

"과거가 곧 있을 거라는 소식은 금시초문입니다. 불초 저는 아직 시험을 볼 준비가 돼 있지 않습니다." 시원은 죽어 가는 목소리로 대답했다.

"네가 공부를 멀리하고 주색에 빠져 있다는 소문이 자자하구나. 기생 품 안에 안겨서 인사불성이 되도록 술이나 처마시고 있다니…. 아무 짝에도 못 쓸 한심한 놈 같으니라고! 대체 언제부터 그따위 짓을 하고 다녔느냐?"

아들은 수치스러움과 후회스러움이 겹쳐 차마 고개도 들지 못한 채 계속 꿇어 엎드리고 있었다.

"그래, 그 모냥 그 꼴로 과거를 보기는 할 거냐?" 아버지는 한심스럽다는 표정으로 되물었다.

"아직 준비가 되지 않았습니다. 하오나, 꼭 보도록 하겠습니다. 지금부터라도 열심히 하면 급제할 수 있습니다." 시원은 고개를 푹 숙였지만 잠시 눈을 번쩍 뜨고 자신감 있는 목소리로 말했다.

"네 이놈, 눈도 제대로 못 뜨고 몸도 제대로 못 가눌 정도로 술에 취해 사는 주제에 감히 급제할 생각을 하다니." 대감은 목청껏 불호령을 했다.

"아버님, 제 잘못을 진심으로 뉘우칩니다. 기생집과 인연을 끊고 다시 공부에 전심전력하겠습니다. 맹세합니다." 아들이 대답했다.

"내가 너를 어찌 믿겠느냐?" 대감은 아들의 맹세가 말로만 떠벌리는 것 같아 몹시 못마땅했다.

"아버님, 저를 못 미더워하시는 게 당연하십니다. 귀중한 시간을 그간 탕진한 것에 대해 지금 가슴속 깊이 후회하고 있습니다. 이제부터 열심히 학업에 전념하겠습니다." 갑자기 눈물을 펑펑 쏟아 내면서 아들은 말했다.

"네놈은 이 애비 말을 줄곧 무시하곤 했다. 내게 한 약속을 한 번이라도 지킨 적이 있더냐?" 아버지는 여전히 의심의 눈초리를 보냈다.

"아버님께 드린 맹세를 지키지 못해 그저 부끄럽고 송구스러울 따름입니다. 하오나, 이번만은 저를 꼭 믿어 주십시오. 다시는 실망시켜 드리지 않겠습니다." 시원이 소맷자락으로 눈물을 닦으며 말했다.

"흠. 그 역겨운 주색잡기를 진정으로 깨닫고 네 행실을 바로잡는다면 내가 네 공부에 힘을 보태겠다. 만에 하나 그 기생집에 또다시 들락거리며 샛길로 빠지는 일이 있다면, 그땐 내 다시는 좌시하지도 용서하지도 않겠다. 조금이라도 태만한 기색을 보이면 당장 네놈은 내쫓길 줄 알아라. 내가 그러지 못할 거라고 생각지 마라. 또다시 명을 어기면 가차 없이 너와 부자의 인연을 끊을 거다. 내 말을 똑똑히 알아들었느냐?"

"네, 아버님. 명심하겠습니다. 맹세코 앞으로 한눈팔지 않고 공부에만 집중하겠습니다. 혹시라도 제가 공부를 소홀히 하면 다시는 아버님을 뵙지 못한다는 각오로 온 힘을 다 쏟겠습니다."

오직 하나뿐인 아들이라 금방 안쓰러워진 대감은 사랑스러운 아들의 참모습을 본 듯 노한 마음이 그도 모르게 봄눈 녹듯 사라졌다.

"네 입에서 그런 바른말을 듣기는 참으로 오랜만이구나. 어서 내 방으로 들어오너라. 뭣부터 공부해야 할지 당장 읽어야 할 책들을 주마."

"제가 이제까지 너무 죄를 많이 지어 정말로 부끄럽기 짝이 없습니다, 아버님." 시원은 아직까지도 몸을 가누지 못하고 비틀거리며 사랑방으로 들어가 아버지 앞에 다시 무릎 꿇고 앉았다.

"이 책들부터 읽기 시작해라. 이것들을 다 읽으면 내게 다시 오너라. 그다음에 읽어야 할 책들을 몇 권 더 줄 테니." 대감은 서가에서 고서 몇 권을 뽑아서 아들에게 내밀었다.

"고맙습니다, 아버님." 시원은 책을 받아들고 조심스레 훑어봤다.

시원은 몇몇 친숙한 책 제목에 가슴이 뛰는 듯했다. 너무나도 오랫동안 공부를 등한시한 것이 이루 말할 수 없이 후회됐다. 잃어버린 시간을 되찾기 위해 앞으로 더욱더 노력을 아끼지 않겠다는 다짐이 섰다. 우물가로 가서 그는 다시 한번 몸에 찬물을 끼얹고 정신을 바짝 차렸다. 그러고 나서 그는 사랑채에 있는 자신의 방에 들어가 옷을 갈아입고 책에 파고들었다.

"시원 서방님께서 집에 돌아오셨대요. 그리고 방에 틀어박혀 공부에만 매진하고 계신답니다!" 미화는 신나서 아씨에게 알려 드렸다.

다음날 아씨는 시원이 귀가하고 공부하고 있다는 소식을 몸종을 통해서 듣고 마음이 한결 놓였다. 미화는 시원 서방님이 어떻게 지내는지 눈을 부릅뜨고 귀를 쫑긋하며 열심히 알아보려고 했다. 서방님 소문이나 소식을 손톱만큼이라도 들으면 아씨에게 낱낱이 아뢰었다.

잠시도 쉴 새 없이 바삐 지내며 아씨는 시댁에서 3년을 잘 견뎌냈다. 이때가 병들어 깡마른 말을 보살피고 큰돈 받고 되판 시기와 겹쳤다. 이 기간에 매일같이 화민이 피화당에 와서 말을 돌봐줬다. 그리고 오직 시아버지만이 이따금 외딴집을 찾아왔지 아무도 별당 터에 발을 들여놓지 않았다. 아버지 성화에 마지못해 어쩌다 아내 방에 들어온 시원은 곧바로 잠에 곯아떨어져서 새벽닭이 울자마자 부리나케 슬쩍 떠나곤 했을 뿐이다. 그마저도 한 손으로 꼽을 수 있을 정도였다. 아씨는 시부모에게 꼬박꼬박 문안을 드렸지만 제사나 이런저런 가족 모임에 참여할 기회조차 없었다. 안집 식구들은 물론이고 손님들이 그 '얼굴'에 기겁해서 도망친다는 이유 때문이었다.

별당 뜰 나무들과 주변의 산들이 그 빨강, 노랑, 갈색 등 가을 옷을 벗고 있었다. 벌써 세 해째 가을이 다 끝나 가고 있었다. 어느새 밤이면 날씨도 제법 쌀쌀해졌다. 이른 저녁이면 별당 정원 연못에서

개골개골 합창하던 개구리도 울음소리를 멈추었다. 집 가까이 여기
저기 옹기종기 자리 잡은 나무숲들도 마지막 잎사귀마저 떨어뜨리고
하루가 다르게 발가벗는 모습이 됐다. 하지만 별당 터 울타리 나무들
만은 유별나게 그 푸르름을 뽐내며 울창했다. 한낮 숲속 매미 소리도
한밤 반딧불이의 반짝반짝 불춤도 사라진 지 이미 오래다. 가을도
지나고 겨울이 성큼 다가오고 있었다.

7
신비스러운 예복을 짓다

어느 날 아침 조용하던 대감 댁 앞이 느닷없이 시끌벅적해졌다. 조정에서 보낸 도승지가 도착한 것이었다. 그는 이정 대감을 정1품인 좌의정으로 임명한다는 임금의 어명을 전달했다. 임명식은 다음날 아침 조정에서 행해진다고 했다.

도승지의 내방으로 집안 분위기가 어수선해졌다. 좌의정으로 임명된 이정은 다음날 임금을 알현해야 했다. 민 씨는 기뻐하기에 앞서 극도로 당혹스러운 표정을 감추지 못했다. 남편이 당장 내일 조정에 입고 가야 할 오래된 예복이 너무 닳고 낡았기 때문이었다. 그 옷은 좌의정이란 자리에는 도무지 걸맞지 않았다. 예기치 못한 남편의 승진에 부인은 오히려 곤혹스러워했다. 대감에게 당장 새로운 예복이 필요한데 이를 어떻게 갑자기 마련한단 말인가.

"한양 곳곳을 뒤져서 솜씨 좋은 침모를 구해 오너라. 아울러 예복 옷감도 사 오고." 도승지가 떠나자마자 민 씨는 애간장을 태우며 여종 월, 진숙 그리고 선옥을 급히 불러 지시했다.

부인의 단골 침모가 현재 아파서 몸져누워 있는 것도 탈이었다. 설사 침모가 몸이 성할지라도 혼자서 하루 만에 예복을 재단하고 바느질을 다 끝낼 수도 없는 노릇이었다. 그리하여 당장 예복 만들 사람을 구해야 했다.

여종들이 장안의 유명한 삯바느질장이를 정신없이 찾아다녔지만 헛걸음만 쳤다. 다행히도 예복 옷감은 어려움 없이 구입했다. 문제는 예복을 하룻밤 사이에 만들어 낼 사람이 없다는 것이었다. 그런 까다롭고 어려운 바느질을 선뜻 하겠다는 사람이 있을 리가 없었다.

"침모들은 도대체 어디 있느냐?" 부인이 물었다. 그녀는 바느질할 사람 하나도 구하지 못하고 돌아온 여종들을 호되게 꾸짖었다.

"송구합니다, 마님. 예복을 만들 사람을 여기저기 뛰어다니면서 찾아보았지만 그 어려운 일을 맡겠다는 사람은 아무도 없었습니다." 월이 고개를 조아리며 말했다.

부인은 여종들을 다시 문중의 친인척들에게 보내서 예복 만들 침모들을 알아봤다. 하지만 옷 짓는 일을 맡아 줄 사람을 소개하는 이는 아무도 없었다. 친척들의 단골 침모들도 "어떻게 하룻밤 사이에 섬세한 예복을 만들 수 있겠어요?" 하며 손사래 쳤다. 민 씨는 도대체 어디에다 도움을 청해야 할지 몰라 마냥 애만 태웠다. 아무런 해결책이 떠오르지 않아 발을 동동 구르기도 했다. 머리를 쥐어뜯으며 정신이 나간 사람처럼 방구석을 이리 왔다 저리 갔다 서성거리며 이 갑작스러운 통보를 원망하기까지 했다.

"시간만 좀 더 있었더라면…." 민 씨는 혼자서 애타게 중얼거렸다.

미화는 안채 하인들을 통해서 대감이 좌의정에 임명됐다는 소식을 알았다. 아울러 민 씨를 비롯한 온 집안이 대감의 예복 때문에 야단법석임을 눈치챘다. 미화는 이런 소식을 별당 아씨에게 즉시 알렸다.

"마님께 빨리 가서 내가 아버님의 예복을 짓겠다고 말씀드려라." 아씨는 미화를 다그치며 말했다.

"예, 아씨." 미화는 곧바로 안채로 뛰어가 마님에게 아뢰었다. "아씨께서 대감의 예복을 지으시겠다고 마님께 전해 드리라고 저를 보냈습니다."

"아무짝에도 쓸모없는 저 짐승 같은 계집이 어찌 그런 까다롭고 섬세한 일을 하겠다고 나서는 거냐?" 민 씨는 며느리의 제안을 전해 듣자마자 다짜고짜 코웃음을 쳤다. "틀림없이 이 귀한 비단을 다 버려 놓을 거다. 그 계집에게 이 값비싼 옷감을 내줄 수는 없지."

미화는 곧바로 피화당에 되돌아가 마님이 아씨의 요청을 받아들이지 않았다고 전했다.

"그 병들고 깡마른 말이 기억나지 않소? 그 말 덕분에 우리 집안에 큰 재화가 들어왔지 않소. 이게 다 총명하고 유별난 우리 며느리 때문이오!" 조정에 나갈 준비를 하고 있던 대감은 며느리에게 옷감을 보내라고 부인을 다그치며 아내에게 예전 일을 상기시켰다.

"그건 전혀 다른 얘기죠! 그땐 그 애가 운이 좋았던 거지요!" 부인은 어떻게 해서든 며느리를 깎아내리려고 남편에게 말대꾸했다.

"그런 말 마시오. 당신이 잘못 알고 있는 거요. 그건 운이 아니오. 내가 지난날에도 몇 번이고 말했듯이 그 애는 앞날을 내다보는 초능력이 있어 뭘 해야 할지 정확히 알고 있던 거요." 대감이 부인에게 일깨웠다.

"그렇다고 칩시다. 하나 어찌 그런 세련된 예복을 하룻밤 사이에 감히 저 아이가 만들 수 있단 말이오?" 부인은 결코 맡길 수 없다는 기세로 말했다.

"틀림없이 당신이나 나나 잘 모르는 어떤 신묘한 능력을 그 애는 타고난 것이오. 그 애가 신선의 딸이라는 사실을 잊지 마시오. 며늘애에게 한 번 더 기회를 주고 그 애가 알아서 처리하도록 합시다." 대감이 부인을 설득하려 했다.

"그러다가 이 귀한 비단을 다 망쳐 놓으면 어떻게 하지요?" 부인은 아직도 못 믿겠다는 말투였다.

"그러지 않을 것이오. 난 그 애가 시간에 맞추어 일을 해낼 수 있다고 믿어 의심치 않소. 더욱이 지금 와서 딱히 뾰족한 수도 없는데 말이오! 설령 다른 방도가 있다 해도 그걸 해낼 시간 여유도 없지 않소." 대감은 행차하기에 앞서 아내에게 자기 말대로 하라고 단단히 타일렀다.

민 씨는 지금 당장 다른 방도가 없었다. 하여 마음에 내키지는 않았지만 일단 대감의 뜻을 따르기로 마음먹었다.

"선옥아, 이 옷감을 별당으로 가져가거라." 신경이 곤두선 부인은 찌푸린 얼굴로 남편의 충고를 받아들이기로 했다.

"예, 마님." 선옥이 뛰어와 비단을 받아서 곧바로 피화당으로 가져갔다.

선옥이 피화당에 들자마자 천둥소리가 요란하게 났다. 그리고 울타리의 나뭇가지들이 무서운 짐승으로 변하기 시작했다. 선옥은 무서워서 오들오들 떨며 거의 기절할 지경이었다. 바로 그때 미화가 비단을 받으러 나왔다.

"옷감을 빨리 이리 주어요." 미화가 재촉했다.

선옥은 미화에게 옷감을 얼른 주고 안채로 뛰어가 두근거리는 가슴을 가라앉혔다.

"괜히 그 괴물에게 멀쩡한 비단을 보냈나 싶구나. 그 값비싼 비단을 망쳐 놓기라도 하면 어떡해." 이후 민 씨는 내내 방 안에서 이리 갔다 저리 갔다, 앉았다 섰다 좌불안석이 되어 투덜댔다.

부인은 온종일 밥 한술도 못 들고 물 한 모금도 못 마셨다. 그러다 그녀는 이부자리에 그대로 쓰러져 누워 밤새 이리 뒤척 저리 뒤척 잠마저 설쳤다.

"제가 아씨를 도와드리겠어요. 말씀만 하시면 무엇이든지 하겠어요." 옷감을 받아 들고 온 미화는 예복 바느질이 하룻밤 새에 끝날 수 있을 것 같지 않아 크게 걱정이 돼서 아씨에게 말했다.

"고맙다, 미화야." 아씨는 싱긋 웃으며 염려하는 미화를 차분한 어조로 안심시켰다. "하지만 훌륭한 침모가 도와주러 오시면 해낼 수 있을 거야. 너는 대감님의 옛 예복을 가져오기만 하면 돼."

몸종이 낡은 예복을 가져오자마자 아씨는 즉시 새 비단을 재단하기 시작했다. 그녀는 시아버지의 예복을 옷감에 대고 본을 뜨며 정확히 마름질했다. 그러면서 혼자서 중얼중얼 내내 주문을 외웠다. 주문이 끝나자 가물거리는 빛줄기 속에서 세 명의 선녀가 모습을 드러냈다.

"아씨, 저희를 부르셨습니까?" 선녀들 중 하나가 상냥하게 물었다.

"제가 선녀님들을 불렀습니다. 이렇게 빨리 와 주셔서 감사합니다. 지금 선녀님들의 바느질 솜씨가 매우 긴하게 필요합니다." 아씨는 미소를 지으며 가볍게 목례를 했다.

"달의 여신 항아님께서 아씨를 도와드리라고 하셨습니다. 무엇을 도와드릴까요?" 두 번째 선녀가 물었다.

"저의 시아버님께서 오늘 좌의정으로 승진하셨습니다." 아씨가 설명했다. "내일 당장 조정에서 임금님을 알현하셔야 하는데, 안타깝게도 마땅한 예복을 마련하지 못하셨습니다. 장안의 삯바느질장이들은 옷을 성급히 짓는 일은 맡을 수 없다며 다들 사양했다고 합니다. 시아버님께서 그간 받았던 은혜에 조금이라도 보답해 드리고자 제가 자원해서 옷 짓는 일을 선뜻 맡았습니다. 하오나 이 짧은 시간에 저 혼자서 일을 마칠 수 있을지 크게 걱정됩니다. 선녀님들이 도와준다면 제게 큰 힘이 될 것입니다."

"대감님의 승진을 진심으로 축하드립니다." 세 선녀는 한목소리로 경의를 표했다.

"고맙습니다." 아씨가 답했다.

"최선을 다해 기꺼이 도와드리겠습니다. 어떻게 해야 할지 말씀만 하십시오." 세 번째 선녀가 말했다.

"선녀님들 중 한 분이 이 소매와 안감을 대는 일을 도와주시면 좋겠어요." 아씨가 청했다.

"제가 하겠어요." 첫 번째 선녀가 대뜸 대답했다.

"아, 감사합니다. 그러면 누가 어깨와 옷깃 바느질을 도와주시겠습니까? 아주 꼼꼼하고도 지루한 일입니다만." 아씨가 물었다.

"제가 해 드리겠습니다." 두 번째 선녀가 흔쾌히 자청했다.

"저는 뭣을 도와드릴까요?" 세 번째 선녀가 물었다.

"몸체 부분과 안감을 바느질해 주지 않으시겠습니까?" 아씨가 부탁했다.

"어서 옷감을 이리 주세요. 당장 일을 시작하지요." 세 번째 선녀가 신이 난 듯 열성적으로 말했다.

"이렇게 직접 도와주시니 이루 형언할 수 없이 고마울 따름입니다. 선녀님들은 제게 큰 힘이 됩니다. 흉배胸背에 수놓는 일은 제가 하겠습니다." 아씨는 진지하게 말했다.

서로 예복 짓는 일을 나눈 뒤 모두 바느질을 한 땀 한 땀 정성스레 하며 각자 맡은 일에 몰두했다. 그들의 손끝은 날아갈 듯이 재빠르게 움직였다. 하지만 이런 초인적인 손놀림에도 불구하고 온밤을 꼬박 지새워야 했다. 예복은 각 부분을 계속 다림질하여 곧게 펴 가며 일해야 하기 때문이었다.

아씨도 함께 밤새도록 세심하게 수놓는 일에 힘을 다했다. 흉배에 수를 넣는 것은 보통 일이 아니었다. 가슴 쪽 문양은 춤추는 금빛 봉황 무늬였고 등 쪽 문양은 하늘을 나는 기품 어린 학의 모습이었다. 아씨의 바느질은 너무나도 실물같이 보여서 자수 속의 새들은 마치 하늘을 향해 금방 날아가 버릴 것만 같았다. 어느덧 달이 중천에 떴다. 이때가 돼서야 그녀와 선녀들이 비로소 마무리 땀을 정성스레 떴다. 그러고 나서 모든 옷 부위를 모으고 잘 맞추어서 이었다.

모두 모여서 완성된 예복을 세세히 살펴보았다. 아무리 봐도 흠잡을 데 없이 정묘히 잘 만들어진 일품이었다.

"완벽합니다! 너무나도 좋아요!" 첫 번째 선녀가 열띤 마음으로 예복에 감탄했다.

"흉배 자수는 정말 빼어나게 아름답습니다!" 두 번째 선녀는 호들갑을 떨며 감탄을 쏟아 냈다.

"최고의 바느질 솜씨를 가진 우리의 항아 여신님께서도 아씨의 솜씨를 대견해 하셨을 겁니다." 세 번째 선녀가 큰소리로 거들었다.

"선녀님들의 친절한 도움이 아니었으면 결코 해낼 수 없는 일이었습니다. 이루 말할 수 없이 고맙습니다. 선녀님들의 탁월한 솜씨 덕분에 이 아름다운 예복을 제시간에 마무리할 수 있었습니다." 아낌없는 찬사에 얼굴이 붉어진 그녀는 선녀들에게 감사의 표시로 여러 번 고개를 숙여 인사하며 말했다.

하늘에서 내려온 도우미 선녀들은 아씨에게 작별 인사를 깍듯이 한 다음 희미한 빛 속에 휩싸여 홀연히 사라졌다.

"미화야, 이것을 마님께 얼른 갖다 드려라." 이른 새벽 수탉이 홰를 칠 무렵 아씨는 마무리된 예복을 온 정성을 다해 다림질한 뒤 미화를 시켜 급히 보냈다.

"네 아씨. 그런데 대체 어떻게 하셨길래 이 아름다운 옷을 금방 만드셨나요?" 그녀는 궁금증을 참지 못하고 물었다.

곤히 잠들었던 미화는 이 휘황찬란한 새 예복을 보고 까무러칠 듯이 놀랐지만 한편으로는 너무나도 다행이라 안도의 한숨을 내쉬었다.

"세상에서 최고의 침모들이 오셔서 도와줬기에 제시간에 마무리할 수 있었지." 아씨가 눈을 반짝이며 대답했다.

도대체 어떤 침모들이 밤새아씨에게 이렇게 훌륭한 예복을 만드는데 도움을 주었는지 미화는 궁금했다. 어쨌거나 대감이 조정에서 예를 갖추어 임금을 알현할 수 있게 돼서 천만다행이었다.

민 씨는 여느 때보다 일찍 일어났다. 불안감에 몸 둘 바를 모르고 방 안을 왔다 갔다 했다. 그녀는 앞으로 닥칠 일에 대해 별의별 상상을 다 하며 안절부절못했다. '예복을 끝내지 못하거나 아예 망쳐 놓으면 어떡하나? 대감 몸에 제대로 맞지 않으면? 만듦새가 허술하면 어쩌지?' 며느리에 대해선 하나부터 열까지 모든 게 못마땅한 마님은 신경이 있는 대로 날카로워졌다. 조금이라도 바스락거리는 소리가 나면 놀라서 펄쩍 뛰었다. 초조한 마음에 방문을 조금 열어 놓고 그 틈으로 누가 밖에 있지 않나 여러 번 내다봤다. 그러나 이 이른 새벽에는 뜰 안에 있는 노랗고 하얀 국화들만 그녀를 쳐다보고 있을 뿐이었다.

이렇게 한참 동안 미칠 듯한 근심 걱정에 싸여서 괴로워하던 중에 미화가 새로 만든 예복을 가지고 왔다.

"마님, 여기 예복을 가지고 왔어요." 미화가 아뢰었다.

"그래, 수고 많았다." 옷을 받아든 부인은 그제야 깊은 안도의 한숨을 쉬었다.

절묘하고도 완벽한 자수가 눈에 들어오자 그녀는 입을 다물지 못했다. 고개를 들이대고 자세히 살펴보니 나무랄 데 없는 솜씨에 감탄이 절로 나왔다. 인간의 손으로 하룻밤 만에 그런 훌륭한 예복을 마무리한다는 것은 도저히 믿기질 않았다. 이 순간만큼은 며느리에 대해 쏘아 댈 악담이 나오지 않았다.

"당신의 생각이 틀리지 않았구려. 바느질 솜씨가 보통이 아니오. 세상에 이런 솜씨 가진 사람이 또 있을까 싶네요. 어디 하나 허튼 구석이 없어요. 이루 말할 수 없이 수려하구려. 당신한테 너무 잘 어울려요." 대감에게 더할 나위 없이 잘 맞는 예복을 보고 마님은 마지못해 인정했다.

"그것 보시오. 내 말대로 그 애는 우리 집안을 위해 들어온 보배이오. 우리 며늘애가 보통 애가 아님을 결코 잊지 마시오!" 대감 역시 며느리의 바느질 솜씨에 칭찬을 아끼지 않았다.

새 예복으로 단장하고 대감은 임금이 보낸 가마를 타고 수행을 받으면서 조정에 도달했다. 임금은 문무 대신들 앞에서 이정을 좌의정으로 임명하셨다.

"경은 백성을 위해 소임을 다해 왔기에 너 나 할 것 없이 경을 높이 칭송하는 것 같소. 경의 고결한 행실은 천하가 아는 사실로 과인도 익히 듣고 있소. 따라서 과인은 경의 공적을 높이 치하하며 좌의정 자리를 하사하오. 경은 좌의정 직무를 온당하고 성실히 수행할 것을 과인은 믿어 의심치 않소이다." 임금은 신임 좌의정을 치하했다.

"전하, 미천한 소신을 좌의정에 올려 주시오니 성은이 망극하옵니다. 보잘것없는 소신은 전하의 성심을 받들어 충성을 다하여 올바르게 소임을 다할 것을 서약하옵니다." 이정은 엎드려 엄숙하게 맹세했다.

"좌상, 경의 예복은 누가 만들었소?" 취임식이 끝나갈 무렵, 좌의정의 차림새를 눈여겨본 임금이 질문을 던졌다.

"소신의 며늘애가 직접 바느질했습니다, 전하." 이정이 공손히 대답했다.

"오, 경의 예복은 참으로 미려한 작품이구려. 인간의 손으로 그런 훌륭한 옷을 만들다니 믿어지지 않는구려. 그런데 왜 경의 며느리는 밤마다 독수공방하고 굶주림과 추위에 시달리는고?" 임금이 의아스러운 듯 물었다.

"전하, 소신의 집안에 대해 그렇게 세세한 것까지 어찌 다 아시옵니까?" 임금의 말씀에 깜짝 놀란 이정은 말을 더듬거리며 간신히 대답했다.

"경의 예복에 있는 흉배를 보면 알 수 있소. 가슴 쪽에 황금 실로 수놓은 봉황 한 마리는 짝을 찾아 울고 있고, 등 쪽에 있는 학은 무척 굶주리고 추운 모양인지라 먹이를 찾아 하늘로 오르고 있지 않소." 임금이 설명해 줬다.

"전하, 아뢰옵기 황송하오나 제 못난 아들아이가 철이 없어서 며늘애를 심히 홀대해 왔습니다. 제 아이는 자기 처의 용모가 흉하다며 처에게 가까이 가지 않고 무조건 피하려고만 합니다. 그리하여 제 며늘애는 불행히도 별당에서 따로 살면서 매일 밤 독수공방으로 보내고 있습니다." 이정은 창피함을 무릅쓰고 솔직히 말씀드렸다.

"부부가 동침하지 못하는 이유는 다소 이해가 가지만, 왜 경의 며느리가 굶주림과 추위 속에 고생하는 거요?" 임금은 되물었다.

"전하, 부끄럽게도 집안의 아녀자들 사이에서 무슨 일이 일어나는지 소신은 전혀 알지 못하옵니다. 소신은 집안을 소홀히 한 죄로 천만번 죽어 마땅하옵니다." 좌의정은 얼굴을 붉히며 대답했다.

대감은 예복의 흉배 자수에 감정이 절로 표현될 정도로 며늘애의 슬픔이 깊을 줄은 미처 상상도 하지 못했다.

"경의 남다른 며느리를 잘 보살펴 주시오. 그 빼어난 예복으로 판단컨대 경의 며느리는 초능력을 가진 비범한 인물같소. 천대받는 일은 없어야 하지 않겠소? 경의 며느리가 끼니를 거르지 않도록 쌀을 하루 세 말씩 쓸 수 있도록 매달 다섯 섬씩 보내도록 하겠소." 임금이 밝혔다.

"전하, 미천한 소신은 전하의 한없이 너그러우신 배려에 황송해서 어찌할 바를 모르겠사옵니다." 이정은 고개를 숙인 채 감사를 드렸다.

취임식은 임금과 동료 대신들의 축하 인사로 끝났고 모두 궁정에서 물러났다.

대감이 귀가하니 문중 사람들이 대감의 좌의정 승진을 축하하러 모여들었다. 문중에 또다시 좌의정이 나왔다는 사실에 그들의 자부심은 한껏 부풀어 올랐다. 경축 잔치는 온종일 벌어졌고 밤늦게까지 사람들은 떠나지 않고 기쁨을 나누었다.

아씨가 밤을 새워 가며 바느질해서 대감의 예복을 마련했건만 아무도 그녀를 이 축하 잔치에 부르지 않았다. 그러나 아씨는 안채에서 떠들썩한 잔치에 일절 신경을 쓰지 않았다. 그날도 어김없이 그녀는 평소처럼 나무에 물을 주고 미화에게 책 읽기를 가르치고 독서로 보냈다.

한밤중까지 안채 잔칫상에 친척들이 둘러앉아 와자지껄 법석을 떠는 소리가 피화당까지도 흘러들어 왔다. 아씨는 그 시끌벅적 떠드는 소리에 마음을 가다듬을 수가 없었다. 읽던 책을 내려놓고 툇마루로 나가서 하늘에 낮게 떠 있는 보름달을 바라보며 마음을 추슬렀다. 뜰 안의 나무들 위에 비추고 있는 환한 둥근 달빛이 그녀를 한참 동안 사로잡았다.

"아씨, 어젯밤에는 바느질하시느라 한숨도 못 주무셨어요. 정말 그 누구도 해낼 수 없는 미려한 예복을 만드셨는데요!" 미화도 방 밖으로 따라 나와서 아씨 옆에 앉아 보름달을 보며 말했다.

아씨는 아무 일 없다는 듯 조용히 앉아서 달구경을 했다.

"예복을 만드는 정성을 봐서라도 문중 잔치에 당연히 아씨를 제일 먼저 모셔야 했어요. 하지만 아무도 아씨를 잔치에 오라고 하시지 않네요! 그 정도의 배려심도 없으시다니. 저분들은 정말 은혜도 정성도 모르는 이상한 분들이네요. 자비심이라곤 정말 눈곱만치도 없으시네

115

요!" 어처구니없이 따돌림을 받는 아씨가 안쓰럽기만 한 미화는 화가 치밀어서 말했다.

"미화야, 내가 시아버님께 어느 정도 도움이 됐으니 그것만으로도 족하다. 이 끔찍한 얼굴 때문에 그분들이 내게 역한 마음을 가지시는 것도 무리가 아니지 않니? 모처럼 시댁분들이 모인 즐거운 잔치를 나 하나 때문에 망칠 순 없지. 그 축하 잔치에 내가 함께 있건 말건 나는 아무렇지도 않단다." 아씨는 이렇게 미화를 달랬다.

미화는 아씨의 아량에 깊이 감복했다. 시댁으로부터 지독한 박대를 당하고서도 늘 너그럽게 예를 갖추는 아씨를 우러러봤다.

다음날 아침 대감은 아내와 아들을 불러서 호통을 쳤다. 그들 때문에 임금과 여러 대신들 앞에서 낯 뜨겁게 망신을 당했다는 것이었다. 대감은 조정에서 무슨 일이 있었는지 낱낱이 알렸다.

"내가 전하께 해명해 드리느라 얼마나 애를 먹었는지 아느냐? 전하께서는 우리 가족 문제에 대해서도 놀라울 정도로 꼼꼼히 다 꿰뚫어 보고 계시더구나." 당시 곤혹스러웠던 상황을 설명하며 대감은 언성을 높였다. "전하 앞에서 하도 수치스러워서 몸 둘 바를 몰랐다. 우리 며늘애를 사려 깊게 대하라고 내가 줄곧 일러 줬건만. 내 말을 듣지 않더니 마침내 내가 이런 수모를 전하도 계시는 조정에서 겪게 됐으니."

부인과 아들은 대감의 역정에 찍소리도 못하고 숨을 죽이며 고개를 숙인 채 듣고만 있었다.

"다시 한번 우리 며늘애를 그런 식으로 무시하고 굶주리게 한다면 그때는 나를 욕보이는 것으로 간주할 것이오. 그리고 그에 알맞은 큰 벌을 내릴 것이오." 대감은 마침내 추상같은 경고를 했다.

대감은 두 사람에게 진흙 속에 감춰진 진주를 알아보지 못하는 어리석은 멍청이 같다며 호되게 꾸짖었다.

"우리 며늘애가 저렇게 훌륭한 예복을 만드느라 한숨도 못 자고 일했소." 대감은 좀처럼 분을 삭이지 못했다. 특히 부인에게 화를 심하게 냈다. "그 애는 마땅히 우리의 축하연에 와서 그 지극한 효성을 높이 칭찬받아야 하지 않겠소? 왜 임자는 그 애를 부르지 않았소?"

"제가 무슨 수로 그 애를 부를 수가 있겠어요?" 부인은 변명조로 말문을 열었다. "그 애의 바느질 솜씨는 하늘이 내려 주신 재주라는 것을 저도 인정해요. 하지만 그 애가 잔치 자리에 나타나 봐요. 손님들이 깜짝 놀라서 다 달아날 것 아니겠어요? 잔치를 아주 망칠 작정을 하지 않고서야 그 애를 어떻게 불러요? 게다가 냄새가 또 얼마나 고약합니까?"

"나를 위해 그 애가 한 희생을 다들 제대로 안다면 두 손 들고 그 애를 반길 것 아니겠소? 대체 임자가 무슨 말을 하는지 도무지 모르겠소. 냄새가 난다니 무슨 냄새 말이요?" 대감은 부인의 말을 전혀 이해할 수 없어서 물었다.

"그 애한테서 고약한 냄새가 나지 않소?" 부인이 얼굴을 찌푸리면서 말했다.

"난 그런 것 전혀 못 느꼈소." 남편은 태연스럽게 대답했다.

부인은 남편의 말을 이해할 수 없다는 듯 고개를 갸웃거렸다.

"이 불효막심한 놈아." 아들을 향해 손짓하면서 그는 목청을 드높였다. "애비를 전하와 대신들 앞에서 욕보이게 하다니. 자식의 효는 부모의 마음에 불편함이 없도록 헤아리는 것이고, 가신의 충은 임금을 정성을 다해 섬겨서 나라를 바르게 통치하고 화평을 가져오는 것이건만. 못난 네놈 때문에 이 애비가 두 가지 면에서 모두 크게 낭패를 봤구나. 네 어머니는 말할 것도 없고 자식 녀석도 바로잡을 수 없는데, 내가 어찌 전하의 바른 충신이라 공언할 수 있겠느냐? 인간으로서 도리를 다 못하는 불손하기만 한 처자식이 내겐 아무짝에도 쓸모가 없구나."

"다시는 이런 일이 없을 것입니다." 부인은 남편에게 진심으로 용서를 구했다.

"아버님, 정말 죽을 죄를 지었습니다. 제발 이 못난 자식을 마지막으로 한 번만 더 용서해 주십시오. 앞으로는 절대로 이런 일은 없을 것임을 약속드립니다." 시원은 머리를 땅에 박듯 깊이 숙이고 아버지에게 간청했다.

민 씨도 다시는 며느리를 박대하지 않겠다고 대감에게 맹세하고 또 맹세했다.

흠잡을 흥이라곤 오로지 기괴하게 생긴 외모뿐인 그녀를 더 이상 멸시하지 않겠다는 성의 있는 다짐을 그들로부터 받아 내고서야 대감은 역정을 풀었다.

"봉달아, 어서 가서 아씨를 모시고 오너라." 대감이 지시했다.

"예, 대감." 밖에 있던 봉달이 뛰어왔다. 대감의 명을 받자 그는 피화당으로 가서 말했다. "아씨, 대감께서 찾으십니다."

아씨가 도착하자마자 시어머니와 신랑은 혐오감을 못 이겨서 자신도 모르게 고개를 돌렸다.

"전하께서 네가 밤새 바느질한 내 훌륭한 예복을 극구 칭찬하시더구나." 대감은 아씨를 반가이 맞이하며 그녀의 수고를 높이 치하하고 뿌듯한 마음으로 고마움을 표했다.

아씨는 고개를 숙이고 대감의 칭찬을 조용히 듣고만 있었다.

"내 예복의 빼어난 바느질 솜씨에 전하께서 크게 감탄하셨단다." 대감은 자부심이 넘쳐 나는 목소리로 말했다. "그런데 흉배 자수에 담긴 미묘한 뜻에 전하께서 관심을 가지시더구나. 그 뜻을 알아보시고 매일 쌀 세 말씩 쓸 수 있도록 매달 쌀 다섯 섬씩을 하사하신다고 하시는구나. 비범한 며느리를 잘 보살피라고 내게 단단히 일러 주셨단다." 며느리에게 따스한 독려의 말을 하고서 대감은 부인과 아들로부터 앞으로 아씨를 친절하고 사려 깊게 대하겠다는 굳은 약속도 받아냈다.

민 씨는 더 이상 며느리에게 독설을 퍼붓는 대신 눈에 띄게 부드러운 태도로 대했다. 아씨에게 무엄하게 대하는 종들을 매질로 다스리겠다는 대감의 엄명에 하인들도 더 이상 아씨를 비방할 엄두도 내지 못했다. 자비로우면서도 다른 한편으로는 엄격하기 그지없는 대감의 명을 감히 어긴다는 것은 그들로서는 상상하기도 끔찍한 일이었다.

시원도 앞으로는 아내에게 다정하게 대하겠다고 아버지에게 맹세를 한지라 그날 저녁 아내의 방에 들어갔다. 넓은 도량으로 마음을 열고 아내를 받아 주고 싶었지만 이번에도 그는 영락없이 아내의 얼굴을 보자마자 고개가 절로 돌아갔다. 너무 소름이 끼쳐서 기절할 것만 같았다. 아무리 노력해도 그녀에게 호감을 느낄 수가 없었다. 구석에 앉아 천장을 멍하니 쳐다보다 지루해진 그는 두 엄지손가락을 빙빙 돌렸다.

"역겨운 애벌레가 무엇으로 변하는지 아세요?" 아내의 거친 목소리가 갑자기 들리자 시원은 깜짝 놀라 움찔했다.

어안이 벙벙해진 시원은 몸을 추스르고 바로 앉았다. 그는 순간 할 말을 잃었다. 아내가 처음으로 그에게 말을 건 것이었다.

"당연히 알고말고. 애벌레는 예쁜 나비로 바뀌오. 그런 뻔한 것을 왜 묻소? 삼척동자도 다 아는 사실인데." 시원의 대답도 퉁명스러웠다.

남편이 생각 없이 자신을 윽박지르니 아내는 더 이상 말을 하지 않고 입을 다물었다. 얼마 안 있어 시원은 벽에 기대고 코를 골기 시작했다. 아내는 그런 남편을 쳐다보며 다시금 실망과 낙담의 감정을 뼈저리게 느꼈다. 이른 새벽 수탉이 홰를 치자 시원은 벌떡 일어나서 마치 급한 일을 봐야 할 사람처럼 재빨리 방을 빠져나갔다. 그 후 그는 대감에게 굳게 한 맹세를 개의치 않고서 별당에는 코빼기도 내밀지 않았다.

조정에서 넉넉히 보낸 쌀이 매달 대감 댁에 도착했다. 그때마다 아씨는 조정을 향해 네 번 절을 했다.

끼니마다 하인들은 정성스레 가마솥에 밥을 지어서 아씨에게 갖다 드렸다. 아씨는 걸신들린 듯이 식사를 했다.

"와! 대장군처럼 엄청나게 많이 드시네!" 그녀의 왕성한 식욕에 하인들은 입이 다물어지지 않을 정도로 충격을 받아 함성이 절로 나왔다.

궁궐에서 보낸 쌀로 만든 밥은 진주처럼 반짝반짝 윤기가 났다. 아씨는 이런 조정의 흰쌀밥의 맛을 보고 싶어 하는 하인들을 위해서 일부러 밥을 남겨 두었다. 하인들은 그제야 아씨가 흉측한 외양과는 달리 마음 씀씀이가 너그러운 분임을 깨닫고서 감탄했다.

3년 만에 처음으로 아씨의 삶이 눈에 띄게 나아졌다. 먹을 음식이 넉넉했고 추위에 크게 불편해하지 않아도 됐다. 문중 사람들도 비록 썩 내키지는 않았지만 아씨를 가족으로 받아들였다. 불경스럽게 굴던 하인도 이제는 마음속에서 우러나오는 공손한 태도로 아씨를 대했다.

이제 신랑과 화목하게 지내기만 한다면 아씨에게 더 이상 바랄 것이 없었다. 하지만 지금 그는 기생과 함께 유흥에 빠져 허송세월하지는 않고 과거를 앞두고 학업에만 열중하고 있었다. 그렇기는 하지만 아씨는 따사롭고 다정다감한 부부애의 기쁨을 맛보고 싶어 하며 하루빨리 이런 독수공방의 서글픈 신세에서 벗어나기만을 바랐다.

그녀는 자신의 행불행이 하늘의 뜻에 달려 있음을 누구보다도 잘 알고 있었다. 따라서 그녀가 신랑에 대해 할 수 있는 일은 아무것도 없으며 다만 모든 것을 숙명으로 받아들여야 함을 뼈저리게 느끼고 있었다. 그녀의 운명이 나아지는 쪽으로 바뀌기 전에는 모든 것을 차분히 인내해야 했다. 그렇다고 치더라도 혼자 사는 일은 극도로 고통스러웠다. 그녀는 자신의 악운이 얼마나 오래 지속될 것인지 궁금했다. 친정아버지가 기약한 복된 나날은 요원하게만 여겨졌다. 그런 좋은 날이 어서 왔으면! 친정어머님은 언제 나를 이런 고통과 외로움에서 구원해 주실까? 그때마다 아씨는 그녀의 외로운 마음을 통째로 꿰뚫어 보는 듯한 정철의 시를 읊조리며 마음을 달랬다.

> 화사한 꽃들에 호랑나비 쌍쌍이고
> 푸른 버들가지에 꾀꼬리 쌍쌍이네.
> 날짐승 들짐승 모두 다 쌍쌍인데
> 어찌하여 이 내 몸 홀로 짝이 없는가.

8
마술 연적

아씨는 남편을 애타게 그리워했으나 시원은 과거 공부 외에는 아무것도 관심을 두지 않았다. 바깥세상은 아예 깡그리 잊고 살다시피 했다. 그는 책에 파묻혀서 좀처럼 방 밖으로 나오지 않았다. 시원은 대감 댁에서 맨 먼저 꼭두새벽에 일어나고 가장 늦게 잠자리에 드는 사람이 됐다. 동이 트기 전에 찬물로 세수하러 나가는 것 외에는 그는 방에 틀어박혀 있다시피 했다. 하여 그를 집안에서 살짝이나마 엿볼 수 있는 사람도 거의 없었다. 몸종 장동을 빼고는 식사 시중을 드는 종 강인만이 잠깐씩이나마 그를 볼 수 있을 뿐이었다. 그는 끼니마다 밥상을 시원의 방 안에 갖다 놓고 방 밖에 내놓은 빈 밥상을 가져갔다.

"진숙아, 얼른 장터로 가서 가장 좋고 싱싱한 채소, 과일, 생고기와 생선 등을 장 봐 오너라." 민 씨는 종을 거의 매일 아침 일찍 장터로 보냈다.

"예, 마님." 진숙은 매일이다시피 이른 아침부터 장터에 가서 장 보는 일을 도맡았다.

밤낮없이 공부에 파묻힌 아들의 식사에 어머니는 온갖 신경을 다 썼다. 그리고 아들의 건강을 위해 보양 음식을 각별히 만드는 주방 하인에게도 일일이 꼼꼼하게 지시했다.

"서방님, 식기 전에 어서 진지 드셔야죠. 시험 잘 보시려면 몸보신 잘하셔야 합니다." 하인은 시원에게 간곡히 말했다.

이따금 한술도 뜨지 않은 채로 상이 그대로 있었다. 그런 일이 있을 때마다 강인은 상을 도로 부엌으로 갖고 가서 음식을 다시 데워 달라고 했다.

"그래, 식사를 가져왔었느냐? 거기 놓고 가거라, 강인아. 좀 이따 먹겠다." 시원은 공부에만 정신이 팔려 건성으로 대답하곤 했다.

"서방님께서 여러 번이나 음식이 식도록 내버려 두곤 하셨습니다. 그래서 강인이 음식을 다시 부엌으로 가져와 데워야 했습죠." 부엌에서 일하는 하인은 마님께 이 사실을 아뢰었다.

"다시는 이런 일이 없도록 해야 한다. 시원이가 수저를 들 때까지 옆에서 꼭 지켜 보거라." 민 씨는 시원에게 식사를 나르는 하인을 불러서 주의를 줬다.

"네 마님. 꼭 명심하겠습니다." 강인이 대답했다.

그 뒤로는 시원이 식사를 시작하는 것을 보고 나서야 강인은 자리를 떴다.

시험 날짜가 며칠 남지 않자 시원은 부모님께 매일 문안드리는 일도 거르며 준비에만 몰두했다. 대신 장동을 통해서 문안을 전달토록 했다.

대감과 마님은 장동으로부터 시원이 과거 준비에 밤낮을 가리지 않고 매진하고 있다는 소식을 들었다. 그들은 이런 아들 소식에 마음이 흡족했지만, 한편으로는 아들의 건강이 걱정되었다. 아들이 공부하느라 행여 건강을 해치지나 않을까 노심초사했다.

시원이 걱정되기는 피화당 아씨도 마찬가지였다. 줄곧 남편이 아무 탈이 없기를 바랐지만 그녀 스스로는 사실 발이 묶인 삶이라 어떻게

해야 좋을지 몰라 더욱 답답하고 막막했다. 시원이 흉측하게 생긴 그
녀와는 어떤 식으로든 그에게 가까이 오는 것조차 꺼렸기 때문이었다.
그녀가 할 수 있는 일이라곤 그가 과도한 학업으로 몸이 쇠약해져 병
이 들지 않도록 밤낮으로 마음속으로나마 정성을 다하는 것뿐이었다.

애간장을 태우며 늘 양손을 쥐어 비트는 아씨의 모습을 곁에서 지
켜보며 미화는 몹시 안타까운 심정이었다. 혹시나 다른 하인들로부
터 시원 서방님에 대한 자질구레한 소식이라도 들을까 해서 미화는
안채에 갈 때마다 눈을 부릅뜨고 귀를 쫑긋했다. 이따금 그녀는 장
동으로부터 시원에 대한 반가운 소식을 듣고서 아씨에게 전달했다.
가끔 서방님의 소식을 듣고 얼굴이 밝아지는 아씨의 모습을 보는 것
은 미화에겐 더없는 낙이었다.

시원이 과거의 첫 시험에 합격한 후 복시覆試, 2차 시험가 오랫동안
연기됐다. 초시가 끝나고 얼마 안 되어서 이괄의 난이 온 나라를 뒤
숭숭하게 만들었기 때문이다. 이괄은 인조반정 때 인조를 왕위에 옹
립하는 데 크게 기여한 무신이었다. 그의 공은 인정받기는 했으나 그
의 가족에겐 상응하는 보상이 없었다. 이에 불만을 품고 그는 다른
불만 세력까지 모아 반란을 일으켰다. 만여 명의 반란군이 한양을 점
령하자 임금과 신하들은 급히 공주로 피신한 상태였다. 남쪽 지방으
로부터 관군이 합세하여 재빨리 반란군을 제압하여 이괄과 주동 세
력은 붙잡혀 즉각 처형됐다.

이괄의 난이 끝나고 이3년 동안 가뭄이 지속됐다. 엎친 데 덮친
격으로 청군이 불시에 침략했다. 다행히도 속히 화평 조약을 맺어 큰
피해나 재앙은 피했지만, 나라는 도무지 복시를 시행할 형편이 되지
못했다. 그리하여 조정은 가뜩이나 과도한 업무로 지칠 대로 지쳐 있
었다. 더구나 발등에 떨어진 백성의 굶주림과 전염병 등의 구호 사업

에 매달릴 수밖에 없었다. 마침내 초겨울부터 조정은 국정 난맥을 풀어 갈 새로운 인재를 등용하기 위해 과거를 다시 시행할 것을 검토하기 시작했다.

연초부터 복시가 시행될 거라는 소문이 한양에 나돌았다. 이미 초시에 합격한 유생들은 이런 고시告示를 학수고대하고 있었다. 그리하여 한양을 비롯해 전국 팔도 각지에서 응시생들이 오랜만에 부푼 꿈을 꾸고 생기마저 넘쳐났다. 가정집은 물론이고 장터나 관청 등 어디서든지 사람들이 옹기종기 모여 다가오는 과거에 대해 왁자지껄 떠들었다. 온 나라가 들썩거렸다.

"두고 보시오. 이번 시험에는 꼭 이런 문제가 나올 것이오!" 이러쿵저러쿵 떠드는 사람들이 무척 많았다.

"내 말 좀 믿으시오. 시험은 아무아무 날 치르게 될 것이오!" 시험 날짜를 맞힌다고 이렇다 저렇다 떠드는 사람들도 적지 않았다.

과거에 대해 사람마다 이러쿵저러쿵 한마디씩 떠들어 댔다. 어떤 이는 과거 시문試問을 점쳐 보기도 하고 또 어떤 이는 과거의 정확한 시행 날짜를 알아맞히는 내기도 했다.

여기저기서 역술인들을 찾는 사람들도 무척 늘어났다. 유생들의 가족은 점쟁이를 찾아가 과거 급제의 가능성을 알아보거나 장원 급제를 위한 조언을 구하기도 했다.

시험 날짜가 확정되지 않으니 시원의 마음도 불안하기만 했다. 한때 요염한 기생에게 시간을 헛되이 낭비한 자신이 못내 부끄럽고 저주스러웠다. 어떻게 그렇게도 어리석고 충동적일 수가 있었지? 기생에게 정신을 홀딱 빼앗기는 미혹의 시기는 끝났다. 그는 지금 자나 깨나 오로지 과거에 급제하여 입신양명하는 생각뿐이었다.

시원이 뛰어난 성적으로 초시에 급제한 지 벌써 사오 년이 지났다. 복시에 이어 세 번째 시험인 전시殿試도 아직 남아 있다. 복시를 치르고 얼마 지나면 전시를 치르게 된다. 이 전시에서 서른세 명의 복시 합격자 순위가 정해지고 이 중 한 명이 장원 급제의 영예를 안게 된다.

어느 날 시원의 심부름으로 밖에 나가 있던 장동은 사람들이 웅성거리며 모여 있는 모습을 봤다. 그들은 성균관에 금방 붙여 놓은 과거 방榜을 보고 있던 것이었다.

"성균관에서 두 달 뒤에 복시가 있대!" 구경꾼 한 사람이 흥분한 소리로 외쳤다.

장동은 사람들을 밀치고 맨 앞줄로 비집고 들어가서 과거 날짜를 두 눈으로 확인하자마자 부리나케 시원에게 뛰어갔다.

"서방님, 제가 복시 날짜가 방에 붙어있는 것을 두 눈으로 똑똑히 보고 왔습니다." 장동이 아뢨다.

"그래, 언제 시험을 본다더냐?" 시원이 안절부절못하며 물었다.

"두 달 뒤에 성균관에서 치른답니다." 장동이 자신만만하게 대답했다.

"고맙구나, 장동아." 시원이 말했다.

이번 복시 발표와 시험 보는 기간이 보통 때보다 짧았다. 평소에는 유생들이 초시를 가을에 보고 복시는 봄에 쳤다. 하지만 이번에는 두 달 후에 복시를 성균관에서 치른다.

성균감은 13세기 말 고려 충렬왕 때 유학을 가르치기 위해 설립된 최고의 교육기관으로 원래 국자감이라고 불렀다. 성균관이란 이름으로 바뀐 건 1362년 고려 공민왕 때였다.

이 소식을 들은 시원은 마음이 초조해졌다. 시간이 촉박했다. 시험 준비할 시간이 턱없이 부족하다고 느꼈지만, 그렇다고 해서 벼락치기로 될 일도 아니었다. 얼마 남지 않은 시간에 꼭 해야 할 일은 부친과 함께 이제까지 배우고 외웠던 중요한 요점들을 되새기는 것이었다. 부친이 그를 위해 마련해 준 학습 방법을 따르면서 동시에 어릴 적부터 이미 익힌 기본 문장도 꼼꼼히 복습했다. 열 살이 되기 전부터 그는 남다르게 빨리 배워서 국학과 한학에 능숙했었다.

시간이 너무 촉박해서 시원은 그가 공부한 수많은 책 가운데 〈사서육경〉, 〈삼국유사〉, 〈삼국사기〉, 〈고려사〉 그리고 〈경국대전〉 등을 읽으며 요약해 놓은 부분들만 집중하기로 했다.

남달리 조숙한 시원은 기억력도 비상했다. 그는 하나를 배우면 열을 알았고, 한번 배운 것은 잊어버리는 법이 없었다. 그는 조선과 중국의 긴 한시도 정확히 암송했다. 그럴 때마다 서당 훈장 설영식은 놀라움을 금치 못했다. 열세 살 나이에 그는 초시에 합격해서 사람들을 깜짝 놀라게 했다. 과거에선 강경講經, 시詩, 부賦, 그리고 책문策文을 보았다.

"시원은 언젠가 만천하에 이름을 날릴 거요. 장래에 큰 벼슬을 할 것이며 나라를 구하는 영웅이 될 것이오. 내 장담하오." 훈장은 이렇게 시원을 자랑자랑하며 다녔다.

세월이 쏜살같이 흘러 어느덧 두 달이 훌쩍 지나가 버렸다. 시원에게 시험 날짜가 너무나도 빨리 다가온 것이다. 시험 전날 저녁 식사를 하며 아버지와 어머니는 아들을 격려했다.

"이것들은 내가 유품으로 오랫동안 간직해 온 것들이다. 과거에서 시문의 답안을 작성할 때 사용하던 붓들이지. 운 좋게도 나는 장원 급제를 했다. 너도 좋은 결과가 있기를 바란다." 아버지는 붓이 든 보따리를 가지고 와서 붓 몇 자루를 아들에게 건네주며 말했다.

"아버님, 제가 과거 준비하는 데 밤낮으로 도움을 주신 은덕에 깊이 감사드립니다." 시원은 감사의 절을 올렸다. "저도 아버님께서 주신 이 붓들로 좋은 성적을 올리도록 최선을 다하겠습니다."

"그래, 행운을 빈다." 아버지는 다시 아들에게 용기를 북돋아 줬다.

"어머님, 오랜 기간 보잘것없는 저를 위해 언제나 따스한 마음으로 애써 주셔서 정말 고맙습니다. 제 건강을 위해 보양 음식도 만들어 주시고요. 있는 힘을 다해 내일 시험 잘 치도록 하겠습니다." 시원은 어머니에게도 큰절을 올렸다.

"하나뿐인 우리 아들 시원아, 고맙다. 내일 온 힘을 다하여 시험을 잘 보도록 하여라." 어머니도 애가 타서 말했다.

시원은 저녁 문안을 드리고 나갔다. 그날 밤 시원은 잠을 제대로 못 이루었다. 부모와 가문에 대한 책임감이 남다른지라 과거가 막중한 부담으로 그의 가슴을 짓눌렀다. 과연 가족의 기대에 부응할 수 있을지, 혹시나 낙방하면 앞으로 무슨 낯으로 집안의 어른들을 뵙게 될지 걱정이 앞서지 않을 수가 없었다. 그는 결코 어른들을 실망시켜 드리고 싶지 않았다.

잠을 설치기는 피화당의 아씨도 마찬가지였다. 바깥 연못에는 길조를 예견이나 한 듯이 연꽃들이 활짝 피어올랐다. 하늘에서 뿜어져 내려온 오색영롱한 연무가 물 위에서 소용돌이쳤다. 연무가 걷히더니 활짝 핀 분홍 연꽃 송이 안에 미묘한 모양새의 백옥 연적硯滴이 놓여 있었다. 아씨가 손을 뻗쳐 그 연적을 잡으려니까 스스로 녹아서 사그라지더니 여의주를 문 청룡으로 탈바꿈하는 것이었다.

이 신비한 동물은 낙타의 머리에 사슴의 뿔, 토끼의 눈, 그리고 소의 귀를 갖고 몸은 잉어의 비늘로 덮여 있었다. 네발에 호랑이의 발톱은 독수리를 닮아 날카로웠다. 용은 그 긴 몸으로 잠시 똬리를 틀더니 곧 위풍당당하게 하늘로 솟구쳐 올라갔다. 용이 지나간 자리에는 아직도 다채로운 연무 자국이 남아 있었다.

이때 아씨가 벌떡 일어났다. 밖에서는 동이 트고 있었고 칠흑 같은 어둠은 조금씩 옅어져 가고 있었다.

"내가 꿈을 꿨구나." 아씨는 다시 잠을 청했으나 잠이 오지 않았다.

그녀는 밖으로 나와 뜰 안으로 들어갔다. 아직 꽃이 필 계절이 아 닌지라 여린 연꽃 잎사귀만이 어두컴컴한 연못 위에 둥둥 떠 있었다. 연못 둘레를 거닐다가 꿈에서 봤던 바로 그 백옥 연적이 암석 사이 에 놓여 있는 것을 발견했다. 용과 같은 생김새로 아주 오묘했다. 얼 른 연적을 집어 들고 살펴보니 그 모양새가 절로 감탄이 나오게 했 다. 그녀는 연적을 보고 한동안 서 있다가 연적을 방 안으로 가져왔 다. 오늘은 남편의 복시가 있는 날이었다.

"미화야, 어서 서방님께 가서 내가 꼭 뵐 일이 있다고 말씀을 전 해라." 아씨는 말했다.

"예, 아씨." 미화는 시원의 방으로 냉큼 달려가서 가쁜 숨을 몰아 쉬며 말했다. "서방님, 아씨께서 급히 드릴 중요한 말씀이 있다 합니 다. 집을 나가시기 전에 잠시 아씨께 들리시랍니다."

"어디 감히 그 못생긴 계집이 지아비를 보고 오라 가라 하는 거 냐? 일생일대의 중대사인 과거를 보러 가는 지아비에게 이 무슨 짓인 고? 몹쓸 것 같으니라고!" 시원은 막말을 거침없이 쏟아 냈다.

미화는 아씨에게 얼른 되돌아가서 서방님이 한 험한 말을 그대로 전했다.

매정한 남편의 말에 아랑곳하지 않고 아씨는 몸종을 다시 보내 재 차 내방을 촉구했다.

"서방님, 집을 나가시기 전에 꼭 아씨에게 들렀다 가셔야 한답니 다." 미화는 다시 서방님 방에 가서 아씨가 한 말을 그대로 반복해 전했다.

"아니, 미친 것 아니냐?" 시원은 화를 버럭 내면서 이를 갈았다. "지금 내가 시간을 낭비할 때냐? 숨 쉴 시간도 없을 지경인데. 가서 그만 좀 괴롭히라고 해라!"

무서워서 미화는 고개 숙이고 오들오들 떨며 버럭 화가 난 서방님의 야단치는 소리를 듣고 있었다.

"장동아, 이리 오너라! 저 시건방진 계집애에게 회초리 열 대를 쳐라!" 분을 참지 못하며 그는 큰소리로 장동을 불렀다.

"서방님, 부르셨습니까?" 장동은 마당을 가로질러 빨리 사랑방 앞으로 뛰어왔다.

"그래! 이 계집에게 회초리질을 하라고 했다. 열 대를 때려라!" 시원은 역정을 내며 같은 말을 반복했다.

장동은 몸종에게 치마를 무릎까지 들어 올리게 해서 그녀의 종아리에 매질을 했다.

"너는 내 매 맞는다고 날 원망하지 마라. 이건 못돼 먹은 네 아씨 때문이야. 몸종인 네가 아씨를 대신해서 혼이 나는 거야!" 시원은 분한 어조로 말했다.

죄 없는 아씨를 향한 시원의 거친 말을 들으며 미화는 입술을 꽉 깨물고 비명을 꾹 눌렀다. 가혹한 매질을 당한 뒤, 그녀는 멍들고 피까지 나는 다리를 절뚝절뚝 절며 겨우겨우 피화당까지 걸어갔다. 소리 내어 울지도 못한 채.

눈물범벅이 되어 절뚝거리며 오는 미화를 보며 아씨는 상황을 짐작하고도 남았다. 하늘을 쳐다보며 그녀는 땅이 꺼지라고 한숨을 쉬고 눈물을 흘리며 슬퍼했다.

"미안하다, 미화야. 나 때문에 네가 이런 몹쓸 변을 당했구나." 눈물을 닦으며 그녀는 마지막으로 한 번만 더 시원에게 갔다 와 줄 것을 부탁했다.

미화는 눈물을 꾹 참고 아씨의 지시를 기다리고 있었다.

"이 연적이 장원 급제하는 데 도움이 될 거라고 꼭 말씀드려라."

붓으로 급하게 흘려 쓴 전언과 함께 아까 연못가에서 주운 연적을 미화에게 건네주며 말했다.

"예, 아씨." 미화는 다시 시원에게 가서 아씨의 말과 함께 연적과 전갈을 전해 주었다.

이 전갈에는 신랑이 과거에서 운수가 대통하기를 기리는 염원과 함께 다음과 같은 말이 담겼다.

장원 급제하셔서 입신양명하신 뒤에 부모님께 효를 다하여 보살펴 드리고 장안 명문가의 규수를 아내로 맞이하십시오. 자손 번성하고 다복한 여생을 보내십시오. 그때는 다시는 저 때문에 괴로워하지 않으셔도 됩니다.

'내가 아내를 너무 오랫동안 박대했구나.' 그는 아내가 보낸 연적을 보고 전갈을 읽은 다음 처음으로 자신도 모르게 까무러칠 듯이 놀랐다. '아내가 이다지도 마음씨가 곱고 넓다니. 오늘 내 시험에 대해서도 참 사려가 깊구나. 참으로 난 못난 바보였구나!' 그는 마음속 깊이 반성했다.

미화는 서방님이 아씨의 전갈을 읽으며 깜짝 놀라며 크게 후회하는 듯한 모습을 처음 보고 의아해하며 피화당으로 되돌아가려고 본채에서 걸어 나오고 있었다.

"잠깐만 기다려라, 미화야! 내 아씨에게 전할 말이 있다." 시원이 미화를 큰소리로 불렀다.

"예, 서방님." 미화는 걸음을 멈추고 기다렸다.

"그동안 내가 정신없이 시험 준비하느라 경황이 없었다. 이 시험이 끝나면 내가 틈을 내서 아씨와 깊이 주고받을 이야기가 있다고만 좀 전해라." 그는 자기가 아내에게 잘못한 일들을 뉘우치면서 미화에게

132

말했다. "그리고 참 미화야, 나 때문에 애꿎은 네가 매까지 맞았지. 정말 미안하구나."

미화의 눈이 휘둥그레졌다. 서방님이 이런 말씀을 다 하시다니. 그는 도무지 믿어지지 않았다.

시원은 백옥 연적의 정교한 아름다움에 감탄했다. 그 연적은 세상 어디를 가도 볼 수 없는 희귀한 것임을 한눈에 알아봤다. 그는 아버지가 주신 귀한 붓들과, 한지, 그리고 기타 서예도구와 함께 그 연적을 보자기에 넣어 꾸렸다. 그리고 하인들과 함께 과거 길에 올랐다.

기쁜 마음에 빙그레 웃으면서 미화는 다리가 아프고 쑤시는 것도 잊은 채 피화당으로 쩔뚝쩔뚝 뛰어갔다.

"아씨, 서방님께서 저에게 대단히 미안하다고 하셨어요. 그리고 시험이 끝나면 아씨하고 마음속 깊이 주고받을 이야기가 있다며 꼭 전하라고 하셨어요." 시원 서방님으로부터 여느 때와 달리 다정스러운 말씀이 나왔기에 아씨가 무척 기뻐할 거라고 미화는 기대했다.

하지만 아씨는 아무런 반응 없이 독서에 몰두할 뿐이었다.

9
어사화

    시원은 과거를 보러 집 대문을 나섰다. 시험 칠 기구 보따리는 장동이 들고 봉달은 앞장서서 길을 인도했다.

    아침 일찍부터 시험장 앞길은 과거를 보러 온 유생들로 북적였다. 앞서 팔도 향시와 한양, 그리고 성균관에서 시행됐던 초시 합격자들만이 복시를 치르러 모였다. 그들은 줄잡아 2백여 명이 됐다. 이 복시는 나라 안팎 난리 때문에 여러 해나 연기됐기에 모두 이날을 애타게 기다리고 또 기다렸다.

    시험장 대문 앞에서 장동은 시원에게 보따리를 건네줬다.

    "하늘이 도와주실 겁니다요. 힘내세요!" 두 하인은 같이 한목소리로 합창하듯 서방님에게 행운을 빌었다.

    시관試官들은 명부에 적힌 이름과 응시자를 일일이 대조하며 확인하는 작업을 했다. 대문의 우측 문 앞에 긴 행렬이 늘어섰다. 시원의 이름을 찾은 시관은 명부에 확인 표시를 하고 그에게 자리 번호가 적힌 죽패를 줬다.

    "오른쪽 문으로 들어가시오." 시관이 시원의 보따리를 검사하고 말했다.

시원이 오른쪽 문 안으로 들어가니 넓은 길이 눈앞에 펼쳐졌다. 길과 나란히 놓여 있는 숙소가 오른쪽에 보였다. 왼쪽으로 고개를 돌리니 공자님께 제사를 지내는 대성전大成殿이 위엄 있게 자리를 잡고 있었다. 대성전 앞에는 수백 년 나이의 우람한 은행나무 두 그루가 막 돋아난 푸른 잎사귀들을 내보이며 그 넉넉한 자태를 자랑하는 듯했다. 명륜당 앞뜰에는 희고 붉은 모란꽃들이 아름답게 피어 있었다. 복시가 곧 시행될 기품이 넘치는 명륜당은 낮은 석조월대月臺 위에 세워져 있고 그 정문 왼쪽에는 커다란 북이 놓여 있었다. 명륜당 입구 앞에 서 있는 시관은 죽패를 보고 시원을 통과시켜 줬다. 실내에는 신선한 바깥 공기를 들여보내는 격자창이 볼록 모양으로 나 있었다.

이미 와 있는 유생들은 번호가 매겨진 돗자리 위에 자리를 잡고 앉아있었다. 그들은 모두 향학열에 가득 찬 모습이었다. 시원보다 나이가 어려 보이는 유생들도 한두 명이 있었고 나이가 제법 들어 머리가 희끗희끗한 이들도 더러 있었다. 모두 복시 시작을 기다리고 있는 중이라 초조했다. 몹시 긴장한 유생들이 여기저기서 낮은 목소리로 서로 쑥덕거리기도 했다. 시원은 뒤쪽으로 가서 정해진 그의 자리에 앉았다. 얼마 안 있어 수험생 전원이 다 착석했다.

밖에서 시험의 시작을 알리는 북소리가 울렸다. 유생들은 잡담을 모두 멈췄고 방 안은 쥐 죽은 듯 조용해졌다. 예조에서 파견된 진홍색 관복 차림에 검은 사모를 쓴 시관이 엄숙한 모습으로 나타나 방의 정중앙으로 갔다. 몇몇 보조 감독관들이 그를 뒤따랐다. 시관은 낭랑하게 울리는 큰 목소리로 긴장하고 있는 유생들에게 시험 개시를 선언했다.

"그대들은 여기에서 사흘 동안 시험을 치를 것이오." 그는 설명했다. "<사서오경>과 조선시가, 사서史書, 부賦, 상소문上疏文, 과문육체

科文六體 등을 치르오. 외부와 격리된 채 합숙 생활을 할 것이오. 매일 북소리가 시험의 시작과 끝을 알릴 것이오. 정오에 북소리가 나면 점심 시간이 시작되고 한 시간 뒤 미시오후 1시~3시에 다시 북소리와 함께 시험이 재개될 것이오. 전하께서 매일 친히 시문試問을 내리실 것이오."

"전하께서 오늘의 책제策題 두 가지를 담은 족자를 보내셨소." 그는 목을 가다듬으며 말을 이어갔다. "각 책제를 두 번씩 읽어 주겠소. 이 족자는 주朱색 게시판에 붙여 놓겠소. 감독관들이 제군들의 시험을 지켜볼 것이오. 답안을 마무리하면 이들 감독관에게 제출하시오. 자, 그러면 잘 듣고 최선을 다하시오."

시관은 큰 소리로 책제를 읽었다. "첫째, 우리나라가 처한 위기를 해결하기 위해서 무엇을 할 것인가? 둘째, 가족과 조정의 이해가 상충할 때, 어느 쪽의 이익이 우선시돼야 할 것이며 그 이유는 무엇인가?" 시관은 큰소리로 각각 〈경국대전〉과 〈사서〉에서 발췌한 주제를 두 번 읽고는 떠났다. 그러자 나머지 감독관들이 시험장을 돌아다니면서 감독을 시작했다.

주제를 듣고 나니 당혹스러워서 머리를 긁적이는 이도 있었고 어떤 이들은 아예 무아지경일 정도로 생각에 빠져 있었다. 긴장을 풀고자 몇몇 수험생들은 게시판으로 나가서 책제를 재확인하는 시늉도 했다. 또 다른 수험생들은 주제의 답을 벌써 알아챘는지 한지를 펼치고 벼루에 먹을 갈기 시작했다.

시원은 연적에 있는 물을 벼루에 떨어트리고 먹을 간 뒤에 먹물에 붓을 적셨다. 그러자 첫 책제에 대한 답이 곧바로 떠올랐다. 한지를 돗자리 위에 펼쳐 놓고 답을 쓰기 시작했다. 붓이 마치 살아있듯이 절로 움직이는 것 같았다.

'이게 연적의 힘일까? 아니면 아버지의 붓이라 그러는 것일까?' 시원은 의아해하지 않을 수가 없었다. 몇 번 중간에 다시 검토하느라 붓을 멈추긴 했지만, 그는 정해진 시간 안에 책문을 마무리하는 데에 전혀 무리가 없었다. 만족스러운 마음으로 자신의 글을 천천히 두어 번 꼼꼼히 읽어 보고 나서 시관에게 주었다. 그가 제일 먼저 답안을 제출했다. 얼마 안 있어 북소리가 점심 시간을 알렸다.

허기진 배를 안고서 유생들은 밥상이 여러 대 놓인 식당으로 들어갔다. 금세 굶어 죽을 사람들처럼 배고파하는 유생들이 한꺼번에 몰려, 마치 장터처럼 바글바글했다. 나오는 음식들을 보자 유생들은 입에 침이 고였다. 모두 걸신들린 듯이 깨끗이 먹어 치웠다. 밥을 먹고 나서 같은 밥상에 앉은 사람들끼리 잠시나마 서로 인사를 주고받았다. 그러나 얼마 안 있어 북소리가 그들을 다시 시험장으로 불렀다.

시원은 자리에 앉아서 두 번째 책문에 대해 골똘히 생각해 봤다. 이 책문에 어떻게 답해야 할지 그는 생각하고 또 생각했다. 그러다가 벼루에 연적의 물을 떨어트리는 순간 어떤 생각이 번뜩 떠올랐다. 그는 먹을 조심스레 갈고서 붓을 담갔다. 머리에서부터 물밀 듯이 쏟아져 나오는 생각들을 주체하기가 힘들었다. 그의 글씨 속도는 생각을 일일이 받아 적기에 답답하기조차 했다. 거침없이 술술 써 내려간 그는 얼마 안 있어 답안을 끝냈다. 그는 그것을 천천히 꼼꼼하게 읽고 제출하기 직전에 한 번 더 훑어보았다. 만족스러웠다. 가까이 있는 시관에게 건네주고 보니 그가 또 첫 번째 제출자였다.

"저 젊은이는 벌써 끝냈나 봐!" "어떻게 그렇게 빨리 쓸 수 있지?" "저 친구는 시문에 도사인가 봐!" 시원을 부러워하는 웅성거림이 여기저기서 들렸다.

"맨 먼저 끝낸다고 장원 급제하는 건 아니잖나!" 시기심에 차서 한 응시자는 비꼬는 어조로 외쳤다.

"유생 세 명과 함께 숙식하시게 됩니다." 시원이 시험장 밖으로 나오자 안내원 한 사람이 급히 와서 그를 숙소로 데리고 가면서 말했다. "술시오후 7시~9시에 저녁 식사를 알리는 북소리가 있을 것이고, 아침 식사를 알리는 북소리는 내일 묘시오전 5시~7시에 있을 것입니다. 침구와 수건과 입을 씻을 소금 등은 방 안에 구비돼 있습니다. 다른 필요한 것이 또 있으면 영내의 안내원에게 주저 말고 말씀하십쇼. 언제든 도와드립니다."

"고맙소이다." 시원은 출입문 근처에 위치한 작은 방으로 들어갔다. 누비 침구를 깔고 베개를 베고 누웠다.

얼마 안 있어 그의 동숙자들이 하나씩 들어왔다. 모두 고향이 달랐다. 그들의 이름은 백명훈, 남영태, 현광석인데 각각 평안도, 전라도, 경상도 출신이었다. 서로 간단히 자기소개를 하면서 보니 시원은 그들이 다소 나이가 더 많은 것을 알았다. 그들은 그를 막내아우처럼 대했다. 곧 북소리가 저녁 식사 시간임을 알렸다. 그들은 부산하게 떠들면서 식사 장소로 갔다. 모두 밥상에 앉아서 걸신들인 듯이 주린 배를 채웠다.

식사가 끝나자 밥상마다 서로서로 자기소개를 하며 이야기꽃을 피웠다. 시원의 동숙자들은 동향에서 온 유생들을 보며 반가워했다. 동향 사람들끼리 쉽게 어울리는 것이 눈에 보였다. 떨어져 앉은 사람들끼리도 자리를 바꾸어가며 서로 인사했다. 시원은 점심때 만난 사람들을 다시 보게 돼서 반가웠다. 유생들은 잠자리에 들 시간이 될 때까지 식당 안에서 생기 넘치는 대화를 나누며 시간 가는 줄을 몰랐다.

사흘 동안 시원은 성균관에서 일정대로 움직였다. 마지막 날 저녁 식사가 끝난 자리에서 시관은 앞으로 보름 후에 서른세 명의 합격자 명단을 담은 과방科榜이 명륜당 앞에 붙여진다고 공고했다. 이 발표가 있고 나서 이레 이후에 급제자들의 순위를 정하기 위해 다시 창덕궁에 모여서 임금 앞에서 전시를 치르게 된다.

마지막 날 밤엔 거의 모두가 시간 가는 줄 모르고 서로 이 이야기 저 이야기 하면서 밤을 새웠다. 사흘 동안의 고된 시험을 치르는 과정에서 동숙자들 간에 진한 우정이 금세 생겼기 때문이다. 시원은 친구들에게 안국동안국방에 들르면 자기 집에 꼭 놀러 와 달라고 당부했다. 마찬가지로 그들도 시원이 그들이 사는 동네에 들르면 자기들 집을 반드시 찾아오라고 했다. 다음날 아침 식사를 마친 뒤 시원은 그들에게 인사를 하고 집으로 돌아갔다.

대문 부근에서 기다리던 장동과 봉달이 시원을 반갑게 맞이했다.

"서방님, 시험은 잘 치르셨어요?" 장동이 말했다.

"서방님께서 당연히 장원 급제를 하시겠지요!" 봉달이 보탰다.

"내 최선을 다했다만 결과야 기다려 봐야 하지 않겠느냐? 이레 후엔 알게 될 것이다." 시원이 대답을 하고 물었다. "모두 안녕하시냐?"

"네, 다들 안녕하십죠. 그저 서방님께서 과거를 잘 치르셨는지 걱정이 되실 뿐이죠." 장동이 대답했다.

집 안에 들어가니 많은 문중 사람들이 궁금해하며 시원을 둘러쌌다.

"시험은 잘 쳤냐?" 조카가 과거를 얼마나 잘 치렀을지 궁금해하는 막내 숙부 이솔이 물었다.

"제 최선을 다해 시험을 봤습니다, 막냇삼촌. 결과는 이레 후에 발표한다고 합니다." 시원은 대답했다.

"시원아, 우린 모두 네가 장원 급제할 거라고 믿어. 힘내라, 힘내!" 삼촌이 다시 말했다.

다른 가족들도 엇비슷한 격려의 한마디씩을 아끼지 않았다.

시원 스스로는 어쩐지 마음 한구석에 걱정이 가시지 않았다. 손톱을 깨물며 그는 방 안을 빙빙 돌았다. 그런 식으로 하루하루가 지나가더니 어느덧 발표 날이 다가왔다.

그는 장동과 함께 성균관에 갔다. 기대에 부푼 유생들로 대문 앞은 발 디딜 틈이 없이 북적거렸다. 하인을 밖에 두고 시원은 오른쪽에 있는 익숙해진 문으로 대성전 안에 들어갔다.

게시판 두 개가 명륜당 입구 양쪽에 세워졌다. 일전에 복시 책제를 게시했던 그 게시판이었다. 과방 안의 서른세 명 합격자 명단 중에 자기 이름이 들어있는지 확인하러 수많은 유생이 한꺼번에 몰려들었다. 급제한 이들은 환성을 질렀지만, 낙방한 이들은 고개를 떨어뜨렸다. 시원도 목을 빼고서 입구 오른쪽에 서 있는 게시판 위의 과방을 찬찬히 살펴봤다. 그는 자신의 이름 석 자를 보자마자 그도 모르게 의기양양해서 어깨가 으쓱해졌다.

백명훈도 합격자 명단에 들어 있었다. 시원은 백명훈을 보고 축하 인사를 했다. 하지만 옆에 말없이 서 있는 현광석과 남경태의 이름은 보이지 않았다.

"열심히 하십쇼. 다음엔 틀림없이 합격하실 겁니다." 시원은 이 두 친구를 보고 따듯한 위로의 말을 건넸다.

"다음엔 틀림없이 급제하실 거요. 열심히 하시오." 백명훈도 현광석과 남경태에게 독려했다.

"두 분 다 정말 축하드립니다! 우리도 더 열심히 공부하여 다음엔 꼭 급제하겠소." 남경태가 말했다.

"두 친구 다 진심으로 축하드립니다." 현광석도 시원과 명훈을 축하해 줬다.

게시판 옆에 서 있는 관리들이 합격자들을 불렀다. 이시원과 백명훈은 이레 후에 창덕궁에서 최종 시험인 전시가 있다는 말을 듣고 첩문도 받았다. 합격증이 있어야 창덕궁 시험장에 들어갈 수 있었다. 시원은 나중에 시험장에서 다시 만나기로 하고 명훈과 헤어졌다.

성균관의 정문 앞을 왔다 갔다 하는 장동은 초조함으로 굳어 있었다. 그는 문밖으로 나오는 시원의 얼굴을 보자 굳이 물어볼 필요가 없었다. 시원의 활짝 웃는 벅찬 모습 속에 과거의 결과가 고스란히 드러났기 때문이었다. 그들은 집으로 곧장 달려가서 가족에게 이 기쁜 소식을 알렸다. 대감과 부인은 아들의 급제 소식에 기쁨을 만끽했다. 친인척들이 하나둘씩 시원의 소식을 알아보러 집에 들렀다. 모두 이 가문의 경사를 축하했고 저녁에 본채에서는 시원을 축하하는 잔치가 크게 열렸다. 하지만 그는 축하주 한 잔만 살짝 마신 뒤 공부하기 위해서 자리에서 슬며시 떴다.

"서방님께서 서른세 명의 합격자 명단에 이름이 있대요! 창덕궁에서 이레 후 임금님을 모시고 마지막 시험을 치르신대요." 미화는 아씨에게 흥분을 감추지 못한 채 이 희소식을 알렸다.

그러나 아씨는 이 소식에 별다른 관심을 보이지 않고 태연했다.

이레가 금세 지났다. 아침 일찍 시원은 사당에서 좋은 결과가 나오기를 염원했다. 장동과 봉달은 시원 서방님을 모시고 창덕궁으로 갔다. 대문 앞에서 시원은 장동으로부터 서예 도구가 담긴 보따리를 받았다.

"서방님, 꼭 장원 급제하세요! 하늘이 도와주실 거예요!" 봉달이 외쳤다.

"힘내시고, 꼭 장원 급제하십시오, 서방님!" 장동도 보탰다.

청홍색 제복 차림의 보초들이 궁궐 앞을 지키고 서 있었다. 시원은 그들에게 첩문을 보여 주고 대문의 우측 문을 통과했다. 안내원 한 사람이 그를 너른 마당인 춘당대 뒤편으로 데리고 갔다. 임금이 친히 오셔서 춘당대 앞의 영화당에서 전시를 참관하기로 돼 있었다.

일부 시험 자리에는 일찌감치 임자가 와서 앉아 있었다. 시원은 안내원에게 감사의 인사를 건네고 수백 년 된 느티나무 옆에 있는 돗자리 위에 앉았다. 주변을 둘러보니 건너편의 영화당과 저 멀리 연못이 눈에 들어왔다. 그의 등 뒤로는 울긋불긋 화사하게 핀 꽃들이 정원을 꽃밭으로 꾸며 놓았다. 정원 안에는 두어 개의 천막도 놓여 있었다. 전시가 시행될 시각이 점점 다가오자 모든 자리가 채워졌다. 시원은 막판에 도착한 백명훈에게 조용히 눈인사만 했다. 명훈 역시 고개를 살짝 숙여 답례했다.

이제 막 임금이 연가마을 타고 대신 및 시종들과 함께 나오셨다. 유생들은 임금이 영화당에 도달할 때까지 무릎을 꿇고 엎드린 자세로 있었다. 이 특별한 행사를 집전하기 위해 오신 임금을 영화당 계단 위로 모셨다. 영화당 안에는 문이 활짝 열려 있는 너른 방이 둘 있었고, 어좌御座는 그 방 하나에 놓여 있었다. 용과 봉황 모양의 장식이 들어간 어좌가 일월오봉—왕권을 상징하는 해와 달, 다섯 봉우리 그림—병풍 앞에 놓여 있었다. 어좌에 앉은 임금의 좌우로 조신들이 서 있었다.

예조판서가 시험을 관장하기 위해 임금에게 절을 올리고 뒤로 물러나 계단을 내려왔다. 크고 또렷한 목소리로 그는 전시의 시작을 선포했다.

"전하께서 그대 과거 급제자들을 치하하시러 친히 나오셨소. 이 전시는 그대들의 순위를 정하는 것이오. 오시정오까지 답안을 완성하시오. 전하께서 전시의 책제를 친히 내리실 것이오. 점심은 후원에 있는 막사에서 제공할 것이오. 식사 후에 궁궐 안의 황실에서 연회가 있을 것이고, 고시 결과는 유시오후 5시~7시에 발표될 것이오."

고개를 조아린 채로 예조판서는 계단을 올라가서 임금이 전해 주는 족자를 받아 들었다. 다시 한번 허리를 굽히고 절을 한 뒤에 그는 뒤로 물러나며 계단을 내려왔다.

그러자 주상이 신하들과 함께 영화당을 떠났다. 임금이 떠나자 모두 엎드려서 절을 했다.

낭랑하게 울려 퍼지는 목소리로 예조판서는 전하께서 내리신 〈용비어천가〉의 다음을 두 번 읽어 내려갔다.

> 뿌리 깊은 나무 바람에 아니 흔들릴세,
> 꽃 좋고 열매 많구나.
> 샘이 깊은 물 가뭄에 아니 멈추고,
> 내를 이뤄 바다로 가누나.

"급제자들은 이것에 대한 답시答詩로 두 구절을 작성하세요." 그리고 예조판서는 이 책제를 주홍 게시판에 붙였다.

시원은 아내가 준 연적으로 물방울을 벼루에 떨어트리고 먹을 갈았다. 책제에 대해 곰곰이 생각해 봤다. 〈용비어천가〉에 대한 답시 두 구절이라….

시상이 번득 그의 머리에서 샘솟듯이 솟아났다. 붓이 한지 위에서 빠르게 춤추듯이 움직였다. 시험 종료 시간이 되기 훨씬 전에 그는 답안을 끝냈다.

> 굳센 우리 백성 고난 이겨내고,
> 올곧은 선정善政 온 나라 편안하네.
> 임금의 덕치德治 천재天災 인재人災 물리치고
> 백성 하나로 뭉쳐 태평성대 누리세.

그는 답안을 한 번은 천천히, 또 한 번은 빠르게 다시 읽어 봤다.

다시 한번 답안을 주의 깊게 꼼꼼히 읽고 난 다음 시관에게 제출했다. 이번에도 그가 맨 처음으로 시험을 끝냈다.

한 안내원이 시원을 후원에 있는 막사 한 곳으로 데리고 갔다. 그 안의 돗자리에 앉은 시원은 주변을 둘러봤다. 크고 작은 나무들이 막 갈아입은 푸릇푸릇한 새 옷을 뽐내고 있었다. 이 넓은 후원의 사방팔방에 피어 있는 아름다운 꽃들은 그윽한 향내를 뿜어내고 있었다. 곧 다과가 제공됐다. 차가운 음료수를 홀짝 들이켜고 간식을 맛보았다. 고요하면서도 마음을 훌쩍 사로잡는 주변의 경관에 그는 흠뻑 빠져서 시간 가는 줄을 몰랐다.

시험 시간이 끝나자 유생들은 후원의 막사로 다들 모여들었다. 가뜩이나 긴장되고 부담스럽던 시험으로부터 마침내 해방되니 모두 기분이 날아갈 듯했다. 그들은 서로 밝은 얼굴로 대했다. 시원은 백명훈을 보고 반가워하며 그에게 가서 손을 잡고 인사했다. 그들의 대화는 활기가 넘쳐났다. 이윽고 먹음직스러운 식사가 개인마다 한 쟁반씩 나왔다. 식사 후에 모두 밖으로 나가서 궁궐 안 정원 곳곳을 산책했다. 시원과 명훈은 연못가에 있는 정자로 갔다. 그곳에서 그들은 연못 한가운데에 있는 조그만 섬을 봤다. 연못은 사각형이고 가운데 자리 잡은 작은 섬은 원형이었다. 풍수도참에 의하면 연못은 하늘을 가리키고 섬은 땅을 상징한다. 섬 위의 소나무와 버드나무, 단풍나무 등이 가지마다 푸르른 새싹들을 틔우고 있었다. 이 작은 섬을 연꽃 봉오리들이 둘러싸고 있었다. 상긋한 향내를 뿜어내며 봄꽃들은 그 화사한 색깔을 뽐내며 사방팔방에서 만발하고 있었다.

이제 수행원들은 유생들을 인정전仁政殿으로 안내했다. 대덕궁보다는 작은 규모이지만 임금은 이곳에서 국가 행사를 관장하곤 했다. 아름다운 차양 아래에는 어좌와 일월오봉 병풍이 준비되어 있었다. 이 층으로 된 석조 월대에 연결돼 있는 인정전 안의 천정은 각양각색의 화판으로 꾸며져 있었다. 거창한 연회가 바로 이 널찍한 월대 위에서 열렸다.

궁중 악사들이 낮은 월대에서 아악雅樂을 연주하는 동안 무희들은 위층 월대에서 궁중무용을 선보였다. 너른 궁궐터 곳곳으로 울려 퍼지는 음악이 돗자리에 앉은 관중을 사로잡았다. 무희들의 화관무 공연에 이어서 다른 여흥 무대가 계속됐다. 탈놀이, 흉내 내기, 만담, 장구춤, 산대놀음이 이어졌다. 모두 흥겨워하면서 이 멋들어진 공연을 구경했다.

전시 결과 발표 시간이 다가오면서 수험생에겐 또다시 팽팽한 긴장감이 감돌았다. 간단한 축하연은 이곳에서 지금 열리지만 공식 행사는 한 달 뒤에 있을 예정이다. 문관과 무관의 과거 급제자들과 그 가족들은 대덕궁에서 열리는 행사에 참석할 예정이다. 문관이나 무관 모두 같은 날짜에 동시에 과거를 시행했으나 다만 시험장이 달랐다.

궁정 마당 위에 있는 북이 울리자 임금이 수행원들과 다시 오셨다. 임금이 연에서 하차하니 모두 납작 엎드려 큰절을 올렸다. 진홍 조복을 입은 관리들에게 안내받으며 임금은 월대 위로 올라갔다. 인정전의 차양 아래 격자문은 열려 있고 그 앞에 놓인 어좌에 임금이 앉자 부복하던 모든 이가 일어나 자리에 앉았다.

예조판서가 절을 하고 고시 결과를 담은 족자를 왕에게 전달하자, 임금은 그것을 조심스레 펼쳐서 훑어봤다. 전에 그가 읽었던 답안들은 단지 번호만 표기됐었는데 이제 번호마다 그 옆에 작성자의 성명도 적혀 있었다. 이를 훑어본 왕은 승낙의 뜻으로 고개를 끄덕였다. 족자는 다시 예조판서에게 전달됐다. 발표에 앞서 판서는 목을 가다듬었다. 모두가 숨을 죽이며 애타게 기다렸다.

임금에게 다시 한번 절을 하고 예조판서는 긴장하고 있는 유생들을 향했다. 모두가 장원급제자로 자기 이름이 불리기를 간절히 바라는 순간이었다.

"갑과의 두 급제자는 방안랑정7품은 백명훈, 탐화랑정9품은 김새진 이오." 낭랑한 목소리로 판서는 그들의 이름을 불렀다.

두 사람 모두 전하로부터 따스한 치하의 말과 함께 전시 합격증을 받았다.

"황공하옵니다, 전하." 큰절을 허리 굽혀 올리며 그들은 감사의 인 사를 드렸다.

다음으로는 일곱 명의 을과 합격자 이름을 불렀다. 임금은 각 합 격자에게 개별적으로 증서를 나눠 주며 덕담을 했다. 그들 역시 임금 에게 큰절을 올리며 황공해했다.

마지막으로 남은 스물네 쌍의 눈동자가 판서를 뚫어지게 바라보 고 있었다. 스물세 명의 병과 합격자가 하나하나 발표됐다. 모두 전하 앞에 서서 축하의 말과 함께 증서를 받았다. 그들 역시 전하에게 감 사의 절을 올렸다.

"장원랑종6품은 이시원이오." 마침내 판서의 발표가 있었다.

시원은 자신이 장원 급제했다는 발표를 믿을 수가 없었다. 너무나 도 놀랍고도 어리둥절해서 그는 마치 그가 앉은 자리에 뿌리가 내려 진 듯이 곧바로 일어날 수조차 없었다.

"이시원은 앞으로 나오시오." 판서는 그의 이름을 다시금 불렀다.

자신의 이름을 반복해서 부르자, 그제야 시원은 벌떡 일어나 앞으 로 나갔다.

"집안이 좋은 젊은이 같네." "운 좋네." "장원 급제하려고 엄청나 게 공부를 했나 봐." 시원을 보고 쑤군거리는 소리가 들렸다.

모든 젊은이의 꿈인 장원 급제의 영광은 시원에게 돌아간 것이었 다. 그는 무릎을 꿇고 바닥 위에서 임금을 향해 두 번 절을 했다.

"그대는 어디 출신이고 춘부장은 뭐 하시는고?" 임금은 그를 치하하면서 물었다.

"전하, 소인은 한양에서 살며 엄친께서는 함자가 이李자 정正자인 좌의정 이정이옵니다." 시원은 아버지의 이름을 한 자 한 자 또렷이 발음했다.

임금은 장원급제자가 좌의정 이정의 아들임을 듣고 크게 기뻐했다. "부전자전이로구나! 그대는 좌의정 이정을 닮아 문장이 빼어나구나. 매우 훌륭하다! 그대는 부친을 귀감으로 삼을지니 앞으로 나라의 일을 잘 수행하겠구나."

"전하, 소신이 감히 엄친의 발뒤꿈치라도 따를 수 있겠사옵니까? 하오나, 소신의 엄친처럼 소신 역시 전하와 나라에 충성을 다해 성실히 임무를 수행토록 진력하겠나이다." 시원이 맹세했다.

임금은 호감이 가는 용모에다 겸양한 이 젊은 장원 급제자에게서 깊은 인상을 받았다.

문과 시험의 최종 합격자들 순위가 이제 다 정해졌다. 임금은 어주御酒를 나눠주며 그들을 축하했다. 합격자들은 기쁘고 벅찬 마음으로 잔을 들어 올렸다. 어전御前인지라 그들은 고개를 돌리고 술잔을 비웠다. 궁정악사들이 연주를 시작하자 그에 맞춰 무희들이 우아한 춤을 췄다. 그녀들의 아리따운 몸짓 하나하나가 저물어 가는 햇빛을 받으니 월대 위에는 거대한 그림자들이 넘실거리는 그림이 그려졌다. 급제자들에게는 바로 지금이 지난 수년간의 피나는 노력에 대한 값진 열매요, 최고·최상의 순간이었다. 응당 받아 마땅한 상을 수상하고 궁중 연회를 즐기며 그들은 이 순간순간을 만끽했다.

궁궐 밖에서는 수십 명이 초조하게 기다리고 있었다. 그들 중에 장동과 봉달도 있었다. 오후 늦게 두 관리가 궁궐 밖으로 나와 문과 시험 합격자의 순위를 적은 금방金榜을 게시하고 사라졌다. 안절부절

148

못하던 군중이 게시판으로 몰려왔다.

흥분한 외침이 여기저기에서 터져 나왔다!

"어머나, 시원 서방님이 장원 급제하셨네!" 장동과 봉달은 좋아서 어쩔 줄 몰라 껑충껑충 뛰었다.

"난 집으로 곧장 달려가서 이 기쁜 소식을 알려 주겠어!" 봉달이 기뻐서 외쳤다.

"난 여기 남아서 시원 서방님을 기다리겠어." 장동이 말했다.

이 경사스러운 소식을 듣고 온 가족은 더없이 기뻐서 어쩔 줄 몰랐다. 곧바로 집안의 하인들은 대감의 이 씨 문중과 부인 민 씨의 친인척에게 이 기쁜 소식을 알리러 갔다. 다들 축하 말을 전하러 대감 댁으로 우르르 모여 이러쿵저러쿵 수다를 떨며 시원이 어서 창덕궁에서 돌아오기만을 기다렸다.

연회가 끝난 뒤에 시원은 백명훈과 함께 궁 밖으로 얼른 빠져나왔다. 문가에서 장동을 만나자 그는 명훈에게 작별 인사를 했다.

"경축합니다. 서방님! 장원 급제하실 줄 알았습죠!" 장동은 흥분을 감추지 못했다.

"고맙구나, 장동아. 내가 운이 좋았던 것 같아. 어서 집에 가자꾸나." 시원이 말했다.

집으로 가니 온 집안 친인척이 모여서 큰소리로 환호했다. 모두가 시원의 손을 잡으며 목청껏 축하해 주었다.

"우리 조카, 정말 장하다! 너의 아버님이나 우리 가문의 여러 훌륭하신 조상님들처럼 너 역시 과거에서 장원 급제를 했구나. 우리는 네가 자랑스럽기 그지없다!" 숙부 이영은 시원의 어깨를 치며 말했다.

"고맙습니다, 숙부님. 제가 운이 좋았던 것 같습니다." 시원이 겸손하게 말했다.

축하 잔치는 밤늦게까지 벌어졌다. 그다음날엔 더 많은 축하객들이 찾아왔다. 그들은 시원이 앞으로 더 잘되고 나라를 위해서 좋은 일을 많이 하기를 빌었다.

한 달이 지난 뒤 과거 합격자 55명을 위한 축하연이 대덕궁에서 열렸다. 33명의 문과, 22명의 무과 합격자가 근정전에 모였다. 그들이 한없이 자랑스럽기만 한 가족들도 함께 초대받았다. 시원도 가족과 함께 갔다. 시원은 아내의 연적 덕분에 장원 급제했지만 아내보고 이 축하연에 가자고 할 순 없었다. 그녀가 그 괴기스러운 얼굴로 공공장소에 모습을 드러내게 할 수는 없었다. 물론 그가 같이 가자고 해도 아내는 스스로 그런 자리를 피했겠지만.

웅장한 알현실 앞의 경축 차양 아래에 어좌 두 개가 놓여 있었다. 왕과 왕비가 각 어좌에 앉으셨다. 거대한 궁궐 내에 자리 잡고 있는 근정전은 이 층 석좌 월대 위에 세워진 건물로서 끝이 원형으로 된 일련의 기둥들로 둘러싸여 있었다. 낮은 월대에는 궁중 악사들이 자리를 차지하고 있었고, 기수들이 남쪽 문을 바라보며 아래 난간 앞에 서 있었다. 문무고관들이 중앙 통로 양옆에서 각자 정 1품에서 9품까지, 그리고 종 1품에서 9품까지 품계에 따라 정해진 방석 위에 앉아 있었다. 육조 판서들이 맨 앞 열을 차지하고, 문관과 무관들은 각각 임금의 동쪽과 서쪽에 앉아 있었다. 임금의 가마인 연輦을 위해 가운데 부분이 약간 올라가 있는 중앙 길은 월대의 하단부터 남문까지 길게 뻗어 있었다. 합격자의 가족들은 문무관 옆에 있는 돗자리에 앉아 있었다.

급제자들은 이미 남문에 와서 기다리고 있었다. 문과 급제자들부터 나왔다. 그들은 한 무리를 이루어 왕을 알현했다. 장원 급제자가 맨 앞에 섰고 갑과 합격자들과 을과 합격자들이 차례대로 뒤따라왔다. 병과 합격자들이 맨 마지막으로 나왔다. 과별로 근정전 앞 계단을 올라가서 예조판서에게 먼저 인사를 드렸다. 예조판서는 이들을 한 사람 한 사람 임금에게 알현시켰다. 모두 축하를 받으며 각자의 이름과 순위가 적혀 있는 홍패와 함께 하사품을 받았다. 포상에는 황색 관복과 비취가 박힌 띠, 검은 사모복두, 마패, 비단 우산일산, 그리고 분홍, 빨강, 노랑, 검정 색종이로 만든 어사화 두 가지도 포함됐다. 각각의 합격자 집단별로 서서 임금에게 절을 올린 뒤 정해진 자리로 물러났다.

같은 의식이 무관 급제자들에게도 치러졌다. 모든 하사품이 수여되고 수상식은 막을 내렸다.

호화로운 축하연이 경회루에서 기다리고 있었다. 경회루는 이제 막 시상식이 끝난 대덕궁에 인접한 곳이었다. 15세기 초에 지어진 이 장려한 기와지붕의 이 층 누각은 마흔여덟 개의 큰 돌기둥 위에 세워졌다. 외부는 네모난 석주, 내부는 원형 석주로 구성돼 있다. 거대한 연못 한가운데의 동쪽 부분에서 이 누각이 돌출돼 우뚝 솟아 있다. 연못 위의 아주 짧고 납작한 돌다리 세 개의 누각과 영내 마당이 연결돼 있었다. 아름다운 연꽃 봉오리들이 연못을 가득 채웠다. 두 개의 네모난 작은 섬이 나란히 연못 위에 떠 있듯이 자리하고 있었다. 그 섬에는 가지각색의 나무들이 자라고 있었다. 연못 건너편 정원에는 온갖 외래종 꽃이 서로 아름다움을 다투는 듯이 피어 있고 그 꽃 향기는 은은히 온 정원을 가득 메웠다. 이 향기를 찾아온 나비와 벌들도 춤을 추며 이 화사한 꽃밭 여기저기 꽃봉오리에 앉았다 날았다 거듭하며 신이 났다. 나무 위 새들도 악사들과 경쟁하듯이 소리 높게 조잘조잘 지저귀며 뽐냈다.

대덕궁 서문으로 임금을 모신 행렬이 나타나자, 기수들이 앞장서고 악사들은 활기차게 풍악을 울렸다. 육조 판서들은 전하와 중전이 타고 있는 연을 뒤따라갔다. 이어 합격자들 가족이, 그 뒤로는 다른 관리들이 따랐다. 공식 예복 차림의 과거 합격자들과 그들의 수행 관리들은 맨 뒤에 갔다.

경축 행사는 웅장한 누각 위층에서 열렸다. 검은 사모紗帽와 관복을 정식으로 갖춰 입은 영예로운 합격자들이 등장하자 모두 손뼉을 치며 환호했다. 주변의 여러 뜰에 피어 있는 꽃들과 연못에 연꽃봉우리들을 만끽하면서 모두 자기 앞에 놓인 쟁반에 담긴 평생 처음 보는 궁중음식을 맛보았다.

연못 건너편 정원에 마련된 무대에서 궁중 악단의 연주가 시작됐다. 그들의 기품 있는 연주는 듣는 이들의 마음을 사로잡았다. 대금정악大笒正樂은 경외심마저 불러일으켰다. 화려한 복장의 무희들이 여러 곡의 음악에 맞추어 춤을 췄다. 평화를 기원하는 '태평무'부터 시작해서 북춤인 '무고'가 잇따랐다. 생동감 넘치는 탈춤 '처용무'가 끝나자 궁중음악이 이어지고 우아한 아악이 궁궐 널리 울려 퍼져 나갔다.

벅찬 기쁨에 휩싸인 급제자들과 그들 가족들은 누각에서 본 아름다운 바깥 경관에 감탄했다. 북쪽에는 북악산이 보였다. 남쪽에는 정교하게 가꿔 놓은 아름다운 뜰이 펼쳐져 있었다. 동쪽으론 궁궐의 기와지붕들이 우람하고 아름다웠다. 서쪽으론 광활한 연못과 함께 또 하나 멋진 뜰이 있고 그 너머로 인왕산이 보였다. 다소곳한 정원에서 화사한 꽃들에 둘러싸인 웅장한 대덕궁을 생전 처음으로 보면서 사람들은 흐뭇함과 기쁨에 겨워 숨이 멎을 것만 같았다. 모두가 임금과 중전마마에게 품격 있고 다채로운 향연을 베풀어 주었다며 입을 모아 고마워했다.

'집에 가면 아내를 꼭 위로해 주어야겠다.' 시원은 순간 집에 홀로 쓸쓸히 머무르고 있는 가련한 아내 생각이 떠올라 굳게 다짐했다.

연회가 끝나자마자, 시원은 집으로 갈 채비를 했다. 가족과 헤어진 시원은 주상께서 하사하신 명마에 올라타니 그는 더욱더 잘생기고 귀티가 돋보였다. 장원급제한 몸이기에 관원들, 기수들, 악사들이 그를 특별히 수행했다.

"길을 비키시오. 장원급제자 행차시오!" 맨 앞에 선 나팔수와 관원들이 앞서가며 소리를 지르며 말이 나갈 길을 터 줬다.

관원들의 고함이 들리자 사람들이 밀고 제치며 길가 양옆으로 구경하러 나왔다. 악사들의 흥겨운 연주에 이끌린 구경꾼들이 몰려와 일행을 앞서거니 뒤서거니 하며 장사진을 이뤘다.

"참 잘도 생기기도 했네. 관복을 입은 모습이 참 총명해 보이고!" 사람들은 시원을 보고 탄성을 발했고, 그중 한 사람이 소리를 질렀다.

"너도 열심히 공부하면, 언젠가 어사화를 꽃은 사모를 쓰고 저런 좋은 관복을 입게 될 것이야." 이 신나는 행렬을 구경하러 온 어른들은 자기 자식에게 본받으라고 여기저기서 훈계하는 소리도 들렸다.

와자지껄한 행렬로 인해 시원은 안국동양국방 숲속에 있는 자기 집으로 도달하는 데 시간이 여느 때보다 훨씬 더 많이 걸렸다. 그 집은 황해도 연안 이 씨 문중이 여러 세대에 걸쳐 살고 있는 드넓은 대종손 종가댁이었다.

그들이 도착하자 가족, 친인척, 친우, 이웃 사람들이 이날만큼은 중요한 행사를 위해 활짝 열어 둔 대문으로 우르르 몰려갔다. 궁중 악사들이 시원을 축원하기 위해 모인 사람들에게 신나게 연주를 해줬다. 모든 이가 평생 처음으로 궁중 악사의 연주를 듣는 드문 기회를 얻었다. 그들은 황송하고 황홀한 마음으로 이 특별한 향연을 만끽했다.

지나가던 행인들도 집 안에 들러 시원의 장원 급제를 축하했다. 대감 댁은 집 안팎으로 천막을 치고 손님들에게 음식과 마실 것을 대접했다. 부엌에서 여종들이 정신없이 음식을 차리고 쉴 새 없이 날랐다. 사흘 동안이나 계속되는 이 잔치에 먼 곳에 사는 친인척들도 일부러 찾아와 보기 드문 경사를 즐겼다.

"참으로 대견한지고!" 시원의 등을 토닥거리며 그들은 모두 기뻐하며 외쳤다. 아침부터 밤늦게까지 시원은 축하객들에게 둘러싸였다. 그가 자리를 뜨려고 하면 옆의 손님이 그에게 술 한잔을 권하고 또 권하고 그칠 줄 몰랐다. 이렇게 밤늦게까지 계속되다 보니 그는 도무지 아내를 찾아볼 틈을 내지 못했다.

사흘째 저녁이었다. 아씨는 책을 읽다가 눈이 피곤해져 휴식을 취하러 툇마루로 나왔다. 그녀는 미화와 함께 보름달을 바라봤다. 흥겨운 축하연의 시끌벅적한 소리가 피화당까지 흘러들어 왔다.

"시원 서방님께서 장원 급제하시도록 그렇게 도와드렸는데 서방님은 너무 매정하시네요!" 미화는 동정 어린 마음으로 말했다. "아씨가 마련해 준 연적 하나만 하더라도 감사의 말을 하러 오셔야 하는 거 아니셔요? 너무너무 무정하셔요!"

"미화야, 그런 말은 하지 마라. 옛날부터 잔악한 남편에게 소박맞거나 심지어 무참히 죽음까지 당한 불쌍한 아내들이 수도 없이 많단다. 인간의 운명은 하늘에 달린 거 아니니. 그러니 내가 감히 어떻게 이 박복을 남 탓으로 돌릴 수 있겠니. 당연히 서방님의 잘못은 아니다. 앞으로 내 운이 좋은 쪽으로 바뀔 거야. 지금보다 더 나빠질 수야 없겠지. 언젠가는 너나 나에게도 복된 날이 올 거니 좀 더 참고 기다리자꾸나."

"네, 아씨!" 미화는 아씨의 고결한 성품과 밑도 끝도 없는 인내심에 깊이 감화됐다.

아씨에 대한 미화의 존경심은 깊어만 갔다. 그녀는 속이 깊고 고운 아씨를 위해 행복한 날이 하루빨리 와 주기만을 진심으로 빌었다.

그날 밤 따라 유달리 밝은 달이 점점 더 높이 떠오르더니 마침내 마당에 그 휘황찬란한 달빛을 쏟아냈다. 별들도 밤하늘을 가득 채우고 반짝반짝 빛났다. 반딧불이들도 행여 별들에 질세라 반짝반짝 휠휠 쉴 새 없이 날아다니니 하녀는 더욱 반가웠다. 반딧불이의 빛에 의존해서 공부하기 때문이었다. 미화는 마당을 뛰어다니며 반딧불이들을 한 줌 잡아서 한지 호롱불 속에다 넣었다. 이런 미화를 바라보며 아씨는 마음이 흐뭇했다.

안채에서 벌어진 흥겨운 잔치는 다음날 아침까지 계속됐다. 아씨는 여느 때처럼 미화와 함께 나무에 물을 주고 있었다. 나무들에 끼어 있는 짙은 안개는 저세상 같은 분위기를 자아냈다. 이후 아씨는 미화에게 공부를 가르쳤다. 미화는 공부에 엄청난 진전이 있어서 복잡한 천자문에도 흥미를 느끼고 있었다.

"우리 며느리를 잔치에 부르지 않고 뭐 했소? 시끌벅적한 소리를 들으면서 며늘애가 별당에서 얼마나 슬프고 외로웠겠소!" 장원 급제 축하 잔치가 끝나고 나서 대감은 아내를 불러서 호통을 쳤다.

"그런 괴물을 어떻게 잔치에 부를 수 있어요? 손님들이 혼비백산해서 달아나는 꼴을 보란 말이에요? 귀한 우리 아들의 경사를 망치면 어떡해요? 사람들 앞에서 얼마나 망신스러울지 생각 안 하셔요?" 오히려 기분이 상한 부인은 이렇게 대꾸했다.

"벌써 잊었소? 며늘애 때문에 우리 가문이 갑자기 부자가 되지 않았소? 내 예복은 또 어떻고? 시원의 혼례 이래로 경사가 계속 일어나고 있소. 아직도 이해를 못 하오? 그 애는 우리 집안에 굴러들어온 복덩어리요, 복덩어리! 우리 가문의 재화와 다복은 그 애로부터 나오는 것이란 말이오." 대감은 아내에게 다시금 전에 하던 말을 힘주어 되풀이했다.

"대감 말씀이 맞다 칩시다. 하오나, 애가 좀 냄새나고 흉측한 것도 사실이 아닙니까?" 부인은 말했다. "난 솔직히 그 애 근처에는 도저히 못 가겠고 정말 꼴도 보기 싫소이다. 역겨워서 미칠 지경이어요!"

시원은 잔치가 끝나자마자 피화당으로 향했다. 그는 아내를 위로해 주겠다고 마음속으로 다짐했지만 지키지 못해 못내 가슴이 아팠다.

아씨와 미화는 툇마루에 앉아 책을 읽고 있었다.

"부인 덕분에 장원 급제를 하였소. 고맙소." 시원이 말을 꺼냈다.

시원을 보자마자 아씨는 아무 말 없이 재빨리 자기 방으로 들어가 버렸다.

"서방님 오셨습니까?" 미화는 시원을 보고 무척 기뻤다. 그리고 아씨 방 앞으로 가서 재촉했다. "아씨, 어서 나오십시오. 서방님이 오셨잖아요!"

아씨는 아무 말 없었다.

"아씨, 서방님이 모처럼 오셨는데 빨리 나오십시오." 미화는 애가 타서 어쩔 줄을 몰랐다.

아씨는 여전히 침묵을 지키고 있었다.

'아하, 부인이 단단히 화가 난 모양이구나!' 시원은 마음속 깊이 문득 깨달으며 한참 기다리다가 미화를 쳐다보자….

"서방님, 이… 이 일을 어떡하지요?" 미화는 발을 동동 구르며 숨 가쁘게 한마디 꺼내려 했다.

"미화야, 그만 됐다. 부인이 나 때문에 속이 많이, 많이 상했을 거야. 그러니, 아씨를 잘 보살피도록 하여라." 시원은 당부한 다음 조용히 물러갔다.

10
하늘이 내린 저주詛呪

시원의 장원 급제를 축하하는 잔치는 사흘 만에 끝났다. 하지만 한양에서 멀리 떨어져 사는 친척들에겐 소식이 금방 알려지지 않아 뒤늦게 찾아오는 대로 대접은 계속됐다.

"아버님, 어머님 문안드리러 왔습니다." 잔치가 다 끝나서야 며느리는 안채로 가서 시부모님에게 안부를 드렸다.

"내가 와글와글 북새통에 생각이 짧아서 너를 잔치에 부르지 못했구나. 미안하다. 친지들이 모인 그 기쁜 자리에 너도 꼭 함께 있어야 했는데." 대감은 며느리에게 사과했다.

"아버님, 그런 말씀은 마십시오. 저는 서방님이 장원 급제한 것만으로도 한없이 기쁠 따름입니다. 아버님의 염려에 감사드립니다. 이런 모습으로 제가 어떻게 잔치에 낄 수 있겠습니까? 손님들이 겁을 먹고 도망가실 텐데요. 저 때문에 잔치를 망칠 수는 없지요." 며느리는 원망하는 기색도 없이 담담하게 말했다.

대감은 며느리의 넓은 아량에 깊이 감복했다.

"내가 뭐라고 했소이까? 내 말이 바로 그 말이잖아요?" 시어머니는 마치 자기가 옳았다는 듯한 눈길로 남편을 흘깃 쳐다보았다.

"아버님, 청이 하나 있습니다." 아씨는 다소 주저하다가 천천히 말을 꺼냈다.

"오, 그래. 뭐든 말해 보렴." 시아버지는 서슴없이 대답했다.

"저, 친정에 잠깐 다녀와도 되겠습니까? 친정아버님께서 저 없이 어떻게 지내시는지 몹시 궁금합니다." 아씨는 시아버지의 망설임 없는 대답에 용기를 얻어 말했다.

"네가 이곳으로 시집온 지 어언 3년이 훌쩍 넘었구나. 그간 너의 시집살이가 무척이나 고달팠으리라고 능히 짐작이 간다. 네 친정아버님이 몹시 그리웠겠구나." 시아버지는 며느리의 부탁에 선뜻 응했다. "내일 하인들을 데리고 금강산에 갔다 오너라. 비용은 내가 넉넉히 마련하겠다."

"아버님, 돈이나 하인 모두 필요하지 않습니다. 허락을 내려 주시는 것만으로도 저는 황송해 몸 둘 바를 모르겠습니다." 아씨는 간곡히 간청했다. "사흘 뒤에 돌아오겠습니다."

"그곳까지는 오백 리나 되는 구불구불한 험한 길을 가야 한다. 네가 무슨 재주로 사흘 만에 갔다 오겠다고 하는 거냐?" 대감은 염려가 돼서 다시 물었다.

"저 혼자도 다녀올 수 있습니다, 아버님. 허락만 해 주십시오." 며느리는 거듭 청했다.

대감은 그간 며느리의 초인적인 능력을 여러 번 보았는지라 고개를 끄덕였다. 어쩌면 먼 거리를 가깝게 하는 축지법 같은 도술을 며느리가 사용할지도 모른다는 생각이 문득 들었다.

"그럼 잘 다녀오거라." 시아버지는 기꺼이 허락하고 부탁하였다. "사돈 어르신께도 내 안부 전하고 꼭 다시 한번 뵙고 싶다고 전해 드려라."

"네, 아버님. 꼭 그리하겠습니다." 아씨가 대답했다.

"저 추물 덩어리가 아예 돌아오지 말았으면 좋겠네. 그러면 장원 급제한 우리 귀한 아들이 장안의 명문가에 새 장가를 들 텐데." 민씨는 혼자 중얼거렸다.

"나 친정에 가려 한다." 다음날 아침 일찍 아씨는 미화에게 말했다. "앞으로 사흘간 별당을 비울 거다. 내가 없는 사이에 열심히 공부해라. 그리고 혹시 집안에 특이한 일이 일어나는지 잘 살피도록 해라. 또한 내가 어디로 어떻게 떠났는지는 아무에게도 이르지마라."

"네, 그리하겠어요. 아씨께서 안 계시는 동안에 집안의 일을 주의 깊게 잘 살펴보겠어요. 아씨께서 어디 계신지 또 어떻게 가셨는지도 입을 다물겠습니다. 여기는 걱정하지 마시고 친정아버님 댁에서 편히 쉬시다 오세요." 미화가 말했다.

아씨는 뜰 안으로 들어가 껑충 뛰어 하늘 높이 솟아오르더니 공중제비를 하며 나지막하게 다가오는 구름 위로 사뿐히 뛰어 올라탔다. 그리고 눈 깜짝할 사이에 그녀는 하늘로 사라져 버렸다. 백을 다 세기도 전에 이미 금강산에 도달해 있었다.

하늘 너머로 금방 사라져 버리는 아씨를 보고 놀란 미화는 입을 벌린 채 한참 동안 멍하니 서 있었다.

박문옥 처사는 이미 딸이 올 것을 예견하고 어서 딸이 도착하기만을 애타게 기다리고 있었다. 마침내 그녀가 오자 아버지는 집 밖으로 뛰어나와 딸을 얼싸안자마자 눈물을 머금은 채 한참 동안 서서 물끄러미 쳐다만 봤다.

"아버님, 안녕하셨어요? 그간 저 없이 지내시는 데 별고 없으셨는지요?" 딸도 눈물을 글썽글썽하며 물었다.

"나야 잘 지내고말고." 아버지는 딸을 따뜻하게 마중하면서 말했다. "내 하나뿐인 귀여운 딸이 없어 쓸쓸했지만, 그래도 혼자 조용히 묵상하고 이 명산을 벗하며 탈 없이 잘 지냈다. 이승에 머무를 날도 그리 많지 않으니 되레 다행스럽기까지 하구나."

"시아버님께서 아버님께 안부 전하셨습니다. 다시 한번 꼭 뵙고 싶다고요." 딸은 눈물을 닦으면서 말했다.

3년 만에야 다시 만난 아버지와 딸은 반가움과 애틋함에 젖어 그간 어떻게 지냈는지 이야기를 나누며 시간 가는 줄을 몰랐다. 딸이 시댁에서의 외롭고 불행한 삶을 털어놓자 아버지는 딸이 한없이 가엽기만 했다. 그토록 사랑하는 친정아버지와 함께 있으니 그녀는 자신을 힘들게 하는 시댁으로 되돌아가고픈 마음이 깡그리 다 사라졌다.

"아버님, 혼인식 이후 제겐 비참하지 않은 날이 단 하루도 단 한순간도 없었어요. 정말 이제 다시는 한양으로 가고 싶지 않아요. 이제부터는 여기 금강산에서 아버님과 같이 살래요. 그래도 되겠죠? 제발 절 되돌려 보내지 말아 주세요!" 그녀는 친정아버지에게 간청했다. 그간 억눌렀던 오만 가지 감정이 솟구쳐 오르자 딸은 주체를 못하고 마구 눈물을 쏟아 냈다.

"자, 자, 우리 착한 딸아, 어서 눈물을 닦으려무나." 아버지는 딸을 토닥거리면서 위로했다.

"신랑은 제가 오지 않으면 더없이 좋아할 거예요. 시어머님은 두말할 것도 없고요." 치맛자락으로 눈물을 닦으며 그녀는 서글프고 피맺힌 사연들을 계속 얘기했다. "도리어 시어머님은 괴물 같은 이 며느리를 안 보게 되면 너무 기뻐서 훨훨 날겠지요. 신랑은 신혼 첫날부터 저를 쳐다보지도 않았어요. 이제 과거에 장원 급제했으니 한양의 권세 있고 연줄 좋은 가문으로 장가갈 거예요. 지체 높은 양반댁에서도 너나없이 장원 급제한 그이를 사위로 들이고 싶겠죠. 세도가의 딸과 혼약을 맺고 나면 출셋길이 환히 열리겠지요."

"너는 참말로 네 남편에 대해 잘못된 생각을 하고 있구나." 3년 묵은 울분을 토하는 딸의 한탄을 아버지는 끝까지 차분히 들어주고 말

160

했다.

딸은 아버지 말을 들으면서 훌쩍거렸다.

"넌 여기 이 집에 남아 있을 생각은 꿈에도 하지 마라." 아버지는
따끔하게 일침을 놓았다.

"아버님, 제발 제가 여기 남아 있을 수 있게 허락해 주십시오." 딸
은 홀쩍홀쩍 울먹이며 애원했다.

"이 서방과의 혼인은 네 타고난 팔자다. 달의 신령께서 너희 두 사
람의 발을 붉은 띠로 묶으셨다. 네 서방과의 백년가약은 하늘이 맺
어 준 거다. 천생연분이란 사람이 아무리 끊으려 해도 끊을 수가 없
는 것이다. 네 혼례식에 봉황새가 와서 춤추던 것을 기억하니? 그건
금실지락琴瑟之樂, 일평생 부부가 사이좋고 즐겁게 살고, 해로동혈偕老
同穴, 살아서는 함께 늙고 죽어서는 함께 무덤에 묻힌다는, 금실을 뜻
하는 것이다."

그 순간도 우울하기 한이 없고 슬프기 짝이 없는 심정이지만 딸은
고개를 떨어트린 채로 아버지 말씀에 귀를 기울였다.

"애야, 너의 불행한 날도 오래가지 않을 것이니 부디 이 서방에게
되돌아가거라." 비통해하는 딸에게 처사는 힘을 북돋아 주는 말을
아끼지 않았다.

"아버님, 정말 제 액운이 이제 곧 끝난단 말씀입니까? 정말로요?"
딸은 아버지에게 묻고 또 물었다.

"그렇다." 고향을 떠나서 낯선 땅인 한양 도읍에서의 힘든 시집살
이를 꿋꿋이 잘 견딘 딸을 칭찬하고 다독이면서 그는 약속했다. "하
나밖에 없는 우리 딸, 이제 조금만 더 참아 주면 네 앞날은 가없는
복으로 가득할 것이다."

아버지 뜻을 평생 한 번도 거슬러 보지 못한 딸은 이번에도 아버
지의 말씀을 그대로 따르기로 했다. 그녀는 다시 한양의 시댁으로 되

돌아가서 아버지가 약속한 좋은 날들을 기다리기로 마음먹었다.

어린 시절의 추억이 담뿍 담겨 있는 금강산 이곳저곳이 태초의 마력으로 그녀에게 손짓하고 있었다. 이런 추억의 장소가 외롭고 서글 펐던 한양의 시집살이로부터 잠시나마 그녀를 위로해 주는 것도 같았다. 옛 친구들인 산짐승들과 산새들이 다가와서 그녀를 열렬히 반겨 줬다. 그녀의 어깨 위에 꾀꼬리들이 살짝 내려앉아서 귀엽게 지저귀고, 어릴 때 유모 역할을 하던 흰 일각수와 사슴들, 반달곰, 여우들이 하나둘씩 나타나더니 그녀를 둘러쌌다. 흰 일각수를 토닥거리며 그녀는 짐승들과 함께 그네들의 놀이터로 갔다. 그녀는 근심 걱정을 잊어버린 채 티 없이 순수하고 행복하던 어린 시절로 되돌아가는 듯했다.

"몸조심하고 사돈 내외분께 내 안부를 전해 드려라. 아울러 다음 보름달이 뜰 무렵에 내가 가 뵙겠다는 말씀도 전해 드리렴." 사흘째 되는 날, 친정아버지는 이렇게 말씀하시며 딸에게 시댁으로 돌아가도록 타일렀다.

아버지와 다시 한참 동안 말없이 꼭 껴안은 채 작별 인사를 한 뒤 딸은 지난번 올 때처럼 구름을 불러 올라타고 한양으로 사라졌다.

눈 깜박할 사이에 그녀는 별당에 도달했다. 구름 위에서 공중제비를 한 뒤 마당으로 내려왔다.

"아씨, 어서 오세요." 아씨를 애타게 기다리던 미화는 그녀를 보자마자 하도 기뻐서 달려나가 어쩔 줄 모르는 얼굴로 인사했다.

"미화야, 잘 지냈니? 내가 없는 동안에 별일 없었지?" 아씨가 물었다.

"아씨께서 안 계시니 정말 쓸쓸했어요. 돌아오시니 이제 너무너무 기뻐요. 그동안 별일 없었네요, 아씨." 미화가 대답했다.

"나 역시 네가 많이 보고 싶었단다. 그간 아무 일 없었다니 다행이구나." 아씨가 화답했다.

다음날 그녀는 시부모님에게 아침 문안을 드리러 갔다. 대감은 며느리가 약속한 대로 사흘 만에 금강산에 갔다 온 것을 보고 너무 놀라서 말문이 막혔다. 어리둥절해서 어안이 벙벙한 채로 그는 그녀를 따뜻하게 맞이했다.

"저 추물이 우리 귀한 아들을 떠나지 못하고 또 왔네. 에고. 저것 때문에 집안이 여간 망신스러워야지. 자기 애비와 산골짜기에서 그냥 눌러 살 일이지 왜 또 돌아 온 거야?" 시어머니는 예전처럼 실쭉하고 시큰둥한 표정을 지으며 낮은 목소리로 혼자 투덜거렸다.

시어머니의 못마땅하고 실망한 기색은 얼굴에 역력히 나타났다.

"어찌 그리 빨리 친정에 갔다 올 수 있었느냐? 축지법이라도 썼느냐? 사돈어른께서는 안녕하신고?" 시아버지가 물었다.

"네, 아버님. 친정아버님께서는 별일 없으십니다. 제가 곁에 없어도 여전히 잘 지내서서 안심했습니다. 아버님께서 시부모님께 안부 전해 드리라고 말씀하셨습니다. 보름달이 뜰 무렵 직접 오셔서 문안 드리시겠다고 하십니다." 그녀는 금강산에 어떻게 갔다 왔는지에 대해선 말을 아꼈다.

"나야 사돈어른을 다시 뵙게 되면 그보다 더 좋을 게 없지. 사돈어른을 자주 뵙지 못해서 늘 안타까웠는데 어서 내방해 주시면 좋겠구나." 대감은 사돈어른이 온다는 말을 듣고 무척 기뻐했다.

처사가 방문한다는 소식에 다급해진 대감은 사랑채를 평소보다 더 깨끗이 청소해 둘 것을 하인들에게 당부했다. 또한 이 귀한 손님을 위해 쉽게 찾기도 보기도 얻기도 힘든 좋은 술과 갖가지 맛깔스러운 음식도 미리 마련하라고 지시했다. 사돈을 다시 만난다는 기대감에 마음이 부풀어 있는 대감은 다음 보름날이 어서 오기를 손꼽아 기다렸다.

보름달이 밤하늘 높이 떠올라 마당을 휘영청 밝히니 어디선가 신묘한 퉁소소리가 들리기 시작했다. 퉁소의 곡조를 따라서 처사가 거대한 몸집의 청학靑鶴을 타고 대감 댁에 도착했다. 처사는 훌쩍 청학에서 내리더니 대감을 향해 반가이 인사했다. 순간 대감은 기뻐 어쩔 줄 모르며 처사에게 달려갔다. 오랜만에 만난 두 사람은 서로의 손을 꼭 잡으며 반가운 마음을 나누었다.

"대감, 참으로 오랜만이오. 건강하신 모습이니 다행입니다. 시원이 과거에 장원 급제했으니 얼마나 기쁘시겠소! 축하드립니다!"

"감사합니다. 아들 녀석이 운이 좋았던 거죠. 저 역시 처사의 건강하신 모습을 뵈니 기쁘기 그지없소이다." 대감이 화답했다.

"제 못난 여식을 내치거나 업신여기지 않으시고 친딸처럼 따사로이 보살펴 주시니 대감께 큰 빚을 진 마음이오. 우리 애를 사려 깊이 보듬어 주셨으니 망정이지 그러지 않으셨으면 그 애는 불운을 견디지 못했을 것입니다. 대감의 은혜에 고개 숙여 깊이 감사드리오이다." 처사는 머리를 깊이 숙여 인사했다.

"아이고, 이러지 마십시오. 감사는 제가 드려야지요. 제 철없는 아들 녀석에게 귀한 따님을 허락하시지 않았습니까. 따님은 제겐, 그리고 우리 집안엔 아주 소중한 보배입니다. 따님이 이곳에서 속 편히 지내지 못하는 것 같아 항상 제 마음이 무겁습니다. 그 애 때문에 우리 집안이 크게 번성하고 있는데 둔해 빠진 제 아들놈은 이게 다 제 처의 공인지를 알지를 못합니다. 이 애비가 번번이 야단을 쳐도 그 녀석은 제 처를 피하지요." 대감은 송구스러운 마음으로 사과했다.

"아드님을 너무 책망하지 마십시오. 어찌 지아비 탓만 할 일이겠습니까? 아내가 저주받은 운명이라 그렇게 흉측한 외모를 타고났으니 그 지아비는 얼마나 난감하겠습니까? 하오나, 제가 기쁜 소식을 알려 드리겠습니다. 제 딸내미의 액운도 이제 다 끝나 갑니다. 애가 곧 허물을 벗고 제 모습으로 되돌아갈 것입니다." 처사가 말했다.

대감은 처사의 말뜻을 제대로 알아듣기 힘들었다. 하지만 어쨌거나 처사를 방 안으로 안내했다. 이날만큼은 민 씨도 그를 기다리고 있었다.

"어서 오십시오. 이렇게 사돈어른을 뵙게 되니 반갑습니다." 부인은 일어서서 사돈에게 인사를 올렸다.

"안녕하십니까, 사부인?" 처사는 사돈마님의 인사에 화답했다. "제 못난 딸내미가 부인께 아무짝에도 쓸모없는 애가 아니었는지요? 하오나 그 애가 제 본 얼굴을 되찾으면 달라질 것입니다. 그간 우리 딸내미를 잘 감내해 주신 부인께 깊이 감사드립니다."

뜻밖에 감사의 인사말을 들은 민 씨는 당혹감에 얼굴을 붉혔다. 부인은 대체 사돈양반이 무슨 뜻으로 저러시나 하고 의아해하지 않을 수가 없었다.

민 씨와의 인사가 끝나자 처사는 대감을 따라 사랑방으로 들어갔다. 일찌감치 하인들이 정성을 다해 준비한 귀한 술과 맛깔스러운 안주상을 사이에 두고 두 사람은 마주 보고 앉았다.

급히 오라는 대감의 분부를 듣고 시원은 허겁지겁 달려와서 어르신들의 술자리에 같이했다. 시원은 장인어른 앞에서 쑥스럽고 거북해했다.

"장인 어르신, 옥체 보전하셨습니까?" 시원은 정중한 자세로 반듯하게 절을 올리고 인사를 하였다.

"나야 괜찮네. 자네가 장원 급제했다는 소식을 들으니 얼마나 기뻤는지. 장하네! 자네 같은 사위를 두어 정말 자랑스럽고 뿌듯하네." 처사는 사위의 장원 급제를 축하했다.

시원은 황송한 마음으로 장인의 칭찬을 들었다. 세 사람은 곧이어 즐거운 마음으로 술과 식사를 시작했다. 시원은 식사가 끝나자마자 두 어르신들이 대화를 나누시라고 자리를 떴다.

"먼 길을 마다 않고 오셨는데 따님과도 이야기를 많이 나누시며 오랫동안 편히 쉬다 가시지요. 며늘애가 저번에 금강산에 갔다가 너무 이르게 왔더군요." 대감은 사돈에게 간절히 권했다.

"대감의 말씀 한마디 한마디가 다 사려 깊으시니 감사해서 몸 둘 바를 모르겠소이다." 처사는 고마운 마음으로 답했다.

대감과 처사는 오랜만에 퉁소를 불고 바둑을 두며 오붓한 시간을 밤늦게까지 가졌다. 대감에게 인사한 뒤 처사는 딸의 처소로 갔다.

"아버님, 오셨습니까?" 자지 않고 기다리고 있던 딸은 아버지를 보자 환한 얼굴로 반가이 인사를 드렸다.

"그래, 너도 잘 있었느냐? 그동안 네가 불운을 의연히 잘 견디어서 참으로 기특하구나. 하필이면 왜 이런 흉물 껍데기를 타고난 것일까 하며 종종 궁금해 했을 텐데, 안 그러냐?" 아버지가 물었다.

"네, 아버님. 그런 궁금증이 없었다면 거짓말이겠지요. 하오나 감히 여쭤보진 못했어요." 딸이 대답했다.

"여태껏 나는 네가 왜 그런 흉을 타고났는지 누설하면 안 되었단다. 하나, 네가 받은 저주가 곧 풀린다. 그러니 이제 너의 가혹한 시련이 된 그 허물이 어떤 연유로 생긴 것인지 설명해 주마. 네 액운은 그 누구 탓도 아니고 모두가 이 애비 탓이다. 내가 전생에 저지른 잘못 때문에 네가 안 받아도 될 벌을 내 대신 받았다. 해서, 네가 오랫동안 고통을 짊어졌으니 미안하기 이를 데가 없구나." 아버지는 그가 저지른 죄에 대한 하늘의 앙갚음을 엉뚱하게 딸이 날벼락으로 받은 이유를 꺼내기 시작했다.

"도대체 어떻게 된 일입니까, 아버님?" 딸은 더욱더 궁금해져서 물었다.

"나는 전생에 천상에서 살던 신선이었다. 그때 중생들을 도왔다는 이유로 하늘에서 추방된 일이 있었지." 그는 딸의 악운이 어떻게 생겼는지 자세한 설명을 시작했다. "지상의 인간들이 하도 안됐기에 흉작이 올 것이니 기근을 대비해 곡물을 저장해 두라고 경고했었지. 다가올 흉년을 대비해 두라는 나의 경고가 화근이 됐다. 하늘이 노한 거지. 천신天神들께서는 내가 천기를 누설하는 바람에 하늘의 절대 권위가 땅에 떨어졌다고 노발대발했다. 내 대담한 행동에 노기怒氣가 하늘을 찌를 듯이 불편해하셨지. 내 죄는 실로 막중한 것이었어."

"아버님, 얼마나 큰 죄였기에?" 처음으로 자기 아버지가 누구인지를 알게 된 딸은 소름이 끼친 듯 화들짝 놀라며 물었다.

"너무나도 용서받을 수 없는 죄를 지었기에 나는 하늘에서 쫓겨나 영원토록 지상에서 살라는 저주를 받았단다. 인간의 손길과 눈길이 닿지 않은 금강산의 산중 깊은 곳에 거처를 마련했지. 하나, 중생들의 참혹한 현실과 그 고통을 멀리서나마 엿보며 생각을 바꿨어. 내마술의 힘으로 저 가난한 사람들과 착취당하는 평민들을 도와주겠다는 결심을 했다. 얼마 안 있어 내 명성은 사방팔방에 퍼졌고 금강산 유점사 출신의 박문옥 처사라는 호칭을 갖게 됐다." 아버지는 소상히 설명했다.

"아버님, 목이 마르실 텐데 물 좀 드시지요." 딸은 아버지에게 물을 갖다 드렸다.

"고맙구나." 처사는 목을 축이고 나서 다시 말을 이어갔다. "그러다가 운 좋게도 해남 윤 씨인 네 어머니와 천생연분을 맺게 됐다. 친정의 완강한 반대에도 불구하고 네 어머니는 나와 가약을 하고 금강산 깊은 곳으로 시집왔단다. 내가 이전에 말했듯이 네 어머니는 너를 출산하다가 안타깝게도 목숨을 잃었지. 하늘에 계신 신선들은 내가 인간과 연분을 맺은 것을 아주 못마땅하게 여기셨다. 이미 죄지어 추방됐는데 네 어머니와 혼례까지 치렀으니 내 죄는 곱절이 될 수밖에. 내 용서받지 못할 죄 때문에 너희 모녀가 둘 다 살아남을 수는 없는 운명이었지. 네 어머니는 태내에 있는 너를 구하기 위해 자기 목숨을 희생할 것을 택했지. 당연히 네 어미의 사랑은 네 가슴속 깊이 영원토록 남아 있을 거다. 그런 소중한 사랑을 잊지 말거라. 시댁에서 상황이 힘들 때 네 어머니에게 도움을 청했느냐?"

아버지는 그의 아내와 짧았지만 한없이 행복했던 지난날이 문득 그의 머리를 스쳐 갔다.

"네, 아버님. 사는 것이 너무 침울하고 참기 어려울 때마다 어머님께 도움을 구하곤 했어요." 딸도 힘들고 고통스러웠던 때를 기억하며 갑자기 눈시울이 뜨거워지면서 대답했다.

박 처사도 날벼락처럼 한순간에 아내를 잃어버리고 딸만을 안고 살았던 기나긴 시간이 문득 떠올랐다. 그가 견딜 수 없는 슬픔과 외로움을 홀로 가슴 속에 깊이 숨기고 살아온 옛일들을 털어놓았다.

"난 생명을 구하는 약초를 써서 네 어미를 어렵지 않게 살려 놓았건만 곧이어 천신들께서 개입하셨다. 하늘의 진노를 진정시키기에 네 어미의 목숨만으로는 부족했던 것이다. 결국 딸인 네가 화禍를 입은 것이지. 그리하여 너는 내 전생의 죄를 짊어지고 이 세상에 태어난 거야. 네 괴기한 외모는 하늘이 내린 저주 때문이야. 하지만 그런 허물에도 아랑곳하지 않고 넌 밝은 성격에 총명한 아이로 천진난만하게 자랐지. 그런 네가 장하기만 하고, 또 너 때문에 이 아비는 더없이 행복했단다." 아버지는 다시 미안해하며 또 딸과 같이 즐겁고 행복하게 지내던 날들을 회상하며 말을 이어갔다.

"제 허물에 그런 연유가 있었군요." 딸은 자기가 왜 그렇게 오랫동안 허물 때문에 온갖 고통을 받았는지 이제야 알았다.

"네가 이 적의에 가득 찬, 누구 하나 벗해 줄 사람이 없는 한양 시댁에서 얼마나 많은 고생을 했는지 내가 모르는 건 아니다." 아버지는 딸을 크게 동정하며 말했다. "그러나 너는 그 부당한 벌을 의연히 감내했지. 이제 네 악운은 끝났다. 네 추한 허물이 벗겨지고 본래의 얼굴과 몸을 되찾을 것이다. 네가 내 대신에 말할 수 없는 인고의 세월을 보냈으니 내가 네게 큰 빚을 졌구나. 내 죄는 네 길고 고통스러웠던 희생으로 이제 다 용서받았다. 그리고 너의 참모습을 되찾는 대로 난 하늘로 되돌아갈 것이니라."

"아버님, 정말 제 악운이 인제 다 끝난다는 말씀이세요? 그리고 제 허물도 벗겨지고요!" 딸은 도저히 믿을 수가 없어서 훌쩍훌쩍 울먹이며 물었다.

"그렇다. 내 오직 하나뿐인 사랑하는 딸아. 내일 새벽 동트기 전에 목욕재계하고 남쪽을 향해 앉아라. 그리고 환탈換奪의 주문을 읊도록 해라. 그 주문은 내가 곧 알려 주마. 얼굴에서 허물이 떨어져 나가면 사돈어른께 옥갑玉匣, 비취상자 하나를 주십사 하고 요청해라. 허물을 거기에다 따로 보관해 두고 사람들이 네가 진짜 부인 박 씨인지 의심하면 그 상자를 열어 허물을 보여 주어라. 각별히 주의할 것은 네 외관이 변했다고 네 행동거지마저 달라지면 결코 안 된다. 한결같은 모습이어야 한다. 거드름 피우거나 경박하게 굴면 안 된다. 늘 겸손하고 주제넘게 나서지 말 것이며, 항상 다른 이들을 기꺼이 돕는 마음가짐을 가져라. 이 애비 말을 잘 알아들었겠지?" 아버지는 딸에게 허물을 없애는 주문을 알려 주고 또 허물을 벗은 뒤 올바른 자세를 취해야 한다고 타일렀다.

"네, 아버님, 잘 알았습니다." 딸이 대답했다.

"네가 집을 떠날 때 받은 책들은 열심히 다 읽어 보았지?" 아버지는 딸에게 물었다.

"네, 아버님. 다 읽었어요." 딸이 거침없이 말했다.

"잘했다. 그 책들이 얼마 안 있어 나라가 참변에 처할 때 꼭 도움이 될 것이다. 네 천부의 재주가 나라를 구하는 데 요긴하게 쓰일 것이다. 용감하되 언행에 신중할 것이며, 백성에게 이롭도록 재능을 써야 한다. 거듭 말하지만 항상 모든 일에 겸허하고 신실한 자세로 임해야 할 것이니라. 그러면 네 명성이 만천하에 퍼질 것이다." 아버지는 딸에게 철저히 주의를 주었다.

"명심하겠습니다, 아버님." 딸은 아버지가 하시는 말씀을 무겁게 들었다.

"시부모님께 효성을 다해야 할 것이며 지아비를 잘 섬겨야 한다. 너는 오랫동안 부당한 고통을 겪어야 했지만, 앞으로 남은 생은 더할 나위 없이 복될 것이며 크나큰 화락을 누릴 것이다. 너는 그럴 만한 자격이 얼마든지 있으니 부디 복된 삶을 꾸리기를 바란다." 아버지는 딸에게 이제 행복한 날이 올 것이라고 다짐하면서 말문을 닫았다.

딸은 고개를 숙인 채 양손을 포개고 앉았다. 그녀는 아버지의 설명을 하나도 놓치지 않으려고 열심히 들었다. 아버지의 긴 말씀이 끝나자 그녀의 눈에서 어느덧 기쁨과 감사의 눈물이 뚝뚝 떨어지기 시작했다. 그녀는 아버지의 지시를 주의 깊게 잘 따르겠다고 굳게 약속했다.

"주문을 정확히 외워야 하느니라. 그러지 않으면 아무 소용없다." 이어서 아버지는 딸에게 환탈의 주문을 가르쳐 주며 말했다.

딸은 주문을 한 번 듣자마자 그 자리에서 곧바로 외웠다. 다시 한 번 되풀이해 보라는 아버지의 말을 듣고 그녀는 조금도 틀리지 않고 정확히 암송했다.

"장하도다. 역시 완벽히 해내는구나." 아버지는 흡족해서 딸의 등을 토닥여 주며 칭찬을 아끼지 않았다.

한참 동안 말없이 딸을 부둥켜안으며 처사는 말문을 열고 딸의 행운을 빈 다음 그의 목에 걸었던 작은 금 거북이상을 풀어서 딸에게 건네주었다. 그것은 그녀가 목에 걸고 있는 거북이상과 똑같은 것이었다.

"이 부적은 네 혼인 후에 너와 헤어지면서 주었던 바로 그것의 짝이란다. 이것 또한 위태로울 때 지켜 주는 마법을 지닌 것이니 필히 긴급한 사태를 만날 때만 이 부적을 이용해야 한다." 아버지가 일러 주었다. "앞으로 네 신랑이 이 부적의 힘을 필요로 할 때가 꼭 있을 것이다. 그때 잊지 말고 이것을 신랑에게 바로 주어라. 그때가 언제일지는 앞으로 두고 보면 알 것이다."

"그동안 저를 사랑으로 길러 주시고, 가르쳐 주시고, 보살펴 주셔서 정말 고맙습니다, 아버님." 뺨을 타고 흘러내리는 눈물을 주체 못한 채 말없이 아버지를 응시하다가 딸은 고개를 깊이 숙여 감사 인사를 했다.

아버지가 일어나 자리를 뜨려고 하니, 수탉이 홰치는 소리를 냈다. 떠날 채비를 하며 그는 딸에게 이제는 자기를 찾지 말라면서 이 세상을 떠난 다음에 저세상에서 다시 만나게 될 것이라고 알려 줬다. 훌쩍거리는 딸을 뒤로하고 그는 별당 밖으로 나가 새벽의 어스름한 어둠 속으로 본채를 향해 재빨리 걸어갔다. 그는 대감에게 가서 후한 대접을 해 줘서 감사하다는 인사를 건넸다.

대감은 새벽부터 떠나는 사돈을 붙잡으려고 했으나 처사를 설득하는 일은 불가능하다는 것을 직감했다.

"언제나 다시 뵐 수 있을까요?" 대감이 물었다.

"또 뵙기가 쉽지 않을 것 같습니다, 대감." 처사는 미소를 지으며 대답했다. "제 업보가 드디어 끝나서 이승에서의 귀양살이도 종료됐습니다. 제가 살던 하늘로 올라가게 돼 그저 기쁠 따름입니다. 제 딸을 잘 보살펴 주십시오. 저는 저승에서나 뵙게 되겠지요. 그때까지 만수무강하시기를 빕니다, 대감."

대감은 할 말을 잃었다. 그는 멍하니 사돈을 응시하며 서 있을 뿐이었다.

"차후에 어려운 상황이 닥치면 주저 말고 제 여식에게 도움을 청하십시오. 그 애가 쓸모 있을 겁니다." 이렇게 작별 인사를 한 뒤 처사는 마당으로 내려가서 그를 기다리던 청학의 등에 다시 올라탔다.

학은 하늘로 날아올랐고 처사는 황홀한 퉁소 소리와 함께 구름 속으로 자취를 감추었다. 사라지는 그의 뒤에는 오색영롱한 연무의 긴 꼬리가 따랐다.

더 이상 처사가 보이지 않은 뒤에도 한참 동안 대감은 그가 사라진 하늘을 멍하니 쳐다봤다. 사돈을 마주하는 즐거움을 다시는 누리지 못한다는 사실에 그는 가슴 한구석이 휑하게 뚫린 듯이 쓸쓸한 마음이 들었다. 차가운 아침 공기를 타고 흐르는 구슬픈 곡조만이 그의 텅 빈 가슴에 울릴 뿐이었다.

11
허물을 벗다

어슴푸레한 초여름 아침이었다. 아씨는 목욕재계하러 우물가로 갔다. 찬물로 머리를 감고 몸을 씻었다. 그러고 나서 그녀는 세심한 주의를 다해 몸단장을 했다. 입을 옷은 신중히 골랐고 젖은 곱슬머리는 여느 때보다도 정성을 다해 곱게 꾸몄다. 그녀는 따스한 아침 공기를 받으며 너른 마당으로 걸어 나왔다. 조그만 사발과 돗자리, 앞치마, 큰 보자기, 긴 금빛 비녀, 빗, 작은 손거울 등 몇 가지 물품들을 가지고 왔다. 마당에 돗자리를 펼친 뒤 물건들을 하나하나 그 위에 올려놓았다. 사발을 꽉 쥔 채로 별당 터의 뒤편에 있는 우물로 갔다. 두레박을 당겨 길어 올린 우물물을 사발에 담고 다시 돗자리로 천천히 걸어왔다.

그녀는 남쪽을 향하고 돗자리에 앉았다. 앞치마를 두른 채로 큰 보자기를 치마 위에 올려놓았다. 눈을 감고 그녀는 사발 안의 맑은 물 위에 손을 비볐다. 아버지에게서 배운 주문을 작은 소리로, 그러나 신심 어린 마음으로 또렷또렷 읊조렸다. 허물을 벗기 위한 마법 주문을 암송하는 데에는 많은 시간이 걸리지 않았다. 애타는 마음으로 그녀는 마법이 일어나기를 기다렸다.

어느덧 허물은 조각조각 갈라져 무릎 위의 보자기로 툭툭 떨어졌다. 허물을 다 벗는 과정이 끝나기까지는 오랜 시간이 걸렸다. 어둑 어둑한 새벽에 비친 허물 조각들을 보고 그 역겨움에 그녀도 모르게 얼굴을 찡그렸다. 그리고 얼른 보자기를 덮어 가렸다. 이 쓸모없는 껍데기들이 떨어지는 와중에 그녀의 몸체 또한 탈바꿈을 거듭했다. 거구의 몸집이 수축되어 변했고, 꼬불꼬불하던 머리카락도 윤기 나는 긴 검은 머리로 변했다. 하얀 얼굴에 커진 눈이 반짝반짝 빛났고, 작아진 코는 섬세한 모양새를 띠었다. 입술도 작고 우미한 모양에 앵두 빛깔의 붉은 색이 되었고, 옷깃 위의 목은 가늘고 우아하기 짝이 없었다. 큼직하던 손발도 작고 맵시 있게 바뀌었다.

홍분을 억제하지 못한 채 그녀는 부들부들 떨리는 손길로 조심스럽게 얼굴을 더듬어 보았다. 손끝에 닿은 매끄럽고 비단처럼 부드러운 살결에 그녀는 소스라치게 놀랐다. 여전히 손을 가누지 못한 채 돗자리 위의 손거울을 들고 거울 안을 들여다보았다. 거울에 비친 상像이 자기 자신의 것이라고 어찌 감히 믿을 수 있겠는가! 아련한 어둠 속에서 그녀를 마주 보고 있는 거울 속의 얼굴은 절세의 가인佳人이 아닌가. 그녀는 꿈인지 생시인지 실신할 듯이 큰 충격을 받았다. 손거울을 재빠르게 훑어본 그녀는 그것을 저고리 소매 속에 집어넣었다. 몸도 변했음이 느껴졌다. 일어나서 손을 뻗어 보았는데 놀랍게도 자기가 입고 있는 옷까지도 어느새 알맞게 변했다. 그리고 크고 울퉁불퉁하던 손 대신에 작고 고운 손이 보였다. 손은 더 이상 무릎 아래까지 내려오지 않았다. 치마를 치켜올려 발을 보았다. 발 또한 작고 예쁜 모양이었다. 앞치마를 벗고 사발 안의 물을 마당에 살짝 버렸다. 돗자리를 도로 말아 놓고 다른 물건들도 모아 정리해 놓았다. 허물의 부스러기들을 담은 보자기는 극도로 조심스럽게 다뤘다. 어둠이 걷혀 파란 하늘이 보이기 시작할 무렵 그녀는 방으로 들어갔다. 모든 것들을 다 깨끗이 방 안에 치워 놓았다. 다만 그 보자기만

방 한가운데 덩그러니 놓여졌다.

"아씨, 안녕히 주무셨어요?" 잠시 후 여느 때와 같이 몸종이 와서 방문을 열고 아침 문안을 올렸다.

방에서 상큼한 향기가 흘러나와 미화의 얼굴 정면에 닿았다. '어디서 나는 향기일까?'하며 몸종은 향기를 깊이 들이마시며 방을 둘러봤다. 미화는 여태껏 한 번도 본 적이 없는, 심지어 상상도 해본 적이 없는, 숨 막히게 아름다운 여인이 방 안에 앉아 있는 것을 보았다. 백옥같이 빛나는 화사한 얼굴이 희고 고왔으며 그 아래 목은 맵시 있게 가늘었다. 여인의 섬세한 입술은 활짝 잘 익은 석류처럼 붉었다. 가냘픈 눈썹은 그 아래 밝고 큼직한 눈을 한층 더 기품 있게 보이게 했다. 코는 작고 귀엽게 생겼다. 머리는 뒤에 단정히 넘겨져 목덜미에 쪽 찐 비단결 같은 검은 머리에 번득이는 금빛 비녀가 꽂혀 있었다. 그런 그녀의 자태는 단아하고 우미하기 짝이 없었다. 그녀의 몸에서는 천상의 향내가 그윽하게 풍겼다.

"저기, 댁은 뉘시기에 저희 아씨 방에 계시는 거지요?" 한참 동안 정신 나간 사람처럼 얼떨떨해진 미화는 혹시 헛것을 본 것이 아닌가 싶어서 눈을 비비며 말을 꺼냈다.

그리고 그녀는 방을 다시 한번 훑어봤지만, 아씨는 온데간데없었다.

"별 것 아니니 너무 야단법석 떨지 마라, 미화야." 이 낯설기만 한 미인은 진주처럼 새하얗게 빛나는 치아를 내보이며 다정스러운 목소리로 차분히 대답했다.

"댁은 제가 모시는 아씨가 아닌데요. 누구신지요?" 미화는 이 미인의 목소리나 용모 모두가 아씨와는 도무지 달라서 떨리는 목소리로 물었다. "혹시 혼령? 귀신? 아니면 선녀이신가요?"

"난 혼령도, 귀신도, 선녀도 아니다. 네 아씨다. 오늘 새벽에 허물

을 벗고 내 제 모습을 찾았단다." 이 아름다운 여인은 하녀의 어리둥
절한 모습을 보며 대답했다.

"아이고! 아프네. 그럼 이건 꿈이 아니네!" 미화는 하도 놀라서 정
신을 바짝 차리려고 자기 볼을 꼬집고 소리를 질렀다.

이 여인은 터져 나오는 웃음을 꾹 참고 앉아 있었다.

"어떻게 하셨기에? 저는 허물을 벗는 뱀을 본 적이 있지요. 애벌레
가 나비로 탈바꿈하는 것도 봤고요. 하오나 이제까지 사람이 허물을
벗는다는 것은 듣도 보도 못했습니다." 미화는 도무지 믿을 수 없다
는 목소리로 말했다.

"정 내 말이 못 미덥다면 방에 들어와서 저기에 있는 보자기를 풀
어 봐라. 얼굴 허물 조각들이 보일 게다." 아씨는 미화에게 말했다.

미화는 얼른 방 안으로 들어가서 구석에 있는 보자기를 가져왔다.
궁금증을 못 이겨 서둘러 보자기를 풀어헤친 미화는 너무나도 충격
을 받았다. 그녀는 떡 벌어진 입이 다물어지지 않아 손으로 입을 가
렸다. 그 내용물은 방 안의 젊은 여인이 바로 주인 아씨임을 명명백백
히 알려 줬다. 그러나 여전히 의구심을 가라앉히기 힘들었다. 저 여인
이 정말로 주인 아씨란 말인가? 그게 사실이길 미화는 내심 간절히
바랐다.

"아씨, 어떻게 그런 일이 가능하지요? 어떻게 하셨기에 하룻밤 사
이에 이토록 수려한 미인으로 변하셨나요?" 아무리 알려고 해도 도
무지 알 수가 없어서 미화는 또다시 물었다.

"이미 말했지 않냐, 미화야. 내 추한 겉 허물을 벗고 내 제 모습을
찾았다고." 아씨는 말을 되씹었다. "이 끔찍한 허물을 옥갑 안에 두어
야 한다. 그러니 이제 날 그만 쳐다보고 어서 대감님께 가서 이곳에 좀
오실 수 있으시냐고 여쭤봐라. 내게 옥갑을 마련해 주셔야 하니깐."

"아씨의 액운이 드디어 끝난 건가요?" 아씨의 차근차근한 말을 들

으니 몸종은 의심이 금세 풀려 기뻐서 어쩔 줄을 모르고 펄쩍펄쩍 뛰었다.

"그런 것 같아, 미화야." 아씨는 입가에 화사한 미소를 띠며 대답했다.

"정말, 정말 기쁜 일이에요!" 미화는 벌떡 일어나 외쳤다. 그녀는 뺨을 타고 흐르는 뜨거운 눈물을 소매 끝으로 훔치면서 말을 이었다. "당장 대감님께 가서 옥갑을 부탁드리겠어요."

"그래, 빨리 갔다 오거라, 미화야!" 아씨가 흔연히 말했다.

"네, 아씨!" 기뻐서 미화는 하늘을 날아갈 듯이 가벼운 발걸음으로 덩실덩실 춤을 추듯이 본채로 달려갔다. "대감님, 어서 나오셔서 피화당에 가서야겠어요!" 그녀는 대감의 방 앞에서 목청을 높여 아뢰었다.

"이른 아침부터 왜 그리 큰소리를 지르는고? 뭐냐? 아씨에게 안 좋은 일이 일어났느냐?" 간밤에 며느리에게 큰 화가 일어난 것이 아닌가 하며 화들짝 놀란 대감이 방문을 후닥닥 열고 근심 어린 목소리로 물었다.

"아닙니다, 대감님. 큰일이 났어요! 별당에 빨리 가셔서 직접 확인해 보셔요!" 신이 난 여종은 여전히 목소리를 낮추지를 못했다.

"왜 이리 흥분해서 떠드느냐? 네가 웃는 것으로 봐 나쁜 소식은 아닌가 보군." 대감이 응수했다.

대감은 미화를 뒤따라 별당에 갔다.

"며늘애야, 일어났니?" 시아버지가 물었다.

"네, 아버님." 맑고 고운 목소리가 방문 밖으로 흘러나왔다.

이상히 여긴 대감은 방문을 열어 며느리 방 안을 들여다봤다. 더도 없이 싱그럽고 상쾌한 향기가 코끝을 간질거렸다. 아니 상상을 뛰어넘는 아름다운 한 여인이 방 안에 자리 잡고 앉아 있지 않은가. 천하에 그런 미인은 둘도 없을 것 같은. 그 용모가 이 세상에 속할 것 같지 않은 글로도 말로도 표현할 수 없는 문자 그대로 화용월태花容月態로 태곳적부터 내려오는 절세의 미색을 무색게 할 만했다. 바닷물에 비친 아름다운 자태로 인해 해룡海龍에 납치당한 신라의 수로 부인인가? 아니면, 그 눈부신 미모에 정원의 모란꽃들이 부끄러워 고개를 숙이고 임금이 혹하여 나라마저 뒤집혀도 몰랐다는 당나라의 양귀비란 말인가? 그 경국지색傾國之色보다도 이 낯선 여인이 더 빼어난 미모를 가졌다고 느꼈다. 심지어 그 미모에 달이 부끄러워 구름 뒤에 숨어 버렸다는 중국 삼국 시대의 초선도 그녀에 비하면 초라할지도 모를 일이었다. 대감은 깜짝 놀라 한참 동안 눈이 빠지도록 여인을 쳐다봤다.

"너는 누구이기에 남의 집 며느리 방에 들어가 앉아 있는 거냐? 꼬리가 아홉 개 달린 여우구미호 아니냐?" 대감은 충격에서 가까스로 헤어나 정신을 바짝 가다듬고 그녀가 수상스럽다는 듯이 질문을 던졌다.

"아버님, 저는 구미호가 아니라 아버님의 며느리입니다. 제 사나운 운수는 오늘 새벽에야 그 기일을 다했습니다. 하여 제 얼굴의 추한 허물이 벗겨져 본래의 모습을 찾았습니다. 그 허물 덩어리들은 저 구석에 있는 보자기에 싸 두었지요." 아씨는 얼른 일어나 절을 올리고 문가로 사뿐사뿐 걸어가 보자기를 가리켰다.

대감은 마루에 앉아 아름다운 여인을 한참 동안 멍하니 쳐다보고 있었다. 미화가 다시 보자기를 풀어 허물을 보였지만, 대감의 의아심은 쉽게 가시지 않았다.

"네가 진정 내 며느리란 말이냐? 이런 일이 도대체 어떻게 있을 수 있느냐?" 그는 계속 미심쩍어 하면서 묻고 또 물었다. "도대체 가당찮다. 이게 꿈이지 생시란 말이냐? 애벌레가 나비로 변하고 뱀이 용이 된다는 이야기는 있지만, 허물을 벗는 여자가 있다는 소리는 내 평생 처음 들어 본다. 무슨 기적이라도 일어났단 말이냐!" 여종이 다시 보자기의 허물을 보였지만 대감의 충격은 쉽사리 풀리지 않았다.

"아버님, 사실이니 믿어 주십시오. 그런데 이 흉한 허물을 치워 둘 옥갑이 필요합니다. 저를 못 믿는 사람이 많을 테니 그들에게 보여 줄 비취 상자 하나를 만들어 주지 않으시렵니까?" 아씨가 도움을 청했다.

"오냐, 그러고말고! 곧 당장에 만들라고 하마." 얼떨떨해진 대감은 별당 밖으로 급히 나갔다. '제 딸의 악운이 끝났고 이제 그 애는 본래의 얼굴을 찾을 것입니다.' 사돈의 말이 문득 떠오르자 대감은 하도 기뻐서 어쩔 줄 몰랐다. 이제 그 말이 현실이 됐지 않는가. 그는 자신도 모르게 젊은이가 된 듯이 휘파람 소리를 내며 잔뜩 들뜬 마음으로 방 안에 들어갔다.

남편이 뜬금없이 흥이 나 있는 모습을 보고 부인은 어리둥절했다. 그의 행동이 전혀 평소의 그답지 않았다.

"우리 며늘애가 본래 얼굴을 찾았소. 가서 확인해 보시오." 드디어 남편은 기쁜 소식을 아내에게 알려줬다.

부인은 남편이 제정신 아니라는 생각이 들었지만 며느리에 대한 호기심이 걷잡을 수 없이 커져갔다.

"진숙아, 월아, 선옥아! 아니, 애들이 어디 간 거야?" 마침내 며느리의 얼굴뿐만 아니라 별당 또한 구경하고 싶은 마음에 여종들을 불렀다.

여종들은 대답이 없었다.

"꼭 필요할 땐 늘 여종들이 안 보이네!" 민 씨는 투덜댔다.

그리고 부인은 혼자서 안채에 인접한 너른 터 쪽으로 처음으로 부산히 서둘러 갔다. 울타리의 출구를 지나니 험상궂은 나무들로 가리어진 초당이 어렴풋이 보였다. 그녀가 너른 터로 발을 디딘 순간 그 무시무시한 나무들 위로 거세게 소용돌이치는 먹구름이 덮쳤다. 그리고 요란한 천둥소리가 별당을 찾아오지 말라는 듯 사납게 울렸다. 갑자기 소름 끼친 부인은 뒤로 물러나 도망치려고 하는 순간 별당에 하인들 여러 명이 모여 있는 것이 눈에 들어왔다. 그들을 보니 안으로 들어가도 괜찮겠다는 힘이 생겼다.

하인들은 흥분된 모습으로 서로 밀치며 아우성치고 있었다. 아씨가 허물을 벗었다는 소문을 듣고 먼저 몰려온 것이었다. 아씨의 확 달라진 얼굴을 보려고 그들은 별당 안으로 살금살금 들어갔다. 그들은 괴물이 미인으로 탈바꿈한 기적이 과연 어떤 것인지 너무나도 궁금한 나머지 아씨를 언뜻이나마 보지 않고서는 못 배길 것 같았다. 무시무시한 나무들과 천둥도 아랑곳하지 않고 마음을 가라앉히며 별당 터를 향해 뛰어왔다. 방문 틈새로 아씨를 막 엿보려고 하던 찰나에 마님이 나타난 것이었다.

"네 이놈들, 거기서 뭣들 하고 있는 거냐?" 부인이 마음을 가다듬으며 소리쳤다.

마님의 목소리가 들리자 하인들은 냉큼 문에서 물러나 뿔뿔이 흩어졌다. 안채에서 할 일 안 하고 딴 데서 게으름 피운다고 꾸중 들을까 봐 겁이 났던 것이다.

용기를 내어 별당에 들어온 부인은 말없이 놋쇠 손잡이를 잡고 창호지 문을 열었다. 살짝 열린 문을 통해 엿본 방 안의 존재에 소스라치게 놀란 부인은 문을 활짝 열었다. 달덩어리처럼 아름다운 여인이 상큼한 향기를 풍기며 앉아 있는 것이었다. 민 씨는 눈앞의 현실이 도저히 믿어지지 않아 입을 다물지 못했다.

"너는 누구길래 남의 며느리 방에 앉아 있는 거냐?" 부인은 말을 갑자기 더듬으며 물었다.

"어머님, 제가 며느리입니다." 아씨는 일어나서 사뿐히 절을 올리고 대답했다.

"말도 안 되는 소리 하지 마라. 그 애는 추악한 괴물단지야!" 시어머니는 콧방귀를 뀌었다.

"어머님, 오늘 아침에 저의 저주가 풀려서 추한 허물을 마침내 벗게 됐습니다. 저기에 있는 것을 보시면 아시게 될 것입니다." 이 매혹적인 미인은 서슴없이 방구석에 놓인 보자기를 가리켰다.

"아니, 어찌 이런 일이 있을 수 있단 말이냐? 뱀이나 허물을 벗지. 아니, 사람이 껍질을 벗는다니. 세상에 어찌 이런 일이 다 있다는 게냐?" 시어머니는 경악을 금치 못했다.

마님의 목소리를 듣고 숨어있던 하인들은 살금살금 걸어 나와서 고개를 빼고 방 안을 들여다봤다. 고개를 숙인 채 서 있는 생전 처음 보는 미모의 여인을 보고 다들 화들짝 놀랐다.

"와, 선녀 같네! 도원경에서 오셨나?" 선옥이 외쳤다. "정말 선녀인가 봐. 세상에 이렇게 좋은 향내가 다 있담!"

바로 그때 시원이 별당 안으로 들어왔다.

"너의 처를 오늘 봤느냐? 못 봤으면 냉큼 가서 만나 봐라." 아버지의 호통에 못 이겨 오랜만에 찾아온 것이었다.

"내가 미워서 그녀는 나를 만나 주려고도 하지 않을 텐데. 아버님은 내가 마누라를 보건 말건 무슨 소용이 있단 말씀일까!" 아버지의 사랑채에서 나오자마자 그는 얼굴을 찌푸리면서 큰소리로 투덜댔다.

시원은 지난번 피화당에 부인을 찾아갔는데 외면당한 일이 생각났다. 그래서 일부러 꾸물거리며 시간을 끌다가 문득 그도 모르게 호기심이 생겼다. 아버지께서 하신 말씀을 피화당에 직접 가서 제 눈으로 무슨 일인지 확인해 보기로 했다.

시원이 별당 너른 터에 들어가자 무시무시한 나무들 위로 드센 먹구름이 다가와 천둥소리를 울렸다. 그는 섬뜩하고 움찔해져 뒤로 물러났다가 여러 사람이 처의 거처를 기웃거리며 훔쳐보고 있는 모습이 보여 울타리 안으로 들어갔다.

"거기서 다들 뭣 하는 거냐?" 어처구니없어 하며 시원은 호통을 쳤다.

시원 서방님을 보자 하인들이 일제히 도망쳤다.

"어머님, 거기서 뭐 하고 계십니까? 무슨 일이 있습니까?" 홀로 멍하니 서 계시는 어머니를 보고 시원이 물었다.

"시원아, 이리 와서 보려무나. 저기 꼬리 아홉 개 달린 여우가 네 아내라고 하는구나!" 방을 물끄러미 계속 쳐다보는 마님의 목소리는 거의 넋이 나간 사람이 됐다.

시원은 별당 마당에 급히 뛰어 들어가 처의 방 안을 들여다봤다. 고개를 숙인 절세미인을 보자 그는 갑자기 온몸이 얼어붙는 것만 같았다. 이루 말할 수 없이 향기로운 냄새가 코를 간질였다. 그는 첫눈에 이 여인에 대한 사랑의 감정이 타올랐다. 여태껏 본 적 없는 이 절세미인을 보자마자 그는 지금 헛것에게 홀려 있다는 의심이 들어 눈을 세게 비벼댔다. 그녀는 그가 지금까지 본 그 어떤 여인보다도 빼어난 미모를 가졌다. 그는 평생 처음 하늘에서 내려온 선녀를 본 듯이 마냥 쿵쿵 뛰는 가슴을 도무지 가눌 수가 없었다.

"댁은 뉘시기에 남의 처자 방에 들어가 있는 것이오? 혼령이오, 귀신이오, 선녀요?" 한참 동안 정신이 팔려 가쁜 숨을 죽이고 있던 시원은 어머니의 말을 듣는 둥 마는 둥 하며 의심 어린 말투로 여인에게 물었다.

"저는 혼령도, 귀신도, 선녀도 아닙니다. 제가 뭐 하러 서방님을 속이려고 하겠습니까?" 대답하는 목소리가 구슬이 구르는 듯 아름답기만 했다. "서방님의 안사람이 바로 저입니다. 그 고통스럽던 액운이 이제야 끝나고 제 본모습을 찾았습니다. 정 못 믿으시겠으면 저기 보자기 안에 있는 제 허물 조각들을 보지 않으시렵니까?"

아씨는 미화를 불러 보자기를 가져와서 그 내용물을 보여 드리라고 차분히 말했다. 미화가 펼쳐 보인 허물들을 보자마자 시원과 시어머니는 기절초풍할 지경이었다. 그들은 정신을 잃고 풍을 일으킬 정도로 놀랐다. 쭈글쭈글한 피부 껍데기들이 너무 역해서 차마 눈 뜨고 볼 수조차 없었다.

허물 껍데기들을 보고 시원은 웬만큼 납득하게 됐지만 시어머니는 여전히 의심의 눈초리를 거두지 못했다. 시원은 너무나도 당혹스럽고 부끄러워 얼굴을 들 수가 없었다. 들뜬 기분으로 그는 어머니를 모시고 별당 밖으로 나갔다. 그는 아버님 방에 들렀다.

"그래, 네 처를 봤느냐? 어떻든?" 아버지가 좀 퉁명스럽게 아들에게 물었다.

시원은 부끄럽고 송구한 마음에 어쩔 줄을 몰라 대답이 선뜻 나오지 않았다.

"네 아내에게 잘해 주라고 내가 얼마나 오랫동안 타일렀느냐? 겉모습에 속기 쉬우니 아내에게 함부로 대하지 말라고 골백번도 더 말했다. 내 말을 들은 척도 안 하고 거역하더니…." 아버지가 이어 말했다.

시원은 얼굴을 붉히고 몸 둘 바를 모르는 심정으로 고개를 푹 숙였다.

"이제야 정숙한 아내를 거들떠보지도 않고 무시한 짓거리가 부끄럽기는 한 거냐?" 아버지는 엄히 꾸짖었다.

말이 목에 걸려 나오지 않아 시원은 아버지의 질타에 한마디도 제대로 답하지 못하고서 죽을죄를 지었다는 말을 웅얼거리며 물러났다. 자기 방으로 돌아간 그는 책을 읽으려고 했으나 글자만 가물가물

하고 읽는 둥 마는 둥 도대체 제정신이 아니었다. 허물 벗은 아내의 얼굴만이 책장마다 어른거리며 마음을 사로잡았다. 오직 아내의 새 얼굴 말고는 아무것도 보이지도 손에 잡히지도 않았다.

"어떻게 이런 일이 있을 수가 있지?" 안채로 돌아온 시어머니도 믿을 수가 없다는 듯 고개를 흔들며 몇 번이고 혼자 중얼거렸다.

아씨에 대한 온 집안의 충격이 다소 진정될 무렵 주문한 옥갑이 도착했다. 미화가 비취 상자 안에 오그라진 허물 쪼가리들을 넣는 것을 아씨가 곁에서 지켜봤다.

"내가 여간 끔찍한 모습이 아니었구나. 모든 이가 날 피해 다닌 게 당연한 일이지. 나라도 그랬을 테니까. 저 말라비틀어진 허물들이 내가 봐도 정말 끔찍하구나!" 그녀는 자기의 옛 모습을 스스로 되돌아보며 다른 이들을 이해하려 했다.

"얼굴이 사람의 전부는 아니지 않나요? 정말 중요한 것은 아씨의 마음이죠. 얼마나 지혜로우시고 마음씨가 착하시고 생각이 깊으세요!" 미화가 거들었다.

"그러면 내 옛날 모습으로 되돌아갈까, 미화야?" 아씨는 장난치듯이 가볍게 말하며 큰소리로 웃었다.

"그러시면 절대로 안 돼요! 제발 그러지 마세요!" 몸종은 화들짝 놀라며 소리쳤다.

아씨의 맑고 고운 웃음소리가 마치 깊은 산속 절간의 은은한 새벽 종소리처럼 울려 퍼지는 듯했다.

"저도 그렇게 아리따운 얼굴이었으면 얼마나 좋겠어요." 부러움에 찬 눈빛으로 아씨를 바라보며 그녀는 말했다.

아씨의 웃음소리를 처음으로 들으니 미화는 애틋한 마음이 들었다.

밤이 깊어지자 시원은 피화당으로 살금살금 들어가서 문틈으로 방안을 엿봤다. 촛불 가에 앉아서 책을 읽고 있는 아내의 모습은 눈이 부시도록 아름답기만 했다. 아무리 생각해도 그녀를 마주할 염치도 핑계도 없는 그는 마냥 뒷짐만 지고 그녀 방 앞마당만 서성거리며 왔다 갔다 하다가 피화당을 떠났다.

다음날 저녁에도 시원은 아내를 마주할 용기를 못 내고 연못가의 바위 위에 앉아서 깊은 생각에 잠겼다. 그는 아버지의 사려 깊은 말씀을 늘 막무가내로 무시한 자신이 못내 한탄스러웠다. 왜 그리 고집스러웠지? 그는 자기 코앞만 보고 멀리, 널리, 깊이 보지 못하고 아내의 좋은 점도 바로 보지 못했다는 자책감에 가슴이 아팠다. 아내는 평온한 성격에다 정숙한 여성이었는데. 그렇게 모진 박대에도 불평하거나 내색하는 법이 없었고 늘 남을 먼저 배려했는데도. 이 모든 것이 바로 훌륭한 아내의 귀감이 되는 가장 으뜸의 덕성이 아닌가. 무엇보다도 아버지가 그녀를 전적으로 신뢰하는 것은 그녀가 보통 훌륭한 여성이 아니고서는 있을 수 없는 일이었다. 그는 뼈를 깎는 깊은 후회와 죄책감이 엄습하자 그냥 자기 방으로 발걸음을 다시 돌렸다.

사흘째 되는 날, 시원은 언제까지나 이런 식으로 머뭇거리기만 할 수는 없다는 생각이 들었다. 그는 그날 밤 아내와 화해하기로 단단히 마음먹었다. 날이 어두워지자 그는 별당으로 가서 창호지 문의 손잡이를 조심스럽게 잡아당겼다. 남편이 들어와도 아내는 책에서 눈을 떼지 않았다. 아내의 얼굴이 얼음장같이 차가워서 그는 감히 그녀 곁으로 다가가지 못했다. 그는 방구석에 앉아서 아내 쪽을 흘끗흘끗 쳐다보며 그녀가 먼저 말을 걸어 주기를 기다렸다. 방 안의 기운이 너무 싸늘한지라 그는 고양이 앞에 구석에 몰려 온몸을 부들부들 떠는 쥐 같은 심정이었다. 잔뜩 긴장해서 앉아 있으니 자기 좋을 대로만 살았던 지난 세월의 배은망덕한 짓들—아버지 말씀을 거역하는 불효를 저지르고 비범한 아내를 업신여긴 일, 술과 여자에 빠져서 학문을 등한시하던 시간들—에 대한 기억이 밀물처럼 밀려와 그를 비웃는 듯했다. 아내는 영원히 책만 읽을 사람처럼 그에게 말 한마디 건네지 않고 눈길도 한 번 주지 않았다. 그리고 계속해서 독서에만 몰두하고 있었다. 벽에 기대어 쭈그려 앉은 그의 모양새가 꼭 형집행을 앞둔 죄인 같았다. 서릿발같이 차디찬 침묵이 밤이 깊도록 이어졌고 급기야 그는 벽에 기댄 채로 잠에 곯아떨어졌다. 수탉이 울자 그는 자신이 창피해서 얼른 방 밖으로 빠져나왔다. 이런 가혹한 침묵이 이틀 밤 더 이어졌다.

"지난 3년 동안 내가 임자에게 못되게 굴었소이다. 내가 정말 용서받지 못 할 짓을 저질렀소. 입이 열 개 백 개라도 할 말이 없소이다." 닷새 밤 시원은 급기야 말을 먼저 건넸다.

부인은 남편의 말을 들은 척도 안 했다.

"내게 화가 난 것이 당연하지. 난 말이오…." 그의 목소리는 침울하기 그지없었다.

남편의 말이 끝나기도 전에 아내는 등을 돌렸다.

시원은 눈을 감고서 아내가 무슨 말이라도 해 주기를 기다렸지만, 아내는 결코 입을 열지 않았다.

이런 일이 있고 나서 시원은 식음을 전폐하고 잠도 제대로 자지 못하다가 그만 병에 걸리고 말았다. 아내의 매혹적인 자태에 빠져서 그는 그도 모르게 저절로 식욕을 잃고 말았다. 자나 깨나 아내 생각뿐이었다. 차를 마시는 찻잔에도, 책을 읽는 책 속에도, 잠을 자는 꿈속에도 온통 아내뿐이었다. 아내가 환탈한 이후로 입맛을 다 잃어 음식을 먹지 못했다. 제 모습을 찾은 아내에게 첫눈에 반해서 그의 가슴은 사모의 정으로 불타고 있었다. 불행히도 그녀는 그의 열렬한 사랑에 아무런 화답을 주지 않았다. 불면증과 굶주림으로 아내의 방에 더 이상 갈 수가 없도록 몸져눕고 말았다. 그가 갑자기 바짝 마르고 아무것도 먹지 않자 온 집안이 허둥지둥 난리가 났다.

"말씀드리기 송구합니다만, 이 병에 드는 약이 따로 없습니다." 의원을 불렀건만 간단한 진단을 한 뒤 그는 걱정하는 가족에게 이렇게 말하고는 고개를 절레절레 흔들며 떠났다.

신랑이 갑자기 며칠 동안 방에 나타나지 않자, 아씨는 미화를 보내어 어떻게 된 일인지 알아보라고 했다. 미화는 다른 하인들로부터 서방님이 중병에 걸렸다는 소식을 들었다. 착하디착한 아씨를 냉혹히 박대하는 서방님에 대해 미화는 종종 혼자 분개하기는 했었다. 하지만 미화는 서방님이 장원 급제 잔치가 끝나고 피화당에 찾아온 것을 떠올리며 서방님의 병세를 지나치게 과장한 말로 아씨의 동정심을 일깨우려고 했다.

"서방님께서 위독하셔서 얼마 못 사신다고 하네요." 그녀는 시치미를 뚝 떼고 말했다.

"미화야, 어서 서방님께 가서 내가 뵙겠다고 전하거라. 드릴 중요한 말씀이 있다고." 몸종의 말에 마음이 갑자기 심란해진 아씨는 말했다.

미화는 아씨 말씀이 떨어지자마자 헐레벌떡 서방님 방으로 뛰어갔다.

"서방님, 아씨께서 급히 드릴 말씀이 있다면서 어서 뵙기를 바라십니다요." 미화는 숨 가쁘게 달려가 시원에게 아씨의 말을 전했다.

아내의 말을 전해 듣자 시원은 언제 병에 걸렸냐는 듯이 벌떡 일어나서 별당으로 달려갔다. 문고리를 확 잡아당기고 방 안으로 뛰어들어갔다.

"당신이, 당신이 날 불렀소? 내게 할 말이 뭐요?" 가쁜 숨을 몰아

쉬며 시원이 물었다.

눈과 볼이 움푹 파여 무척 수척해진 그의 잘생긴 얼굴을 보니 분명히 그가 그동안 마음고생이 여간 심한 게 아니었음을 누가 봐도 금세 알아볼 수 있었다.

"앉으십시오. 드릴 말씀이 있습니다." 마음의 상처가 너무 깊어 평정심을 유지하기 힘들었지만 냉철하게 결단하고 그녀는 어여쁜 입을 열어 말을 꺼냈다. "부부지간에 합당한 도리와 예의가 있건만, 유감스럽게도 서방님께선 그것에 전혀 신경을 쓰지 않으셨습니다. 서방님이 저에게 얼마나 모욕감을 주셨는지 몸소 느껴보시라고 그동안 일부러 냉정히 대해 드렸던 겁니다. 서방님은 제가 추물이라고 독설을 퍼부으며 거들떠보지도 않았습니다. 저를 무척이나 업신여기고 이 외딴 별당에서 독수공방하게 내버려 두셨지요. 따뜻한 말 한마디도 준 적이 없었어요. 아버님의 관심 어린 배려가 없었다면 저는 이 고통과 수모를 견디어 낼 수 없었을 것입니다. 종종 목숨을 끊어 버릴까 하는 생각마저 들었으니까요!"

죄 없는 아내를 냉혹히 대한 과거가 후회스러운 시원은 부끄러움에 고개를 가슴팍까지 푹 떨어뜨렸다. 원망하는 그녀의 한마디 한마디가 비수처럼 가슴을 도려내는 것만 같았다. 몸을 움츠리며 그는 쥐도 새도 모르게 문틈 새로 빠져나가 마루 밑으로 숨어 들어가고 싶은 심정이었다.

"그렇게 덕성과 자비심이 부족하면 아내는 물론이고 힘없이 고통받는 죄 없는 백성에게도 무심할 테고, 그렇게 어질지 못한 마음가짐으로 어찌 전하를 제대로 섬기고 나라에 이바지할 수 있겠습니까? 자기 아내의 마음도 못 얻으면서 어찌 백성의 마음과 믿음을 얻을 기대를 하실 수 있습니까? 백성들에 대한 애정이나 이해 없이 어찌 너그럽고 슬기로운 지도자가 될 수 있단 말입니까? 옥석을 가리지 못

하면서도 어찌 나라를 이끌 선비가 되실 수 있다 하겠습니까?" 부인
은 자기 서방을 호되게 꾸짖었다.

시원은 아내가 <논어>의 구절을 인용하며 자기를 나무라는 것
을 듣고 아내를 너무나도 몰랐고 업신여겼다는 후회가 막심했다.

아내에 무신경하고 무관심하던 일이 부끄러워 이마가 바닥에 닿
을 정도로 고개를 조아리고픈 마음이 들었다. 아내가 준 연적 덕분
에 장원 급제의 영광을 누렸지만 그녀에게 고맙다는 말을 못 전한
사실도 가슴이 아팠다. 심지어 연적을 가져온 아내의 몸종에게 매질
을 하라고 장동에게 지시까지 한 적도 있었지 않은가. 이런 매정한
남편을 두고서도 이제까지 그녀는 조금도 불평하는 기색을 내보이지
않았다. 늘 인내하고 사려 깊었다. 도의에 어긋난 그의 무분별한 언
행은 마땅히 용서받지 못할 것이었다. 어쩌다 한 번씩 아내의 방에
왔을 때도 그는 등을 돌리고 앉았다가 동이 트자마자 방 밖으로 고
양이 쥐 쫓듯이 뛰쳐나갔었다. 이젠 미치도록 사랑스럽고 예쁜 아내
를 보러 며칠 밤을 아내 방에 들렀다가도 자괴감과 죄책감에 자신도
모르게 뛰쳐나가곤 했다. 그의 운명이란 참으로 얄궂은 노릇이었다.

"서방님은 그간 무엇을 잘못했는지 아시기나 합니까?" 아내가 차
가운 어조로 물었다.

"알고말고요. 내가 어리석고 얕은 생각에 그동안 임자에게 몹쓸
짓을 너무 많이 했소이다. 등잔 밑이 어둡다고 내가 얼마나 훌륭한
아내를 두었는지도 그간 몰라도 너무 몰랐소. 그저 임자의 외모가
추하다고 괄시하고 아리따운 여인들만 찾아다녔구려. 임자만큼 총명
하고 마음씨 고운 여인이 또 없건만." 시원은 진정으로 잘못을 뉘우
쳤다.

"제가 애벌레에 대해 여쭤본 것 기억하시나요?" 부인이 갑자기 물
었다.

"기억하지요. 그땐 너무나도 철이 없어서 무슨 뜻인지 몰랐소. 임자의 말이 맞았소. 난 철부지 어린애 같았지, 뭐야." 눈물을 글썽이는 시원은 목이 메어 목소리를 제대로 내지 못했다.

"과거의 일은 이제 덮어 두고 용서해 드리겠어요. 단, 외모로 사람을 판단하지 않겠다고 약속해 줘야 해요. 사람을 대하실 때에는 늘 고결한 선비정신으로 말과 행동거지에 주의하셔야 한다고 생각해요." 눈물 어린 남편의 눈동자를 보면서 아내는 다소 누그러진 어조로 말했다.

"유감스럽게도 난 오랫동안 아무 생각 없이 살아왔소. 임자 때문에 내 과오를 깨닫게 되는구려. 앞으로는 사람을 내 멋대로 대하거나 판단하지 않도록 노력하겠소." 시원이 약속했다.

"그렇게 하셔야지요." 상냥한 목소리로 아내는 말했다.

"그간 내 부족함을 용서해 주구려." 아내의 부드러워진 목소리를 듣자 시원은 그녀에게 좀 더 가까이 다가가서 그녀의 손을 꼭 잡으며 용서를 빌었다. "임자가 내 은인이오. 당신 덕분에 부모님께 효를 다하고 또 돌아가신 조상님들께 부끄럽지 않게 됐소. 내 다시는 남을 함부로 업신여기거나 판단하지 않겠소이다. 보다 너그럽고 이해심 많은 사람이 되려고 노력하겠소. 무슨 일이 있어도 임자와 함께 백년해로할 것임을 굳게 맹세하오."

"말로는 무슨 약조를 못 하겠어요. 제가 나이 들어 보기 싫어지면 또 저를 쓰레기처럼 버리시겠죠." 아내는 갑자기 심술궂게 장난조의 말을 했다.

"그런 일은 절대로 없을 것이오. 임자를 저버리다니, 그건 날벼락 맞을 일이오. 이젠 예전처럼 어리석은 짓을 반복하지 않겠다는 값진 깨달음을 얻었소. 임자에 대한 내 사랑은 영원할 것임을 굳게 맹세하오."

그대는 보았는가?

바람 소리에 산 무너지는 것을.

그대는 보았는가?

가뭄에 바다 마르는 것을.

그땐 내 사랑의 눈물도 마르고

내 사랑도 무너지겠지.

오, 내 사랑아.

아내는 이 열렬한 언약에 깊은 감동을 받았다.

"이 예쁜 얼굴이 진정 임자의 것인데 왜 그런 허물을 쓰고 살았는지 얘기 좀 해 보구려." 시원은 황홀하기 그지없는 아내에 대해서 샅샅이 알고 싶은 호기심이 생겼다.

그들은 서로에 대해서 궁금한 것이 많았다.

"얼마 전까지만 해도 저도 잘 몰랐습니다. 친정아버님께서 저번에 오셔서 제 출생의 비밀을 말씀해 주셨지요." 그녀는 친정아버지에게 들은 이야기를 낱낱이 신랑에게 알려드렸다.

"임자가 사람의 넋을 빼앗을 만큼 아름다운 게 다 이유가 있었군요. 우리 하인들이 제대로 봤구려. 임자는 참 선녀군요." 시원은 잘 알았다는 듯 고개를 끄덕이며 말했다.

"그런 말씀을 마세요. 제가 선녀라니요." 아내는 얼굴이 불그스레하게 달아올랐다.

"이제야 알겠군. 선녀라서 앞을 내다볼 수 있었구려! 혜안과 총명이 넘치는 아내를 두었으니 난 정말 복도 많지! 난 정말 아무것도 볼 줄 모르는 얼간이로 살았구려. 그저 겉껍데기만 봤을 뿐이지. 아름다움이란 겉껍데기에 불과하고 늘 그것 너머 깊이 있는 내면을 제대로 보라는 아버님의 말씀을 잘 들었어야 했는데. 돌이켜 보니 오직 아버님만 당신의 안팎을 제대로 보셨구려. 내 아둔함을 용서해 주구려." 시원은 드디어 자기 아내가 어떤 사람이라는 것을 알았고 자기의 어리석음을 뉘우치며 말했다.

"지나간 일은 다 잊도록 해요. 이미 다 끝난 일인데요. 시간은 되돌아가지 못하는 법이지요. 이제 사람들이 저를 낮도깨비 보듯이 기겁하고 쳐다보지는 않을 테니, 며느리로서 시부모님께 제 도리를 다해야겠지요. 흉한 용모라서 숨어 지내느라 이제까지 집안의 대소사를 등한시했어요. 앞으로 지극한 정성으로 두 분을 잘 섬겨야죠." 아내는 이제부터 부모님을 잘 모시겠다고 맹세했다.

아내의 효심 어린 한마디 한마디가 시원을 그녀에게 더 가까이 끌어당기는 것 같았다. 그는 그녀를 잡아당겨서 다정히 안아 주고 호롱불을 껐다. 백년가약을 맺은 뒤 3년이 지나서야 부부간의 참된 운우지정雲雨之情을 이루게 됐다. 뒤늦게 누리는 그들의 강렬한 부부애는 마치 금강산이 흔들리고 동해 앞바다가 넘쳐나듯 천지가 진동하는 것 같았다.

다음날 아침 아버지와 어머니는 아들 내외가 처음으로 함께 와서 문안드리니 반갑게 맞이했다. 아들과 며느리는 신랑이 신부를 처음으로 만난 듯이 그들의 낯빛도 마냥 싱글벙글 환하기만 했다.

"그간 네게 너무 몰인정했다. 나를 못된 시어머니라고 생각했겠지. 참 미안하다." 인사를 받은 시어머니는 며느리에게 사과부터 했다.

"그렇지 않습니다, 어머님. 모든 것이 제가 부족한 탓이었지요." 며느리는 오히려 모든 것을 자기 잘못으로 돌렸다.

"별당에서 유배 살이 하듯이 떨어져 살고 사람들에게 업신여김을 당하며 혼자서 얼마나 마음고생이 컸겠냐? 네가 우리 집안에 가져

온 어마어마한 복을 잊지 말라고 대감께서 내게 늘 당부하셨건만 내가 들은 척도 하지 않았으니. 지난 일은 잊고 지금부터라도 잘 지내지 않겠니? 내가 이제는 좋은 시애미가 돼서 너를 며느리라기보단 친딸처럼 생각하고 잘해 주마." 시어머니는 난생처음으로 며느리를 며느리로 감싸 안은 것 같았다.

"어머님, 오랫동안 시부모님께 제 소임을 다하지 못했습니다. 이제 사람들이 저를 괴물로 이상히 쳐다보는 일이 없을 테니 혼신을 다해 며느리의 도리를 다하겠습니다. 두 분을 잘 모시겠습니다. 부디 만수무강하십시오!" 마음이 뿌듯해진 며느리는 이렇게 말하고서 시부모에게 큰절을 올렸다.

처음으로 네 사람에게서 나온 환희가 깃든 웃음소리가 집 안에 울려 퍼졌다. 이 기쁜 날을 이 대감은 얼마나 오랫동안 애타게 기다렸던가. 그는 혹시나 신선 사돈의 모습이 보이지나 않을까 하는 마음으로 열린 방문 틈으로 밖을 내다보았다.

"말로는 다할 수 없는 복된 날이건만 박 처사도 오셔서 기쁨을 함께하신다면 얼마나 좋겠는가." 대감은 사돈어른이 이 기쁜 시간을 같이할 수 없음을 몹시 아쉬워했다.

"비록 친정아버님께서 육신은 이곳에 안 계시지만 혼령은 함께 기뻐하실 겁니다. 지금 곁에 계신 거나 다름이 없습니다." 대감의 말씀을 들은 며느리가 위로 드렸다.

고개를 끄덕이면서 대감은 사돈어른이 저 구름 너머 어디선가 미소를 지으며 내다보고 있음이 느껴졌다.

12
가을 나들이

시원의 부인 박 씨가 본연의 얼굴을 찾았다는 소문이 마치 요원의 불길처럼 한양 곳곳에 금세 퍼졌다. 그녀가 도성에서 가장 아름다운 여인으로 탈바꿈했다고 사방팔방에서 사람들이 수군거렸다.

"다들 들었소? 조선 팔도는 물론이고 세상 어디에도 박 씨와 견줄 만한 미인은 없을 거래! 그녀야말로 선녀임이 틀림없어!" 이렇게 목청을 높이는 이들도 있었다.

"수로 부인 같은 전설적인 절세미인도 박 씨에게는 상대가 안 되지!" 어떤 이들은 단언했다. "물에 비친 수로 부인의 아름다운 모습에 이끌려서 그녀를 바다 밑 용궁으로 납치해 갔던 그 용이 만일 박 씨의 신묘한 자태를 목격한다면 하도 넋이 나가서 아예 용궁으로 돌아가야 할 생각까지 까맣게 잊어버릴 거야."

"중국의 미녀 서시에게 반해 물고기도 헤엄을 못 치고 그대로 가라앉고 말았다는 전설도 있지. 하지만 물고기가 박 씨를 본다면 너무나도 아름다운 모습에 눈을 파느라 물속에 들어가지 못하고 말라 죽겠지." 도성 내 많은 사람들 사이에 이런 말까지 떠돌았다.

"천하의 흉물이 절세미인으로 변했다는 것이 말이 되느냐?" 아직도 믿지 못하고 이 기적을 냉소하며 설마 그럴 수가 있을까 의심하는 사람은 코웃음을 쳤다. "그런 소문은 심하게 부풀려진 말도 안 되는 허풍이오!"

이렇게 의심이 많은 이들을 빼면 사람들이 모인 자리에서 오가는 말엔 꼭 '부인 박 씨'란 말이 튀어나왔다. 그녀는 진정 한양의 화제였다. 예전엔 그녀의 흉측한 외모가 사람들 사이에서 경멸의 대상이었다. 이제는 그녀의 빼어난 미모가 사람들의 상상력을 자극하곤 했다. 사람들에게 혐오감을 일으켰던 모습의 그녀가 이제는 누구나 단 한 번만이라도 봤으면 원도 한도 없겠다고 바라마지 않는 절세미인이 된 것이다.

"도대체, 이것이 어찌 된 일이요?" 이 씨와 민 씨 문중 사람들을 비롯해 여러 친인척이 앞을 다퉈 시원의 처를 보러 왔다.

그들은 한양 곳곳에 떠도는 풍문이 사실인가 직접 눈으로 보고 싶었던 것이었다. 시원의 처가 절세미인이란 소문이 그들에겐 그저 헛소문으로 들렸다. 이 대감 댁으로 떼 지어 몰려온 그들은 우아하고 매혹적인 부인 박 씨를 보고 나서 어안이 벙벙했다. 그리고 그녀가 시원의 처라는 사실을 받아들일 수 없다고 고집했다.

"그 괴상망측한 괴물이 어떻게 하룻밤 사이에 저런 미인으로 바뀔 수가 있단 말이냐?" 다들 외쳤다.

옥갑에 보관한 허물 조각들을 보여 주었지만 그들 중 몇 사람은 여전히 못 믿겠다고 버텼다.

"아니, 세상에 이렇게 듣지도 보지도 못한 경우가 어디 있어요? 이게 말이나 된답디까? 인간이 뱀처럼 자기 살갗을 떨어뜨리다니! 이건 아마 백 년 묵은 꼬리 아홉 개 달린 여우가 미인으로 둔갑한 것이 분명합니다. 그리고 만고절색의 미모로 우리를 홀리려고 하는 것이겠지요." 유용석이 의아스럽다는 듯 말했다.

"애당초 저 애가 무척이나 미심쩍었어요." 민 씨의 오라버니 민인환의 부인인 이천 서 씨도 옆에서 유용석을 거들었다.

"이제 저 애가 아무짝에도 소용없다는 것이 확실해졌어요. 저 미모로 우리를 속여서 명망 높은 우리 가문에 인정받으려고 사기 치려는 거예요. 무당을 불러서 굿 한판 벌립시다. 그러면 저 요물의 참모습이 들통 날 거예요." 누구보다도 못 믿겠다고 고집하는 사람은 남양 홍 씨였다. 그녀는 의심의 눈초리를 거두지 못했다.

홍 씨 만큼이나 고집스럽게 선입견을 못 버리는 친척도 꽤 되었다. 그들 가운데 몇 사람은 일부러 박 씨에게 다가가서 꼬리가 달려 있지 않나 보려고 치마를 꼭꼭 찔러 보기까지 했다.

친인척들이 며느리에게 가하는 무례한 언행을 보고 이 대감은 상황이 악화되기 전에 어서 손을 써야겠다고 생각했다.

"여러분들이 깜짝 놀라 어리둥절한 것도 무리가 아니지요." 대감이 말했다. "처음엔 저 역시 여러분만큼이나 충격을 받고 의심도 많이 했소이다. 하지만 옥갑 속의 껍데기들을 보고 의심을 버렸소. 이 여인이 진실로 우리 집안의 며느리올시다."

"어떻게 이런 일이 있을 수 있단 말입니까? 정말 믿을 수가 없어요!" 남양 홍 씨가 다시 한마디 했다.

"이런 환탈이 어떻게 가능한지 나 역시 알지 못하오." 대감이 솔직히 고백했다. "하나, 그게 무슨 상관이겠소? 난 너무나도 기뻐서 할 말을 잃었소. 이런 천상의 여인이 우리 집안의 며느리이니, 가히 복덩어리가 굴러들어왔다고 하고 싶구려. 한 가지 더 말씀드리자면, 우리 며느리는 얼굴만 절색인 게 아니오. 그 학식과 재주 또한 신묘하기 이를 데가 없소. 난 우리 가문에 이런 귀한 보배를 주신 사돈어른께 어떻게 감사드려야 할지 막막할 뿐이오."

"정말 대감 며느리는 우리 가문의 복덩어리죠." 대감의 말씀에 몇

몇 친인척들은 맞장구를 쳤다.

그때까지 껍죽거리는 소리를 잘 하던 의심쟁이 친척마저도 갑자기 박 씨를 열렬히 예찬하기도 했다.

이런 소란 속에서 시원의 부인은 다소곳이 기품 있게 앉아 있으니 주변 사람들에게 더 호감을 샀다.

"저 며느리는 하늘나라에서 온 선녀라오! 시원의 처보다 더 아름다운 처자가 어디 이 세상에 있을까? 시원은 복도 많네! 내 아내도 저런 미인이면 얼마나 좋을까!" 박 씨에 대해 더 이상 편견을 품지 않게 된 시원이 나이 또래 친척 몇몇이 한목소리로 환성을 질렀다.

"우리는 모두 시원의 처가 언젠가 우리 집안의 자랑거리가 될 줄 진작부터 알아봤죠. 우리가 사람을 제대로 봤죠?" 박 씨에 대해 아무 말 없이 눈치만 보던 친척 한 사람은 언제 그랬느냐는 듯이 염치도 없이 대감의 말을 따라 하기도 했다.

여기저기서 며느리에 대해 떠벌리는 온갖 칭찬을 들으며 대감 내외는 알쏭달쏭한 미소를 지었다.

"우리 며느리는 이 세상에서 가장 훌륭해요." 시어머니는 기회가 될 때마다 침이 마르도록 소리 높여 칭찬했다.

서너 해 전 박 씨가 이 대감 댁으로 처음 시집왔을 때 흐지부지 무산됐던 혼례축하연도 이날 뒤늦게나마 치렀다.

"우리 자랑스러운 시원 내외를 위하여!" 좌중의 이솔이 술잔을 들었다.

시원 부부는 환한 얼굴로 술잔을 높이 들고 감사의 표시로 축배를 했다. 밤이 깊도록 술자리는 계속됐다.

그 뒤 며칠이 지나 시원은 조정의 부름을 받고 병조兵曹에 배정되어 그곳에서 용병술과 무술 연마에 전념했다.

신랑이 조정에서 근무하기 시작한 지 얼마 지나지 않아 박 씨는 어느 점심 모임에 초청받았다.

자택의 가을 단풍이 볼 만하니 구경하러 오라며 권 씨가 초청한 것이었다. 권 씨는 한양의 고관대작 부인들 가운데 보기 드물게 교양이 높다고 소문이 자자했다. 그녀 친정인 안동 권 씨 가문은 조선 시대에 가장 이름난 가문들 가운데 하나로 고위 문무관을 많이 배출했다. 그녀의 시댁은 전라도 광산 김 씨로 근 200년 동안 권세를 누려 온 세도가로서 그들이 사는 저택은 한양에서 가장 빼어난 대갓집의 하나였다. 그녀의 조부나 숙부 여러 명이 영의정을 지냈다. 당시에도 이 두 가문 출신들이 조정의 여러 요직을 장악하고 있었다. 부인의 부군은 앞날이 창창한 젊은 이조吏曹 관리로 촉망을 한 몸에 받고 있었다. 부인들은 권 씨 자택의 정자에서 모이기로 돼 있었다.

이 모임을 구실삼아 권 씨와 다른 여러 양반집 부인들이 박 씨를 가까이서 함께 만나 보고자 했다. 그들은 박 씨에 대한 이런저런 풍문을 직접 알아보고 싶었다. 정말 그의 아름다운 용모와 우아한 품성에 견줄 수 있는 여인은 이 조선 땅에서 찾을 수 없다는 것일까?

박 씨는 시집온 뒤 처음으로 남의 집에 초대받은 참이라 주저하는 마음도 들었다.

"바람도 쐴 겸 한양의 여러 집 부인들과 함께 단풍 구경도 하고 친분도 쌓고 즐겁게 놀고 오너라." 시어머니는 외출을 적극 권했다.

"고맙습니다, 어머님. 가서 그분들과 잘 어울리도록 하겠습니다." 며느리가 답했다.

모임을 갖기로 한 날 박 씨는 가마를 타고 권 씨 댁으로 떠났다. 미화도 함께 갔다. 하늘은 구름 한 점 없이 청명하기 그지없는, 나들이하기에 안성맞춤인 화창한 가을날이었다. 가마의 휘장을 살짝 가르니 서늘한 바람에 휘날리는 낙엽들과 하늘에 촘촘히 박힌 점처럼 주변을 가득 메운 빨간 고추잠자리 떼가 보였다. 논밭에선 알알이 여문 황금빛 벼 이삭들이 바람에 살랑살랑 춤을 추는 것을 보고 마음마저 흐뭇했다. 집집마다 감나무에는 빨갛게 잘 익은 감들이 주렁주렁 달려 어찌나 탱글탱글하고 윤기가 도는지 박 씨는 너무 감탄스러워 할 말을 잊었다.

가마가 권 씨 댁에 다다르자, 우람한 저택에 이르는 작은 길가에도 화사한 가을꽃들이 흐드러지게 피어 있는 모습이 눈에 들어왔다. 청정한 정원에 들어서자 온갖 색깔의 국화들이 새록새록 향을 뿜어냈다. 여기저기 잘 가꿔진 뜰 안에도 온갖 가을꽃들이 활짝 피었다. 조상 대대로 물려받은 광산 김 씨 대갓집은 잘 정비된 너른 땅 위에 축조된 육중한 기와집으로 무려 아흔아홉 칸이나 됐다. 정원 한쪽에 큼직한 이 층짜리 아담한 정자가 있었고 그 주위를 붉게 타오르는 단풍나무 숲이 에워싸고 있었다. 그 바로 옆에는 넓은 연못이 자리 잡고 있었다.

박 씨가 가마에서 내리자 대문 앞에서 기다리던 하인들이 박 씨와 미화를 팔각정으로 안내했다. 소나무, 단풍나무, 떡갈나무, 은행나무, 느티나무 등 다채로운 나뭇잎들 사이사이로 한양의 이름난 명문가 부인들 십여 명이 앉아 있는 모습이 어렴풋이 보였다. 값비싼 비단 치마저고리 차림인 이 미모의 부인들은 권 씨와 담소를 나누며 화창한 날씨에 풍성한 가을 풍경을 만끽하고 있었다. 그러면서도 한편으로는 박 씨를 기다리느라 내심 애가 탔다.

마침내 모습을 보인 박 씨가 정자에 올라와 장옷을 벗자 부인들은 눈을 휘둥그레 뜨고 넋을 잃은 듯 한동안 입을 다물지 못했다. 그 천상의 아름다움은 들리는 소문 이상의 것이었다. 저런 절색이 이 세상에 존재한다는 것 자체가 있을 수 없는 일 같았다. 조선의 여러 선비와 벼슬아치들의 마음을 사로잡은 재색을 겸비한 황진이, 기러기들로 하여금 날갯짓을 잊어버리게 할 만큼 아름다웠다는 중국의 낙안落雁: 왕소군도 박 씨에 비하면 그 미모와 우아함이 모자라는 듯했다. 그 자리에 모인 부인들 역시 한양에서 꽤나 소문난 미인들이지만, 박 씨 곁에 서면 무색해 보일 따름이었다.

"어서 오십시오, 부인. 여기에 모시게 돼서 저흰 무척이나 기쁩니다." 단아한 권 씨가 기품 있는 자태로 환히 웃으며 박 씨를 반갑게 맞이했다. "저의 부모님께서 인사말을 보내셨습니다. 즐거운 단풍놀이를 하시라는 말씀도 전하셨고요."

"반갑습니다. 단풍 구경하는 이 좋은 자리에 저도 초대해 주셔서 정말 고맙습니다. 그리고 부모님의 사려 깊은 말씀에도 감사할 따름입니다." 박 씨가 화답했다.

그리고 권 씨는 부인들에게 각자 자신을 소개해 줄 것을 청했다.

이 부인들의 남편은 대부분이 박 씨와 마찬가지로 조정에 나가는 젊은 벼슬아치들이었다. 박 씨를 빼곤 그들은 이미 서로 잘 알고 지내는 사이였다. 다들 양가 부모가 조선 각지의 지체 높은 명문가 출신들이었다. 그들의 성姓씨는 온 나라의 이름난 사대부 가문을 떠올리게 했다. 그들은 이름난 고관대작의 딸이거나 조카 또는 누이가 되는 사람들이었고 몇몇은 왕세자빈과 사촌 관계였다. 다른 이들은 왕과 왕비, 혹은 후궁과 친인척 관계이기도 했다.

대부분의 양반 집안 여성들은 그땐 이름이 따로 없기에 본인의 이름을 소개할 때 성姓과 관향貫鄕을 함께 불렀다.

이 귀부인들의 모임에 나온 여인들은 평산 신 씨, 강릉 최 씨, 청주 한 씨, 여주 민 씨, 광산 김 씨, 백천 조 씨, 평양 백 씨, 달성 서 씨, 풍산 홍 씨, 그리고 파평 윤 씨 등이었다.

박 씨는 관향을 금강산이라고 밝혔다. 그의 신랑과 마찬가지로 이

자리에 모인 여성들의 남편들도 여러 친인척이 조정의 요직에 등용된 명문 출신이었다.

간략한 자기소개를 마친 다음 다들 정자 아래층으로 내려갔다. 그곳에는 벌써 큰 잔치 점심상이 준비돼 있었다. 산해진미가 가득한 진수성찬 앞에 모두 자리를 잡고 앉았다. 하나같이 먹음직스러운 음식들이 푸짐했다. 그들은 반찬 가짓수를 세다가 도중에 잊어버릴 정도로 음식 맛에 흠뻑 빠졌다. 음식들은 더할 나위 없이 잘 차려졌고 군침이 돌 만큼 간도 맞았다. 조기구이, 소 갈비찜, 꿩 만두, 채소 버섯 볶음, 온갖 부침개, 젓갈, 갓 뽑은 제철 채소 등 상다리가 휘어지도록 가득했다. 며칠 전에 남도에서 온 햅쌀로 지어진 밥은 진주처럼 하얗게 빛나고 탐스러웠다. 그 옆에는 전복죽도 같이 있었다.

"음식들이 하나같이 다 맛있어요. 특별히 김치 맛이 별미네요." 갖가지 양념을 섞어 담근 여러 가지 감칠맛 나는 김치들을 너도나도 맛보며 부인들은 비법을 물었다.

"저의 시댁이 여러 대에 걸쳐 사셨던 전라도 식으로 특별히 만든 것이에요." 권 씨가 말했다.

식사가 끝나고 잔칫상이 치워진 뒤 그들은 후식으로 수정과와 함께 싱싱한 과일과 떡을 들었다. 너 나 할 것 없이 다들 음식의 맛이 너무 좋았다며, 진수성찬을 대접해 준 권 씨에게 감사를 표했다.

별미 식사를 끝낸 뒤 다시 위층으로 올라간 부인들은 심심풀이 놀이를 하고 싶은 마음이 들었다. 시원시원하고 활달한 성격의 백 씨가 재미있는 놀이를 하자고 권했다.

"윷놀이 한판으로 흥겹게 놀아 봅시다." 민 씨가 제안했다.

다들 그러자고 맞장구를 치며 반겼다. 하녀가 재빠르게 본채로 가서 윷을 가지고 왔다.

윷은 네 개의 윷가락과 열두 개의 윷말을 이용하는 놀이로 한 개인이나 조組 하나가 윷말을 네 개씩 갖는다. 판을 가로질러 맨 먼저 네 개의 윷말이 목표점을 통과하는 쪽이 이긴다.

부인들은 '홍', '백', '청' 등 세 편으로 나눠서 편마다 네 명씩 들어가 조를 짰다. '홍'이 두 번이나 승리했는데, 박 씨가 마지막에 승기를 잡는 윷 패를 던져서였다. 같은 편 부인들이 신이 나서 열렬히 손뼉을 치며 환호했다. '백'이 둘째, '청'은 꼴찌였다.

진 쪽이 벌로서 여흥을 맡기로 했다. 그들끼리 수군수군하며 의논하더니 꾀꼬리 같은 목소리를 가진 최 씨가 노래를 부르고 거문고를 잘 켜는 윤 씨가 반주를 하기로 했다. 여종 한 명이 본채로 달려가서 거문고를 든 남자 하인들과 곧바로 같이 왔다.

거문고의 깊고 잔잔한 울림이 최 씨의 구슬프고 청아한 목소리와 기막힌 조화를 이루며 아름다운 소리를 냈다. 듣는 이마다 격찬을 아끼지 않았다. 재창을 요청받자 최 씨는 가을을 찬미하는 소박한 노래를 다시 거문고 반주에 맞춰 불렀다. 색색이 영롱한 낙엽들이 흩날리는 가운데 최 씨의 노래는 정자 안의 부인들 마음을 촉촉이 젖게 했다. 이 훌륭한 노래와 연주에 모두 손뼉 치며 큰소리로 환호했다.

윷놀이와 여흥의 흥겨움이 다소 가라앉았다.

"우리 저기 가서 그네 놀이하지 않을래요?" 거침없이 활달한 한 씨가 제안했다.

"좋소이다!" 모두 한목소리로 찬성했다.

정자 옆에는 백 년이 넘는 느티나무가 있었다. 그 나무의 가장 두툼한 가지에는 이미 그네가 매달려 있었다. 모두 서둘러 나가서 차례로 그네를 탔다. 우수수 쏟아져 내리는 낙엽을 맞으며 그네를 타는 그녀들의 모습은 한 폭의 그림 같았다. 산들산들 가을바람에 그녀들의 치맛자락은 바스락거리는 소리를 내며 휘날렸다. 누구보다도 훨씬 위로 치솟아 오르는 박 씨의 그네를 타는 자태는 단연 돋보였다. 눈부신 가을 햇빛을 받으며 반짝이는 오색찬란한 잎사귀들이 그네를 타는 그녀를 휘감으며 우수수 쉴 새 없이 떨어졌다. 박 씨의 모습이 마치 하늘에서 내려온 선녀가 그네를 타고 있는 느낌을 주었다.

"아주 멋져요!" 이 신비스러운 광경을 보고 다들 신나게 외쳤다.

그네를 한 번씩 다 타고 나니 준비된 간식 다과가 나왔다. 곶감과 계피로 만든 수정과를 홀짝 맛보고, 감, 대추, 사과, 배, 호두, 밤 등 가을 별미들을 들면서 부인들은 생기가 넘치는 즐거운 대화에 빠져들었다.

"부인, 댁이 마술을 하신다는 소문이 있는데, 진짜요?" 여유 있게 다과를 즐기고 난 뒤, 말 많고 드세기로 소문난 한 씨가 불쑥 말을 건넸다.

박 씨는 고개를 끄덕였다.

"우리에게 마술을 좀 보여 주시구려!" 한 씨가 간청했다.

"그러죠. 미화야, 쌀밥 남은 것을 좀 가져오너라." 박 씨는 말했다.

"네, 아씨." 미화는 얼른 안채로 뛰어가서 밥 한술을 가져왔다.

박 씨는 건네받은 밥을 자신의 예쁜 입안으로 넣더니 곧 뱉었다. 그러자 무지갯빛 거품들이 공중으로 날아가서 터지더니 보기 좋은 과꽃, 여러 가지 색깔의 국화꽃, 백일홍, 맨드라미 등이 가득 담긴 꽃다발로 바뀌지 않는가! 마치 뜰 안의 오만 가지 꽃들이 부인들을 즐겁게 해 주려고 모여서 날아오는 것처럼 보였다. 그러다 눈 깜짝할 사이에 이 꽃들은 다시 진홍, 청록, 갈색 등의 잠자리로 바뀌더니 파드닥 날갯짓을 하며 쪽빛 하늘로 사라져 버리는 것이었다.

"멋있어요, 아 너무 멋있어요!" 이 기이한 현상에 깜짝 놀라 눈이 휘둥그레진 부인들은 흥에 겨워 박수를 치면서도 무언가 섬뜩한 느낌은 가라앉질 않았다.

다음으로 박 씨는 술을 자기의 잔에 붓고 수군수군 주문을 암송했다. 그녀는 날갯짓하는 봉황이 새겨진 금비녀를 머리에서 빼더니 그것으로 잔을 반으로 갈라 쪼갰다. 그런데 반으로 갈라진 술잔에서 술이 단 한 방울도 떨어지지 않아 모두를 충격에 빠트렸다. 박 씨는 가까이에 있는 신 씨와 강 씨에게 반으로 가른 잔을 건네주었다. 그들은 이런 신기한 일에 흥분해 하면서 쪼개진 잔으로 술을 마셨다. 부인들은 박 씨의 이 기상천외한 마술 묘기에 소스라치게 놀라면서 큰 박수를 보냈다.

"이 마술 잔으로 마시는 술맛은 천국에서 마시는 것 같아요. 둘이 마시다 하나가 죽어도 모를 거예요." 신 씨가 술맛을 자랑했다.

신 씨의 말에 맞장구를 치면서 강 씨도 재미있어 어쩔 줄 모르겠다는 식으로 어깨를 슬쩍 움츠리는 몸짓으로 잔을 들어 올렸다.

"또 다른 마술도 보여 주세요! 다른 것도요!" 홍 씨와 서 씨, 윤 씨처럼 평소 조용한 편인 부인들도 수줍음을 잊고 큰소리로 외쳤다.

박 씨는 그러겠다고 고개를 끄덕였다. 그녀는 자신의 귀한 붉은 비단 치마폭에 술을 엎질렀다. 젖은 얼룩으로 치마가 금방 더럽혀졌다.

"왜 그 예쁜 치마에다 술을 엎지르세요?" 부인들은 일제히 한숨과 신음을 냈다.

"미화야, 불을 지펴서 이 치마를 그 안에 던져라." 박 씨는 장옷을 걸친 채 치마를 벗어서 하녀에게 건네주며 말했다.

"네, 아씨." 미화는 곧바로 박 씨의 말을 따라 했다.

"오, 그러지 마세요. 그렇게 값비싼 치마를 가지고 뭐 하시는 거예요!" 이 말에 충격을 받은 권 씨와 다른 부인들도 박 씨가 치마를 태우려는 것을 막으려고 거들었다.

"제 치마는 불에 빨아야 합니다." 야단법석을 떠는 부인들에게 박 씨는 차분히 설명해 줬다.

박 씨의 말에 부인들은 더욱더 깜짝 놀랐다. 그들은 오싹한 심정으로 치마가 바삭거리는 소리를 내며 잿더미로 타들어 가는 과정을 지켜봤다. 박 씨가 그때 화로에 입김을 훅 불어 넣자, 잿더미가 바람결에 무지갯빛을 발하며 춤을 추듯이 빙빙 돌며 위로 올라가더니 어느새 원래의 치마로 바뀌었다. 박 씨는 어느덧 치마를 입은 상태였고, 그 치마는 이전 것보다도 더 광채가 나는 새 옷처럼 보였다.

부인들은 이 불가사의한 묘기에 경탄을 금치 못하며 아낌없는 박수를 보냈다.

"정말로 경이로워요! 어떻게 하셨기에 그런 일이?" 넋을 잃은 듯 김 씨가 물었다.

"좀 전에 말씀드렸듯이 제 치마는 불에다 빨래해야 합니다." 박 씨는 신비한 미소를 지으며 대답했다.

"도대체 무슨 옷감으로 만든 치마예요? 그런 신기한 옷감은 어디에서 구할 수 있는 거죠?" 홍 씨는 기이한 치마를 칭찬하며 궁금증을 못 참고 물었다.

홍 씨를 포함해 여러 부인이 뭔가에 홀린 듯 박 씨의 치마를 톡톡 치거나 만지작거리며 살펴봤다. 무슨 천이 이럴까 싶어 알아내려고 백 씨와 민 씨는 치마의 냄새까지 맡아 봤다.

"불담비라는 희귀한 동물의 털가죽으로 만든 비단이지요. 이 천은 오직 하늘에만 존재하고 물이 아니라 불로써 정화시킬 수 있는 겁니다." 박 씨는 설명했다.

"이 어여쁜 저고리도 같은 천으로 만든 거예요?" 김 씨가 우아한 수가 놓인 녹색 저고리를 눈여겨보면서 물었다.

"아녜요. 이 저고리는 동해의 용궁에 있는 귀한 옷감으로 만든 것입니다." 고개를 설레설레 흔들면서 박 씨가 대답했다. "저의 친정아버님께서 옥궁궐에서 열린 용왕의 탄신일 잔치에 초대받으신 적이 있었죠. 그때 희귀한 옷감 한 필을 하사받으셨습니다. 용왕의 공주께서 손수 짜신 천이지요. 물이나 화염 모두 이 옷감을 손상시키지는 못합니다. 땅 위에서는 찾을 수 없는 깊은 바다 밑 기이한 해초로 만든 것이지요."

자못 놀라며 부인들은 서로를 신비스럽고 의아한 눈초리로 쳐다봤다. 부인들은 박 씨의 희귀한 옷감이 그처럼 상상을 불허하는 곳에서 나온 것이라는 말이 선뜻 믿어지지 않았다.

"이렇게 아름다운 단풍 구경을 하면서 맛있는 음식과 즐거운 시간을 가지게 해 주신 부인 권 씨 에게 진심으로 감사드려요. 그리고 부인 박 씨를 알게 되어 참으로 영광스럽네요. 부인의 재색이 무어라 형언할 수 없이 뛰어나시군요. 오늘 보여 주신 마법은 너무나도 신비스럽고 충격적이었어요. 그런 묘기만큼이나 경이롭고 근사한 것을 여태껏 본 적이 없어요. 앞으로도 그런 신기神技를 보여 주실 기회가 많으면 좋겠어요!" 박 씨의 초인적 매력에 감격한 서 씨가 홍분을 감추지 못한 듯 서둘러 한마디 말했다.

다른 부인들은 무엇엔가 혼쭐난 모습으로 멍하니 서 씨를 쳐다봤다. 서 씨가 저렇게 열의를 가지고 말하는 모습을 본 적이 없었기 때문이었다. 사실 그녀는 이전 모임에서 자기 의견을 단 한 번도 내보인 적이 없었다. 그들은 그녀의 갑작스러운 대담성이 도대체 어디서 나온 건지 의아스럽게 여겼다.

"우린 서 씨가 그렇게 막힘없이 말씀을 잘하시는 줄 여태까지 전혀 몰랐어요. 왜 그간 말씀을 그렇게 아끼셨나요? 속내 좀 자주 보여 주세요." 서 씨의 말에 감탄하며 권 씨가 말했다.

"글쎄요. 모든 분들께서 말씀을 잘하시는데 제가 괜히 한두 마디 덧붙일 필요가 없을 것 같은데요." 서 씨는 수줍어하며 대답했다.

이 무렵 날이 어두워지고 쌀쌀해지기 시작했다. 부인들은 떠날 채비를 했다.

"어머, 저기 보세요. 기러기 떼들이 남녘 하늘을 향하고 있어요. 곧 겨울이 다가오겠군요." 이때 하늘을 가리키며 박 씨가 말했다.

부인들은 가을마다 남쪽으로 날아가는 기러기 떼를 보려고 석양이 지는 서쪽 하늘을 쳐다보았다.

"권 씨 부인, 이렇게 후하게 대접해 주셔서 정말 감사합니다. 여러분, 서 씨 부인께서 말씀하셨듯이 오늘 모임이 참 흥겨웠지 않았나요? 신비스러운 마술로 우리를 즐겁게 하는 새 친구를 알게 돼서 우리는 정말 운이 좋지 않나요? 머지않은 날에 우리 또 모임을 가지면 어떨까요?" 각자 갈 길을 떠나기에 앞서 백 씨가 대표로 감사의 마음을 표했다.

모두 고개를 끄덕끄덕하며 찬성했다.

"그렇게 해요. 빠른 시일 안에 다시 또 뵈어요." 윤 씨가 보탰다.

"올 가을 나들이가 너무나도 즐거웠습니다. 저는 더할 나위 없이 멋지고 즐거운 시간을 가졌어요. 별미 음식들은 너무 맛있고 놀이도 아주 즐거웠습니다. 무엇보다도, 훌륭하신 부인들을 뵙게 돼서 반가웠습니다. 언제 또 뵙기를 고대합니다." 박 씨가 감사의 말을 전했다.

"오늘 하루 우리 가을 단풍 나들이가 아주 즐거웠어요. 더구나 오늘 처음 만나 뵙게 된 우아하고 신기 넘치는 새 부인을 사귀게 되어 영광이고요. 다들 또 곧 만나지요." 권 씨는 마지막 인사말을 전했다.

박 씨는 한양의 고관대작 집안의 부인들과 처음으로 만난 이 모임이 매우 만족스러웠다. 그녀는 그들과 지인이 돼서 사뭇 흐뭇했다. 함께 먹고 마시며 노니 서로서로 친밀감이 싹텄다. 권 씨의 가을 야외 모임에 참석하면서 박 씨는 빼어난 재색으로 양갓집 부인들로부터 호감을 사고 칭찬을 들었다.

이 양갓집 부인들은 박 씨를 둘러싼 괴소문을 잠재웠다. 거꾸로 그들은 신비할 정도로 빼어난 미모의 여인이라는 새 소문을 알게 모르게 널리 알리는 역할도 했다. 그들은 박 씨가 선녀처럼 아름답고 그녀의 신통력도 말할 수 없이 뛰어나다고 친척이나 친우들을 만날 때마다 떠들어 댔다. 그 기품이나 미모, 재능, 그 어떤 면에도 박 씨와 견줄 만한 여성은 이 나라뿐만 아니라 세상 어디에서도 찾아볼 수 없다며 그들은 가는 곳마다 수군수군 떠들썩거렸다. 안채의 마나님들이 박 씨를 입이 닳도록 칭찬하는 것을 엿들은 하인들도 장터에 가서 이 소식을 사람들에게 퍼트렸다. 그때부터 박 씨 소문은 한양에서 사면팔방으로 번져서, 박 씨의 외모에 대한 허튼 입씨름도 서서히 사그라지기 시작했다. 이제 그녀가 천하절색임을 의심하는 사람은 거의 없었다. 끝까지 고집불통이던 사람들조차도 어안이 벙벙한 듯 입을 닫았다.

13
쌍둥이를 낳다

부인 박 씨에겐 하루하루가 오붓하고 깨가 쏟아지는 나날이었다. 그녀가 누리는 지복은 그 어떤 말과 글로도 제대로 표현할 수 없었다. 아내의 매혹적인 아름다움에 흠뻑 빠져 있는 시원은 하늘만큼 높고 바다만큼 깊은 사랑을 그녀에게 쏟아 주었다. 남편의 절절한 사랑으로 그를 애타게 열망하던 그녀의 서러운 세월을 봄눈 녹듯 사그라지게 했다. 아내에게서 한순간도 눈을 떼지 못하는 시원은 아내와 잠시 떨어져 있는 것도 견디지 못했다. 그토록 애절하게 기다리던 행복이 이제 매 순간 그녀의 삶에 넘쳐흘렀다.

시원의 일가친척 사람들도 하나같이 그녀를 칭찬했다. 그녀는 지난날 자신에게 못되게 굴었던 그 누구에게도 원한을 품지 않았다. 마음씨가 이렇게 곱고 너그러우니 그녀는 온 가족의 사랑을 한 몸에 담뿍 받았다. 표독스럽게 욕을 퍼붓던 친척들이 오히려 다른 누구보다도 그녀에게 더 열렬한 찬사를 보냈다. 그만큼 그들이 그녀의 우아함과 친절함에 감복했기 때문이다. 이전에 저지른 모욕적인 언행을 뉘우치며 그들은 이젠 그녀에게 점수를 따려고 앞장서서 안간힘을 다했다.

누구보다도 크게 후회하는 사람은 시어머니 민 씨였다. 그녀는 며느리에게 지난 과오를 만회하려고 안쓰러우리만큼 애를 썼다.

"우리 며느리의 성품은 후덕하기가 그지없소이다. 애가 못하는 게 없고 뭐든지 극진한 정성을 다해 돌보지요. 한양 도읍의 어디를 가도 우리처럼 며느리를 잘 둔 집은 없을 거요." 민 씨는 기회가 있을 때마다 나팔을 불듯 큰소리로 며느리 자랑이 이만저만이 아니었다.

어느덧 박 씨는 시댁의 중심 역할을 하게 됐다. 연안 이 씨 가문의 장손 며느리로서 그녀는 종갓집으로 들어오는 가문의 온갖 문젯거리들을 해결하는 소임까지 맡았다. 시어머니는 자신이 오랫동안 꾸려 오던 집안의 대소사를 이 다재다능한 며느리에게 흔쾌히 다 맡겼다.

박 씨에게는 늘 청이 쇄도했다. 그녀는 난처하고 까다로운 문제들을 섬세하고도 슬기롭게 처리하는 빼어난 자질을 지니고 있었다. 나들이하기 좋은 상서로운 날을 잡아 달라는 것부터 혼사까지 가족들의 요청이나 고충 상담은 다양했다. 박 씨는 기꺼운 마음으로 이 모든 문제들을 차분히 해결해 주었다. 그 어떤 요구도 꼼꼼히 챙겨 주는 그녀에게 다들 감사해 마지않았다. 이 씨 가문 사람들은 너 나 할 것 없이 소리 높여 그녀를 칭찬했다. 그녀의 뛰어난 수완 덕분에 집안사람들이 모두 화목하게 잘 지냈다.

박 씨는 하나밖에 없는 혈육인 친정아버지의 말씀을 애틋한 마음으로 떠올렸다. 시댁에서의 비운은 길어야 3년이니 그동안 잘 참고 견뎌내라. 그러면 행복한 삶이 뒤따를 것이니라. 이런 친정아버지의 말씀이 마침내 현실이 된 것이다.

그러나 집안에 퍼지는 아이들 웃음소리 없이 어떻게 진정한 행복이 왔다고 할 수 있겠는가. 하여 틈이 나는 대로 박 씨는 매일 삼신할머니께 아이를 낳게 해 달라고 빌고 또 빌었다. 소반 위에 날쌀과 마른 미역, 그리고 정화수를 올려놓고 삼신할머니께 끊임없이 정성을 들였다.

하루도 빠짐없이 동이 틀 무렵 치성을 드리러 가는 며느리의 모습을 지켜본 시어머니는 어느 날 문득 이상한 조짐을 직감했다. 스스로 자식을 보게 해 달라고 절박하게 빌던 때가 바로 엊그제같이 느껴졌기 때문이다. 시어머니는 고이 간직하던 기자도끼와 배냇저고리를 서랍장에서 찾아 꺼냈다. 이것들은 아들을 기원하는 여인들이 몸에 지니고 다니던 소품이었다. 비록 해지긴 했으나 민 씨는 이 배냇저고리에 상서로운 힘이 있다고 믿어 오랜 세월 간직해 두었다.

"나중에 이것이 우리 며느리에게도 소용이 있으리라 믿어 오랫동안 버리지 않고 간직해 왔다. 당시 어딜 가도 꼭 지니고 다녔었지. 이제 이건 네가 간직해라." 시어머니가 말했다.

"감사합니다, 어머님." 며느리는 사려 깊은 시어머니의 보살핌에 머리 숙여 고마움을 표하며 그것을 두 손으로 받았다.

"너에게 도움이 되었으면 좋겠구나. 다들 내게 자식 희망이 없다고 말했지만, 난 대감의 정성 어린 보살핌 덕분에 끝까지 포기하지 않았다. 회임懷妊에 좋다는 약을 수도 없이 먹었단다. 돌부처의 코를 문질러 나오는 가루 비고산鼻高散을 마시기까지 했었지. 아들을 많이 낳은 친척 여인들은 나를 안타깝게 여겨 속옷까지 갖다 주었단다. 조상 대대로 이런 부적의 힘을 빌어야 여자의 몸에 아기가 들어선다고 믿었지. 나도 당연히 이런 부적에 효능이 있다고 믿었고말고. 내겐 정말 효험이 있었단다. 지성이면 감천이라고 하늘이 소원을 들어주지 않았겠니. 그러니 이것들을 늘 몸에 지녀라. 네게도 꼭 자식 복을 가져다줄 거다."

"황송합니다, 어머님. 저도 어머님처럼 아들을 낳는 복을 받았으면 좋겠습니다!" 며느리는 어머니의 인정 어린 말에 감사해 마지않았다.

"그리고 삼신할머니께 치성을 드리는 일도 절대로 소홀히 해선 안 된다." 시어머니는 힘주어 말했다.

"네, 명심하겠습니다, 어머님." 며느리가 다짐하였다.

유교 사회에서 부녀자의 본분은 대를 이을 아들을 낳는 것이 첫째였다. 특히 양반 가문에서는 아내가 아들을 출산하지 못하는 경우에 남편은 종종 소실을 두어서 가문의 대를 잇게 하곤 했다. 부녀자의 불임은 조상에게 큰 죄를 짓는 것이나 다름없었다. 어떤 남편들은 자식을 못 낳는다고 아내를 내쫓기도 했다. 자식을 못 낳는 정부인이 소실로부터 수모를 겪는 경우도 종종 있었다. 서자庶子가 출세하여 막대한 명성을 얻으면, 정부인의 비통한 마음은 배가됐다. 조선 왕조 건국 일등 공신인 정도전이나 조선 한방의학의 거두인 허준이 크게 성공한 서자 출신들이다.

"대감, 첩을 두십시오." 부인은 혼례 후 오랫동안 자식을 보지 못하자 남편에게 권했다.

"그런 말은 다시 하지 마시오." 그는 고통스러워하는 짠한 아내를 끝까지 올곧게 지켜 주었다.

"대감, 소실을 얻으시오." 장손을 애타게 기다리는 문중어른들도 끊임없이 종용했다.

"칠거지악七去之惡의 하나가 자식을 못 낳는 것이 아니오? 그러니 아이 소식이 없는 본부인의 불임 상태가 계속되면 남편이 첩을 두는 것이 당연하지 않소! 아무 말 마시고 우리 조언을 받아들이시오." 문중의 어른들이 자주 거들었다.

이정 대감은 이런 문중 어른들의 충고가 모두 선의에서 나온 것임을 알면서도 결코 귀담아듣지는 않았다. 대감 말고는 이십 년 이상 아이 소식이 없는 아내로부터 기쁜 소식이 꼭 있으리라 믿는 사람은 아무도 없었다. 그러다 기적이 일어났다. 삼신할머니가 마침내 민씨의 깊은 신심에 감복해서 복을 내린 것이었다. 뜰에 백일홍이 활짝 핀 어느 날 이 씨 가문은 마침내 장손 시원을 보게 돼 온통 축제 분위기였다. 동갑의 다른 여인들이 손자를 볼 나이에 마침내 아들을 낳은 민 씨는 그 끈기와 인내심에 대해 문중 사람들로부터 아낌없는 격찬을 들었다.

얼마 안 있어 며느리 박 씨의 소원도 이루어졌다. 자식을 점지받은 것이었다. 박 씨는 삼신할머니께 계속해서 감사의 제물을 바치며 건강한 아들을 낳게 해 달라고 정성을 다했다. 또한 시어머니께도 부적을 주신 덕분이라며 깊은 감사를 드렸다. 그리고 나서 그녀는 여종에게 배냇저고리를 씻어서 기자도끼와 같이 잘 보관하라고 일러 주었다. 박 씨의 임신 소식에 모든 친인척이 기뻐했음은 말할 나위 없다. 이 씨와 민 씨 문중의 여인들이 너 나 할 것 없이 박 씨에게 유익한 출산 조언을 건넸다. 박 씨는 그분들의 사려 깊은 도움에 감사를 표했다.

민 씨는 손자를 볼 날을 손꼽아 기다렸다. 그는 임신 중인 며느리에게 출산과 육아에 대한 온갖 조언과 권고를 쏟아부으며 공연히 부산을 떨었다.

"몸에 좋은 음식만 잘 골라서 며느리에게 주거라." 시어머니는 여종들에게 단단히 일러두었다.

"이 음식이 임산부에게 아주 좋단다." 끼니마다 시어머니는 며느리 밥상 위에 몸에 좋다는 음식을 올리고 권했다. "그러니 어서 먹어보렴."

"감사합니다, 어머님." 박 씨는 시댁 식구들의 따뜻한 관심과 배려 덕분에 호사를 누렸다.

아기가 태어날 날을 기다리며 박 씨는 소일거리로 유아용품을 만들곤 했다. 시어머니를 비롯한 온 가족의 세심한 배려와 애정 어린 보살핌을 받는 동안 시간이 쏜살같이 지났다. 뜰 안의 매미가 목청을 한껏 드높이던 어느 날 아침, 박 씨는 온몸이 땀에 흠뻑 젖은 채로 산고의 고통 어린 신음을 냈다.

"미화야, 어서 가서 산파를 불러오렴." 배를 꽉 움켜쥐며 그녀는 외쳤다.

"네, 아씨!" 여종은 냉큼 산파 할머니 기선의 집으로 달려가 그녀를 피화당으로 데려왔다.

관자놀이 부분이 희끗희끗한 중간키의 이 할머니는 마음씨 넉넉해 보이는 후덕한 얼굴에 기운이 팔팔 넘쳤다.

민 씨의 여종들인 월과 진숙, 그리고 선옥도 산파를 도울 준비가 돼 있었다.

산파는 땀을 뻘뻘 흘려 이마가 다 젖었다. 그는 무명 저고리의 소맷자락으로 이마를 닦으며 박 씨의 상태를 보살폈다. 오랫동안 다져진 노련한 솜씨로 산모의 몸을 더듬어 보았다.

"부인, 쌍둥이입니다요!" 박 씨 몸 안에서 움직이는 태아가 하나가 아니라 둘임을 곧바로 알아채고 흥분해서 소리쳤다.

예기치 못한 선언에 박 씨는 너무나도 놀라서 말문이 막혔다.

"여태껏 사십몇 년 동안 해산을 도왔죠. 수도 없이 많은 아이들을 받아 왔지만 쌍둥이는 처음입니다. 정말 드문 경우죠. 지금 제 마음이 얼마나 들떠 있는지 모르실 겁니다." 산파는 흥분해서 말했다. "부인, 쌍둥이를 가졌다고 걱정하실 필요는 전혀 없습니다. 제 얘기 좀 들어 보세요."

다들 산파 이야기가 궁금하여 귀를 기울였다.

"오래전 이야긴데요. 어떤 산파가 쌍둥이를 분만했다고 자랑하지 뭡니까? 당시 저는 어린 나이인지라 그 산파가 왜 그렇게 흥분해 하는지 도무지 이해를 못 했어요. 그래서 그녀의 설렌 목소리를 오랫동안 기억하고 있었고요. 저를 깜짝 놀라게 했거든요. 그 산파가 이렇게 말했죠. '난생처음으로 쌍둥이를 받아내니 날아갈 듯이 기분이 좋았고 신기했소. 똑같이 생긴 두 아기를 껴안으니, 진짜 기적같이 느껴지지 뭐야! 누가 누군지도 구분 못 하겠더라고. 쌍둥이 해산은 죽어도 못 잊을 경험이야. 물론 한꺼번에 두 갓난아이를 받는 건 무지 힘들었지. 하지만 운 좋게도 여러 사람이 거들어 줘서 순산시켰다네.'"

모두 산파의 신기한 이야기를 귀를 쫑긋하며 들었다.

"저 역시 쌍둥이를 보려 하니 마음이 설레고 흥분되네요. 하지만 여기 여러 여종들이 저를 도울 테니, 부인, 염려 마십쇼. 다 제게 맡기시고 가만히 계시면 됩니다. 때가 되면 제 말대로 하시면 돼요. 조금만 있으면 두 갓난아이를 품에 안으실 겁니다요." 산파는 부인을 안정시키기 위해서 이 말을 한 것이었다.

신음을 내며 박 씨는 고개를 끄덕였다.

"쌍둥이를 받을 준비가 됐느냐?" 산파가 여종들에게 소리쳤다. 그의 말에 종 셋이 벌떡 일어나 본채로 뛰어갔다.

"미화야, 넌 날 좀 도와줘야겠다. 내가 하라는 대로만 하면 된다. 널 믿어도 되지?" 산파가 미화에게 물었다.

"네. 제가 도와 드리겠어요." 미화는 고개를 끄덕이며 대답했다.

"네가 할 일을 지금부터 내가 말할 테니 잘 들어라." 산파는 설명을 시작했다.

미화는 귀를 쫑긋하며 산파의 말을 주의 깊게 들었다.

"첫아기가 나오면 내가 탯줄을 끊고 엉덩이를 살짝 때릴 거다. 그래야 아기의 허파에 바깥 기운을 들여보낼 수 있어. 그러면 아기가 엉엉 울 거야. 아기가 운다고 절대로 겁먹지 마라. 엉덩이를 때리니까 당연히 울 수밖에. 그러고 나서 내가 너한테 아기를 건네줄 거다. 여종 하나랑 같이 따스한 물에 아기 몸을 구석구석 잘 씻겨 주렴. 아프지 않게 살살. 그러고 나서 아기 몸의 물기를 잘 닦아 주고 포대기로 감싸 줘야 해. 둘째 아기는 내가 알아서 하마. 내 말을 잘 알아들었지?" 기선이 되물었다.

"네, 잘 알겠어요. 월이랑 같이 할게요." 대답하는 미화의 목소리에 열의가 가득했다.

산파는 박 씨 방 안에 있는 두꺼운 나무 대들보에 두 개의 밧줄을 맸다. 그러고 나서 미화와 함께 박 씨가 양손에 밧줄을 꽉 잡도록 했다.

"밧줄을 힘껏 붙잡고 계셔야 해요. 깊은 심호흡을 하세요. 고통이 너무너무 참기 어려우시면 이를 악물고 숨을 들이마셔요." 그녀는 부인에게 일러 줬다.

미화는 박 씨의 몹시 긴장한 얼굴에 흐르는 진땀을 닦아 드렸다.

"부인, 밧줄을 꽉 쥐십시오." 산파는 다그쳐 말했다.

해산이 코앞에 다가왔다. 방 안에는 긴장감이 가득했다.

"어서 준비해라. 아기가 지금 당장 나올 수도 있다!" 산파가 큰소리로 여종들에게 지시했다.

산파가 격앙된 어조로 소리를 높이자, 여종들이 뜨거운 물과 차가운 물을 번갈아 목욕통에 넣으며 온도를 알맞게 맞추었다.

"미화야, 나 좀 거들어라. 아기가 나온다." 갑자기 산파가 바짝 긴장된 목소리로 외쳤다.

미화가 산파에게 재빨리 달려가니, 산파는 이미 갓난아기를 들고 있었다.

"아들이에요!" 산파는 흥분해서 소리쳤다. 곧 그녀는 탯줄을 자르고, 아기를 거꾸로 세워 엉덩이를 살짝 때렸다. 갓난아이 울음소리가 방 안을 가득 채웠다. 미화에게 살포시 아기를 건네주고 산파는 산모를 향해 몸을 돌렸다.

"다시 힘주세요, 부인!" 산파가 강조했다.

날쌔고 능숙한 손놀림으로 산파는 둘째 아이를 받아 냈다. 이 아기

역시 아들이었다. 엉덩이를 맞자 아기는 큰소리를 지르듯 울음을 터트렸다. 미화와 월은 첫째 아이를, 진숙은 둘째 아이를 산파와 같이 목욕시켰다. 깔끔히 씻긴 쌍둥이들이 포대기로 감싸졌다. 다들 잠든 갓난아이들이 하도 신기하고 귀여워서 한참 동안 쳐다 보며 감탄했다.

미화는 밧줄을 놓고 기진맥진한 산모의 이마에 송알송알 맺힌 땀방울을 닦아 준 다음, 산모의 몸도 따뜻한 물로 씻겨 주었다. 산모는 미화의 도움으로 새 옷을 갈아입은 뒤 새 이부자리로 옮겨 갔다. 미화는 자기가 쌍둥이를 해산하는 데에 일조했다는 사실에 말할 수 없이 마음이 뿌듯했다.

산파는 태반을 조심스럽게 항아리에 넣고 밧줄을 풀어 걷었다. 그리고 쌍둥이를 안고서 우선 이상이 없는지 대충 들여다봤다. 그는 어디를 봐도 흠잡을 데가 없는 쌍둥이를 해산시켰다는 생각에 순간 마음이 놓였다. 그리고 다시 이루 말할 수 없이 들뜨고 설레는 마음으로 아기자기한 쌍둥이의 몸, 입, 코, 눈, 귀, 손가락, 발가락을 차례로 만지며 아기들을 꼼꼼히 살폈다.

"이건 분명히 기적이야! 어쩌면 이 두 아이가 이렇게 똑같을 수가 있단 말인가!" 산파는 너무나도 신기해서 감탄이 저절로 터져 나왔다. 아마도 바로 이런 감정이, 그 오래전에 쌍둥이를 해산시킨 적이 있었다는 산파 할머니가 흥분해 하며 느끼고 전달하고 싶었던 심정이었구나 하는 생각이 문득 자기의 머리를 스쳐 갔다.

산파의 말을 듣고 여종들도 그와 동감하며 고개를 끄덕였다. 그리고 그들은 서둘러서 방에 널려져 있는 것들을 모두 깨끗이 치웠다.

"잘 생기고 튼튼한 아들을 둘이나 얻으셨답니다." 산파는 부인을 축하해 주었다.

그리고 포대기에 잘 쌓인 예쁜 쌍둥이는 팔을 쭉 뻗으며 기다리고 있는 엄마의 품 안에 건네주었다.

"고마워요. 아기들이 너무 귀엽고 사랑스러워요." 마음이 한껏 가벼워진 산모는 양팔에 안은 아기들을 사랑스러운 눈빛으로 내려다보았다.

산모가 쌍둥이와 함께하는 시간은 오래가지 않았다. 산파는 지친 산모가 쉬도록 아기들을 도로 받아왔다. 산모는 고마운 마음으로 산파에게 쌍둥이를 맡겼다. 피로에 지친 산모는 곧 깊은 잠에 빠져들었다.

한편, 가족들과 가까운 친인척이 커다란 사랑채에 모여서 갓난아기의 첫 울음소리를 고대하고 있었다. 시원은 초조한 마음에 한순간도 가만히 앉아 있을 수가 없었다. 대감 내외도 걱정이 돼서 안절부절못했다. 긴장의 상태가 몇 시간 흘렀다. 마침내 박 씨의 방에서 귀청을 때리는 아기의 울음소리가 터져 나왔다. 곧이어 또 다른 울음소리가 들렸다.

"쌍둥이다!" 모두 서로 눈길을 주고받으며 신나게 소리쳤다.

"새끼줄로 금(禁)줄 두 개를 만들어서 대문에 걸어라." 산파는 선옥에게 지시를 내렸다.

그러고 그녀는 초조히 기다리고 있는 가족에게 희소식을 전하러 본채로 달려갔다. 모두 가까이에서 들으려고 그녀에게 다가왔다.

"순산했습니다요. 부인께서 흠잡을 데 없이 건강하고 잘생긴 쌍둥이 아들을 낳으셨지 뭡니까? 쌍둥이 어머님은 건강에 아무 이상 없으시고 지금 편히 쉬고 계십니다요." 산파는 다소 흥분한 목소리로 애타게 기다리던 가족에게 아뢰었다.

사랑채에 모인 친인척들은 산파의 말에 기뻐서 어쩔 줄 몰랐다. 손자를 하나도 아닌 둘씩이나 한꺼번에 봤다는 사실에 대감 내외는 이루 말할 수 없는 기쁨에 벅찼다. 시원은 쌍둥이의 아버지가 되자 하도 기뻐서 그 설렘을 감출 수가 없었다. 아내가 편히 잘 쉬고 있다는 말에 안도의 한숨을 내쉬었다.

산파가 떠난 뒤 진숙과 월은 산모의 방을 구석구석 깨끗이 닦았다.

선옥은 봉달을 찾아 나섰다. 마침내 봉달을 찾은 그녀는 그에게 새끼줄을 꼬아 달라고 부탁했다. 봉달은 곧바로 새끼줄 두 개를 만들어 줬다. 선옥은 각 새끼줄에 숯덩이와 빨간 고추를 끼워 넣어 금줄들을 대문 앞에 걸어 놓았다. 쌍둥이 아들을 낳았다고 동네방네 알리는 풍속이었다.

이 금줄은 세이레21일 동안 걸려 있었다. 이는 집안의 신생아 탄생을 알릴 뿐만 아니라 부정不淨을 멀리하기 위함이었다. 사악한 기운이 문지방을 넘어오지 못하게 하는 부적이었다. 이 금줄이 걸려 있는 동안엔 아무도 산모의 방으로 들어가면 안 됐다. 일단 세이레를 살아남아야 아기가 건강하게 어른으로 자라날 수 있기 때문이었다.

따라서 박 씨와 쌍둥이는 세이레 동안 외부인들로부터 격리된 채로 있었다. 오직 직계 가족만이 잠깐 내방할 수 있었다. 조선 시대에는 유아 사망률이 높았기에 질병을 막기 위해 이런 풍습이 내려왔다.

삼신할머니께 바치던 쌀과 미역은 이제 밥과 국으로 바뀌어 삼신님께 먼저 바치고, 그다음에 산모에게 주어졌다. 출산 후 나흘, 이레, 두이레, 세이레 되는 날은 삼신할머니께 제사상을 바치며 치성을 올리도록 돼 있었다. 그 외에도 다른 특별한 일이 있을 때마다 제사를 드리곤 했다. 산모는 철분과 옥소沃素가 풍부한 미역국을 들었다. 이는 산모의 피를 보충하고 잘 순환시키기 위함이라는 오랜 전통을 따른 것이다. 미역국은 생일과 같은 특별한 날에는 밥상에 올라온다.

세이레가 지난 뒤 기뻐 어쩔 줄 모르는 시원은 아주 잠깐이나마 아내의 방에 들어갈 수 있었다. 다소 여위었으나 미소 짓는 아내와 그 옆에서 새근새근 잠들어 있는 잘생긴 두 아들을 그는 너무나도 자랑스럽다는 듯이 뿌듯해하며 바라보았다.

"부인, 정말 고생이 많았소. 몸은 좀 어떠시오? 우리 두 아이들이 너무나도 귀엽고 사랑스러워서 난 몸 둘 바를 모르겠소." 쌍둥이 아버지가 된 시원은 기뻐서 어쩔 줄 몰랐다.

"저는 괜찮아요. 우리 쌍둥이가 건강하게 잘 태어나서 천만다행이에요." 부인은 남편을 살며시 쳐다보며 방긋이 웃었다.

잠시 후 미화는 시원 서방님에게 곧 나가셨으면 한다는 눈짓을 했다. 시원은 아쉬웠지만 물러났다.

긴 시간을 애타게 기다린 끝에 대감 내외는 귀엽기 짝이 없는 손자들을 보았으나 아직은 잠자는 모습을 살짝 엿보는 것으로 만족해야 했다.

"며늘애야, 너무나도 고생이 많았구나! 이제 몸은 좀 괜찮으냐? 이렇게 예쁜 손자를 하나도 아니고 둘을 놓아 주다니! 정말 우리는 날아갈 듯이 기쁘구나!" 시어머니는 감정이 북받쳐 말을 더할 수가 없었다.

"조금만 더 우리 귀여운 손자들을 보면 안 될까? 조금만 더 보게 해 주렴." 할아버지가 된 대감은 단 한순간이라도 더 보고 싶은 안타까운 마음으로 떠나지 못하고 주춤거리며 말했다.

미화는 산파한테서 들은 산모와 쌍둥이들을 위해 각별히 주의해야 할 몇 가지 사항을 대감 내외분께 알려드렸다.

"이런 격리 시기만 끝나면 손자들과 얼마든지 함께 계실 수 있어요." 미화가 여러 번 반복하며 대감 내외를 진정시키려 애를 썼다. 대감 내외는 오랫동안 기다린 손자들을 더 보고 싶었지만 떠날 수밖에 없었다.

"미화야, 내방하는 귀신에게 술상을 올려라." 출산하고 난 뒤 얼마 안 있어 박 씨가 말했다.

"네, 아씨." 미화는 얼른 대답하고 상을 차릴 준비를 했다.

당시에는 귀신들이 수두, 백일해, 천연두, 소아마비 등 각종 소아병을 옮기는 존재로 여겨졌다. 이 귀신을 각별히 달래지 않으면 아이들이 큰 병에 걸린다고 믿었다. 동이 틀 무렵 준비를 마무리한 박 씨는 방 밖으로 나가서 피화당의 뒷마당으로 갔다. 그녀는 그곳에 있는 우물에서 정화수를 떠 놓고 내방한 귀신들에게 빌었다. 간절한 마음으로 그녀는 두 아들이 소아병에 걸리는 일이 없이 유아기를 무사히 보내게 해 달라며 손바닥이 닳도록 빌었다. 그리고 풍습대로 악귀들로부터 아기들을 보호해 달라고 기원했다. 시기심에 가득 찬 악귀들이 귀여운 아기를 앗아갈까 봐 그녀는 일부러 자식들에게 흉측한 이름도 붙여 줬다.

감나무에 풍성한 나뭇잎들이 어느덧 노랗게 변하고, 잘 익은 감들이 주렁주렁 매달려 있는 어느 쪽빛 하늘의 화창한 가을날이었다. 태어난 지 백일을 축하하는 즐거운 백일잔치가 쌍둥이와 그의 어머니를 위해 준비됐다. 초대받은 가족들과 가까운 친인척들이 뜰 안에 핀 과꽃, 맨드라미, 국화, 백일홍 등 노랑, 파랑, 빨강 울긋불긋한 화사한 꽃들을 보며 감탄해 마지않았다. 구름 한 점도 없는 하늘 높이 누비던 잠자리들이 내려와 뜰 안을 빙빙 날아다녔다. 이른 아침부터 대감댁에 찾아온 손님들로 붐볐다. 그들은 쌍둥이가 백일을 살아남았다는 생애에 가장 중요한 날을 너도나도 앞 다투어 축하했다. 이제 쌍둥이는 생애의 첫 관문을 통과한 것이었다.

그날따라 널찍한 사랑채가 떠들썩한 이야기꽃으로 생기가 넘쳤다. 남녀는 서로 마주 보고 앉아서 얘기를 나누었다. 오랜 기다림 끝에 손님들은 아기들의 얼굴을 처음으로 보며 흥분을 감추지 못했다. 싱글벙글 웃는 쌍둥이의 얼굴은 손님들의 마음을 봄눈 녹듯이 녹아내리게 했다. 어리둥절해하는 아기들의 몸짓을 보며 그들은 즐거워서 어쩔 줄 몰랐다. 아기들의 조그만 손을 잡거나 포동포동한 얼굴을 매만지곤 했다. 모두 입이 닳도록 쌍둥이 아기들을 칭송했다. 아기들을 보며 그들은 그동안 이날을 손꼽아 기다린 보람이 있다고 입을 모았다.

"내가 우리 손자들 이름을 지었소. 큰애는 올바른 기운이라는 뜻의 '기정氣正'이고, 작은애는 화평의 기운이란 뜻으로 어진 마음을 모은다는 뜻의 '기평氣平'이오." 할아버지가 기쁨에 벅찬 목소리로 자랑하듯 알려 줬다.

모두 훌륭한 이름이라고 고개를 끄덕였다.

"이 녀석들이 너무 귀엽지 않소? 우리 손자 아이들이 무척 똘똘해 보이지요?" 손자들에게 푹 빠진 대감 내외는 손자 자랑에 여념이 없었다.

"애들이 너무 잘 생겼어요. 어느 집안의 자식들인지 척 보면 알 수 있겠군요. 아이들의 넓은 이마와 높은 코를 보세요. 누가 연안 이 씨 가문의 자손이 아니랄까 봐." 대감의 동생 이영의 부인 남양 홍 씨가 침이 마르도록 아기들을 칭찬했다.

모두 그녀의 눈썰미가 대단하다고 거들었다.

"이 두 애의 생김새를 보니, 가뜩이나 훌륭한 이 씨 가문에 앞으로 또 고관대작이 나온다고 기대할 수 있겠군요." 민인환이 환하게 웃으며 말했다.

"백부님, 돗자리를 까셔도 되겠네요. 제 점도 봐 주시겠어요?" 민인호의 아들 민재성의 장난스러운 말에 방 안에서 웃음이 터져 나왔다.

쌍둥이 형제의 귀엽고 씩씩한 모습에 모두 마음이 흐뭇했다. 어린 사촌들은 아기들의 토실토실한 볼을 톡톡 치거나 작은 손을 꼭 쥐어 주곤 했다.

"쌍둥이가 너무 예뻐요!" 사촌들은 입을 모아 말했다.

저녁 잔치가 시작됐다. 남녀가 서로 다른 방으로 가서 국수를 비롯한 여러 잔치 음식을 맛있게 만끽했다. 이 즐거운 축하연은 밤늦게까지 이어졌다. 어느덧 중천에 뜬 달이 넓은 뜰 안을 밝혔다. 저녁 식사를 마친 하객들은 갖가지 이야기꽃을 피우며 밤을 이어갔다. 부녀자들은 민 씨의 안채에서 주로 집안일과 자식들에 대한 얘기로 시간 가는 줄 몰랐다. 남자들은 사랑방에서 시국에 대해 이러쿵저러쿵 갑론을박했다. 백일잔치에 참석하기 위해 먼 길을 찾아온 친척들은 하룻밤 머물기로 하고, 근방에 사는 친척들은 떠날 채비를 했다. 그들은 남은 음식과 떡을 싸 가지고 집으로 갔다.

쌍둥이를 보며 박 씨는 비로소 자신의 삶이 풍만해지고 뜻깊게 되어 감을 느꼈다. 지그시 눈을 감고 고개를 숙이며 그녀는 그 무엇과도 견줄 수 없는 축복을 내려 주신 친정 부모님께 마음속 깊이 감사드렸다. 이미 이생을 떠나신 그녀의 부모님이 손수 사랑스러운 손자를 몸소 볼 수 없음에 몹시 서글퍼졌지만, 부모의 따뜻한 혼이 곁에 있음을 감지했다. 또한 그녀를 처음부터 지금까지 한결같이 믿어 준 시아버지와 뒤늦게나마 따스한 애정을 보여 주시는 시어머니에게도 감사의 절을 올렸다.

쌍둥이를 키우는 일은 여간 힘든 일이 아니었다. 어느덧 일 년이 눈 깜짝할 사이에 지나갔다. 기정과 기평의 돌이 다가왔다. 아기에게 돌잔치는 가장 중요한 행사라고 할 수 있다. 그만큼 아기의 생존이 귀했기 때문이다. 가장 힘든 첫해를 끈질기게 살아남았으니 이 쌍둥이는 성인으로 무난히 성장할 가능성이 더 커졌다. 돌잔치도 백일잔치 못지않게 알뜰했고 북적거렸다. 무지개 색 줄무늬의 소매가 달린 색동저고리와 바지, 그리고 조끼, 복건幅巾 등으로 곱게 잘 차려입은 쌍둥이는 그저 깜찍하기만 했다.

"네가 기정이니? 기평이니?" 하며 하객들은 재미있다는 듯이 누가 누구인지를 알아맞히려고 애썼다. 그러나 쌍둥이 형제는 그저 기우뚱기우뚱 이리저리 걸어 다닐 뿐이었다.

지난 며칠 동안 대감 댁은 돌잔치를 준비하느라 부산했다. 돌잔치 날 아침부터 부엌에서 풍기는 맛있는 냄새가 대감 집 문밖까지 솔솔 퍼져 나갔다. 잔치 음식에는 악귀를 쫓아내고, 무병과 장수에 도움이 된다는 국수, 백설기, 수수팥단자도 마련했다. 돌잔치 떡은 미리미리 이웃들에게 돌렸다. 사람들은 이렇게 나눠 먹어야 아기가 오래오래 다복하게 산다고 믿었다. 답례로 이웃들은 아기의 복을 빌며 돈이나 실타래를 선물로 보내왔다.

더운 날씨에도 이 대감 댁은 기정과 기평의 돌을 축하해 주러 온 친인척들로 다시 한번 북적거렸다. 종조부모 등 방계 친인척도 모두 금반지나 엽전 등을 선물로 가져왔고, 너 나 할 것 없이 아기들의 손을 잡으며 건강을 축원했다. 이제 겨우 걷고 말하기 시작한 온순한 성격의 쌍둥이는 방 안을 아장아장 걸으며 웅얼웅얼했다.

"저 아이들이 얼마나 신통하고 착한지요. 쟤들 말하는 것을 들어 봤소?" 대감 내외는 손자들을 애지중지하며 자랑했다.

"그럼요. 이렇게 똘똘해 보이는 애들은 처음입니다요. 게다가 좀 잘생겼습니까!" 민인호의 부인 해주 정 씨가 환성을 질렀다.

다른 친척들도 아기들을 떠받들며 대감 내외의 손자 자랑에 장단을 맞췄다.

이런 칭찬에 대감 내외는 좋아서 어쩔 줄 모르는 표정이 얼굴에 박힌 듯했다.

이 돌잔치에서 가장 중요한 의식은 쌍둥이의 장래를 점쳐 보는 '돌잡이'다. 평풍 앞에 실타래, 엽전, 책, 붓, 활과 화살, 자, 가위, 밥, 국수 등이 담긴 작은 상들이 기정과 기평 앞에 각각 놓여 있었다.

모든 이의 시선이 쌍둥이 형제가 앉아 있는 곳으로 모였다. 아이들이 어느 것을 집을지 다들 궁금해 어쩔 줄 몰라 했다.

기정은 앞에 있는 물건들을 바라다보더니 붓을 집었다. 그리고 붓을 곧바로 입에 넣었다.

"잘했어. 참 잘했어, 기정아!" 모두 그의 선택에 환호하며 박수를 쳤다.

"이건 먹는 게 아냐!" 일곱 살짜리 사촌인 기덕이가 기정이에게 달려가서 입에 넣은 붓을 빼며 소리를 질렀다.

"우리 기덕이, 참 착하지!" 마음이 훈훈해진 어른들은 기덕의 머리를 쓰다듬으면서 격려했다.

기평이는 자기 앞에 있는 상을 살펴보더니 느닷없이 한 손으로 벌떡 들어올렸다.

"기평이는 힘이 엄청 세구나!" 해주 정 씨가 놀라움을 감추지 못하며 큰소리로 말했다.

"기평아, 착하지. 상을 빨리 내려놔!" 무척 놀란 친척들이 다 같이 소리쳤다.

박 씨는 재빨리 기평이에게 다가갔다. 그녀가 상을 받으려 했으나 상이 기울어졌다. 하여 상 위에 있던 엽전 하나가 바닥으로 떨어져 데굴데굴 굴러가 사라져 버렸다. 모두 엽전을 찾으려고 애썼다. 하지만 못 찾았다.

기정이는 두 눈을 부릅뜨고 방 안을 둘러보더니 방구석 한쪽에 놓여 있는 방석으로 비틀비틀 걸어갔다. 그리고 신기하게도 방석 밑에 숨어 있는 동전을 찾아왔다. 모두 깜짝 놀랐다.

"기정아, 너는 엽전이 거기 숨어 있는 것을 어찌 알았냐?" 이솔이 물었다.

기정이는 아무 말 없이 싱글벙글 웃고만 있었다.

엽전은 다시 상 위에 놓아졌고 기평이는 또다시 상 위에 있는 물건들을 유심히 보더니 책을 골랐다.

"잘했어, 기평아!" 모두 박수갈채를 보냈다.

이 돌잡이 결과는 쌍둥이 형제의 훗날 입신양명을 예고하는 것이라고 친척들은 믿어 의심치 않았다. 쌍둥이 형제는 고관대작에 오를 것이라고 모두 믿었다. 만약 아기가 돈이나 쌀을 집는다면 엄청난 부를 누릴 것이고, 활과 화살을 잡는다면 무인으로서 승승장구할 것이다. 자나 가위를 집는 아이는 거상巨商으로 성공할 것이고, 장수하라고 상 위에 놓인 실타래는 쌍둥이 형제의 몸에 둘러졌다. 이 모두가 다 쌍둥이의 건강과 행운을 기원한다는 뜻이었다.

"우리 종손이 고른 것들을 보니, 백일잔치 때 민 씨 댁 사돈께서 얼마나 예리한 안목을 가지셨는지 새삼 감탄합니다. 말씀대로 고관대작이 둘이나 더 나올 테니 이 씨 가문에 얼마나 큰 영광이겠습니까!" 이솔은 너털웃음을 지으며 덕담을 했다.

모두 고개를 끄덕였다. 이제 여인네들은 민 씨의 안채에 들어가 앉아서 푸짐한 진미를 즐겼다. 그녀들은 너도나도 쌍둥이 칭찬으로 왁자지껄했다. 그리고 음식 솜씨에 대한 찬사도 쏟아졌다.

사대부들은 사랑채에서 식사를 했다. 거기에서도 역시 쌍둥이 이야기로 떠들썩했다. 쌍둥이 형제가 깊이 잠이 들고 난 뒤에도 남녀 어른들은 각방에서 밤이 깊어 가는 줄도 모르고 즐거운 담소가 끊이지 않았다.

14
비단 도둑을 잡다

쌍둥이 형제의 돌잔치가 있고 난 뒤 얼마 안 있어서 시원은 강원도 철원군수로 임명됐다. 이것이 그의 첫 지방 관직이었다. 대감 댁 가족들은 시원의 승진을 반색했다.

가족 중 한 사람이 지방 관아에 부임하면 으레 가족 모임이 있었다. 자부심이 강한 이 씨 가문 사람들과 외가 친인척들이 대감 댁에 우르르 달려와서 시원에게 송별 인사를 했다. 그들은 술잔을 들어 시원에게 축하의 말을 건네고 안녕을 빌었다. 그러나 이 잔치의 주인공은 시원이 아니라 쌍둥이 아이들이었다.

"우리 사랑스러운 기정이와 기평이를 너무나도 보고 싶을 텐데, 이걸 어떻게 하지?" 이영의 부인 남양 홍 씨가 아쉬워하며 탄성을 질렀다.

"우리도 이 귀염둥이들을 언제 또다시 볼 수 있을까?" 민인호의 부인 해주 정 씨도 애들이 몹시 보고 싶을 것이라며 호들갑을 떨었다.

눈물 속의 작별이 곧 이어졌다. 모두 시원이 새 임무 수행에 성공하기를 빌었다.

"기정아, 기평아, 잘 가거라. 다음 명절 때나 너희들을 다시 볼 수 있겠구나. 다시 만날 때까지 잘 있어라!" 할머니 할아버지도 두 살배기 쌍둥이 형제를 차례로 얼싸안으며 애틋하게 작별을 고했다.

대감을 비롯한 관아에 있는 여러 친척 어른들에게 유익한 조언들을 듣고 마음이 무거워진 시원은 대갓집 뒤편에 있는 사당으로 갔다. 그는 조상의 위패 앞에서 향을 피우고 큰절을 올렸다. 그리고 부모를 비롯해 일가친척들의 안녕을 빌고 본인이 군수로서 직책을 원만히 수행할 수 있도록 조상들께 빌었다.

부임한 철원군에서 시원은 백성의 안녕을 위해 밤낮없이 열심히 일했다. 군수로서 그가 해야 할 직무 중 하나가 백성들의 청원을 해결해 주는 것이었다. 많은 고을 사람들이 하루가 멀다 하고 자신들의 고충을 군수 앞에서 털어놓으며 공정한 판결을 내려 달라고 간청했다. 시원은 인내심을 가지고 그들의 얘기를 들어 주고 신속하고도 공평하게 사건을 하나하나 처리했다. 그는 특별히 난감한 문제에 처할 때마다 아내 박 씨의 조언을 구했다. 아내의 현명한 말 한마디 한마디가 결정적으로 해결의 실마리가 되었다. 철원군에서 일어난 수많은 일들 중 하나는 어느 마을의 도둑맞은 비단 사건이었다. 아름다운 무늬의 이 값나가는 비단을 주인에게 찾아 준 군수의 현명한 판단은 백성들에게 큰 반향을 일으켰다. 그 후로 온 고을 사람들이 시원의 현명함을 높이 기리고 믿었다.

이 사건은 조판주라는 젊은 비단 행상이 어느 날 귀하고 값비싼 비단 여러 필을 감쪽같이 잃어버린 것이다. 거무스름한 혈색에 빼빼 마른 젊은이가 땀을 뻘뻘 흘리고 숨을 헐떡이며 군수의 관아로 달려왔다.

"나리, 부디 도둑맞은 제 비단을 찾아 주십시오. 소인이 가진 거라곤 오직 이 비단뿐이어요. 만일 그걸 돌려받지 못하면 소인은 천하에 둘도 없는 빈털터리가 되어요. 그게 얼마나 귀한 비단인데요. 못 찾으면 전 끝장납니다. 제발 도와주십시오!" 극도로 불안한 정신 상태로 허겁지겁 찾아온 그는 아우성을 치며 도움을 간청했다.

"대체 무슨 일이냐? 천천히 처음부터 차근차근 말해 보거라." 시원은 이 비단장수를 진정시키려 했다.

"나리, 소인은 꼭두새벽부터 고급 비단 여러 필을 등에다 짊어지고 다니느라 녹초가 돼 버렸죠. 소인은 그만 소나무 밑에서 잠이 들었습니다. 그곳은 낮은 산자락에 있는 무덤 옆이었죠. 잘 다듬어진 무덤이었어요. 낮잠에서 깨고 보니 비단이 다 없어진 거예요. 미친 듯이 주위를 찾아 돌아다녀도 단 한 필의 비단도 찾을 수가 없었습니다." 젊은이는 가슴 답답하고 괴롭다는 듯 울먹이는 목소리로 상황을 설명했다.

"네가 잠들 때 주변에 사람이 있었느냐?" 시원이 물었다.

"아무도 없었습니다, 나리." 비단 행상은 대답했다. "오로지 묘석과 무덤을 지키는 석상 하나뿐이었는 걸요."

"다른 건 없었느냐?" 시원이 다시 물었다.

"물론입니다요, 나리." 비단장수는 거침없이 대답했다.

"알겠다. 증인이 한 명도 없으니 사건이 자칫 오리무중에 빠지겠구나. 아무쪼록 이 문제에 관해 충분히 생각할 시간이 필요하다. 내일 미시오후 1~3시까지 다시 오너라. 그때 네 사건을 해결해 주겠다." 시원이 지시했다.

"네, 알겠습니다. 나리." 슬픔과 절망에 잠긴 비단장수가 관아를 떠났다.

군수 나리께서 난처한 사건에 맞닥뜨렸다는 소문이 금세 고을을 돌며 사람들의 관심을 끌었다. 그들은 새로 부임한 군수가 과연 이 사건을 어떻게 풀어 갈지 궁금해 마지않았다.

"마음이 무거우신 것 같네요?" 시원이 귀가하자 부인은 수심에 찬 그의 안색을 보고 물었다.

"비단 여러 필이 없어진 아주 난감한 사건을 풀어야 하오." 그는 아내에게 사건을 자세히 설명해 주었다.

"묘지 석상 외에는 아무도 그 현장을 보지 못했으니 그 석상이라도 가져와서 심문하셔야죠." 남편의 말을 주의 깊게 듣고 부인이 한마디 했다.

"뭐? 석상을 심문하라고?" 너무 놀란 나머지 시원은 큰소리를 내며 의아해했다. 그는 번뜩이는 아내의 묘수에 잠시 한 방을 얻어맞은 듯했지만, 곧 그 뜻을 알았다는 듯이 빙긋 웃으며 고개를 끄덕였다.

다음날 도둑맞은 비단을 해결하기 위해서 재판이 다시 열렸다. 구경꾼들이 몰려와 담벼락까지 바짝 붙어 섰다.

"여봐라, 네 이름과 네가 당한 변고를 말해 보라." 미시오후 1~3시에 착석한 군수가 엄중히 물었다.

"나리, 소인의 성은 조가이고 이름은 판주입니다." 근심이 가득한 얼굴의 청년은 일어나서 꾸벅 인사한 뒤 긴장된 목소리로 이어서 말했다. "저는 행상으로 이 강원도 땅에서 어딜 가도 볼 수도 구할 수도 없는 최상의 고운 비단을 팔고 다니지요. 어제 새벽부터 비단 여러 필을 등에 지고 다니느라 온몸에 힘이 다 빠졌죠. 해가 중천에 떠 있을 무렵 낮은 산기슭에 있는 무덤 옆의 소나무 그늘에서 그만 곯아떨어졌습니다. 얼마 안 있어 잠에서 깨어나 보니 제 비단이 감쪽같이 모조리 사라진 게 아닙니까? 사방팔방을 뛰어다니며 찾아봤지만 흔적조차 보이지 않았습니다. 그래서 군수 나리께 이 도둑을 잡아 주시라고 여기까지 달려왔었지요."

"잠들기 전에 본 사람이 아무도 없었느냐?" 군수가 물었다.

"나리, 사람의 그림자도 안 보였습니다. 단지 묘석과 묘를 지키는 석상 하나만 있었을 따름이죠." 비단장수는 말했다.

"아하, 그러면 어찌 네가 도둑을 맞았는지 그 석상이 엿봤겠구나. 석상이 도둑과 한패임이 틀림없다!" 군수는 자신의 무릎을 철썩 치며 큰소리로 말했다. "여봐라, 즉시 가서 그 석상을 잡아 오너라. 그 놈을 심문해야겠다!"

어리둥절한 병졸들은 머리를 긁적거리며 어쩔 줄을 몰라서 맥없이 서성거렸다.

"석상을 체포하여 심문한다는 것이 가당한 일이요? 군수께서 정신이 나간 것이 아닐까?" 병졸들은 어이없어 하는 표정으로 서로를 응시하며 맥없이 낮은 소리로 투덜거렸다.

"여봐라, 왜 이리 꾸물거리는 거냐? 너희들 때문에 심문이 늦어진다. 당장 가서 그 석상을 데려오너라! 꼼짝 못 하게 꽁꽁 묶어야 한다. 놈이 도망치기 전에 얼른 가거라." 군수가 명령을 내렸다.

"예, 나리." 병졸들은 비단장수에게 그 석상이 어디 있는지 묻고 급히 무덤으로 가서 석상을 밧줄로 묶어서 관아로 운반해 왔다.

군수가 석상을 체포했다는 소식이 산불마냥 온 마을에 퍼져 나갔다.

"석상이 지금 조사 중인 사건과 무슨 관련이 있다는 거지?" 마을 사람들은 어리둥절했다.

"석상을 심문해서 재판한다니 살다 살다 별꼴을 다 보네." 고을 사람들이 하도 신기하고 우스워서 관아로 몰려왔다.

"군수 나리께서 그간 일이 너무 힘드셔서 머리가 어떻게 되셨나 보지?" 어떤 사람은 이렇게 쑤군거리기까지 했다.

이 듣지도 보지도 못한 기이한 사건을 구경하러 수많은 사람이 몰려왔다. 그들은 이시원 군수가 도대체 어떻게 판결할지 몹시 궁금했다.

"재판을 시작하라!" 병졸들이 석상을 관아로 가지고 오자마자 군수가 다시 나타나서 그의 자리에 앉고 재판을 재개했다.

판주는 일어서서 군수에게 공손히 절을 올렸다. 관졸들과 함께 열두 명의 사내들이 숨을 헐떡이며 밧줄로 묶인 석상을 가져와 비단장수 옆에 세웠다. 이 화강암 석상은 문관의 사모와 관복을 입은 모습으로 조각돼 있었다. 키는 4척에 무게가 70여 관貫이 나갔다.

"이것이 네가 어제 본 묘의 석상이 맞느냐?" 군수는 물었다.

"네, 나리. 바로 그 석상이 무덤 옆에 있었습니다." 비단장수는 어리둥절한 표정으로 대답했다.

군수는 심문을 시작했다.

"네가 현장에 있었으니 도난당한 비단에 대해서 아는 것이 있겠구나. 어서 말해봐라." 석상을 쳐다보며 군수는 질문을 던졌다.

석상은 물론 아무 말이 없었다.

"어서 누가 훔쳤는지 곧바로 밝히지 못 하겠느냐?" 군수는 목소리를 높여 호통을 쳤다.

돌덩어리에서 대답이 나올 리가 없었다.

"네 이놈! 그렇게 계속 입을 다물고 있으면 곤장을 얻어맞을 줄 알아라!" 군수는 짜증스러운 목소리로 외쳤다.

석상은 여전히 꼿꼿하게 서서 침묵을 지켰다.

"그래 비단을 누가 훔쳤는지 말을 못 하겠단 말이냐? 그렇다면 네 놈은 도둑질한 놈과 같은 패거리이구나? 저놈이 입을 열 때까지 곤장을 쳐라." 군수가 화를 벌컥 내며 버럭 소리를 질렀다.

어처구니없는 명령이지만 병졸들은 군수의 지시를 따를 수밖에 없는 노릇이었다. 그들은 형판을 얼른 가져와서 그 위에 석상을 올려놓고 형틀에 잘 묶어 놓았다. 그리고 두 병졸이 대나무 곤장으로 석상을 후려쳤다. 너무 세게 쳤는지 곤장이 산산이 조각나서 여기저기 떨어져 나갔다.

"저 망할 놈의 석상이 감히 고집을 피우고 묵묵부답이라니!" 군수는 불편한 심기를 감추지 못하고 호통을 쳤다.

이 황당한 광경을 보고 관중은 몸을 웅크리며 터져 나오는 웃음을 참으려고 애를 썼다. 어떤 이는 웃음 발작을 참지 못해 아예 땅바닥에 누워 배를 움켜쥐며 떼굴떼굴 굴렀다. 고개를 뒤로 젖히고 폭소를 터트리는 이들도 있었다. 이런 군중의 소란이 재판에 크게 방해가 됐다.

"밖에서 시끄럽게 구는 구경꾼들을 모조리 잡아들여라. 감히 이 엄정한 재판에 훼방을 놓다니!" 군수는 얼굴이 하얗게 질리도록 격노했다.

"네, 나리!" 병졸들은 밖으로 뛰어나가 땅바닥에 주저앉아 땅을 치며 웃고 있는 열두어 명의 사람들을 곧바로 붙잡았다. 그들은 하도 심하게 웃어서 눈물이 뺨에 흐를 정도였다.

그들이 붙잡히는 것을 보고 다른 구경꾼들은 황급히 뿔뿔이 흩어졌다.

"재판방해죄로 놈들을 모두 옥에 가두어라!" 군수는 지시를 내렸다.

"알겠습니다, 나리!" 병졸들은 그들을 모두 옥사로 끌고 가서 수감했다.

모두 악을 쓰며 큰소리로 항의했지만 소용이 없었다.

"이 재판은 내일 아침 사시오전 9~11시에 다시 시작한다. 저기 말을 안 듣는 죄인 석상도 옥사에 가두고 잘 감시해라. 절대로 도망치게 해선 안 된다." 군수는 강하게 주의를 줬다.

"네, 나리." 병졸들은 합창하듯이 큰소리로 대답하고 꽁꽁 묶인 석상을 운반해 나갔다.

병졸들에 의해 옮겨지는 동안 석상이 군수에게 눈을 찡긋하고 미소 짓는 모습을 보였다. 시원은 충격을 받았지만 자신도 모르게 힘없는 미소로 응답했다.

그날 저녁에 군수는 죄수들에게 전할 사항이 있어 아전을 옥사에 보냈다.

"군수 나리께서 이르시기를 내일 아침 재판에 비단 한 필씩을 가져오겠다고 너희들이 약조하면 곧 풀어 주시겠다고 했다." 아전이 군수의 말을 그대로 전했다.

"예, 그리하겠습니다요." 이 이야기를 듣자마자 모두 이 석방 조건에 동의하고 풀려났다.

군수의 괴이한 언행에 대한 소문이 돌자, 그다음날 아침 재판에는 더 많은 군중이 몰려왔다.

비단상인과 석상이 전날과 같은 위치에 서 있었고, 어제 저녁 풀려난 죄수들은 비단 한 필씩을 들고 서 있었다. 군수가 사시에 입장하여 자리에 앉자 모두 정중히 절을 올렸다.

"비단을 앞에다 내려놓아라." 일렬로 서 있는 죄수들에게 군수는 명령했다.

"네, 나리." 죄수들이 큰소리로 대답했다.

"조판주는 그 비단 중 네 것이 있는지 잘 살펴봐라." 군수가 말했다.

"나리, 이것들은 다 제 것입니다요!" 비단을 자세히 살펴본 상인은 흥분해서 목청을 높였다.

"너희들은 이 비단을 어디서 산 거냐?" 군수는 죄수들에게 심문했다.

"마을 장에 가서 비단장수에게 샀습니다요." 모두 한목소리로 대답했다.

"여봐라, 포졸들은 당장 장터에 가서 비단장수를 잡아 오너라." 군수가 곧바로 명령을 내렸다.

"네, 나리!" 부하들은 큰소리로 대답하고 곧장 마을 장터로 달려가서 비단장수를 잡아 왔다.

군수 앞에 잡혀 온 도둑 혐의자는 좀 뚱뚱하고 나이는 꽤 들어 보였다. 옷차림새가 허름하고 지저분했다. 그의 얼굴은 누르께하고 안색도 무척 안 좋아 보였다.

"네 이름을 밝히고 왜 남의 비단을 훔쳤는지 말해 보거라." 군수가 심문하자, 그는 버티지 못하고 죄를 사실대로 자백했다.

"나리, 저는 이웃 고을의 노름꾼입니다요. 그리고 이름은 윤두준이라고 합니다. 비단장수가 무덤 옆 소나무 밑에서 자는 것을 보고 비단을 몽땅 훔쳐 달아났지요. 화투 놀이에 빠져 엄청난 빚을 져서 돈이 궁한 탓에 도둑질을 저질렀습니다요." 그는 사실을 털어놓았다.

윤두준은 곧바로 수감됐고, 비단주인은 자신의 비단을 모두 다 되돌려 받게 됐다.

"황공합니다. 정말 감사합니다, 나리!" 군수에게 큰절을 올리며 비단장수는 감사의 말을 침이 마르도록 했다. "이 비천한 소인을 살려 주셨습니다. 제 평생 이 고마움을 결코 잊을 수 없습니다. 제 소중한 비단을 되찾아 주신 이 은혜는 죽어도 제가 못 갚을 것 같습니다!" 머리를 숙이고 또 땅바닥에 머리를 조아리며 몇 번이고 군수에게 인사를 드렸다.

군수는 병졸들에게 석상을 제자리에 갖다 놓으라고 지시했다. 아울러, 죄수들이 비단을 사느라 지불한 돈을 다시 돌려주라는 지시도 내렸다. 그는 그들을 풀어 주면서 이런 연극에 말려들게 해서 미안하다고 사과했다. 비단 도둑을 잡기 위한 군수의 꾀에 자신들도 기여한지라 그들도 마음이 뿌듯했다. 이 모든 사실을 알게 된 마을 사람들은 유능하고 영민한 군수에 대한 칭송이 한동안 자자했다. 사람들의 입을 통해 꾀가 넘치는 흥미로운 이 사건은 온 나라는 물론이고 한양까지 한바탕 화제가 됐다.

이시원의 비단 도둑 사건 처리 소식은 임금의 귀에까지 전해졌다. 군수의 뛰어난 행정 능력과 빼어난 기지에 임금 또한 깊은 인상을 받았다. 그 결과 시원은 강원도에서 근무한 지 이 년도 채 못 돼 한양으로 부름을 받았다. 시원은 황공한 마음으로 임금이 계시는 궁궐을 향하여 큰절을 네 번 올렸다.

철원군을 맑은 강물처럼 깨끗하게 하고, 마치 잔잔한 바다와 같은 평온한 세상으로 만든 군수가 떠나게 되니 철원 사람들은 아쉽고 섭섭한 마음을 금치 못했다.

한양에 도착하자마자 시원은 급히 조정으로 가서 임금을 알현했다. 조정으로 다시 불러 주신 전하께 황공하다며 큰절을 올렸다. 그는 병조에서 다시 일하게 됐다.

아들 가족을 다시 본 이 대감 내외는 기뻐 어쩔 줄을 몰랐다. 네 살이 다 돼 가는 쌍둥이 형제는 팔을 넓게 벌리고 기다리는 할아버지, 할머니에게 달려갔다. 손자 사랑이 남다른 두 어르신은 아이들을 한참 동안 서로 번갈아 가며 꼭 껴안아 주었다.

"이런, 우리 손자들이 그새 키가 많이 컸구나! 지난 추석에 봤을 때보다도 훨씬 튼튼하고 든든해졌구나. 추석 때 조상님께 절을 드리던 것이 기억나느냐?" 할머니가 하도 반가워서 어쩔 줄을 모르며 한마디 했다.

"네, 할머니. 사람들이 많이 왔었어요. 그때 맛있는 참깨 든 송편이랑 밤을 많이 먹었었어요." 기정이 입을 열었다.

"저는 사촌들하고 놀았어요. 굉장히 재미있었어요." 기평이 맞장구를 쳤다.

"그동안 너희들이 얼마나 보고 싶었는지 말도 못 하겠다." 할아버지는 말했다.

"저희도 할머니 할아버지가 많이, 많이 보고 싶었어요!" 두 형제는 큰소리로 말하고 어르신들의 품에 파고들었다.

시원이 도성에 부임하고 얼마 지나 이정 대감은 영의정으로 임명됐다. 대감은 '오직 임금 한 분만을 위로 모시고 만백성을 아래로 보살핀다─人之下, 萬人之上'는 정승이 되었다. 그는 인조를 왕으로 옹립한 일등 공신들 중 한 사람이었다. 몇몇 요직을 거친 뒤에 그는 문관을 포함, 임금을 모시는 조정 신하로서는 최고의 직위에 오른 것이었다. 이로써 이미 명망이 높은 연안 이 씨의 가문은 더욱 영광스럽게 됐다. 며칠 동안 성대한 축하 잔치가 영의정 댁에서 열렸다. 대감의 영의정 승진을 경축하는 하객들이 끊임없이 밀려들었다. 시원의 아내를 비롯한 여러 부녀자들은 부엌에서 쉴 새 없이 음식을 만들어 내느라 정신없이 바빴다. 하객들은 맛있는 음식과 함께 술대접을 받았다.

시원은 자부심이 가득 찬 마음으로 수많은 사람들이 줄지어 서서 아버지에게 경의를 표하는 모습을 지켜봤다. 그의 아버지는 사람들마다 건네는 축하 인사를 품위를 지키면서 겸허하게 받아들였다.

"영의정 자리는 내 인생의 가장 큰 명예가 아닐 수가 없구나. 아들아, 명심해라. 모든 하객들이 진정으로 내 안녕을 빌어 주는 것은 아니다. 대부분 문중 사람들은 이 씨 가문에 큰 영광이라며 진심으로 기뻐하겠지만, 속으로는 질투하고 시기하는 사람들도 많이 있느니라." 사흘 동안의 연회를 끝내고 난 뒤에 이정은 권좌에 대해 오랜 체험과 통찰에서 묻어나오는 깊은 지혜가 담긴 조언을 아들에게 해 줬다.

아들은 고개를 끄덕이며 아버지의 말을 묵묵히 귀담아들었다.

"너도 잘 알다시피 '사촌이 논을 사면 배가 아프다'라는 속담이 있다. 유감스럽게도, 대다수의 사람은 겉으로는 너나없이 내게 아첨해 대지. 그 사람들은 내 영전을 진심으로 기뻐하는 게 아니다. 꼭 명심해 둬야 할 속담 중에 이런 것도 있지. '정승 집 개가 죽으면 구름처럼 떼 지어 문상을 가도 정작 정승이 죽으면 개 한 마리도 보이지 않는다!' 사람들을 제대로 믿고 의지한다는 게 얼마나 어렵고 무서운 일인지 알려 준다." 아버지는 이렇게 말을 끝냈다.

당시 조선은 안팎으로 비교적 화평한 시기였다. 하지만 북방 국경 가까운 곳에서 민란이 자주 일어나서 나라가 종종 뒤숭숭하기도 했다. 특히 평안도 곳곳에서 민란이 일어나 조정에서도 골칫거리로 애를 먹고 있었다. 엎친 데 덮친 격으로 탐관오리들은 자신의 직무를 소홀히 한 채 부정부패에 깊이 빠져 있었다. 평양이 한양에서 하도 먼 거리에 있기에 조정에서의 임금의 통치가 그들에게까지 미치지 않는다고 믿고 멋대로 날뛰었다. 자신들의 부정부패나 직무 유기가 설사 한양에 알려져도 그들에게 취해질 조처는 없다는 것이 그들의 안이한 생각이었다. 비록 임금이 암행어사를 보낸다고 해도 워낙 먼 길이기에 감추고, 속이고, 얼렁뚱땅 얼버무리면 그만이라고 자신만만했다. 그리하여, 그들은 겁 없이 부정한 뇌물을 착복하고, 농부들로부터 곡물을 불법 부정한 방법으로 무지막지하게 갈취했다. 이렇게 축재에만 급급한 탐관오리들 때문에 만주와 접경한 지역의 경계가 사실상 난장판이 되고 밀수꾼들의 전횡이 극심했다.

조선이 이렇게 국경 경비를 소홀히 하는 틈을 타서 청 병사들이 변경 인근의 마을들을 자주 습격해서 약탈을 일삼고 부녀자들도 마구 납치해 갔다. 청의 노략질에 시달리는 백성들은 참다못해 자기들 배를 채우는 데만 혈안이 된 탐관오리들을 몰아내겠다고 민란을 수없이 일으켰다. 이렇게 민란은 요원의 불길처럼 번져 그 지역 전체가 몸살을 앓았다.

백성들은 괭이, 낫, 삽, 갈퀴 등을 들고일어나서 관아에 항거했다. 일부 농민들은 반란군이나 산적으로 변했다. 부패를 청산하고 오랑캐들을 봉쇄할 임무를 띤 비교적 청렴하고 공정한 감사를 조정에서 파견했지만 아무 소용이 없었다. 현지 관리들이 간교한 술책을 써서

240

그들을 쉽사리 탐욕에 물들게 했다. 부임한 지 얼마 안 돼 그들은 기존의 탐관오리들과 한패가 돼서 부정 축재에 여념이 없었다. 낙담한 조정은 암행어사를 파견해서 부패와 부정을 뿌리 뽑고 바로잡으려 했으나 어사라고 크게 다를 바 없었다. 그들 역시 이 악의 소굴에서 이전 감사들 못지않게 손쉽게 타락했다. 시국이 날로 심각히 불안해졌다. 임금과 대신들은 악화일로에 있는 북방 접경 지역을 걱정하느라 표정이 어둡기만 했다.

"평안도를 어찌해야만 하겠소?" 임금은 낙담하여 대신들에게 물었다. "우리가 보낸 감사마다 그곳의 사악한 지방 아전들과 한통속이 되어 탐관오리로 파면되니 말이오. 최근만 해도 3년도 안 되는 사이에 다섯 명의 감사가 불미스럽게 파직당했소. 암행어사 역시 보내 봐야 아무 쓸모가 없고. 그곳에 평화와 질서를 잡을 적임자가 누구 없겠소? 옛날 덕천군수였던 깨끗하고 올곧은 양관 같은 관리가 또 어디 없을까? 양관과 같은 유능한 인물이라야 저곳의 골칫거리를 해결해 주겠건만."

"전하, 철원군 이시원 군수가 있사옵니다. 얼마 전에 비단 도둑을 잡아서 사람들 사이에 크게 소문이 난 인물이옵니다." 길삼윤 예조판서가 목소리를 높였다. "그가 영특한 묘수로 범인을 잡은 사실이 전국 방방곡곡 백성들 입에 오르내렸사옵니다."

"전하, 이시원 군수가 한양으로 부름을 받고 떠나자, 온 고을 사람들이 훌륭한 군수를 잃게 돼서 극도로 허탈해한다고 하옵니다." 조철구 이조판서가 보탰다.

"또한 그네들은 부패를 일소하고자 노력한 군수의 공평무사한 능력을 침이 마르도록 칭찬하옵니다. 그의 탁월한 기량은 국경 지역의 난리를 평정하는 데 크게 기여할 수 있을 것으로 믿사옵니다, 전하. 하여 소인은 이 난국을 해결할 적임자로 이시원 군수를 천거하옵니다." 길삼윤 판서가 다시 거들었다.

"알겠소. 짐도 그 소문을 들은 적이 있소." 주상이 답했다. "들끓는 변방 지역의 소란을 다룰 자는 이시원 외에는 적임자가 없는 것 같소. 나도 인정하오. 그를 파견하는 것 외에는 별다른 묘안이 없어 보이는구려."

임금은 즉각 이시원을 평안도 감사로 승진시켜 임명했다. 무법 지대나 다름없는 이 고장에 범죄를 소탕하고 치안을 확립하고 공직자의 기강을 회복하는 막중한 임무가 시원에게 부여된 것이었다. 실로 파격적인 인사였다.

임금의 이런 결정에 거의 모두가 열렬히 찬성했으나 좌의정 김오만은 혼자서 반대 의견을 냈다.

"전하, 아뢰옵기 황공하오나 이시원은 이제 막 벼슬살이를 시작한 중급 관리이옵니다. 그가 북방 경계 지역에서 벌어지는 막중한 사안을 다루기엔 너무 어리고 경력도 짧은 것 같사옵니다." 김오만이 주장했다. "외람된 말씀이오나 지금은 시기상조이고 합당치 않은 임명이 아닌가 싶사옵니다. 황공하오나, 작금의 폭발 직전인 그 난국을 책임질 인물로 보다 경험이 많은 대신을 파견하시는 게 순리라고 생각하옵니다."

"그렇다면 평안도를 바로잡을 적임자를 좌상이 직접 천거해 주구려." 임금의 대꾸가 이어졌다.

예기치 못한 임금의 질문에 허를 찔린 김오만은 순간 속으로 투덜댔다. 곧이어 그의 친척 하나를 감사로 천거하려는 순간 그는 이미 말할 기회를 잃었다.

다른 대신들이 모두 전하께서 이시원을 평안감사로 임명하신 것이 옳으신 선택이라고 한목소리로 재청하며 김오만의 주장을 눌렀다. 이 모든 논의 과정에서 침묵을 지키던 영의정 이정은 결국 대신들로부터 아들의 평안감사 임명을 축하하는 인사를 받았다.

이정이 영의정으로 재임한 기간은 불과 몇 개월이었지만, 아들의 감사 임명과 맞물리자 자신은 이제 스스로 관직에서 물러나겠다고 결심했다.

"주상 전하, 소인은 예전의 총기를 많이 잃었사옵니다. 그러니 젊고 똑똑한 관리들에게 봉직할 기회를 얻게 통촉해 주시옵소서. 오랫동안 전하의 은덕을 입었음에 여기까지 왔사옵니다. 성은이 망극할 따름이옵니다. 부디 소인의 사임을 허락해 주시옵소서. 통촉해 주시옵소서." 그는 임금에게 머리를 무겁게 숙이고 절을 올리며 겸허하게 아뢰었다.

이정과 같은 현명한 충신에게 절대적으로 의존해 온 임금에게 이정의 사의 표명은 뜻밖의 일이었다. 왕은 여러 번 그를 만류했으나 그의 의지가 확고해서 끝내 영의정의 사임을 받아들일 수밖에 없었다. 오랜 세월 동안 국정의 정도를 지켜 온 영의정 이정의 충직한 봉사에 왕은 깊은 고마움을 표시했다.

"전하, 소인의 도움이 필요하시다면 언제든지 곧바로 뛰어오겠나이다." 이정은 약속했다.

물러나기 전에 이정은 성은이 망극하다며 임금에게 엎드려 큰절을 올리고 동료 대신들에게도 작별 인사를 했다. 이정은 왕과 조국에 대한 헌신적인 공직 생활에서 이제 물러나게 됐다.

좌의정 김오만은 이제 막 사임하고 떠난 영의정에 대한 깊은 적개심과 증오를 숨기려고 애썼다. 김오만은 그가 평안감사로 추천하고 싶었던 가까운 친척이 그 자리에 오를 기회를 놓친 것이 못내 안타까웠다. 그는 황금 같은 기회를 놓친 것에 분한 마음이 들었으나 가까스로 참았다. 그리하여 은퇴한 영의정 부자를 내심 저주하면서 복수를 다짐했다.

'이정, 우리의 싸움은 아직 끝나지 않았소. 이번은 대감이 이겼지만 이 소리 없는 정쟁에서 최종 승자는 내가 될 것이오. 대신들이 보는 앞에서 대감의 코가 납작해질 날이 꼭 올 것이오. 설사 대감에 대한 내 계획이 실패할지라도 대감의 아들에게 확실히 복수할 것이오! 두고 보시오!' 그는 조용히 속으로 그의 간계를 숨기며 홀로 맹세했다.

15
찢어지게 가난한 선비

임금은 평안도에서 들끓고 있는 민란을 진정시킬 만한 인물로 이 시원 말고 누가 있겠냐는 생각에 그를 평안감사로 임명했다. 퇴임한 영의정 대감 댁으로 도승지가 이 임명 소식을 전달했다.

어명을 받은 시원은 대궐이 있는 쪽을 향하여 황공한 마음으로 큰절을 네 번 올렸다. 강원도 철원군수에서 물러난 지 몇 달이 안 돼서 그는 다시 평안도 감사로 임명된 것이었다. 뜻밖의 벼락같은 승진이었다. 이 희소식에 이 씨 문중 사람들과 외가 친인척들이 또 한번 크게 기뻐하며 반색했다. 가문 모두가 행복감에 들떴다. 이른 아침부터 하인들이 너른 마당을 말끔히 쓸었다. 끊임없이 밀려오는 손님들에게 음식을 대접하느라 부엌에서는 눈코 뜰 새 없이 바빴다. 음식이 수북이 담긴 쟁반들을 들고 부엌에서 손님들 방으로 나르느라 하인들은 줄줄이 왔다 갔다 부산하게 움직였다.

손님들은 시원에게 축하 인사를 건넨 다음 남자는 남자대로, 여자는 여자대로 서로 다른 방으로 들어갔다. 남자들은 사랑채에 있는 이정 대감에게로 함께 모였고, 여자들은 민 씨의 안채로 갔다. 사랑채와 안채는 너른 곳이었지만 밀려오는 손님들을 감당하지 못해 집안의 다른 여러 방들도 손님을 받는 데 쓰였다. 서로 건네는 덕담으로 온 집안이 화기애애했다.

사랑방 안의 남자들은 너도나도 시원의 평안감사 임명 이야기로 시끌벅적 웃음꽃이 피었다. 평안감사는 조선 팔도 감사 가운데 벼슬 아치들이 가장 부러워하고 군사적으로도 가장 중대한 임무를 띠는 으뜸 요직이었다.

"시원이가 언젠가 가문의 자랑이 될 거라고 난 믿어 의심치 않았죠. 애당초 시원이와 비교할 만한 인물이 있었어야지." 민 씨 오라버니 민인환의 말에는 자부심이 가득했다.

"옳은 말씀이십니다." 시원의 숙부 이영이 거들었다.

"우리 가문에서 평안감사가 나왔으니 이런 영광이 또 어디 있겠소! 우리 시원이가 있기 전엔 이 씨 가문이나 저희 민 씨 가문에도 이 자리에 오른 이는 없었소. 아마 잘 모르긴 해도 아직까지 시원이보다 더 젊은 나이에 평안감사 자리에 오른 이는 아무도 없을 겁니다. 그 애가 너무나도 자랑스럽습니다! 내 장담컨대 시원은 대감의 뒤를 이어서 언젠가는 영의정에 오를 것이오." 시원의 외삼촌 민인호가 하도 자랑스러워 어쩔 줄 모르는 말투로 떠들었다.

"어찌 시원이 사촌만 늘 운이 따르는 거죠?" 이동원이 시기심에 찬 어투로 투덜댔다. "시원 사촌이 감사로 가면 물론 더욱 부지런히 크고 작은 일을 잘 살펴 평안도 백성들의 지지를 두루두루 받겠지요. 하지만 왜 저는 사촌처럼 운이 좋질 않죠? 저는 아직도 이조참판님 보좌직에 머물고 있으니!"

"네가 '부지런히'란 말을 다 하다니, 제대로 짚었구나." 아들의 투정을 바로 옆에서 듣고 있던 그의 아버지 이영이 말했다. "이놈아, 너는 부지런하지 못해 탈이다. 너처럼 게을러터진 녀석은 뭘 해도 성공을 못 해. 네 사촌보다 두 배를 열심히 일해도 난 네가 어디 현감 자리라도 꿰찰 수 있을지 걱정이다. 시원 사촌을 본보기 삼아서 더 열심히 일해라. 그러면 너도 언젠가 뭐 한자리하지 않겠냐?"

"우리 조카의 평안도 감사 부임은 두말할 것 없는 가문의 큰 영광이지요. 하지만 도둑 소굴처럼 들끓는 곳에 간다니 내 마음이 편치 않구나." 당숙 이철은 시원을 심각히 염려했다. "만주 변경의 소란이 끊이질 않으니 말이오. 한양에서 너무 먼데다가 오랑캐들과 마주하고 있으니, 평양은 범죄와 부패의 온상이지요. 거기에다 이곳저곳에서 번번이 일어나는 민란은 말할 것도 없고요. 앞으로 시원이 처리해야 할 그 문젯거리들이 얼마나 부담스럽고 힘들지 몹시 걱정이 됩니다."

"우리도 그것이 아주 걱정스럽답니다." 유용석도 그와 동감하며 고개를 끄덕였다.

"시원아, 앞으로 모든 일들이 잘되기 바란다." 청주 한 잔으로 목을 적신 뒤 이철은 다시 말을 이으며 시원에게 아낌없는 충고를 보냈다. "군자의 네 가지 덕목을 잊지 마라. 즉, 겸손과 분별로써 행실을 바르게 할 것이며, 웃어른을 공손히 섬기고, 백성을 측은한 마음으로 돌봐야 한다. 또한 한 줌의 사심 없는 공명정대한 판단을 잊지 마라. 이런 덕목을 잘 지킨다면야 정도正道에서 벗어날 공직자가 누가 있겠는가."

"당숙님, 보잘것없는 이 못난 녀석을 염려해 주셔서 깊이 감사드립니다. 귀한 말씀을 겸허한 마음으로 잘 따르고 지키겠습니다. 오랜 세월 전하께 충성을 다하여 봉직하신 경험에서 우러나온 혜안 어린 말씀을 마음속 깊이 새기겠습니다." 시원은 약속했다.

안채에서도 부인들 사이에서 열띤 대화가 오갔다. 민 씨는 환한 얼굴로 아들을 축하하는 손님들과 담소를 나눴다. 이들에게도 역시 시원의 됨됨이와 평안감사 승진이 주된 화제였다.

"시원이는 당연히 받아야 할 복을 받은 거죠." 이 대감의 막냇동생 이솔의 부인 남원 양 씨는 조카 시원을 누구보다도 아껴서 그를 쉴 새 없이 칭찬했다. "아직 젊지만 북쪽 변경 지방의 온갖 골칫거리들을 해결하는 데에 그만한 적임자가 어디 있겠어요."

"지당하신 말씀이시오." 모두 양 씨의 말을 거들어 주며 고개를 끄덕였다.

"철원군 군수로서 그가 그 고을의 부패와 불의를 없애지 않았나요?" 양 씨가 흥분하면서 말을 이어갔다. "비단 도둑 사건을 처리하는 시원이의 수완은 세상을 깜짝 놀라게 했지요. 정말 잊지 못할 사건이었어요. 우리 조카보다 더 똑똑하고 부지런한 사람이 있으면 어디 나와 보라고 해요. 또 그의 처는 좀 미인이고 총명한가요. 그런 아내가 옆에 가까이 있으니 그가 이겨 내지 못할 어려움이 뭐 있을까요?"

"우리 조카가 당연히 평안감사 적임자예요." 민 씨 부인의 올케 해주 정 씨 역시 칭찬의 말을 쏟아 냈다. "암요, 그렇고말고요. 남원 댁이 방금 말한 철원군 사건은 지금 생각해도 놀랍고 흥분이 되네요. 그 일은 세상 사람들의 마음을 사로잡았지요. 앞으로 온 나라 이곳저곳에서 시원이의 이름을 모르는 사람은 아무도 없을 거예요. 우리 조카가 평양에서 맡은 임무를 훌륭히 마친 뒤 금의환향해서 더 높은 관직에 오를 거예요. 이는 두말하면 잔소리지요."

"암요, 옳은 말씀이죠. 우리 모두 시원이가 자랑스러워요." "그 애의 돌잔치가 바로 엊그제 같군요." "그 귀여운 녀석이 색동옷을 입고 나타나서 우리 모두에게 떡을 나눠 주던 기억이 새삼 떠오르네요." "늘 누구보다 똑똑하고 빼어난 애였지 않았나요? 열세 살에 초시에 합격해서 우리 모두를 깜짝 놀라게 했잖아요. 뭐, 저는 그게 당연하다고 생각했었습니다만." "그러던 애가 잘 자라나서 이 조선 땅에서 가장 선망을 받는 평안 감사가 될 거라고 상상이나 하셨나요?" 방 안에는 친가와 외가 사람들 모두에게서 쏟아지는 온갖 칭찬들이 넘쳐났다.

"사촌 오빠는 마땅히 감사에 임명되고 또 평안도에서 소임을 잘 완수할 것은 의당하지요." 양 씨의 딸 영희는 걱정이 앞섰다. "하지만 오랑캐들이 변방에 계속 난입한다니 그곳이 끔찍이 위험해 보입니다. 무엇보다도 그가 무사하기를 바라야겠지요."

"암, 정말 무사해야지!" 난국을 해결할 시원의 역량에 대해서 의심하는 사람은 아무도 없지만, 다들 영희처럼 그의 안녕이 걱정돼서 목소리를 높였다.

먼 곳에서 이 기쁜 소식을 듣고 찾아온 손님들까지 대접하느라 잔치는 사흘 동안 계속됐다. 아득히 먼 곳에서 온 친척들과 상면할 기회가 많지 않은지라, 이 기회에 너나없이 서로 밤늦게까지 소식을 주고받았다.

마침내 모든 손님들이 다 떠난 뒤, 시원은 평양에 갈 채비를 했다. 타고 갈 쌍가마를 보살피기 위해 일꾼들을 불렀다.

"저들은 왜 쌍가마를 손질하고 있는 거죠?" 일꾼들이 일하는 것을 보고 아내가 물었다.

"우리가 평양까지 타고 갈 쌍가마이잖소?" 시원은 아내의 질문에 다소 의아해하며 대답했다.

"전하와 나라를 위해 일할 시간은 길지만, 부모님께 효도할 시간은 짧기만 합니다. 제가 같이 가면 누가 연로하신 부모님을 돌봐 드립니까? 저는 여기 남아서 시부모님을 모시겠습니다." 아내는 남편에게 무거운 목소리로 말했다.

"부인의 옳은 판단에 내가 몹시 부끄럽소." 아내의 말에 얼굴이 붉어진 시원이 말했다. "우리 둘만 생각하고 부모님은 전혀 안중에도 없었으니 내가 너무 무심하고 못난 자식 같소. 부인은 모든 일에 항상 사려 깊고 분별력도 정말 남다르오. 부인과 같은 여인을 아내로 맞이했으니 나는 참 복도 많소. 평양에 혼자 가겠소. 내가 없는 동안 부디 아버님, 어머님과 두 아들을 잘 보살피구려."

"그리하지요." 부인은 서슴없이 말했다.

"부인은 진정 우리 가문에 없어서는 안 될 존재이지요. 부인의 책임이 막중하오. 우리가 서로 떨어져 있는 동안 친인척들이 말도 안 되는 요구로 부인을 부담스럽게 하는 일이 없으면 좋겠는데. 부디 몸조심하시오."

"제 걱정은 조금도 마세요. 저는 아무 일 없도록 애를 쓰겠습니다." 아내는 남편을 안심시켰다. "가족 걱정도 놓으시고 마음을 편히 가지세요. 제가 정성을 다해 빈틈없이 집안일을 다 꾸려 나갈게요. 기정이와 기평이가 아버지를 몹시 보고 싶어 그리워하겠지요. 하지만 애들을 애지중지 귀여워하시는 할아버지, 할머니가 함께 가까이 계시니 너무 걱정하지 마시고요."

"부인처럼 세심하고 사려 깊은 내자에게 가족을 맡기니 집을 떠나는 게 한결 마음이 놓이는군요."

"제가 당신과 함께 가 있지 못하니 더더욱 몸조심하셔야 해요." 남편이 염려스러운 듯 살포시 남편의 손을 잡으며 아내가 말했다.

"난 별일 없을 거요. 워낙 맡은 일이 많으니 내가 다른 데 신경 쓸 시간도 없을 것 같소. 너무 걱정 마시오." 시원은 평양에서 그를 기다리는 막중한 임무를 떠올리며 말했다.

"평양에서의 임무에 대해 너무 속을 태우지 마세요. 전심전력全心全力하시면 그 어떤 난제도 해결하실 수 있을 거예요." 부인이 말했다.

비록 집안일로 그녀는 어깨가 한없이 무거웠지만 그녀의 얼굴은 의연했다. 이 씨 종가댁 외아들 며느리로서 가문의 모든 대소사는 그녀의 책임하에 하나도 빠짐없이 철저히 행해져야 했다.

다재다능한 며느리에게 시어머니는 기꺼운 마음으로 집안일을 서슴없이 모두 맡겼다. 그는 이제 가사로부터 벗어나서 재롱둥이 손자들과 함께 있고 싶은 나이였다. 며느리가 뭐든지 완벽하게 처리하니 시어머니는 마음을 놓아도 됐다.

"새 부임지에선 할 일이 많을 거요. 뭐부터 해야 좋을지 모르겠소." 시원은 걱정이 됐다.

"일은 하나씩 찬찬히 푸셔야 합니다. 아무리 바쁘고 급하다고 바지에 두 발을 한꺼번에 넣을 수는 없잖아요. 법대로 절차대로 모든 일을 차분히 신중히 처리하십시오. 정말 그리하셔야 합니다." 아내가 조언했다. "평안도에서의 책무는 호락호락한 일이 아닙니다. 맡으신 일에 적잖은 어려움이 따르리라 예상하시죠? 조선 북방을 난입하는 만주 오랑캐들의 준동을 예의 주시하셔야 합니다. 그들의 수탈 행위로 농민들의 불만이 자주 폭발할 겁니다. 무엇보다도 청이 우리 조선 땅을 호시탐탐 노릴 것이니 한순간도 경계심을 늦추지 마십시오. 탐관오리들이 감사의 인내심이 어디까지인가 그 한계를 시험하며 매몰스러울 정도로 난감하게 괴롭힐 겁니다. 그네들의 뿌리 깊은 부정부패 때문에 핍박받은 농민들의 민란도 끊임없을 겁니다. 하시는 일이 꽉 막혀 벽에 부딪힌 듯 견디기 힘드실 때 제가 지금 드리는 이 부적을 만지세요."

아내는 거북이 형상의 엄지손가락만 한 부적을 가죽 두루주머니에서 꺼내어 남편에게 내보였다.

"친정아버지께서 꼭 필요하고 적절한 순간이 오면 서방님께 드리라고 하셨어요. 저도 똑같은 것을 하나 가지고 있지요. 고된 일로 진이 다 빠지는 그런 때가 있을 거예요. 그러면 이 부적에 손을 대세요. 이것은 자신의 액운이나 상대의 마법을 말소할 힘이 있어요. 그뿐만 아니라 울적한 마음에 활기를 불어넣어 주고 앞으로의 운수를 알려 줍니다. 아주 살짝만 만져도 기분이 좋아지실 거예요. 이 부적이 당신을 재앙으로부터 지켜 주고 마음의 고통을 누그러뜨리며 위험에 대비케 하는 힘이 있다는 것을 잊지 마세요. 늘 목에 걸고 다니세요." 이런 말을 하면서 거북이 모양 부적을 다시 가죽 두루주머니에 넣고 남편의 목에 걸어주었다.

"고맙소. 내 명심하겠소이다." 시원은 굳게 약속하고 쌍둥이를 불렀다.

"아버지, 우리를 부르셨어요!" 기정이와 기평이가 얼른 아버지 방으로 뛰어왔다.

"기정아, 기평아, 너희들은 벌써 네 살이다. 이제 다 자랐어. 내가 없는 동안 엄마와 할아버지, 할머니 말씀을 잘 들어야 한다. 할아버지께서 글자를 가르쳐 주시지?"

쌍둥이 형제는 고개를 끄덕였다.

"네, 아버지. 할아버지한테 한글을 배우고 있어요." 기평이가 말했다.

"할아버지랑 공부하니까 좋지?" 아버지는 물었다.

"네. 너무 재미있고 좋아요." 기정이가 신나게 대답했다.

"저도요. 저는 한글을 배우는 게 너무너무 재미있어요. 글자를 쓸 때마다 신나요." 기평이가 한마디 더 보탰다.

"너희들이 할아버지와 공부하는 것이 좋다니 마음이 놓인다. 할아버지께선 이 세상에서 제일 훌륭하신 선생님이시다. 할아버지의 말씀을 잘 들어야 한다. 그리고 할머니, 네 어머니 말씀도."

"네, 아버지." 쌍둥이 형제는 약속했다.

"얘들아, 너희들이 많이 보고 싶을 거다."

"저희도요!" 아이들은 큰소리로 답하며 아버지의 품에 안겼다.

아버지는 자기 품속에 쌍둥이 두 아들을 꼭 안고 한참 동안 머리를 서로 맞대고 있었다.

평양으로 출발하기에 앞서 시원은 사당에 갔다. 위패 앞에서 큰절을 올리며 조상의 혼령을 향해 향을 피웠다. 그는 평안도 감사로서 영예로운 임무 수행과 가족의 무사, 무탈을 빌었다.

가족과 가까운 친인척 몇 분이 시원을 배웅하러 나왔다. 그는 모두에게 작별 인사를 했다.

"시원아, 부디 몸조심하여라. 그리고 네 일을 잘 마치고 건강하게 돌아오너라!" 숙부 이영이 작별 인사를 했다.

"감사합니다, 숙부님. 꼭 그리하고 돌아오겠습니다." 시원도 작별 인사를 했다.

기수들이 거센 바람에 휘날리는 오색 깃발을 들고 위풍당당한 모습으로 서 있었다. 신임 이시원 감사가 말을 타고 평안도로 가는 길에 긴 수행 행렬이 뒤따랐다.

평양에서는 서른여덟 군과 현에서 온 벼슬아치들이 신임 감사를 불안한 마음으로 기다리고 있었다. 그들은 감사가 어떤 인물일지 몹시 궁금해했다. 부패 덩어리 지방 수령들은 신임 상전에게 각자 가져온 뇌물들이 무엇인지 가늠하고자 어깨너머로 서로를 힐끗힐끗 쳐다봤다. 아무도 이 뇌물 경쟁에서 지고 싶지 않았던 거다. 신임 평안감사도 앞서간 전임자들처럼 뇌물 앞에 꼼짝달싹 못 하고 군침을 흘릴 것이다. 아예 그가 굴복하는 것은 단지 시간문제라고 생각했다. 다만 저마다 그게 언제쯤이 될까만을 맞추지 못하는 분위기였다.

감영監營으로 모여든 평안도 지방 벼슬아치들은 여러 날에 걸쳐 새로 부임한 감사를 줄을 서서 환대했다. 시원 앞에는 온갖 값비싼 술과 각 지역의 특산품으로 만든 푸짐한 진수성찬이 상다리가 부러지게 차려졌다. 화려하게 차려입은 기생들이 풍악을 울리고 아리따운 춤을 추며 분위기를 한층 고조시켰다.

관리들은 저마다 새로 부임한 감사에게 자기소개를 했다. 모두 환영 선물을 하나씩 바쳤다. 선물 더미를 보며 시원은 냉엄하게 꾸짖었다.

"저것들을 모두 도로 가져가시오. 그리고 저것들 가운데 백성들로부터 강제로 빼앗아 가져온 것이 있다면 당장 그 주인한테 돌려주시오. 자신의 권력이나 지위를 부당하게 이용하는 자들은 가차 없이 처벌받을 줄 아시오!" 감사가 불벼락 같은 호통을 쳤다.

그러자 몇몇 관리들은 몸 둘 바를 모르고 부들부들 떨며 살금살금 뒷걸음쳐서 연회장을 빠져나갔다.

'저 젖비린내 나는 풋내기가 언제까지 청렴하고 고매한 인물로 남을지 어디 두고 보자.' 탐관오리들은 속으로 투덜댔다.

이렇게 감사가 엄중히 경고를 내리는 와중에 갑자기 감영 밖에서 소동이 일어났다.

"나도 새로 온 감사 나리와 함께 밥 좀 실컷 먹어야겠다!" 어떤 낯선 이의 고함이 우렁차게 들렸다. "너희들 같은 사기꾼들과 모리배들이 배 터지게 먹는 음식은 다 우리 피땀에서 나온 것이다! 그러니, 어디 나도 맛 좀 봐야겠다."

신임 감사의 만찬 자리에 끼워 달라고 소리를 쳐 대는 이 거지 행색의 사내 때문에 바깥이 시끌벅적했다.

"저자를 어서 안으로 들여라." 그자의 대담성을 흥미로워하면서 시원이 명령을 내렸다.

이 불청객은 때 묻고 누더기가 다된 핫바지 저고리 차림으로 상투머리 위에 다 해진 갓을 삐딱하게 쓰고 있었다. 그는 키가 남달리 크고 삐쩍 말랐지만 눈빛이 날카롭고 차림새는 비천하나 먹물이 들어 보였다.

"농민들은 굶어 죽어 가는 이 판국에 저기 겉과 속이 다른 탐관오리들 앞에는 음식들이 산더미처럼 쌓여 있군요." 안에 들어서자마자 그는 자신의 불만을 거침없이 털어놓았다. "나리는 저 음식들이 어디서 난 건지 아시기나 하나요? 소인 같은 농사꾼들이 흘린 피땀에서 나온 것이오. 관복을 근사하게 차려입은 추악한 욕심쟁이 군수, 현감 나리들은 날마다 살만 반질반질 통통하게 찌는구려. 밤마다 우리 자식들은 굶주림으로 뱃속에서 꼬르륵꼬르륵 소리가 끊이지가 않습니다. 여긴 이렇게 먹거리가 흥청망청 넘치도록 많은데 왜 우리 농민들은 밥풀떼기조차 구경하기 힘든 거죠? 이러고도 정사가 의롭다고 하겠습니까?"

병졸 중 하나가 그의 입을 틀어막고 거친 음식과 막걸리가 놓인 밥상으로 유인해서 밖으로 끌어내려고 했다.

"그자를 그대로 놔두어라." 감사가 호령했다. "그의 말을 계속 들어보자꾸나!"

"나리, 저는 나리 말씀을 주의 깊게 들었습니다." 목을 가다듬고 나서 이 농사꾼이 말을 다시 시작했다. "나리 이전의 전임 감사들도 하나같이 약속하셨죠. 다들 부정부패에 강력하게 대처해서 뿌리 뽑겠다고 맹세를 굳게, 굳게 하셨습니다. 흥! 퉤퉤! 입으로만 고상한 말씀을 거창하게 하셨지요. 하나같이 우리를 속이고자 하는 텅 빈 약속이나 다름없었습니다. 저들이 코앞에다 바치는 번지르르한 뇌물을 받자마자 신임 감사들은 하나같이 지방 관리와 향리들의 수작에 넘어갔죠. 저 이기적인 악당들은 오랫동안 눌어붙어서 터줏대감 행세를 하면서 새로 오는 평안감사마다 꼬셔 대는데 안 넘어가는 이가 없었습니다. 심지어는 전하께서 보내신 암행어사조차도 소용이 없었죠."

"네 이놈, 여기가 어디라고 감히 함부로 입방아를 찧는 거냐?" 분개한 향리 한사람이 그에게 크게 호통을 쳤다. "입조심하지 않으면 죽도록 얻어맞을 줄 알아라!"

"저자를 가만둬라! 그대는 불만을 다 털어놓아 보시오." 시원은 그가 또 무슨 말을 할지 궁금했다.

"오늘도 여기서 몇몇 지방 수령이 몰래 살금살금 빠져나간 것을 눈치채셨습니까? 그 작자들이 아마도 제일 악질일 겁니다. 그런 인간들은 바로 어느 누구에게도 존경심은 눈곱만큼도 없습니다. 아마 나리께서도 그 전임자들처럼 이 악질 지방 관료와 향리들의 농단에 함께 놀아나는 전철을 밟으실 게 불을 보듯 뻔합니다. 여태껏 제 예견은 하나도 틀린 적이 없었습니다." 농사꾼은 쓴소리를 계속 퍼부었다.

"내가 아직 업무도 채 시작하기 전에 혹독한 비난을 듣게 되는구나. 하지만 내가 그대의 오늘 예언이 틀렸음을 곧 보여 줄 것이오. 그대 이름이 무엇인고?" 감사는 엄중한 목소리로 물었다.

"나리, 제 성은 문가이고, 이름은 민규라 합니다. 노량군 고달면의 한 외진 마을에서 땅 파먹고 사는 농사꾼입니다." 그는 방금 감사가 한 말에 깜짝 놀라며 자기를 소개했다.

"그렇다면 고향에서 여기까지 오는 데 여러 날이 걸렸겠소. 그대의 귀한 생각을 솔직히 전달하려고 먼 길을 다 왔구려. 나는 그대 같은 민초의 생각을 자주 듣고 싶소." 시원은 문민규에게 알렸다.

문민규는 새 감사의 말을 믿을 수가 없어서 어안이 벙벙해 어리둥절했다.

"여봐라! 저자에게 먹을 것과 마실 것을 갖다 주어라. 저기에 방석을 깔아서 진수성찬을 마음껏 들게 하라." 감사의 명령이 떨어졌다.

"네, 나리." 옆에 서 있던 시중 하나가 그의 영이 떨어지자마자 벌떡 뛰어가 음식상을 가지고 왔다.

그와 대조적으로 번지르르하게 차려입은 관리들이 주변에서 보내는 따가운 눈총을 아랑곳하지 않고 문민규는 걸신들린 듯이 평생 처음 보고, 처음 맛본 음식들로 급히 배를 채웠다.

그의 옆에 앉은 관리들은 역겨움을 참지 못하고 인상을 찌푸렸다. 그리고 이 비루한 불청객이 앉은 자리에서 자신들의 음식상을 옮겼다.

"이렇게 진수성찬을 대접해 주셔서 황공하기 그지없습니다. 어떻게 사례할지 모르겠습니다." 농부는 식사를 다 하고 난 뒤 일어나서 대담하게 말했다. "저는 수령들이 가져왔을 귀한 선물 같은 것은 드릴 형편이 못 되고요. 황송하오나, 답례로 시 몇 줄을 지어 올려도 되겠습니까, 나리?"

"이 농사꾼은 배짱이 보통이 아니구나." 감사는 의아한 표정을 지으며 말했다. "좋다. 어디 그대의 시를 들어 보자꾸나! 여봐라, 먹과 종이를 가져오너라!"

필기도구와 종이를 즉각 대령했다. 문민규는 몸을 굽히고 시를 쓰기 시작했다. 그는 붓을 들자마자 거침없이 아래와 같은 시조 한 수를 써 내려갔다.

농부는 꼭두새벽부터 땅을 일구고
탐관오리 밤낮없이 날도둑질 일삼네.
잔칫상엔 산해진미 넘치고
술에는 백성의 피가 담겼네.

백성을 위한 춤과 노래 없고
촛불만 피눈물 흘리네.
낫과 괭이 들고 민란에 뛰어드니
이들을 보살펴 줄 양관梁灌은 어디 있나?

먹물이 다 마르자 그는 소리 내어 읽었다. 이 시조를 듣고 몇몇 관리는 새파랗게 겁에 질렸다. 그들은 연회가 끝나지도 않았는데 하나둘 슬금슬금 빠져나갔다.

문민규가 청백리 양관을 그의 시조 끝 물음표로 삼자, 시원은 그가 학식이 있는 자임을 곧바로 알아챘다.

"그대의 시조 한 수는 참 그 뜻이 심오하오." 시원이 그의 시조를 칭찬했다. "조금 전에 내가 받았다 돌려준 그 선물 더미들보다도 그대의 시조 한 수가 내겐 훨씬 뜻이 깊고 값지오. 그대 시조의 힘이 어찌나 넘쳐나는지 몇몇 오리들은 깜짝 놀라서 부들부들 떨다가 이미 사라졌구먼."

문민규는 그 지방의 이름 있는 양반으로 초시에 합격한 진사였다. 하지만 친가와 외가 모두 가세가 기울어져서 몹시 가난한 신세로 내몰렸다. 친부모가 세상을 떠난 뒤에 그는 너무 가난한 삶에 쪼들려 한 끼 한 끼 입에 풀칠하기도 바빴다. 하여 그는 과거를 치를 엄두도 못 내고 복시를 볼 꿈을 아예 접고 말았다. 태생은 양반이지만, 그는 부모가 물려준 몇 뙈기 안 되는 논밭에서 농사를 지으며 생계를 겨우겨우 꾸려나가는 처지였다. 찰가난이 몸에 밴 이 선비를 마을 사람들은 너나없이 친근감 있게 '문 진사'라고 불렀다. 노량군 군수의 가없는 탐욕과 악랄한 모략으로 더더욱 찰가난에 시달린 그는 여느 피폐한 농사꾼과 다르지 않았다. 부모로부터 물려받은 보잘것없는 논밭 몇 뙈기까지 절반 가까이 빼앗기고 말았다.

"문 진사, 노량군으로 되돌아가 내 눈과 귀가 돼 주지 않겠소?" 감사가 정중히 요청했다. "그리하여 그곳 백성들의 고충을 조사해서 내게 낱낱이 보고해 주시오."

"나리, 황송합니다! 제가 노량군의 농민들을 잘 살펴보고 그들의 고충을 낱낱이 알려 드리겠습니다!" 문 진사가 대답했다.

"절대로 가감 없이 진실만을 알려야 하오." 감사의 경고도 잇따랐다.

"제가 있는 힘을 다해서 성심껏 소임을 다하겠습니다." 농부는 감사한 마음으로 맹세하고 먹을 것과 선물도 잔뜩 하사받고서 집으로 돌아갔다.

처음부터 시원은 서른여덟 명의 목사, 군수, 현감을 불러 모아 놓고 자신이 뇌물이 통하지 않는 청렴한 상관임을 분명히 알렸다.

"앞으로는 지방 수령들의 직분에 어긋나는 행위들을 절대로 용납하지 않겠소. 직무에 태만한 자는 가차 없이 단죄할 것이오. 부정부패한 관리들에 대한 처벌 중 팽烹형이 있소. 그것이 무엇인지 굳이 알려 줘야 하겠소? 어리석은 짓을 저지르기 전에 그대들이 얼마나 큰 수모와 형벌을 당할지 항상 염두에 두시오. 죄를 지으면, 그대들은 한양 한복판에서 대망신을 당하게 됩니다. 장작불이 지펴진 가마솥의 펄펄 끓는 물속에 들어가 삶아지는 것은 두말할 것도 없고 죄인으로서 이런 끔찍한 치욕으로 그대들은 사람들의 기억에서 완전히 사라질 것이오. 그대들의 이름 석 자가 족보에서 지워지고 그대들 자손 그 누구도 과거를 치를 자격도 박탈당하게 됩니다."

시원의 서릿발 같은 경고는 곳곳의 관아에 빠르게 퍼졌고, 탐관오리들은 신임 감사가 내릴 징벌이 두려워 속으로 벌벌 떨었다.

팔도 중에 학문이나 양반 사회의 수준이 단연 앞선 곳이 평안도였다. 그리하여 그곳은 비옥한 농지로 풍요롭지만 통치가 까다롭기 짝이 없었다. 불행히도 관아의 부패나 부정이 깊게 뿌리 박혀 농작물의 생산성이 차츰차츰 떨어지고 농부들의 가난도 갈수록 심해졌다. 공유지든 사유지든 소작농들은 수확량의 삼 할을 공물貢物로 바쳐야 했다. 각 지방에서 거둔 곡물은 각 도 감사의 감영에 전달되고 여기서 일정 분량이 한양의 조정으로 운반되었다. 일부 지방의 탐관오리들은 저울 눈금을 조작해서 가뜩이나 먹고살기 힘든 농부들로부터 곡물을 쥐어짜 냈다.

소작농들은 감영과 지주들에게 해마다 바치는 곡물세를 감당하기가 몹시 힘들었다. 그리하여 농사일을 완전히 포기하고 도적질을 일삼기도 했다. 평안도 전 지역에서 일어나는 민란에 합세하는 소작농들이 갈수록 늘어나 비적匪賊들이 벌떼처럼 몰려다녔다. 자기 배 채우기에만 정신이 빠진 부패한 탐관오리들은 평안도 변경의 오랑캐 방어 임무를 등한시했다. 느슨한 경비를 틈타 흉악한 오랑캐들도 쉴 새 없이 여기저기 들랑거리며 노략질을 멋대로 했다. 이들의 잦은 약탈도 농민들의 불안을 더더욱 부추겼다.

이시원이 감사로 부임한 뒤 지방 수령과 아전들은 범죄를 저지르다 들통이 나면 가차 없이 엄벌에 처해진다는 두려움으로 몸이 얼어붙을 지경이었다. 시원은 모든 사건의 처리를 조선 9대 임금인 성종 때 집전된 형법에 따라 신중히 그러나 엄격히 집행했다. 혐의자마다 공정하고 합당한 재판을 받게 했다. 엄중한 삼중의 심리를 거쳐서 형벌의 선고가 끝났다. 감사는 유능하고 깨끗한 관리는 승진시켜 주고 반면 부정한 자는 파면하거나 좌천시키도록 조정에 보고했다.

최악발은 평안도에서 제일 악랄하고 부패한 군수 중 하나였다. 그는 문민규가 사는 노량군 군수였다. 신임 감사 환영 연회에서 제일 먼저 미꾸라지처럼 몰래 빠져나간 사람이 바로 그였다. 음흉한 모리배로 악명이 높은 그는 재물 욕심이 과한 데다가 남다른 호색한이기도 했다. 마흔 안팎의 나이에 키는 큰 편이고 얼굴은 반반했고 안색이 창백했다. 그는 옷차림과 외모에 가뜩이나 신경을 썼는데 모든 여자가 자기에게 반할 것이라는 어리석은 환상을 가지고 거들먹거렸다.

사기, 으름장, 고리대금, 남의 아내 겁탈 등 그가 저지른 악행은 이루 헤아릴 수 없이 많았다. 관아에 고용된 기생들은 그의 성욕에 먹잇감으로 희생됐다.

어딘가에 미모의 아녀자가 있다는 소문이 나면 그는 곧바로 별의별 구실을 다 만들어 아전을 시켜 그녀를 체포해서 관아로 데려오도록 지시했다. 그리고 그녀를 휙 훑어보고 그녀가 양반집 규수이든, 비천한 집안의 처자이든 여자의 신분은 아랑곳하지 않았다. 남의 안사람에게도 마수를 뻗칠 정도로 그의 무도, 무례함에는 끝이 없었다. 만일 그녀가 아낙네라면 그는 그녀의 남편에게 죄를 뒤집어씌웠다. 거짓 소문을 내서 남편이 아무 소리 못 하게 하고 그녀를 범했다. 처자들의 부모들은 순순히 따르도록 겁박했다. 부녀자들은 집 밖에 나가기가 두렵고 무서울 정도였다.

"우리 군수의 말은 꺼내지도 마시오. 그의 이름 석 자만 들어도 역겨움을 토할 지경이오." 노량군 사람들은 군수의 이야기만 나오면 분해서 부들부들 떨며 이를 갈았다.

백성들에게 이 포악스러운 군수는 공포의 대상이었다. 종종 그에게 저항하는 목소리도 들렸지만 가차 없이 깔아뭉갰다. 역대 감사 앞에 수없이 많은 그의 비리, 부정, 부패에 관한 청원을 보냈지만 감사들은 이런저런 구실을 꾸며 군수에게 유리한 판결을 내렸다. 아전 엄기하를 시키거나 군수가 직접 뒷구멍으로 갖다 바치는 엄청난 뇌물 덕에 상황은 늘 그에게 유리하게 돌아갈 수밖에 없었다. 최악발은 온갖 거짓 꼼수와 뒷거래로 그의 자리를 바꿀 수 있는 요직의 윗사람들을 재빨리 그의 손아귀에 넣었다. 그리하여 그들을 통해 원래 임기 3년인 군수 자리를 오랫동안 꿰차고 있었다. 십 년 이상 자리를 보전하다 보니 최 군수는 웬만한 신임 감사도 다 얕잡아 봤다. 이제까진 어떤 감사든 뇌물에 쉽게 유혹당하기 때문이었다. 그리하여, 그가 자행하는 온갖 악행은 아무런 제재나 간섭 없이 다년간 계속되는 형국이었다.

시원이 평양에 부임한 뒤에도 변방의 소란은 그에게 끊임없는 골칫거리였다. 이상하게도 노량군에서 난동이 다른 지방보다 훨씬 더 자주 일어났다. 부정한 거래가 이 지역에서 있었다는 소문이 파다했다.

시원은 형방刑房 정금호를 우두머리로 한 감찰단을 노량군에 파견했다. 정금호의 임무는 왜 유독 노량군에서 오랑캐들의 노략질이 잦은지 그 원인을 조사하는 것이었다.

보름 동안 정금호와 그의 부하들은 노량군에서 오랑캐들의 활동을 비밀리에 조사했다. 여러 조로 나누어 백성들의 옷으로 변장하고 사람들이 모이는 장소를 찾아다니며 그들의 이야기를 꼼꼼히 들었다. 그들은 특별히 장터나, 저잣거리에서 사람들과 어울리며 백성들이 하는 말을 소중하게 귀동냥했다. 노량군에 속한 열두 면과 수많은 마을 가운데, 삼용면과 고달면은 만주와 인접했다. 그리고 딴 면에 비해 오랑캐 침범과 약탈에 자주 몸살을 앓고 있는 것으로 조사됐다. 그 면 사람들은 이런 불평과 불만을 자주 했다.

"어젯밤 또 삼용의 한 마을에 오랑캐들이 약탈하러 왔대."

"고달의 마을들이 오랑캐들에게 노략질당했다네."

"아이고, 우리 못살아. 우리 면에서도 이달에만 벌써 두 번째잖아! 그래서 이번엔 그놈들이 뭘 훔쳐 갔는데?"

"그거야 뻔하지. 도자기, 삼배, 인삼, 곡식 등 그놈들이 좋아하는 물건들이잖아! 그것들을 약탈하려고 눈이 빠지게 찾는 것을 우리 많이 봤지 않소!"

"우리 아녀자들이 이참엔 안 끌려가서 천만다행이네!"

"그런데 그 쓸모없는 보초병들은 도대체 뭘 하고 있었는데 또 오랑캐들이 우리 마을을 멋대로 노략질했지?"

"그 망할 놈들은 오랑캐들이 나타나면 없어지거나 그놈들하고 한 패거리가 되어 수군거리며 서로 뭘 주고받고 하는 것도 여러 번 봤지 않소!"

형방 정금호는 백성들이 한 말을 입증하려고 깊은 밤중에 숨어서 정탐 활동도 벌였다. 정탐 활동을 하는 도중에도 이 두 면의 마을은 느닷없이 오랑캐의 기습 공격을 당하곤 했다. 그리하여 조사단은 이 두 지역에서 집중적으로 정탐 활동을 벌인 뒤, 마침내 입증할 만한 결론에 이르렀다.

이 조사 결과를 가지고 정금호의 감찰단은 평양으로 말을 달렸다. 그리고 감사에게 보고했다.

"나리, 우리가 보름 동안 노량군에서 오랑캐들의 활동을 추적한 결과 딴 면에 비해 삼용과 고달에서 오랑캐 노략질이 제일 극심하고 많았습니다. 그리하여 우리는 이 두 곳 주민들에게서 들은 불평과 불만을 확인하려고 한밤중에도 정탐 활동을 하였습니다. 그 결과를 보고 드리겠습니다.

"그리하시오." 이 감사는 그의 보고에 귀를 기울였다.

"첫째는, 군수 최악발이 가끔 변방 보초병들을 야밤중에 관아에 불러 놓고 술을 후하게 대접합니다. 그동안 오랑캐들이 변경 농촌을 멋대로 노략질하도록 눈감아 주려는 꼼수였습니다. 군수의 보초병들이 오랑캐들의 노략질을 도와주는 대가로 융숭한 술자리를 하사하는 것이었습니다. 어느 날 밤 오랑캐들의 난입을 막는 보초병이 하나도 없어서 그들이 어디 있는지 궁금했습니다. 하여 삼용과 고달에 몇 명의 부하를 배치하고 무슨 일이 있는지 잘 감시하라고 명해 놓고 나머지 부하를 데리고 감영으로 갔습니다. 아니나 다를까 보초병들이 곤드레만드레 술에 취해서 기생의 품 안에 있음을 알아냈습니다. 군수도 양팔에 기생을 껴안은 채 고주망태가 돼서 횡설수설 떠벌리고 있었습니다.

"둘째는, 이 두 면의 아녀자가 사라졌다는 소문을 우리는 자주 들었습니다. 여자들이 납치되어 노략질하러 온 오랑캐들에게 팔려 갔다는 의혹이 자자했습니다. 야밤중에 우리는 숨어서 보았습니다. 고달의 한 마을에선 보초병들이 어린 아녀자들이 마을 밖으로 팔려 가는 것을 멀거니 쳐다만 보고 있는 것을 두 번이나 목격했습니다. 그러는 동안 삼용의 두서너 마을에서도 그랬습니다.

"마지막으로, 삼용과 고달에서는 만주 사람들이 값을 높이 쳐주는 곡식이나 인삼, 삼베, 도자기 들을 보초병들이 오랑캐에게 한밤중에 몰래 팔아넘긴다는 소문이 널리 퍼져있었습니다. 또 그곳 사람들은 보초들과 오랑캐들이 수군거리며 불법 거래하는 것을 보았다는 말을 우리는 자주 들었습니다. 하여 우리는 야밤에 그곳에서도 여러 번 정탐했습니다. 그리고 그것들은 최악발이 뇌물로 쓰려고 소작농들에게서 강탈한 것의 일부였다는 것도 알아냈습니다. 어느 날 밤 오랑캐들이 많은 보따리와 상자들을 건네받고서 보초병들에게 엽전 꾸러미들을 건네는 모습을 두 고을에서 차례로 목격했습니다. 하지만 안타깝게도 그 보따리와 상자 안에 든 물건들이 무엇인지는 확인할 길이 없었습니다."

시원은 정금호의 보고를 듣고 무지막지하고 썩을 대로 썩어 빠진 군수에 대한 함정 수사를 펴기로 결정했다.

"정금호 형방은 감찰단을 이끌고 노랑군에 가서 군수에 대해 함정 수사를 하시오." 감사는 명령을 내렸다.

"예, 나리." 정금호는 재빨리 명을 따랐다.

정금호의 감찰단은 최 군수와 심복들이 공갈 협박하며 약탈질을 일삼는 현장을 덮치기 위해 박차를 가하여 신속히 노량군으로 다시 달려갔다. 그러나 최 군수는 그가 심어 놓은 첩자의 귀띔을 이미 받아 이 일을 미리 알고 있었다.

"너희들은 당분간 사람들의 눈에 거슬리는 짓을 하지 마라!" 군수는 상부의 수사를 피하기 위해서 부하들에게 지시를 이미 내렸던 것이었다.

그리하여 감찰단은 누구도 검거하지 못했다. 느닷없이 뒤통수를 얻어맞은 듯한 낭패였다. 그들은 허탈한 마음을 삭이며 빈손으로 평양으로 되돌아와야 했다.

감사는 천하에 몹쓸 불한당 같은 군수가 감시망을 빠져나갔다는 사실에 몹시 실망했다. 간악한 군수의 교묘한 줄행랑에 시원이 분을 삭이지 못하고 있는 중에 문명규 진사로부터 보고서가 올라왔다.

　　나리, 그동안 옥체 만강하십니까? 소인은 지금 청원거리 하나를 조사하는 중입니다. 삼용의 한 마을에는 요새 농부 방기준의 아내에 관한 이야기가 자자합니다. 방기준의 처가 관아에 잠시 있을 때 노량군수 최악발이 그녀에게 수청을 들게 했다는 소문이 여러 마을에서 나돌고 있습니다. 방기준은 그 소문을 그대로 믿고 아내를 내쫓았답니다. 그 농부의 아내를 마을 사람들이 나쁜 여자로 손가락질하도록 간악한 군수가 잔꾀를 부린 것이라고 알고 있습니다. 그런데 불행히도 그녀의 남편은 혼자만 그렇게 받아들이지 않고 있습니다. 제 보고는 여기까지입니다. 진상이 더 밝혀지는 대로 추후 다시 연락드리겠습니다.

감사는 이 보고서를 읽고 곰곰이 생각에 잠겼다. 그런데 누군가가

밖에서 요란하게 떠드는 소리가 들려왔다. 보초에게 어찌 된 일인지 알아보라고 지시했다. 잠시 후 보초의 말을 듣고 밖에서 소란을 피우는 자를 데리고 오라고 했다.

"그대는 누구이기에 밖에서 웬 소란을 피우고 난리인가?" 승려를 보자 감사가 물었다.

"나리, 저는 농부 방기준의 안사람입니다." 승려는 쉰 목소리로 자기를 소개하며 절을 정중히 올렸다.

"정말 그대가 농부 방기준의 안사람이오?" 감사는 밖에서 야단법석이던 이가 승려로 가장한 여자임을 알고 소스라치게 놀랐다.

"예, 나리. 그렇습니다." 그녀는 떨리는 목소리로 말하며 삿갓의 끈을 풀었다.

시원은 민머리의 여인이 천하절색임을 금방 알아채고 내심 놀라움을 금치 못했다. 비록 그녀는 몸과 마음이 지친 모습이었지만 갸름한 작은 얼굴은 꽃잎에 이슬이 맺힌, 지금 막 활짝 핀 해당화처럼 싱그러웠다. 곱다란 눈매에 곧고 우아한 콧날을 지닌 여인이었다. 그녀가 입을 여니, 앵두같이 불그스름하고 작은 입술 뒤에 희고 고른 치아가 엿보였다. 반달 같은 가는 눈썹 아래에서 빛나는 검은 큰 눈동자는 여인의 총기를 드러냈다. 잿빛의 승복 밖으로 살짝 내보인 목덜미가 희고 가늘었다.

시원은 이 담대한 여인의 매혹적인 미모에서 눈을 떼지 못했다. 그녀를 보니 고향에 있는 자신의 아름다운 처가 문득 머리에 떠올랐다. 얼마나 아내를 사랑하고 애절히 그리워해 왔던가? 종갓집 일이 아내에게 감당하기 여간 벅차지는 않은지? 쌍둥이를 데리고 다니며 이 일 저 일을 하느라 아내의 등골이 휘지는 않을까? 부모님께서는 별고가 없으셔야 할 텐데. 무심결에 그는 목에 건 부적에 손을 댔다. 그러자 가족에 대한 그리움이 다소 진정됐고, 간악한 노량군수를 놓친 부하들에 대한 역정과 실망도 단숨에 사그라졌다.

"나리, 제가 좀 앉아도 될까요?" 농부의 아내는 주저하며 말문을
열었다.

"그래, 거기 앉으시오." 잠시 멍한 생각에 빠졌던 시원은 깜짝 놀
라 정신을 다시 가다듬었다. 그는 밖에 대고 소리쳤다. "여봐라, 여기
손님에게 다과를 좀 갖다 드려라."

16
대담무쌍한 여인

심란한 마음으로 농부의 아내는 자리에 앉았다. 그녀는 감사의 병졸이 가져온 먹을 것은 사양하고 얼굴을 뒤로한 채 물만 감사히 받아 마셨다.

"그대는 밖에서 왜 그리 끔찍스레 야단법석을 떨었는고?" 감사는 병졸에게 방에 남아 있으라고 지시한 다음 여인에게 질문을 던졌다.

"나리, 저는 방기준의 안사람이자, 지성, 주성이란 이름을 가진 두 아들의 어미입니다. 노량군 삼용면의 한 마을에서 살고 있지요." 애달픈 표정으로 여인은 고개를 푹 숙인 채 쉰 목소리로 대답했다.

"그대가 정녕 방기준의 처란 말이요? 내가 방금 노량군에서 보내온 보고서에서 그대에 관한 소문을 읽고 있던 참이었소. 때마침 그대가 왔구려. 이 보고서는 너무 간략해서 자초지종을 쉽게 알 수 없구려. 지금 더욱 면밀히 조사하고 있고 그 진상이 밝혀지는 대로 내게 자세한 것을 알리겠다고 했소. 하나, 여기 그대가 직접 왔으니 어디 그대 얘기를 한번 좀 들어 봅시다."

"군수 최악발의 지시로 저는 노량군 관아에 끌려갔습니다." 여인은 깊은 한숨을 들이쉬고 그녀의 비통하고 억울한 이야기를 천천히 꺼냈다. "제 남편이 작년에 흉년이 들어 관아에서 부과한 곡물세를 제시간에 내지 못했기 때문이었습니다.”

“그게 무슨 말이오? 남편이 곡물세를 못 냈다고 왜 안사람이 관아에 끌려갔소?”

“최 군수께서 남편이 곡물세를 시간 내에 못 바치면 저를 관기로 만들 것이라며 억지로 관아에 끌고 가려고 했지요.”

“그래서 그대 남편은 어찌하였는고?”

“남편은 시간을 좀 더 주시면 곡물세를 꼭 내겠다고 애타게 사정하고 또 사정했습니다. 그러나 군수께서는 아랑곳하지 않고 저를 무리하게 관아로 끌고 갔습니다.”

“관아에서 얼마나 오래 잡혀 있었는고?”

“열흘을 있었습니다.”

“어서 이야기를 마저 해 보시오.”

“네, 나리. 남편은 넋이 나가다시피 해서 저를 석방시키려고 갖은 노력을 다했지만 말짱 헛수고였습니다. 군수를 만나 보려는 모든 시도가 번번이 수포로 돌아갔습니다. 군수는 그이가 관아에 못 들어오게 온갖 방도를 써서 막았지요. 아이들을 불쌍히 여기는 제 시댁 식구들은 쌀을 긁어모아 저를 석방하려고 안간힘을 썼지요. 저는 관아에 갇히자마자 그 늑대 같은 군수의 수청 요구에 맞서 싸워야 했어요. 자기 마음대로 되지 않자, 군수는 저의 남편이 찾아오기 전에 이미 욕을 봤다는 악의적인 거짓 소문을 퍼트리는 등 갖가지 간계를 꾸몄습니다. 악에 받친 군수는 제가 서방질이나 하는 나쁜 계집으로 보이게 해서 복수하려는 것이었답니다.”

“그대를 능욕하려는 군수를 보고 도와준 이가 아무도 없었소?”

“모두 후환이 두려워 벌벌 떨며 아무도 감히 그 악독한 군수를 막지 못했습니다. 남편에게 저의 무고함을 끊임없이 하소연했지요. 그래도 소문의 진위를 확인도 제대로 하지 않고서 남편은 저를 집에서 내쫓았습니다. 그이는 버럭 화를 내며 소리쳤어요. '임자의 석방을 위해 곡식 좀 나눠 달라고 친척들에게 무릎 꿇고 손이 발이 되도록 싹싹 빌어야 했소. 그런데, 뭐야. 알고 보니 아예 관기가 됐군! 거기서 들러붙어 살지 왜 왔어? 당신이 차라리 거기서 살아야 내 속이 편할 텐데.' 그렇게 억장이 무너지는 말들만 하루가 멀다 하고 볼멘소리로 하고 또 하고 저를 몰아세웠습니다."

"듣고 보니 참 어려운 처지였구려. 그대의 결백을 설득시키느라 몹시 힘들었겠소. 이런 일이 얼마나 오래된 것이오?" 감사는 여인을 딱하게 여기며 물었다.

"제가 풀려 나오자마자 소문이 퍼지기 시작했으니 한 달이 좀 넘었습니다. 이 기간에 저는 갖은 수를 다해서 남편을 설득시키려고 했습니다. 저는 남편에게 이렇게 말했지요. '제가 그 난봉꾼에게 몸을 바쳤다면 무슨 낯짝으로 서방님과 자식들을 마주하며 살 수 있겠어요? 저에게 수청 들라는 그 작자의 요구를 온갖 힘을 다해 피했어요.' 그러나 그이는 저에게 앙갚음하려고 헛소문을 퍼트리는 그 추잡스러운 군수의 간악한 속내를 알지를 못했습니다."

감사는 안타까워하며 여인의 말을 자세히 들었다.

"저는 엉엉 울며 큰소리로 결백을 하소연했습니다. 하지만 격분에 사로잡힌 남편은 제 말이 입에서 떨어지기도 전에 바락바락 고함을 지르며 저를 꾸짖기만 했습니다. 애들이 옆에서 울부짖으며 저에게 매달렸으나, 저는 끝내 집 밖으로 쫓겨났어요. 물론 남편의 격정을 제가 헤아리지 못하는 것은 아니지만 그 순간 저는 제 두 팔, 두 다리가 갈기갈기 찢기는 것 같은 극심한 고통을 견뎌내야 했습니다."

"그대의 시댁에서도 누군가 남편을 말리는 사람이 없었소?"

"여럿이 말렸으나 소용이 없었습니다. 남편은 누구의 말도 들으려고 하지 않았습니다. 어디로 가야 할지 몰라 저는 친정집으로 갔습니다. 친정 식구들은 저를 한없이 가여워했죠. 저는 너무나도 비참한 나머지 잠도 제대로 못 잤고 밥 한술을 떠먹기도 힘들었습니다."

"정말 힘들었겠소!"

"저를 안쓰럽게 여기는 구태영, 구재영 두 오라버니가 감사 나리께 이 일을 고해야 한다며 여기 평양감영까지 데려다주겠다고 했습니다. 오라버니들 말씀이 뛸 듯이 반가웠지요. 원친 않았지만, 저는 긴 머리도 중처럼 깎아야 했지요. 그리고 머리에 삿갓을 쓰고 승복을 차려입은 채 오라버니들을 따라서 집 밖을 나섰습니다. 사람들의 눈을 피하려고 인적이 드문 험한 산길을 따라서 여기까지 걸어오느라 시간이 훨씬 더 많이 걸렸습니다."

"여기까지 오는 데 얼마나 오래 걸렸소?"

"열이틀이 걸렸습니다, 나리."

"여기서 좀 쉬지 그러시오?"

"황송합니다. 하나, 제가 얘기부터 마저 해 드려도 되겠습니까?"

"물론이오."

"평양에 도착하자마자 제 오라버니들이 나리를 뵙겠다고 간청했으나 단칼에 거절당했습니다. 오라버니들이 노량군수에 대해 급히 알릴 게 있다고 보초들에게 말했습니다. 그들은 나리께서 지금 중대한 도정道政 문제로 몹시 바쁘시니 알현을 허락하시지 못한다고 퉁명스럽게 대꾸하더군요. 그리하여 저는 담벼락 멀리에 서서 목탁을 두드리며 반야심경을 읊조렸습니다. 오라버니들은 보초로부터 눈에 안 띄는 곳의 소나무에 올라가서 제 모습을 지켜봤지요. 행인들 몇몇이 이상하다는 눈초리로 저를 쳐다봤지만 그 외엔 누구하나 관심을 주지 않았어요."

"정말 목탁을 치는 그대 모습을 제대로 보려고 다가온 사람이 아무도 없었다는 말이오?" 감사는 믿어지지 않는다는 어조로 물었다.

"네, 나리, 그렇습니다. 다음날, 오라버니들이 나리를 뵙게 해달라고 다시 간청했으나 전날과 마찬가지로 나리가 바쁘시다는 이유로 또 거절당했지요. 저는 다시 목탁을 두들기며 대문 가까이에 가서 해질 녘까지 불경을 읊었습니다."

"그렇게 불경을 외치며 목탁을 두들기는 난리를 폈는데도 지나가는 사람들은 관심조차 보이지 않았다는 것이 말이라도 되는 일인가?" 감사는 의아한 듯 되물었다.

"관아에 들락거리는 사람들이 수상쩍다는 듯이 저를 잠시 쳐다보기도 슬쩍 흘겨보기도 했지만 그들도 자신들의 일로 눈코 뜰 새 없이 바빠서 저에게 별다른 신경을 쓰지 않은 것 같습니다."

"사람들이 그렇게나 무관심하다니 참으로 놀랍구려!"

"오늘 아침에도 오라버니들의 청이 여전히 받아들여지지 않자, 결국 제가 직접 나서야겠다고 마음을 단단히 먹었습니다. 그리하여 저는 관아의 대문을 바라보고 서서 온 힘을 다해 목탁을 두들기며 안간힘을 다해 가장 큰소리로 불경을 외웠죠. 이 법석에 보초들이 저를 내쫓으려고 달려왔죠. '당장 소란을 멈추지 않으면 감옥에 집어넣겠다!' 보초가 경고했지요. 저는 목청이 터지게 외쳤죠. '감사 나리를 위해 부처님께 비는 중이다. 네 놈들이 감히 나를 저지하려는 거냐?' 그랬더니 병졸 한 사람이 관아에서 뛰어오더니 저를 곧장 관아 안으로 끌고 온 것으로 보아 나리께선 저의 목소리를 그때 처음 들으셨을 줄 압니다."

"그랬소. 바깥에서 들리는 요란스러운 소리가 어찌나 성가신지 병졸을 불러 누구 짓인지 알아보라고 했소. 중 하나가 대문 앞에서 날 위해 불경을 왼다고 하였소. 왠지 그자가 누군지 궁금해서 그자를 이 안으로 데려오라고 했소." 감사는 밝혔다.

"저의 참담한 사정을 나리께 아뢰는 기회를 마련해 주셔서 그저 황송할 따름입니다. 터무니없는 낭설이 제 인생을 하루아침에 망가뜨렸습니다." 여인은 처참한 심정으로 흐느꼈다.

"그대 문제를 진작 다루지 못해 참 안타깝소. 실은 지난 며칠 동안 긴급한 문제로 정신이 없었소. 그래서 만나 달라는 요청은 다 거절했소. 그대 오라버니들의 청을 소홀히 해서 미안하구려." 감사는 유감스러움을 밝혔다.

"오라버니들이 다른 관아에서 보통 그러하듯 날조된 핑계로 따돌려진 것이 아니라니 다행입니다. 오라버니들 같은 촌사람들은 보기와 달리 예민해서 무시당하면 마음 상해합니다." 농부의 아내는 말했다.

"그대의 오라버니들을 따돌린 것은 내 뜻이 아님을 이해하시오." 감사는 말을 이었다. "삭발할 때 몹시 마음이 아팠겠소. 꼭 그래야만 했소? 승복은 어인 일이요?"

"그렇습니다, 나리. 오랫동안 기른 긴 머리를 자르는 일은 저로서도 도저히 못 할 짓이었습니다. 곧 다시 자랄 것이라고 스스로에게 위로하는 수밖에 없었어요. 여자 홀몸으로 먼 길을 떠나는 건 위험천만한 일이었고, 다른 사람들이 눈치 채지 못하도록 오라버니들과 먼 길을 갈 방도가 필요했지요. 이 승복은 저의 정성에 하늘이 내려주신 거와 같지요. 제 모친이 절에서 참선하실 때 입는 승복입니다. 어머니는 부처님에 대한 신심이 아주 깊으신 분이라 친정집 뒷산의 깊은 곳에 있는 절에 치성을 드리러 가시는데, 스님들을 위해 허드렛일도 종종 하십니다. 승복을 제가 입고 가게 좀 빌려 달라고 어머니께 여쭀습니다. 어머니는 마지못해서 주지스님에게 가서 딸의 딱한 사정을 말씀드렸답니다. 아울러 저의 송구한 마음과 승복을 꼭 돌려주겠다는 약속도 대신 전달하셨죠. 저를 딱하게 여긴 스님께서 저에게 승복을 빌려주시며 목탁과 염주, 삿갓, 지팡이 등도 제 어머니를 통해 보내주셨습니다."

"그것참, 마음씨 좋은 주지 스님이시구려. 한데, 그대는 불경은 어디서 배웠소?"

"어릴 적부터 어머니께서 염불하시는 것을 들으면서 자랐어요. 어머님의 낭랑한 염불에 너무나도 반해서 따라 하곤 했었죠. 이 모든 것 덕분에 나리 앞에 나와 제 억울함을 호소할 수 있게 됐습니다."

"그대는 참 영특하구려. 그대의 오라버니들은 지금 어디 있소?"

"나리, 오라버니들은 지금 감영 앞에 있는 소나무 위에 숨어서 제 걱정에 애를 태우고 있을 것입니다."

"밖에 누구 없느냐?" 감사가 곧바로 사람을 불렀다.

"나리, 부르셨습니까?" 보초병 하나가 들어왔다.

"밖으로 나가서 구태영과 구재영이란 두 형제를 이리로 데려오너라." 감사가 지시를 내렸다.

"네, 나리!" 문밖에 대령하고 있던 이 보초병이 대답하고 나갔다.

곧 두 형제가 감사 거실로 들어왔다. 중년 나이인 그들은 키가 크고 마른 편이지만 빼어나게 잘생겼다. 비록 가무잡잡하고 거친 생김새였지만 그들의 누이동생과 영락없이 닮은 모습이었다. 누이동생의 얼굴에 화색이 도는 것을 보고 그들은 안도의 한숨을 깊이 쉬었다.

"너 별일 없는 거지?" 구태영이 물었다.

"네, 오라버니. 저는 아무 일 없습니다. 황공하옵게도 감사 나리께서 제 딱한 사정을 끝까지 들어주셨어요." 누이동생은 마음이 훨씬 가벼워진 듯 또렷이 대답했다.

두 형제는 고마워서 머리를 숙이고 이 감사에게 절을 올렸다. 이 감사는 방에 대령하고 있던 병졸을 시켜 먹을 것을 가져오도록 했다. 그리고 그들에게 앉으라고 하고 음식을 권했다. 감사와 오라버니들이 거듭 권하는 바람에 그녀도 마침내 음식을 조금 입에 넣었다. 감사의 사려 깊은 대접에 그들은 크게 감복했다.

그녀 이야기의 시작부터 노량군수 최악발이 거론되자 시원은 예리한 관심을 갖고 들었다. 시원은 비밀리에 최 군수의 비행을 적발하려다 실패한 첫 시도에 대해 곰곰이 숙고하던 참이었다. 곡물세를 재는 도량형度量衡의 눈금 조작, 뇌물 갈취, 밀수품 거래, 부녀자의 강제 유인 매매 등—모든 추잡한 범죄 혐의에 노량군수의 이름이 끊임없이 등장하곤 했었다. 하지만 아무도 최악발에게 죄를 물을 만한 확실한 증거를 내놓지 못했다. 그에게 불리한 증언을 할 만큼 용기 있는 사람도 없었다. 최악발은 그의 비위를 거스르는 사람에게 벼락같이 화를 내며 잔인하게 구는 사나운 인물로 알려져 있었다. 게다가 무자비한 보복을 일삼는 것으로 악명이 높았다.

"군수에 대한 그대의 원망이 무엇인지 말해 보시오." 이런 사실들을 머리에 떠올리며 시원은 그녀의 답변에서 무슨 새로운 돌파구나 방책이 있을까 기대하며 물었다.

"나리, 저를 몸을 파는 계집으로 몰아간 군수의 모략으로 인해 저는 한시도 견딜 수 없이 수치스럽고 비통한 마음입니다. 두 어린 자식과 억지로 떨어진 뒤로 잠도 잘 오지 않고 밥알도 넘어가질 않습니다요. 노량군수는 저를 모독하는 뻔뻔스러운 거짓 소문을 퍼트린 죄의 대가를 반드시 받아야 마땅합니다. 이런 낭설이 잠재워지지 않는다면 저는 자식들에게 다시 떳떳이 돌아갈 수 없습니다. 마을 사람들 앞에서 얼굴을 꼿꼿이 들 수도 없고요. 저는 나리께 진상을 알리고자 이런 먼 길을 마다하지 않고 왔습니다. 치졸하고 악랄한 군수에 의해서 번져 가는 헛소문을 제발 멈춰 주시고 저의 누명도 벗겨 주시기를 간청합니다."

"군수에게 죄를 물을 만한 증거를 그대는 가지고 있소?" 감사는 단도직입적으로 물었다. "최악발의 부정에 대해 수많은 청원이 들어왔건만, 그를 옥에 가둘 만한 결정적인 증거가 아직까지는 없어서 그렇소."

"네, 나리. 저의 결백을 입증해 보이겠습니다." 여인은 답했다.

"그대의 증언으로 그를 똑바로 처치할 수 있는 게 확실하오?" 감사는 되물었다.

"그러합니다, 나리." 여인의 목소리는 확신에 가득 차 있었다.

"그러면 어디 그대의 결백을 입증해 보시오." 감사는 말했다.

시원은 만일 증거가 사실무근이거나, 혹은 죄를 묻기에 너무 미미한 거라면 아예 최악발 군수를 붙잡아올 의향이 없었다.

"나리께서 진정 저를 믿으시면 그가 옥살이를 해야 마땅한 범죄자임을 입증할 명백한 증거를 보여 드리겠습니다." 얼굴을 살짝 붉히며 여인은 다소 당황한 기색이었지만 곧 침착한 자세를 되찾으며 차분히 말했다.

"그대는 최 군수의 마수에 떨어지지 않았다고 맹세하겠소?" 그녀가 부끄러워하는 모습을 보고 감사는 화제를 돌려서 물었다.

"맹세하고 말고요. 제 말엔 결코 거짓이 없습니다!" 여인의 대답에는 흔들림이 없었다.

"그러면 내가 제대로 알아들은 건지 봅시다. 군수가 퍼트린 거짓 소문이 그치기를 원하고, 그대가 억울한 누명을 벗고 떳떳하게 가족들을 다시 만나기를 바라겠구려. 그리고 그대는 군수를 수감시킬 만한 증거가 있다고 했소. 내 말이 맞소?"

"네, 나리. 저는 이 억울함을 풀고자 여기까지 왔습니다. 저를 비롯해 수많은 사람에게 가증스러운 범죄를 저질러 온 짐승만도 못 한 그 사악한 탐관오리는 죗값을 결단코 치러야 합니다. 남편이 있는 아녀자를 강제로 붙잡아 제멋대로 일을 시키고 나쁜 헛소문을 퍼트리는 것이 죄가 아니라면 이 세상에 무엇이 죄이겠습니까?" 그녀는 반문했다.

"그 말은 맞소. 여인을 능욕하고 오명까지 씌우는 것은 천하에 몹쓸 죄요." 감사가 대답했다.

"나리, 정말 감사합니다. 제 억울한 누명을 꼭 벗게 해 주십시오." 그녀와 오라버니들은 감사의 깊은 배려에 너무나 고마워서 몇 번이고 절을 올리고 가뿐한 마음으로 감영을 떠났다.

시원은 다시 깊은 생각에 잠겨 홀로 한동안 앉아 있었다. '저 여자의 말이 믿을 만한 것일까? 증거가 없다면 평양까지 먼 길을 마다하지 않고 왔겠는가. 저 여인의 증거라는 게 확실히 군수를 옥에 가둘 만한 것일까? 타당한 이유가 아니라면 어떤 여자가 기꺼이 삭발을 하려 하겠는가. 그런 과감한 짓을 할 여자는 가뭄에 콩 나듯 극히 드물 터인데 방금 왔다 간 여자가 과연 그럴까?'

시원은 그날 밤 잠도 제대로 이루지 못했다. 그 농부 아내의 증거란 게 불확실하니 마음이 더욱 무거웠다. 괴로움에 신음하던 중에 갑자기 사랑하는 아내가 보였다.

"당신을 보니 너무나도 기쁘오. 어떻게 여기까지 온 거요?" 이루 말할 수 없는 기쁨에 그는 자기 아내를 부둥켜안고 말했다.

"항상 당신의 판단을 믿으세요." 묻는 말에 대답은 않고 그녀는 말했다.

가족의 안부를 물으려고 하자 그녀는 어느덧 사라졌다. "여보, 여보, 여보!" 하며 그녀를 허둥지둥 찾다가 그는 잠에서 깨어났다.

감사의 명을 받아 형방 정금호가 노량군에 급파됐다. 문민규를 만나서 최악발 군수의 악행들과 농부 아내에 대해 그가 알아낸 것이 무엇인지 샅샅이 알아보는 것이 그의 임무였다. 암행하기 좋게 부하들이 세 명씩 조를 이루어 시차를 두고 떠났다. 나흘째 되는 날 마을 어귀에 서 있는 수호신 장승 앞에서 만나기로 했다. 다들 말을 채찍질하며 이 만남의 장소까지 정신없이 달렸다.

평안도에서 평양으로부터 가장 멀리 떨어져 있는 군이 노량군이었다. 아무리 빠른 말을 탈지라도 형방과 그 부하들이 그곳에 도달하기까지 꼬박 사흘이 더 걸렸다. 나흘째 정오가 지날 무렵에야 모두 장승 앞에 도착했다. 그들은 잠시 식사 시간을 가지며 쉬기로 했다. 멀지 않은 곳에 큰 주막이 있는 것을 발견하고 시차를 두고 그곳에 들어갔다.

음식을 주문하면서 형방은 김덕수라는 수다스러운 주막 주인과 이야기를 꺼냈다.

"아저씨! 어떤 농부의 아내가 부정을 저질렀다는데, 혹시 소문을 들으신 것 없나요? 그 여자가 군수의 꾐에 빠져서 염치없이 수청 들었다고 하던데요!" 그는 모르는 척하고 질문을 던졌다.

"노량군에 마을이 백 개 이상 있는데, 내 장담컨대, 노량군엔 그 소문을 듣지 못한 사람은 하나도 없소이다!" 주인은 벌컥 화내듯이 말했다.

"왜 제 말이 틀렸소?" 형방이 태연히 물었다.

"틀렸고말고요! 그 여자가 그런 추잡한 작자한테 넘어갔다고 누가 그러던가요?" 주인은 열 받은 듯 큰소리로 말을 이어갔다. "군수가 천하에 둘도 없는 난봉꾼인 거 모르는 사람이 아무도 없소. 그 인간이 남의 예쁜 아내를 강제로 끌고 가서 관아 기생으로 만들고 거짓말로 유혹했지요. 그녀를 범하려는 그의 노력이 수포로 돌아갔죠. 그러다 얼마 안 있어 그 여자의 남편이 갑자기 나타나서 그간 못 낸 곡물을 가져오지 않았겠습니까? 배알이 뒤틀린 군수는 그 농부가 아내를 데리러 오기에 앞서 이미 몸을 그에게 버렸다는 거짓 소문을 내서 그녀의 이름을 더럽히려고 한 거죠."

"댁은 어찌 그 아낙네에 관한 이야기를 그리 자세히도 아시오? 말이야 쉽지만 댁의 주장을 뒷받침할 만한 증거라도 있소?" 정금호 형방이 물었다.

"아니오, 그런 건 없어요. 하지만 제가 드린 말씀은 아주 믿을 만한 데에서 나온 것이라 증거 이상으로 확실하죠." 주막 주인은 자신만만하게 대답했다.

"어디서 들었기에 그러오?" 형방은 궁금해서 물었다.

"제 사촌동생인 김만수에게 들은 거죠. 녀석은 군수의 호위병이라서 관아에서 일어나는 일은 모조리 다 알지요."

"여보쇼, 군수에 대해서 너무 심하게 비방하시는 거 아니오? 댁이 욕설을 퍼부었다고 소문나면 군수의 심복들이 와서 댁을 체포해 가거나 해코지할 수도 있소. 댁의 사촌이 상전을 험담했다는 이유로 곤경에 빠지면 어찌하려고 그러오?" 형방이 주의를 주었다.

"마음대로 하라고 그러시오! 난 하나도, 아무도 무섭지 않소. 우리 군에서 그자를 욕하지 않는 사람이 있으면 나와 보라고 해요. 모두 그자의 탐욕과 야비함에 치를 떨고 있어요. 증거를 댈 수는 없겠지만, 그 작자가 이방과 호장 그리고 병졸들을 이용해서 온갖 부정을 저지른다는 건 너무나도 명백한 사실이오. 우리가 가증스러운 군수에 대해서 목이 쉬도록 불평하지만 지금까지는 다 헛수고였소. 전임자들처럼 이번에 부임한 새 감사도 제물에 눈이 멀어서 아무런 조처를 취하지 않는구려." 주막 주인은 투덜거렸다. 그는 격한 감정으로 말을 이었다. "군수가 자기의 죄가 탄로 나기를 원치 않는 한 우리 사촌에게 함부로 굴지는 못하죠."

"댁의 사촌이 댁이 한 말을 다 확인해 줄 수 있소이까?" 평안감사를 부당하게 비난하는 것을 애써 참고 들으며 형방은 슬쩍 질문을 던졌다.

"물론이죠. 만일 그의 증언이 그 여자의 누명을 씻겨 주고 그 망할 놈을 죽을 때까지 옥살이하게 할 수만 있다면야." 주막 주인은 불 같은 성질을 내면서 소리쳤다.

"말씀 잘 들었소. 나는 감사 나리의 명령을 수행하기 위해 부하들과 함께 평양감영에서 왔소. 우리는 주민들로부터 상소가 들어온 노량군수의 파렴치한 행동을 조사하고 있는 중이오." 정금호 형방은 그제야 비로소 자신의 정체를 드러내고 임무를 밝혔다. "저자들이 모두 내 부하들이오." 주막에 흩어져 앉아 있는 열두 명의 부하들을 가리키면서 그가 말했다.

"제가 사람을 보는 눈이 없어서 멋모르고 입을 마구 놀렸습니다요." 주막 주인은 당혹감에 머리를 조아리며 사죄했다. "새 감사 나리에 대해 성급하게 함부로 막말을 했습니다요." 그는 농부 아내의 결백을 입증하기 위해 사촌의 협조를 얻어 주기로 굳게 약속했다.

바로 그때 형방이 미리 보낸 두 부하와 함께 문민규가 나타나 감사의 감찰단원들과 주막 주인에게 인사했다. 그리고 자리에 앉아서 문민규는 자기 친구들이 한 이야기를 들려줬다.

"김덕수의 말은 믿을 만하죠." 그는 친구의 이야기가 맞다고 확인해 주었다. "덕수의 사촌에게서 들은 이야기라니 틀림이 없다고 저는 자신합니다. 그의 사촌, 김만수가 군수의 호위병이란 사실을 말하지 않았나요? 어젯밤 여기서 만수가 제게도 농부의 아내에 대해 자세한 얘기를 해 주었습니다."

"그 얘긴 들었소. 하지만 여전히 미심쩍은 것이 아직도 있소. 너나 할 것 없이 그 여인을 가엽게 여기는 것은 이해가 가지만 그거로는 충분치 않소. 농부의 아내에 대한 그대들의 동정심만으로는 군수를 처치할 수 없단 말이오. 우리는 그자를 처벌할 만한 명백한 증거가 필요하오. 그것 없이는 우리가 할 수 있는 것은 아무것도 없소."

정금호는 집요하게 다그쳤다.

"군수의 잘못을 입증하겠다는 사람들을 찾았습니다. 그들이 직접 쓴 탄원서를 가지고 왔죠." 문 진사는 형방 정금호의 의심을 일소시키고자 말했다.

그가 다음에 무슨 말을 할지 모두 귀를 기울였다.

"어젯밤에 저는 군수의 호위병으로부터 농부 아내의 이야기를 아주 자세히 들었습니다. 감사의 요청이 있어서 그녀를 도울 만한 증거를 찾는다고 말하니까 그가 포악한 상전을 폭로하겠다고 자청하더군요. 농부의 아내를 돕기 위해서 기꺼이 목숨까지 걸겠다고 하더군요."

"제가 뭐랬습니까? 제 사촌에 대해 틀린 말을 하지 않았죠?" 주막 주인은 우쭐거렸다.

"호위병 친구를 만나기 며칠 전에 여기서 한화영이란 옛 친구를 우연히 만났죠." 진사는 말을 이었다. "한동안 보지 못한 친구였어요. 우린 살면서 겪게 되는 이런저런 일에 대해서 정담을 나누고 있었습니다. 그런데 이야기를 나누다 보니 그 불행한 여인에 대한 이야기까지 나왔습니다. 그 여인이 감사에게 청원하기 위해 평양에 갔다고 말했죠."

"그러기 쉽지 않을 텐데. 참 용감한 여인이야." 김덕수가 말했다.

"한화영도 그리 생각하고 자기 아들 영환이가 군 곡물창고에서 창리로 일하고 있다고 하더군요. 창고에 있는 저울이 조작된 거라고 그 아들놈이 발설했다지 뭡니까. 아들에게 진술서를 받아 달라고 부탁했죠. 이 부정행위는 당장 평양 감영에 알려야 한다고 설득하자, 친구가 아들의 진술서를 받아 놓겠다고 약속했답니다. 제가 바로 어제 그것을 받아 냈지요. 친구는 자기 아들이 한양에서 증언할 것이라고 아주 자랑스럽게 말하더군요."

"농민들이 과중한 세 부담에 신음할 수밖에 없는 처지입니다. 더더구나 근래 그 망할 놈의 군수가 사람들을 속이고 못된 짓까지 했습니다!" 덕수는 화가 치밀어 오르는 목소리로 말했다.

"한화영이랑 이렇게 술을 마시며 말하고 있는데, 농부 둘이 군수에 대해 투덜대면서 들어오더군요. 뇌물이니 약탈이니 하며 그들이 하는 말을 엿듣고 나서 저는 그들에게 가서 인사를 했습니다. 다른 사람들이 수난을 당하는 것을 막기 위해서라도 감사 나리께 청원서를 써야 하지 않겠냐고 그들에게 간절히 요청했죠. 제가 최 군수의 심복인 줄 알고 그들은 처음엔 두려워하며 무작정 거절부터 하더군요. 그래서 감사의 부탁을 받고 하는 일이라고 솔직히 말했지요. 그랬더니 성격이 씩씩하고 키가 큰 농부 윤정민과 얌전하고 키가 작은 농부 손기동이 자기들은 고달면 오곡 마을에서 땅 파먹고 사는 이들이라고 소개했습니다. 그리고 농부의 아내가 군수의 못된 짓에 항의하기 위해 평안감사를 찾아갔다고도 덧붙여 말하니까, 여자가 남달리 용감무쌍하다며 칭찬하더군요. 그러더니 그들은 순순히 제 말을 들어 주더군요. 그네들도 그 대담한 여인처럼 평양에 올라가 최 군수의 사악한 악행과 부정을 알려서 그를 감옥에 꼭 넣고 싶다고 합니다요."

"농부의 아내나 오곡 마을 농사꾼들 모두 정말 장하네요. 곡물창고 창리도 장합니다! 농부들이 창리의 증언 덕을 톡톡히 보겠는데요. 그리고 제 사촌 만수도 기특합니다." 김덕수가 흥에 겨워 말했다. 그는 모든 이에게 그날 밤 술을 대접하겠다고 하면서 잔을 높이 들고 외쳤다.

"우리 모두 용감한 증인들을 찾아온 문 진사를 위하여 우렁차게 건배합시다!"

"건배!" 모두 술잔을 들어올렸다.

17
숨은 보물

정금호의 감찰단은 말에 박차를 가하며 평양으로 황급히 되돌아갔다. 시원은 건네받은 문명규 진사의 보고서와 노량군민들의 집단서면 탄원서를 면밀히 읽어 보고 즉각 최악발을 체포하라고 명령을 내렸다.

쉴 사이도 없이 정금호의 감찰단은 말을 다시 재촉하며 노량군에 달려가 최 군수를 곧바로 체포했다.

"나는 아무 죄가 없다. 내 손을 묶은 포승을 풀어라!" 최 군수가 소리를 꽥꽥 지르며 소란을 피웠다.

하지만 그의 구속은 지체 없이 집행됐다. 평양에서 온 병졸들이 그를 감영監營으로 압송했다. 문민규와 증인들이 그들을 뒤따라갔다.

최 군수가 체포됐다는 소식이 노량군 전역에 빠르게 퍼져 나갔다. 몇몇 마을에서는 군수에게 불만이 쌓일 대로 쌓인 성난 농민들이 모여서 먼 길을 마다하지 않고 평양에 함께 가기로 했다. 군수가 형을 선고받아 옥살이하는 모습을 두 눈으로 똑바로 지켜봐야만 오랜 세월 쌓인 불만과 원한이 깨끗이 씻겨 내려갈 것 같았다. 그들이 무리 지어 며칠 동안 걸어서 평양에 도착하자 때마침 재판이 막 열리려던 참이었다. 감영의 벽을 둘러싸고 자리를 잡은 그들은 재판이 어서 시작되기만 기다렸다. 다른 행객들도 궁금해하며 그들 주위에 모여 구경꾼이 점점 불어났다.

얼마 안 있어 감사가 관원들과 함께 나타났다. 그는 자리에 앉자마자 재판 개시를 선언했다.

감사 앞에는 최악발이 바닥에 깔린 돗자리 위에 아직도 교만하게 고개를 빳빳이 처든 채 앉아 있었다.

"심문을 시작하시오." 감사가 형방 정금호에게 지시를 내렸다.

"노량군수 최악발, 그대는 다음 세 가지 범죄 사실로 기소됐다." 형방은 낭랑한 목소리로 공소장을 우렁차게 읽어 내려갔다. "첫째, 그대에 대한 농부들의 원성이 자자하다. 농민들은 그대가 해마다 곡물을 과도하게 징수한다고 아우성이다. 수곡收穀에 쓰이는 저울의 눈금도 그대가 조작한 것이라고 그들은 의심한다. 창리에 따르면 그대는 각 고을의 관아와 농민에게서 곡물을 조금이라도 더 빼앗기 위하여 저울 눈금을 조작하여 기록을 멋대로 속였다. 그뿐만이 아니다. 그대는 십 년 이상 조정을 속이기 위해 곡물징수장부마저 날조했다. 피의 사실을 인정하느냐?"

"소인은 그런 적 없습니다. 아무 죄가 없습니다." 최악발은 강하게 부인했다. "그 파렴치한 창리 놈이 가당치도 않게 소인을 음해하고 있습니다!"

"증인은 어디 있느냐? 어서 나와 어디에서 사는 누구이고 어떻게 이 자리에 왔는지 밝혀라." 형방이 증인을 불렀다.

"나리, 제 이름은 한영환이고 노량군 삼용면에서 왔습니다." 창리가 나와서 감사에게 절을 올리고 말을 시작했다. "창리로 일한 지 어언 3년이 됐습니다. 제가 근무하기도 전부터 군수가 심복들을 시켜서 저울을 조작했다고 들었습니다. 이 비밀을 누설하면 죽음을 면치 못한다는 각서까지 군수에게 썼지 뭡니까. 근 십 년 넘게 한양으로 보내는 곡물 기록을 날조한 것도 제가 찾았지요. 농민으로부터 수탈한 곡물 잉여분은 삼용이나 고달 같은 변경 지역에 오랑캐들이 난입할 때마다 놈들에게 몰래 팔아먹었습니다. 이렇게 곡물을 도둑질하는 것도 성에 안 차는지라 최 군수는 우리 마을 연약한 여인까지 빼앗아가서 괴롭혔습니다. 그 천하에 몹쓸 꼬락서니를 보고 저는 도저히 더 참을 수 없었습니다. 제 아버님께서 그 여인이 대담하게도 감사를 찾아가서 최 군수를 고발한다는 말을 듣고 저도 용기를 얻었습니다. 그래서 그간 감추었던 모든 것들을 다 폭로해야겠다고 결심했습니다."

"소인의 잘못은 하나도 없습니다." 최악발은 창리의 말에 열을 올리며 목소리를 높였다. "어찌 군수의 말보다 말단 창리의 말이 옳다고 하실 수 있겠습니까? 저자의 말은 새빨간 거짓말입니다. 감히 상전에게 덤터기를 씌우다니. 네 놈은 파면이다!"

"이 거짓말쟁이 간악한 사기꾼아!" 노량군에서 모여든 군민들이 주먹을 불끈 휘두르면서 군수를 대놓고 쏘아붙였다. "그 오랜 세월 우리가 농사지은 걸 어떻게 사기를 쳐서 앗아갔는지 이제야 똑똑히 알겠구나! 네놈이 저지른 죄를 어서 낱낱이 밝혀라!"

"불의에 굴하지 않고 진실을 밝히니 가상하도다." 소란이 잠잠해지자 감사가 창리를 치하했다. "노량군을 비롯해 여러 군에 감찰단을 곧 파견해 곡창에서 사용하는 저울들이 제대로 작동하고 정확한지 모두 조사하도록 하겠다. 내 생각엔 그대의 증언이 틀리지 않을 거 같다. 어쨌거나 그대의 말이 사실이라면 그대는 농민들에게 큰 도움이 되는 일을 했도다! 죽을 각오를 하고 용감하게 진실을 밝혔으니 그대는 당연히 포상을 받을 것이다. 아울러 그대의 승진을 위해 조처를 취하마. 단, 그대의 말이 사실임을 확인하고 나서다."

"한영환, 사실을 알려줘서 고맙소. 우리도 짐작이 가는 게 많았지만, 그놈의 증거가 있었어야지 말이요!" 감사의 말이 끝나자 감영 밖에서 한 구경꾼이 손뼉을 치며 요란하게 환호했다.

"둘째, 그대가 업무 수행을 소홀히 하고 있다는 수많은 청원이 감영에 들어왔다." 형방이 죄과를 읽어 내려갔다. "농민을 돕지는 않고 착취만 일삼고 공과 사를 구별하지 않았다는 것이다. 그대는 지금 남의 재물 강탈 죄로 심문받고 있다. 오곡 마을의 농부들로부터 그대가 저지른 강탈 행위에 대해 탄원이 두어 가지 들어왔다. 최악발, 이런 혐의에 대해서 무어라고 답하겠느냐?"

"소인은 죄가 없습니다." 최 군수는 정색하고 힘껏 부인했다. "오랫동안 나라의 녹을 받아먹으면서 소인은 뇌물을 요구하거나 받은 적이 결사코 없습니다. 언제나 발 벗고 나서서 농민들을 기꺼이 도왔죠. 소인은 말이죠…."

그의 말이 끝나기도 전에 밖에서 군중의 고함이 마구 쏟아져 나왔다.

"저렇게 침 한번 바르지 않고 뻔뻔스러울 수가 있나!" "아니, 저런 고약한 거짓말쟁이가 다 있나! 홍수가 나서 무너진 다리를 고쳐 준다고 뇌물을 받아먹질 않았나?" "종자를 살 때 꼭 웃돈을 줘야 했는데 그 이유가 뭐냐?" "빌어먹을 네가 마땅히 해야 할 일 좀 해 준다고 우리에게 꼬박꼬박 뇌물을 강요하질 않았느냐!?" "저번엔 별일이 다 있었지…."

"조용히들 하시오!" 형방이 군중에게 정숙하라고 명했다.

"윤정민, 송기동은 어서 나와서 가져온 증거부터 내놓아라." 형방이 농부 두 명을 불러 증인으로 세웠다.

증인들을 보자 군수는 얼굴이 갑자기 창백해졌으나 곧 태연한 척했다.

"나리, 저는 성은 윤 가이고 이름은 정민입니다. 노량군의 고달면 오곡 마을 출신입니다." 먼저 증인으로 나온 윤정민이 절을 올리고 서약한 뒤 진술을 시작했다. "열세 살배기 조카 애 송미가 군 관아에서 식모로 일합니다. 이 애를 돌려보내 달라고 군수에게 부탁하니까 제게 엄청난 뇌물을 요구했습니다. 제가 모르는 사이에 조카 애가 병환 중인 제 아버지의 약값을 마련하려고 자진해서 관아에 들어갔습니다. 그런데 그 조카 애 어머니가 딸애를 집으로 데려와 달라고 저에게 도움을 청했지요. 어머니도 몸이 성치 못해 집안일을 혼자서 다 할 수 없어 딸애의 도움이 절실히 필요했던 것이죠. 조카 애가 관아에서 받은 다섯 냥을 되돌려주겠다는 저의 제안은 영락없이 거절당했죠. 저는 노환으로 몹시 시달리는 송미의 부모를 가엾게 봐주십사 하고 거듭 애원했습니다. 그러나 저 못돼 먹은 군수는 매정하게도 단칼에 뿌리치더군요. 그는 천 냥을 더 가져오면 한번 생각해 보겠다는 식으로 대놓고 뇌물을 달라고 말하더군요. 하오나 제가 무슨 수로 천 냥이란 터무니없는 거금을 구할 수 있겠습니까. 일가친척과 친구들은 하나같이 찢어지게 가난한데요."

"이놈, 윤정민! 내가 언제 그랬느냐? 그까짓 천 냥 때문에! 말도 안 되는 소리 마라!" 최악발은 호통 치듯 고함을 질렀다.

"하도 억울하고 분해서 친구 손기동이랑 김덕수 주막에서 술을 마시며 떠들고 있었습니다. 우리 불평을 듣고 있던 문민규 진사가 말로만 그러지 말고 청원서를 써서 감사에게 바쳐야지 이런 일이 다시는 없을 것이라고 설득했습니다. 그리고 삼용면에 사는 여인이 감사에게 군수를 고발하러 갔다고 알려 줬지요. 그래서 우리도 그 용감무쌍한 여인을 본받아 청원서를 써 가지고 감영에 가서 증인 서겠다고 했습니다. 제 친인척 몇 사람도 여기 와 있습니다. 제 증언을 기꺼이 확인해 줄 겁니다."

두 번째로 농부 송기동이 앞에 나가 감사에게 절을 했다. 최악발은 그를 보자 다시 깜짝 놀라며 몸을 움츠렸다.

"나리, 저는 관아의 곡물세 납입 기한을 사흘 연장해야만 하는 처지였었습니다." 자기 이름과 출신 마을을 밝힌 뒤 손기동은 증언했다. "저의 절박한 요청을 듣고 저 가증스러운 군수는 그만한 값어치가 있는 물건이 있는지 묻더군요. 별생각 없이 저는 증조부가 물려주신 청자 매병이 하나 있다고 대답했죠. 그러자 저 탐욕스러운 군수가 제 부탁을 들어주는 대가로 매병을 달라고 하지 않겠습니까? 그건 제 집안에 대대로 내려오는 귀한 가보입니다. 그렇지만 저는 곤장을 맞고 감옥살이를 해야 할지도 몰라서 순순히 군수 말에 응했죠. 매병을 빼앗길 줄 알았다면 그에게 주지 않고 진작 돈을 받고 팔았었을 거예요. 제 친구 윤정민이 말했듯이 우리도 그 대담한 삼용면 농부의 아내처럼 감영에 가서 청원서를 내고 증언하기로 작심했습니다."

"나리, 소인에게 씌운 혐의는 다 새빨간 거짓말입니다." 최악발은 몹시 당황한 기색으로 말했다. 그는 궁지에 몰린 듯이 두 농부에게 삿대질을 하며 막말을 퍼부었다. "손기동에게 돈을 달라거나, 윤정민에게 청자 매병을 달라고 한 적이 없습니다. 소인이 까짓 천 냥에 그따위 짓을 하겠습니까? 그리고 윤정민과 같은 천한 가난뱅이 농사꾼이 진짜 청자를 가졌다는 게 말이 됩니까? 만일 그게 그렇게 값나가는 물건이라면, 저놈은 곡물세를 제때 내기 위해서라도 그것을 팔았어야죠. 대체 안 판 이유가 뭐랍니까? 소인의 심복들, 아니 관원들 말입니다, 그네들은 믿을 만하니 불러 주십쇼. 소인의 말이 옳다고 흔쾌히 증명해 줄 겁니다."

"죄를 덮어 버리려고 아예 이름부터 바꿔 부르시는군요." 윤정민이 분에 차서 군수에게 날카롭게 쏘아붙였다. "제가 윤정민이고 내 친구가 손기동이올시다. 나리 같은 탐관오리에게는 일천 냥이 돈 같지도 않으시겠죠. 하오나 저희들 같은 가난한 농사꾼들에겐 어마어마한 거금이오. 이 천하에 몹쓸 악질 벼슬아치 같으니라고!"

"거짓말을 자꾸 하니까 헷갈리시는 거죠." 손기동도 옆에서 군수를 조롱했다. "저를 내 친구랑 섞갈리시는데요. 어떻게 저를 거짓말쟁이라고 욕하십니까? 저를 군수님과 같은 부류의 거짓말쟁이로 취급하지 마세요. 기분 상합니다. 저는 꼭두새벽부터 저녁 늦게까지 뼈빠지게 일하지만, 군수님은 낮이나 밤이나 계집질하면서 남을 속이고 백성들 착취하는 짓만 일삼으시잖소. 제가 마지못해서 갖다 드린 청자 매병은 삼대에 걸쳐서 물려받은 우리 집안의 가보입니다. 욕심쟁이 군수가 가혹하게 빼앗아갈 줄 일찍이 알았다면 그 귀한 물건을 다른 이에게 팔지 군수같이 가증스러운 탐관오리에게 넘기겠소? 제 친구들이 왜 허구한 날 입만 벌리면 최악발 군수를 죽일 놈이라고 해 왔는지 이제야 알겠구먼요. 몇몇 친구들은 군수가 옥에 갇히는 것을 보려고 여기까지 같이 왔지요! 그들한테 증인이 돼 달라고 청할 수도 있어요."

"짐승만도 못한 냉혈한아! 윤 가의 조카를 어서 가족에게 보내 줘라!" "그 비싼 청자 매병을 벌써 팔아넘긴 거 아니냐? 그것이 가짜라고 주장했으니 그것을 팔아도 돈 한 푼도 정말 못 받았다면 배가 많이 아프겠지, 이 천하에 몹쓸 욕심쟁이야!" 구경꾼들이 군수에게 야유를 보내며 큰소리로 욕설을 퍼부었다. 그들은 진흙 덩어리와 돌멩이 나뭇가지 등 손에 잡히는 물건은 뭐든지 군수에게 마구 던졌다.

최악발은 성난 군중이 던지는 물건에 맞지 않으려고 애를 쓰다가 진흙 덩이 두서너 방을 얻어맞았다.

"이제 야유는 그만들 하시오!" 마침내 형방이 나서서 소란을 멈추라고 호통을 치자 관중은 좀 잠잠해졌다.

"최악발 군수는 아무 죄가 없습니다! 그의 말씀은 다 진실입니다." 뜻밖에 나타난 불청객이 숨을 가파르게 쉬면서 감영 안으로 들어오려고 했다. "감히, 창리놈이 군수에게 덤터기를 씌우다니. 한화영은 벌 받아야 마땅합니다."

감영 수문졸들이 그의 앞을 가로막았다.

"너는 누군데 이 재판을 방해하려는 것이냐?" 형방이 의아한 얼굴로 물었다.

"송구합니다. 저는 노량군에서 급히 달려온 아전 엄기하입니다. 최악발 군수님을 도우러 왔지요." 그는 말했다.

"오, 자네 왔는가?" 최악발은 그를 보고 기뻐서 어쩔 줄을 몰랐다.

"예, 나리. 제가 하마터면 늦을 뻔했습니다." 아전이 용서를 구했다.

최악발 군수에게는 그의 온갖 비리와 악행을 돕는 두 공범자가 있었다. 그를 그림자처럼 항상 따라다니며 호위한 김만수와 아전 엄기하였다. 지금 불쑥 나타난 불청객이 바로 엄기하다.

"그자를 들게 하라." 감사가 지시했다.

"예, 나리." 수문졸들이 곧바로 불청객을 안으로 들여보냈다.

아전은 키가 작고 신경이 예민해 보였다. 그는 날카롭고 약삭빠른 눈으로 감영 안을 두루두루 살펴보았다.

최 군수는 엄기하를 보고 춤출 듯이 기뻐했다. 속으로 그는 이젠 난 살았다 하며 안도의 한숨을 났다.

"무슨 이유로 최 군수의 말이 옳다는 것인가?" 형방이 물었다.

"그럼 제가 되묻겠습니다." 아전이 당돌하게 되받아쳤다. "혹시 노량군의 저울이 조작됐는지 확인이라도 먼저 해 보셨습니까? 어떻게 창리의 말을 믿을 수 있습니까? 감히 그따위 창리 놈이 상전에게 덤터기를 씌우다니요! 그의 증거물은 문명규하고 같이 날조한 것이 분명합니다. 그는 도리어 벌을 받아야 마땅합니다! 그리고 오곡 마을에서 온 농부들도 지금 거짓말을 하고 있습니다. 윤정민의 말을 어찌 믿을 수 있겠습니까? 왜 최 군수께서 그까짓 천 냥을 받으려고 거짓말을 하겠습니까? 오천 냥, 만 냥도 아닌데 말입니다! 더더구나 가난뱅이 농부 손기동의 집에 어떻게 값비싼 고려청자가 있단 말입니까? 그의 말도 절대로 믿을 수 없습니다! 이 농부들도 분명히 문명규하고 짜고 최 군수를 모함하려는 것입니다."

"소인은 목숨을 걸고 증언하고 있는데 어찌 거짓말을 하겠소? 말도 안 되는 헛소리하지 마시오." 격분한 한화영이 큰소리로 따졌다.

"그건 사실 확인을 하면 곧 알게 될 테니, 지금은 너무 화를 내거나 걱정할 필요는 없소." 감사가 나서서 한화영을 안심시켰다.

"여기에 농부 윤정민과 손기동의 말을 증언해 줄 사람들이 같이 왔다고 하니 다음 사건을 들은 뒤 그들을 불러서 증인을 서라고 하면 어떻겠습니까, 나리?" 형방이 제안했다.

"좋소. 그리하시오." 감사가 동의했다.

형방은 엄한 목소리로 다시 심문을 시작했다.

"최악발, 그대의 부정한 행위에 대해 농사꾼 방기준의 아내 구 씨가 정식으로 고소했다." 형방이 소리 높여 공소장을 읽었다. "그대는 그 여인을 강제로 관아 기생 노릇을 시켰다. 게다가 그녀가 그대의 수청을 들었다는 거짓 소문을 내서 그녀의 이름을 더럽혔다는 혐의가 있다. 여인은 정절을 지켰다고 극구 주장한다. 이 혐의에 대해 그대 입장을 밝혀라."

"나리, 무지몽매한 촌년이 감사 나리의 판단까지 흐리기 위해 저를 이처럼 모함하는데 어찌 그냥 보고만 있으십니까? 너무나도 어이가 없어서 말이 안 나오는군요!" 최악발은 분통을 터트리는 것처럼 과장된 몸짓을 하며 소리쳤다.

"언제 어디서 농부 방기준의 아내 구 씨를 꾀었는고?" 감사가 물었다.

"나리, 그 춘년이 자청해서 수청을 들겠다고 했습죠! 관아에서 같이 잠잔 게 한두 번이 아닙니다!" 최악발은 빈정거렸다.

문민규가 한 병졸을 팔꿈치로 찌르자 그가 벌떡 일어섰다. 형방은 그를 알아보고 말했다. "김만수, 어서 나와서 증언하여라."

병졸은 얼른 감사 앞에 나가 절을 했다.

"군수가 농부의 아내를 여러 번 취했다고 주장하는데 이에 대해 아는 바가 없느냐." 감사가 물었다.

"나리, 저는 김만수라 하고 노량군수의 호위병입니다." 병졸은 최 군수를 한 번 쳐다보고 증언을 시작했다. "저는 임무 때문에 군수님이 어디를 가시든지 무조건 호위해야 하지요. 심지어 감옥까지 따라갔죠. 거기엔 농부의 아내가 군수의 추잡한 요구에 굴하지 않았다는 이유로 잠시 갇혀 있었죠. 방금 최 군수가 한 말은 다 거짓이라고 제가 확실히 말씀드릴 수 있습니다. 나리, 저는 죽을 각오를 하고 제 상전을 고발합니다. 그 여인이 죄 없는 걸 뻔히 알면서도 입을 다물 수는 없습니다. 사정을 잘 모르는 남편이 그녀를 내쫓았다는 얘기를 듣고서 그녀의 억울함을 풀어 줘야겠다고 생각했습니다. 그리고 대담무쌍한 그녀가 감사 나리께 최 군수를 고소하러 갔다는 말을 문명규 진사에게서 듣고 제가 여기에 온 겁니다. 다시 한번 맹세컨대, 군수의 말은 얼토당토아니한 새빨간 거짓말이옵니다."

"김만수, 이런 비열하고 배은망덕한 놈이 다 있나. 여기가 어디라고 감히 거짓 증언을 하느냐!" 얼굴이 납빛으로 변한 최악발은 고래고래 소리를 질렀다. "저런 배신자 놈을 그렇게 오랫동안 잘 돌봐 주었다니 내가 한심한 바보지. 네놈은 당장 파면이다!"

"군수님, 나리께서 자행하신 모든 부정한 거래들, 추잡한 짓거리들에 대해 죄다 감사님께 고해바칠까요? 아녀자들을 꾀어서 국경을 침범해 들어온 오랑캐 놈들에게 팔아넘긴 일도 다 있었지요…."

"네 이놈, 무엄하도다! 감히 배은망덕하게!" 최악발은 노발대발하면서 언성을 높였다.

"김만수, 이 망할 놈아! 네놈이 어찌 군수님을 배신한단 말이냐!" 엄기하가 큰소리로 거들며 야단쳤다.

"아전은 조용히 하시오! 김만수, 그대의 증언은 일단 받아들이겠다. 목숨을 걸고 농부 아내를 변호하다니 그대의 용기가 가상하다. 이번 사건이 확정 판결 나기 전까진 그대를 해고당하게 하지 않겠다." 감사는 호위병을 안심시켰다.

"감사합니다, 나리." 김만수는 고개 숙여 말했다.

"군수의 말과 호위병의 말이 심히 어긋나니 농부의 아내를 불러서 직접 이야기를 들어 봐야 하지 않겠느냐?" 감사가 제안했다.

농부의 아내가 거론되자, 사악한 군수는 얼굴이 백지장같이 변했다. 그러면서도 끝까지 자신의 불편한 심기를 애써 감추려고 했다.

"방기준의 안사람을 불러와라." 감사의 명령이 떨어졌다.

농부의 아내가 나오자, 최악발은 처음으로 눈에 띄게 벌벌 떠는 모습을 보였다. 그는 그녀를 여기서 다시 보게 될 줄을 꿈에도 몰랐다. 지금까지의 오만과 허세가 그에게서 자취를 슬그머니 감췄다.

노량군에서 온 사람들은 머리에 두건을 덮은 방기준의 아내에게 모두 성원을 보냈다.

"방기준의 안사람은 참 용감도 하오! 증언을 잘해서 저 악랄한 놈을 옥살이시켜야지요. 나는 꼭 믿겠소!" 구경꾼 한 사람이 큰소리로 외쳤다.

"그대가 방기준의 안사람인가?" 감사가 물었다.

"네, 나리. 그러합니다." 농부의 아내는 절을 올리면서도 낭랑한 목소리로 꿋꿋이 대답했다.

"최 군수의 진술을 들었소?" 감사가 물었다.

"네, 나리. 그의 말 한마디 한마디를 꼼꼼히 들었사옵니다." 농부의 아내는 대답했다.

"군수는 자기의 호위병이 거짓말하고 있다며 그대와 여러 번 동침했다고 자랑하는구려. 그게 사실인고?" 감사가 심문했다.

"나리, 저분은 저를 강제로 범하려고 했지만 매번 실패했습니다. 제가 죽을 각오로 끝끝내 저항했으니까요." 그녀가 답변했다.

"나리, 저 계집의 말은 다 지어낸 것입니다." 최악발은 제 버릇 개 못 준다고 이 판국에도 거칠고 몰상식한 말투로 반박했다. "소인의 높은 지위에 혹해서 저 계집이 저를 은근히 좋아하면서 소인이 하자는 대로 따랐죠. 솔직히 말하면 소인의 얼굴이 좀 반반하고 풍채가 좋지 않습니까? 그래서 늘 여자들이 먼저 아양을 떨며 소인의 품에 안기려고 합니다. 저 아낙네도 소인한테 반했지요. 지 남편이 생각 밖으로 일찍 자기를 찾으러 오니까 몹시 야속해 하더군요. 소인의 목에 매달려서 말썽꾸러기 자식들과 무지렁이 남편한테 돌아가고 싶지 않다고 오히려 앙탈을 부렸습니다."

"군수의 주장에 대해서 어떻게 생각하시오?" 감사가 물었다.

"역시 거짓말만 하시는군요. 만약 저분의 말씀이 사실이라면 저의 감추어진 보배를 잘 알 것입니다. 오직 저의 남편과 두 아들만 아는 보물이죠." 농부의 아내가 침착하게 답했다.

"보물이라니 그게 무엇인지 그대가 여기서 밝혀 보시오?" 감사는 군수에게 물었다.

"저 여잔 보물이 많아서 뭘 말하는지 모르겠군요." 아연실색한 군수는 교활하게 답변을 회피했다.

"그중 하나만 얘기해 보시오." 감사는 재촉했다.

"소인이 뭐랬습니까? 저 계집은 보물이 너무 많아요. 대체 어떤 보물인지 갈피를 못 잡겠네요." 어떻게 해서든 이 난관을 빠져나가려고 갖은 애를 쓰며 최악발은 죽어 가는 목소리로 대꾸했다.

"군수에게 귀띔을 해 주시오." 감사가 여인에게 지시했다.

"저의 몸에 있는 보물입니다." 농부의 아내가 답했다.

"어디 생각 좀 해 보자. 그 보물이란 게 윤기 나는 네 풍성한 머리냐? 아니다, 아냐. 네 머리카락은 누구에게나 보이는 거지. 옳거니, 큰 모반母斑이 있는 모양이구나. 틀림없다. 점을 말하는 거야!" 정신없이 헤매며 최악발은 답을 찾아내려고 중얼거렸다.

"점이 어디 있다는 거요? 대체 왜 그 점이 저 여인의 보물이란 것인지?" 감사가 질문을 던졌다.

"나리, 그 점은 목에 있진 않을 거예요. 누구나 볼 수 있으니까요. 가슴에 달린 점이겠군요! 맞아요, 가슴에 점이 있어요. 확실해요! 점이 동전만큼 크니까 보물이지요." 최악발은 마구잡이로 넘겨짚어 말했다.

"어느 쪽 가슴에 있소?" 감사가 다시 질문했다.

"어디더라. 나리, 왼쪽 가슴입니다. 확실해요, 왼쪽 가슴이에요!" 최악발은 거들먹거리며 다 아는 척하면서도 이마에 송골송골 맺힌 진땀을 닦느라 쩔쩔맸다.

"그대 왼쪽 가슴에 동전만 한 복점이 있다는 것이오?" 감사는 여인에게 물었다.

"아닙니다. 엄지손가락만 한 혹이 오른쪽 가슴에 있습니다. 제 큰 아들이 태어난 뒤 얼마 안 있어 생긴 혹이라서 저에겐 보물이나 다름없습니다." 농부의 아내가 말했다. "아들이 떼를 쓰다가도 혹을 만지면 뚝 그치죠. 또 만지면 기적같이 열도 내리고 병도 낫는답니다. 작은애에게도 똑같은 효험이 있었습니다."

"나리, 저년이 말도 안 되는 소리를 하고 있습니다!" 거짓말이 들킬까 봐 최악발이 악을 썼다.

"우리 감영의 기생 몇몇을 불러와서 저 여인의 말이 맞는지 확인하게 하라. 그러면 누구의 말이 맞는지 결판난다!" 감사는 호통을 치듯이 지시했다.

명령이 떨어지자 호위병들이 급히 기생들을 데리러 갔다. 기생 일곱 명이 그를 따라오자마자 여인을 에워쌌다. 기생 하나가 조심스럽게 여인의 저고리 끈을 풀어서 가슴을 살폈다. 여인이 주장한 대로 오른쪽 가슴에 엄지손가락만한 혹이 달려 있었다. 기생 모두가 증인이 됐다.

"무엇을 봤느냐?" 감사가 물었다.

"이 여인의 오른쪽 가슴에 엄지손가락만 한 혹이 있습니다." 기생 하나가 대답했다. 딴 기생들도 머리를 끄덕이며 동의했다.

"이보시오, 노량군수 최악발, 아직도 저 여인이 그대의 수청을 들었다고 거짓말하겠는가? 아직도 그대 호위병이 위증했다고 헛소리할 것인가?" 감사는 엄중히 따져 물었다.

기세등등하던 최악발의 기운이 갑자기 푹 꺾였다. 그는 냉정함을 잃고 부들부들 떨며 머리를 땅에 박고 패자의 자세를 취했다. 판결을 눈앞에 두고 그는 마침내 자신의 죄과를 인정하지 않을 수 없었다.

"나리, 소인은 세 가지 죄를 모두 저질렀습니다." 최악발은 고개 숙이고 모조리 자백했다. "여러 해 동안 저울 눈금을 조작하여 농부에게서 곡물을 약탈하고 관아의 곡물도 빼냈습니다. 그리고 곡물 기록도 날조했습니다. 또한 관아 식모살이로 일하는 조카 애를 돌려달라는 윤정민의 요청에, 또 기타 일일이 열거할 수 없는 수많은 일들이 있을 때마다 뻔뻔스럽게 뇌물을 요구했습니다. 그리고 제 심복들을 시켜 어마어마한 돈을 받고 손기동의 그 귀한 청자 매병을 만주 오랑캐 놈에게 이미 팔아넘겼습니다. 마지막으로 말씀드리자면, 소인의 지위나 외모에도 불구하고 저 농부의 아내에게 수청을 거절당했습니다. 소인은 자존심이 무척 상해서 그 보복으로 헛소문을 퍼트렸습니다. 소인이 놓은 덫에 스스로 걸려든 꼴이 돼 낯 뜨겁습니다!"

"고을 수령의 녹봉이 아무리 박하다고 해도 열 식구가 굶주릴 정도가 아니라는 것을 그대는 알지 않는가? 그대는 하루 이틀도 아니고 10년 넘게 관아 행정을 농단했다. 아무 죄도 없는 고을 백성들을 쥐어짜고 그들의 귀중품을 착복했다. 더구나 수없이 많은 아녀자를 무참히 농락했다. 그 죄가 무겁기 짝이 없다. 최악발, 부패한 탐관오리는 팽형을 면치 못할 것이란 내 경고를 잊었는가?" 최 군수의 자백을 들고 난 감사는 호통을 치며 큰소리로 그가 받을 형벌을 부과했다. "그대야말로 팽형을 받아야 마땅하다. 그대의 죄목은 조정에 알릴 것이다. 세 가지 혐의 모두 유죄이니 조정에 너의 파면과 형벌을 권고할 것이다. 그대를 팽형에 처하면 타락한 공직자가 어떤 대가를 치르는지 다른 벼슬아치들에게 널리 알리는 타산지석이 될 것이다. 부끄러운 줄 알아라! 고려 초기부터 팔백여 년 동안 이어져 온 자랑스러운 우리 관료제를 모독하다니!"

최악발은 머리를 숙인 채 감사의 판결을 묵묵히 들었다. 아전도 할 말을 잃은 채 멍하니 고개를 숙이고 서 있었다.

"진실을 용기 있게 밝힌 한영환과 김만수에게는 승급과 포상이 있을 것이요." 감사는 알렸다. "농부 윤정민의 조카 윤송미는 즉시 부모에게 돌아가도록 하겠소. 농부 손기동은 청자 매병에 대한 변상을 받을 것이오. 마지막으로, 방기준 아내의 증언으로 노량군수 최악발이 옥살이를 하게 됐소. 그대는 진정 대담무쌍하오! 사내들도 감히 하지 못한 일을 해냈소. 그대가 시작했기에 이자들이 증언해 준 것이오. 그래서 그대는 노량군민들을 위해 큰 공을 세웠소. 그대는 노량군수 최악발이 퍼트린 고약한 악소문과 전혀 무관함을 선언하오. 이로써 억울한 그대의 누명은 깨끗이 벗겨졌노라."

감사가 농부의 아내를 향해 이렇게 선언하자 그녀는 그동안 꾹 참 았던 감정이 북받쳐 올랐다. 굶주린 늑대 같은 군수의 마수를 뿌리치 고 꿋꿋하게 절개를 지켰다고 감사는 그녀를 크게 치하했다. 아울러 악질 군수 퇴출에 결정적인 실마리를 제공한 용기가 가상하다며 하 사품까지 내렸다.

감격한 방기준의 아내는 소리 없이 뜨거운 눈물을 펑펑 쏟았다.

"문민규는 노량군의 부정부패를 철저히 조사해 왔다." 감사의 말 이 계속됐다. "문민규 덕분에 저 부정부패한 탐관오리를 제대로 심판 했다. 문민규, 그대의 도움이 아니었으면 증인들이 저 사악한 죄인에 대해 낱낱이 고해바칠 수 없었소. 그대의 부단한 노력에 힘입어 뿌리 깊은 불의, 부정, 부패를 단죄할 수 있었소. 그대의 임무 수행 능력은 공직자로서도 부족함이 없소. 따라서 그대가 나라를 위해 능력을 십 분 발휘할 수 있도록 정식으로 공직을 천거하겠소."

"나리, 과찬에 몸 둘 바를 모르겠습니다. 소인이 한 일이란 보잘것 없습니다. 다만 증인들이 방기준의 아내를 본받아 용기를 내어 증언 해 주었기에 저 천하에 못돼 먹은 군수를 처벌할 수 있었습니다." 문 진사는 겸양한 자세로 황공해 했다.

"자네 나를 위해 이렇게 여기까지 와 줘서 고맙네. 애썼네." 최악 발은 엄기하에게 고개 숙여 고마움을 표하고 나서 병졸들에게 이끌 려 감옥으로 향했다.

"제가 너무 늦어서 군수님께 큰 도움이 되지 못해 송구합니다." 아전이 용서를 빌었다.

"이 버러지만도 못한 놈아. 네 더러운 죄를 뉘우치면서 감옥에서 나 썩어라! 이 문드러지고 게을러터진 망나니야." 지나가는 최악발의 면전에 농부들은 침을 뱉거나 쌍욕을 퍼붓고 돌이나 막대를 던졌다.

관아 밖에서 구경하던 노량군 농사꾼들은 신이 나서 박수를 쳤다.

북과 꽹과리를 치고 노래하며 그들은 서로 손잡고 춤도 추면서 오랜만에 신명 나는 축하 분위기를 만끽했다.

최 군수에게 형이 선고되자 농부의 아내는 오라버니들과 얼싸안고 기쁨을 감추지 못했다. 증인들을 모으느라 애써 준 문 진사에게도 깊은 고마움을 전했다. 다른 증인들도 농부의 아내를 둘러싸고 축하 인사와 덕담을 보냈다. 그녀가 쉽지 않은 결단을 내려서 자신과 관계된 추문을 감사에게 당당하게 알렸기에 추악한 군수가 쫓겨났다며 사람들은 그녀에게 박수갈채를 보냈다. 그녀는 답례로 그들의 성원에 거듭거듭 감사의 말을 전했다.

감사의 호위병들에게 안내받으며 증인들은 귀향 채비를 했다. 주변 사람들이 그들에게 무사히 귀가하도록 안녕을 빌어 주었다. 떠나는 그들의 손에는 선물 꾸러미가 들려 있었다. 풍악을 올리며 농부들이 그들을 뒤따라갔다.

면 입구의 장승들 앞에서도 마을 농악대가 영웅이 오셨다면서 열렬히 환영하는 풍악을 울렸다. 수많은 고을 사람이 나와서 그들을 반겼다. 가증스러운 군수를 감옥에 처넣게 해 줬다면서 사람들은 그들을 둘러싸고 박수를 치며 칭찬을 아끼지 않았다. 농부의 아내는 사내도 감히 못하는 대담무쌍한 일을 했다며 여기저기서 칭찬의 말을 들었다. 그녀의 두 아들이 어머니를 보자 쏜살같이 달려와 팔에 안겨 기뻐서 어쩔 줄 몰랐다. 이제 그녀는 가족과 다시 한 가정이 됐다. 남편은 멀쩡한 아내를 의심한 자신을 용서해 달라며 겸연쩍은 모습으로 빌었다. 가족과 함께 집으로 가기 전에 그는 아내를 도와준 문민규와 여러 증인들에게 깊은 감사를 표했다. 김덕수는 사람들을 주막으로 데리고 가서 늦은 밤까지 축하 술자리를 벌였다.

노량군수가 형을 확정받고 옥살이를 하자, 다른 부정한 군수들은 권력 남용을 삼가며 몸조심하기 시작했다. 최악발의 감옥살이는 감사가 도내의 탐관오리를 소탕하겠다는 의지가 남다름을 분명히 알리는 극적인 사건이었다. 감사에게 뇌물을 주어도 소용이 없음을 절실히 깨달은 탐관오리들은 이제까지 물든 못된 관행을 고치기 시작했다. 하루가 다르게 그들의 임무 수행이 보다 충실해지니 노량군을 비롯한 기타 접경 지역의 방위도 탄탄해졌다. 오랑캐의 약탈 행위도 잦아지기 시작했다. 일반 백성의 탄원도 훨씬 줄어들었다. 하루가 멀다하고 이곳저곳에서 줄줄이 터지던 농민 봉기와 민란도 뚝 끊어졌다.

얼마 안 있어 평안도는 전국 팔도 가운데 가장 청렴하고 살기 좋은 곳 중 하나로 탈바꿈했다. 평양감영에 대한 사람들의 칭찬이 자자했다. 특히 백성들은 입만 열면 지혜롭고 공명정대한 이시원의 도정道政을 입이 마르도록 찬양했다. 올바른 사람은 보상하고 그른 사람은 물러가게 하니 부정한 탐관오리들은 당연히 그동안의 못된 관행을 중단하고 양심적으로 관직 임무를 수행하기 시작했다. 그들의 품행이 단정해지고 생활 수준이 개선됨에 따라 백성들은 편안한 삶을 누렸다.

조정에선 평양감사 이시원의 탁월한 관직 수행을 눈여겨보았다. 인조는 평안도의 변경에서 평정을 되찾고 도정도 안정되고 있다는 소식을 전해 듣고 크게 안도했다. 이시원은 감사로서의 훌륭한 공적을 인정받아 3년이 못돼 한양으로 되돌아와 병조참관이 됐다. 현명하고 공명정대한 감사가 떠나니 백성들이 길가에 줄지어 서서 그에게 작별 인사를 했다. 그들은 새로 올 감사도 이시원처럼 올곧고 유능하기를 바랐다.

한양에선 친인척들이 시원의 귀향을 학수고대했다. 임금으로부터 크나큰 영예와 총애를 받은 이 씨 가문 사람들은 하늘을 날듯이 기뻐했고 그들의 자부심은 끝이 보이지 않는 듯했다.

"내가 뭐랬어요? 시원이가 큰 벼슬자리를 받으며 영광스럽게 돌아올 거라고 말했지요?" 해주 정 씨는 가족들이 행여나 잊었을까 봐 큰소리로 자랑했다.

"그랬습니다!" 가족 모두 그녀의 말이 옳았다고 외쳤다. 다들 재미로 그녀를 '이 씨 문중의 최고 점쟁이'라고 부르고, 서로 자기 점 좀 봐 달라고 졸라댔다. 문중 사람들로부터 호의에 찬 관심을 받으니 정 씨조차 즐거워 어쩔 줄 몰랐다.

18
조선 지원군의 대승

당시 조선은 비교적 안정되고 태평한 시기였다. 그러나 조선의 오랜 우방인 명은 시국이 심상치 않았다. 광활한 만주 벌판의 북동쪽 변방에서 강력한 군사력을 키운 후금은 영토 확장과 침탈의 칼날을 명으로 향했다. 만주 광야에서 북서쪽 접경 지역을 치는 데 성공한 여세를 몰아서 명의 국경을 줄기차게 공격하며 약탈을 일삼았다. 그리하여 명군과 후금군은 한판승부로 판가름하겠다는 격전을 벌였다. 전황은 명군에 불리하기만 했다. 명군은 전면전 한 달 만에 병력 충원이 절실한 형국이었다.

긴급 군사 원조를 요청하는 명 황제의 외교사절단이 북경을 떠나 한양에 도착했다. 조선의 지원군 1만여 명을 접경지대 만주벌 단둥에 급파해 달라는 절박한 간청이 담긴 사신이었다. 얼마나 상황이 위급했으면 명 황제가 압록강 건너 단둥에서 몸소 환영하겠다는 서약까지 덧붙여 간청했을까?

인조는 파병 요청을 들어줘야 할지 말아야 할지 큰 고민에 빠져 실로 난감한 처지였다. 수년 전 정묘호란 때 후금에 패전한 조선은 화해 조건으로 명과 친교를 단절하고 후금과 형제 관계를 맺었었다. 그러나 명과 오랫동안 지속된 유대를 쉽게 지울 수 없었다. 더구나 임진왜란 때 받은 명군 지원때문에 인조는 명의 지원군 요청을 마냥 못 들은 척할 수만도 없었다. 광해군이 명과 후금 사이에서 중립외교를 펼치려다 조정의 지지를 받지 못해 폐위됐다는 사실 또한 그의 뇌리에서 감돌았다.

명과 후금의 전쟁 때 광해군도 명의 요청을 받아 1만 3천여 명의 병력을 파견한 적이 있었다. 당시 거의 모든 병사들이 전사하자, 광해군은 만주와 명 사이에서 보다 중립적 입장을 취하기로 결단을 내렸다. 이런 그의 중립외교는 조정의 기득권층인 대신들뿐만 아니라 명과 후금 모두에게 극도로 불만스러운 것이었다. 마침내 그는 왕위에서 추방당하기에 이르렀다. 그 결과 연산군과 함께 광해군은 묘호왕이 죽은 뒤 종묘에 그 신위를 모실 때 드리는 존호(尊號)도 받지 못했다.

인조는 자신을 왕위에 옹립한 자들이 바로 친명파 대신들임을 너무나도 잘 알고 있었다. 조정에서 친명파의 입김은 대단한 것이었다. 결국 인조는 파병을 결심했고, 아울러 이 군사 행동의 진두지휘를 병조참판 이시원에게 맡겼다.

북경에서 온 사절단이 애타게 답변을 기다리고 있는 가운데 조정에서는 군 전략 문제에 관해 요란한 분쟁이 일어났다. 다수의 대신들이 임금의 결정을 옹호했으나 몇몇 대신은 반대의 목소리를 끝까지 높였다.

이런 반대파의 중심에는 영의정 김오만이 있었다. 그는 명에 지원군대를 파견하는 것 자체에는 반대하지 않았으나 사령관으로서 이시원의 자질을 문제 삼아 시비를 걸었다.

"아니 되옵니다, 전하. 이시원 참판은 이제 갓 그 자리에 임명돼서 연륜이나 전문 지식이 없사옵니다. 이런 막중한 임무 수행에 큰 낭패가 있을 줄 아뢰옵니다! 하여 그가 이 중대한 책무를 떠맡아서는 아니 되옵니다. 통촉하여 주시옵소서." 김오만은 교활한 어조로 말했다.

"이 참판이 이런 책무를 제대로 다루지 못할까 하여 걱정하시지 않아도 되오. 그 옆에는 유능한 장수가 함께할 것이니 명의 북방 오랑캐들을 쫓아내는 데 문제가 될 게 없소이다." 임금은 영의정의 반대에도 불구하고 자신의 결정을 밀고 나가며 반대파를 설득했다.

"그리고 이시원 참판은 다행하게도 중국말을 잘하지요!" 길삼윤 예조판서가 보탰다.

"맞소. 그것도 이시원을 이 자리에 임명한 중요한 이유 중 하나라오." 임금은 덧붙였다.

김오만은 이시원에 대한 증오감이 끓어오르고 있었지만 겉으로 나타내지 않으려고 애썼다. 그리고 임금의 설득에 더 이상 마다할 수가 없어서 가만히 있었다.

"보름 내로 조선지원군을 보내겠다고 황제에게 전하시오." 명사절단은 인조로부터 약조를 받자 고개 숙여 깊은 사의를 표하고 북경으로 급히 되돌아갔다.

시원은 어명을 받들어 즉각 임무에 착수했다. 만주에 함께 갈 만한 몇몇 백전노장百戰老將들을 대면했다. 그중 김영만과 임영업으로 후보를 압축해 둘 중 하나를 선택해야 했다.

김영만은 영의정과 안동 김 씨의 권세에 힘입어 군부 내에서 급속히 승진 가도를 걸었다. 그는 키와 몸무게 등 신체적 조건이 맞지 않음에도 불구하고 안동 김 씨의 연줄로 무과에 급제했다. 땅딸막한 체구의 그는 야비한 구석이 있어 동료들로부터 미움을 샀다.

김영만의 전쟁 수행 능력에 대한 첫 시험장은 1624년에 일어난 이괄의 난이었다. 젊은 무관으로서 그는 오만불손하고 우유부단하며 속임수가 많은 성격 자체만으로도 유능한 장수 감이 아니었다. 이괄의 난을 진압했을 때에도 김영만은 직접 그 싸움터에 있었지만 별다른 공적을 남기지 못했다. 그러나 그의 사촌 김오만이나 가문은 그에 개의치 않고 그들의 영향력을 등에 업고 김영만을 전쟁 영웅으로 만들려고 했다. 3년 후 후금의 침략이 있을 때도 그의 형편없는 통솔력으로 인해 부하들은 싸울 열의도 없었고 심지어는 명령 불복종도 자주 일어났다. 이 모든 결함에도 불구하고 그는 남부 요새의 병마절도사가 됐다. 그가 말썽을 피울 때마다 이를 무마하기 위해 힘을 써야 했기에 세도 가문인 안동 김 씨에게도 그는 늘 골칫거리였다. 김 씨 가문은 사고뭉치에 무능까지 한 김영만을 명에 파견할 조선 지원군의 부사령관 후보자 명단 제일 상단에 억지로 올려놓았다.

시원은 두 후보자의 경력을 신중히 숙고한 끝에 임영업을 그의 보좌로 임금에게 천거했다. 임금은 곧바로 그를 부사령관으로 임명했다.

임 장군은 조선국경에 있는 백마산성의 유능한 부사령관이었다. 그는 무과 시험에 합격한 뒤 문무 양면으로 탁월한 기량을 겸비한 장수로 입신양명 가도를 달렸다. 육 척이 넘는 장신에다 불사조처럼 활활 타오르는 눈빛, 빼어난 지력과 담력 등 여러모로 특출한 인물이었다. 그의 활은 그 외에는 아무도 당길 수 없다는 소문도 파다했다. 명장이 가져야 할 핵심 자질인 인덕지용仁德智勇을 고루 갖춘 극히 보기 드문 장수였다. 이런 이유로 그를 하늘같이 따르는 부하들은 일편단심의 헌신과 충성을 바쳤다.

임 장군은 이괄의 난 때 남다른 용맹과 통솔력을 발휘했다. 그는 난을 진압하고 그로부터 3년 후 후금의 침략을 막는 데에도 큰 공을 세웠다. 당시 그는 앞길이 창창한 유능한 장수로서 부하들로부터 존경을 한 몸에 받았고, 그의 공적은 큰 귀감이 됐다. 오랑캐 병졸들은 임영업의 고함만 들어도 달아났고, 그의 이름만 들어도 부들부들 떨었다. 비록 조선이 후금에 패한 전쟁이었으나 임 장군의 탁월한 수훈만은 높이 인정받았다. 하여 그는 승진해서 의주 백마산성의 부사령관이 됐다.

임 장군의 군사 경력도 매우 뛰어났지만, 시원은 다른 세 가지 이유로 그를 택했다. 첫째, 그와 임 장군은 상황이 더욱 어려울수록 신중히 접근해야 한다는 인식을 같이했고 용의주도한 전략을 통한 승전을 선호했다. 둘째, 임 장군은 중국과 후금 군을 직접 전쟁터에서 맞서 혈투를 벌인 실전 경험이 있었다. 셋째, 임 장군은 중국말을 썩 잘 구사했다.

단둥으로 출발하기 전에 시원은 이 씨 문중 사당에 들어가 조상의 위패 앞에서 향을 피웠다. 그리고 그가 소기의 목적을 성공적으로 이루고 무사히 되돌아올 수 있도록 빌었다. 그는 가족의 안녕과 자신의 승전을 간곡히 기원하며 고개를 숙였다.

"큰 위험에 처하시면 잊지 말고 꼭 부적에 손을 대서야 합니다." 떠날 채비를 하는 시원에게 부인은 일러 주었다.

"꼭 그리하겠소." 시원은 아내에게 약속했다. "가족을 잘 돌보고 본인도 몸조심하시오." 자신이 없는 동안 가족과 친인척들이 아내의 비범한 보살핌을 받는다는 사실에 그는 무척 안심됐다.

바람이 강하게 부는 추운 날씨에도 불구하고 많은 문중 사람들이 시원을 배웅하러 나와서 그의 행운과 무사 귀환을 빌었다.

"부디 몸조심하고, 최선을 다하여 꼭 승리하고 무사히 돌아오너라, 시원아!" 숙부 이영은 큰소리로 조카를 격려했다.

칼바람이 세차게 부는 겨울날 아침 일찍, 인조와 문무 대신들이 조선 지원군을 환송하러 나왔다. 지원군은 열렬한 환송을 받으며 곧바로 만주벌로 행군하는 출정식을 거행했다.

"우리 지원군은 이웃 명군군사를 도와 최선을 다해 꼭 승리하여 조선을 빛내 주시오. 하여 의기양양하게 무사히 돌아오기를 간절히 기원하오!" 인조는 문무 대신들과 함께 지원군을 격려했다.

"주상 전하, 전하와 우리나라를 위하여 용기를 다하여 싸우겠사옵니다. 동북방의 오랑캐에 대한 명의 승전에 이 군신은 크게 기여하여 자랑스러운 조선지원군을 이끌고 되돌아오겠사옵니다." 시원은 임금에게 예를 갖추고 엄숙히 맹세했다.

'너의 작전 수행은 완전히 실패하여라. 그리하여 너는 망신거리가 돼서 돌아올 거다. 아니, 아예 오지도 마라.' 김오만은 왕의 뒤에서 이 광경을 매몰찬 표정으로 지켜보면서 속으로 저주를 퍼부었다. '임영업, 감히 내 조카의 자리를 빼앗아? 너도 적의 칼에 맞아 부상하거나 네 임무를 제대로 수행하지 못하고 큰 낭패를 당하거라!'

만주로 가는 길목마다 수많은 백성이 문밖으로 나와 길가에 줄을 길게 섰다. 그들은 휘몰아치는 바람을 받으며 드높이 펄럭이는 깃발들을 보면서 전쟁터로 떠나는 조선의 용사들에게 뜨거운 성원을 보냈다.

여러 날 동안 힘들여 전진한 끝에 조선군이 마침내 단둥에 도착했다. 황제의 야영지가 눈앞에 펼쳐졌는데 끝이 보이지 않을 정도로 깊고 넓었다. 황제가 대규모 수행원 무리의 호위를 받으며 직접 나와서 조선군을 영접했다.

"조선지원군을 이끌고 온 사령관이옵니다." 시원이 명 황제에게 예를 갖추며 정중히 인사를 올렸다. "여기 조선 임금님의 인사말을 담은 친서를 올립니다. 인조 지존께서는 명이 우리나라에 오랫동안 아낌없는 지원과 후의를 베풀어 주신 데 대해 심심한 사의를 표하셨사옵니다. 저는 조선의 병조참판 이시원이고 이 분은 부사령관 임영업 장군이옵니다. 저희는 후금군 격퇴에 명군과 함께 일조하기 위해 왔사옵니다."

"이렇게 조선지원군이 절실히 필요한 시기에 와 주었으니 정말 감사하오." 황제와 대신들은 조선지원군에 대해 더할 나위 없이 고마워했다.

조선지원군을 위한 환영연이 열렸다. 이시원과 임영업은 명군 장수 자오 샨바오를 소개받았다. 그는 북경 외곽으로부터 긴급 투입된 장병들을 이끌고 있었다. 눈매에 영악한 기운이 감도는 훤칠하고 남달리 키 큰 장수였다.

"우리의 총지휘관 루 밍샤오 장군이 용맹을 떨치며 쭉 싸워 왔지만 수많은 병사들이 목숨을 잃었소." 명의 병조대신은 일선에서 자국 군이 처한 상황이 비참하다며 크게 걱정하는 어투로 말했다. "아군이 후금 병사들과 격투를 벌인 지 벌써 두 달이 다 돼 가오. 전방에서 온 최근 소식에 따르면 우리 병력이 거의 반으로 줄었다고 합니다. 그리고 많은 병사들이 부상했고…."

바로 그때 전방에서 전령이 막 달려들어 왔다.

"폐하, 저는 루 밍샤오 장군께서 보내는 긴급 전갈을 갖고 급히 왔사옵니다." 전령이 황제에게 넙죽 엎드려 머리를 조아리며 말했다. "후금 침입자들이 접경 지역을 초토화하고 있사옵니다. 충분한 병력의 긴급 투입 없이는 국경을 사수하지 못한다고 하옵니다. 만일 적이 우리 군의 방어선을 뚫으면, 폐하, 이곳 역시 큰 위험에 처할지도 모른다고 하옵니다!"

보고를 듣고 황제와 대신들은 크게 난감해졌다. 무엇보다 전방에 연합군을 이끌고 갈 총사령관을 구하느라 애를 먹고 있었다. 대부분의 장수들은 이미 전장에 투입된 상태였다. 북경에 남아 있는 일부 장수들도 부상 때문에 출전하라는 황제의 부름을 받을 수가 없었다.

자오 샨바오는 '장군'이라는 칭호를 받았으나 전쟁터에서 싸운 실전 경험이 아주 적어서 연합군을 진두지휘하기에 마땅치 않았다.

"폐하, 우리 명군은 당할 적이 없는 강력한 군대이옵니다. 하오나, 거의 두 달 동안 후금 병사들의 집요한 공격에 맞서 싸우느라 지금은 지칠 대로 지친 상태이옵니다. 사기도 많이 떨어진 상태이고요. 이 시점에서 우리는 전투 경험이 풍부한 장군을 필요로 하옵니다. 하온데 임 장군을 가까이서 살펴보니 담대한 장부로 보입니다. 그는 그 누구보다도 전투 경력이 뛰어나고 신뢰를 받기에 여기까지 왔사옵니다. 명과 조선이 뭉친 연합군의 사령관에 임 장군이 훌륭한 적임자라고 사료되는 바이옵니다." 명의 대신 하나가 임 장군을 두루두루 살펴보고 말을 꺼냈다.

"임 장군에 관해선 소인이 보장하옵니다." 명의 병조대신이 거들어 말했다. "이미 널리 알려진 바 있지요. 몇 년 전 조선을 침범한 후금에 맞서서 아주 탁월한 지도력을 발휘했사옵니다. 후금 병사들은 그의 이름만 들어도 부들부들 떤다고 하옵니다. 명조연합군의 총사령관으로 그가 적임자임에 의심할 여지가 없사옵니다. 해서, 임 장군을 적극 천거하옵니다." 병조대신이 보장하니 모두 잠시 임영업의 됨됨이를 헤아려 보았다.

"저도 대찬성이옵니다." 임 장군을 먼저 추천했던 대신이 병조대신의 보장을 듣자 흐뭇해하며 소리 높였다.

그러자 나머지 대신들도 그를 뒤따라 찬성의 표시로 고개를 끄덕이며 환영했다.

"임 장군, 우리 병조대신이 그대를 천거하는 데엔 그럴 만한 이유가 있다고 믿소." 황제가 말했다. "조선의 군사들과 함께 우리 명군병사를 이끌고 북동쪽의 만주 접경지대로 진군해 주겠소? 그곳의 우리 군이 지금 증원 병력이 절실히 필요로 하고 있다오!"

"황공하옵니다. 이 촌시도 아까운 급박한 상황에서 분부를 받들어 최선을 다해 연합군을 이끌겠사옵니다. 이시원 참관이 전략을 잘 세우고 자오 샨바오 장군이 공격대를 가동할 테니 소인은 두려울 것이 없겠사옵니다." 임 장군이 당당하게 대답했다.

제대로 먹지도 쉬지도 못한 채 조선지원군은 명군병사들과 합류해서 전장으로 곧바로 나갔다. 명 장군의 부하들이 임 장군의 지휘하에 놓이게 됐다. 동맹군은 이제 3만 병력을 넘어섰다. 이시원 참판은 임 장군과 함께 한양에서 이미 치밀한 전략을 짜 놓은 상태였다. 자오 샨바오와 합세한 지금 이 전략의 실행을 눈앞에 두고 있었다.

조명연합군이 광활한 만주 벌판의 접전 지역에 도착하니 마침 맹렬한 전투가 한창 벌어지고 있었다. 임영업과 이시원은 양 갈래로 흩어져 측면 공격을 감행했다. 예기치 못한 명의 지원군과 부딪치니 후금 군사는 혼비백산이 돼서 도주했다. 고전을 면치 못하던 명군병사들은 이런 때맞춘 지원을 대환영했다.

그러나 명군병사들이 한숨을 돌리기도 전에 전열을 가다듬은 적은 엄청난 수의 군사를 몰고 되돌아와 정면 공격을 시도했다. 이시원과 임영업은 그러나 정면충돌을 피하고 각각 좌우로 갈라져 움직임으로써 적들을 중앙으로부터 분산시켰다. 적군은 흩어진 채로 연합군을 쫓아다니는 꼴이 됐다.

자오 샨바오가 이끄는 부대가 갑자기 이시원의 부대를 추적하는 적군의 뒤쪽에서 공격했다. 이시원의 군사들은 이때다 싶어 갑자기 뒤돌아서며 적군을 정면으로 맞섬으로써 그들을 진퇴양난에 빠트렸다. 연합군의 전투를 멀리서 지켜보던 루 밍샤오는 그의 부대를 이끌고 임영업의 뒤를 쫓는 적군을 맹추격했다. 이때 임영업은 부하들에게 멈추고 뒤로 돌아서라는 신호를 보냈다. 여기서도 후금 병사들은 진퇴양난에 빠져서 어느 쪽을 공격해야 할지 몰라 허둥지둥했다. 후금군은 앞뒤로 연합군에게 포위된 셈이었다.

임 장군은 맹렬히 싸우며 적들을 닥치는 대로 물리쳤다. 이시원 역시 용감히 싸웠다. 그들의 담대한 용기가 만주 벌판의 하늘을 찌를 듯했다. 적군은 그들의 고함과 북소리만 들어도 벌벌 떨었다. 조선 장군의 과감하고 용감한 지휘에 고무된 부하들은 죽음을 마다하지 않고 온힘을 다해 싸웠다. 전장에 땅거미가 지기 시작하니 후금군은 다시 한번 도망치듯이 퇴각했다.

물러나는 적을 바라보며 루 밍샤오 장군은 조선 지원군 두 지도자 쪽으로 박차를 가해 달려갔다.

"때맞춰 지원하러 와 줘서 정말 감사합니다!" 그는 말에서 내리자마자 추운 날씨에도 땅바닥에 무릎을 꿇고 조선 지원군 대장들에게 두 손을 모아 뜨거운 감사의 인사말을 올렸다.

그리고 그는 그들을 막사로 모시고 갔다. 사령부에서 그는 다시 한번 정식으로 환영 인사를 하고 적시의 지원에 거듭 사의를 표했다. 참모들을 대령하고 그는 탁자로 가서 적의 위치가 표기된 지도를 펼쳤다. 그는 지금까지의 전투 전개 과정에 대해 소상하게 설명했다.

"적들의 끊임없는 맹공격에 우리 군사 중 거의 절반이 불행히도 목숨을 잃었고 남은 생존자들도 다수가 부상했습니다. 10만의 병력이 반으로 줄어들었지요." 작금의 전황을 알리는 루 밍샤오 장군의 입에서 깊은 한숨이 나왔다. "우리는 거의 두 달 동안 하루도 빠짐없이 병사를 번갈아 가며 전투를 벌이는 상황입니다. 병사들이 지칠 대로 지쳤고 사기도 많이 떨어져 있습니다. 지금 전투에 가동할 병력은 대략 4만 명 정도입니다. 양쪽이 피비린내 나게 싸우는 이 전쟁에서 적군들 역시 거의 동일한 숫자의 군사들이 전사한 것으로 보입니다. 워낙 격전을 벌이다 보니 그쪽만 성하라는 법은 없지요. 추정컨대, 적의 병력이 대략 4만에서 5만 사이이고 그중 상당수가 부상했을 것입니다."

"조명연합군이 적을 무찌를 수 있는 새 전략을 임 장군과 제가 고

안해 낼 수 있을 것으로 보입니다." 이시원이 말했다. "먼저 적이 싸우는 움직임을 직접 봐야 가능할 것 같습니다."

"그렇게 하시지요. 저와 부하들은 훌륭한 군사 전략가이신 이시원 참판의 명성을 잘 알고 있습니다. 용감무쌍한 명장이신 임영업 장군님과 탁월한 전략가이신 이 참판님, 이 두 분의 명성은 저도 익히 들어 잘 알고 있습니다. 두 분이 우리 명을 위해 싸워 주심에 깊은 감사를 드립니다. 어떤 제안이라도 감사히 받겠습니다. 마냥 길어지는 이 전쟁을 단번에 끝낼 좋은 묘책이 없을까요?" 루 밍샤오 장군이 말했다. "황제의 분부를 받고 명군을 이끌고 온 자오 샨바오 장군께도 심심한 감사를 드리오."

이시원과 조명 장군들이 머리를 맞대고 전략 회의를 한 끝에 이 참판과 임 장군이 제안한 군사 작전을 실행하기로 합의했다. 임 장군이 적의 위치를 묻자, 루 밍샤오 장군이 지도에서 해당 위치를 짚고 참모에게 적의 야영지를 가리키라고 지시했다.

"후금군의 야영지는 저기 산 밑 허허벌판에 있습니다. 지금은 어두워져서 잘 보이지가 않습니다." 참모가 즉시 천막 자락을 열고 적군의 야영지가 있는 방향을 가리켰다.

이시원과 임영업이 일어나서 내다보았다. 몇 리 떨어진 그곳은 간신히 보일락 말락 했다. 땅거미가 짙게 드리운 가운데 적군 야영지는 희미한 윤곽만 가물가물 보일 뿐이었다.

다음날 후금 병사가 싸움을 걸어오자 어떻게 된 일인지 조명연합군은 적과 싸우려 하지 않고 도망만 다녔다. 후금 병사는 그들을 온종일 뒤쫓느라 넓은 벌판을 몇 번이나 돌고 돌았다. 그러다가 갑자기 연합군은 싸우는 척하더니 적군이 따라오면 또 철수했다. 명군과 합세하여 이시원과 임영업은 조선 왕조의 창시자 이성계의 유명한 '일

진일퇴' 전략으로 적들을 교란시키며 유인했다. 이 전략은 과거에 왜의 침략자들을 퇴각시키는 데에도 성공적으로 사용된 적이 있었다. 이 전략으로 후금 병사는 어리둥절해서 좌절감에 빠졌고 기진맥진하여 어두워지자마자 퇴각했다. 그다음날에도 똑같은 일이 벌어졌다. 이런 일이 며칠 동안 계속되자 후금 병사는 지칠 대로 지쳤다.

사기가 빠진 후금 병사의 모습을 보고 조명연합군은 그들이 짜 놓은 치밀한 전략을 본격적으로 실행할 때가 왔다고 믿었다.

다음날 동이 트기 전 어둠을 타고 조명연합군은 적군 야영지를 포위하여 세 갈래 공격을 감행했다. 먼저 기마궁수부대가 넝마를 기름에 적셔서 촉에 꽂은 불화살을 적군의 천막으로 쏘아 댔다. 화공작전이었다. 이시원과 자오 샨바오, 임영업, 루 밍샤오 등 네 지휘관은 적군 야영지의 외곽에서 이 광경을 예의 주시하며 때를 기다렸다.

천막에 불이 붙자 순식간에 적군 병영은 아수라장이 됐다. 천막으로부터 검은 불길이 하늘 높이 치솟았다. 외마디 비명이 사방팔방에서 터져 나왔고 화염에 놀란 말들이 힝힝 울어 댔다. 지위 고하를 막론하고 후금 군사들은 천막 밖으로 뛰쳐나와 말을 진정시키고 불을 끄느라 정신이 없었다. 공포로 아우성을 치며 밖으로 나온 병사들 중에는 옷에 붙은 불길을 끄느라 땅 위를 데굴데굴 구르는 모습도 보였다.

"어서 무기를 들고 싸워라!" 후금군의 지휘관들은 병사들에게 고래고래 소리를 질렀다.

이렇게 불타는 막사로부터 도망치는 병사들이 표적 안에 들어올 때까지 조명연합군은 인내심을 가지고 기다렸다. 궁수들의 활이 당겨지기 일보 직전이었다.

천막에서 간신히 빠져나온 후금군의 지휘관들이 병사들을 집결시키려는 찰나에 연합군의 전면 공격이 일시에 시작됐다. 도처에서 격한 전투가 벌어졌다.

포악한 후금 장군 쑤에 빙라오와 부하들이 말 위로 뛰어올라서 이시원과 자오 샨바오의 군을 추격했다. 한편 다른 후금 군사들은 임영업과 루 밍샤오의 군대와 교전을 시작했다.

이시원은 말을 뒤로 돌려서 적장과 정면으로 마주했다. 우람한 몸집의 쑤에 빙라오 장군은 육중한 칼을 휘두르며 이시원을 향해 돌진했다. 몇 번 치고받았으나 이시원은 이 강대한 장군에게는 역부족이었다. 이시원이 궁지에 몰려 최후의 일격을 맞으려는 찰나, 그의 팔이 공교롭게도 그의 목에 두른 부적을 스쳤다. 그러자 부적에서 초록빛 눈부신 광선이 뿜어져 나와 적장의 가슴을 관통했다.

적장은 말에서 힘없이 땅 위로 털썩 떨어져 누웠다. 그의 몸이 얼어붙은 듯이 꼼짝 않고 있었다. 그의 부하들은 공포에 질려 비명을 지르며 달아났다. 이시원은 재빠르게 칼로 적장 가슴을 찔렀다. 막강하기 그지없던 쑤에 빙라오 장군이 전사하자, 적은 사기를 잃고 금세 힘이 빠지기 시작했다.

크게 안도하며 이시원은 자신을 죽을 고비에서 구출해 준 부적을 내려다봤다. 그는 부적의 신력神力에 감탄하며 고마운 마음으로 순간적으로나마 아내를 떠올렸다.

임영업과 루밍샤오를 뒤쫓던 후금 군사는 쑤에 빙라오 장군이 전사하자 힘이 빠져 우왕좌왕했다.

혼비백산해서 온통 뒤죽박죽된 적을 연합군은 그대로 밀어붙여 섬멸시켰다. 이시원의 탁월한 전략과 임영업의 용맹이 넘쳐 나는 전투력이 합쳐져서 적을 크게 무찌르는 대승을 거뒀다. 지도자들을 다 잃어버린 후금 병사들은 조명연합군의 맹공격에 갈팡질팡했다. 명군 장군들도 그들 나름대로 빈틈없이 역할을 다하여 승리에 크게 기여했다.

가까스로 살아남은 후금군의 패잔병들은 누더기가 된 깃발들을 들고 말을 전속력으로 질주하며 전장을 빠져나갔다. 이들을 바라보며 연합군병사들은 하늘을 찌를 듯이 무기와 손을 높이 쳐올리며 함성을 질렀다. 적의 허를 찌른 전략과 양국 병사들의 용감한 사투에 힘입어 연합군은 적을 패주시킨 것이었다. 두 나라 군대는 합심하여 북방 오랑캐와의 전투를 압도적인 승리로 끝맺었다.

19
퇴짜 맞은 명의 두 공주

조명연합군은 승리의 깃발을 올리고 단둥으로 되돌아왔다. 명 황제는 이 참관과 임 장군을 비롯해 자오 샨바오, 루 밍샤오 장군과 병사들 모두에게 성대한 승전 축하 향연을 베풀었다. 황제는 이시원과 임영업에게 다량의 금은보화도 하사했다. 이들은 곧바로 목숨을 걸고 싸워 준 병사들에게 이 모든 포상금과 선물을 골고루 나누어 주었다. 병사들은 사령관의 어질고 너그러운 마음에 깊이 감복했다. 명군 진영에서도 북방 오랑캐를 물리치는 데 크게 기여한 조선군 지휘관들의 탁월한 전략과 병사들의 발군의 용맹을 높이 칭송했다.

이시원의 빼어난 군사 전략과 임영업의 비범한 전투력을 높이 인정한 명 황제는 이 두 사람을 사위로 만들고 싶어 했다. 그는 자신이 가장 아끼고 사랑하는 두 예쁜 딸 용매 공주와 공매 공주를 각각 이 두 조선군 지휘관에게 신부로 내주겠다고 제안했다. 이시원과 임영업이 사위가 되어 명군을 돕는다면 그 어떤 적도 막을 수 있다는 게 황제의 확고한 생각이었다. 그뿐만 아니라 이 두 조선의 뛰어난 군사 인재들이 자기 딸과 혼인하게 되면 조선의 협조도 앞으로 쉽게 얻을 수 있을 것이라고 그는 굳게 믿었다.

"아뢰옵기 황공하오나 소인은 이미 처가 있사옵니다. 하여 공주님과 혼인할 수 없사옵니다." 이시원은 신랑감이 결코 못된다고 의연하게 거절했다.

"소인 또한 처가 있사옵니다. 황공하오나 아쉽게도 공주님과 혼인은 불가능하옵니다." 임영업도 신랑감이 못된다고 꿋꿋이 자신의 입장을 밝혔다.

명 황실의 혼인 제안을 받고서도 두 사람은 이미 처가 있는 몸이라 황공하다며 극구 거절한 것이다. 그러나 황제는 그들의 마음을 돌리기 위해서 호화로운 주연을 매일 밤 열면서 그들의 출발을 의도적으로 지연시켰다. 사흘이 지난 뒤 이시원과 임영업은 자신들이 이러지도 저러지도 못하는 어려움에 빠져 있음을 깨닫고 빨리 귀국할 만한 묘책을 찾느라 머리를 맞댔다.

"용매 공주님을 은밀히 찾아가 볼 수 있도록 허락해 주시옵소서." 시원이 황제에게 청했다.

"공매 공주님을 한번 직접 만나 뵙게 해 주시옵소서." 임영업도 황제에게 요청했다.

'이들이 마음을 고쳐먹었구나.' 황제는 이렇게 생각하고 속으로 기뻐하면서 흔쾌히 그들의 청을 들어주었다.

예정된 시간이 되자 이시원은 아리따운 공주 용매가 기거하는 막사로 갔다. 막사가 전쟁 사령부답지 않게 화려한 장식으로 꾸며져 있었다. 공주의 미모를 보자 그의 가슴은 갑자기 거세게 뛰었다. 나이가 열다섯 살쯤으로 보이는 그녀는 늘씬한 몸과 우아한 자태를 지녔다. 그녀는 버들잎 같은 눈썹과 길고 진한 속눈썹 밑의 검은 눈동자를 반짝이며 그를 반겼다. 그녀의 붉은 입술에는 수줍은 미소가 머금어져 있었다. 화려한 비단옷으로 인해 티끌이 하나도 없는 그녀의 얼굴이 더욱 희고 고와 보였다.

"이렇게 아리따운 공주마마를 저와 가약을 맺도록 분부하신 아버님께 황공한 마음일 뿐입니다." 굳은 자제심으로 이시원은 그녀에게 말했다.

용매 공주는 힐끗 봐도 멋지고 위엄 있는 조선 고관의 말을 열심히 들으려고 애썼다.

"불행히도 저는 공주님과 혼인을 하고 싶어도 그럴 수 없는 처지입니다. 조선 땅에 아내와 두 아들을 두고 있지요. 정녕 저와 백년가약을 맺고 싶으시다면 우선 혼례에 앞서 공주님이 어떤 상황에 처하게 될지 아셔야 하오. 내 말에 동의하십니까?" 이시원이 물었다.

용매 공주는 그의 반듯한 용모와 자세가 마음에 들어서 고개를 끄덕이며 살짝 그를 관심 있게 쳐다봤다.

"저는 황해도 연안 이 씨 가문의 종손입니다." 이시원은 우물거리지 않고 말을 이어갔다. "게다가 제가 외아들입니다. 따라서 명 궁궐에서 공주님과 함께 부마도위로 사는 것은 절대로 불가능합니다. 가약을 하게 되면 공주님은 저와 함께 조선으로 가서 제 후처로 사셔야 합니다. 이루 상상할 수 없을 만큼 어렵고 힘든 삶이 될 것입니다. 궁중에서 호화롭고 안락하게 사셔서 저와 같은 넉넉지 못한 관리의 삶이 어떠한지 아시지 못하겠지요."

시원의 말을 듣고 용매 공주 눈이 휘둥그레졌다.

"잔소리 많은 시어머니의 말씀을 따르랴, 엄격하신 시아버지 모시랴, 그리고 심드렁한 정실正室의 비위를 맞추랴 몹시 고되실 것입니다. 또한 골칫덩이 제 쌍둥이 아들놈들 때문에 집안에 하루도 바람 잘 날 없는데 이 말썽꾸러기들을 돌보는 일도 하셔야 하죠. 더구나 공주님 자신도 우리의 노후를 돌볼 아들딸들을 많이 낳아서 키우셔야 합니다." 시원은 일부러 과장해서 말했다.

용매 공주는 무슨 생각에 이른 것 같았지만 입 밖으로 내놓지 않

321

기로 마음먹은 듯했다.

"연로하신 부모님께서 돌아가시면, 제가 이 씨 가문의 장손이 됩니다." 시원은 차근차근 설명했다. "그러면 공주는 훌륭한 가문의 사대에 걸친 조상님들의 제사를 적어도 연중 네다섯 번은 치러야 합니다. 명절 차례는 별도로 해야 하고요. 제사 한 번 지내려면 여러 날에 걸쳐 고된 준비를 하셔야 합니다. 조상님께 제사를 지내기 위해 찾아오는 수많은 제 가족 친척들을 대접하시느라 밤잠도 못 자면서 고생하셔야 합니다."

시원은 공주가 이 모든 것을 어떻게 받아들이는지 보기 위해 힐끗 곁눈질했다.

용매 공주가 조선의 참판에게서 받은 좋은 첫인상이 그의 말을 들으면서 재빠르게 사라졌다.

"자주는 아니지만 가끔은 한가하실 때가 있을 겁니다." 시원이 아뢰었다. "그때 사뭇 외로우실 텐데요. 저희 집안에서 중국말을 할 수 있는 이는 저 말고 아무도 없으니까요. 저야 중국말이 능숙하신 서당 훈장님께 중국말을 배웠지요. 훈장님은 북경에서 몇 년 동안 체류하기도 하셨지요. 그분의 권고 덕에 중국말을 계속 공부해서 상당히 자유자재로 구사할 수 있게 됐습니다. 저는 바깥일로 무척 바빠서 밤늦게 들어오는 경우가 많습니다. 따라서 저와 함께 이야기하며 보낼 시간이 따로 없습니다. 공주님께 한가한 시간은 얼마 없을 테지만 그때는 틈틈이 조선말을 열심히 익히셔야 합니다. 우리말을 모른다면 공주는 저희 가족이나 친척들과 말이 통하지 않고 잘 어울리기도 힘드실 겁니다. 우리 가문의 사람들 누구와도 융화하지 않으면 안 되오. 그리하실 자신이 있으십니까?"

용매 공주는 고개를 숙인 채 계속 말이 없었다. 그녀의 얼굴에는 불안과 근심의 기색이 역력했다.

"또한 공주는 집 밖으로 나갈 기회가 거의 없습니다. 있다 해도 매우 짧은 시간 밤에 나갔다가 금방 들어와야 하죠. 어쩌다 외출해도 머리끝부터 발끝까지 덮어써야만 합니다. 친정을 다시 찾을 생각조차 품지 말아야 합니다. 여생 동안 가족과의 재회는 없을 것이오." 시원이 태연자약하게 말했다.

용매 공주는 기가 죽은 듯 자포자기한 듯 자기 손가락만 만지작거렸다.

"소위 고관대작으로서 나는 백성들에게 모범을 보여야 할 위치에 있습니다. 따라서 법과 예를 지키는 일에 엄격합니다. 게다가 조선 속담엔 이런 말이 있습니다. '여자는 사흘만 매를 안 맞아도 여우가 된다.' 저는 그 말이 확실히 맞다고 생각하는 바입니다. 그래서 저는 아내를 다잡기 위해서는 종종 아내에게 매질도 합니다. 공주님이라고 예외는 아니지요." 시원은 진지하게 말을 하며 공주를 힐끔 쳐다봤다.

두 손을 신경질적으로 움켜쥔 그녀는 눈물을 터트리기 일보 직전이었다.

"조선에선 위대한 성인들이 내놓은 칠거지악을 굳게 지키고 있습니다." 그는 엄숙하게 말을 이어갔다. "칠거지악에 따르면 아내는 다음과 같은 짓을 저지르면 집 밖으로 쫓겨날 수 있습니다. 부모를 잘 섬기지 않고 고집이 세면, 아들을 낳지 못하면, 부정不貞을 저지르면, 질투가 많으면, 불치병에 걸리면, 안팎 소문이 나쁘면, 도둑질을 하면 등이 그것입니다. 다행히도 제 본처는 아직까지 소박맞을 칠거지악을 저지르지 않았죠."

용매 공주는 눈을 꼭 감으면 자기가 듣고 있는 모든 것을 지워버릴 수 있다고 믿고 싶었다.

"아, 한 가지 더 있소이다." 시원은 얼른 한마디 더 보탰다. "공주님도 아시다시피, 조선이나 명이나 여인들 팔자는 피장파장입니다.

여자는 남자들 사이에 끼어들어 이야기하면 안 됩니다. 얼굴조차 비춰도 안 되고요. 여자는 남자들의 식사가 끝난 뒤, 다른 모든 이가 밥상을 받아 식사가 끝난 뒤에야 밥을 먹어야 하죠. 남자들이 먹고 남은 음식을 드셔야 합니다. 저희 집은 넉넉지 않아서 여기 궁궐같이 음식이 넘쳐나지 않습니다. 늘 부족해서 서로들 먹는 것 갖고 싸우기도 하지요. 그래서 공주님께서 드실 음식은 많지 않을 듯하니 늘 시장하실 겁니다."

말문이 막힌 용매 공주의 둥근 눈이 갈수록 점점 커져 갔다. 이 조선 관리에 대한 좋은 첫인상이 완전히 사라졌다.

"공주님, 궁금한 것이 있으면 주저하시지 말고 말씀하십시오." 시원이 격려했다.

"아바마마는 제게 그런 말씀이 전혀 없으셨어요! 제가 멋있게 잘생긴 호남자와 아바마마 궁전에서 같이 살게 될 거라고 약속하셨습니다. 호화롭고 편안하게 살게 될 거라고요!" 그녀는 공포에 질린 표정으로 말을 빠르게 내뱉었다.

"저런, 저런. 아버님께서는 제 이런 사정을 전연 모르시고 하신 말씀인 것 같습니다." 시원이 공주에게 태연하게 말했다.

"제발 아바마마에게 저 대신 말씀해 주세요. 제가 귀공과 혼인해서 조선에 가서 살고 싶지는 않다고요." 애처롭게 떨리는 목소리로 그녀는 시원에게 간청했다. 용매 공주 눈에서 눈물이 보일락 말락 볼 위로 흘러내려, 그녀의 곱고 예쁜 화장마저 망가졌다.

"울지 마시오, 공주." 시원은 부들부들 떨면서 울고 있는 아직 어리디어린 용매 공주를 위로했다. "아버님께 잘 말씀드리겠소이다. 장담은 못 하겠습니다만, 이 혼인 제안을 아버님께 거두시도록 내 힘껏 설득해 보겠소이다." 이 아리따운 용매 공주가 자기와 혼인할 생각을 떨쳐 버리게 했다는 사실에 시원은 속으로 쾌재를 불렀다.

한편, 같은 시간 화려하게 장식된 또 다른 막사에서 임 장군은 자신의 신부로 정해진 공매 공주를 만나고 있었다. 남달리 키가 큰 그는 굽이 높은 신을 신어서 자신을 훨씬 더 커 보이게 했다. 게다가 흰 가루를 뿌려 반백이 된 머리를 뒤로 넘겨 붙여 나이 많은 대머리로 돼가는 어른처럼 보이게 했다. 거기다 한술 더 떠 배 주위에 헝겊을 여러 겹을 감아 둘러서 배불뚝이 모양새를 하고 있었고, 눈도 사팔뜨기처럼 보이게 했다. 이렇게 꾸미고 임 장군은 공매 공주를 만나러 그녀의 막사로 갔다.

호화로운 비단옷을 입은 공매 공주는 활짝 핀 모란꽃처럼 아름다웠고 나이는 열여섯 살쯤으로 보였다. 임 장군을 쳐다보는 그녀의 까만 눈동자와 그 위의 둥근 눈썹은 우미하기만 했다. 가냘프고 갸름한 얼굴에 미려한 콧날과 석류 같은 붉은 입술, 이 모든 것이 보는 남자의 마음에 불을 지르고도 남을 만했다. 몸매도 날씬하고 몸짓 하나하나가 나긋나긋하고 우아했다.

임 장군은 이 매혹적인 공주에게 마음을 빼앗기지 않으려고 안간힘을 다했다. 애를 쓴 끝에 그는 원래 여기에 온 목적에 어긋나지 않도록 정신을 바짝 차렸다. 그는 자신이 부마도위에 부적합하다고 그녀를 설득하려고 했다. 자유로이 고국으로 돌아가느냐 아니면 명의 궁궐에 남게 되느냐 하는 중대한 기로에 놓인 것이었다.

아름답기 그지없는 공매 공주는 임 장군을 보자마자 크게 놀라고 실망했다. 그는 그녀의 아버지가 알려 준 늠름하고 총기 넘치는 용맹한 젊은이의 모습이 전혀 아니었다. 그녀는 첫눈에 임 장군이 너무 보기 싫어서 같은 방 안에는 있었지만 내내 고개 숙인 채 침묵을 지켰다. 공주는 임 장군이 자기의 부군이 될 수 없다고 이미 마음먹은 것처럼 보였다.

"아버님께서 저를 장래의 부마도위로까지 여기실 정도로 과분한 관심을 가져 주셔서 영광스러울 따름입니다." 그는 눈을 계속 깜박이면서 공주를 내려보고 피곤한 목소리로 느리게 말했다.

공매 공주의 입은 굳게 닫혀 있고 몸은 얼음처럼 굳어 있었다.

"하오나, 저는 한 화목한 가정의 가장으로서 고국에서 조강지처가 기다리고 있습니다. 이렇게 궁중에서 시중드는 시녀들을 두고 계신 귀한 공주가 조선의 가정에 들어가 제 본처의 아우 노릇이나 하길 정말 원하시는 건 아니시지요?" 그는 신중하게 말을 이어갔다.

여전히 공매 공주는 대답이 없었다. 그녀는 얼굴을 찌푸리고 극도로 불쾌하다는 표정을 보였다.

"제가 자식들을 하도 많이 봐서 이젠 누가 누구인지도 잘 모릅니다. 아마 장남 녀석이 공주보다 나이가 더 많거나 적어도 같은 또래일 겁니다. 공주께서 저와 맺어지시기를 원하신다면 이 아이들을 다 돌보셔야 합니다. 그러시려면 해 뜨기 전부터 일어나셔서 서둘러야 하지요. 애들을 기르는 일이 얼마나 힘든지 아십니까?"

공매 공주는 머리 숙이고 눈을 감은 채 임 장군의 말을 무시하는 듯 들은 척도 하지 않았다.

"그리고 일 년 내내 한 달에 한두 번씩 우리 집에서 제사를 올려야 하지요. 공주께서는 밤을 새우면서 준비하는 것을 도와서야 하고요. 또한 우리 집을 찾아오는 수많은 친지와 손님을 대접하셔야 합니다."

공매 공주는 여전히 아무 말이 없었다.

"전 공주님의 조부라 해도 좋을 만큼 나이가 많은데 괜찮겠습니까?" 임영업은 공주의 얼굴을 슬쩍 훔쳐보았다.

공주는 정나미가 떨어진 표정을 감추려고도 하지 않았다. 눈을 감고 아주 못마땅한 얼굴로 앉아 있었다.

"궁궐에서 공주의 낭군이 되고자 노심초사하는 훌륭한 젊은 귀족들이 많이 있지 않습니까? 이렇게 초라한 늙은이와 정녕 혼인하고 싶진 않겠죠?" 임 장군은 일부러 말을 더 천천히 했다.

공매 공주의 그런 표정을 보며 임 장군은 공주와의 혼인은 확실히 물 건너갔다고 눈치챘다.

"더구나 제가 조국으로 돌아가 의주에서 백마산성을 지켜야 명의 조정에도 더 큰 도움이 됩니다." 그는 조심스럽게 말을 이어갔다. "이 사실을 황제 폐하께서도 아셔야 합니다. 의주에서 저는 명을 위해 북방 오랑캐들의 움직임을 예의 주시할 겁니다. 제가 부마로 명 조정에 남는다면 저는 그다지 쓸모가 없을 겁니다. 저를 조선에 되돌려 보내시는 것이 명과 조선 모두의 국익에 도움이 되는 일입니다."

한참 동안 말 한마디 없이 듣고만 있었던 공매 공주는 당혹스러워했다. 그녀는 임 장군의 말을 더 이상 듣고 싶지 않았다. 하여 임 장군에게 잔뜩 부루퉁해진 그녀는 씩씩거리며 방을 재빨리 빠져나갔다.

"아바마마, 임 장군 하고 혼인 못 해요!" 공주는 잔뜩 기대에 부풀어 있는 황제를 향해 볼멘소리를 냅다 질렀다.

"공주야 진정하여라!" 아버지는 딸을 달래느라 애썼다.

"이 세상에 남자가 그분 하나일지라도 절대로 안 해요! 키다리에다 대머리이고 너무 늙었어요! 저한테는 눈곱만큼도 관심이 없는 사람이에요."

"그게 무슨 말이냐? 도대체 임 장군이 어떤 남자인데 너 같은 절세미인에게 관심을 가지지 않는다니. 그게 말이 되는 거야?"

"그는 조선으로 되돌아가게 허락해 주시면 명에 훨씬 더 큰 도움이 될 거라고 저보고 아바마마께 대신 진언해 달라고 했어요. 의주의 요새에서 근무하며 북쪽 오랑캐들로부터 어지러운 국경을 지킨대요. 그렇게 하는 것이 두 나라 모두를 위해 좋은 일이라고 했습니다."

"정말 임 장군이 그렇게 말을 하더냐?" 황재가 물었다.

"예, 아바마마. 그렇습니다!" 공매 공주는 아직도 분해서 얼굴을 찌푸리면서 말했다.

조금 전에 이시원으로부터 용매 공주에게 신랑감으로 거절당했다는 소식을 듣고 황제는 심기가 몹시 불편하던 참이었다. 이제는 조선의 대장군 임영업을 부마로 삼는 수밖에 없다며 초조하게 실내를 이리저리 거닐며 공매 공주를 애타게 기다리고 있던 참이었다. 임영업은 쇠약해진 명 군대에 활력을 불어넣어 승전을 이끈 용감한 명장이건만 그를 부마로 두고자 하는 황제의 계획은 딸의 거센 거부에 부딪혀 무참히 깨졌다. 임영업의 진두지휘와 이시원의 탁월한 전략만 있다면 명군이 최강으로 우뚝 서는 게 자명한 일이었다. 다른 방도가 없는 황제는 조선의 북방을 지킴으로써 양국의 이익을 도모하겠다는 임 장군의 약속에 만족하는 수밖에 없었다. 그럴지라도 그는 조선 장군의 훌륭한 진면목을 보지 못하는 딸내미의 무분별이 자못 안타까웠다. 세상 물정 모르는 철부지들이라서 애비가 정해 준 훌륭한 신랑감의 장점을 못 보고 그들을 내치는 공주들이 참으로 아쉬웠다.

"우리의 훌륭한 계략이 성공했네!" 이시원과 임영업은 자신들의 계획이 성공하자 기뻐하며 서로 축하했다.

두 딸이 아버지의 뜻을 완강히 거절하자 황제는 이시원과 임영업을 더 이상 붙잡아 둘 명분이 없었다.

마치 부적처럼 계략은 통했고 마침내 그들의 출국 승낙이 떨어졌다. 단둥에서 한양으로 가는 길에 더 이상 장애는 없게 됐다.

"조선군을 철수하게 해 주시옵소서." 이시원이 요청하니 황제는 마지못해서 승낙했다.

부마가 될 뻔한 두 우수한 젊은이를 잃게 된다는 아쉬움에 황제는 가슴이 아팠지만 감사해하며 조선 지원군에게 귀한 선물들을 푸짐히 하사했다.

조선 지원군은 승전의 뿌듯함을 뒤로하고 발걸음을 재촉해 마침내 고국의 땅을 밟았다. 그들은 의주의 백마산성에 들러 하룻밤을 묵었다. 사령관 안유진이 그들을 위한 큰 잔치를 베풀었다. 그들이 명의 북동 변경에서 후금군의 침공을 막았다는 소식은 이미 조선에 전해졌다. 임 장군은 자신이 부사령관으로 근무하며 큰 업적을 남긴 바로 그 요새에서 열렬한 환영을 받았다.

"압록강과 두만강을 따라 있는 의주와 사군육진四郡六鎭의 방어를 반드시 단단히 해 주시오. 후금군의 움직임을 예의 주시하기 위해서 북동쪽의 요새 사령관들과도 긴밀한 연락을 자주 하시오." 이시원은 한양으로 떠나기 전에 안 장군에게 신신당부했다.

"그리하겠습니다." 안 장군이 맹세하였다.

"후금 침입자들이 명의 전방에서 쫓겨났지만 명를 침략하려는 야심을 포기하진 않을 겁니다." 이시원이 강조했다. "우리의 명군 지원으로 인해 후금은 우리에게 화가 잔뜩 난 상태입니다. 언젠가 보복으로 우리나라를 침략하려고 할 것이오. 국경에서 수상한 움직임이 포착되면 조정으로 즉시 연락하시오."

"접경 지역 감시를 강화하고 다른 구역과도 정기적으로 소통하도록 확실히 하겠습니다. 만주에서 심상치 않은 조짐이 보이면 곧장 조정에 알리겠습니다." 안 장군은 병조참판의 지시를 충실히 따르겠다고 약속했다.

의주에서 한양으로 돌아가는 중에 평양에서 조선군은 하룻밤 숙박하기로 했다. 그들은 열렬한 환영을 받으며 이기영 감사로부터 융숭한 승전 축하 만찬을 대접받았다. 이기영은 청렴한 감사로서 백성들의 존경과 칭찬을 한 몸에 받고 있었다. 시원은 자신이 바로잡은 도정道政운영 원칙이 그의 후임에게도 견실하게 이어져 가고 있음에 가슴이 뿌듯했다.

형형색색의 고운 의상을 입은 기생들이 음악에 맞춰서 우아하게 춤을 췄다. 이시원과 임영업은 오랜만에 마음을 툭 터놓고 술과 음식을 즐겼다.

이시원은 자신이 감사로 있었을 때 겪었던 어려움이 주마등처럼 스쳐 갔다.

"이 감사, 노량군의 문민규라는 자가 지금 뭐 하는지 아시오?" 그가 물었다. "내가 그를 한 관직에 적극 추천했었건만."

그는 문민규가 감영 정문에서 소란을 피우며 썩고 못된 관리들을 향해 호통을 쳤던 장면이 문득 그의 머리에 떠오르자 아직도 움찔한 기분이 들었다. 물론 그는 감사로서 문 진사가 자신을 지레 비판한 것이 틀렸음을 따끔하게 보여 주었지만.

"문민규는 군교軍校에서 여기로 오고 있는 도중입니다. 그처럼 유능한 관리를 둔 것으로 보아 제가 인복이 많은 것 같습니다." 이 감사가 대답했다.

바로 그때 문민규가 나타나 모두에게 인사를 했다.

"옥체 만강하셨습니까, 병조참판 나리? 참 오래간만입니다." 문민규는 전임 감사에게 큰절을 올렸다. "만주에서 탁월한 전법으로 승전하신 것을 진심으로 경축 드립니다. 여기 모든 이들이 후금군을 무찌른 조선군 이야기하느라 신이 나 있습니다."

"명군과 함께 우리 사병들이 흉악한 후금군에 용맹하게 대항해 싸웠다네. 우리는 전략을 빈틈없이 잘 실행했지. 조선 지원군과 명군이 서로 잘 협조한 것이 우리가 대승하게 된 가장 큰 이유였네." 시원이 대답했다.

"평안도 감영이 책임 있는 관아로 자리를 잡게 된 것은 전적으로 나리 덕분입니다. 현 감사님도 나리의 뒤를 이어 훌륭히 직무를 수행하고 계십니다. 나리께서 감사로 오시기 전만 해도 저는 죽도록 싫은 가난을 견뎌야 했죠. 양반으로서 소인은 원칙을 버리고 부정부패로 얼룩진 관아를 따르는 일을 차마 눈 뜨고는 볼 수 없었습니다. 이제 관영에선 백성의 안녕을 최우선으로 삼고 있습니다. 그래서 소인은 농사짓기를 그만두고 관직에 전념하고 있습니다. 나리의 천거 덕분에 현 감사님을 도우며 일하고 있습니다. 감사 나리께선 전에 노량군수를 처벌하는 데 도움이 될 중인들을 소인이 불러온 이야기를 들으시고 나서 소인을 군교의 서리로 임명하셨습니다. 소인은 관아는 다 썩은 줄 알았으나 나리를 통해 올바른 관아도 있음을 깨닫고 백성을 위해 봉직하기로 마음먹었지요. 소인이 새 인생을 시작하게 된 것은 두말할 것 없이 나리 덕분입니다."

"그것참 잘됐군! 자네가 관아에서 근무하게 됐다니 매우 기쁘네. 자네의 생각은 올바르고 행동엔 분별이 있으니, 모든 벼슬아치들이 자네를 본받아야 할 것일세." 이시원은 문민규의 재능이 좋은 일에 쓰인다는 사실에 만족하고 그를 치하했다.

"나리의 과찬에 소인은 몸 둘 바를 모르겠습니다." 민규는 겸손히 답하고 감사해한 뒤 말을 이었다. "농사꾼 방기준은 어렵게 깨달은 게 있었죠. 저번 노량군수에 맞서서 아내가 용기 있는 증언을 하는 것을 보고 아리따운 아내가 얼마나 정절을 지키고 똑똑하며 기지가 넘치는지 새삼 깨달았죠. 두 아들도 아주 똑똑하게 잘 크고 있습니다. 지성이는 과거 공부를 하고 있었습니다. 노량군의 농부들이 지성이 어머니가 이룬 공적을 기리는 의미에서라도 지성이가 향시를 치르게 해 주십사 하고 후임 군수에게 청원했지요. 노량군 역사상 처음으로 농부의 아들에게 과거를 치를 자격이 주어졌답니다."

"아주 잘됐군! 노량군수는 정말 좋은 일을 하셨소. 감사께서도 소문을 들으셔서 잘 아시겠지만 지성이 어머니는 아주 용감하고 훌륭하시지요!" 시원은 진심으로 그들을 축하했다.

"예. 잘 알고 있습니다. 지성이 어머님은 노량군을 빛내 주는 분입니다. 그래서 노량군민들은 다들 지성이를 열심히 격려하고 있습니다." 감사도 흐뭇한 어조로 말했다.

"열다섯 나이로 그 애가 향시에 합격해서 마을 사람들이 기뻐서 난리가 났었습니다." 민규도 신나서 말을 이어갔다. "지금은 복시를 준비하고 있다고 하네요. 고을 사람 모두가 지성이를 기특해 하며 열심히 성원하고 있습니다. 둘째 애 주성이도 형을 본받으려고 애쓴답니다. 큰아이의 입신立身에 꿈인지 생시인지 알 수 없을 정도로 부모들이 기뻐하죠."

"아주 기쁜 소식이네. 지성이는 정말 자랑스러운 아들이로군." 이시원은 칭찬을 아끼지 않았다.

"다행스럽게도 노량군의 현재 군수도 대쪽처럼 올곧은 성격이라서 백성들의 신임이 두텁습니다." 문 진사가 아뢰었다.

이시원은 그 사악하던 노량군수를 처벌하는 데 크게 공헌 한, 그 담대하고도 지조 있는 농부 아내의 소식을 듣고 마음이 훈훈해졌다. 그는 단둥에서 얻은 중국 고전 한 질을 방기준 가족의 선물로 보내라고 맡겼다. 지성이가 복시를 준비하는 데 유익하게 쓰일 책들이었다.

이시원과 임영업은 감영의 객사에서 하룻밤 안식을 취했다. 이시원은 이 감사가 직무 수행에 나무랄 데가 없음을 높이 치하했다. 그리고 그에게 계속해서 정도를 따를 것을 간청했다. 호시탐탐 노리고 있는 북방 오랑캐들의 동태를 늘 주시해 주기를 이시원은 다시 한번 신신당부했다.

"후금과 접경 지역의 군사 활동에 관해서는 함경도 감사와 자주 긴밀히 소통하기를 잊지 마시오." 이시원이 충고했다. "또한 압록강과 두만강 유역 사군육진의 경비를 반드시 철저하게 강화하도록 하시오. 우리 변경 지역에서 기이하거나 수상쩍은 움직임이 포착되면 지체 말고 즉각 조정으로 연락해 줘야 하오."

"꼭 그러겠습니다." 이감사가 약속했다.

이시원과 임영업은 그들과 조선 지원군에 후한 영접을 베푼 감사에게 고마움을 표시한 뒤 말을 타고 한양으로 달려갔다.

한양에서는 환영 인파가 조선 지원군을 기다리고 있었다. 군의 귀환 길 양쪽에는 수많은 사람이 길목마다 나와 길게 늘어서서 손을 흔들며 만주에서 북방 오랑캐들에게 대승을 거둔 조선 지원군을 환호하며 환영했다. 인조는 그들을 위해 큰 연회를 열었다. 임금은 명의 적군을 북동 국경에서 참패시켜 몰아낸 공로에 격찬을 아끼지 않았다. 흉포한 오랑캐들을 굴복시킨 승전을 자랑스러워하며 임금은 용맹한 군사들에게 두둑한 하사를 내렸다.

이시원은 가족과 눈물 어린 상봉을 했다. 어머니는 하나밖에 없는 귀한 아들이 마침내 무사히 돌아오니 너무 기뻐서 주체 못 하고 눈물을 흘렸다. 시원은 다소 수척해지긴 했으나 여전히 강건한 모습으로 환대를 받으며 집 안으로 들어왔다. 그는 양친이 건강에 이상이 없고 여전히 꼬장꼬장하신 모습이라 안도가 됐다. 너무 기쁘고 반가워 신이 난 기정과 기평은 아버지 품 안에 한참 동안 꼭 안겼다. 그들은 아버지가 없는 몇 달 동안 키가 많이 자란 게 역력했다. 할아버지의 가르침에 따라 벌써 조선과 중국 고전을 공부하기 시작했다. 아내는 햇볕에 그을린 남편의 여윈 얼굴을 보고 눈물을 훔쳤다. 시원은 그간 함께 못 한 시간을 되찾으려고 아내와 함께하는 행복한 시간을 자주 가졌다. 그는 자신을 구해 준 부적에 고마움을 표시하며 전장에서 일어났던 일을 아내에게 생생하게 이야기해 주었다.

가족과 재회해서 충분한 휴식을 취하던 이 참판과 임 장군은 어느 날 조정의 부름을 받았다. 인조는 문무관을 총 소집하여 임금과 조선에 큰 영예를 가져온 두 사람의 공적을 공개적으로 극찬했다. 임금은 정식으로 사령관과 부사령관의 혁혁한 전공戰功을 기리며 아낌없는 포상을 내렸다. 이시원은 병조판서로 임명되었다. 그리고 임영업은 백마산성의 사령관으로 승진하여 의주로 되돌아갔다. 두 사람은 임금이 내린 은혜에 성은이 망극하다며 감사의 절을 올렸다.

20
미인계

어느 날 박 씨는 남편에게 사흘 뒤 방문객이 그를 찾아올 것이라고 귀띔했다.

"미인 한 사람이 당신을 찾아올 거예요. 기서향이라는 강원도 원주 기생이지요. 기막힌 매력과 미모로 당신을 홀리려고 할 거예요. 당신이 그녀의 겉모습에 빠져 그녀를 같은 방에 재운다면 당신의 생명이 매우 위태로워질 거예요. 무슨 핑계를 대서라도 그녀를 될 수 있는 대로 빨리 제 방으로 내보내세요. 그러면 거기서부터는 제가 책임질 테니까요."

"도대체 왜 생판 모르는 기생이 나를 보러 오겠소?" 시원은 말도 안 된다는 생각으로 혼잣말처럼 중얼거렸다. "내가 쉽게 예쁜 얼굴에 넘어가서 외간 여자를 덥석 껴안을 사람은 아니지 않소."

부인은 남편에게 눈길을 돌리고 의미 있는 미소를 지었다.

"걱정 마시오. 나는 이제는 미모 아니라 어떤 여자에게도 홀리지 않는다오." 시원은 매우 민망해져서 싱겁게 웃었지만 자신 있게 약속했다. "내가 핑계를 대고 그녀를 속히 당신 방으로 보내리다."

아내의 혜안과 예지력을 잘 아는 시원은 자기 몫을 틀림없이 해내겠다고 약속했다.

"미화야, 사흘 뒤에 여자 손님 한 사람이 올 거다. 그 손님을 위해서 특별한 음식과 술을 준비해다오. 술은 아주 독한 것하고 아주 약한 것 두 가지를 준비해라. 그래서 때가 오면 손님에게는 독한 것을 드리고 내게는 약한 것을 다오. 내 말을 잘 기억했다가 착오 없이 그렇게 꼭 하도록 해라."

"예. 아씨 마님. 잘 기억했다가 말씀하신 대로 하겠어요." 미화가 대답했다.

아내가 경고한 사흘 뒤 조정에서 돌아온 시원은 큰 기대를 갖고 자기 방에서 사무를 보고 있었다.

"허허, 원숭이도 나무에서 떨어질 때가 있다더니 우리 내자가 기생에 대해 헛짚은 모양이네." 날이 저물 때까지 아무도 나타나지 않자 시원은 속으로 중얼거렸다.

바로 그때 한 여인이 그의 방에 불쑥 나타났다. 대담하게 그의 방으로 들어와서 그녀는 머리를 덮었던 장옷을 벗고 앉았다.

"그대는 도대체 누구이길래 이렇게 늦은 시각에 허락도 없이 불쑥 남의 집 사랑방에 들어오는 거요?" 시원은 그녀의 대담성에 크게 화가 난 눈빛으로 물었다.

"송구합니다, 나리. 저는 강원도 원주에서 올라온 가련한 기생이온데 대감님을 모시려고 왔습니다. 한양에 오느라 돈을 모조리 써서 저는 이제 한 푼도 없는 몸입니다. 저는 먼 곳에서 대감님의 명성을 듣고 사모하는 마음에 여기까지 길을 묻고 물어 왔지요. 아닌 밤중에 홍두깨처럼 당돌하오나 오늘 밤 대감님을 꼭 모시려 합니다. 부디 저를 물리치지 말아 주십시오." 말을 끝낸 기생은 다소곳하게 머리 숙여 가만히 앉아 있었다.

부인이 이미 경고했듯이 그녀는 시원이 이제껏 본 여인 중에서 가장 절묘한 미인임을 금방 알아챘다. 그녀는 활짝 핀 모란꽃처럼 아름다웠다. 그녀의 자그만 타원형 얼굴은 맑게 닦은 백옥만큼이나 매끄러웠고 두 큰 눈은 마치 버들잎 같은 눈썹 아래서 빛을 내고 있었다. 그녀의 코는 작고 섬세하고 입술은 홍옥처럼 붉었다. 우아하기 짝이 없는 그녀가 작은 입을 움직여 말을 할 때면 그녀의 목소리는 마치 꿀이 떨어질 듯이 사근사근했다.

"그대 이름은 무엇이요?" 시원이 물었다.

"제 이름은 기서향이라 합니다." 기생은 의젓하게 대답했다.

그녀의 이름을 듣자마자 시원은 아내의 예지력에 감탄했다. 기서향과 대화를 나누며 시원은 그녀가 역사와 문학에 정통하고 그의 질문에 막힘없이 총명하게 대답하는 데 깜짝 놀랐다. 그녀는 세간의 흔한 보통 기생이 아님이 틀림없었다. 또 좋은 가문의 분위기를 풍겼다. 그녀와 헤어지기가 아쉬웠으나 시원은 아내의 엄중한 경고를 떠올렸다.

"이 방은 밤낮을 가리지 않고 사람들이 드나드는 곳이요." 시원은 핑계를 댔다. "게다가 나는 지금 대궐에서 전령이 도착하기를 기다리는 중이오. 그대는 내 공무가 끝날 때까지는 여기 있어서는 안 되오. 그러니 우선 내 안사람이 거처하는 침소 피화당으로 가서 오늘 밤 쉬시오. 만약 일을 다 보고 시간이 나면 내 그대를 불러서 오늘 밤을 함께 보내겠지만. 피화당이 더 편안할 줄 아오."

"제가 어찌 감히 마님의 침소에 가겠습니까? 비천한 기생의 몸으로 어떻게 피화당에서 잔다는 말입니까? 부디 저를 여기서 오늘 밤 대감과 함께 지내도록 허락하시옵소서." 기생은 부끄러움을 가장하면서 꿀처럼 달콤한 목소리로 애원했다.

"나에게 설령 그럴 마음이 있다 하더라도 그건 안 될 소리요. 나는 공무가 아직도 한참 남았소. 피화당이 더 편안할 거요. 거기 가서 날 기다리시오."

그가 공무가 남았다고 하니 기생은 더 우길 수도 버틸 수도 없었다. 그녀는 자기 계책이 제대로 맞아 들어가지 않자 크게 당황한 모습이었다.

"장동아, 미화를 불러라."

"예, 대감님!" 장동은 대답하고 피화당으로 급히 뛰어가서 미화에게 빨리 나오라고 소리치자 미화는 방에서 바로 뛰쳐나왔다.

장동과 미화는 곧바로 대감의 방으로 달려가서 그 앞에 대령했다.

"대감님, 미화를 데려왔습니다." 장동이 아뢰었다.

"미화야, 이분을 마님 처소로 모셔라." 시원이 지시했다.

"예, 나리." 미화는 대답하고 즉시 손님을 피화당으로 모시고 갔다.

그들이 피화당에 발을 들여놓자 천둥이 울리고 벼락이 쳤다. 그러자 나무들이 밝은 빛을 내고 짐승들 모양으로 금세 바뀌었다. 오색 안개가 피어오르기 시작했다.

"이 무시무시한 것들이 무엇이냐?" 두려움을 애써 감추며 손님이 물었다.

"아, 걱정하지 마세요. 마음 쓰실 일 아닙니다." 미화가 말하고 손님을 기다리고 있는 박 씨에게로 데리고 갔다.

"누구신데 우리 집을 이리 늦은 시간에 찾으셨소?" 박 씨는 모르는 척 시치미를 뚝 떼고 태연하게 물었다.

기생은 박 씨의 아름다움에 놀라서 그를 멍하니 쳐다보면서 시원에게 했던 이야기를 되풀이했다.

"생김새와 말씨를 보니 예사 사람은 아닌 듯하오." 박 씨가 말했다.

"기생이니 보통 사람이 아니라 말씀하심직하지요." 기생은 천진난만하게 대답했다.

"주안상 내오너라." 부인이 미화에게 지시했다.

"네, 아씨 마님." 미화가 미리 특별히 준비해 놓은 음식과 술이 가득 담긴 상을 내왔다.

"먼 길을 와서 매우 피곤하시겠소. 노독을 푸는 데에는 술만큼 좋은 것이 없지요. 그렇지 않소? 미화야, 손님께 술 좀 따러 드리렴." 부인이 지시했다.

"예, 아씨 마님," 미화는 고개를 끄덕이고는 손님에게는 독한 술을, 마님에게는 약한 술을 따라 주었다.

"어서 드시오." 박 씨는 객에게 술을 계속 권했다.

피곤하고 목이 말라서 기생은 미화에게서 술을 몇 잔 받아 꿀꺽꿀꺽 연거푸 마시며 맛깔스러운 안주들을 주섬주섬 골고루 맛있게 먹었다.

부인은 술을 홀짝홀짝 마시며 안주를 먹는 척하면서 기생을 면밀히 관찰했다.

기생은 부인과 문장을 논하며 부인의 예리한 지혜에 놀랐다. 고전에 대한 박 씨의 지식은 그녀의 수준을 훨씬 능가하는 것이었다. 기생은 자신에게 맡겨진 과업을 수행하기 위해 나라를 떠나기 전에 어머니가 해 주신 말이 떠올랐다. 이 과업은 우선 조선의 뛰어난 예지자豫知者를 찾아서 없애기 전에는 이루어질 수 없다는 경고였다. 그리고 이시원 대감의 아내가 바로 어머니가 지목한 사람이었다. 대감은 자신감, 품위, 능력이 엄청났지만 그의 아내가 그보다 한 수 위라는 것은 분명했다.

이제 자기가 조선에 온 사명의 바로 그 '목표물'과 마주하고 앉아 있으니, 여기에 오기까지 지난 반년 동안 겪은 온갖 고초가 그녀의 머리를 주마등처럼 스쳐 갔다.

기서향으로 행세하고 있는 사람은 바로 명나라의 공주 홍매였다. 그녀는 조선에 와서 낯선 언어와 풍습을 배우느라 모진 고생을 다했다. 홍매는 아버지가 조선의 영웅들에게 신붓감으로 천거했던 용매와 공매의 언니였다. 홍매는 이루 형언할 수 없을 만큼 아름다웠다. 학식이 뛰어나고 수완이 좋았으며 명의 궁전에서 무술을 훌륭히 연마했다. 그녀는 자기 아버지와 조국을 위해 목숨을 걸고 자진해서 이 험한 길에 오른 것이었다.

"후금의 끊임없는 침탈과 위협을 제어하는 것은 우선 조선과의 관계를 안정시키지 않고는 불가능하오. 우리는 조선의 협력을 확보하는 것이 절대적으로 필요하오." 명 황제가 대신들에게 말했다. "그 협력을 얻기 위해서 우리는 조선을 침략할 방도를 찾아내야 하오. 얼마 전에 조선을 침공한 후금 누르하치와 형제의 의를 맺었는데 그것을 미끼로 후금이 조선에 전적인 협력을 요구할지도 모르오. 조선이 과거 우리의 원조에 감사하고 있고 오랫동안 우리와 좋은 관계를 유지해 왔소. 하오나 광해군은 우리에게 이쪽도 저쪽도 아닌 흐리멍덩하고 냉랭한 자세를 보였소. 물론 광해는 폐위되었지만 조선과 만주족 사이에 강력한 동맹 관계가 있는 것이 아닌가 의심되오. 조선이 근자에 동북 전선에서 우리에게 군사 원조를 했으므로 만주족들이 조선에게서 절대 협력의 맹세를 받아낼 것이 두렵소."

"우리가 어떻게 하면 조선이 만주족에게 협력을 맹세하는 것을 막을 수 있겠습니까?" 병조대신이 물었다.

"그대들이 아는 바와 같이, 나는 조선의 이시원 병조판서와 임영업 장군에게 내 두 공주를 신붓감으로 주어 조선과의 관계를 돈독히 하려 했소. 그 두 사람을 우리 편으로 끌어들인다면 우리가 무적이 되지 않겠소? 그런데 불행히도 내 순진한 두 딸이 그들의 진가를 모르고 내 뜻을 거부했소. 딸들을 나무라다가 나는 뒤늦게야 내 딸들이 그들의 계략에 빠져서 혼사를 거부했음을 알게 되었소. 우리 문제는 해결되지 않았소. 우리나라를 손아귀에 넣으려는 후금의 책략을 완전히 꺾기 위해서는 먼저 조선의 절대적인 협력을 확보하는 게 관건이오. 그리고 후금이 조선을 다시 침공하기 전에 우리가 그것을 먼저 이룩해야만 하오."

명 대신들은 조선을 침공해야만 하는 황제의 이유에 대해 동감했지만 원하는 결과를 얻기 위한 좋은 계책을 좀처럼 생각해 낼 수 없었다.

그때 황후가 방안을 내놓았다. 황후는 앉아서 3천 리를 내다보고 서서 만 리를 내다보는 혜안을 가진 초능력자였다.

"조선의 이시원 병조판서와 임영업 장군을 처치하면 조선을 정복하실 수 있지요." 황후가 남편에게 말했다.

"이 두 비범한 인물을 어떻게 제거할 수 있을지를 말해 보시오." 황제가 물었다.

"목표를 달성하기 위해서는 미인계를 쓰셔야 합니다. 조선의 남자들은 아름답고 우아한 여자들 앞에서는 맥도 못 춘다고 합니다. 하여 미모의 자객을 그 나라에 들여보내야 합니다. 그러나 미모만 갖고는 목표를 이룰 수 없습니다. 미모에 더해서 교양이 뛰어나고 박학해서 어느 주제든 총명한 대화를 이끌어 나갈 수 있어야 하고요. 그리고 맹호처럼 싸움도 잘할 수 있고 세련된 기생처럼 남자를 그 품 안에 녹일 수 있어야 합니다." 황후가 말했다.

"그거야 쉽지. 그런 여자는 우리나라에 수두룩할 테니. 방을 붙여 그런 자객을 찾으면 될 일이 아니오?" 황제는 문제가 없다는 듯 말했다.

"그렇지만 이 두 남자보다도 더 큰 난관이 길을 막고 있어요. 아주 막강한 여자 초능력자를 먼저 없애야 합니다. 이 두 사람을 제거한다 해도 마법사인 그 여자가 살아 있는 한은 조선을 정복할 수 없습니다." 황후는 경고하는 말투로 한마디 더 보탰다.

"아니, 이 두 남자보다도 더 강력한 사람이 누구라는 말이오? 우리가 임 영업 장군 하나도 못 움직이는데 어떻게 그 땅에 발을 들여

놓을 생각을 할 수가 있소?" 황제는 난감해서 한숨을 쉬며 말했다.

"길은 찾으면 언제나 있는 법이지요. 자객이 먼저 그 마법사를 찾아내서 없앨 수만 있다면 모든 일이 제대로 풀릴 겁니다." 황후는 장담했다.

"아주 훌륭한 제안이십니다." 황제와 신하들은 당당한 황후의 생각을 높이 칭찬했다.

방을 곧 붙였다. 명 궁정에서 조선에 사명을 띠고 갈 여자 자객을 찾는다는 말이 돌자, 황제의 많은 딸 중에서 다름 아닌 홍매가 자청하고 나섰다.

"아바마마, 저도 제 동생 용매와 공매처럼 나라를 위해 일할 기회를 주십시오." 공주는 극히 위태로운 이 사명을 맡겠다고 거듭 우겼다.

"안 된다, 홍매야. 이 일은 너무 위험하다. 조선에 가면 먼저 막강한 여자 초능력자를 없애야 한다. 그리고 강력한 이시원 병조판서와 임영업 장군을 상대하며 그들을 제거해야 해." 황제는 자기의 귀한 딸에게 목숨을 건 이런 일을 맡길 수 없다고 생각하여 허락하지 않았다.

공주는 끈질기게 끝까지 애원했다. 황제는 결국 자기 딸이 황후가 지목한 모든 자질을 다 갖추었다는 사실을 인정하며 내키지는 않지만 허락할 수밖에 없었다. 딴 지원자가 나타나기도 전에 홍매는 길을 떠나게 됐다

"조선에는 만 리 밖에서 일어나는 일을 점칠 수 있는 막강한 초능력자가 있단다." 황후는 딸에게 말했다. "먼저 그녀를 찾아내서 없애기 전에는 네 진짜 목표를 달성할 수 없단다. 이시원 판서의 집에 해답이 있다. 그녀를 제거한 뒤에 이 판서를 없애라. 그리고 돌아오는 길에 임영업을 암살하도록 해라."

"네, 어마마마. 저는 이를 악물고 눈을 부릅뜨고 이 판서의 집을

찾겠습니다." 공주는 강한 자신감을 표하며 대답했다.

"사랑하는 내 딸아, 훌륭한 성과를 올리고 꼭 돌아오기를 빌겠다. 부디부디 몸조심하여라." 황후는 못내 걱정스러워하며 딸을 한참 동안 꼭 안아 주었다.

"고맙습니다, 어마마마. 꼭 성공하고 돌아오겠습니다." 딸은 씩씩하고 자신만만한 어조로 대답했다.

"내 사랑하는 공주 홍매야, 조선에 가서 그 나라 말을 배우고 풍습을 먼저 익혀라. 조선말은 배우기와 말하기가 비교적 쉽다. 말을 유창하게 하고 그 문화에 익숙하게 된 후에야 너는 네 과업에 착수할 수가 있다." 황제가 딸에게 일렀다.

"예, 아바마마. 지시대로 제 과업을 수행하겠습니다." 물이고 불이고 두려움을 모르는 공주는 대답했다.

"부디부디 몸조심하여라, 홍매야." 황제는 무거운 마음으로 딸을 사랑스럽게 보듬어 주면서 작별했다.

홍매 공주는 양친과 뜨거운 작별 인사를 나누면서 자기 사명을 해내겠다고 약속했다. 남자로 변장하고 그녀는 어두움을 틈타 떠났다. 또한 축지법을 써서 인적이 드문 산길을 달린 끝에 며칠 후 평양에 도착했다. 아침 일찍 북적거리는 도읍에 다다른 그녀는 장터를 찾았다. 일부러 얼굴과 옷에 검댕을 묻히고 장터 사람들과 섞여서 조선말을 배우고 사람들의 몸가짐과 풍속을 면밀히 관찰했다. 그녀는 거친 음식을 마다하지 않고 서슴없이 먹고 밤에는 외양간이나 버려진 오두막에서 잤다.

이렇게 석 달이 지나자 그녀는 여기저기 돌아다녀도 될 정도로 조선말과 글을 습득했다. 그러자 그녀는 강원도 원주로 내려가서 진지하게 조선말을 배우기 시작했다. 거기서 다른 사람의 말을 제대로 이해할 수 없거나 자기 의사를 표현할 수 없을 때 귀머거리나 벙어리 행세를 했다. 반년이 지나자 그녀는 다른 사람들과 쉽게 소통할 수 있을 만큼 조선말에 능통하게 되었다. 말이 막힐 때면 그녀는 딴 지방 사투리를 쓰는 사람인 척하며 못 알아들을 말을 늘어놓았다. 대개는 사투리를 꾸며대고 그때그때 위기를 잘 모면해 나갔다.

그녀는 가끔 힘들고, 배고프고, 기가 막힐 때면 '내가 왜 여기서 이러고 있는 것일까?' 하고 자문할 정도로 그녀의 일생에서 가장 고통스러운 반년을 보냈다. 호화로운 궁중 생활을 거리의 떠돌이 생활과 바꾼 것에 대해 그녀는 '이 모든 희생과 고초가 과연 가치 있고 대의大義를 위한 것인가?' 하는 의문을 가졌다. '내가 이루어 내려는 노력이 무엇일까? 그것이 정말 무슨 의미가 있는 것일까? 내가 실패한다면?' 공주는 자신을 끝까지 다잡으면서 마음 한구석에 끈질기게 도사리고 있는, 만에 한 번이라도 있을 수 있는 '실패'의 가능성을 억눌러야 했다. 그녀는 나라를 위해 하는 이 일이 위대한 대의라고 굳게굳게 다짐하며 뒤로 물러서거나 머뭇거리지 않고 앞으로 나아갔다. 그녀는 거듭거듭 그 일을 자기가 틀림없이 해낼 수 있고 해내야 한다고 자신에게 타일렀다.

박 씨를 바라보면서 홍매는 어머니의 말을 떠올렸다. 이제 그 말의 의미가 선명해졌다. 그 표적이 바로 그녀 코앞에 있었다. 그녀를 또렷이 응시했다. 그녀 과업의 첫 목표물은 병조판서의 이 매력적인 아내 아닌가. 홍매는 오늘 떠나기 전에 그녀를 꼭 처치하겠다고 다시 굳게 다짐했다. 그러나 강한 술이 작용하기 시작했다. 그녀는 잠이 오기 시작했고 눈을 뜨고 있을 수가 없었다.

"술을 너무 마신 것 같아요. 그냥 이대로 누워서 자야겠어요. 자리 좀 펴 주세요." 기생은 술에 취해서 혀가 꼬부라진 소리를 내며 말을 더듬거렸다.

"밤이 깊었소. 먼 길을 와서 매우 곤하겠구려." 박 씨는 어루만지듯 말했다. 그리고 미화에게 자리를 깔고 옷장에서 베개를 꺼내 주라고 말했다.

베개를 받아 들자 기생은 즉시 자리 위에 엎어졌다. 박 씨는 미화에게 주안상을 치우도록 하고 기생의 옆에 누웠다. 그녀는 잠든 척하면서 기생의 미동도 놓치지 않으려고 정신을 바짝 차렸다.

기생은 한쪽 눈을 뜨고 잠이 들었다. 몇 분 후에 그녀의 다른 쪽 눈이 터지듯이 열리고 불덩어리가 튀어나왔다. 그 불덩이는 방을 몇 번 빙빙 돌더니 떨어져 내리면서 부인을 공격했다.

박 씨가 주문을 외자 머리 중간에 작은 뿔이 달렸고 주둥이가 불쑥 튀어나온 동물이 방 안에 나타났다.

불과 재앙을 막고 선악과 시비를 가리는 전설의 동물 '해치'였다. 해치는 불덩이를 보더니 즉시 주둥이에 물었다. 그리고 한 모금에 그 불덩이를 삼키고는 매우 흡족한 듯 트림을 했다. 그리고는 사라져 버렸다.

장지 문살 사이로 희미하게 스며드는 새벽빛 속에서 박 씨는 몸을 떨며 주문을 읊었다. 그러자 그녀의 복제인간이 나타났다. 부인이 기생을 감시하고 있는 사이에 그 복제인간은 기생의 작은 봇짐을 뒤졌다. 그 속에는 잡동사니 몇 가지와 날렵한 단도가 하나 있었다. 그 단도에는 '비연도飛鳶刀'라는 글씨가 칼집에 주홍색으로 새겨져 있었다. 박 씨의 복제인간이 그 단도를 꺼내려 했다. 그러나 그 칼이 솔개가 되어서 봇짐에서 튀어나왔을 때 그는 깜짝 놀라 뒤로 물러섰다. 솔개는 방 안을 빙빙 돌면서 공격의 기회를 엿보았다. 부인의 복제인간을 보자, 다시 단도가 되어서 그녀의 심장을 향해 날아갔다. 복제인간은 허공을 저어 부채를 잡아서 단도의 공격을 막았다. 그러자 단

도는 술개가 되어 울음을 울자 복제인간은 매로 변하여 곧바로 그것을 잡았다. 매의 주둥이에서 단도가 바닥으로 떨어져 쨍그랑거리는 소리를 냈다.

복제인간은 박 씨의 몸으로 다시 들어갔고, 부인은 재빨리 몸을 일으켜 단도를 움켜쥐었다. 그리고 기생의 희고 섬세한 목에 그 단도를 겨눴다. 박 씨와 기생의 마법 대결은 삽시간에 결판이 났다. 박 씨의 우월한 재능이 자객을 완전히 제압했다.

"기서향, 일어나서 이제 너희 나라로 돌아가거라!" 박 씨가 소리쳤다.

"제 나라로 돌아가라니요?" 기서향이 술에 취해 졸리는 목소리로 더듬더듬 물었다. "저는 강원도 원주에서 온 기생인데요."

"내 눈을 가릴 수 있다고 생각하느냐? 나는 네가 누구인 줄 잘 안다!" 박 씨가 꾸짖었다.

"무슨 말씀인지 모르겠네요. 이미 말씀드린 대로 저는 원주에서 온 보잘것없는 기생이고 제 이름은 기서향인데요." 기생은 이제 잠에서 완전히 깨어나 똑같은 말을 되풀이했다.

"나는 네가 명 공주 홍매라는 것도 우리나라에서 무슨 짓을 하려하는 것도 이미 다 알고 있었다." 박 씨가 소리쳤다.

"어, 어떻게 제 이름을 아세요?" 얼떨떨해진 공주는 자기 본명이 언급되자 겁이 나서 말을 다시 더듬었다.

"다시 말하지만, 나는 네 정체를 진작부터 알고 너를 기다리고 있었다. 네 계획은 이제 수포로 돌아갔고 여기서의 네 임무는 이미 끝났다. 이제 더 이상 우리나라를 배회하지 말고 네 나라로 곧 당장 되돌아가거라!" 부인은 거듭 촉구했다.

공주는 자신의 계획이 탄로 나자 재빨리 사라졌다. 형세가 위급해지자 그녀는 새벽녘에 참새가 되어 장지문 종이를 뚫고 피화당 마당으로 날아갔다.

박 씨는 매가 되어서 그녀를 뒤쫓았다.

미모의 자객은 인간의 형체로 되돌아와서 박 씨에게 단도 세 개를 연거푸 던졌다.

자기 모습으로 돌아온 박 씨는 허공에서 대나무 막대를 잡아채서 단도를 땅에 떨어뜨렸다. 그리고 자객을 막대로 내리쳤다.

기서향은 빙글빙글 돌아서 큰 바위 뒤로 몸을 숨겨 막대를 피했다. 그녀는 몸을 웅크리고 큰 바위를 들어 올려서 박 씨 부인에게 던졌다.

박 씨는 재빠르게 대나무 막대에 입김을 불어 넣어 무쇠처럼 탄탄하게 만들어 그 바위를 내리쳐 산산조각을 냈다.

그 먼지가 가라앉기도 전에 자객은 검은 안개를 내뿜고는 그 뒤로 숨었다. 박 씨는 거기에 속지 않았다. 그녀는 번개같이 빠른 동작으로 적을 붙잡았다. 즉각 그녀는 기생을 타고 앉았다. 기생은 필사적으로 벗어나려고 몸부림쳤다.

"하라는 대로 뭐든지 할 테니 목숨만은 살려 주세요!" 공주는 울음을 터뜨리면서 목숨을 구걸했다.

"너를 나무랄 생각은 없다. 너는 다만 네 아비의 명을 받드는 꼭두각시에 불과하니까. 나는 네 어미가 지금 여기 관여하고 있는 줄도 잘 알고 있다. 너의 이 과업은 네 어미의 발상이 아니냐? 네 어미가 이 모든 일을 기획했으니 내가 너를 죽인들 무슨 소용이 있겠느냐?" 박 씨가 거침없이 밝혔다.

"부인의 관용에 감사드립니다. 저의 목숨을 살려 주신 은혜를 잊지 않겠습니다." 공주는 두 손을 비비며 용서를 빌었다.

"네 나라로 돌아가서 네 아버지께 물어라." 박 씨가 외쳤다. "왜 우리의 군사 원조를 벌써 잊었느냐고? 우리의 지원에 감사하기는커녕 자신의 소중한 딸을 우리나라에 자객으로 보내다니. 이게 우리의 원조와 우정에 대한 감사의 표시란 말이냐?"

공주는 겁에 질려 움츠렸고 몸을 벌벌 떨었다. 뒷걸음질치며 깔끔한 뜰로 나가서 빠져나갈 출구를 신속히 찾아보았지만 아무 데에도 문이 보이지 않았다. 울타리 대신에 절벽이 에워싸고 있었다. 공주는 필사적으로 출구를 찾으면서 걷고 또 걸었다. 그녀는 기진맥진하고 허기마저 들었다. 요술을 부려 도망치려는 여러 차례의 시도도 박씨의 더 높은 초능력 때문에 아무 효과가 없었다. 마침내 그녀는 땅에 쓰러져 절망감에 울음을 터뜨렸다. 지난 반년 동안의 떠돌이 생활의 고난과 희생이 헛되었다는 생각에 흐느꼈다. 만 리 길을 와서 그 죽을 고초를 견디며 애썼는데도 보여 줄 결과물이 아무것도 없지 않은가!

"왜 여태까지 여기 있는 거냐? 네 나라로 돌아가라고 했지 않았느냐? 썩 꺼지지 못할까!" 박 씨가 자기 방문을 열고 고개를 내밀며 외쳤다.

"출입문을 찾으려고 온종일 애를 썼지만 문이 아무 데도 없네요. 저는 지치고 허기졌어요. 제발 제가 고향에 갈 수 있게 문을 보여 주세요!" 공주는 땅에 꿇어앉아서 두 손을 모으고 애처로운 목소리로 흐느끼며 애걸복걸했다.

"너는 고향에 가기 전에 의주에서 임영업 장군을 해칠 생각을 했었지?" 박 씨가 물었다.

공주는 땅에 꿇어앉은 채로 고개를 숙였다.

"그걸 미리 알았기에 네가 온종일 이 마당을 뱅뱅 돌게 한 거다. 네 사악한 계획을 실행에 옮길 수 없을 만큼 지치게 만들려고. 네가 나를 먼저 만나서 내 변변찮은 마술 실력을 맛본 것이 큰 행운인 줄 알아라. 이 나라에는 나 같은 사람들이 수없이 많다. 나보다 몇 수 위인 다른 분들의 신통력에 비하면 내 마법 따위는 아무것도 아니란다.

네가 그분들 중 하나를 먼저 만났으면 너는 산 채로 삼켜졌을 것이야. 너희 나라로 돌아가서 네 배은망덕한 부친께 우리나라를 침략할 생각을 다시는 하지도 말라고 말씀드려라. 만약 그런 시도를 한다면 나는 우리나라의 위대한 장군과 초능력자들을 모두 집결시켜 명 궁정에 가서 황제의 군대를 한꺼번에 몰살시키겠다. 그리고 황제의 목은 내 이 두 손으로 치겠다!" 박 씨가 경고했다.

박 씨의 무시무시한 경고에 공주는 몸이 움츠러들었다. 부인이 주문을 외우자 하늘에서 회오리바람이 불어 내려와서 공주를 휩쓸어 올렸다.

홍매는 폭풍에 실려 가면서 눈을 감았다. 그 마술에서 벗어나려 했으나 소용이 없었다. 그녀가 눈을 떴을 때 자신이 자기 궁전의 뜰 잔디에 내팽개쳐진 것을 알았다. 땅에서 일어나려는데 아버지와 시종들이 정원을 거니는 것이 눈에 들어왔다.

"너, 괜찮으냐?" 깜짝 놀란 황제는 딸을 보고 달려와서 물었다.

"예, 저는 무사합니다만 아바마마의 용서를 빕니다. 아바마마께서 저에게 내리신 임무를 수행하려고 전심전력을 다 했으나 저보다 훨씬 강한 조선의 초능력자가 제 계획을 미리 알고 있어서 이루지 못했습니다. 그녀의 마술 앞에 저는 무력했사옵니다. 그녀가 회오리바람을 불러일으켜 저를 여기까지 날려 보냈습니다." 공주는 땅에 꿇어앉아서 회한과 수치의 눈물을 흘리며 말했다.

"괜찮으니, 그만 눈물을 닦아라, 내 귀한 딸아." 아버지는 딸을 일으켜 주면서 따뜻하게 말했다.

"아바마마, 그 강력한 마법사는 제게 아버님이 조선의 군사 원조를 잊으셨으므로 배은망덕하다고 말씀드리라 했습니다." 공주는 소맷자락에 눈물을 닦으며 몸을 부들부들 떨었다. "그녀는 명은 조선을 침공할 생각조차 해서는 안 된다고도 했습니다. 만약 우리나라가 조선을 정복하려고 들면 자기가 직접 용감한 장수들과 강력한 마법사들을 데리고 여기로 와서 명 군대를 모조리 몰살하겠답니다. 그리고 말씀드리기는 황송하오나 그녀의 말을 그대로 옮기면 손수 아버님의 목을 베어 조선으로 가져가겠다고 호통을 쳤습니다. 그녀는 제가 그녀를 먼저 만나서 다행이었다고 했습니다. 만약 다른 마법사들을 만났다면 제 목숨을 부지하지 못했을 것이라고 호언장담했습니다. 아버님, 그녀는 정말 가공할 만한 마법사였습니다."

"내 귀한 딸아, 네 고생이 모두 허사가 되고 네 과업이 수포로 돌아간 것이 너무너무 안타깝구나. 어찌 일개 상민이 우리 귀한 공주를 협박하고 학대했단 말이냐! 조선과 함께 그녀도 그 오만방자함의 죗값을 꼭 치르게 하겠다!" 황제는 노발대발하며 외쳤다.

황제는 자신의 침공계획이 좌절되자 그의 시종들 앞에서 흥분해 발을 굴렀다. 그는 조선 정벌을 의논하기 위해서 대신들을 소집한 자리에서도 분노를 터뜨렸다.

"조선의 강력한 마법사가 내 딸의 암살 계획을 미리 알고 있었다 하오. 그래서 내 딸의 시도가 실패했소." 황제는 치솟는 울분을 감추지 못했다.

"그러면 조선이 이제 우리 계획을 다 안다는 이야기이옵니다. 그렇다면 조선이 우리의 침공에 대비할 수 있기 전에 조선을 휩쓸 책략을 신속히 세워야 하옵니다." 병조대신이 말했다.

"감히 내 귀한 공주를 험하게 다룬 대가를 치르도록 해야 하오." 황제는 아직도 분을 삭이지 못한 채 말했다.

황제는 대신들에게 조선을 어떻게 굴복시킬지 책략을 말해 보라고 촉구했다.

명 황제와 대신들이 어떻게 조선을 복속시킬지에 대해 의논하고 있을 때 박 씨는 남편에게 기서향의 진정한 방문 의도를 설명했다.

"그녀는 명 공주 홍매였습니다. 명이 그녀를 미인계로 써서 대감님과 임영업 장군을 제거하려 했습니다. 그녀는 기생으로 가장했지만 우리나라에 파견된 자객이었습니다. 제가 그녀의 사악한 계획을 미리 알고 있었기에 선수를 쳤지요. 이것이 모두 조선을 침략하기 위한 준비로 조선의 핵심 인사 두 사람을 미리 제거하려는 명의 술책이었지요." 부인은 설명했다.

"그러니까, 명은 우리가 적시에 그들을 원조한 것을 이미 잊어버리고 우리나라를 정벌하려 한다는 말이지요?" 이시원이 크게 노해서 외쳤다.

"네, 그렇습니다." 부인이 알려 주었다.

명의 조선에 대한 책략을 알고서 시원은 대궐로 달려가서 임금에게 보고했다. 그는 자기 내자가 어떻게 명 자객의 가면을 벗겼는가를 소상히 아뢰었다. 인조는 조선이 지원군을 보내어 명이 어려울 때 구해 준 것을 명 황제가 잊은 데 대해 대로했다. 그는 즉시 명과의 국경 지역에 경계 병력을 보강하도록 지시했다.

사전 대책으로 의주에 주둔하고 있는 임영업 장군에게 밀사가 파견되었다. 밀사는 장군에게 명에서 미녀 자객을 조선에 잠입시켜 이시원 병조판서와 임영업 장군을 제거하려 했다고 보고했다. 그 계략은 폭로되었지만 장군은 낯선 여자가 그 주위를 배회하거나 그를 만나려 하면 조심하라는 어명을 전했다. 또한 병영의 근처나 요새인 사군육진, 압록강, 두만강 주위에서 수상한 군사 동향이 보이면 즉각 조정에 보고하라고 전했다. 그리고 국경 경비를 강화하고 적진을 향하고 있는 수비대의 대장들과 자주 연락을 취하라는 명령을 하달했다.

임 장군은 수상한 여자가 근처를 배회하거나 그의 수비대나 인근 지역에 이상한 동향이 있는지를 철저히 경계하겠다고 약속했다.

임금은 박 씨가 명의 자객을 적발해서 나라를 위기에서 구한 것을 높이 칭송했다. 감사의 표시로 그는 부인에게 '정렬부인貞烈夫人'이라는 칭호를 하사했다. 이 칭호는 나라를 위해 공을 세운 여인에게 왕이 내리는 상이었다. 그녀는 조선으로 하여금 명의 교활한 음모를 경계하게 해 주었으므로 정렬부인의 칭호와 함께 능라주단과 여러 가지 특권을 하사한다는 교지가 내려졌다. 그녀는 이 큰 영예를 입고 대궐을 향해 네 번 절했다.

"장하다! 우리 며늘애야! 나는 처음부터 네가 나라를 위해 너의 초능력을 크게 쓸 것이라고 확신했다. 그리고 언젠가는 꼭 너의 놀라운 혜안이 인정을 받고 포상을 받으리라는 것을 오랫동안 믿어 왔다." 자기 며느리가 임금을 훌륭히 섬겨서 상을 받은 데 대해 이정의 긍지와 흡족함은 이루 말할 수 없는 것이었다.

"아버님께서 저를 그리 칭찬해 주시니 몸 둘 바를 모르겠습니다." 며느리는 겸손하게 시아버님 칭찬에 고개를 숙였다.

이 씨 가문은 나라와 임금에게 이바지한 박 씨의 뛰어난 공로에 대해 자부심에 부풀었다. 그들은 그녀의 비범한 행동을 인정하여 상을 내린 왕의 성은에 깊이 감사했다.

대감은 그녀의 범상치 않은 아버지 박 처사가 철없는 시원을 사윗감으로 골랐던 것을 고마운 마음으로 다시 한번 회고했다. 이정은 때로는 자기 아들이 그의 며느리의 흉한 외모에 가려진 희귀한 자질을 알아볼 날이 언제 오기나 할까 하고 근심했었다.

시원은 그런 부친의 기대를 저버리지는 않았다. 그는 끝내 그의 미숙함을 벗어 버리고 늠름한 젊은이로 성장했다. 시간이 많이 걸리기는 했지만 그는 자기 아내의 미덕과 초능력을 알아보게 되었고 마침내 모든 일이 잘되어 갔다. 이정은 그런 출중한 딸을 자기의 며느리로 삼게 하여 이 씨 가문에 행운과 명예를 가져다준 박 처사에게 깊이깊이 감사했다. 이 씨 문중이 자기 딸을 받아들여 준다면 큰 복을 받으리라는 박 처사의 예언은 이제 여러 곳 여러 사건을 통해서 입증되고 실현되었다. 그는 그의 신선 사돈이 지금 어디 있을까 궁금했다. 그러자 열린 장지문 사이로 높은 구름 위에서 자기 딸에 대한 긍지의 미소를 짓고 있는 박 처사의 얼굴이 얼핏 스쳐 가는 것도 같았다. 이정은 하늘을 쳐다보며 사돈에게 감사하는 마음으로 고개를 숙였다.

21
영의정의 죽음

"정말 장하다, 우리 며늘애야! 내 언젠가는 이런 날이 꼭 올 줄 알고 기다리고 있었다." 이정은 훨훨 날듯 기뻐했다.

나라와 임금에 대한 공로를 인정받은 박 씨의 영예에 대해 온 가문이 축제 분위기에 들떠 있는 동안 이정이 갑자기 병을 얻었다. 시원과 그의 부인은 모든 방도와 정성을 다해서 부친의 건강을 회복시키려 애썼다. 명의란 명의는 모조리 모셔 진단과 처방을 받았고, 좋다는 온갖 약도 다 써 보았으나 효험이 없었다. 심지어는 무당을 불러들여 환자에게 정화수를 뿌리고 칼을 휘둘러 악귀를 물리치는 굿판마저 벌였으나 소용이 없었다. 마지막 방도로 가족은 대감의 목숨을 연장시키는 밤샘 의식인 '갱생'을 열었다. 이 의식은 모두가 뜬눈으로 밤을 밝혀서 인체에 살고 있는 세 마리의 해충이 염라대왕에게 올라가서 그 사람의 비행을 고하지 못하게 하는 것이었다. 그러나 이 의식에도 불구하고 이정의 병세는 조금도 나아지지 않았다.

이정은 매우 쇠약해졌고 자기의 죽음이 다가오는 것을 스스로 감지한 듯했다.

"정직은 밖에 있느냐?" 대감이 불렀다.

"예, 대감." 정직이 곧바로 대답했다.

"가서 시원을 데려오너라!" 대감이 허약해진 목소리로 지시했다.

"예, 대감." 정직은 시원에게 달려가 알렸다. "대감께서 서방님을 찾으십니다."

"아버님, 저를 부르셨습니까?" 시원은 급히 달려와 아버지 옆에 앉았다.

"아들아, 이제 내가 살날이 얼마 남지 않은 듯 하구나." 이 대감은 가물가물한 목소리로 말했다. "나는 우리나라의 형편을 퍽 오랫동안 염려스럽게 지켜봤다. 당파 싸움이 나라를 곪게 만들고 있구나. 나라에 대한 백성들의 믿음은 갈수록 사라지고 있다. 권력에 굶주린 파벌들이 대궐에서 싸움질만을 일삼으니 부패가 극심해질 수밖에 없다. 따라서 식량도 귀해지고 병사는 훈련이 제대로 안 되고 나라 전체가 병들어 가고 있구나."

"아버님, 말씀을 많이 하시면 기가 진하시니 말씀을 아끼십시오." 시원은 간언했다.

"내가 죽기 전에 내 불길한 예감을 말하지 않는다면 죽어도 눈을 감을 수가 없겠다. 내가 이제부터 너에게 이르는 내 공직 생활의 경험을 잘 새겨들어라." 아버지가 띄엄띄엄 말을 이어갔다.

"예. 아버님께서 전하와 국가, 백성을 위해 오랜 세월에 걸쳐 충성스럽게 봉직하시면서 쌓으신 귀한 지혜를 힘껏 배우겠습니다. 그리고 소중한 경험도 정성껏 본받겠습니다." 시원은 약조했다.

"나는 세 분의 주상을 이런저런 직책에서 보좌하는 복을 누렸다. 내 긴 봉직 생활 동안 왜와 후금의 침범을 겪었다. 두 침공 사이에는 거의 30년의 간격이 있었지만 우리가 왜란의 피해에서 회복할 수 있기도 전에 후금이 우리나라를 폐허로 만들어 놓았다. 후금이 우리나라에 끼친 피해를 너도 목격했지 않느냐. 그런데 조정에는 그 상처를 벌써 잊은 대신들만이 콩팔칠팔 판을 친다. 그들은 외적에게 나라가 초토화되었는데도 반성도 각오도 없구나. 벼슬아치들이 끊임없이 서로 헐뜯고 벼슬을 차지하는 데만 눈이 멀었으니 이 나라가 점점 피폐해지고 쇠약해질 수밖에. 그 틈을 타서 우리의 비옥한 강산을 호시탐탐 노리던 외적들은 침략을 획책하고 있구나. 도대체 그 못되고 못난 벼슬아치들은 언제나 근시안적인 이기심과 탐욕을 버리고 나라와 전하와 백성을 위해 힘을 함께 모은다는 말이냐?" 대감은 깊은 한숨을 내쉬며 말했다.

"아버님, 물 좀 드시고 말씀하시지요." 시원이 부친에게 물을 떠와서 마시도록 권했다.

"우리는 북쪽 국경 너머에 도사리고 있는 적과 동해 건너의 적에 대한 경계를 한시도 늦추면 안 된다." 이 대감은 물을 달게 마시고 말을 이었다. "외적들이 언제 우리나라를 침략할지는 알 수가 없다. 그러니까 우리는 언제나 우리나라를 침입하려는 그들의 끝없는 시도를 경계해야 한다. 우리가 반백 년 전 율곡 이이 선생의 10만 양병설을 실행하지 않은 것이 얼마나 통탄할 일이냐! 10만의 군대를 양성했었다면 우리는 두 차례의 외침外侵을 막아 낼 수 있었을 것이고 무수한 백성이 죽고 나라가 폐허가 되는 참상도 면할 수 있었을 텐데."

"아버님. 말씀을 너무 많이 하시면 기력이 쇠하시니 이제 그만하시고 좀 쉬십시오."

"아니다, 아들아. 내가 저승으로 가기 전에 할 말을 다 해야겠다." 대감은 아랑곳하지 않고 말을 이어갔다. "외적의 위협이 크지만 내적의 폐해는 더욱 무섭다. 외적보다는 당파 싸움이 이 나라를 더 썩고 곪게 하는구나. 너도 보았다시피 악랄한 벼슬아치들은 권력을 움켜쥐기 위해서는 수단과 방법을 가리지 않는다. 그리고 권력을 잡기만 하면 무지막지하게 사리사욕을 채우는 데에만 혈안이 되어 있지 않느냐. 그들을 막지 못하면 그들이 나라를 말아먹을 것임을 명심해라."

"예, 아버님. 명심하겠습니다." 시원은 아버지의 두 손을 살포시 잡으며 굳게 다짐했다.

"너는 그들을 조심하면서 항상 주상 전하께 현명한 직언을 해드려야 한다. 주상께서 덕과 예지로 나라를 다스려서 온 백성이 화평하게 살아갈 수 있도록 최선을 다해라."

"네, 잘 알겠습니다, 아버님." 시원이 약속했다.

"우리 가문은 여러 대에 걸쳐서 성은을 입었다. 목숨이 다하도록 나라를 섬겨도 전하의 은혜를 터럭만큼도 갚을 수가 없다. 고려 말의 충신 정몽주처럼 일편단심으로 나라와 주상을 섬기다가 죽는 것이 공인의 바른길이다. 조선 태조 이성계의 아들 이방원이 정몽주에게 쇠해 가는 고려를 등지고 새로 일어나는 세력인 이태조의 편에 가담할 생각이 있는지를 떠보려고 '하여가'를 보내지 않느냐. 정몽주는 신흥 세력에 가담할 의사가 없음을 밝히는 '단심가'로 답했다. 그는 그로 인해 이방원에게 살해되지 않느냐? 너도 정몽주의 '단심가'를 알고 있지?"

"예. 잘 압니다." 시원이 시조를 차분한 목소리로 암송했다.

> 이 몸이 죽고 죽어
> 일백 번 고쳐 죽어
> 백골이 진토 되어
> 넋이라도 있고 없고
> 임 향한 일편단심이야
> 가실 줄이 있으랴.

"맞다. 바로 그 시조지. 충신이라면 모름지기 정몽주처럼 나라와 백성, 그리고 임금을 위해 목숨을 바쳐야지. 무릇 충신이라면 끊임없이 선비로서 자기 수양을 해야 한다. 부단히 수양해야 군자가 될 수 있지. 군자는 어느 때나 왕에게 충성해야 하고 나랏일을 먼저 보살펴야 하는 것이다. 이제껏 해 온 대로 부모에게 효도하고 친지들에게도 신의를 지켜라. 매사에 공평하고, 백성을 긍휼히 여기며 예의 바르게 행동해야 하느니라. 벼슬살이할 때에는 아무리 가난해서 쪼들리게 된다 해도 뇌물을 받거나, 부정, 부패한 행위에 빠지면 결단코 안 되느니라. 모든 사람, 사물, 사건에 그런 마음가짐으로 처신하도록 해라. 내 말 알아듣겠지?"

"예. 아버님. 백성의 복리를 위해서 언제나 전하를 충성으로 섬기고 모든 일에 선비답게 처신하겠습니다."

"네 말을 들으니 마음이 놓이고 기쁘구나." 이 대감은 힘없이 말을 끝내고 잠이 든 듯 눈을 감았다.

아들과 대화를 나누고 며칠 뒤, 그의 상태가 더 악화되었다. 어느 날 아침 일찍이 그의 뜰에 있는 매화나무 꼭대기에서 까마귀 떼가 울어 대자 민 씨는 하인들에게 대소가에 연락하라고 일렀다.

슬픔에 잠긴 친척들이 무거운 마음으로 임종을 지켜보려고 대감의 방에 모여들었다.

대감은 그를 지켜보는 친척들에게 이 세상의 마지막 작별 인사를 하듯 입을 열었다.

"나는 오래 살았고 바르게 살려고 노력했소. 나는 운 좋게 고위 관직에 있을 수 있었소. 착한 아내를 얻고 효자 아들과 든든한 며느리를 보아서 극진한 보살핌을 받았소. 아들 시원이도 내 뒤를 쫓는 듯 조정에서 열심히 일하고 있지요." 이 대감의 목소리가 가늘고 힘이 많이 빠져 있었다.

"아버님, 부디 기운을 보전하십시오." 시원이 애원했다.

"그래도 일가친척에게 작별 인사는 해야지." 대감은 걱정스러워하는 시원의 간청을 아랑곳하지 않고 말을 계속했다. "우리 가문은 지금 번성하고 있소. 자손이 모두 건강하고 입신양명했고 넉넉하게 살고 있소. 이 모든 행운은 조상님들이 내려주신 은덕이오. 그러니 아들아, 너는 내가 간 후에도 조상님들 제사를 잘 받들어야 하느니라."

"예. 아버님. 여부가 있겠습니까." 시원의 선선한 대답에도 이 대감은 말을 멈추지 않았다.

"기정이와 기평이가 총명해서 어찌나 기쁜지 모르오." 대감은 가냘픈 목소리로 말을 이어갔다. "그 손자 놈들은 우리 가문의 자랑스러운 전통을 이어가기 위해 열심히 글을 배우고 있소. 나중에 커서 큰일을 할 것이오. 내가 인생에서 무엇을 더 바라겠소? 내가 세상을 떠나면서 아쉬움이 있다면 손자 놈들 재미를 좀 더 오래 보지 못한 거요. 아무도 이 세상에서 원하는 것을 모두 다 이루는 사람은 없소. 아마 나만큼 운이 좋은 사람도 드물지 않을까 싶소. 나는 내 몫 이상의 축복을 누렸소. 사람들은 오복五福을 추구하는데 나는 네다섯 가지 복을 다 누렸소. 장수를 누렸고, 천학비재한 내가 높은 버슬에도 올라 내 나름대로 최선을 다했소. 슬하에 자식이 많지는 않으나 효성스러운 아들과 며느리가 여러 아들 며느리 몫을 하고 있소. 그래서 하늘에 감사하고 있다오. 우리 자손들도 이 나라의 홍익인간이라는 불변의 건국이념을 잘 새겨서 나라와 인류를 위해 덕을 쌓고, 헌신할 것을 믿어 마지않소."

"아버님, 이제 그만하십시오." 시원은 걱정이 가득 찬 목소리로 말했다.

"형님, 말을 아끼십시오." 둘째 아우 이영도 근심 어린 목소리로 말렸다.

"아니다, 아우야. 마지막으로 내 하고 싶은 말은 다 하고 가야겠다." 대감은 쇠약해진 목소리로 말했다.

시원은 더 이상 말을 못 하고 아버지를 지켜보고만 있었다.

"임자는 참으로 양처였소." 이 대감은 아내를 가까이 오도록 손짓하고 말했다. "내가 죽어도 너무 슬퍼하지 마시오. 그리고 우리 효성스러운 아들 며느리가 임자를 지극정성으로 섬길 터이니 일신상의 걱정도 하지 마시오. 손자 놈들도 크나큰 위안이 될 것이고."

"제 걱정일랑 마세요. 모두 저를 잘 돌봐줄 줄 잘 압니다. 저도 머지않아 대감을 따라갈 겁니다." 민 씨는 큰 슬픔에 잠겨 웅얼거렸다.

"나는 너희들이 우리 집안을 잘 보살필 터이니 마음 편히 갈 수 있겠구나." 이 대감은 아들, 며느리를 가까이 오도록 하고 말했다. "어째서 박 처사가 나를 점찍었는지는 모르겠지만 너의 선친께서 너를 우리 가문의 한 사람이 되도록 배려하신 데 대해 황송하기 짝이 없구나. 너는 하늘이 내린 초능력으로 우리나라를 재앙에서 구했고 주상의 칭송과 경의를 얻었다. 네가 공로에 합당한 상을 받아서 참으로 기쁘구나. 그리고 앞으로도 우리나라를 위해서 네 탁월한 기량을 잘 써 주기를 바란다. 시원아, 내가 너에게 이른 말을 꼭 잊지 마라!"

"네, 아버님." 시원이 목멘 소리로 약속했다.

"아버님, 저도 꼭 그리하겠습니다." 며느리는 가슴이 뭉클해서 눈물 어린 목소리로 굳게 약속했다.

"기정아, 기평아, 나는 너희들이 참으로 기특하다. 부디 한눈팔지 말고 공부를 열심히 하거라. 조상님들을 기억하고. 너희들은 곱게 자라서 언제나 선비답게 행동해야 한다. 내 말뜻을 알겠느냐?" 이 대감은 앙상한 손을 뻗어 손자들의 손을 살며시 움켜쥐고 숨을 모아 말했다.

"예. 할아버님." 이 대감의 쌍둥이 손자들은 눈물을 줄줄 흘리면서 고개를 끄덕였다.

"형님 우리 가문 걱정은 조금도 하지 마십시오. 우리 모두가 시원이와 그의 아내를 힘껏 도울 것입니다." 둘째 아우 이영이 슬픔에 젖은 목소리로 자랑스럽고 든든한 형님의 손을 꼭 잡고 안심시켰다.

"형님, 저도 우리 가문을 잘 지키도록 온갖 힘을 다하여 조카 내외를 돕겠습니다. 그러니 아무 걱정 마십시오." 막내 이솔도 슬프게 눈물을 흘리며 자기를 많이 아껴주고 올곧은 형님의 양손을 꼭 잡고 맹세했다.

"아우들아, 고맙네. 우리 가문을 잘 지키도록 시원이와 그의 처를 잘 부탁하네." 가족과 친척에게 이런 마지막 말을 남기며, 이정은 입가에 미소를 머금은 채 평화로이 눈을 감았다.

이정은 이제 더 이상 눈을 뜨지 않았다. 향년 64세의 나이로 세상을 뜬 것이었다.

"아이고, 아이고, 아이고!" 일가친척들은 가슴을 치고 큰소리로 곡을 하며 집안 큰 어른의 서거를 애도했다.

하인 정직이 이 대감의 옷을 들고 지붕 위로 올라갔다. 그는 북쪽을 바라보며 서서 망자의 혼백을 다시 부르는 초혼招魂 의식을 거행했다. 대소가 친척들은 잠시 곡을 멈추고 망자가 다시 살아오기를 간절히 기원했다.

"한양의 이정 대감, 복, 복, 복이요!" 상전의 옷을 흔들면서 하인은 외쳤다. 그는 상전의 영혼이 저승에서 돌아오라고 세 번 기구祈求한 것이다.

초혼 의식이 끝나자 세 저승사자를 대접하기 위한 밥과 술과 나물이 상에 차려졌다. 세 켤레의 짚신과 세 꾸러미의 엽전도 이 저승사자들의 노자路資로 상 위에 올려졌다.

그러고는 이 대감의 수의가 관棺 위에 펼쳐 놓였고 유족들은 상복으로 갈아입었다. 시원은 부친의 서거를 막지 못한 죄인이라는 뜻으로 죄인처럼 허리에 새끼줄을 둘렀다. 그리고 대나무 지팡이를 짚었다.

임금은 충신 이정이 별세했다는 소식을 듣자 자기의 가장 충성스럽고 현명한 신하 중 하나를 잃은 슬픔이 컸다. 임금은 전령을 보내서 조의를 표하고 장례비용으로 금괴와 비단을 보냈다.

오일장 동안 친척들과, 조정 고관들, 관리들과 친지들이 조문 와서 이정 대감에게 조의를 표했다. 그의 이름이 새겨진 신주단자 앞에 그들은 엎드려 영결 인사를 드렸다. 그러고는 유가족들에게 위로의 말을 건넸다. 이 대감은 벼슬이 높았지만 선비답게 겸허하게 처신했고 검소하게 살았다. 그는 일생 어렵고 힘없는 사람들을 위해 애썼으므로 민초들도 이 대감을 흠모했다. 그는 백성들의 문제를 공평무사하게 처리하며 많은 사람을 구원해 주었다. 그의 동료들은 그의 예지와 능력에 감동했다. 세 임금이 그의 현명한 간언을 받아들여서 국리민복을 증진시켰다. 이정 대감의 오랜 관직 생활 동안 그의 은덕을 입은 사람들이 빈소로 몰려와서 그에게 마지막 고별인사를 올렸다.

닷새가 지나고 나서 향냄새가 그쳤다. 상여 행렬은 도읍 근처의 연안 이 씨 선산을 향해 떠났다. 이 대감의 상여는 그의 희망에 따라 요란하지 않은 수수한 것이었다. 만장을 받쳐 든 사람과 삼베옷을 입은 스물네 명의 상여꾼이 어깨에 상여를 지고 종가 묘소로 갔다. 그의 생전 유언대로 이정은 간소한 의식과 함께 선산에 조용히 묻혔다. 직계 가족과 가까운 친척들만 묘소 앞에 무릎을 꿇고 앉아 울면서 저승으로 떠나는 집안의 큰 어른을 아쉬워했다. 친척 가운데 몇 분은 무릎을 꿇고 앉은 채 땅을 몇 번이고 치면서 한참 동안 큰 울음을 터뜨리다가 다른 친척이 붙들어 일으켜 세우기도 했다.

선산은 동양 풍수 사상에 의거한 길지에 자리 잡고 있었다. 사방四方 수호신들이 그곳을 음지의 악령으로부터 보호했다. 현무玄武는 북쪽을 경계했고 주작朱雀은 남쪽을, 백호白虎는 서쪽을, 그리고 청룡 靑龍은 동쪽을 지켰다. 묘소는 뒤편에 양쪽으로 산줄기가 내려오고 앞쪽으로는 맑은 시내가 흐르고 먼 앞쪽으로는 봉우리가 여럿인 산 이 있었다. 이 길한 선산은 이 씨 가문에 누대累代에 걸쳐 명예와 번 영을 가져다주었다.

민 씨는 남편을 잃은 슬픔과 충격을 이겨 내지 못했다. 장례를 치 르고 난 뒤 잠도 제대로 못 자고 음식도 들지 못했다. 그는 곧바로 쓰러지고 말았다. 부인을 소생시키려는 온갖 시도도 소용이 없었다. 그는 얼마 후, 66세의 나이로 남편을 뒤따라갔다. 대감이 별세하고 한 달도 되기 전에 부인의 묘도 남편의 묘 옆에 자리를 함께했다.

시원과 그의 부인은 짧은 기간에 부모를 모두 잃은 슬픔을 주체하 기 어려웠다. 박 씨는 특히 자기가 흉측한 몰골이었을 때에도 사랑해 주고 감싸 준 시아버지를 잃은 슬픔에 가슴이 찢어지는 듯했다. 이 대감은 식구들과 친척들의 불만에서 그녀를 감싸며 언제나 그녀의 마음을 알아주고 아껴 주었다. 대감은 며느리가 아들의 냉대에 서러 워할 때 언젠가는 아들이 그녀의 가치를 알아보고 귀히 여길 것이라 고 며느리를 끝까지 위로했다. 대감의 말은 맞았다. 대감은 마치 친아 버지처럼 그녀의 크고 작은 청은 무엇이나 들어주면서 그녀의 낯선 한양 생활을 편하게 해 주려고 애썼다. 그리고 언제나 변함없이 그녀 를 믿고 든든하게 동구 밖 느티나무처럼 끄떡없이 그녀의 편이 되어 주었다. 그녀는 시아버님의 보살핌에 대해 영원히 감사하지 않을 수 없을 것이다.

조선의 국교인 유교는 자식들이 부모의 상을 당하면 부모가 그들 을 품어 길러 준 기간인 3년간 부모를 모셔야 한다고 했다. 그래서 효심이 깊은 아들은 3년간은 시묘살이를 한다. 조정의 고관으로서 시원은 공무 때문에 유교적인 효를 행할 수가 없었다. 다만 거의 3년에 걸쳐 부모님 제삿날인 소상小祥, 대상大祥, 탈상脫喪 때에는 부모의 묘소에서 종가 친척을 모시고 지극정성으로 제사를 지냈다. 그때마다 그는 자기 부모의 생애에 대해 깊이 생각했다.

시원은 부모님이 외아들인 그를 기르는 데 얼마나 자애로웠는가를 생각하며 하염없이 눈물을 흘렸다. 이제야 그는 부모님의 은혜를 갚고 싶어도 갚을 수가 없다는 것을 불현듯 뼈저리게 깨달았다. 부모님 생전에 효도를 더 하지 못한 것이 그에게 크나큰 슬픔으로 되돌아왔다. 부모님을 섬길 날이 무한하지 않다고 그의 아내가 몇 번이고 일깨워 주던 것을 건성으로 들은 척 만 척하는 그의 어리석고 못난 행동이 몹시 밉고 후회스러웠다.

이처럼 수많은 생각이 시원의 뇌리를 스쳐 지나갔다. 그의 선친은 인내심이 깊고 현명했다. 그가 아주 어렸을 때 그의 선친은 그에게 읽기와 쓰기를 가르쳤고 배움에 대한 갈망을 심어 주었다. 그는 조숙했고 그의 부모님과 선생들은 그가 어린 나이에 초시에 급제하자 흐뭇해했다. 그가 너무 어린 나이에 아버지의 뜻을 따라 혼례를 치렀고 그가 '괴물' 같은 아내를 보이는 그대로만 보고 아내를 박대하자 그의 선친은 몹시 괴로워했다. 시원은 며느리의 재주와 지혜에 대한 선친의 흔들림 없는 믿음 덕분에 천만다행으로 선친이 돌아가시기 전에 나라에서 인정받을 수 있었다는 점을 새삼 느꼈다. 시원 스스로도 뒤늦게야 아내의 남다른 초능력과 미모에 흠뻑 빠져들었지만. 이런 극과 극의 실망과 성취, 섣부른 분노와 참되고 벅찬 기쁨이 엇갈린 부부 생활 속에서도 시원은 그의 선친이 세상을 떠나실 때는 아무런 후회 없이 평온하게 만족스러운 삶을 마감하시고 승천하신 것을 감사히 생각했다. 시원은 마지막 숨을 거둘 때까지 나랏일을 걱정하신 아버지와의 약속을 꼭 지키겠다고 마음속으로 깊이깊이 다짐했다.

사망 뒤 첫해째 제사인 소상 때, 시원의 가족은 잘 다듬어진 이 대감의 묘소에 모여서 집안의 큰 어른께 제사를 드렸다. 가족이 도착하기 전에 시원은 인부들과 함께 풀을 뽑으며 무덤을 단장했다. 그러고 나서야 그의 아내와 쌍둥이가 하인들을 대동하고 친척과 함께 도착했다. 이 대감의 묘소 앞에 제사상이 놓이고 생전에 이 대감이 좋아하시던 음식들이 유교 제례에 맞게 방위와 순서에 맞추어 놓였다. 일가의 모든 남자들이 차례로 술을 따라 올리고 두 번 절했다. 술은 묘의 잔디 위에 뿌려졌다. 그리고 가족은 망자가 음식을 맛보기를 기다렸다. 여러 날 동안 정성을 다하여 준비해 온 제사 음식은 제례가 끝난 뒤 참석한 모든 친인척이 산소에 둘러앉아 맛있게 함께 즐겼다. 이렇게 제사 음식을 같이 나눠 먹으면 조상의 복을 나눠 받는다고 믿었다. 남은 음식은 친척들이 나누어 가지고 갔다. 며칠 뒤 부인 민씨의 묘소에서도 같은 소상 제례가 거행될 것이었다.

두 해째 제사인 대상 때에도, 시원은 가족과 함께 제초를 했다. 그러고 나서 대소가 친척들이 소상과 같은 절차로 제사를 지냈다. 제사는 이 씨 가문의 친인척들이 모여서 서로의 안부와 소식을 나누는 좋은 기회였다. 기정이와 기평이도 집안 어린이들과 함께 넓은 산소 잔디밭에서 마음껏 뛰어놀았다.

마지막 제사인 탈상은 대상 후 백일 만에 치러졌다. 시원은 인부들과 함께 자기 부모의 묘소를 손질했다. 그의 아내는 시급한 집안일 때문에 아들들과 친척들과 함께 조금 뒤에 도착했다. 제사 음식은 유교 예법에 맞게 상에 놓였다. 그리고 소상, 대상 때처럼 남자들은 일제히 술잔을 올리고 두 번 절했다. 탈상이 끝나면 이 대감과 그의 부인의 신주도 4대에 걸친 조상의 신주와 함께 가족 사당에 안치될 것이었다. 이 씨 가문 자손들이 종갓집인 이 대감 부부 제사를 지내는 것은 그들의 의무였다. 제사가 끝난 뒤에 참가했던 모든 친척은 맛난 음식을 들며 대화를 나눴다. 남자들은 조선의 국사에 대해 의논하고 여자들은 자식과 집안일에 대해 서로 이야기를 나눴다.

묘소에서의 마지막 의식 후에 시원은 부모의 일생에 대해 다시 한 번 회고하는 시간을 친척들과 가졌다. 황해도 연안 이 씨 가문의 세 아들 중 맏아들로서 이정은 아주 어릴 때부터 총명함이 두드러졌다. 열세 살에 초시에 합격하고, 복시를 거쳐 스무 살 때 문과에 장원급 제했다. 그는 지성을 다해 임금과 백성을 섬김으로써 일인지상 만인 지하一人之上 萬人之下 벼슬인 영의정에 올랐다.

느지막이 아들을 얻은 이정은 너무 기뻐 그를 애지중지 사랑하고 손수 가르쳤다. 그는 생전에 매우 중요한 관직을 여럿 맡았었다. 왜의 침략으로 전란이 7년이나 나라를 휩쓴 뒤에 이정은 임금을 도와 폐 허가 된 나라를 재건하는 데 큰 공을 세웠다. 광해군이 그를 함경도 고성의 수령으로 임명해서 그는 처음 중요한 관직을 맡게 되었다. 그 는 고성에서 한 송사를 현명하고 공정하게 처리함으로써 큰 명성을 얻었다. 그 명성은 일생 그를 그림자처럼 따라다녔고 인조 즉위 후에 는 호조판서, 병조판서, 좌의정, 그리고 영의정에 오르며 봉직하다가 은퇴했다. 조정의 온갖 음모와 음해를 근심하면서 끝까지 이겨낸 이 대감은 아들에게 흔들리지 않는 충직과 정성으로 주상을 보필하라 고 틈날 때마다 타일렀다. 그는 아들에게 언제나 선비의 자세를 잃지 말라고 거듭거듭 역설했다.

시원은 어머니의 일생에 대해서도 생각했다. 그의 어머니 민 씨는 경기도 여흥이 본관인 민 씨 집안이었다. 그녀의 부친은 당대의 저명한 유학자였고 그의 두 아들은 문과에 급제했다. 민 씨의 오빠 인환과 남동생 인호도 현 조정에서 고위 관직에 봉직하고 있었다. 민 씨 가문도 출중한 조상이 많았다.

민 씨는 열여덟 살 때 연안 이 씨 가문의 종가 자손으로 열여섯 살인 이정과 백년가약을 맺었다. 그녀는 자손을 낳지 못해서 오랫동안 시어머니와 시가 식구들로부터 핀잔과 잔소리를 들어야 했다. 그녀가 아이가 없이 지낸 긴 세월 동안 이정은 꿋꿋이 그녀를 감싸 주었다. 그녀는 임신을 위해 무려 20년 넘게 산신령에게 빌었다. 그 정성이 드디어 통해서 다른 여자들이 손자를 보는 나이에 아들을 낳았다.

민 씨는 아들을 기르는 데 지극정성을 다했다. 아버지가 아들을 가르쳤듯이 어머니는 어머니대로 아들이 무럭무럭 건강하게 자라는 데 온 정성을 다 쏟았다. 그런데 시원이 흉측한 외모의 신부와 혼인하자 크게 낙망했다. 아들이 장원 급제하자 그녀의 낙망은 기쁨으로 변했다. 부인은 며느리가 흉측했다고 구박한 것을 두고두고 후회했다. 그러나 며느리가 기적처럼 흉측한 껍질을 벗어 버리고 아름답고 다재다능한 초능력의 여성으로 변하자 며느리와 화해하고 그에게 살림을 모두 맡겼다. 쌍둥이 손자의 탄생이 그녀의 인생에 형언할 수 없는 기쁨과 행복을 가져다주었다. 민씨는 손자들이 학문에 힘쓰는 것을 보고 한껏 고무되었다. 그녀의 생애도 이 대감의 생애만큼이나 설레고, 뜻깊고, 복된 것이었다. 민 씨는 자손들이 가문의 영광된 전통을 이어갈 것이라는 믿음 속에 흡족한 마음으로 세상을 떠났다. 시원은 어머니의 굳은 의지와 가족을 위한 헌신을 존경하는 마음으로 기렸다.

시원의 부모는 자신들이 세상을 뜨기 전에 스스로 인정했듯이 이렇게 보아도 저렇게 보아도 축복 되고 의미 있는 일생을 살았다. 시원은 아버지에게 생전에 약속한 바대로 선비 정신을 끝까지 흔들림

없이 지키겠다고 다시 한번 굳게 다짐했다. 3년 상은 시원에게 그의 부모의 은덕과 가족의 행복한 삶과 인생의 의미에 대해 깊이 되새기는 뜻깊고 좋은 계기가 되었다.

22
청군의 조선 침략

"감히 내 사랑하는 공주를 함부로 대하다니! 조선에 복수를 하겠노라." 미인계에 실패한 명 황제는 이를 악물고 뼛속 깊이 다짐했다.

명은 후금의 침략 위협에 대비하기 위해서는 조선을 정벌하여 철석같은 동맹을 만들 수밖에 없었다. 하여, 홍매 공주의 미인계는 수포로 돌아갔지만, 조선을 침범할 책략을 또다시 세워야 했다.

다른 한편에서는 만주 동쪽 벌판 고지대에 사는 여진족이 다른 부족들 하나둘 야금야금 손아귀에 넣어, 12세기 초에 이르면 만주 일대와 오늘의 중국 북동부를 영토로 하는 금을 건립했다. 그 후 오백 년이 지난 뒤 금의 후예인 누르하치는 후금의 칸Khan으로 날로 더 융성해졌다. 그는 만주에 사는 부족 대부분을 통일하는 데 성공했다. 그의 아들 아바하이는 1636년 만주의 여러 종족들과 한漢족, 그리고 몽골족까지 사실상 통일하여 그 기세로 국호를 '청淸'으로 정하고, 황제로 등극했다. 칭제稱帝하기에 이르렀으니 그가 바로 청태종이다.

아바하이는 황제에 즉위한 뒤 조선에 사신을 보냈다. 조선에 군신의 예에 따른 충성맹세를 받기 위함이었다. 인조는 또다시 이러지도 저러지도 못하는 진퇴양난에 빠졌다. 조선은 1392년 개국 이래 명의 오랜 우방이었다. 1592년 조선 땅에 쳐들어온 왜군을 물리치느라 명의 신세를 진 형편에 인조는 조정에서 친명 친청 세력 사이에서 중립을 지키려던 광해군을 폐위시키고 왕위에 올랐다. 그래서 당시 조정에서는 인조가 명을 지지하는 것을 거의 당연시하는 상황이었다. 더구나 조선은 후금과의 전쟁에 대패하여 형제국의 조약을 맺은 지 10년도 지나지 않은 시점이었다.

이런저런 이유로 인해서 인조는 청 사절단의 요구를 받고 머뭇거리지 않을 수 없었다. 엎친 데 덮친 격으로 조정의 군신들은 쇠퇴일로에 있는 명을 지지하는 파와 뜨는 해처럼 갈수록 강성해지는 청과의 화친을 주장하는 파 두 쪽으로 갈라져 서로 첨예하게 대립했다. 친명파가 득세하고 있는 조정의 상황은 청 사절단을 대하는 태도에서도 명백하게 드러났다. 하여 청태종의 사절단은 냉대를 받았다. 무엇보다도 인조는 후금 때 형제의 의를 맺었는데도 이제 와서 군신의 의를 강요하는 데 대해 노여움을 감추지 못했다. 청은 형식적인 군신 관계뿐만 아니라 조선으로부터 지속적으로 과도한 조공을 받아 내려 했다. 청 사절단의 요구와 압박이 너무 지나치고 견딜 수 없게 되자 그들을 나라 밖으로 몰아내고 말았다.

조선이 후금 때 지원하겠다는 맹세를 어기고 그의 사신들을 냉대하자 청태종은 재빠르게 이를 침략의 핑계로 삼았다. 실상은 이러한 조선의 반응을 미리 알고 그 반응을 구실로 조선 재침략을 철저히 준비하고 있는 상태였다. 명을 멸망시키려는 그의 궁극 목표 달성을 위해서 조선의 조건 없는 절대적 지원 확보가 필요했기 때문이다. 그는 조선과 맺은 형제의 의를 군신의 의로 바꿈으로써 이 목적을 이루려고 했다. 그 계획이 뜻대로 성사되지 않자 그는 조선을 먼저 침략하기로 하고 밀정을 보내 조선 정세를 파악했다. 속속들이 면밀하게 정탐을 마치고 돌아간 밀정들은 매우 유용한 정보를 황제에게 바쳤다. 정탐대의 우두머리인 리진타이는 황제에게 다음과 같이 보고했다.

"폐하, 조선에는 출중한 두 인물이 있사옵니다. 탁월한 전략가인 이시원 병조판서와 전쟁의 귀재인 임영업 장군입니다. 임 장군은 의주의 백마산성 요새를 지휘하고 있습니다. 그들의 명성은 우리 청군도 익히 알고 있습니다. 폐하께서는 얼마 전에 우리 군이 남서쪽 전방에서 조명연합군에 의해 패배한 일을 기억하지 않사옵니까?

"기억하고말고. 하도 분해서 오늘의 결정에 이른 것 아닌가?" 아바하이는 얼굴을 찌푸리면서 도리어 신하를 물끄러미 쳐다봤다.

"그때 이 판서와 임 장군의 전략에 패한 것이지요. 따라서 우리가 성공하려면 임 장군의 발을 어떻게라도 묶어 놔야 하옵니다. 먼저 임 장군으로 하여금 한양에서 일어나는 일을 모르게 하는 것이 무엇보다도 중요하옵니다." 리진타이는 강조했다.

"어떻게 그것을 할 수 있겠소?" 아바하이가 물었다.

"폐하, 그것을 이루기 위해서는 우리가 조선 땅에 당도하는 즉시 모든 봉화가 꺼지도록 해야 하옵니다. 그래서 임 장군이 우리 병사가 어디서 무엇을 하고 있는지를 알지 못하게 해야 하옵니다. 우리의 병사들이 전략적 요지에 숨어 있다가 의주로 가는 모든 파발꾼과 파발을 가로채야 하옵니다. 그리고 한양의 성문마다 우리 파수꾼을 두어 이 판서와 임 장군 사이에 연락이 전혀 닿지 않도록 해야 하옵니다. 두 사람의 협력이 없으면 조선의 병력은 완전히 사기를 잃고 와해될 것이옵니다. 임 장군의 개입만 막을 수 있다면 한양은 그리 힘들이지 않고 함락시킬 수 있사옵니다." 리진타이는 아뢰었다.

"알겠소. 두 사람 사이의 연락을 두절시키면 한양을 쉽게 손에 넣을 수 있겠다는 것이군." 아바하이가 확인했다.

"예, 폐하. 또한 그 조정에는 음험한 힘이 은밀히 작용하고 있다는 것도 알아내었사옵니다. 그 파벌의 우두머리는 영의정 김오만인데 그의 사촌인 김영만 장군은 우리와 내통하고 있사옵니다. 이 파벌의 대립은 관리들 간의 갈등을 가져올 것이고 병조판서의 옳은 판단과 현명한 진언을 무력하게 할 것이옵니다. 그들은 우리의 침입을 위해 문을 쉽게 열게 하는 데 큰 힘이 될 것이옵니다." 리진타이가 보고했다.

"영의정의 사촌이 우리와 내통하고 있다 하였소? 그거 낭보로구나!" 아바하이는 매우 기뻐했다.

"예, 폐하. 그러나 우리는 조선 대신들의 반목에만 의지해서는 안 되옵니다. 다른 여러 방책도 강구해야 합지요." 리진타이는 진언했다.

"그럼 무슨 더 좋은 생각이라도 있소?" 아바하이가 물었다.

"예. 폐하. 조선의 침입로는 이전에 사용하던 직통로를 이용하지 말고 다른 샛길을 이용하는 방안도 신중하게 고려해야 하옵니다." 리진타이가 건의했다.

"그게 무슨 말이요? 좀 더 자세히 설명해 보게나." 아바하이는 어리둥절한 표정으로 물었다.

"우리가 더 후미지고 안전한 길로 침투하면 의주의 임영업 장군이나 그의 부하들과 맞닥뜨리는 것을 피할 수 있사옵니다. 만포 요새로부터 안주를 거쳐 한양으로 향하는 훨씬 한적한 길이 괜찮은 대안으로 보입니다. 이 내륙도로가 갖고 있는 또 하나의 큰 장점은 목적지까지 곳곳에 있는 봉화대를 피할 수 있다는 것이옵니다."

"그대 제안이 틀림없다고 확신할 수 있는가?" 아바하이가 의심쩍어 되물었다.

"그렇습니다, 폐하. 그리고 우리의 결정적 승리 전략은 한양을 전혀 예기치 못한 시간에 예기치 못한 방향으로부터 갑자기 공격하는 것이옵니다. 이 기습 공격이 성공적 군사 전략의 핵심이 될 것이옵니다." 리진타이가 보고를 끝냈다.

"훌륭하오. 매우 철저하고도 탁월한 계획이로군." 아바하이는 이 보고에 매우 흡족했다.

그는 즉시 전쟁을 위한 군사동원령을 내렸다. 청의 군대는 출병 준비에 들어갔다.

어느 날 박 씨는 방에 앉아서 천문을 관측했다. 그녀는 조선 침략을 위한 청의 군사 작전이 본격적으로 개시된 것을 알고 깜짝 놀랐다. 그녀는 자기 남편이 이 급박한 정보를 즉각 알아야 한다고 생각했다.

"미화야, 이걸 장동에게 주어서 대감께 빨리 전하도록 해라." 남편에게 전할 쪽지를 급히 써서 박 씨는 몸종을 불렀다. 그 쪽지는 남편에게 귀가를 독촉하는 내용이었다.

"네, 마님." 미화가 재빨리 대답했다.

"마님께서 이걸 얼른 대감께 갖다 드리라고 하셨어요." 미화는 장동에게 달려가 쪽지를 건네주며 말했다.

"이것을 곧바로 병조판서께 전해 주십시오." 장동은 대궐로 뛰어가서 가쁜 숨을 잠시 돌린 다음 쪽지를 문 앞에 서 있는 보초에게 부탁했다.

보초는 전령으로 하여금 그것을 병조판서에게 전하도록 했다.

"무슨 일이오? 우리 아이들이나 대소가에 어떤 변고가 생긴 거요?" 시원은 궐문 앞에서 기다리던 장동과 함께 대궐에서 집으로 달려와서 아내의 방문을 열어젖히며 다급하게 물었다.

"아닙니다. 그런 일은 전혀 아닙니다. 모두 무고합니다."

"그럼 무엇 때문에 나를 이렇게 급히 만나자는 것이오?"

"천문을 관측해 보니 청군이 우리나라를 침략할 준비를 하고 있어서 심란했습니다. 그래서 서방님이 황급히 그것을 아셔야 한다고 생각했지요."

"좀 더 자세히 말해 보시오." 천만뜻밖의 소리에 눈을 휘둥그렇게 뜨고 시원은 부인에게 되물었다.

"청군이 정월 초에 의주를 피해서 만포를 거쳐 안주로 해서 우리를 공격할 예정입니다. 임영업 장군께 시급히 알려서 적이 도착하기 전에 한양에 와서 수비하도록 해야 합니다. 임 장군이 때맞춰 오실 수 있다면 적은 한양을 함락하지 못하고 쫓겨 갈 것입니다."

"하지만 그러면 우리 북서쪽 국경이 외침에 취약하게 되지 않겠소! 그렇게 내버려 두어서는 안 되는데." 시원이 지적했다.

"청군은 지난번 조명연합군과의 전쟁에서 서방님의 뛰어난 전략과 용맹한 임 장군의 전투 지휘로 쓴맛을 보지 않았습니까? 그래서 그들은 선양을 떠나서 만포 길로 우리를 침략할 것입니다. 거기서부터 그들은 얼어붙은 압록강을 건너서 국경을 넘어 안주로 올 것이고요. 보다 험준하고 비교적 한적한 길을 택함으로써 적은 임영업 장군과의 직접 군사 충돌을 피하려고 합니다." 부인이 설명했다.

"부인의 이야기가 이치에 맞으나 이제껏 북방에서의 침입은 모두 의주를 통해 있었지 않소? 그것이 한양으로의 가장 빠르고 가까운 길이니까." 시원이 말했다.

"그렇지요. 그러나 이번엔 그 길로 오지 않을 것입니다. 과거와는 달리, 이번에는 서로 왕래가 드문 만포 길을 통해서 기습 공격이 행해질 것입니다. 서방님은 주상 전하께 신속히 임 장군을 불러내려 한양을 방어하도록 한시라도 빨리 진언 드리시는 것이 옳을 것 같습니다. 그리고 전하는 가족과 함께 강화도 요새로 피신하시라고 권고하십시오. 청군의 선봉 기병대는 정월 초나흗날에 국경을 넘어와서 열하룻날에는 여기 한양까지 당도할 것입니다. 우리에게는 시간이 지금 없습니다." 아내가 무겁고 흔들림 없는 목소리로 경고했다.

"나는 재빨리 대궐로 되돌아가서 주상께 부인의 경고를 아뢰겠소." 시원은 아내의 신통력을 믿기 때문에 대궐로 급히 가서 주상과의 독대를 요청했다. 그는 자기 아내의 걱정스러운 예언을 자세히 전했다. 사태의 긴박성을 깨달은 임금은 서둘러 대신들을 소집했다.

"병조판서가 나에게 매우 중요한 정보를 전해 주었소. 자세한 내용은 병조판서에게 직접 듣도록 하겠소." 임금이 시급히 소집한 회의에서 말했다.

"소신은 매우 믿을 만한 소식통으로부터 청군이 우리를 침략하기 위해 준비 중이라는 말을 들었사옵니다. 임영업 장군에게 이 사실을 즉시 전달하고 내려와서 도읍을 지키도록 해야 합니다. 시간만 충분히 있다면 그는 한양에서 침략자들을 몰아낼 것이옵니다." 시원은 주상에게 보고한 말을 반복했다.

"병조판서의 말을 심각하게 듣고 곧바로 행동에 옮겨야 하오. 이 판서가 종묘사직을 위해 불과 얼마 전에 행한 업적을 잊지들 않으셨으리라 믿소. 이 판서가 서둘러 조치하지 않았더라면 우리는 명 황제의 음모로 인해 더 큰 재앙을 겪었을 것이오. 그의 제안을 받아들여서 재빨리 임 장군에게 이 정보를 알리고 한양으로 와서 사직을 지키도록 지시해야 하겠소." 갑작스러운 청군 재침략 소식에 대감들이 웅성웅성 크게 놀란 모습을 보며 임금이 말했다.

하지만 대신들의 의견은 첨예하게 갈라졌다. 무신들은 임금과 병조판서를 지지했고 문신들은 영의정 김오만의 편을 들었다.

김오만은 신경질적인 성정의 사람이었다. 그는 키가 작고 깡마른 체질이고 길쭉하고 희멀건 얼굴에 눈은 작고 의심이 가득 차고 앙칼졌다. 기회주의자인 그는 무엇보다도 사사로운 자기 이익만 먼저 챙겼다. 그는 나라나 임금보다도 개인의 욕심이 늘 앞섰다. 자기 파벌의 경박하고 교활한 추종자들을 감싸고돌며 그들을 등에 업고 온갖 알

팍한 음모와 잔꾀로 영의정 자리까지 올랐다. 하여 그는 중요한 국사國事를 처리할 때에도 원칙이나 대의가 없고 경망스럽기 짝이 없었다. 그는 과거에 급제도 하지 않고 영의정 자리에 오른 데에 따른 불안과 시기심도 가득했다. 그가 최고의 관직에 오를 수 있었던 것은 그의 자질이나 공적 때문이 아니고 권력을 잡고 있는 안동 김 씨 가문의 막강한 세력 때문이었다. 그는 분에 넘치는 그의 자리를 누군가가 빼앗을 것이라는 망상에 사로잡혀 주위 사람들에 대한 의심을 한순간도 버릴 수 없었다. 그래서 겉으로는 체통을 지키면서도 안으로는 속속들이 부패했고 한 치의 고결성이나 진실성도 찾아볼 수 없는 그런 인물이었다.

영의정은 즉시 그 '믿을 만한 소식통'이 누구인지 눈치챘다. 그는 그것이 병판의 아내라고 확신했다. 그는 그녀가 자기 남편과 임영업 장군의 목숨을 빼앗으러 온 명의 자객을 폭로해서 왕의 칭찬을 받은 일을 생각할 때마다 분노로 얼굴을 찡그렸다.

"전하. 만약 병판이 그의 아내를 지칭하는 것이라면 조정은 그의 말에 귀를 기울여서는 안 되옵니다." 영의정이 간언했다.

"정보가 정확하기만 하다면 누가 알아낸 것이든 상관이 없지 않으이까?" 예조판서 길삼윤이 말했다.

"상관이 있고 말고요!" 영의정은 버럭 화를 내며 외쳤다. "아녀자는 집에서 아이들을 기르고 남편 시중을 들어야 합니다. 아둔한 아녀자가 남자들이 하는 전쟁이나 나라의 국리민복에 대해서 뭘 안단 말입니까? 그뿐만 아니라 우리는 별이나 쳐다보는 한 아녀자의 예감에 의존해서는 안 됩니다. 이 일을 결정하기 전에 다른 정보원과도 협의를 해 보는 것이 바람직하지 않겠습니까?"

"영상께서 저의 내자를 '아둔한 아녀자'라고 부른 것에 대해 항의합니다. 지엄하신 주상 전하와 신료들 앞에서 그런 저속한 언사를 써서는 안 될 것이옵니다." 시원은 아내를 두둔했다. "예판께서 말씀하셨듯이 나의 정보원이 누구인가는 중요하지 않소. 중요한 것은 문제의 인물이 별이 보여 주는 앞일을 정확히 읽을 수 있다는 것이오."

"잠시 생각을 좀 해 봅시다. 우리나라는 지금 평화롭고 성군의 치세하에서 태평성대를 누리고 있소. 그리고 우리는 명과 청 두 나라와 모두 좋은 관계를 유지하고 있소이다. 그런데 청군이 왜 우리를 침략한다는 말이오?" 영상이 교활하게 투정하듯이 말했다.

"오랑캐들은 남의 나라를 침범하는 데 이유를 필요로 하지 않소. 지난 세월 한족은 물론이고 거란, 여진, 몽골, 왜倭, 만주 등 모든 이웃들이 풍요로운 우리나라를 탐내서 이런저런 평계를 대고 침략하거나, 하려고 했소." 이조판서 조철구가 받았다.

"'암탉이 울면 집안이 망한다'라는 속담이 맞는다면 우리나라 역시 한 여인의 잘못된 경고에 따르거나 굴한다면 망하지 않겠소이까? 조정이 여자의 간섭을 받아들인다면 백성들은 그것을 좋게 보겠소? 백성들이 우리 주상의 안전과 나라의 안위에 여자가 개입한 것을 안다면 민심이 요동칠 수도 있지요. 성난 백성의 불만은 민란까지도 야기할 수 있는 것 아닙니까?" 영의정의 목소리는 부드러웠지만 협박의 어조가 숨어 있었다.

"청태종이 황제 즉위를 선포했을 때 우리가 승인하지 않아 불쾌했을 수도 있소. 게다가 우리가 그 사신들에게 무례하게 대했지 않소이까? 청 사신들은 우리가 형제국의 요구를 받아들이겠다고 해서야 물러갔소이다." 예조판서 길삼윤이 상기시켰다.

"그뿐만 아니라 청태종은 지난번 지원군을 만주벌로 보내 조명연합군으로 하여금 청군을 패배시킨 우리에게 보복을 벼르고 있을 것입니다." 시원이 예판의 말을 이었다.

"그렇기는 하지만, 이제까지는 모든 침략이 의주를 통해서 행해졌소. 의주가 한양으로 오는 지름길이지 않소이까? 만약 임영업 장군이 한양으로 오면 북방 국경의 수비가 약해져서 외침에 심히 취약해질 것이오. 우리는 결코 그런 일이 있게 해서는 안 되오!" 영의정이 강하게 말했다.

"바로 그래서 청군이 통행이 적고 험준한 의주의 동쪽 길을 따라 침략할 작정이라는 겁니다. 기습 돌진을 하려는 것이지요. 그들은 지금 영의정께서 지적한 논리를 역이용하려는 것이고요. 그리고 임 장군이 자리를 비워서 그 지방을 외침에 무방비로 남겨 두지 않으리라고 벌써 계산한 것입니다." 시원은 고집불통의 영상과 그를 따르는 신료들을 설득하려고 한마디 더 거들었다.

"우리가 감히 국사에 끼어들고 참견하기 좋아하는 여자의 변덕에 놀아나야 하겠습니까?" 영의정이 비웃는 듯 대꾸했다.

"전하. 벌써 섣달 스무하루이옵니다. 청군 선발 기병대는 정월 나흗날에 국경을 넘어서 정월 열하룻날 한양에 당도할 것입니다. 이 사안을 가지고 더 이상 논의할 시간이 없사옵니다. 전하는 강화도 요새로 피난하실 준비를 즉각 시작하셔야 하옵니다. 왕실은 믿음직한 신하들과 함께 먼저 피난을 보내셔야 하옵니다." 병조판서 이시원은 영의정의 그칠 줄 모르는 여성 비하 발언을 무시하고 왕에게 간곡히 진언했다.

"전하, 아뢰옵기 황공하오나 이런 엉터리 소문을 끌어들여 어전을 놀라게 한 병판은 무능한 신료로 즉시 파직시켜야 한다고 생각하옵니다. 그의 부인도 공범으로 소환해서 전하와 신료들을 기만하려 한 죄를 물어야 한다고 봅니다." 영상은 대담하게 제언했다.

영의정은 불쑥 말머리를 돌리고 그의 고약한 계책을 잘라 버리는 시원에게 화가 났다. 그래서 시원의 진언에 즉각 반대한 것이었다. 그가 요란하게 항의하는 바람에 다른 신료들은 발언을 못 하고 헛기침을 해 대며 우물쭈물했다.

마침내 임금이 논의를 중단시켜야 했다. 그는 신료들을 해산시키기 전에 그들을 다시 부르겠다고 약속했다.

신료들은 크게 동요되어 어지럽고 어수선한 마음으로 누구를 또는 무엇을 믿어야 좋을지 모르는 마음으로 대궐을 떠났다.

어전회의가 아무런 성과 없이 끝나자 시원은 한양 이북의 모든 초소와 봉화대에 수상한 움직임을 경계하다가 조금이라도 이상 징후가 보이면 즉시 봉화를 올리라는 지시를 하달했다. 그는 또한 안주로 정찰대를 보내면서 그곳에 이상한 군사 동향이 보이는지 정탐하도록 지시했다. 그리고 그는 집으로 돌아와서 아내에게 궁궐에서 있었던 일을 이야기했다.

"우리나라는 이 음흉한 영상 때문에 외침을 막지 못할 것입니다. 그러나 부군께서는 흔들리지 말고 끝까지 나라와 임금님을 보호하십시오." 하늘을 올려다보면서 부인은 소리 내어 탄식했다.

"나는 나라와 주상을 지키기 위해서 내 목숨도 바칠 것이오!" 시원은 나라와 임금에 대한 자신의 충성을 분명히 밝혔다.

이레 뒤 신료들이 다시 어전에 모여서 청군의 침략에 관해 논의를 재개했다. 영의정은 토의의 안건 하나하나에 트집을 잡았다. 그래서 회의는 또 합의 없이 끝나고 말았다. 시원과 신료들은 이 중대한 문제가 또다시 연기된 것에 속이 몹시 상했다.

임금은 이레 뒤 다시 회의를 소집했다. 그때에도 영상이 똑같이 병판의 제안을 헐뜯고 꼬집어서 회의는 결렬이 되고 결정은 유예되었다.

정월 열하룻날 아침에 시원이 방문을 여니 밤사이에 내린 눈이 정원에 소복이 쌓여 있었다. 정원의 헐벗은 오동나무 가지가 눈의 무게에 눌려 신음하는 듯했다. 그날 아침 대궐로부터 전령이 와서 시원의 입궐을 청했다. 매서운 추위 속에서 그는 대궐을 향해 출발했다.

대궐에는 신료들이 이미 세 번이나 보류되었던 의제를 논의하기 위해서 모여들었다. 주상은 영의정과 다른 반대자들에게 병판의 호소를 더 이상 지체하지 말고 받아들이자고 설득하려 애썼다. 찬성의 웅성거림이 일어났다.

"주상 전하, 이것이 우리가 네 번째로 병판의 어리석음을 논하는 자리이옵니다." 그 찬성의 여론에 도전해서 영의정은 그답지 않은 온순한 어조로 말했다.

영의정이 여러 번 거론했던 주장을 다시 꺼내자, 신료들은 얼굴을 찌푸리며 투덜거렸다.

"우리는 같은 경고를 너무나 여러 번 들어서 이제 병판은 더 할 말이 없을 듯하오." 그는 비단처럼 부드러운, 그러나 냉소를 머금은 목소리로 달래듯이 말을 이어갔다. "그의 말의 근거가 무엇이오? 우리가 어떻게 그의 '신뢰할 만한' 정보를 믿을 수 있겠소? 그런데 여러분은 아시오…."

"영상은 이미 우리 귀중한 시간을 너무나 많이 허송하게 하셨소이다. 병판의 모든 요구와 경고에 반대하셨소. 혹 영상은 우리 몰래 무슨 음모를 꾸미고 계시는 것 아니시오?" 참다못한 조철구 이조판서가 화를 발칵 내며 말했다.

"아니, 내가 청과 내통한다고 모함하시는 것이오?" 영상은 신경질적으로 손을 비비며 조 판서를 쏘아보며 눈을 부릅뜨고 반문했다.

조 판서는 영의정을 의심이 가득한 눈으로 쳐다보았다.

"… 내가 왜 계속 남정네들이 알아서 할 일에 아둔한 아녀자가 참견하는 것을 반대한 이유를 이제야 아시겠소? 암탉이 나서면 나라가 망한다는 생각 때문이오." 그는 황급히 자기가 시작한 말을 마무리했다.

"영상은 같은 말을 또다시 반복하지 마시오!" 길삼윤 예조판서가 한심스럽다는 듯 그의 말문을 잘랐다.

"아니, 내 말을 방해하다니!" 김오만이 화를 발칵 내며 외쳤다.

영상과 그의 추종자들은 모든 제안에 반대했지만 그들 편에서는 어떤 구체적인 계획도 내놓지 못했다. 건설적이고 적극적인 제안은 모두 버려졌다. 비변사 어전회의는 순전히 시간 낭비가 되었다. 어떤 합의도 이루어질 수 없음이 분명했다.

"우리가 아녀자의 말을 진지하게 생각하느냐 안 하느냐는 이 논의에 중요한 일이 아니오. 이 회의는 주상과 우리 강토를 외적의 침입으로부터 어떻게 지켜내는가 하는 문제를 의논하는 자리요. 만약 상황이 신중한 고려를 필요로 하지 않는다면 왜 제가 주상과 높으신 신료들 앞에서 무엄하게 이 의제를 상정했겠습니까? 나라의 안위와 주상의 안전을 염려해서 저는 신료들에게 이 문제를 시급히 논의하자고 제의했던 것이오. 제가 왜 쓸데없이 불안을 조성하겠소이까? 저의 제안이 한시도 지체 없이 채택되어야 합니다. 우리는 적이 우리 문을 두드릴 때까지 무작정 기다리고만 있을 수는 없습니다!" 시원이 작심한 듯 경고했다.

"외적이 지금 우리의 문을 두드리고 있는 것이라면 왜 5백 개가 넘는 초소와 봉화대에서 아직 오랑캐의 존재를 알리는 불길이 하나도 오르지 않았단 말이오? 그리고 이 병판의 정보가 믿기는 어렵지만, 만에 하나라도 맞다면 병판은 이 일에 대해 여태까지 뭘 하셨소?" 영의정은 시원의 신뢰도를 떨어뜨리려고 교활하게 말했다.

"우리의 첫 번 회의 직후에 제가 국경 지역의 모든 초소와 봉화대에 이상 동향이 포착되면 신호를 보내라고 지시했소. 그리고 안주에 정찰대도 보냈소. 그들은 어떤 이상 동향이라도 보이면 돌아와서 보고하라는 명을 받았소. 아직은 아무런 신호도 보고도 없었소이다." 시원이 알렸다.

우려의 함성이 터져 나왔다.

"그리고 영상께서도 잘 아시지 않소. 안주에서 한양까지 내륙 길을 택하면 감시망을 피할 수 있다는 것을 말입니다. 거기에서 한양까지는 험한 길뿐이오. 그래서 청군이 이 길을 택했을 것이오." 아무도 감히 영상의 말을 반박하지 못했기 때문에 시원이 영상에게 반론을 제기했다.

"이 병판은 감히 자신만이 충성심이 있다고 생각하는 거요?" 영상은 대꾸할 말이 없자 반론의 실마리를 달리했다.

시원은 영의정의 말을 믿을 수 없다는 듯이 눈을 부릅뜨며 쳐다보았다.

"주상의 안전과 강토의 안위를 염려하는 사람은 병판 한 사람만은 아니오. 나와 나의 수하들이 주상과 강토에 대해서 훨씬 더 걱정하고 있다오!" 김오만은 평정심을 회복하고 냉소적으로 비꼬았다.

영상의 말이 끝나자마자, 찢어지고 흙 묻은 옷을 입은 한 전령이 가쁜 숨을 내쉬며 달려 들어왔다.

"전하, 저는 이시원 병조판서께서 안주로 정찰하려 보낸 정찰대의 일원이옵니다." 그는 엎드려 절하고 숨을 몰아쉬며 아뢰었다. "제가 안주에 도착하기도 전에 청군을 만났습니다. 그 군대가 저와 다른 정찰대원들을 한양까지 추격해 왔습니다. 저만이 다행히 그들에게 사로잡히지 않았습니다. 청군은 벌써 여기 왔을 것이옵니다. 전하와 왕실은 모두 즉시 궁궐을 떠나 피신하셔야 하옵니다." 말을 마치자마자 전령은 정신을 잃고 그 자리에 픽 쓰러졌다.

대궐의 보초들이 그에게 곧바로 달려들어 응급조치를 취했다.

임금과 신료들은 혼란에 빠져서 서로의 얼굴을 바라보았다. 그들은 이제 무엇을 해야 할지를 몰라 쩔쩔맸다. 크게 당황한 신료들은 어리둥절하여 서성거렸다. 그때 여자의 낭랑한 목소리가 밖에서 들렸다. 모두 격자문으로 다가가서 문을 열고 내다보았다.

"전하, 저의 이름은 미화이옵니다." 나지막한 구름에 올라탄 소녀가 말했다. "저는 이시원 병조판서님의 정렬부인의 시종입니다. 부인께서 청군 선발기병대 1만 명이 동대문을 두드리고 있다고 알려 드리라고 저를 보내셨습니다. 또한 청군 2만 5천여 명이 한양으로 몰려오고 있습니다. 강화도로 가는 길은 이미 차단되었다 하옵니다. 주상께서는 급히 남한산성에 피신하셔야 하옵니다! 적이 당도하기까지 한 순간도 머뭇거릴 시간이 없사옵니다!"

이 말을 듣고 신료들은 영상에 대한 욕설을 퍼부었고 영상은 무안해서 몸 둘 바를 모르고 서 있었다. 그리고 궁궐은 아수라장이 됐다.

즉각, 호위무사로 구성된 궁궐수비대가 주상을 에워쌌다. 이 혼란 중에도 임금은 가족이 강화도 요새에 무사히 피신한 사실에 마음이 놓였다. 약 한 달 전에 이시원 병판이 청군 침략이 임박했음을 처음 알렸을 때 왕실가족을 강화로 소개시켰던 것이다. 임금은 충성심 깊은 신하들을 따라 피신하고 한양산성 사령관 송홍구 장군이 한양을 지킨다는 것이 첫 조치였다.

이 보기 드문 아수라장 속에서 신료들은 그 자리에 꼼짝달싹도 못 하고 얼어붙어 있었다. 그들은 서로를 맥없이 바라보면서 얼이 빠진 듯 한참 동안 움직이지 못했다. 마침내 그들은 제정신이 돌아오자 미친 듯이 도망치기 시작했다. 임금과 측근 승정원 신료들은 궁궐 호위병의 엄호를 받으며 조금 전까지 격론이 오갔던 방에서 후다닥 뛰쳐 나왔다.

"물렀거라. 영상 대감 행차시다!" 영의정은 미친 듯이 도망치면서 신료들을 해치고 모든 사람을 밀어붙이며 외쳤다.

미화는 임금과 신하들이 대궐을 안전하게 빠져나가는 것을 지켜

본 뒤 구름을 타고 눈 깜짝할 사이에 피화당으로 되돌아갔다.

"제가 구름 위에서 오랑캐들이 닥쳐왔다고 소리치자 궐내가 아수라장이 됐습니다. 모두 도망치려고 혈안이 되었지요. 주상 전하는 어가를 타시고 우리 나리와 다른 신료들은 말을 타고 남한산성 쪽으로 대궐을 떠나는 것을 보았습니다. 일행은 중무장한 궁궐호위대와 궁궐 군사의 호위를 받으며 산성 쪽으로 향했습니다." 남편의 소식을 애타게 기다리고 있는 마님에게 자기가 본 일들을 미화는 말했다.

박 씨는 몸종의 말을 듣고 안도의 한숨을 쉬었다. 적어도 임금의 일행은 일단 위험에서 벗어난 것이었다.

"무고한 백성들이 오랑캐들에게 무참히 살육당하고 있어요." 미화는 생지옥 같은 거리의 참상을 마님과 집의 시중들에게 봇물 터지듯 쏟아냈다. "그들의 피가 흘러서 길이 빨갛게 물들었고 길가에 시체가 쌓였답니다. 끊임없는 백성들의 비명이 하늘과 땅을 뒤흔들고 있어요. 장안 어디를 봐도 정신을 차릴 수 없이 어지럽습니다." 미화는 그 광경을 묘사하며 하염없이 눈물을 흘렸다.

미화의 말이 끝나자 시원의 시종들도 대감의 임금 수행을 확인하고 돌아와서 거리에서 본 피비린내 나는 무시무시한 광경을 털어놓았다.

한양 길거리에서 일어나는 끔찍하고 무자비한 오랑캐의 살육과 약탈을 미화와 하인들이 생생하게 전하자 박 씨는 몹시 슬펐다. 부인은 쏟아져 내리는 눈물을 감출 수가 없었다.

"얼른 대소가 사람들을 전부 피화당으로 불러 모아라." 박 씨는 미화와 봉달, 정직, 강인, 화민과 장동에게 급히 지시했다.

하인들은 즉시 도성의 여러 곳에 흩어져 사는 이정 댁감과 부인 민씨의 친척들을 찾아갔다. 여러 곳을 들러야 했고 오랑캐들을 이리저리 피하느라 시간이 오래 걸렸다. 주로 여자들과 나이든 남자 어른 그리고 어린이 몇 명이 피화당으로 모였다. 그들은 두려움에 떨며 별당으로 들어갔다. 보이지 않는 하인들은 남겨 둔 채 왔다. 그들은 자신들의 목숨뿐만 아니라 임금을 비롯한 그들의 남편과 사랑하는 가솔들의 안전을 걱정했다. 그들은 청군들이 그들을 죽이러 올까 봐 두려움에 떨었다.

"여기 있으면 정말 안전해요?" 이정의 막냇동생 이솔의 부인 남원 양 씨가 걱정하며 말했다. "잔학무도한 오랑캐들이 우리를 찾아서 죽이지 않을까요? 차라리 멀리 도망치는 것이 낫지 않을지요?"

"도망가기는 어디로 간단 말이에요? 여기를 오시면서 다들 보시지 않으셨어요? 한양에는 안전한 곳이라고는 손바닥만큼도 남은 곳이 없어요. 한양이 온통 오랑캐 침략자들로 들끓고 있어요. 여기를 떠나면 우리는 금방 잡혀서 죽어요." 민 씨의 막냇동생 인호의 부인 해주 정 씨가 울부짖었다.

그녀의 워낙 다급하고 무서운 얘기를 듣자 모두 가슴이 털썩 내려 앉았다. 그들은 말을 잃고, 기겁해서 피화당 밖으로 한 걸음도 나갈 생각을 못 했다.

"여기 있고 싶지 않아요. 나가서 사촌들과 놀고 싶어요. 나가 놀아도 돼요?" 한참을 좁은 공간에 갇혀 있던 어린 태호가 칭얼거렸다.

"무시무시한 오랑캐 병사들이 큰 칼을 차고 다니면서 버릇없는 어린아이들을 잡아가는 걸 모르니? 잡아서 엄청 추운 만주벌판으로 끌고 간단다. 넌 엄마 아빠 떠나서 낯설고 무서운 곳에 가서 오랑캐 악귀들과 살고 싶니? 그러면 할머니, 할아버지도, 숙부 숙모도, 친구들도 다시는 볼 수 없단다. 그게 좋겠니?" 태호 어머니가 따끔한 말로 어린 아들의 칭얼거림을 잠재웠다.

태호는 즉시 입을 닫고 자기 어머니의 치마 뒤로 숨었다. 그리고는 목청이 터져라 울었다. 태호 어머니는 뺨을 쓰다듬고 눈물을 닦아 주며 아들을 달래려고 애썼다. "그러니까 착하게 말 잘 들어야지."

크게 놀란 태호는 고개를 끄덕이며 딸꾹질을 하고 코를 훌쩍였다. 그가 저고리 소매에 눈물과 콧물을 닦으려고 하니 그의 어머니는 재빨리 가로막고 부드러운 헝겊으로 그의 얼굴을 닦아 주었다.

이 광경을 본 방 안의 다른 어린이들도 금방 마음을 바꿔 먹고 모두 자기 어머니 등 뒤로 숨어서 잠자코 있었다. 나이가 좀 더 든 어린이들은 할머니 할아버지의 가슴에 얼굴을 묻고 위안을 찾았다. 기정이와 기평이도 어머니 치마자락을 꼭잡고 말없이 앉아 있었다. 한참 어수선하고 시끌시끌했던 방 안이 금세 조용해졌다.

"침착하게 조용히들 있으시면 이 초당은 절대 안전합니다." 박 씨는 모든 사람을 안심시키려 했다.

모두가 박 씨의 경고를 진지하게 받아들여서, 그 뒤론 소란이나 불상사가 일어나지는 않았다.

미화의 말이 끝나자 시원과 신료들은 마구간에서 황급히 말에 올라타고 어가御駕를 수행했다. 어가의 행렬은 대궐을 떠나서 한양에서 약 40리 거리에 있는 남한산성으로 줄을 이었다.

가는 길에서 그들은 청군 병사와 맞부딪쳤다. 적병들은 이미 도성을 종횡으로 내달리며 앞을 가로막는 자는 누구이건 도륙하고 있었다. 길가에는 시체가 나뒹굴었고 백성들의 비명이 하늘과 땅을 갈기갈기 찢는 듯했다. 그들의 고통스러운 원성과 비명을 듣고 임금은 어가의 창문을 열고 밖을 내다봤다. 무력한 백성들이 무참히 살육당하는 모습을 보고 그는 눈물을 한없이 흘렸다. 그의 흐릿한 시야에 하얀 눈이 죄 없는 백성들이 흘린 피로 진홍색으로 선명히 물드는 참담한 광경도 들어왔다.

시원과 그의 동료신하들은 청군의 공격을 용감히 격퇴했지만 중과부적으로 위험에 몰리기도 했다. 하지만 궁궐호위대가 신속히 달려와 그들을 가까스로 구출했다. 남한산성까지의 길에는 적병이 군데군데 들끓고 있어서 그들을 큰 칼과 창으로 치고 베면서 한 치 한 치 나아가야 했다. 그래서 그들의 행진은 느리고 위험과 위협이 가득했다.

어가 행렬은 마침내 산성에 당도해서 안전해졌다. 궁궐호위병들은 그곳에 있던 요새 병력과 합세했다. 요새의 사령관인 장용기 장군이 임금과 호위 행렬을 맞이했다.

"전하, 남한산성은 난공불락의 요새이니 안심하시옵소서. 여기에는 나라와 전하를 위해 싸울 준비가 돼 있는 1만 2천 명의 군사와 잘 훈련된 행원사 승려 2천 명이 있습니다. 넉넉하지는 않지만 그런 대로 버틸 수 있는 식량도 있사옵니다. 적군은 한강과 임진강 얼음이 녹기 전에 행장을 거두어 떠나리라고 예측합니다." 장 장군은 이 산성이 아주 안전하다며 모두를 안심시켰다.

격렬한 저항전을 벌인 한양산성 사령관 송홍구 장군을 몰아낸 뒤에 마부타이 장군의 병사들이 대덕궁, 창덕궁, 창경궁, 그리고 경희궁 등 모든 대궐을 점령했다. 열흘 뒤에는 청태종이 2만 5천여 명의 군사를 거느리고 한양에 도착해서 마부타이 장군과 합세했다. 한양까지 온 여러 장군 중에서 하골대와 하율대는 그가 가장 신임하는 형제 장군이었다.

"폐하, 한양 도성은 우리의 갑작스러운 공격에 쉽게 무너졌사옵니다. 그리고 조선왕은 남한산성으로 피신하였고 그의 가족은 강화도에 도피해 있답니다." 마부타이 장군이 황제에게 보고했다.

"하골대 장군은 군사 약 5천 명을 이끌고 강화도 요새로 가서 싸우시오." 황제는 하골대 장군을 강화도 요새로 보냈다.

"예, 폐하, 그리하겠사옵니다." 하골대는 대답했다.

"하율대 장군은 5천여 명의 군사를 데리고 대덕궁에 머물면서 한성을 빈틈없이 지키고 사지가 성한 모든 남녀를 나포하시오." 황제는 명했다.

"예, 폐하, 명을 받들겠사옵니다." 하율대가 즉각 대답했다.

"마부타이 장군은 나와 함께 나머지 2만 5천 명의 군사를 이끌고 남한산성으로 가서 인조를 포획합시다. 다들 승전하기 바라오!" 의기양양한 태종이 부하들에게 명령을 내리고 떠났다.

한편 수비가 튼튼한 요새인 남한산성에 도착한 인조는 자기가 정렬부인의 불길한 경고에 즉각 대응하지 못한 것을 크게 한탄했다.

'그녀의 충고를 듣기만 했더라면 이 재앙은 비켜 갈 수 있었을 터인데….' 임금은 후회가 막심했다.

"전하, 이 강력한 요새에서는 모두 안전하옵니다." 시원은 임금을 위로하려고 했다. "비록 명은 우리를 배신했지만 제가 명의 원조를 청해 놓았사옵니다. 우리 땅에 청군이 있는 것 자체가 명의 안전에 위협이 되므로 쉽게 거절하지 못할 것이옵니다. 명의 원군이 우리나라 지방에서 일어나는 의병과 힘을 합친다면 청군침입자들을 몰아낼 수 있을 것이옵니다. 또한 의주의 임영업 장군에게도 증원군을 보내 달라고 급히 요청했사옵니다." 병조판서의 희망 섞인 말이, 앞서 장장군의 말과 함께 잠시나마 왕의 공포와 절망감을 달래주었다.

잠시 후 청태종은 남한산성에 병사를 거느리고 와서 직접 눈으로 보고 그것이 난공불락의 요새임을 알았다. 산성은 기어오를 수 없는 성벽에 높은 급경사면으로 둘러싸여 있었다. 침투하려는 끈질긴 시도가 실패에 실패를 거듭했다. 성문을 무너뜨리려는 청군의 시도도 여러 번 좌절됐다. 태종은 산성 주변에 천막을 치고 그의 병사들에게 조선 왕의 항복을 소리 높이 촉구하라고 명했다. 그의 부하들이 화약병기와 대포를 성안으로 쏘아 대기 시작했다. 성안으로부터는 쇠뇌와 대포와 화살과 그리고 수제 폭탄이 청군에 날아왔다. 태종의 부하들은 성을 꿋꿋이 지키는 조선 왕에게 항복하라는 주문을 끊임없이 외쳤다.

23
피화당 전투

한양은 눈 깜짝할 사이에 생지옥이 되었다. 공포에 질린 백성들은 머리에 큰 짐을 이고 도성을 빠져나가기 위해서 사대문 쪽으로 몰려들었다. 백성들이 북쪽 숙정문, 남쪽 숭례문, 서쪽 돈의문, 그리고 동쪽 흥인문에 와서 도성을 떠나려고 아우성쳤다. 사소문에서도 역시 겁에 질려 비명을 지르는 백성들로 아비규환이었다. 청군 병사들은 숨을 곳을 찾아 갈팡질팡하는 죄 없는 백성들을 마구 도륙했다. 시체가 여기저기 나뒹굴었고 치솟는 피가 눈 덮인 거리를 붉게 얼룩지게 했다. 울부짖는 어린이들이 죽은 부모의 시체에 애처롭게 매달렸다. 나이 든 부모들이 자식들과 친지의 동강 난 몸을 부여잡고 날카로운 비명을 질렀다. 백성들의 울음소리와 비명이 천지를 뒤흔들었다.

도성을 급히 점령하고 포로를 잡으라는 황제의 명을 받은 하율대는 도성 안의 집들을 모두 헤집으며 금은보화와 아녀자 그리고 몸 성한 남자를 찾고 다녔다. 체구가 남달리 장대한 그는 예리한 눈으로 숨어 있는 여자와 숨겨진 보물을 닥치는 대로 찾아냈다. 그러나 건장한 남자는 별로 없었다. 그의 눈을 피할 수 있는 것은 거의 없었고 그에게서 무엇인가 감출 수 있는 사람도 거의 없었다. 그와 그의 병사들은 집마다 이 잡듯이 뒤져서 보화와 곡식을 닥치는 대로 몰수했다. 몸이 성한 남자와 여자는 억지로 끌고 갔고 노인과 어린이와 병자와 장애인만 남겨 두었다. 어머니가 어린아이를 내놓지 않으려고 몸부림치며 껴안고 있으면 가차 없이 목을 베었다. 대부분 여성인 인질이 긴 줄을 이루었고 빼앗은 보화가 산더미같이 쌓였다.

하율대는 한양에서의 임무를 거의 끝내고 있는 중이었다. 그는 자기가 아직도 놓친 것이 있는지 아직까지 찾아내지 못한 곳이 있는지를 마지막으로 점검하기 위해 도성을 다시 샅샅이 둘러보러 나섰다. 약 5백 명의 군사를 거느리고 떠나면서 나머지 병사들을 임은래, 풍진모, 지청국 등 그의 부관들과 함께 사령부에 남겨 두었다. 그는 부관들에게 잡은 인질들과 빼앗은 금은보화를 잘 지키라고 지시했다.

율대의 병사가 안국동에 다다랐을 때 그는 한구석에 울창한 나무 사이로 큰 기와집이 살며시 보이는 것을 발견했다. 그 집 뒤쪽은 산을 끼고 있었다. 앞쪽으로는 소나무가 빽빽한 낮은 언덕이 있었다. 나무에 둘러싸여 있어서 그 주변의 집들은 모두 보이지 않았다. 집들은 서로 띄엄띄엄 떨어져 있었고 길에서 안쪽으로 많이 들어가 숨어 있었다. 율대는 이 근처에 와 본 기억이 나지 않았다. 그래서 부하들을 몇 보내서 그 일대의 집을 수색하도록 했다. 그는 남은 부하들을 한 낡은 집 문 앞에서 멈추도록 했다.

기와지붕에 덮인 목재 정문은 잠겨 있었다.

"문을 쳐부숴라!" 율대는 명했다.

"예, 장군!" 병사들 몇이 그 문을 쳐부수자 우당탕 소리를 내면서 지붕까지 무너져 내렸다.

문이 부서지면서 문간에 쌓인 눈이 와르르 쏟아져 내려 흩날렸다. 눈이 좀 가라앉자 율대는 말에서 내려 집안을 들여다보았다. 집 안에는 아무것도 보이지 않았고 인기척도 없었다. 무거운 침묵만이 감돌았다. 조심스럽게 그는 병사를 안으로 진입시켰다.

율대는 주위를 샅샅이 살펴보았다. 바깥채에는 헛간과 행랑채 그리고 마구간이 있었다. 주위는 쥐 죽은 듯이 조용했다. 장군은 무너진 정문에 네 명이 보초를 서게 했다. 그들은 조금이라도 심상찮은 움직임이 감지되면 즉각 보고하도록 지시받았다. 그의 부하 중 일부는 귀중품과 곡식을 찾으러 바깥채를 뒤졌고 나머지는 율대를 따라 안채로 향하는 문으로 갔다.

"문을 빨리 부숴라!" 율대는 부하들에게 명령했다.

"예, 장군!" 부하 몇이 문을 어찌나 세게 쳐부쉈는지 문돌쩌귀가 멀리 날아갔다.

문이 몇 자 밖의 땅에 나뒹굴었고 눈이 솟구쳐 올랐다.

사랑채와 행랑채 그리고 안채의 벽장들은 텅텅 비어 있었다. 병사들은 버글거리면서 귀중품을 찾으려고 방을 뒤지기 시작했다. 사랑채와 안채 사이에는 낮은 벽이 있었다. 율대는 남은 병사들을 데리고 안채 마당으로 향하는 좁은 문 앞으로 갔다. 그 문은 순식간에 떨어져 나갔다. 병졸들은 안으로 흩어져서 방을 뒤졌다. 부엌은 음식을 찾는 병사들에 의해 한순간 난장판이 되었다.

사람들의 말소리가 어디서인지 희미하게 들려왔다.

"저 말소리가 어디서 나는 거지?" 율대는 귓바퀴에 손을 대고 속삭이는 듯한 그 목소리를 따라갔다.

목소리는 돌담 밖에서 들리는 듯했다. 율대가 주위를 두리번거려 보니, 담에 조그만 나무문이 하나 있었다. 그의 부하들이 문을 때려 부수자 담의 일부가 무너졌다. 문이 있었던 곳에 뻥 뚫린 구멍이 생겼다.

율대가 그 구멍으로 들여다보니 나무가 빽빽이 서 있었다. 짧은 통로 끝에 갈라진 나무들 사이로 길이 보였다. 그 너머로는 큰 마당이 있었다. 호기심이 나서 자세히 엿보니 사방으로 아름드리나무가 울타리를 이루고 있었다. 한 무더기의 큰 나무들이 마당 가운데에 모여 있는 것이 보였다. 오두막의 초가지붕과 연못이 나무들 사이사이로 희미하게 보였다. 울타리 남쪽으로는 나지막한 언덕에 소나무 숲이 울창했다. 북쪽과 서쪽으로는 그 넓은 땅을 옹위하듯 높은 산이 솟아 있었다. 동쪽으로는 안채 옆쪽 담이 서 있었다. 희미한 목소리는 그 오두막에서 흘러나오는 것이었다.

하율대 장군과 병사들이 경내로 들어서자, 파랑, 하양, 빨강, 검정과 노랑의 짙은 오색 안개가 나무 주위에 서리기 시작했다. 그러고는 고막을 찢는 천둥이 울리고 번개가 번쩍였다. 낮게 깔린 구름이 주위를 어둡게 했고 병사들은 곧바로 방향 감각을 잃었다. 귀를 먹먹하게 하는 천둥소리에 집 안에서 물건을 뒤지던 병사들은 무슨 일인지를 살피러 밖으로 뛰쳐나왔다. 행랑채에서 물건을 뒤지던 병사들도 달려 나왔다. 그리고 무너져 나간 문을 보고 동료들을 따라 별당으로 몰려들었다.

오두막을 둘러싸고 있는 울타리가 갑자기 살아나서 사나워졌다. 관목들은 거대한 용, 호랑이, 불사조, 거북과 뱀 같은 괴수로 변해서 온통 한 무더기로 뭉쳐졌다. 그리고 마당 한가운데 있는 나무들의 가지와 잎이 천둥소리 속에서 무기와 방패로 돌변했다. 사나운 맹수와 뱀들이 고개를 들더니 즉시 갑옷을 입은 환영幻影으로 변했다. 그리고 그들은 높은 허공으로 뛰어 올라가 말을 타고 내려와서는 무기와 방패를 거머쥐었다. 넓은 마당은 온데간데없고 어느새 큰 벌판이 되었다. 그러자 군기軍旗가 펼쳐지고 북이 울렸고 이 유령 군대는 전투 구호를 외치며 오랑캐 병사를 겁에 질리게 했다. 유령 병사들은 공중에서 무기를 흔들어 대며 청군들을 무자비하게 공격했다. 청군 병사들은 갑자기 어두컴컴해진 아수라장 속에서 아무것도 보이지 않아 유령들의 공격에 어떻게 대처할 수가 없었다. 마치 마귀에 혼쭐을 빼앗긴 듯 이러지도 저러지도 못한 채 그들은 거의 절반이 목숨을 잃고 땅에 쓰러졌다.

"퇴각하라!" 혼이 빠진 장군은 소리쳤다.

그러자 남은 병사들은 안채로 도주했다.

순식간에 유령 병사들은 말끔히 자취를 감췄다. 그리고 나무들은 제자리로 돌아왔다. 먹구름이 걷히고 천둥 번개도 그쳤다. 하늘은 다시 맑고 푸르렀다.

하율대가 제정신을 차리고 무슨 일이 일어났는지 헤아리기도 전에 부서진 문구멍 사이로 한 깡마른 소녀가 나타났다. 그녀는 그의 앞으로 대담하게 걸어 나왔다.

"하율대, 이 오랑캐야! 어째서 허락도 안 받고 남의 집 대문을 쳐 부수고 내밀한 곳까지 쳐들어오는 거냐?" 소녀는 경내로 들어가는 부서진 문 앞에 서서 큰소리쳤다.

"네년은 누구냐? 너 같은 젖비린내 나는 것이 감히 어찌 대청大淸의 장군에게 그런 무례한 말을 하는 것이냐?" 장군은 보잘것없는 어린 것이 존댓말도 쓰지 않고 그에게 호통을 치는 것에 불같이 화가 나서 고함을 질렀다.

"내 이름은 미화다. 나는 네 나라 말을 할 능력을 내게 주신 내 마님 박 씨의 몸종이다. 내가 왜 너 같은 오랑캐 도적놈 따위에게 존 댓말을 해야겠니? 아무 죄 없는 우리 백성들을 무자비하게 쳐 죽인 백정만도 못한 야만인에게! 도대체 너는 우리나라와 백성들에게 하는 짓이 존대를 받을 만한 일이라고 생각하는 거냐?" 미화가 분연히 되받아 쏘아붙였다.

"네깟 것이 내 임무를 얕보는 것이냐? 너희들은 모두 집에서 나와 당장 항복하라! 그러면 너희들의 목숨만은 살려주겠다." 하율대는 우레와 같은 목소리로 외쳤다.

"하율대야, 너같이 무식하고 서툰 바보가 청군을 지휘한다니 참 웃기는구나. 네가 청군에서 제일 잘난 병사라면 나머지는 더욱 보잘 것없겠구나. 나는 눈을 감고도 너희들을 다 해칠 수 있다." 미화가 비웃었다.

"이년이 감히 나를 보고 비웃어? 너는 인제 다 살았다. 내가 황천으로 보낸 사람들 뒤를 따라가도록 해 주마." 젊은 하녀에게 놀림을 당한 하율대는 화가 극도로 치밀어 하얗게 질린 얼굴로 소리쳤다.

율대는 칼을 뽑아 들고 그녀를 쫓아 피화당 뜰로 들어왔다. 그의 부하들이 바짝 그의 뒤를 쫓았다. 그러자 다시 뜰에 먹구름이 덮어 갑자기 캄캄해졌고 율대는 눈앞을 한 치도 분간할 수가 없었다. 검은 안개가 나무들을 휘어 감았고 나무들은 괴수로 변하더니 다시 유령 병사가 되었다. 뇌우雷雨 속에서 유령 병사들은 고함을 지르며 말을 타고 공격을 시작했다. 그들은 창, 전투도끼, 장창, 곤봉과 대검 등 무시무시한 무기들을 한꺼번에 휘두르며 공중에서 내려왔다. 그들이 외치는 전투구호도 너무나 소름 끼쳐 율대와 그의 부하들은 한 걸음 한 걸음 뒤로 물러섰다. 청군 병사들은 안채의 뜰로 후퇴했고 오두막 주변은 즉시 정상을 회복했다. 그사이에 벌어진 일의 흔적은 오로지 여기저기 마당에 쌓아 올려져 있는 시체 더미뿐이었다.

"비천한 하녀의 손에 죽는 네 저주받은 운명을 슬퍼해라!" 미화는 칼을 높이 치켜들고 율대를 안채 뜰로 쫓아가면서 소리쳤다.

"웃기지 마라. 네까짓 것이 나를 절대로 이길 수 없다! 나는 백번도 넘는 전투에서 수천 명의 적을 죽여서 황천으로 보냈는데 네가 나를 이기겠단 말이냐? 너같이 볼품없는 물건이 위대한 무사인 나를 감히 대적하려 하다니!" 율대는 가슴을 부풀려 내밀고 껄껄껄 큰소리로 한바탕 헛웃음을 쳤다.

"겁쟁이가 큰소리는 잘 치는구나!" 미화는 눈 하나 깜짝 안 한다는 듯이 그를 놀렸다.

"나를 겁쟁이라 부르고 살아남은 자는 하나도 없다!" 그 말을 듣자마자 율대는 피가 끓어올라 악에 받쳐 버럭 소리를 질렀다.

율대는 너무나 화가 치민 나머지 미화를 노려보는 그의 이마에 굵은 힘줄이 불끈 솟았다. 그는 번쩍거리는 칼을 높이 치켜들고 미화를 향해 쏜살같이 달려들면서 으르렁거렸다.

"그렇다면, 어디 한번 덤벼 봐라!" 미화도 칼을 휘두르면서 율대를 향해 돌진했다.

겉만 보면 그것은 마치 거인과 난쟁이의 우스꽝스러운 대결같이 보였다. 두 사람의 대검이 부딪치면서 불꽃이 이리 번쩍 저리 번쩍 튀었다. 둘은 서로 상대의 약점을 엿보며 원을 그리며 돌았다. 그리고 몇 번 맞붙었으나 어느 쪽도 물러서지 않았다.

"하찮은 것이 당돌하구나. 칼도 제법 휘두를 줄 알고. 불쌍하게도 네 목숨은 이제 끝장이다." 율대는 뽐냈다.

음흉한 미소가 율대의 거무튀튀하고 넓적한 얼굴에 번졌고 그의 싯누렇게 굽은 이빨이 드러났다. 그는 자신감에 차서 감히 자기에게 도전하는 어리석은 소녀를 가소롭다고 조롱했다. 그런데 갑자기 그의 팔이 뻣뻣해지면서 축 늘어졌다. 그는 칼을 쥐고 있을 수가 없었다. 칼은 쩽그랑 소리를 내며 땅에 떨어졌다. 그는 몸이 마비되면서 갑자기 못에 박힌 듯 그 자리에 멍하니 서 있었다.

"절대로 네 뜻대로는 되지 않을 것이다!" 미화가 당돌하게 소리쳤다.

"백전백승의 장군인 내가 만 리를 멀다 않고 남의 땅까지 와서 이름을 드높이려 했는데 내 투지를 과시하지도 못하고 보잘것없는 시녀의 손에 죽다니! 이런 치욕이 세상에 어디 있단 말이냐!" 율대는 하늘을 바라보며 회한에 차서 한숨을 내쉬었다.

아주 강력한 요술이 이곳에 작동하고 있다는 것을 율대는 너무

늦게 깨달았다. 크게 후회했지만 그가 죽을 운명임을 느끼는 순간 온몸이 으스스해졌다.

"황천에 가서 네가 먼저 보낸 영혼들을 만나고 염라대왕도 보거라." 미화는 그가 무력해진 틈을 타서 그에게 달려들어 단칼에 그의 머리를 베며 말했다.

하율대의 피투성이 머리는 떼굴떼굴 구르다가 바위에 부딪혀 멈췄다. 부하 병사들은 그들의 위대한 장군이 말라빠진 소녀의 칼에 베이어 죽는 것을 보고 모두 돌처럼 굳어졌다. 충격에서 회복하자마자 그들은 미화를 공격하기 시작했다. 그들은 그녀를 에워싸고 전 방위에서 달려들었다.

그러자 미화는 파화당으로 달려갔다.

병사들은 미화를 뒤쫓아 갔다.

미화는 그들과 격렬하게 대적했다.

그러나 그 순간 강풍이 다시 몰아치고 천둥소리가 요란스런 북새통에서 유령 병사들이 떼를 지어 말 위에서 청군 침입자들에게로 달려 내려와 맞섰다.

귀청을 찢는 전투구호를 듣고서 부서진 대문간을 지키고 있던 네 명의 보초가 안채로 달려왔다. 그 장면을 보고 그들은 간담이 서늘해졌다. 그들의 장군은 머리가 잘린 채로 땅 위에 피 웅덩이를 만들며 누워 있었다. 그들 전우의 시체들은 안채 옆 별당 뜰에 여기저기 큰 무덤처럼 쌓여 있었다.

"장군님이 돌아가셨다! 장군님이 돌아가셨다!" 보초들은 소리를 지르며 달아났다.

그들의 비명이 그 동네의 집들을 약탈하고 돌아오는 병사들의 주의를 끌었다. 그들은 무슨 일이 있는가를 보기 위해서 집으로 달려들어왔다. 떨어져 나간 문을 통해서 안뜰과 그 주위로 들어오면서 그들의 눈앞에 펼쳐진 처참한 광경에 그들은 넋이 나갔다. 머리가 잘려 나간 그들 장군의 몸은 피범벅이 되었고 그들 전우의 시체는 안채 옆 별당 마당에 발을 들여놓을 수 없이 무더기무더기 널려 있었다. 그들은 칼을 빼 들고 겁에 질린 눈길로 적을 찾았으나 아무도 보이지 않았다. 그들은 조심스럽게 넓은 공터로 들어갔다. 그 크고 넓은 뜰에 아직도 숨이 붙어 있는 전우가 있는지 그들은 살펴보았으나 살아 있는 자가 없었다.

갑자기 폭풍우가 일어났다. 청군 병사들은 어두운 하늘을 찌를 듯 날카로운 소리를 지르며 그들을 공격하는 한 무리의 유령군에 에워싸이고 말았다. 그들도 싸워 보지도 못하고 모두 죽었다. 집에서 달려 나가 도망친 네 명의 보초만 살아남았다. 그들의 장수와 전우가 모두 죽어 그들은 어찌해야 좋을 줄을 모르고 우왕좌왕했다. 공포에 질려 달아나면서 그들은 사령부로 돌아갈 길을 찾았다.

그동안 피화당 안에 숨죽이고 숨어 있던 사람들은 장지문의 벌어진 틈새에 눈을 붙이고 밖을 엿보았다. 틈을 차지하지 못한 사람들은 손에 침을 발라 한지 문에 구멍을 내고 훔쳐보았다. 그 구멍으로 그들은 안개 사이로 흐릿하게 공중에서 싸움이 벌어지는 것을 보았다. 나무들이 무기와 말을 탄 유령으로 변해서 적을 무섭게 무찌르는 것을 보는 순간 그들은 소스라치게 놀라 눈이 휘둥그레졌지만 숨을 죽이고 지켜봤다. 유령들이 적을 전멸시키자 엿보던 사람들은 손뼉을 치며 환호성을 질렀다. 다만 미화와 율대의 칼이 부딪치는 소리는 들었지만 그 결투는 그들의 시야 밖에서 벌어져 아쉬울 따름이었다.

그들은 미화가 피 묻은 칼끝에 율대의 머리를 꿰어 들고 돌아와서 그 결투의 결말을 알게 되었을 때 자신들의 눈을 의심했다. 박 씨는 그 머리를 보고 치를 떨었다. 사람들은 그 무시무시한 머리를 보고 비명을 질렀다. 너무 징그러워 눈을 가리는 이들도 있었다. 어린아이들은 공포의 소리를 지르며 그들의 어머니에게로 달려가서 어머니 품에 얼굴을 묻었다. 좀 담대한 아이들과 어른들은 미화 곁에 모여서 호기심을 가지고 오랑캐 장군의 목을 자세히 보았다. 기정이와 어머니 옆에서 하골대 장군의 피투성이가 된 목을 엿봤다.

"미화야, 우리 집 앞을 지나는 사람은 누구나 그 목을 보고 위안을 얻었으면 좋겠구나. 안채의 오동나무 가지에 높이 매달아 놓아라." 박 씨가 지시했다.

"예, 아씨 마님." 미화는 그 목을 곧바로 가지고 나가서 사랑채 근처에 있는 오동나무의 앙상한 가지에 높이 매달았다.

그 섬뜩한 목은 그 종가 댁 돌담 너머로도 보였다.

그리고 박 씨는 방 밖으로 나와서 미화와 함께 마당을 살펴보았다. 오랑캐 병사의 시체가 산더미처럼 여기저기 널려 있었다. 박 씨는 그 광경이 하도 끔찍해서 소름이 끼쳤다. 병사 중에는 지금 피화당에 있는 아이들보다 나이가 서너 살 더 먹어 어려 보이는 자들도 있었다. 피화당의 뜰을 조심스럽게 둘러본 뒤에 그들은 종가 댁 안채로 가서 집이 얼마나 망가졌는가를 살폈다. 끔찍하게도 안채와 사랑채는 난리판 같았다. 행랑채 역시 사정은 비슷했다. 문들은 부서졌고 방과 마루의 바닥에는 종이와 책들과 이불도 여기저기 어지럽게 흩어져 있고 가구는 깨지고 뒤집혀 있었다. 바깥채의 뜰은 더 어수선했다. 부인은 주문을 외우면서 하늘의 도움을 청했다.

"어떻게 도와 드릴까요?" 하늘에서 갑자기 세 요정이 나타나서 부인에게 미소를 지으며 물었다.

"이렇게 빨리 부름에 응해 주어 고맙소. 여기 이 비참하고 볼썽사나운 꼴이 보이지요? 청군 병사들이 저질러 놓고 간 이 난장판을 정리하는 데 도움을 좀 주셨으면 좋겠소." 부인이 미소로 응답하며 말했다.

"전부 저희에게 맡기세요." 요정들은 대답하고 즉시 그 흉측하기 짝이 없는 싸움터를 정리하기 시작했다.

천상에서 내려온 도우미들은 안채부터 손을 댔다. 박 씨는 스스로 회오리바람을 불러일으켜서 피화당 뜰의 시체를 다 쓸어 가게 했다. 회오리바람은 시체들을 하늘 높이 던져 올린 다음 돌돌 뭉쳐 어디론가 멀리 사라지게 했다. 그리고 부인은 무너진 문들과 담도 손보았다.

피화당의 마당은 다시 깔끔한 모습으로 되돌아왔고 전처럼 평정과 고요를 되찾았다. 무슨 유별난 일이 일어났던 것 같은 흔적은 온데간데없이 사라졌다. 친척들은 열린 피화당 방문 앞에 모여 앉아서 이 기적 같은 놀라운 광경을 몸소 지켜봤다. 부인이 발휘한 초능력의 무서운 마력을 두 눈으로 직접 보고 모두 입이 딱 벌어져 한참 동안 숨이 막힐 지경이었다. 두려움을 잠시 잊은 어린이들은 회오리바람이 청군 병사들의 시체를 돌돌 말아 올려서 사라지게 하는 것을 보고 신나서 열렬히 박수까지 쳤다. 숨 돌린 어른들도 아이들처럼 박수를 치고 환호성을 질렀다.

박 씨가 안채로 들어가니 모든 것이 예전의 위치로 돌아가 있었다. 집은 티끌 하나 없이 깔끔했다. 아무도 거기가 얼마 전까지 피투성이 싸움터였다는 것을 짐작할 수 없었다. 하늘에서 내려온 요정들은 박 씨가 그들의 노고에 감사할 틈도 없이 임무를 완수하자마자 희미한 빛 속으로 금세 사라졌다.

집이 제 모습을 되찾은 얼마 뒤 수많은 청군 병졸들이 다시 나타나 대문 밖에서 그 집을 유심히 관찰했다. 도망친 네 명의 보초들이 임은래 부관이 지휘하는 이백 명의 군사를 데리고 복수하러 온 것이었다. 그들은 피해의 흔적이 어디에도 없는 것을 보고 소스라치게 놀랐다. 서로 얼굴을 마주 쳐다보면서 그들은 집을 잘못 찾았는지 의아해했다. 여기서는 어디에도 얼마 전 치열한 혈투가 벌어졌던 것 같아 보이지 않았다.

"이 집이 맞아?" 보초 한 명이 어리둥절해서 물었다.

"응. 집은 맞아." 다른 보초가 대답했다.

"울창한 소나무 숲이 별당 울타리 앞에 있고 집 위와 옆으로는 높은 산이 있었어." 세 번째 병사가 말했다.

"우리가 떠났을 때는 정문과 다른 문들이 다 부서지고 그 자리가 뻥 뚫려 있었잖아. 우리가 무너진 정문 옆에서 보초를 섰는데. 장군님이 안채 뜰에서 머리가 잘려 피 웅덩이 속에 누워 계셨잖아. 안채 옆 별당 뜰에는 죽은 우리 전우들의 시체가 발 디딜 틈도 없이 여기저기 널브러져 있었고." 두 번째 보초가 보탰다.

"도대체 어떻게 이 대문이 아무 일도 없었던 듯이 새것같이 온전한지 알 수가 없네." 눈이 휘둥그레진 세 번째 보초가 말을 이었다.

"빨리 단정을 지어라. 여기가 맞는 곳이냐?" 부관이 기다리다 참지 못하고 꾸짖었다.

"예. 이 집이 맞습니다. 그런데 형편없이 부서진 이 집이 어떻게 도로 말짱해졌는지를 도무지 모르겠습니다." 네 번째 보초가 머리를 긁적이며 말했다.

"저기 좀 올려다봐!" 갑자기 첫 번째 보초가 손가락을 치켜들면서 외쳤다. 모든 병사가 그의 손가락이 가리키는 곳으로 머리를 돌렸다.

잎이 하나도 없는 앙상한 나무에 그들의 대장 하율대 장군의 머리가 매달려 있었다.

"도대체 누가 우리 장군께 이 못된 짓을 했단 말이냐?" 임은래는 격분해서 신음했다. "우리는 이 죄를 꼭 복수해야 한다. 대문을 쳐부수고 진격하라!"

대문이 부서졌고 병사들이 네 명의 보초를 따라서 집 안으로 들어갔다. 바깥마당에는 아무것도 흐트러져 보이지 않았다. 조금 전 전투가 벌어졌었다는 흔적은 아무 데도 없었다. 안채로 통하는 중문은 즉시 부서졌다. 안채도 모든 것이 깔끔하게 정돈되어 있었다. 아낙네들이 기거하는 쪽으로 통하는 안쪽 문도 말끔했다. 그 문도 즉시 부수고 병사들이 안으로 쏟아져 들어갔다. 그리고 피화당으로 통하는 나무문도 산산조각이 났다.

병졸들이 진입하자 갑자기 돌풍이 일어나고 천둥이 치고 번개가 번쩍였다. 그러자 울창한 나무들이 우당탕 흔들리기 시작했다. 주위가 갑자기 칠흑 같은 암흑이 되었다. 앞을 똑똑히 가릴 수가 없어 병사들은 갈피를 못 잡고 서로 부딪치고 들이받는 바람에 금세 난장판이 됐다. 곧 나무들이 괴상한 형체를 띠기 시작했다. 그러더니 성난 짐승으로 변해 곧 머리를 쳐들고 으르렁거리고 울부짖고 끽끽거리는 소리를 냈다. 그 소리에 겁을 먹은 병사들이 달아나려고 했다. 그중 한 무리는 곧 무장한 유령 군대에 의해 목이 베어 땅 위로 뒹굴었다. 상황을 제대로 파악하기도 전에 그들 절반이 눈 깜짝할 사이에 목숨을 잃었다. 도망치던 병사들이 시체에 걸려 넘어지기도 하고 흘러내린 피에 미끄러지기도 했다. 그들마저도 곧 유령 병사들에 의해 죽음을 맞았다.

"후퇴하라!" 그의 병졸들이 파리 떼처럼 쓰러져 죽는 것을 보고 임은래 부관이 지시했다.

청군 병졸들은 유령 병사들의 숨이 그들의 목덜미까지 닿는 것같이 느끼면서 허겁지겁 이쪽저쪽으로 흩어졌다. 울창한 소나무 숲속으로, 산 위로, 종가 댁 안채로 도망치기에 바빴다. 다시 한번 어디나 아수라장이 됐다.

"모두 안채에 모여라!" 임은래는 그의 부하들이 사방으로 도망치는 것을 보고 으르렁거리듯이 소리쳤다.

병졸들은 그리로 달려가서 벌벌 떨며 서 있었다. 누구도 무엇이, 또는 누가, 그들을 공격했는지 전혀 알지 못한 채 사시나무 떨듯이 모두 피화당의 뜰을 바라보았다. 공격자들이 다시 덮쳐올 것을 예상하면서. 그런데 그들의 눈에 들어온 것은 그들을 헷갈리게 했다. 먹구름이 걷히자 유령 병사들은 온데간데없이 사라져 버렸다. 나무들은 본래 자리에 평온하게 서 있었다. 땅바닥에 널브러져 있는 시체들만이 방금 전투가 휩쓸고 지나갔음을 보여 줬다.

임은래는 곧 자기가 도저히 알 수 없는 무언가 신비로운 힘과 대결하고 있다는 것을 깨달았다. 그는 죽지 않고 아직 살아 있는 부하들을 챙겨 재빨리 대덕궁 본부로 돌아가기로 결심했다.

"저 나무에 걸려있는 장군님 머리를 갖고 내려오너라!" 임은래는 부하 한 사람에게 명령했다.

"네. 알겠습니다." 한 병사가 대답하자마자 나무를 민첩하게 타고 올라갔다.

"거기 놔둬라!" 피화당 근처에서 갑자기 나타난 소녀가 큰소리로 명령했다.

그러자 나무에 올라간 병사가 갑자기 땅으로 곤두박질치며 떨어져 박살이 났다. 병사 몇 명이 급히 달려가 그를 거들었으나 아무 소용이 없었다.

"너는 누구냐? 네 목숨이 아깝거든 끼어들지 마라. 우리는 우리 장군님 머리를 가지고 가려는 것뿐이다." 임은래가 도도하게 말했다.

"나는 박 씨 마님의 몸종이다. 내가 아씨 마님의 도움을 받아 너희 말을 하고 너희 장군의 목을 베었느니라. 그러니까 그 목은 내 전리품이고 나는 그것을 증표로 간직하려고 한다." 미화는 외쳤다.

"하하하, 네가 우리 장군님 목을 베었다고? 거짓말하지 마, 요것아!" 가소롭다는 듯이 임은래가 껄껄 웃었다.

임 부관은 하찮은 계집아이가 장군의 목을 베었다고는 믿을 수가 없었다.

"왜 내가 너한테 거짓말하겠니? 그자가 나를 죽이려 해서 나는 그를 죽일 수밖에 없었다. 불쌍하게도 그는 내 칼솜씨에 꼬꾸라질 수밖에 없었단다." 미화는 별일 아닌 듯이 태연스럽게 대꾸했다.

"헛소리하지 마라. 네 칼솜씨를 우리 대장님의 칼솜씨와 어찌 견준단 말이냐?" 격분한 임은래는 그의 칼을 번쩍 높이 뽑아 들었다.

임은래는 미화를 피화당의 뜰로 쫓아 들어갔고 그의 병졸들이 그의 뒤를 따랐다.

폭풍이 일어나고 천둥 번개가 쳤다. 하늘이 갑자기 어두워지고 질풍 속에서 나무들이 짐승 모양의 머리를 치켜들었다. 순식간에 유령 병사들이 울타리에서 솟아올라 소리를 지르며 무기를 휘둘렀다. 울타리는 온데간데없고 높은 절벽이 거기에 있었다. 유령 병사들은 하늘 높은 곳에서부터 내리꽂히며 정신이 나가고 무기력한 청군 병사들을 닥치는 대로 죽였다. 몇 명 살아남은 병졸들이 그 험악스러운 뜰을 절뚝거리며 헐레벌떡 도망쳐 떠나자 유령 병사들도 순식간에 사라졌다.

임은래 부관은 자기의 어리석음을 통렬하게 후회했다. 그의 잘못된 판단으로 부하들이 거의 몰사한 것이었다. 순간적으로 화가 치밀어 오르자 이성을 잃고 그는 후퇴하기로 한 자기의 결정을 실행하지 못했던 것이다. 그는 겨우 스무 명 남짓한 중상자와 함께 간신히 피화당을 빠져나갔다.

박 씨는 마당의 시체더미를 신속히 치우기 위해 초능력 마술을 다시 사용했다. 그리고 부서진 문들도 다시 복원했다. 기적같이 피화당은 평온하고 아늑한 제 모습을 되찾았다. 종가 댁 본채도 제 모습으로 되돌아왔다.

24

김포 의용대와 강화산성

하골대 장군은 그의 동생이 한양에서 인질을 잡고 있는 동안 군대를 이끌고 강화도 요새를 향해 진격했다. 지난 며칠 동안 끊임없이 내리는 큰 눈으로 5천 명이 넘는 그의 병력은 진격이 원활치 못했다. 세찬 눈보라 속에서 많은 군사를 전진시키는 것은 매우 힘들었다.

설상가상으로 하골대와 선발부대는 여기저기 백성들이 급히 조직한 의용대의 저항에 맞서야 했다. 대부분의 의용대는 변변한 무기조차 없고 군사 훈련도 제대로 받지 못한 상태라서 군기가 엄하고 훈련이 잘된 청군에 위협이 되지 못했다. 하여 그들은 숫자나 무기에서 워낙 월등한 청군과 맞섰지만 무자비한 칼날에 도살장의 소들처럼 거의 모두 눈 깜짝할 사이에 피범벅이 된 시체가 되고 말았다. 잠시나마 그들이 용감하게 싸웠던 곳곳에는 의용대원들의 시체가 길가에 여기저기 나뒹굴고 그들이 흘린 핏자국들이 눈을 빨갛게 물들여 놓았다.

강화도 산성을 쳐들어가기 위해서 청군은 동에서 서로 흐르는 한강을 건너야 했다. 그 넓은 강 하구는 시베리아에서 불어오는 세찬 겨울바람에 꽁꽁 얼어붙어 있었다. 청군은 그 얼어붙은 강을 조심스럽게 건너며 김포로 향했다. 그러자 얇아진 강의 얼음판이 여기저기 갈라져서 일부 병사들이 비명을 지르며 얼음 밑으로 흐르는 급류 속으로 빨려 들어갔다. 구조 시도는 헛되었고 병사들은 급속히 떠내려갔다. 많은 병사들이 얼어붙은 강물 속에 묻히고 나서야 청군은 간신히 강을 건너 김포에 도달했다.

김포에서 몇 시간을 눈 속에서 행진한 후에 청군은 두 개의 낮은 언덕 사이로 보이는 좁은 길 앞에 다다랐다. 그 낮은 언덕의 양편으로는 넓은 벌판들이 높은 산들로 이어졌다. 여러 날을 행군해온 병사들을 이끌고 하골대는 목적지에 한시라도 일찍 도착하려고 말에 채찍을 휘둘렀다. 가까스로 넓은 강 하구를 건너 맨땅을 밟자 의기양양해진 그는 필사적으로 서두르며 그의 병사를 눈 쌓인 좁은 협곡으로 행군하라고 지시했다. 그 길은 얼핏 보기보다 매우 길고 험했다. 그의 병사들이 내 줄로 빽빽이 행군하고 있었다.

그때 갑자기 간담을 서늘하게 하는 비명이 사방에서 메아리치며 울려왔다. 그 순간 앞서가던 병사들이 뒤로 나자빠졌고 연이어 뒤따르던 병졸들도 잇따라 무너졌다. 그들은 마치 화투패처럼 와르르 줄줄이 쓰러졌다.

"멈춰라!" 순간 어안이 벙벙해진 하골대는 연이어 쓰러지는 병사들의 대열에서 말을 급히 몰아 겨우 빠져나와 명령했다.

온 사방에서 병사들이 넘어지고 말들이 뛰어오르며 힝힝거려서 금세 난장판이 되었다. 그 좁은 길 위 양쪽 언덕 꼭대기에 엎드려 기다리고 있던 흰 옷을 입은 농부들과 회색 옷을 입은 승려들이 갑자기 일어섰다. 그들은 농기구와 쇠막대기, 나무 지팡이를 위협적으로 흔들어 댔다. 귀가 멀 정도로 함성을 지르며 그들은 좁은 길에 갇힌 청군 위로 쏟아져 내려와 청 병사들을 무자비하게 공격했다. 그들은 쓰러진 병사들이 일어서기도 전에 무찔렀다. 그리고는 순식간에 흰 옷과 회색 옷을 입은 공격자들은 청군병사들의 시체를 밟으며 쏜살같이 달려 두 산봉우리 쪽으로 올라갔다. 좁은 협곡은 금세 시체들로 막혀 버렸다.

청군의 사수들이 활을 쏠 준비를 마쳤을 때는 이미 늦었다. 용감무쌍한 의용대는 어느새 사라지고 없었다.

"저놈들을 빨리 가서 잡아 오라!" 하골대는 황당하고 화가 나서 명령했다.

"예, 장군!" 부하들이 힘차게 외쳤다.

그는 정예부대를 산으로 올려 보내 그들을 잡으려고 했다. 각기 약 100명의 탐색대가 눈이 높이 쌓인 양쪽의 산과 그 주변 지역을 샅샅이 뒤졌으나 말짱 헛수고였다. 단 한 명의 의용대도 찾아내지 못했다. 병사들이 빈손으로 되돌아오자 하골대는 더 분노했다.

하골대는 의용대가 감쪽같이 사라진 것을 도저히 이해할 수 없었다.

"그놈들이 도대체 어디로 사라진 거야?" 그는 흰 옷과 회색 옷을 입은 의용대를 모조리 색출해서 복수하겠다며 이를 악물었다.

의용대가 눈 깜짝할 사이에 자기 병사 2백 명 이상을 죽이고 수많은 병사들을 부상시키고 불구로 만들었다. 그는 한참 동안 넋을 잃은 사람처럼 우두커니 서서 의용대가 저지른 짓을 도무지 이해할 수도, 그의 격분을 억누를 수도 없어 주춤거렸다. 다시 제정신을 되찾은 그는 복수 계획을 제대로 짜기 위해 진격 행진을 멈췄다. 그리고 그는 군대를 전투지에서부터 이동시켜 두 산이 훤히 보이는 곳에 야영 천막을 차리게 했다.

"습지반과 오시련 부대장은 탐색대 병사를 이끌고 어서 가서 그 악당들을 색출해 오시오!" 하골대는 그가 급히 조직한 탐색대 병사들 앞에서 명령했다. "이 두 산을 이 잡듯이 뒤져서 그 무리들을 모조리 잡아 죽이시오."

"명을 따르겠습니다, 장군!" 습지반과 오시련이 큰소리로 대답했다.

두 부대장은 각기 약 100명을 데리고 출발했다. 그들은 나라를 지키기 위해서는 목숨도 바치겠다고 스스로 떨쳐나서서 똘똘 뭉친 겁 없는 의용대를 색출하러 나섰다. 나머지 병사들은 막사를 세우고 보초를 서며 언제 있을지 모르는 기습 공격에 단단히 대비했다.

토벌 임무를 맡은 병사들은 무릎까지 차는 눈을 헤치고 그들의 길을 막는 작은 나무들과 곁가지들을 쳐내며 산을 올랐다. 한 시간 쯤 지난 후 그 험준한 산의 중턱에 이르러 사방을 정찰한 뒤 두 부대장은 날이 너무 어두워졌으니 탐색 작업을 끝내자고 서로에게 신호를 보냈다. 두 탐색대가 모두 산에서 내려오기 시작한 지 얼마 되지 않아 날카로운 휘파람이 양쪽 산에서 들려왔다. 그리고 돌격 함성이 한쪽에서 터져 나왔다. 맞은편 산에서도 갑자기 천둥 같은 소리로 답을 했다. 깜짝 놀란 병사들은 그 순간 걸음을 멈췄다. 그들은 칼을 뽑아 들고 전투태세를 취했다.

청군 병사들은 적을 기다렸다. 갑자기 양쪽 산꼭대기에서 우렁우렁 무엇이 무너져 내리는 듯 큰소리가 들렸다. 그와 동시에 많은 눈덩어리가 가파른 산비탈을 타고 굴러 내려왔다. 병사들은 걸음아 나 살려라 하며 도망치기 시작했다.

눈덩이는 굴러 내려오면서 점점 더 커지고 빨라졌다. 눈덩이들은 마치 해일처럼 덮치며 밀고 내려와 산 밑으로 쏟아졌다. 의용대가 동자승들과 진수 마을 어린 지원자들과 함께 전날 밤에 잠을 설치며 밤새껏 만들어 놓은 눈덩이들이었다. 이는 말하자면 빈틈없이 계획된 '눈덩이 굴리기' 작전이었다.

아닌 밤에 홍두깨처럼 들이닥친 눈사태가 청군 탐색부대 병사 모두를 삽시간에 파묻어 버렸다.

김포 마을 주민들과 승려들이 서둘러 조직한 의용대가 힘을 합해 치밀하게 계획한 작전이 양쪽 산의 청군 탐색부대를 전멸시켜 버린 것이었다.

황혼 속 막사에서 하골대는 그 광경을 경악과 격분 속에 지켜보았다. 그는 자기 부하 중에 살아남은 자가 있을까 궁금했다.

"자시인과 유덕화 부대장은 막사 병사들을 모아서 생존자를 찾아보도록 하라!" 그는 급히 두 명의 부대장에게 명령했다.

"예, 그리하겠습니다, 장군!" 두 부대장이 즉각 대답했다.

두 부대장은 각기 병사 100여 명을 데리고 산으로 올라갔다. 자시인은 왼편의 산속으로, 유덕화는 오른쪽 산속으로.

"눈 속을 샅샅이 뒤져서 살아 있는 우리 병사들을 구해라!" 자시인과 그의 병사들은 눈 속을 찔러 보고 눈을 헤쳐 뒤집어 보기도 하면서 아직까지 살아 있는 병사를 찾아다녔다.

하지만 그들은 드문드문 시체를 찾았을 따름이었다. 자시인은 단숨에 청군의 목숨을 앗아 간 의용대를 이를 갈며 저주했다. 너무 분노해서 달아오른 그의 얼굴에 푸른 힘줄이 돋아 올랐다.

땅거미 질 무렵 흰색의 두툼한 바지저고리를 입은 의용대원들이 산 위로 재빠르게 뛰어 올라가는 모습이 자시인의 눈에 들어왔다. 산더미처럼 쌓인 눈과 뒤섞여 가까스로 알아볼 수 있을 정도였지만 그는 생존자를 찾는 것을 곧바로 멈추고 그들을 추격하기로 결심했다.

"저 흰색 바지저고리를 입은 자들을 뒤쫓아라!" 자시인이 재빨리 지시했다.

"예. 저놈들을 모조리 죽이자!" 병사들이 힘차게 외쳤다.

병사들은 황급히 그들을 뒤쫓아 눈 덮인 산비탈을 안간힘을 다해 올랐다. 그러나 의용대가 그들보다 훨씬 앞서 뛰어오르고 있기 때문에 따라잡을 수가 없었다. 그들은 쏜살같이 산꼭대기 너머로 사라졌다.

"추격을 그쳐라!" 자시인은 소리쳤다.

"이쪽 산에도 살아남은 병사가 하나도 없소이다. 우리 병사들도 산비탈에 도달하자마자 눈 덮인 험준한 비탈을 날렵하게 넘어 사라지는 승병들에게는 근접할 수가 없었소." 유덕화가 되돌아와서 말했다.

자시인은 그 말을 듣고 더 낙담했다. 분통이 머리끝까지 북받친 자시인은 자기 병사를 죽인 살인자들을 모조리 붙잡아 쳐 죽이고 말겠다고 이를 오도독 갈며 다짐했다.

"날이 저물어서 아무것도 보이지 않소이다. 아쉽지만 추격은 여기서 멈출 수밖에 없소이다." 자시인은 분하지만 작전을 포기할 수밖에 없었다.

두 부대장이 단 한 명의 생존자도 찾지 못해서 실망하고 돌아오는 모습을 본 하골대는 분해서 머리채를 쥐어 잡고 미친 듯이 흔들어 댔다. 자기가 그토록 신임하던 습지반과 오시련을 포함해 정예병 4백여 명이 몰사한 것이었다. 의용대를 저주하고 그들에게 복수를 맹세했다.

하골대의 부하들이 돌아오기 시작했다. 정찰대가 돌아왔을 때는 밤이 이미 깊어 횃불이 밝게 타올랐다. 장군은 부대장들을 그의 막사로 불러 그들을 기습한 조선 의용대를 어떻게 대적해야 좋을 것인가를 의논했다.

부관들의 의견은 서로 크게 엇갈렸다.

"이자들을 샅샅이 찾아내어 우리 병사를 죽인 죗값을 톡톡히 치르게 해야 합니다!" 자시인은 주장했다.

"기습 공격에 우리 병사들을 잃은 것은 마음 아프지만 우리는 그따위 농민들과 중놈들을 추격하지 말고 강화도 산성으로 곧장 진격해야 합니다." 유덕화는 주장했다. "이렇게 눈이 깊게 쌓인 산꼭대기 위 잠복 장소를 찾아내서 그들을 포획할 수는 없습니다. 놈들은 이미 잠복 장소를 떠나 버렸을 것이 뻔합니다. 따라서 그놈들을 다시 쫓아 봤자 괜히 시간만 버리는 셈이 됩니다. 그러니까 우리는 강화도 산성을 점령하는 데 모든 힘을 쏟아야 합니다. 강화도 전투에서 우리가 크게 이기면 우리네 죽은 전사들의 복수가 되는 것 아니겠습니까?"

"우리는 유 부대장의 설득력 있는 주장을 지지합니다." 다른 부대장들도 유덕화의 의견에 적극적으로 찬성했다.

"우선 유덕화의 주장을 받아들이기로 하고 우리 죽은 병사들의 원수는 강화도 전투에서 기필코 갚도록 하자!" 하골대는 솟구친 분노와 상처 받은 자존심을 꾹 누르고 달래며 유덕화의 제안을 택했다.

다음 날 아침 일찍 청군은 병영을 거두었다. 강화도 산성을 향해 진군하기 앞서 어제 골짜기에서 의용대 기습으로 목숨을 잃은 병사들을 먼저 묻었다. 그리고 하골대는 훨씬 신중하게 진군했다. 말 위에 걸터앉은 그는 스무 명의 병사를 두 줄로 세워서 화살을 겨눈 궁수들이 호위하는 가운데 눈 덮인 골짜기를 빠져나가도록 했다. 그들이 무사히 골짜기를 통과하자 다시 스무 명씩을 빠져나가게 했고, 그 뒤에 또 스무 명씩 가게 한 뒤 그들도 무사히 빠져나가자 나머지 병사를 이동하도록 했다.

눈이 깊이 쌓인 산 꼭대기 위에서 2백여 명의 농민들과 2백여 명의 승려들이 맹추위 속에서 이 광경을 지켜보았다.

"우리가 드디어 해냈다!" 그들은 두 손을 번쩍 들고 기쁨의 함성을 질렀다.

그들은 나라를 이 모양 이 꼴로 꼬라박은 임금과 고관대작들의 꼬락서니에 뼛속 깊이 사무친 울분이 되살아나는 것을 꿀꺽꿀꺽 삼켰다. 지금 이 순간만은 막강한 청군을 잠깐만이라도 거의 맨주먹으로 혼내 준 것이 뿌듯하기만 했다.

이 의용대는 진수 마을의 이장 이길손과 바로 그들이 한바탕 싸웠던 산속에 위치한 만심사의 주지 보상이 조직했었다.

한양에서 살다 간신히 살아남아 고향 진수 마을로 도망쳐 온 이 필손은 사촌 동생인 이길손에게 청군의 침입에 대해 미리 이야기했다. 그는 며칠 동안 잠도 놓치고 쉬지 않고 걸어서 사촌 동생 집에 도달했다. 그는 눈물을 줄줄 흘리면서 한양에서 일어났던 끔찍한 일을 생생하게 알려 주었다.

"한양의 모든 성문을 청군 오랑캐들이 지키고 있어서 빠져나가려는 사람은 모두 무자비하게 죽였다네. 나는 운 좋게 서문으로 빠져나왔지. 서문으로 도망하려는 사람이 하도 많아서 북새통에 겨우겨우 빠져나올 수가 있었지." 그는 하염없이 쏟아지는 눈물을 닦고 닦으며 억장이 무너지는 이야기를 계속했다. "오랑캐들에게 죄 없는 백성들이 도륙을 당하고 있다네. 길에는 백성들의 피가 눈을 뻘겋게 물들이고 있고 부모 잃은 고아들과 버림받은 노인들의 울음소리가 하늘을 찌른다네."

이필손은 말을 끝내자 눈물을 닦았다.

"오랑캐들이 언제 쳐들어왔소?" 휘둥그레진 눈으로 길손이 한양에서 벌어진 양민들의 재난을 물었다.

"놈들은 한 열흘 전에 한양을 점령했다네. 왕실 가족과 대신들 그리고 한양의 귀한 분들이 강화도 산성으로 피난 갔다는 소문이 자자하다네. 이 무지막지한 오랑캐들이 그분들의 행방을 알아내고 그곳으로 가서 그들을 붙잡는 건 시간문제 아니겠는가. 우리는 오랑캐들이 여기까지 오기 전에 다 빨리 도망해야 해." 필손은 사촌 동생에게 재촉했다.

"무슨 소리요?" 길손은 사촌 형의 말에 불현듯 화가 치밀어 올랐다. "어떻게 어디로 도망친단 말이오? 우리가 그 오랑캐 살인마들과 싸우지 않으면 우리는 한양의 백성들과 똑같은 운명이 될 것이오. 우리는 죄 없는 백성을 죽이고 우리 강토를 피폐하게 한 침략자들에게

416

목숨을 걸고 저항해야 하지 않겠소?"

"늦기 전에 제발 도망가세." 필손은 사촌 동생의 옷소매를 붙잡고 몸을 주체할 수 없이 떨며 다시 애원했다.

"한양에서 우리 백성들이 오랑캐 놈들에게 잔인하게 도륙을 당했다네." 길손은 진수 마을과 인근 김포 지역의 사람들을 모아 놓고 사촌 형에게서 들은 말을 전했다. "여러분은 모두 나와 함께 이 오랑캐들과 맞서 끝까지 싸워야 하오."

"우리는 무기도 하나 없는데 어떻게 그 무자비한 오랑캐 놈들과 싸울 수 있단 말이오?" 키는 작았으나 근육이 단단하게 보이는 젊은이가 어처구니가 없다는 듯 외쳤다.

"우리가 싸우지 않으면 그들은 우리를 산 채로 잡아먹을 것이오." 길손은 긴장한 표정으로 대답했다.

"저 젊은이가 말했듯이 싸울 무기조차 하나 없는 우리들이 어떻게 그 막강한 적들하고 맞설 수 있겠소? 차라리 도망치는 것이 낫지 않겠소?" 빼빼 마르고 머리가 희끗희끗한 키 큰 농부가 물었다.

"맞소. 우리는 변변한 무기도 없소. 하지만 우리에게는 농기구가 있지 않소! 괭이, 삽, 호미, 갈퀴, 심지어 긴 막대기도 쓸모가 있소." 길손이 거기 모인 김포 농어민들에게 용기를 북돋아 줬다.

"그래, 농기구를 무기로 쓰면 되지 뭐." 키 작은 젊은이가 혼자 중얼거렸다.

"그들은 아마 이미 이리로 오고 있을 것이오. 그러니 우리는 이제 도망갈 곳도 시간도 없소." 이길손이 경고했다.

"난 진수 마을 이장을 따라 오랑캐들과 맞서 싸울 것이오!" 빼빼 마른 농부가 열렬하게 자청했다.

"그리고 제 계획이 성공적으로 이루어지면 무기는 그렇게 중요하지 않을 것 같소." 길손이 서둘러 말을 이었다.

"그 계획이 도대체 무엇이오?" 눈이 날카롭게 생긴 젊은이가 얼른 물었다.

"우리 마을의 두 산 사이 협곡에 함정을 마련할 작정이오. 그러면 이 원수 놈들에게 큰 타격을 입힐 수 있소. 그러기 위해서는 협조가 필요하오. 제가 잘 아는 만심사 주지 보상 스님에게 가서 즉각 도움을 청할 것이오. 주지 스님은 반드시 우리 요청을 받아 주실 거라고 믿소. 그러면 제 계획은 성공할 수 있소." 이길손은 자신만만하게 말했다.

"이장의 계획이 성공하면 좋겠소이다." 함께 싸우겠다고 자청한 나이 든 빼빼 마른 농부가 보탰다.

"그리고 여기가 한양에서 강화로 가는 가장 쉬운 지름길이기 때문에 오랑캐들은 반드시 이 길을 지나갈 것이오. 우리는 그놈들이 오기 전에 빨리 방비를 철저히 해야 하오." 길손이 확신에 찬 목소리로 강조했다.

"우리가 오랑캐 살인마들과 싸우지 않으면 누가 우리나라를 지켜 줍니까! 다 같이 목숨을 걸고 싸웁시다요!" 키 작은 젊은이도 자청했다.

"옳소! 옳소!" 눈이 날카로운 젊은이가 외치자 찬성 함성이 여기저기에서 터져 나왔다.

나이 지긋한 노인들과 어린 소년들을 제외하고는 많은 농민들이 열렬히 그 계획에 가담했다. 나이 열 살에서 열두 살 사이의 소년 일곱 명도 그들의 부모와 이웃 어른들의 반대를 무릅쓰고 가담했다. 그래서 다양한 나이의 성인 남자 201명과 일곱 명의 소년이 진수 마을 이장을 따라 오랑캐들과 싸울 채비를 했다.

두 사촌 형제는 진수 마을 건너편 높은 산꼭대기에 있는 만심사로 달려갔다. 그곳에서 보상 스님을 뵙고 이길손은 사촌 형에게 한양에서 겪은 끔찍한 만행들을 이야기해 드리라고 재촉했다. 이필손이 사촌 동생과 마을 주민들에게 한 이야기를 코를 훌쩍이며 되풀이했다. 그의 말이 끝나자 이길손은 그들의 계획을 설명하고 힘을 합해 오랑캐들과 같이 싸우자고 도움을 청했다.

한양에서 일어나는 피비린내 나는 살육의 이야기를 들은 보상 스님은 깜짝 놀랐다. 그는 이 참상을 절 승려와 식구들 모두에게 재빨리 알렸다. 그리고 이길손의 기습 공격 제의를 받아들이자고 재촉하자 모두 기꺼이 찬성했다.

"우리가 어떻게 하면 되지요?" 보상 스님이 물었다.

"우선, 어린애들과 아녀자들 그리고 어르신들을 이 절에 피신할 수 있도록 해 주십시오. 오랑캐들이 우리 마을에서 가까운 두 높은 산 사이 깊고 비좁은 골짜기를 지나가게 될 것입니다. 그때 오랑캐들을 거기에 가두어 놓고 그들의 전진을 늦추고 큰 타격을 줄 수 있습니다. 제가 앞에서 그들을 기습공격하면 병졸들은 그 좁은 공간에서 와르르 쓰러질 것입니다. 그때 우리는 양쪽 골짜기 꼭대기에 엎드려 숨어 있다가 재빨리 후속 공격을 가해야 합니다. 스님들이 그쪽에서 그들을 덮치고 저희 편 사람들은 우리 쪽에서 뛰어내려 공격하겠습니다. 양편이 시간을 잘 맞춰서 동시에 공격해야만 성공할 수 있습니다. 그리고 빨리 앞쪽으로 도망치셔야 합니다." 길손이 제의했다.

"아주 좋은 생각이오! 이장의 기습공격을 신호로 우리는 공격을 가하면 되겠군요. 그리고 진수 마을 어린애들과 부녀자들과 어르신들을 우리 법당으로 모두 데려오십시오. 거기라면 안전할 겁니다."

"네, 고맙습니다. 그리하겠습니다." 길손이 감사를 표하고 자기 전술을 더 구체적으로 설명했다. "우리가 적을 불시에 치고서 달아나면 그들을 혼란에 빠뜨릴 수 있지요. 그러면 그들이 분명히 우리를 잡으러 올 것이오. 이 눈 속에 청군 병사들은 그 높은 산을 기어오를 수가 없을 터이니 그들은 우리가 숨어 있는 곳까지 추격해 오지 못할 것이오.”

"당신의 계획은 참 좋아 보입니다만 그 악마 같은 놈들이 혹시 우리를 찾아내면 어쩌지요?" 보상 스님이 걱정스럽게 말했다.

"아, 그들이 우리를 추격해 오면 더욱 좋지요. 우리는 큰 눈덩이를 미리 준비해 놓고 기다려야 합니다. 양쪽 산에서 몇 명은 우리가 신호를 보내면 많은 눈덩이를 산 아래로 굴러내려 보내야 하고요. 그들이 우리에게 오기 전에 되도록 많은 눈덩이를 준비해 놓아야지요. 눈덩이들이 두 산의 비탈을 굴러 내리면서 속도가 붙고 덩치가 불어서 눈사태가 날 겁니다. 그러니까 우리를 잡으러 오는 오랑캐들에게 눈덩이를 갑자기 굴러 내려서 눈사태를 일으키면 모두 묻히고 말 것입니다." 이장은 확신에 찬 목소리로 말했다.

"정말 훌륭한 계책이오. 그렇게 하면 틀림이 없을 것 같소. 내가 우리 절 스님들을 김포 일대의 사찰에 보내겠소. 그리고 그곳 승려들도 우리와 힘을 합하도록 권유하겠소. 또 눈덩이도 되도록 많이 준비하도록 하겠소." 보상 스님은 이길손의 훌륭한 의용대 작전 계획에 감복하면서 그 자리에서 즉각 약속했다.

승려들 몇 명이 인근 절에 급히 달려갔다.

"한양의 소식들 들으셨소?" 그들은 이길손이 밝힌 한양에서 오랑캐들이 저지른 끔찍한 만행을 알려 줬다. "우리 함께 오랑캐들과 맞서 싸웁시다."

"당연히 우리도 나라와 백성을 위해서 싸워야지요." 많은 승려들이 선선히 동참을 약속했다.

도합 203명의 승려가 같이 싸우겠다고 서약했다. 그리고 만심사에서 수행하던 열 살부터 열두 살 사이의 동자승 열 명이 주지 스님의 완강한 반대에도 불구하고 나라를 위해 함께 싸울 수 있게 해 줄 것을 애원했다.

"우리는 오랑캐들에게 잡혀가느니 차라리 싸우다 죽고 싶습니다." 열두 살짜리 동자승 신구원이 끈질기게 애원하자 보상 스님은 끝내 허락하지 않을 수 없었다.

부모의 반대에도 불구하고 이 작전에 가담하고 싶은 소년들의 소원이 받아들여진 것이다.

김포 농어민과 승려들로 불과 며칠 사이에 조직한 의용대의 합동 기습 작전은 애당초 기대했던 것보다 훨씬 큰 성과를 냈다. 그러나 그들은 승리에 잠시 벅찬 기쁨을 느꼈을 뿐이다. 막강한 청군 주력부대의 공격에 강화도 산성이 버티지 못할 것을 크게 우려했기 때문이다.

"우리는 다시 힘을 합쳐 강화 요새까지 적을 추격해 갑시다. 그리고 강화도 산성에 있는 사람들에게 빨리 가서 오랑캐들에 관한 정보를 알려 줍시다." 이길손이 주장했다.

"그렇게 합시다." 진수 마을 농민들이 큰소리로 찬성했다.

보상 스님과 그를 따르는 승려들도 크게 환영했다.

그들은 그 지역을 누구보다도 잘 알기 때문에 요새의 건너편에 있는 태평 마을에 청군보다 훨씬 일찍 도착했다. 그곳 마을 사람들은 청군이 올 것에 대해 이미 경고를 받은 상태였다. 많은 주민들이 겁을 먹고 짐을 싸서 그 지역을 벌써 떠났다. 또 어떤 사람들은 인근 산으로 도피했다.

"나도 이길손 이장이 이끄는 의용대에 가담하겠소. 그리고 우리 임금님과 나라를 위해서 내 목숨을 바쳐 싸우겠소." 태평 마을 젊은이 하나가 용감하게 나서서 자원했다.

"우리도 이길손 이장을 따르겠소!" 아직까지 남아 있던 마을 주민들 가운데 스물여섯 명도 자원했다.

이들은 그 지역의 지형과 강의 흐름을 잘 알고 있었다. 그리하여 그들은 의용대를 얼어붙은 한강과 임진강을 가로질러 가게 해서 한밤중에 요새에 무사히 당도했다.

"청군 부대가 지금 여기로 진군하고 있습니다." 이길손은 요새를 지키는 사령관 사공훈 장군에게 아뢰었다.

사공훈 장군과 그의 부사령관 진동민 장군, 그리고 그의 부하들은 이길손과 보상 스님을 둘러싸고 그들의 말을 열심히 들었다.

"여기 우리들은 2백 명이 넘습니다. 우리 대부분은 김포의 진수 마을과 근처 마을 주민들입니다." 이길손은 자랑스럽게 말했다.

"우리는 만심사와 우리 주변에 있는 다른 절의 승려들입니다. 우리도 2백 명이 넘습니다." 보상 스님이 보탰다.

"저희가 우리 마을 인근의 높은 산 두 곳에서 큰 눈덩이들로 산사태를 일으켜서 청군에 기습 공격을 가했습니다. 저희가 아마도 오랑캐 병사 4백여 명을 죽였습니다. 그리고 많은 병사들이 부상했을 겁니다. 불행하게도 4천 명 남짓의 청군이 이쪽으로 몰려 오고 있습니다." 이길손이 의용대의 활동을 설명했다.

"우리의 합동 기습 작전은 매우 성공적이었습니다. 사실상 우리의 기대를 훨씬 뛰어넘는 것이었지요. 우리가 해냈다는 것을 아직도 믿을 수가 없습니다. 이것은 다 이길손 이장이 세운 훌륭한 작전 때문이지요." 보상 스님이 흥분한 목소리로 칭찬했다.

"아닙니다. 다 보상 스님과 만심사 그리고 그 주변 사찰 승려님들 덕분입니다. 우리를 도와주시지 않으셨다면 우리는 결코 성공하지 못했을 것입니다." 이길손은 손을 모아 머리 숙여 주지 스님에게 감사를 표했다.

"과찬의 말씀이십니다. 우리가 합세하여 성공적으로 해낼 수 있었던 것이지요." 보상 스님이 보탰다.

"우리가 태평 마을에 가서 주민들에게 청군이 오고 있다고 경고했지요. 주민들은 대부분 이미 도피했습니다. 마을 사람 가운데 남아 있던 스물일곱 명의 용감한 동지들이 우리와 힘을 합치겠다고 했습니다." 길손이 흐뭇해 말했다.

사공 장군과 진 장군, 그리고 그들의 부하들은 진수 마을 농부들과 만심사 승려들의 의용대를 열렬히 환영했다.

"정말 큰일들 하셨소. 장하시오! 우리에게 청군에 관한 좋은 정보도 갖다 줘서 정말 고맙소." 사공 장군이 그들에게서 보고받은 청군의 숫자와 이동 경로에 대한 정보를 고마워했다.

산성의 병사와 일꾼들 모두 의용대가 기습 작전을 성공적으로 수행한 것을 듣고 입을 모아 칭찬했다.

"용감한 진수 마을 주민들과 만심사 스님들 그리고 태평 마을 농민들 만세, 만세, 만만세!"

그들과 함께 나라를 지키고자 하는 모든 이의 열망이 산성 밖에 울렁울렁 울려 퍼져 나갔다.

하골대와 그의 부대는 강화산성이 마주 보이는 태평 마을에 도착했다. 이 마을은 쥐죽은 듯 조용하고 사람의 흔적도 보이지 않았다. 마을은 텅 비어 있었다. 거기서부터 드넓게 펼쳐진 꽁꽁 얼어붙은 평야와 그 위로 솟은 가파른 산성 절벽 위 요새를 볼 수 있었다.

청군 병사들은 강화산성으로 진입할 수 있는 길을 찾으려 했다. 진입로는 단 하나뿐이었다. 한강과 임진강이 만나서 서해로 흘러 들어가는 드넓은 강을 건너는 수밖에 없었다. 마침 강바닥이 꽁꽁 얼어붙어 큰 어려움 없이 건널 수 있을 것 같았다. 정찰대는 먼저 건너기에 안전한 곳을 물색했다. 그들은 대오를 벌려서 강의 얼음 두께를 점검했다. 몇 마리 말이 미끄러져 넘어지면서 얼음이 얇은 곳이 깨지는 바람에 강물 속에 빠져 힝힝 소리를 지르기도 했다. 몇몇 병사도 중심을 잃고 무거운 무기를 두께가 얇은 얼음 위에 떨어뜨리자 강바닥이 깨졌다. 강바닥 얼음이 여기저기서 깨지자 균열들은 삐걱거리며 구멍이 되었고 구멍은 삽시간에 내川가 되었다. 강의 빠른 물살이 말과 병기들을 금세 삼켰고 뒤따르던 병사들도 휩쓸어 가 버렸다. 세찬 바람이 마치 누군가를 무거운 회초리로 때려죽이기라도 하려는 듯이 드넓은 언 강을 매섭게 때리고 또 때렸다.

높다란 산성 요새에 모여든 조선 병사와 관헌들은 이 광경을 놀란 가슴으로 내려다보았다. 위험에 대비해서 왕은 왕비와 세자를 비롯한 두 왕자와 중신들 그리고 그 가족들을 급히 강화산성으로 보냈던 것이다. 임금은 병조판서 이시원으로부터 청의 침략이 임박하다는 경고를 듣자마자 이 조치를 취했다. 요새의 사령관 사공 장군과 그의 부사령관 진 장군은 3천여 명의 병사를 거느리고 왕실과 조정 요인들을 수비하고 있었다.

적들이 섬을 향해 다가오자 조선 병사들은 요새에서 대포를 쐈다. 성안 백성들은 큰 돌을 쉴 새 없이 나르며 쇠뇌를 쏘는 병사들을 도왔다. 사방에서 폭탄이 터지고 돌팔매질이 비 오듯 쏟아지자 청군 병사들은 얼어붙은 강바닥에 무더기로 쓰러졌다. 대포가 강바닥에 떨어져 큰 구멍들이 여기저기 뚫리자 수많은 병사들이 비명을 지르며 강물 속으로 빠지기도 했다.

하지만 나머지 주력 부대 청군 병사들이 거대한 파도처럼 강화도로 밀려들었다. 그들은 재빨리 가파른 산성 절벽을 꼭대기까지 올라가기 위해 사다리를 여러 군데 세웠다. 성안 민군 합동의 화살과 끓는 물과 돌팔매질 세례를 받고 몇 개 사다리들은 무너졌다. 사다리가 하나 무너지면 몇 개가 다시 세워졌다. 끝내는 성문을 부수고 사다리를 타고 적병들이 요새 안으로 쏟아져 들어왔다. 칼들이 부딪치고 창이 불꽃을 튀겼다. 피비린내 나는 전투가 이어졌으나 그리 오래가지 않았다. 사공 장군이 숨지고 부사령관 진동민이 도주하자 조선 병사들과 주민들은 금세 우왕좌왕 지리멸렬하고 말았다. 전투 경험이 많은 청군 병사들에 압도되어 항복한 조선군 병사들은 무기를 내려놓고 포로가 되었다. 왕실 가족과 중신들과 그들의 가족들도 그 자리에서 인질이 되고 말았다.

성채가 함락되자 청군 병사들은 음식과 귀중품을 약탈하기 시작했다. 한양에서 피난 온 이들이 요새에 머문 기간이 두 달가량 되다 보니 성안에 귀중품이란 씨도 없었다.

전사한 병사의 시체가 어디나 수북수북 산더미처럼 쌓여 있었다. 그 전사자들 가운데에는 진수 마을과 만심사의 용감한 의용대원들도 있었다. 이장 이길손과 그의 사촌 이필손, 그리고 보상 스님도 목숨을 잃고 말았다. 마을과 절의 어린 소년들과 동자승들 역시 안타깝게도 죽음을 피하지 못했다.

"부처님, 제 목숨을 제발 구해 주십시오." 동자승 신구원이 큰 바위틈에 숨어 그 무시무시한 전투를 지켜보면서 두 손을 비비며 열심히 빌었다.

부상한 두 마을 주민과 승려 몇 명과 함께 신구원은 간신히 살아남아 의용대의 영웅적인 행적을 증언했다. 사공 장군은 전사했고 진 장군은 상황이 절망적인 것을 깨닫고 도망쳤다. 진동민은 농부의 옷으로 갈아입고 요새에서 전투가 가장 치열하게 벌어질 때 그 틈을 타고 번개같이 사라졌다.

하골대는 산성을 완전히 장악하고 조선 왕비, 왕자들, 고관대작과 그의 가족들, 그리고 그의 몸종들을 모두 포로와 인질로 끌고 떠날 채비를 하였다.

"나는 내 딸을 놔두고 떠날 수 없어요!" 시녀가 주의를 주었는데도 연약한 노인네는 정신없이 울면서 하소연했다. "우리 딸이 오늘 아침에 많은 여인네들하고 같이 나갔어요. 내 딸이 빨리 돌아오게 해 주시요!"

조선말을 할 줄 아는 한 청군 장교가 떠나기를 거부하며 미친 듯이 울부짖는 이 늙은 여인의 말을 듣고 산성에 있던 여러 부녀자들과 여종들이 감쪽같이 사라졌다는 것을 알게 되었다. 그는 이 사실을 곧바로 하골대에게 알렸다.

추격대가 당장 그들을 잡으러 급파됐다.

그 전날 저녁 비밀리에 모인 자리에서 이 여자들의 가족과 친지들이 그들에게 도망치기를 권했다.

"이 요새에서 모든 사람이 인질이 되어야 하는 것은 아니잖아? 너희들은 이 섬을 잘 아니까 살아남기 쉬울 거야. 그러니 도망들 가세." 연로한 대신 어른이 그들을 강하게 설득했다.

"우리가 어떻게 사랑하는 가족을 두고 도망칠 수 있겠어요!" 연로한 어머님을 모시고 온 전 대제학의 딸 창녕 성씨가 말도 안 된다는 듯이 대답했다.

"단 한 사람이라도 더 살아남아야지." 대신 어른은 다시 재촉했다.

그래서 해가 뜨기 전에 오십 명가량의 부녀자들과 그의 몸종들이 비밀 통로로 피신했다. 그들은 병사들을 돕기 위해 연료와 무기로 쓸 장작과 돌멩이를 모으면서 요새 주변의 지형에 익숙하게 되었다. 전투 중에는 그들이 치마에 돌을 담아 나르고 끓는 물을 날라다 주면서 병사들을 도왔다.

그들은 험준한 바위 뒤에서 어떻게 할 것인가를 의논하고 있는 중에 청군 병사들이 그들을 잡으러 오는 것을 보았다.

"저기 적군 병사들이 우리를 잡으러 오네! 이를 어쩌지?" 춘천 허 씨는 후들후들 떨며 외쳤다.

"잡혀서 낯선 땅에서 노비가 되느니 차라리 바다에 몸을 던지는 편이 훨씬 낫지요!" 이미 남편이 세상을 떠난 전 이조판서의 부인 안 변 한 씨는 떨리는 목소리로 주장했다.

"우리가 여기서 죽어 버리면 연로하신 저의 부모님은 어떻게 되겠어요? 노후에 돌보아 드릴 사람 하나 없이. 어머님께서는 건강도 좋지 않으신데…." 뛰어난 유학자이자 대재학의 외동딸 창녕 성 씨는 그의 몸종을 붙잡고 안절부절못하면서 신음했다.

성 씨는 요새에 남아 있는 연로하고 몸도 아픈 어머니와 몸종의 건강과 안전을 위해 빌었다. 이들 일행의 도주 사실을 멋도 모르고 발설한 노파가 바로 그녀의 어머니였다.

"우리 절대 헛되이 죽지는 맙시다. 죽더라도 죽음으로 무언가를 이뤄야지요." 전 병조판서의 딸로서 젊고 담대한 담양 고 씨가 외쳤다. "왜장을 껴안고 남강에 몸을 던진 용감한 기생 논개를 다시 기억합시다. 우리도 적병을 하나씩 껴안고 강에 뛰어듭시다. 우리가 논개보다 용기가 없어서야 되겠어요?"

"우리는 죽음을 두려워해서는 안 됩니다. 살겠다고 버둥거리다 죽느니 차라리 죽더라도 한번 싸워서 뜻을 이루는 것이 백 번, 천 번 옳지요." 유명한 벼슬아치 유학자의 딸 순천 박 씨가 고무된 목소리로 외쳤다.

"이승은 다만 우리가 잠시 머무는 곳일 뿐입니다. 조만간 우린 그림자처럼 저승으로 사라지게 됩니다. 적병이 우리의 저승길을 재촉하네요. 혼백은 죽음을 두려워하지 않습니다. 우리의 몸은 죽더라도 우리의 혼백은 영원할 겁니다." 순천 박 씨의 나이 많고 지혜로운 여종이 용기를 북돋아 주었다.

모두 바닷물이 용솟음치며 흐르는 서해 가파른 절벽 위에 우뚝 솟아오른 큰 바위 끝에 결연히 섰다.

청군 병사들이 말에서 뛰어내려 그들을 잡으러 쏜살같이 달려왔다.

도망칠 곳도 없는 아녀자들은 은장도를 뽑아 들었고 그 주변을 몸종들이 부들부들 떨며 둘러싸고 있었다.

병사들이 그녀들을 에워쌌다.

"저희 가족들을 돌보아 주소서! 그들의 목숨을 지켜 주소서!" 모두 눈물을 흘리며 간절히 빌었다.

눈 깜빡할 사이에 세 여인네가 병사 하나를 움켜잡고 바다로 뛰어내렸다. 거기에 함께 간 다른 여인네들도 둘 셋씩 짝을 지어 그들 뒤를 따라 병사들을 붙잡고 바다로 뛰어들었다.

이 여인네들의 예기치 못한 놀라운 행동을 보고 청군 병사들은 꼼짝달싹 못 하고 그 자리에 멍하니 한참 머무적거렸다.

"부녀자들이 우리 병사를 붙잡고 눈 깜빡할 사이에 바다로 뛰어들었습니다. 우리가 그들을 떨쳐 버릴 틈도 없이 오히려 우리 병사들을 틀어잡고 함께 바다로 사라졌습니다." 산성 요새로 급히 돌아온 병사들 중 하나가 이 끔찍한 사건을 하골대에게 보고했다.

"무어라고? 병사가 얼마나 죽었단 말이냐?" 장군은 화를 벌컥 내며 물었다.

"한 스무 명가량 잃었습니다." 다른 병사가 머리를 숙이며 대답했다.

"미친 것들!" 하골대는 발을 동동 구르며 귀한 인질들과 자기 병사를 함께 잃은 것을 크게 노여워하며 욕설을 퍼부었다.

이 여인들의 가족과 친지들은 뜨거운 눈물을 흘렸다.

"민영아! 민영아!" 창녕 성 씨 노모는 이 소식을 듣자마자 딸의 이름을 미친 듯이 애타게 불렀다.

한참 동안 땅을 치며 울부짖다가 노모는 그 자리에서 몸종이 지켜보는 가운데 쓰러져 숨을 거두었다.

요새에서 작전을 마친 하골대는 조선 인질들을 끌고 그의 병사들과 함께 다시 한양으로 돌아갔다. 그는 강화산성에서 요인들을 인질로 잡았으나 반반한 전리품은 별로 손에 넣지 못했다. 뜻밖에도 산성으로 진격하는 길에 병졸 수백 명을 잃었지만 요새를 함락시켰기에 그는 의기양양했다. 승전가를 부르며 한양으로 행진했다. 돌아가는 길에는 의용대를 다시 만나지 않았다. 한양에 도착하자 그는 부관들에게 포로들을 자기 동생 하율대 장군에게 데려가게 하고 자신은 태종의 전투력을 보강하기 위해 곧바로 남한산성으로 떠났다.

25

청군의 남한산성 포위

하골대가 도착하기 전에 이미 남한산성의 피난민들에게 상황은 나날이 절망적이 되어 가고 있었다. 전투가 계속되자 요새는 죽음의 터 같은 적막감이 감돌았다. 소, 돼지, 염소, 말, 닭이나 오리 등 동물들의 소리가 사라진 지도 오래되었다. 개 짖는 소리는 벌써 그쳤고 쥐들마저도 더 이상 찍찍거리지 않았다. 굶주린 아이들도 칭얼거리거나 울 기운마저 잃었다.

임금과 신료들은 벌써 산성에서 한 달 넘게 꼼짝달싹 못 하는 신세였다. 그들은 불안하고 안절부절 어쩔 줄 몰랐다. 그들이 예상했던 적의 자진 후퇴는 일어나지 않았다. 항복할 것인가 아니면 끝까지 항쟁할 것인가에 대한 신료들의 허황된 논의만이 격렬하게 지속되었다. 여러 날째 임금은 비축한 식량이 떨어져 가는데 자신의 신료들이 조선의 운명을 놓고 다투는 것을 지켜보았다. 신료들의 관복은 그들의 비쩍 마른 몸에 헐겁고 초라하게 드리워져 있었다.

산성 밖에서는 청군 병사들이 매일같이 조선의 임금에게 나와서 고두叩頭; 곤경하는 뜻으로 머리를 땅에 조아림를 하라고 야유를 퍼부었다. 조선의 병사들이 야유로 답하면 그들은 요새 안으로 총과 화살을 쏘고 폭탄과 쇠뇌를 퍼부었다. 임금은 청군 병사들이 속히 떠날 것으로 예상했으나 그들이 싸움을 거두려는 징후는 조금도 없었다. 적은 전쟁을 오랫동안 끌어 성채 안에 있는 모든 사람을 굶겨 죽일 작정인 것 같았다.

요새 안에서는 청을 지지하는 파와 명을 지지하는 파가 항복 문제를 놓고 격론을 벌이고 있었다.

"전하, 새롭게 일어나는 청을 지지하는 것이 이롭습니다. 그들을 승인하지 않는 실수를 반복해서는 안 되옵니다." 이조판서 조철구가 아뢰었다.

이조판서를 따르는 자들은 조선이 항복을 해서라도 청과 협상을 해야 된다고 주장했다.

"전하, 임진왜란 때 우리를 도와 왜를 물리쳐준 명의 은혜를 저버릴 수 없사옵니다." 예조판서 길삼윤은 명을 지지하고 임금에게 끝까지 항전할 것을 건의했다.

"명의 은혜를 입은 것은 사실이나 우리는 그 은혜를 이미 넉넉히 갚았습니다. 몇 해 전에 만주벌에서 명군과 청군이 싸울 때 당시 주상이던 광해군께서 명의 요청을 받아들여 1만 3천의 지원군을 보내지 않았습니까? 우리 군사가 전멸하다시피 했고 그래서 광해군께서 명과 동맹을 하지 않는 중립정책을 쓰셨지요. 광해군의 정책은 명과 청 심지어 조선 조정 내에서도 다 지지받지 못했습니다. 근자에도 명이 조선의 도움을 받아 북방에서 청의 침략을 물리칠 수 있지 않았습니까? 우리 지원군은 이시원 병조판서와 임영업 장군의 유능한 지휘를 받아 훌륭히 싸웠습니다. 병판은 물론 기억하고 계시겠지요?" 이조판서가 말했다.

"기억합니다." 이시원 판서는 고개를 끄덕이며 대답했다.

"우리는 오랫동안 동맹인 명과 친선 관계를 유지해 왔습니다. 이 병판께서는 명에 원군을 청하러 사신이 파견되었다고 말씀하셨지요?

그런데 원군은 어디에 있습니까? 왜 명은 우리가 청과 싸우는 것을 돕지 않는 것입니까? 청은 명의 적이기도 한데 말입니다." 예조판서가 질문했다.

"저도 그 점을 궁금히 여기고 있습니다. 지금쯤은 회답이 왔어야 하는데요." 이시원이 예조판서의 질문에 대답했다. "임영업 장군도 그의 병력을 이끌고 여기 왔어야 하는데요. 우리가 여기 도착하고 곧 의주의 임 장군에게 파발꾼을 보냈습니다. 그들이 무사히 임 장군과 만나 임장군 중원군이 곧 오기를 기다리고 있습니다."

"우리가 청의 침략을 물리칠 수 있게 도왔는데도 신의 없는 명은 근자에 자객을 밀파해서 이시원 병판과 임영업 장군을 살해하려 하지 않았습니까? 명은 우리의 비옥한 땅을 탐내고 우리를 신하의 나라로 조공을 바치게 하려 하고 있습니다. 이 병판은 불과 얼마 전에 주상 전하와 우리 신료들에게 명 자객의 이야기를 하지 않았소?" 이조판서가 상기시켰다.

"맞습니다. 제가 얼마 전에 주상 전하와 중신들에게 명나라 자객이 저와 임 장군을 암살하려 했음을 보고했습니다." 이시원은 이조판서의 말을 받아들였다.

"비록 그렇다 해도 명은 항상 우리를 지켜 주고 위기가 닥치면 지원해 주었지요. 의병의 봉기가 있고 임 장군의 군사가 머지않아 도착하고 명의 원군이 온다면 우리가 오랑캐 군을 우리 땅에서 몰아낼 수 있지 않겠소?" 예조판서가 물었다.

"예판께서 말씀하신 병력은 모두 불확실하고 애매모호한 것이요. 말씀하신 조건이 모두 실현이 된다면야 오랑캐 병사들을 이 땅에서 몰아낼 수 있을지도 모르지요. 그러나 명으로 말하자면 최근에 자객을 보낸 일로 미루어 보아 지극히 신뢰할 수 없는 것 아니겠소이까? 명이 우리에게 원군을 보낼 것 같지는 않소이다. 그뿐만 아니라 명은 이제 곧 천명天命을 잃을 터이니 명과 한편이 되어서는 안 된다고 생각합니다. 제가 판단하기로는 명의 종말이 다가오고 있습니다. 우리는 지는 편과 한배를 타서는 안 됩니다." 이조판서는 간절히 설득했다.

"원수들이 한 배를 타고 강을 건너다가 풍랑을 만나면 왼손이 오른손을 돕듯이 서로 도울 것이오." 시원은 설득했다. "우리의 요청이 전해지기만 하면 명은 반드시 우리를 도우러 올 것이오. 우리 남한산성 사령관 장용기 장군이 이조판서의 근심을 잠재워 드릴 수 있을 것이오."

"주상 전하, 불행히도 우리가 애초에 오랑캐 군이 속히 물러갈 것으로 생각했던 예측은 맞지를 않았사옵니다." 장용기 장군은 말문을 열었다. "지금까지 의병과 승병들이 우리를 도우러 왔습니다. 우리는 그들과 합세해서 대포와 쇠뇌를 쏘고 합동 전투를 벌여서 전과를 거뒀습니다. 이 요새 안에 있는 사찰 가운데 제일 큰 행원사의 원무 스님도 승려 5백 명을 파견해서 우리 병사들과 함께 그들을 도왔습니다. 그러나 그 합동 작전도 적을 패퇴시키기에는 역부족이었습니다. 결과는 다를 수 없지요. 의병들은 대부분 훈련도 받지 못하고 무기라야 농기구뿐인 농민과 죄수들입니다. 승병들의 지팡이 역시 적병의 창검과 화포 앞에서는 힘을 쓸 수가 없는 상태였지요. 하여 다른 결과가 나오기는 불가하지요."

"장 장군, 다른 곳에서 전투가 벌어지고 있는지 소식을 들으셨소?" 이조판서가 물었다.

"예 대감. 한양산성 사령관 송홍구 장군이 한양에서 패퇴하고 문경에 내려가서 전열을 정비하고 있다고 들었습니다. 강화도 요새와 수원에서 전투가 벌어지고 있습니다. 여기서 가까운 김포에서 농민들과 승려들이 의용대를 조직하여 성공적으로 기습 작전을 벌였답니다. 그리고 수원 광교산에서 김용준 의병대장과 그 휘하의 농민군이 승리하였답니다. 하여 우리 쪽의 사기가 자못 고무되었기는 합니다." 장 장군이 아뢰었다.

그 고무적인 소식을 듣고 임금과 신료들은 잠시나마 흐뭇해했다.

"팔도에서 급히 소집된 구원 부대가 여기 와서 바람 앞에 낙엽처럼 흩어지는 것을 불과 얼마 전에 다들 보셨지요." 장 장군이 상기시켰다. "정규군이 그들을 보강하려 했지만 청군의 사기를 꺾지는 못했습니다. 훈련이 잘되고 군기가 엄정한 청군은 병력수와 병기에서 조선의 병사와 병기를 압도했습니다. 우리 병사들과 승병들이 의병을 도우려 했으나 안타깝게도 그들은 거의 모두 다 목숨을 잃고 말았습니다."

"장 장군, 그 전투에서 우리 군사가 얼마나 전사했습니까?" 예조판서가 물었다.

"약 2천 명의 병사와 1백여 명의 승군이 목숨을 잃었고, 그 전의 지원 전투에서는 거의 2천 5백 명의 병사와 3백 명의 승군이 죽었습니다." 장 장군이 보고했다. "의주로 가는 길은 경비가 삼엄하다고 합니다. 임 장군에게 보낸 병판의 파발꾼이 그 경계를 뚫고 의주까지 도달하지 못했을 수도 있지요. 운이 좋아 그 경비를 뚫고 나가서 서찰을 전했더라도 이제 너무 늦어서 우리에게 큰 도움이 되지 못할 것 같습니다."

'그래서 임 장군으로부터 아무런 소식이 오지 않는 것일까?' 시원은 문득 속으로 생각했다.

"게다가 병판이 명에 보낸 사신은 일기가 나빠서 명까지 가지 못했을 수도 있습니다. 거센 풍랑으로 많은 선박이 전복되었다는 보고가 들어오고 있으니까요." 장 장군이 거들었다.

"전복된 배들 중에 우리 사신이 타고 있던 배도 있다던가요?" 예조판서가 물었다.

"아직은 모릅니다, 길 대감. 더구나 생존자가 없다면 알아볼 길이 없지요. 사신 중에 살아난 자가 있으면 원군이 지금쯤 도착할 텐데 말입니다." 장 장군이 대답했다. "이제는 청군의 항구 경비가 강화되어 조선과 명의 바닷길 연락은 이루어지기 어렵게 되었습니다."

장 장군의 보고를 듣고 임금과 신료들은 낙담했다.

"전하, 이 참담한 보고를 드리기가 황공하기 짝이 없사옵니다. 그래도 우리 요새는 난공불락이고 청군의 무기에 아직껏 큰 재해를 입지 않았습니다. 지금까지는 어떤 적도 우리 성안에 들어오지 못했습니다. 우리가 언 강이 녹을 때까지 버틸 수만 있다면 청군은 귀국하는 데 크나큰 애로를 겪을 것입니다. 그때 원군이 온다면 우리는 전력을 다해서 그들과 협공 작전을 벌일 수 있을 텐데 말입니다." 장 장군은 깊은숨을 들이마시며 보고를 끝냈다.

장 장군의 생각은 특히 조 판서와 그의 추종자들에게서 지지를 받지 못했다. 그의 보고는 모두를 근심케 했다.

예조판서와 그의 추종자들은 장 장군의 생각을 적극 환영했다. 그들은 청의 요구에 굴하는 것에 극렬히 반대했다. 임금에게 오랑캐의 요구를 수락하지 말고 끝까지 싸울 것을 간청하며. 비록 얼음이 녹아 한강 물이 넘쳐흐를 때까지 기다린다 하더라도.

"전하, 우리는 청과의 협상을 언제까지나 미룰 수 있는 형편이 아니옵니다. 우리에게 남아 있는 길은 협상밖에 다른 방도가 없사옵니다. 우리가 과거에 명과 화친했던 것은 사실입니다. 그러나 현재 명이 우리를 대하는 태도는 얼마 전의 자객 사건에서 보듯이 우호적이라고만은 볼 수 없습니다." 이조판서가 말했다.

"전하, 지금 우리는 청과 전쟁 중이고 어떤 역경에서라도 우리 백성과 강토를 지켜 내야 하옵니다. 화친은 평화가 아니고 굴복입니다. 협상은 항복을 뜻하고 항복은 죽음과 다를 바 없습니다." 예조판서는 반론을 제기했다.

"주상 전하, 우리의 현 상황은 적이 우리의 성문을 깨부술 태세에 있고 우리의 강토는 마치 풍전등화와 같사옵니다. 전쟁에서도 우리 백성의 목숨을 최소한으로 희생하는 것이 치자治者의 도리일 것이옵니다. 우리가 이 구실 저 구실로 어진 백성과 국익을 희생시키는 독선을 저질러선 안 됩니다. 우리는 우리 앞에 바짝 다가선 이 혹독하고 참담한 정세를 결코 외면할 수 없습니다. 중원의 주인이 바뀌면 주위의 국가들이 하늘의 뜻을 받아들이는 것이 온당합니다. 우리만 무작정 무모하게 정세를 거역할 수는 없사옵니다." 이조판서가 말했다.

"주상 전하, 이판의 말씀은 달변이나 공허하고 무용한 말이옵니다. 그는 우리의 국익이나 정의를 존중하지 않습니다. 그는 마치 울부짖으며 노래하고 눈물 흘리며 웃는 사람과 같습니다. 그의 말에 귀를 기울여서는 안 되옵니다." 예조판서는 강렬히 권고했다.

"전하. 너무 늦기 전에 항복을 하셔야 하옵니다. 우리는 식량과 물이 없어서 모두 굶어 죽고 붕괴되기 직전인데 우리가 붕괴되면 누가 우리를 위해 협상을 합니까? 우리는 속이 부글부글 끓더라도 겉으로는 좋은 얼굴을 보여야만 하옵니다!" 이조판서가 주장했다.

임금은 신료들의 상반된 주장 사이에서 흔들렸다. 적이 요새의 문 앞에서 아우성치고 있지만 양쪽 다 상대편의 의견에 귀를 기울이려 하지 않는다는 것이 분명했다.

시원은 장 장군과 계속 상의하고 있었기 때문에 상황이 절망적임을 알았다. 그는 이 막다른 길에서 빠져나갈 출구를 모색하느라 여러 날 밤잠을 설쳤다. 음식과 물이 점점 고갈돼 가고 있었다. 비밀 지하 통로와 문을 통해 마지막으로 반입된 물자만으로는 산성 식구들 목에 풀칠하기에도 크게 모자랐다. 그는 여러 개의 비밀 보급통로 중에 하나가 적군에 의해 봉쇄된 것이 아닐까 하는 생각이 들었다. 청 군들과의 이 거칠고 끈질긴 전쟁을 종식시킬 희망은 전혀 없어 보였 다. 장 장군이 지적했듯이 각 도에서 급히 소집된 의병들도 모두 패 배했고 적의 세력을 약화시키지 못했다. 승병들 역시 같은 운명을 맞 았다. 시원은 화전和戰파와 주전主戰파 두 진영 사이에 끼어서 난감한 입장이 되었다. 그는 양편을 합의에 이르는 방향으로 이끌거나 왕에 게 확실한 제안을 하지 못했다. 장 장군의 상황 파악이 옳다면 명의 원군이나 임영업 장군 부대의 도착을 기대할 수가 없는 것 아닌가!

이 위기에서 최선의 출구는 무엇인가? 명은 과거에 조선의 후원자 였으나 근자에 조선을 복속시키려는 속셈을 드러냈다. 그 매혹적인 자객의 모습이 아직도 시원의 뇌리에 생생하게 박혀 있었다. 명에 대 한 그의 불신은 쉽게 해소될 사안이 아니었다.

반면 무엇이 청으로 하여금 조선을 침략하게 한 것일까? 하기야 조명 연합군에 패배했으니 우리에게 보복하겠다는 것도 있겠고. 그 들은 조선을 침략한 다음 명을 정복하려는 의도일까? 시원은 청 지 배자에 대해 의문이 많았다. 그 수많은 의문에 대해 명확한 답은 하 나도 없었다. 시원은 유능하고 사리에 밝은 아내의 조언이 몹시 아 쉬웠다. 그의 가족은 잘 있을까? 물론 아내는 그녀의 신통력으로 온 가족을 안전하게 지켜 줄 것이다. 아내의 사랑이 담긴 말을 떠올리며 시원은 자기 목에 매달린 부적이든 주머니를 만지자 근심이 조금 진 정되었다.

장 장군의 보고가 있은 다음날 반가운 소식이 도착했다. 말 타고 달리면 남한산성에서 반나절 거리에 있는 문경 고모산 요새의 송흥 구 장군의 전령이 왔다. 송 장군은 한양산성 사령관이었지만 청의 마 부대 장군에 패퇴하여 문경으로 퇴각했다. 그는 패해서 흩어진 부하 병사들을 다시 모으고 문경 지방에서 군사를 더 모집해서 고모산 요새에서 훈련시켰다. 그는 지금 전투 준비가 되어 있는 병력을 약 만명 보유하고 있었다. 그래서 그는 남한산성 일대의 지리를 잘 아는 전령을 보내서 적의 봉쇄를 뚫도록 했다.

"전하, 송홍구 장군의 문후問候를 전하옵니다. 그가 의병 1만여 명을 수합해서 닷새 뒤에 남한산성의 수비를 강화하러 도착할 것입니다." 전령은 절을 올리며 말했다.

"정말 반가운 소식이도다." 임금은 오랜만에 밝은 표정으로 전령을 바라보며 말했다.

그리고 그 자리에 있던 문무 대신들이 이 뜻밖의 기쁜 소식에 고무되었다.

시원과 장 장군은 전투 계획을 짰다. 그들은 전령에게 그들의 전투 계획이 담긴 서신을 들려서 송 장군에게 돌려보냈다. 이 사실은 신속히 원무 스님에게도 전달되었다. 스님은 행원사와 주변 사찰 승려들을 모아 전투 훈련을 시켜 요새의 병사들과 함께 싸울 준비가 되어 있다고 전갈을 보냈다. 장 장군은 군사들을 맹훈련시켰다. 요새에는 전운이 감돌았다. 중원군의 도착이 가까워 오자 성안에는 다시한번 기대감이 넘쳤다.

닷샛날 아침에 장 장군과 이시원은 지휘소에서 적의 동향을 살폈다. 그들은 요새 주위에서 엄청난 전투 구호가 터져 나오는 것을 들었다. 문경에서의 중원부대가 도착한 것이었다. 깃발이 날리고 북이 울리는 가운데 격렬한 전투가 전개되었다. 아침 공기 속에서 칼날이 부딪치고 포탄이 터지는 소리가 산성 안팎에 울려 퍼졌다.

이시원 병판은 주상과 대신들을 보호하기 위해 2천여 명의 호위병들과 병사들과 함께 요새를 방어하기로 했다. 장 장군은 그의 군사를 이끌고 송 장군의 병력 지원에 나서게 됐다. 원무 스님은 천 명의 승군을 이끌고 도착했다. 그는 합장 인사를 한 뒤 장 장군과 이 판서의 손을 잡고 승리를 기원했다.

"전하, 우리는 있는 힘을 다하여 송홍구 장군과 같이 용감하게 오랑캐 군사를 물리치겠사옵니다." 장 장군이 임금에게 경례를 하고 5천여 명의 군사들과 동문 밖으로 나갔다.

시원은 군사들을 잘 대비시켜 놓고 공격수들을 성 난간에 전투자세로 배치했다.

장 장군의 병사들은 달려나가 전투에 참가했다. 청군 병사들은 두 조선 군대 사이에 낀 신세가 되었다. 원무 스님과 그의 승려들은 청군의 옆구리를 공격했다. 칼이 부딪치고 창이 창과 맞닥뜨리며 불꽃이 치솟았다. 화살이 쌩쌩 스쳐 가고 병사들이 시체가 되어 나뒹굴었다. 여기저기서 포탄이 터졌다. 전쟁터는 피로 얼룩졌다.

그때 갑자기 강화도 전투의 승리에 사기가 충천한 하골대의 청군 부대가 숲속에서 나타났다. 예기치 못한 청군의 증원부대가 요새의 사람들에게 얼마나 큰 위협이 되는가를 장 장군은 즉각 깨달았다.

"후퇴하라!" 장 장군은 철수 명령을 즉시 내렸다.

병사들은 요새 안으로 후퇴했다. 적군이 쏜살같이 추격해 왔으나 성채에서 화살이 비 오듯 쏟아져 내리는 바람에 추격을 멈추고 머뭇거렸다.

원무 스님과 그의 승병들은 엉거주춤 머무적거리며 흩어지는 청병들을 도륙하며 장 장군 뒤를 따라 요새로 피신했다.

"전하, 곧 오랑캐 증원군이 또다시 성문 가까이까지 더 강하게 공격해 올 것이옵니다." 장 장군은 근심스러워 하는 임금과 그의 신료들 앞에서 설명했다

시원과 장 장군은 요새 주 망루에서 전투를 낙담 속에 지켜보았

다. 송홍구 장군의 병사들은 맥을 못 추고 있었다. 막대기와 낫, 호미 같은 농기구를 들고 싸우는 그들을 사정없이 목을 베고 가슴을 찔러 죽이는 청군 병사들의 검과 창 앞에서 속수무책이었다. 송 장군 병사들은 한동안 용감하게 전투를 벌였으나 패해서 도주하고 말았다.

장 장군이 예상한 대로 청군 병사들은 이제 전력을 집중해서 요새를 공격했다. 남한산성은 성문을 보호하기 위해 성문 밖으로 또한 겹의 성벽을 쌓은 옹성이 있다. 또한 적의 움직임을 관찰하기 위해 성곽 요지 곳곳에 있는 돈대와 비밀통로인 암문 등도 갖췄다. 그러나 크고 두꺼운 통나무로 청군 수십 명이 번갈아 가며 달려들어 남문을 부수기 시작했다.

"아, 하늘이 짐을 버리시는구나! 나라의 멸망이 촌각에 이르렀으니 나의 심경은 이루 말할 수 없구나! 일찍이 이 나라에 이런 암담한 위기가 닥친 일이 있었는가? 내 무슨 낯으로 선왕님들을 뵈오리오?" 임금이 소리 내어 신음했다.

바로 그때 임금은 밖에서 큰소리를 들었다. 그 소리를 내는 사람이 누구인가 보려고 왕은 이시원과 다른 신료들과 함께 내다보았다.

"전하, 저는 병조판서 이시원의 내자인 정렬부인이옵니다. 조선은 망하지 않습니다. 그리 슬퍼하지 마시옵소서. 하지만 지금 당장은 우리 강토가 폐허가 되고 백성이 무자비하게 살육당하는 것을 막기 위해서 청에 일단 항복하는 수밖에 없사옵니다." 남장을 하고 낮은 구름 위에 선 여인이 임금에게 절하고 결연히 말했다.

시원은 부인을 보고 크게 놀랐다.

"전하, 병조판서가 임영업 장군에게 보낸 원군을 청하는 서신은 의주에 제때에 도달하지 못할 것이옵니다. 그래서 산성의 방어에 도움이 되지 못할 것 같습니다. 청군 병사들이 여기서부터 의주까지의 길을 한 뼘도 남기지 않고 지키고 있사옵니다. 백마산성 요새의 수비대장에게 가는 모든 파발꾼을 다 검거하고 있습니다. 또한 여기서부터 의주까지의 모든 봉화대를 다 장악해서 봉화가 하나도 오르지 못하옵니다." 정렬부인이 아뢰었다.

시원은 아내를 보자마자 반갑고 마음이 벅찼다. 그러나 이 비통한 소식을 듣자마자 그런 마음은 곧 사라졌다.

"또한 여쭙기 황송하오나 병조판서께서 명에 보낸 사신은 험한 일기를 만나 배가 서해에서 전복되는 바람에 익사하여 명에 이르지 못했사옵니다. 따라서 명에서 올 원군도 없사옵니다."

시원은 이 소식을 듣고 가슴이 철렁했다.

"또한 천근같은 심정으로 전하께 강화도 요새가 함락되었음을 아뢰옵니다. 왕실 가족과 모든 충신들이 인질로 잡혔으나 상해를 입지는 않았습니다. 그러니 그 점은 걱정을 마시옵소서." 박 씨가 안심을 시켰다.

임금은 큰 충격을 받고 거기에 쓰러졌다. 시원과 신료들이 급히 왕을 부축했다. 임금은 서서히 평정을 회복하고 일어섰다. 그리고 부축하는 사람들을 물리쳤다.

"전하! 머지않은 장래에 청은 조선에 대해 저지른 이 끔찍한 죄에 대한 응징을 받게 될 것이옵니다. 저는 신통력을 발휘해서 3만, 심지어 10만의 청군을 죽일 수 있지만 그것은 지금으로는 천명天命과 인간의 능력을 넘는 것입니다. 전하, 지금 당장 적을 처치하지 못하는 것을 널리 용서하여 주시옵소서." 박 씨는 그 말을 끝으로 임금에게 절한 뒤 홀연히 사라졌다.

시원의 기대는 단숨에 다 무너지고 말았다.

이 끔찍한 말에도 불구하고 임금은 정렬부인의 혜안에 한 가닥 용기를 얻었다. 그는 시원에게 나가서 청태종과 항복 조건을 협상하도록 지시했다.

시원이 항복의 신호를 보내자, 청군이 남문 부시는 일을 멈췄다. 시원은 그 문을 열고 나가 임금의 항복 뜻을 청태종에게 전했다.

이틀 후에 임금은 눈물을 머금은 그의 신하들과 함께 삼전도로 걸어가서 항복의식을 치렀다. 원무 스님은 절반도 안 남은 그의 승려들과 함께 눈물을 흘리며 행원사 인근의 산정에서 왕의 굴욕을 지켜보았다. 거기에는 급히 마련한 9층의 황토 제단이 마련되어 있었다. 청태종은 고두를 요구했다. 조선 임금은 거부했으나 청군 병사들이 그를 강제로 실행토록 했다. 그는 그 차가운 제단 위에서 청태종애게 세 번 꿇어앉아 절하고 아홉 번 머리를 조아렸다. 그는 건국시조들이 명으로부터 받은 인장을 바치겠다고 맹세했다. 청 황제에게 무릎을 꿇는 것은 5천 년 우리나라 역사에서 임금이 당해 본 처음이자 최악의 굴욕이었다. 온 나라 백성이 처음 겪은 치욕은 말할 것도 없고.

임금에게 가해지는 모욕은 참을 수 없는 것이었다. 이 굴욕의 장면을 목격한 무기력할 대로 무기력해진 대신들과 신료들은 수치와 절망에 치를 떨면서 눈물을 한없이 쏟았다. 항복은 인조와 그의 신료들이 남한산성에 피란한 지 45일 만이었다. 그사이에 헤아릴 수 없는 숫자의 병사와 백성이 목숨을 잃었다.

이 통한의 장소에 예조판서 길삼윤은 배석하지 않았다. 명의 편이 되라는 자기의 권고를 임금이 받아들이지 않자 그는 낙담했다. 그는 최후의 전투가 있기도 전에 농민으로 변장하고 요새를 슬그머니 홀로 빠져나갔다.

"강화도에서 많은 귀인을 인질로 잡아 왔사옵니다." 하골대는 그의 황제 앞에서 뽐냈다.

하골대의 말은 인조를 더욱 고통스럽게 했다. 그의 가족과 충신들이 포로가 되었다는 사실을 확인하자 인조는 다시 한번 억장이 무너지듯 가슴이 아팠다.

"아뢰옵기 황송하오나 장군의 동생 하율대 장군이 피화당에서 박씨 시녀의 손에 죽었습니다. 그리고 우리 병사들도 그 요사스럽고 끔찍한 곳에서 유령 병사들에게 모조리 죽임을 당했다고 합니다." 조선 임금의 고두가 끝난 뒤 마 장군의 부하가 와서 하골대에게 고했다.

"누가 내 동생을 죽였다고?" 하골대는 화들짝 놀라며 외쳤다. 그는 한동안 뜻밖의 슬픔과 분노를 못 참고 허둥대다가 복수를 결심했다.

청태종은 자기의 훌륭한 장수 하나를 잃은 사실에 대로했다. 그는 죽은 장수의 형에게 심심한 위로를 표하고 인조에게 자기의 귀한 장군의 죽음에 대해서 개인적으로 책임을 묻겠다고 했다. 그리고 조선에 무거운 벌을 내렸다. 그는 조선을 청의 조공국으로 선포하고 거액의 보화와 다수의 인질을 요구했다.

인조는 항복 문서에 서명했다. 그 문서에는 여러 가지 조항이 있었다. 특히 네 가지 항목이 가슴이 찢어지는 듯 아팠다. 첫째, 조선은 명과의 관계를 단절할 것. 둘째, 조선은 청의 책력과 연호를 쓸 것. 셋째, 청이 명을 정벌할 때는 조선은 무기와 병사를 지원할 것. 그리고 네 번째로 해마다 조공을 바칠 것.

아바하이는 항복 문서를 수령함으로써 조선과 군신 관계를 맺었다. 그는 하골대에게 뒤처리를 일임하고 마 장군과 함께 자기 나라로 급히 돌아갔다. 그들이 떠나고 난 뒤에도 청군 병사들은 전리품을 찾겠다고 산성을 샅샅이 뒤졌다. 그러나 산성은 늦은 봄 가뭄에 쪼들릴 대로 쪼들린 텅 빈 시골 농가 곳간처럼 아무것도 없었다. 한 톨의 곡식도 남아 있지 않았다. 귀중품도 이미 사라졌다. 잔뜩 화가 난 하골대는 군사들을 산성에서 철수하며 한양에 주둔 중인 죽은 동생의 군대와 합류하기 위해 한양으로 진군을 명했다.

26
무릎 꿇은 청군 장수

아바하이가 만주로 떠난 후 하골대는 참을 수 없는 슬픔과 고뇌에 빠졌다. 먼저 그는 부관들과 함께 자기 군대의 주력 부대를 한양으로 돌려보냈다. 부관 채목림, 습개룡과 함께 약 1천 명의 군졸만 거느리고 박 씨의 집을 향해 말을 달렸다.

"여기서 멈춰라." 박 씨의 저택에 근접했을 때 그는 부하들에게 신호를 보냈다.

잎사귀 없는 앙상한 나뭇가지 위에 높이 매달린 동생의 괴이한 목이 곧바로 그의 눈에 들어왔다.

"조선의 왕이 대청국에 항복했는데 누가 감히 내 동생을 죽였단 말이냐?" 하골대는 주체할 수 없는 슬픔과 분노에 크게 소리쳤다.

병졸 여러 명이 대문으로 급히 뛰어가자마자 두꺼운 나무 대문을 때려 부수고 대문의 틀까지도 무너뜨렸다. 문틀은 와당탕 소리를 내며 떨어졌다. 장군은 집안을 살폈다. 그러나 집안은 죽음 같은 적막감만 흘렀다. 아무런 인기척도 없었다. 그는 병졸의 반을 습개룡과 함께 부서진 문 앞에 남겨 두었다.

"습개룡 부관, 경계를 늦추지 말고 여기 있다가 무슨 이상한 조짐이 나타나면 얼른 보고하시오." 하골대가 지시했다.

"예, 그리하겠습니다." 습개룡이 곧장 답했다.

하골대는 말에서 내려와 채목림과 나머지 병졸들을 이끌고 바깥채로 진입했다. 그곳에는 하인들 방과 헛간 그리고 마구간이 있을 뿐이었다. 군사들은 바깥채를 샅샅이 뒤졌다. 그리고 중문을 사정없이 부숴 버렸다. 넓은 마당은 여자들이 거처하는 안채와 남자들이 거처하는 사랑채로 낮은 벽을 사이에 두고 나뉘어 있었다. 병사들은 하율대를 죽인 자를 찾기 위해 오른쪽의 사랑채 방들을 뒤졌다. 왼쪽편 안채로 통하는 작은 문도 부숴 버리고 병졸들이 그곳으로 뛰어들어가서 모든 방들을 이 잡듯이 뒤졌다. 안채의 끝 쪽에 위치한 부엌을 보고 음식을 샅샅이 찾았지만 식품저장실은 텅텅 비어 있었다. 어느 방에도 사람의 흔적은 없었다.

하골대가 주위를 둘러보니 밖에 나무들이 보였다. 나무들은 저택 서쪽으로 있는 안채의 긴 담을 따라서 쭉 심겨 있었다. 그담 끝에는 지붕이 있는 작은 문이 밖으로 통하게 되어있었다. 하골대는 머리로 문 쪽을 가리켰다. 그의 신호에 따라 병졸들이 즉시 그 문을 때려부셨다. 문의 지붕이 떨어져 내렸고 문간 벽도 일부 무너졌다. 그 사이에 뚫린 구멍 너머로 하골대는 빽빽하게 심어진 나무들 가운데 들어서는 길이 나 있는 것을 보았다. 한겨울이었는데도 나무들은 싱싱하고 잎이 무성했다. 이 울타리 숲은 오색 눈안개에 쌓여 있었다. 그가 그 틈으로 가서 보았더니 사방이 나무로 둘러싸인 드넓은 공터가 있고 그 한가운데에도 몇 그루 큰 나무가 자리 잡고 있는 것이 보였다. 자세히 보니 초가집 한 채와 연못 하나가 가운데 나무 울타리 사이사이로 겨우 보일락 말락 했다.

"장군님, 여기 나무들이 정렬한 모습을 잘 보십시오. 삼국 시대의 위대한 전략가 제갈량이 썼던 진법으로 배치되어 있습니다. 제갈량은 이 진법으로 적을 여지없이 무찔렀지요. 장군님, 그 안으로 들어

가서서는 안 됩니다. 너무 불길해 보입니다." 하골대가 그 속으로 들어가려 하자 부관 채목림이 하골대의 소매를 당기며 말렸다.

"내 동생의 원수를 갚겠다는데 나를 막으려는 것이냐?" 하골대는 크게 화를 내며 물었다.

"그건 아닙니다, 장군님. 다만 저 속으로 들어가시면 장군님의 목숨이 위태롭다는 말씀을 드리려는 것뿐입니다." 채목림이 대답했다.

"내 동생을 죽인 놈을 반드시 찾아내서 죄를 물어야 동생의 원한을 풀고 이곳을 떠날 수가 있다. 병사들은 무조건 나를 따르라." 하골대는 부관의 주의를 무시하고 불호령을 내렸다.

채목림은 위험 신호를 감지했으나 상관의 명을 따르는 수밖에 없었다. 그는 장군을 따라 내달렸다. 병사들도 장군 뒤를 따라 마당으로 들어갔다.

"자, 대오를 벌려서 나무들을 베어라!" 하골대가 명령했다.

병사들이 나무에 손을 대기도 전에 우당탕 고막을 찢는 천둥 번개가 치고 땅에는 검은 눈안개가 펼쳐졌다. 갑자기 어둠이 짙게 깔린 마당에 나무들은 재빨리 무시무시한 동물들로 변했다—청룡, 백호, 주작, 그리고 현무로. 마당 한가운데 있는 몇 그루 큰 나무들은 무시무시한 무기가 되었다. 동물들은 곧 갑옷과 투구를 쓴 유령으로 바뀌었다. 그들은 공중으로 뛰어 올라가 말을 타고 내려와 무기를 움켜쥐면서 진격했다. 마당은 어느새 큰 벌판으로 변했다. 울긋불긋한 깃발을 펼치면서 그들은 간장이 서늘한 격전 구호를 외치며 공격했다.

병졸들은 공중에서부터 귀가 멍멍해지는 소리를 내며 그들의 목을 향해 달려드는 유령 전사들에게 기가 질렸다. 짙은 눈안개 속에서 그들의 형상은 뚜렷하게 보이지 않았다. 그래서 병졸들은 그 유령군의 무자비한 공격에 속수무책이었다. 유령 병사들을 공격해 봤자 칼이 그들의 몸을 그냥 공기처럼 가르고 들어갔다. 유령 병사들을 죽이려는 칼이 대신 그들 동료 병졸들을 무턱대고 찔렀다. 이렇게 되니 청군 병사들은 사기가 죽었고 맞서 싸울 용기마저 잃었다. 공황에 빠진 그들은 한꺼번에 떼로 몰려 도망치려 했다. 무수한 병졸들이 그 혼란 속에서 밟혀 죽었고 그들의 시체가 그 오두막의 마당을 뒤덮었다.

"안채로 후퇴하라!" 장군은 퇴각 명령을 내렸다.

청군 병졸들이 마당을 떠나자 유령 병사들도 금세 사라졌다. 드넓은 벌판은 온데간데없고 파란 하늘 아래에서 나무들이 다시 제자리에 울타리를 이루며 자연스럽게 서 있었다. 하골대는 그것을 보고 눈이 휘둥그레졌다. 그가 이 모든 혼란스러운 일들을 정신 차리고 헤아려 보기도 전에 무너진 문 사이로 한 소녀가 늠름히 서 있는 것을 보았다.

"하골대야, 내가 네 동생의 머리를 벴단다. 너도 같은 꼴을 당하고 싶으냐?" 소녀는 마당에서 조심스럽게 발끝으로 걸어 나오며 그에게 말을 걸었다.

"이 못난 계집애 같으니. 네년이 누군데 감히 내 동생을 죽였다고?" 하골대는 이빨을 드러내며 으르렁거렸다.

"나는 박 씨 마님의 몸종이다. 나의 주인 아씨께서 너희 나라 말을 할 능력과 너의 동생을 죽일 힘을 주셨다. 하율대가 내 목을 치려고 했기 때문에 그를 죽였다." 미화의 대답은 오만하기 짝이 없었다.

"너같이 한주먹도 안 되는 것이 어찌 감히 내 동생을 죽였다는 말을 오만방자하게 한단 말이냐? 나는 너와 오두막에 있는 자 모두를 목을 쳐 죽이겠다!" 하골대는 치솟는 분을 참지 못해 내뱉듯이 소리쳤다.

미화는 그의 말을 비웃듯 침을 뱉었다.

벌컥 치솟는 분노로 헉헉대며 정신을 잃은 채 하골대는 미화에게 한 무더기 화살을 쏘았다.

미화는 화살들을 모두 손으로 잡아서 한꺼번에 넓적다리에 대고 부러뜨렸다.

더욱 격노해진 하골대는 부하들에게 그녀에게 화살을 쏘라고 명령했다.

미화에게 화살이 비 오듯 쏟아졌다. 그는 곧바로 오른손 검지와 중지를 들어 올리고 주문을 외웠다. 그러자 화살이 반대 방향으로 되돌아 날아갔다.

청군 병졸들은 넋을 잃고 자기들이 쏜 화살에 맞아 죽었다.

"하하하, 위대한 청군 장수가 할 수 있는 것이 고작 그 정도냐?" 미화는 하골대를 비웃었다.

분노로 눈에 불을 뿜으면서 하골대는 그의 무시무시한 칼을 뽑아 들고 소녀에게 달려들려고 했다.

"장군님, 대오를 가다듬어 오두막에 있는 자들을 혼내 줄 방도를 다시 찾아보는 게 좋겠습니다." 채목림이 또 한 번 상관의 격분을 막아 보려 애썼다.

"좋다!" 하골대가 동의했다.

하골대도 그 요사스럽고 끔찍한 마당과 울타리 숲에 다시 뛰어들고 싶지는 않았다.

머리는 벙벙하고 뱃속은 뒤집힐 대로 다 뒤집힌 장군이 아직 살아남은 부하들을 이끌고 밖에서 기다리고 있는 부대와 합류하려 하자, 소녀는 오두막의 마당으로 급히 달아났다.

"저 오두막 안에 있는 자들을 항복시킬 무슨 묘안이 없느냐?" 하골대는 치밀어 오르는 화를 꾹꾹 삭이며 부하들에게 소리쳤다.

"장군님, 조선의 조정 고관을 데려다가 저들에게 항복하라고 명령하게 하는 것이 어떻습니까?" 채목림이 제안했다.

"그래 누굴 데려오겠다는 거야?" 하골대가 물었다.

"장군님, 우리의 연락관이 방금 전해 오기를 영의정과 그 추종자들은 왕의 일행과 달리 한양을 떠나지 않았다고 합니다. 그러니 그들을 찾아낼 수 있을 겁니다." 습개룡이 의견을 말했다.

"습 장군, 당장 가서 영의정과 그 무리를 이리로 데려오시오." 하골대가 명했다.

"예!" 습 장군은 상관의 명령을 받들어 급히 부하들과 떠났다.

영의정 김오만은 이 전쟁 북새통에서도 대여섯 명의 추종세력 관리들과 그의 집에 숨어 술자리를 벌이고 있었다. 그의 하수인들은 청의 침략 소식이 전해져 왔을 때 그와 함께 궁궐에 있었다. 소식을 듣고 그들은 공포에 질려 거리로 뛰쳐나가서 놀란 군중들 사이를 뚫고 영상의 집에 모였다. 안동 김 씨 세도 가문의 고래등 같은 저택은 궁궐 서쪽 한적한 곳에 자리 잡고 있었다. 수십 명의 호위무사가 이미 저택의 넓은 경내에 배치되어 있었다. 들끓는 혼란 속에서 아무 데도 가지 못한 김오만의 똘마니들은 청군이 수도를 점령하고부터 계속 그 저택에 눌러 붙어있었다. 밤낮 술에 빠져 지내며 그들은 이 난리 속에서도 '어떻게 나라를 오랑캐들로부터 구조해야 하는가?' 하는 데에는 티끌만큼의 관심도 없었다. 그들은 '정적들을 조정의 관직에서 어떻게 몰아낼까?'하는 음모만을 자나 깨나 꾸몄다. 이시원이 그들의 축출 대상 제1호였다.

"청군 오랑캐들이 한양에서 우리 백성들을 살육하고 강탈하고 그리고 인질로 끌고 갑니다. 한양의 길거리는 백성들의 피가 더께더께 쌓였답니다. 우리까지 다 몰살당하기 전에 도망칩시다." 한 똘마니가 술잔을 든 손을 부들부들 떨면서 취한 목소리로 말했다.

"도망치기엔 너무 늦었소. 도망칠 곳도 없고." 겁에 질린 한 목소리가 토를 달았다.

"우리도 모두 죽게 생겼소!" 술 취한 또 하나의 목소리가 신음하듯 내뱉었다. "우리가 설령 이 난리에 살아남는다 하더라도 주상을 버린 반역자로 낙인이 찍힐 거요. 무슨 의논이 소용 있겠소? 우리가 병판을 없앨 백만 가지 수를 생각해 낸들 이 북새통에 무슨 수를 쓸 수 있겠소?"

"어허, 이 사람들아 우린 결코 밀리지도 않고 또 죽지도 않네. 그러니 술들이나 마시게." 김오만은 고개를 꼿꼿이 들고 말했다. "조금도 걱정할 필요는 없네. 사태가 어떻게 될지 몰라서 나는 우리 목숨을 구할 방도를 이미 생각해 놨다네. 자네들은 모두 내 사촌 김영만을 알지 않는가. 실은, 내가 제안해서 그가 자기 수하 한 사람을 청군 장수 부관으로 넣었다네. 그래서 그는 청나라 군대의 동향을 얻어 듣고 내게 전해 주고 있다네."

"그래서 병판을 그렇게 끝까지 매몰차게 반대하신 거로군요!" 교활하게 생긴 하수인 하나가 금방 눈치채고 말했다.

"역시 대단하십니다, 영상 대감! 이리 안심이 될 수가! 사촌을 조선과 청의 중개인으로 이용하시다니 얼마나 절묘하십니까! 그러니까 청이 우리 조정의 일을 모두 알고 있었던 게로군요!" 눈이 날카롭고 코에 사마귀가 달린 한 수하가 말했다.

"그렇다네. 앞을 내다봐야 하지 않는가. 그러니까 줄타기를 잘해 사태를 잘 이용하면 이 나라가 속국이 되더라도 우리는 안전하다네. 따라서 침략자들 생각은 잊어버리세. 그 대신 우리는 조정에서 어떻게 우리 힘을 더 강성하게 할 수 있을지를 골똘히 궁리해야 하네. 우리 앞을 방해하는 자는 누구든 가차 없이 목을 베야 하네. 그러니까 먼저 이시원을 제거해야지." 김오만이 모든 수하들에게 상기시켰다.

"우리들의 결의를 위해 이 잔을 비웁시다!" 영상의 바로 옆에 앉은 한 수하가 신나서 큰소리로 외쳤다.

떨리는 손으로 모두 술잔을 높이 들어 올려 건배했다. 그러고는 금방 마음의 안정을 되찾은 듯 모두 떠들썩한 취흥에 몸을 내맡겼다.

영상 저택을 찾아온 청군 병사들이 술자리를 덮쳤다. 그들의 수색 목표물은 만취 상태에 있었다. 침입자들은 신속히 수십 명의 호위무사를 제압했다. 호위무사들은 한번 버텨보지도 못하고 순식간에 나포되어 전원이 피화당으로 끌려갔다.

"장군님, 여기 조선 영의정과 그의 수하들 그리고 호위무사들을 모두 끌고 왔습니다." 습 장군이 꿇어앉아서 두 손을 모으는 예를 올리며 보고했다.

"수고했소, 습 장군." 하골대가 말했다.

병사 중 하나가 기가 꺾여 고개 숙인 김오만을 앞쪽으로 떠밀었다.

"너희들의 지존이 우리 황제에게 고두의 예를 올렸다. 그러니 너는 이제 내 부하이고 내 말을 따라야 한다. 내 부하들은 오랜 조선 원정으로 지칠 대로 지쳤다. 네 부하들을 시켜 피화당에 있는 인간들을 붙잡아서 우리에게 즉각 항복하게 만들어라. 네가 내 말에 복종하지 않으면 네 목이 굴러떨어질 줄 알아라!" 하골대가 크게 선심을 쓰는 어조로 명령했다.

"예, 장군님의 신하로서 소인 김오만은 모든 명령을 충실히 이행하겠습니다." 역관이 하골대의 말을 통역하자 영상은 아첨조로 그에게 고개를 다시 숙여 겁에 질린 목소리로 말했다.

김오만이 평소에 보여 준 오만과 자부심은 흔적도 없었다.

비록 모두가 그의 무능을 비판했지만 김오만은 그의 정치적 실책에 대해 후회도 가책도 없었다. 얼굴에도 가슴에도 철판을 간 후안무치의 비인간이었다. 그에게는 조국을 침략자로부터 지키려는 의지가 눈곱만큼도 없었다. 충성스럽고 신의 있는 신하들은 임금을 수행해서

452

남한산성으로 갔다. 하지만 그가 총애하는 수하들은 한양에 남아 숨었다. 그의 오직 한 가지 관심사는 이시원을 제거하는 것뿐이었다. 그는 그의 굴욕과 불운을 모두 이시원의 탓으로 돌리고 있었다. 그는 청군 장수에게 협조함으로써 자기 목숨과 지위만 구하고자 했다.

한 병졸이 김오만을 부서진 대문으로 밀었다. 시원에게 복수할 기회가 왔다는 생각에 들뜬 그의 눈은 악마의 섬광을 내뿜었다. 그는 안채에서 오두막으로 연결된 무너진 문으로 걸어 들어갔다. 그러자 천둥 번개가 요란하게 쳤다. 깜짝 놀란 김오만은 문 밖으로 튀어나왔다. 눈 깜박할 사이에 소름 끼치는 굉음이 사라졌다. 가슴을 가다듬고 그는 호기심에 차서, 자기 앞에 열려진 드넓은 공터를 살폈다. 거기에 험상스러운 시체가 수북수북 쌓여 있는 것을 보고 그는 가슴이 철렁 내려앉았다. 손으로 가슴을 쓰다듬으면서 누가 죽인 시체들일까? 하고 궁금하게 여겼다.

"나는 영의정 김오만이다." 얼굴을 찡그리며 그는 열린 틈 안쪽으로 소리쳤다. "오두막에 있는 자들은 모조리 나와서 항복해라. 주상께서 이미 항복하셨으니 너희는 저항해야 아무 소용이 없다!"

오두막에서는 침묵만이 흘렀다.

"항복하면 너희 목숨만은 살려 주마. 그렇지 않는다면 너희들은 주상 전하의 명령을 거역하는 것이 된다. 너희들의 어리석은 저항은 우리 주상에 대한 불복이요 불충이 되는 것임을 알아라." 영상은 쉰 목소리를 짜내어 거듭 큰소리로 촉구했다.

오두막에서는 아무 반응도 없었다.

"당장 저들을 오두막에서 나오게 해 내 앞에 무릎을 꿇게 하라!" 하골대는 이제 권위가 힘을 발하지 못하게 된 영의정을 향해 냅다 소리 질렀다.

김오만은 어쩔 줄을 모르고 멍하니 서 있었다.

"이리 돌아와서 내 앞에 무릎을 꿇어라! 내 명령을 안 들으면 네 목숨이 위험할 줄 알아라!" 김오만이 아무런 성과를 내지 못하자 노발대발한 하골대는 인내심을 잃고 최후통첩을 내렸다.

기가 죽은 김오만이 집 밖으로 나서자마자, 고막을 찢을 듯한 폭발이 일어났다. 땅이 갑자기 갈라지고 여기저기 큰 구덩이가 생겼다. 그 굉음이 어찌나 컸던지 병졸들이 깜짝 놀라서 풀쩍 뛰어 물러섰다. 그리고 한참 동안 돌부처처럼 꼼짝달싹 않고 멀거니 서 있었다. 오두막과 마당을 뺑 둘러서 넓은 구덩이가 입을 벌렸다. 그 구덩이는 깊고 넓었다. 그래서 바깥에서 오두막과 마당으로 들어갈 길이 금세 사라졌다.

"아니 웬 소리냐? 무슨 일이 생긴 거냐?" 굉음에 놀란 하골대가 물었다.

"장군님. 오두막에 불을 놓아서 사람들을 나오게 할 수 있지 않겠습니까? 화약을 구덩이에 던져 넣어서 불을 붙이면 연기 때문에 모두 기어 나와서 자수할 수밖에 없지 않겠습니까?" 김오만이 하골대에게 은근히 다가가며 제안했다.

"좋은 생각이오! 습 장군. 화약을 갖고 오시오. 그걸 구덩이에 던져 넣고 불을 붙이시오!" 역관이 김오만의 말을 옮기자 하골대가 외쳤다.

화약이 집 앞의 깊은 구덩이에 던져졌다. 그리고 급히 꺾은 소나무 가지에 기름을 뿌려 불을 붙여서 구덩이 안으로 던져 넣었다. 화약이 우지직 소리를 내고 불꽃이 튀며 요란한 폭발이 일어났다. 검은 연기가 뭉게구름처럼 피어올라 저택과 오두막으로 흘러 들어갔다. 폭발의 충격으로 안채의 바깥 담장 일부가 무너져 내렸다. 불꽃이 소나무에까지 튀었다. 그러자 불기둥이 솟구쳐 올랐고 저택을 집어삼킬 듯이 보였다. 이상하게도 오두막 마당을 둘러싼 나무들에는 불이 옮겨붙지 않았다.

오두막 안에 있는 사람들은 밖에서 풍겨 오는 화염의 매캐한 냄새에 몸을 떨었다. 그들은 한데 모여 웅크리고 눈을 감고 빌었다.

"하늘이시여, 타 죽지 않도록 보살펴 주소서." 부인 남양 홍 씨는 큰소리로 외쳤다.

"그저 마음을 가라앉히고 가만히 계시면 아무 해도 안 받으십니다." 박 씨가 친척들의 공포를 달래면서 말했다. 그녀는 모두에게 주의하도록 당부하고 재빨리 마당으로 나섰다.

소나무에서 연기가 나기 시작했고 안채 마당 나무들에도 불이 붙고 있었다. 안채가 불에 탈위기에 있었다. 박 씨는 안채 마당으로 뛰어 들어가 민첩하게 왼쪽 옷소매에서 오색의 수실이 달린 염주를 꺼냈다. 그리고 그것을 대문이 있었던 곳 근처의 구덩이에 던져 넣었다. 그러고는 오른쪽 옷소매에서 붉고 흰 옥 부채를 꺼냈다. 오른손에 빨간 부채를, 왼손에 흰 부채를 쥐고 주문을 외운 다음 부채로 구덩이의 불을 부채질하기 시작했다. 그러자 바람이 반대 방향으로 불었다.

바람이 일어서 불길을 삼키더니 공중으로 높이 솟구치게 했다. 거대한 불의 혀가 청군 병사들 쪽을 핥았다. 불길의 방향이 갑자기 바뀌니 병사들은 질겁했다. 공황에 빠져 그들은 우왕좌왕 피할 길을 찾았다. 강풍이 불똥을 흩어 놓자 불에 타는 나뭇가지들과 뜨거운 재가 그들 위로 쏟아져 내려 순식간에 저택 바깥은 불가마가 됐다. 이 대혼란 속에서 병사들은 불에 타 죽거나 밟혀 죽었다.

"장군님, 계 씨季氏는 이미 죽었는데 그의 복수를 위해서 이 무고한 병사들을 다 죽이실 생각입니까?" 전의를 상실한 채목림은 갑옷에서 재를 털어 내며 단도직입적으로 물었다.

하골대는 부관의 그 매서운 한마디를 꿀꺽 삼켜야 했다. 그는 오두막의 마당으로 뛰어 들어가서 눈에 보이는 모든 것을 때려 부수고 싶은 강렬한 충동을 억눌러야 했다. 아무리 억장이 무너진 듯 억울하고, 끝까지 인정하고 싶지 않아도 그는 하나뿐인 동생이 죽었다는 엄연한 사실을 받아들일 수밖에 없었다. 그는 죽은 동생의 복수를 위해 더 이상 병사들의 생명을 희생시킬 수는 없었다. 박 씨를 무릎 꿇리려던 그의 시도는 좌절되었다. 박 씨의 강력한 마술과 초능력에 맞설 힘이 그에게 없음을 뒤늦게나마 깨달았다. 그리고 그는 남한산성에서 부하가 자기 동생 죽음에 대해 했든 말이 생각났다. '… 우리 병사들도 그 요사스럽고 끔찍한 곳에서 유령 병사들에게 모조리 죽임을 당했다…'

"우리 모두 여길 떠나자." 하골대는 이를 바드득바드득 갈며 명령했다. 결코 내키지 않았지만 후퇴를 결정했다.

그러자 불길이 금세 꺼졌다. 신기하게도 집을 둘러싼 구덩이가 눈 깜짝할 사이에 사라졌다.

"내 동생의 목을 주시오. 집에 가서 제대로 장사나 지내 주고 싶소." 하골대는 말 머리를 돌리기 전에 애원하듯 요구했다.

"우리나라와 백성에게 이런 참혹한 살상, 파괴, 그리고 패악을 자행하고도 감히 동생의 목을 요구할 수 있단 말이냐?" 부서진 앞문으로 나온 박 씨는 평소에는 듣기 힘든 어조로 분노에 찬 고함을 질렀다. "절대로 돌려줄 수 없다! 네 동생의 해골은 옻칠을 해서 술잔으로 만들어질 것이다. 그리고 이 끔찍한 변란의 기념물로 한양의 광장에 전시될 것이다. 나는 그것으로써 너희가 우리 강토에 끼친 이 흉측한 재앙으로 뼈에 사무친 우리 백성의 한을 조금이나마 어루만져 주려 한다. 그러니까 아무리 애원해도 네 동생의 목을 절대로 돌려줄 수는 없다."

하골대는 자존심을 꿀컥 삼키고 한양 성곽으로 퇴진할 수밖에 없었다. 아무 데에도 쓸모없는 조선의 영의정은 두 손을 묶어 한 기마병이 끌고 갔다.

"살려 주시오! 나는 영의정 김오만이오. 김영만 장군이 내 사촌이오. 그의 부화는 청군의 맹장 마부타이의 부관이오! 나를 이렇게 대하면 안 되오!" 김오만이 큰소리로 애원했다.

하골대는 그의 말을 들은 체도 않고 무시해 버렸다.

김오만은 기마병 말의 보폭과 보조를 맞출 수 없어서 비틀거렸다. 그는 발을 헛디디며 넘어지기를 반복하면서 질질 끌려가며 공포에 떨었다. 그러나 그의 비참한 몰골을 보고도 아무도 도와주지 않았다. 그의 그늘에서 호의호식하던 똘마니들이나 호위무사들조차도 그를 돕지 않았다. 그는 끝내 청군 말발굽에 밟혀 죽었다. 사악하고 이기적인 반역자에 걸맞은 비천한 죽음의 마지막 모습이었다.

대덕궁에서 자기 동생의 나머지 병사들과 다시 합류한 하골대는 귀국 준비를 서둘렀다. 청나라 황제는 자기 동생이 약탈한 산더미 같은 전리품을 싣고 귀국한 반면, 하골대는 수천 명의 포로를 데리고 귀국해야 했다. 가족들 품에서 강제로 탈취한 부녀자 인질만 해도 두 줄로 세워서 끝이 보이지 않았다. 포로들 중에는 중전과 세자, 대군, 청과의 강화를 끝까지 반대했던 홍익한, 윤집, 오달제 삼학사와 여러 신료들과 그의 가족들이 포함되어 있었다.

"철수!" 오른팔을 쳐든 하골대는 목청을 높여 행진 명령을 내렸다. 그가 떠나려 할 때 하늘에서부터 크고 뚜렷한 목소리가 들려 왔다.

"하골대, 네 이놈! 너는 네 동생보다 조금도 나은 게 없구나. 너는 영락없이 오랑캐다. 네 어찌 감히 우리 중전 마마를 모시고 간다는 말이냐. 중전 마마는 이국에 끌려가는 자식들을 그리워하며 조국에서 조용히 사시도록 해라." 박 씨가 남장을 하고 낮은 구름 위에 칼을 빼 들고 서서 말했다.

"저년을 쏘아 떨어뜨려라!" 박 씨가 하골대의 죽은 동생을 다시 들먹이자 가슴속 깊이 묻힌 뼈아픈 상처가 되살아난 듯 크게 소리쳤다.

열대여섯 명의 청 최고수 명사수가 나란히 꿇어앉아 일제히 박 씨를 향해 화살을 쏘아 댔다.

부인은 칼로 화살을 쉽게 쳐냈다. 칼에 동강 난 화살이 땅에 수북이 쌓였다. 그리고 그는 재빨리 칼을 던져 사수들의 목을 쳐 죽였다. 피투성이가 된 그들의 목이 데굴데굴 굴러떨어졌다. 그의 피 묻은 칼은 즉각 박 씨 손으로 되돌아 오자마자 사라졌다.

하골대와 그의 부하들은 비명을 질렀다. 또 한 차례 박 씨의 마법과 초능력의 힘을 맛보며 서 있는 그들은 그 자리에서 얼어붙은 듯 공포에 떨었다.

"자, 이쯤 되면 우리 중전 마마를 남겨 두고 가겠느냐?" 박 씨가 소리쳤다.

"우리가 강화도에서 잡은 포로이니 우리 청국까지 데리고 가겠다!" 하골대는 돌처럼 굳은 얼굴로 거절했다.

"내 요청을 거절한다면 너와 네 부하가 한 놈도 무사히 귀국하지 못하도록 하겠다." 박 씨가 엄히 경고했다.

"나는 내 포로들의 머리카락 하나도 포기하지 않겠다." 하골대는 입에 거품을 내뿜었다.

"네 말을 그대로 삼키게 만들겠다!" 박 씨가 외쳤다.

"내 마음은 변하지 않는다." 하골대는 끄떡없다는 듯이 턱을 내밀고 으르렁댔다.

"너는 당장 그 성급한 생각을 후회하게 될 것이다!" 박 씨는 엄중히 경고하고 주문을 다시 외웠다.

즉각, 쌍무지개가 떠올랐다. 그리고 맑은 하늘을 검은 구름이 갑자기 뒤덮더니 비가 폭포처럼 쏟아졌다. 뒤이어 싸늘한 돌풍이 불더니 비가 우박으로 변했다. 주먹만 한 우박이 청군을 향해 우두둑우두둑 떨어졌다. 그들은 비명을 지르며 우박을 피하려고 애썼다. 삽시간에 모든 것이 얼어 버렸다. 청군은 언 땅에서 한 발짝도 움직일 수가 없었다. 그들은 울부짖으며 애걸복걸했다.

하골대는 말의 옆구리를 찼으나 말은 발을 떼지 못했다. 그는 미친 듯이 고삐를 잡아챘지만 말은 힝힝거리고 머리를 흔들면서 콧김을 불어 댈 뿐이었다. 말이 몸부림치자 고삐 줄마저 힘없이 끊어졌다. 그러나 말의 발은 땅에 얼어붙어 있었다. 하골대는 이렇게도 저렇게도 할 수 없었다. 그는 재빨리 말에서 내려와 갑옷과 투구를 벗었다. 그리고 그는 박 씨 앞으로 다가가 언 땅 위에 무릎을 꿇었다. 다른 장수들도 그의 본보기를 따랐다. 그들은 칼을 얼어붙은 땅 위에 내려놓고 무릎을 꿇고 손으로 땅을 짚는 오랑캐식 예를 행했다. 이렇게 엎드린 자세로 그들은 용서를 빌었다.

"제 부관들과 저는 조선 사람 누구에게도 무릎을 꿇은 일이 없소. 조선 왕에게조차도." 하골대는 머리 숙여 말했다. "그러나 부인께 무릎을 꿇었소. 너그럽게 우리를 귀국할 수 있게 해 주시기를 빕니다. 분부대로 중전을 이 땅에 계시도록 하겠소."

"두 왕자와 신료들을 비롯한 우리 백성 누구라도 해를 입으면 내가 직접 너희 나라로 가서 내 이 두 손으로 너희 황제의 목을 벨 것이다. 내 말 잘 알아들었느냐?" 박 씨가 경고했다.

부인은 구름에서 몇 바퀴 재주넘어 땅으로 내려와서 무릎을 꿇은 장군을 위에서 노려보며 우뚝 서 있었다.

"예. 포로 중에 누구라도 해를 입거나 학대를 받지 않도록 살피겠습니다." 하골대는 애원하는 자세로 언 땅 위에 엎드린 채 선언했다.

"나는 만 리 밖에서 일어나는 일을 내다볼 수 있다. 네가 내 말을 어긴다면 나는 즉시 그것을 알 것이다. 그러면 내가 너를 쫓아가서 네 부하를 하나도 남김없이 죽일 것이다. 그리고 너희 나라도 무너뜨릴 것이다." 박 씨는 맹세했다.

"우리가 지금 떠나면 언제쯤 사랑하는 가족과 조국을 다시 볼 날이 오겠소?" 한 여자 포로가 눈물을 흘리며 울부짖었다.

"만주에서 그대의 몸을 잘 돌보고 참을성 있게 때를 기다린다면 3년 후에는 풀려나서 조국으로 돌아오게 되실 것이오." 애처로운 감정이 다시 복받친 박 씨는 목멘 소리로 얘기했다.

밧줄에 묶여서 통곡하며 낯선 나라로 끌려가는 남자와 여자, 그리고 어린아이들의 끝없는 줄은 참으로, 참으로 눈물겹고 비통한 광경이었다. 그들의 울부짖음이 하늘과 땅을 뒤흔들었다. 그들의 처참한 모습에 마음 아파하면서 박 씨는 자기가 시댁에서 보냈던 외롭고 고단했던 3년 세월이 문득 떠올랐다. 땅도, 산도, 사람도 낯선 나라에서 그들의 운명은 그녀의 불행하고 참담했던 3년보다 몇백 배나 더 비참할 것이었다.

"우리가 만 리나 떨어진 만주 벌판에서 어떻게 3년이나 귀양살이를 견딘단 말입니까?" 한 포로가 그들 모두가 떨치기 어려운 불평과 불안감을 토로했다. "이 오랑캐들의 노예가 되느니 차라리 이 땅에서 죽고 싶습니다. 우리가 대체 무슨 죄를 지었길래 이렇게 비참하고 비굴한 신세가 된단 말입니까? 이 노예 상태에서 우리를 지금 당장 해방시켜 주세요!"

그러자 모든 여자들이 더 크게 울부짖었다.

"용기를 갖고 꾹꾹 참으며 더 나은 날을 기다리십시오. 희망을 잃지 않고 기다리는 분은 모두 자유를 얻을 것임을 약속합니다." 박 씨 스스로도 북받치는 감정을 억누르며 말을 잇지 못하고 흘러내리는 눈물을 닦았다.

박 씨는 주술을 풀어서 청군 병사들을 언 땅에서 풀려나도록 했고 하늘은 본래 색깔로 돌아왔다.

"아, 이제 움직일 수 있네! 이제 집에 갈 수 있겠다!" 얼어붙었던 두 다리로 껑충껑충 뛰며 흥분한 병사들은 탄성을 지르며 환호했다.

"내 부하들은 완전히 지쳤고 집으로 돌아가기를 간절히 바라고 있소. 나는 제일 직통로인 의주를 경유해서 귀국하려 하오. 우리 귀국의 안전은 조선 국왕이 우리 황제에게 항복함으로써 보장되었소." 하골대가 말했다.

"나는 다만 딴 길을 경유한다면 압록강 변에 버들강아지가 싹틀지도 모른다는 말을 할 수 있을 뿐이오. 그렇게 되면 장군과 부하들은 귀국이 힘들어질 수도 있소. 어떤 길을 택하느냐는 당신 마음에 달렸소." 박 씨가 조언했다.

포로들을 끌고 가면서 하골대는 그녀의 말을 생각했다. 조선으로 침략하는 길에는 임영업 장군과의 대결을 피하기 위해서 의주를 우회해서 내려왔었다. 이제 그 저명한 장군을 만난다는 생각이 하골대를 들뜨게 했다. 조선의 왕이 이미 항복했으니까 임 장군을 두려워할 이유는 없었다. 그보다는 압록강 얼음이 녹는 것이 더 걱정스러웠다. 그의 병사들과 엄청난 수효의 인질들이 불어난 강을 헤엄쳐 건너야 한다면 그야말로 악몽 같은 상황이 벌어질 것이기 때문이다.

중전 마마는 신속히 박 씨에게 인도되었다. 그리고 청군은 떠났다.
박 씨는 신통력으로 만든 자신의 복제인간을 미화에게 급히 보내 가마를 가져오도록 했다. 복제인간은 미화가 가마를 나르는 하인들과 함께 도착하기도 전에 번개처럼 되돌아와서 박 씨 몸속으로 합쳐졌다. 중전은 재빨리 피화당으로 모셔졌다.

중전이 가마에서 내리자 오두막에 있던 일가들이 나와서 큰절을 올리며 맞았다. 중전은 안채에 황급히 마련한 방으로 안내되었다.

"중전 마마, 누추한 곳에 모신 것을 널리 용서하시옵소서." 박 씨는 사죄했다.

"그런 말은 입 밖에 내지도 마시오." 중전은 고마워 어쩔 줄을 몰랐다.

잠시 뒤 마음의 안정을 되찾은 중전은 사랑하는 조국의 수난을 슬퍼하며 눈물을 쏟았다.

"잡혀간 내 아들들, 충신들과 그의 가족들, 그리고 말할 수 없이 엄청난 수효의 백성들이 만 리 낯선 땅에서 어떻게 살아갈 수 있을 건고?" 중전 마마는 흐르는 눈물을 닦으면서 격정을 토로했다. "그들이 오랑캐들에게 포박당해 끌려가는 것을 보니 내 가슴이 찢어지는 것 같았소. 내 이 슬픔을 어찌 필설로 다 표현할 수 있겠소."

"중전 마마. 3년 후에는 이 치욕을 설욕할 기회가 생길 것이옵니다. 그러면 우리 포로들도 해방이 되어 안전하게 조국으로 돌아올 수 있을 것이옵니다." 박 씨는 중전을 위로했다.

"그렇다면 얼마나 좋겠소? 그러면 내 아들들과 신료들이 안전하게 귀향할 수 있겠소?" 중전이 다시 물었다.

"예, 마마. 왕자님들과 인질들 대부분은 해방이 되어서 무사히 환향할 것이옵니다." 박 씨가 대답했다.

이 말은 중전의 쓰라린 마음을 어느 정도 가라앉혔다. 중전을 위로하기 위해서 미화는 박 씨가 오랑캐를 욕보인 이야기도 들려주었다. 이 현란한 이야기가 잠시나마 중전에게 자기 고통을 잊게 해 주었다. 중전은 하골대를 언 땅에 무릎 꿇린 박 씨의 비상한 용기를 칭송했다.

"그 막강한 오랑캐 장수 하골대가 부인 앞에 온순하게 무릎을 꿇고 용서를 비는 것을 생각만 해도 즐겁고 놀랍소." 중전이 감탄했다.

미화가 홀로 맞서 하율대의 목을 쳐서 떨어뜨린 대목에서는 중전의 눈이 반짝였다.

"정말 그 무시무시한 오랑캐 장수의 목을 벴단 말이냐?" 중전은 믿기 어렵다는 듯 되물었다.

"예, 마마. 저희 마님의 힘을 빌려서 제가 분명 그의 목을 벴사옵니다. 그것은 지금 우리 안채 마당의 앙상한 오동나무 가지에 걸려 있습니다. 우리 집을 지나가는 모든 사람이 그 목을 보고 조금이나마 위로를 받으시라고요!" 미화가 장지문을 열고 안채 마당 나뭇가지에 매달려 있는 그것을 가리켰다.

하지만 무성한 울타리 나무들 때문에 중전은 그 끔찍한 목을 볼수가 없었다. 그 흉측한 것을 생각만 해도 중전은 몸이 저절로 움츠려졌다.

"그 목을 치욕스러운 호란의 기념물로 보전하시오." 중전은 역겨움을 누르고 박 씨에게 명했다.

"예, 그리하겠사옵니다, 중전 마마." 박 씨는 망설이지 않고 대답했다.

"우리가 오랑캐에게 당한 수모와 고통을 결코 잊어서는 안 되오!" 또다시 감정이 북받친 중전은 주위를 둘러보면서 말하였다. 그리고 하염없이 눈물을 흘렸다.

그 자리의 모든 사람들이 중전과 한마음이었다. 여자들은 아직 돌아오지 않은 사랑하는 가족의 운명을 생각하며 쏟아지는 눈물을 멈추지 못하고 하나같이 치맛단을 들어 올려 눈물을 닦고 또 닦았다.

27
금강산 보라 부인

　장동은 장터에서 임금과 신료들이 궁궐로 돌아왔다는 소식을 들었다. 그는 이 반가운 소식을 피화당으로 달려가 곧바로 알렸다. 피화당에 있던 사람들은 그 말을 듣고 크게 고무되었다. 얼마 안 있어 궁궐에서 중전을 모셔 갈 가마가 피화당에 도착했다.

　"만수무강하시옵소서, 중전 마마!" 잠시 머물다 떠나시는 중전에게 모두가 나와서 고개를 숙이고 인사드렸다.

　"정렬 부인, 그동안 수고가 많았소. 정말 고마웠소. 모두의 행복과 균안을 비오!" 중전도 그들에게 축원하고 궁궐로 떠났다.

　중전이 출발한 뒤 수척해진 시원도 그를 학수고대하는 가족들 품으로 돌아왔다. 가족들은 그의 빈자리를 볼 때마다 그가 빨리 되돌아오기를 몹시 기다렸다. 그는 남한산성에서 임금과 한달 반을 보냈다. 까칠해진 그의 얼굴을 보고 아내는 조용히 눈물을 흘렸다.

　그 후 오래지 않아 역시 벼슬살이를 하는 연안 이 씨 가문 남자들도 하나하나 자기 집으로 돌아왔다. 그들의 가족은 크게 안심했다. 여주 민 씨 가문 남자들도 무사히 집으로 돌아왔다는 소식이 전해왔다. 시원 대감이 돌아왔다는 소식을 들은 친척들이 모두 종갓집으로 몰려왔다. 그들은 조선 역사상 가장 끔찍하고 치욕적인 사건의 체험을 소곤소곤 나눴다. 서로서로 집에 안전하게 돌아온 것을 기쁜 마음으로 경하했다. 여러 친척이 큰 사랑방에 모여서 이 비참한 국란에서 살아남은 이야기들을 주고받았다. 그들은 남녀가 나뉘어 마주보고 앉고 어린아이들은 어머니들에게 매달리며 오랜만에 이 이야기 저 이야기로 시간 가는 줄도 몰랐다.

온 가족이 모두 귀를 기울이고 듣는 가운데 시원은 남한산성에서 겪은 비참한 일들을 조목조목 이야기했다. 그는 우선 박 씨가 보낸 미화가 구름 위에서 청군의 침략을 알리자 궁궐에서 임금을 모시고 호위무사들과 함께 피신해 나온 과정을 생생하게 이야기했다. 임금과 조정 신료들과 함께 남한산성까지 피신할 때 온통 피범벅이 된 길을 여느라 청군과 맞붙어 싸운 잔혹한 전투를 선명히 그려 냈다. 그리고 산성 안에서 일어났던 일들이 그의 생생한 묘사에서 되살아났다. 모두 그의 이야기를 숨죽이고 들었다. 그의 치 떨리는 이야기가 계속되는 동안 소리를 내는 사람은 아무도 없었다. 아이들조차 조용하였다.

"주상께서 황급히 지은 차가운 제단 위에서 오랑캐 황제에게 세 번 절하고 아홉 번 고두三拜九叩頭를 하셔야 했습니다." 시원은 임금이 청태종에게 행한 뼈아픈 항복의 예를 떠올리며 울먹이는 목소리로 말했다. "그 장면을 목격한 모든 신료가 수치심과 무력감에 한없이 흐느꼈지요."

그 방에 있는 모든 남녀들도 아바하이가 우리 임금에게 강제로 항복을 요구한 것을 가슴 아파하며 분한 눈물을 닦았다.

"제 내자가 남장을 하고 낮은 구름 위에서 주상께 항복이 불가피함을 설득했었지요. 주상께서는 그때 여러 날을 고심하고 계셨지요. 끝까지 싸울 것인가, 아니면 항복할 것인가를 놓고 말입니다. 주상께서 즉각 결심하시니 모두 놀랐답니다. 제 내자가 신료들이나 승지도 오래도록 못 한 일을 이룬 것이지요." 시원은 산성에서 자기 아내가 임금을 설득하는 극적인 장면을 되풀이하면서 이야기를 끝냈다.

모두 박 씨가 임금을 설득해서 오랑캐의 침략이 종결되도록 한 것을 칭송했다. 그러고 나서 남자들은 박 씨에게 그 환란 속에서 여자들은 어떻게 살아남았는가를 이야기해 달라고 청했다.

"우리들이 없는 동안 안식구들에게는 무슨 일이 일어났었소?" 시원이 물었다.

"우리가 오두막에 있는데 하율대 장군과 그 휘하 병사들이 우리 집을 뒤져 약탈하고 우리를 납치하러 피화당에 들이닥쳤지요." 박 씨는 잠시 주저하다가 피화당의 전투를 묘사했다. "청군이 피화당의 마당에 들어서자마자 유령 군대가 그들을 처치했지요. 청군은 결코 죽일 수 없는 유령군의 초능력에 생혼이 났어요. 미화가 그들의 장수 목을 베니까 그들은 모두 겁에 질려 우왕좌왕했지요. 그 틈을 타고 유령들이 그들을 모조리 제거했답니다."

"유령들은 어디서 나타났지요?" 이영 숙부가 호기심에 잔뜩 찬 채 물었다.

"피화당의 울타리가 무장한 유령으로 변했던 거지요." 박 씨가 설명했다.

부인의 이야기에 남자들의 눈이 휘둥그레졌다.

"내 눈엔 아무것도 안 보이는데." 이영은 장지문을 열고 피화당 쪽을 내다보며 혼자 중얼거렸다.

"하골대가 자기 동생의 죽음을 복수하러 왔지요." 부인은 이야기를 이어갔다. "미화가 자기 동생 목을 벤 것에 격노하여 그는 피화당에 불을 지르려 했습니다. 제가 불길의 방향을 곧바로 돌리자 꽤 많은 병사들이 스스로 지른 불에 타 죽었답니다."

"그야말로 볼만한 광경이었겠소이다. 타오르는 불길과 적병들이 허둥거리며 도망치는 모습이!" 시원이 말했다.

"그랬습니다. 하지만 그다음이 더 볼만했습니다. 하골대가 군대를 철수하려 할 때 우리 중전 마마를 놓아 달라고 요구했지요. 그가 거절하길래 눈보라를 불러일으켰지요. 하여, 하골대의 말과 그의 병사들이 땅에 꽁꽁 얼어붙었답니다. 하골대와 그의 부관들은 생전 처음 겪는 일을 당하자 허우적거렸지요. 끝내 언 땅에 엎드려 하골대는 사죄했습니다. 갑옷을 벗고 제 앞에 무릎을 꿇고 앉아 제 용서를 빌었습니다. 하골대는 제가 그와 그의 병사들을 떠나게 해 준다면 중전은 우리가 여기서 모시도록 조치하고 가겠다고 했지요. 그리고 그들이 끌고 가는 우리 백성들도 안전하게 보살피겠다고 약속했습니다." 박 씨는 북받치는 눈물을 꾹 참으며 말했다.

시원은 다시 한번 자기 아내의 무서운 초능력과 지혜를 새삼 느꼈다. 그는 그제야 피화당을 에워싼 나무들이 왜 늘 섬뜩하게 보이는지도 알아챘다.

다른 사람들도 오랑캐 병사들과의 피맺힌 체험들을 이야기했다. 그러는 동안에 어느덧 저녁때가 되었다. 남자들은 사랑채에서 소박한 저녁을 나눴다. 여인네들은 안채로 건너가서 오랜만에 오붓하게 오순도순 이야기꽃을 피우며 끼니를 때웠다. 사랑하는 사람들이 돌아왔기 때문에 그날따라 밥맛도 더할 나위 없었다.

하골대는 조선의 왕비를 넘겨주고 나서 군사들을 이끌고 의주로 갔다. 그는 귀국길에 임영업 장군을 만나 보기로 작정했다. 긴 원정길에 지쳐서 그는 빠른 귀국 경로를 택했던 것이다. 그 길에서 무엇이 그를 기다리고 있는지 그는 전혀 알아차리지 못했다.

청의 간계로 한양에 달려가 전투에 참여하지 못한 울분 때문에 임 장군은 적군이 오기만을 벼르고 있었다.

며칠 전 비밀 정찰대가 막 적의 전열을 뚫고 나와서 오랑캐가 한양을 아수라장으로 만들었다고 보고했다.

"임 장군님, 이시원 병조판서께서 약 한 달 전에 저와 딴 정찰병을 이리로 보내서 장군께 남한산성의 수비를 강화해 줄 것을 요청하도록 했습니다." 전령이 보고를 시작하자마자 기진맥진해 쓰러졌다.

병사 한 명이 황급히 전령에게 물을 갖다 주었다.

"적의 경비를 피하느라 무진 힘이 들었지요." 물을 몇 모금 거푸 들이키고 난 전령은 겨우 숨을 돌리고 이야기를 이어갔다. "의주까지 계속 기듯이 왔으니까요. 죽을 고비도 몇 번이나 넘겼습니다. 의주산성을 한 사흘거리만 남겨 놓았을 때 여남은 청군 병사 놈들에게 쫓기는 신세가 되었습니다. 그래서 그들의 주의를 분산시키기 위해서 저희는 여기서 만나기로 하고 각기 다른 방향으로 튀었지요. 대여섯 명의 청병이 저를 추격했습니다만 날이 저물자 포기했습니다. 그 일이 벌어진 뒤에는 놈들에게 들키지 않기 위해 많이 우회했지요. 여기를 찾아온 것도 운이 좋았습니다. 다른 정찰병도 살아서 곧 여기 올 수 있었으면 좋겠습니다."

"좀 더 자세히 말하라." 임 장군은 다급히 명령했다.

"약 1만 명의 기병대가 안주에서 한양으로 들이닥쳤습니다. 그들은 정월 열하룻날에 동대문을 거쳐 왔지요. 청태종은 그 뒤 열흘 만에 청군 2만 5천 명을 더 거느리고 왔습니다. 아바하이는 주상께서 남한산성에 계신 것을 알고 거기서 싸우기 위해 곧바로 그 병사를 데리고 그곳으로 갔습니다. 산성 밖에서 청군들이 우리 임금의 항복을 소리쳐 요구하는 것을 보고 병조판서가 저와 또 한 명의 정찰병을 보내 장군께 서찰을 전하도록 했습니다. 여기 이 서찰입지요. 벌써 보내신 지 거의 한 달쯤 됩니다요." 전령이 말했다.

임영업은 병조판서의 서신을 받자마자 즉시 읽었다. 매우 황급히 써진 서신에는 전령의 말대로 즉각 보강 병력을 보내 달라는 내용이었다. 장군은 오랑캐에게 짓밟힌 자존심과 통한에 발을 구르며 분해했다.

"아니, 내가 어떻게 여태껏 이 일을 몰랐단 말이냐?" 임 영업이 기가 막힌 듯 대로하며 다시 물었다.

"적군이 봉화대를 모두 점령했답니다. 그리고 의주로 아무도 도달할 수 없도록 길을 모두 봉쇄했답니다." 전령이 설명했다.

"이제 내 어찌 주상 전하와 백성의 얼굴을 대한다는 말이냐? 나도 모르게 그들을 저버린 셈이 되었구나." 임영업은 고개를 숙이며 신음했다.

임영업은 군사를 동원해서 당장이라도 남한산성을 지키고 싶은 마음이었다. 그러나 꼼꼼히 숙고해 보니 이제는 이미 때가 지났다는 것을 깨달았다. 그래서 행동을 취하기 전에 정찰대를 보내 현 상황을 더 자세히 알아보기로 했다. 더 상세한 정보를 수집하기 위해 즉시 밀정을 내보냈다. 그리고는 병사들에게 적과의 결전을 준비하는 엄격한 군사 훈련을 밤낮으로 시켰다.

하골대가 강화도 전투에서 승리한 후에 청군의 봉쇄는 느슨해지는 조짐이 보였다. 그래서 병조판서가 보낸 두 번째 전령도 요새에 무사히 찾아왔다.

"저는 수차례 오랑캐 병사들에게 추격을 당했습니다." 전령은 힘없는 목소리로 전했다. "막판에는 그들을 따돌리려 하다가 그만 깊은 구덩이에 빠지고 말았습니다. 저를 추격하던 병사들이 제가 살아나올 가망이 없다고 판단하여 저를 그냥 내버려 두고 떠났습니다. 저는 이틀을 구덩이에서 기어 나오려고 애썼지만 소용이 없었지요. 너무 기진맥진해서 구덩이의 옆구리에 기대앉아 있는데 맞은편에 나무뿌리가 삐져나온 것이 보였습니다요. 그래서 제 검으로 흙을 쳐내고 뿌리들을 끌어내서 밧줄로 엮어 타고 겨우겨우 올라왔습니다. 그리고 조심스럽게 여기까지 왔습니다." 말을 마치고는 이 전령도 쓰러져 버렸다. 잠시 뒤 휴식과 음식을 들고 나서 그는 다시 제정신을 차렸다.

"무사해서 천만다행일세!" 그와 함께 떠났던 전령이 그를 아주 반갑게 맞이했다.

"무사하게 다시 만나게 돼서 정말 꿈만 같네!" 그 전령도 무탈한 동료를 보고 반가워서 어쩔 줄을 몰랐다.

임영업이 보낸 정찰병들은 들키지 않고 청군의 방책防柵을 뚫고 들어갈 수 있었다. 단시일 내에 그들은 억장이 무너지는 소식을 갖고 귀환했다.

"장군님, 바로 얼마 전에 청 황제가 남한산성을 함락했다고 합니다." 정찰병 한 명이 보고를 시작했다. "이시원 병조판서의 마님께서 주상께 항복을 권유했습니다. 강화도 산성에 있던 중전마마, 왕세자들과 신료들이 인질이 된 것도 전하가 항복하기로 결심하신 한 요인이었습니다. 주상께서는 아바하이에게 세 번 절하고 아홉 번 고두하는 큰 수모를 겪으셨지요. 산성에서 사십여 일을 저항하시다가 항복문서에 조인하신 것이지요. 그러자 아바하이는 한양에 입성했던 같은 길을 되돌아 귀국했습니다."

"그리고 조선에 대한 뒤처리는 그가 신임하는 하골대 장군에게 맡겼답니다." 두 번째 정찰병이 보탰다. "그는 나머지 일들을 다 마무리하고 그와 그의 살해당한 아우 하율대 장군이 인질로 붙잡은 거의 만 명에 가까운 인질들과 함께 귀국길에 올랐습니다. 인질 가운데에는 왕비, 세자 그리고 수많은 충신과 그의 가족들이 포함됐지요."

"그러나 중전 마마는 병조판서 이시원 마님께서 구조하셨다고 합니다." 첫 번째 정찰이 아뢰었다.

이 보고는 청에 대한 적의를 다스리기 힘들었던 임영업을 더욱 격노하게 했다. 이제는 남한산성에 있는 주상을 도울 수 없다는 그의 판단이 옳음이 분명해졌다. 이제 남은 가장 좋은 전략은 적이 그에게 오기까지 기다리는 것이었다. 지친 청군은 의주를 통해 만주로 돌아갈 것이 틀림없었다. 아무래도 한양에서 의주를 거쳐 만주로 가는 게 가장 짧은 길이기 때문이었다. 그러면 그들과 필사의 한판 승부를 벌이겠다고 이를 악물며 몇 번이고 다짐했다. 그는 적들이 어서 도착하기만을 학수고대했다. 그는 총력전에 대비해 병사들을 밤낮으로 맹훈련시켰다.

임영업은 적의 동향을 추적하기 위한 정찰대를 수시로 내보냈다. 그중의 한 병사가 장군이 고대하던 소식을 가져왔다. 청군이 한양을 떠나서 그쪽으로 오고 있다는 보고였다. 얼마 안 있어 임 장군은 청군 병사들의 긴 행렬이 먼 지평선 위에 나타나는 것을 산성 주변의 맨 꼭대기 산에서 내려다봤다. 그리고 긴 조선 인질들의 행렬이 눈에 들어오자 장군은 통한에 가슴을 쳤다.

임영업은 의주에 이르는 긴 고갯길 양쪽 낮은 언덕을 따라서 판 얕은 참호에 병사들을 숨겨 놓았다. 그리고 요란하게 우는 새소리가 나면 공격을 개시하도록 지시했다.

"제 목숨을 바쳐 죽도록 싸우는 자는 살아남을 것이요. 제 목숨만 챙기려는 자는 되레 죽을 것이다." 임 장군은 이순신 장군의 불멸의 교훈을 되뇌며 병사들을 독려했다. "나라와 주상을 위해서 용맹하게, 그리고 명예롭게 싸우자! 죄 없는 인질들을 행여 다치게 해서는 절대 안 된다!"

그는 부관과 함께 높은 언덕배기에 올라가서 적군의 이동을 면밀히 관찰했다.

하골대는 이동경로의 안전성을 점검하기 위해서 몇 명의 병사에게 정탐을 시켰다. 정찰병들이 무사히 경로를 빠져나가자 하골대는 부하들에게 행진을 명령했다. 그때 갑자기 새 우는 소리가 요란하게 들렸다. 앞에 갔던 정찰병들이 뜻밖에도 무더기로 활에 맞고 쓰러졌다.

그리고 그 신호와 함께 조선 병정들이 위장을 벗어 던지고 참호에서 우르르 뛰쳐나왔다. 청군 병사는 순식간에 기습을 당했다. 조선 병사들의 번개처럼 빠른 공격은 청군의 전위대를 얼어붙게 했고 청군 병사들은 무기를 겨눌 겨를조차 없었다. 사방에서 포위된 청군 병사들은 임영업과 그 부대의 만만한 사냥감이 됐다. 길 위에 청군 병사들의 시체가 널렸다.

"퇴각하라!" 하골대가 명령했다. 그는 조선 왕이 항복했으므로 귀국길에는 장애물이 없으리라고 어림짐작하는 큰 실수를 범했던 것이다.

임영업과 그 병사들은 원수를 갚아야 했다. 그래서 목숨을 걸고 싸웠다. 청군 병사들은 성난 조선 병사들을 막아낼 도리가 없어서 마른 잎처럼 힘없이 쓰러졌다.

"너희 왕이 우리에게 항복했으니 이 공격을 당장 멈춰라!" 뜻밖에 공격을 당해 놀란 하골대는 소리쳤다.

임영업은 하골대의 명령을 완전히 묵살했다. 그러자 하골대는 자기 부하들의 떼죽음을 막아 보려고 급히 한양에 전령을 보내서 임영업 장군의 공격을 중단하라는 왕의 교서를 받아 오라고 했다.

치열한 전투가 며칠간 계속되었다. 임 장군은 적군의 강점과 약점을 미리 알고 그 지역의 지형에도 익숙했다. 또 임금의 굴욕을 설욕하려는 부하들의 의지도 투철했다. 하여 임영업은 전투를 지탱할 수 있었다. 그야말로 손자병법이 가르치는 '적을 알고 나를 알면 백번 싸워도 결코 지지 않는다知彼知己百戰不敗'가 그대로 맞아떨어졌기 때문이다. 그는 온갖 수단과 방법을 동원한 덕분에 수천 명 남짓한 군사를 이끌고 하골대와 맞설 수 있었다. 이레째 되는 날, 하골대는 궁지에 몰려서 죽을 지경이 되었다.

"조선의 임금님께서 임영업 장군에게 내리는 교서요!" 전령은 큰 소리로 외쳤다.

임영업은 칼을 내려놓았고 하골대는 목숨을 건졌다. 그는 임금이 자기에게 친히 내린 교서를 읽는 수밖에 없었다. 장군은 교서를 펴기 전에 궁궐을 향해 네 번 절했다.

임금은 교서에서 자기가 항복한 이유를 간략히 설명했다. 임금은 임 장군에게 전투를 중단하도록 명령해야 하는 데 대해 깊은 유감을 표했다. 자신이 이미 항복문서에 서명했으므로 임 장군은 청군을 다치지 않고 지나가도록 해야 한다고 지시했다. 크게 통탄하면서도 임영업은 임금의 교서에 따라 자기 병사를 철수시키는 수밖에 없었다.

"절망하지 마십시오. 여러분을 모두 3년 후에 석방시킬 것을 제가 목숨을 걸고 약조합니다. 우리 세자와 대군을 잘 보살피십시오. 그때까지 몸조심하시길 바라오." 임 장군은 애써 눈물을 억누르면서 청으로 붙잡혀 가는 불쌍한 인질들에게 위로의 말을 전했다.

이 격려의 말을 남기고 임 장군은 그의 용맹스런 병사들과 함께 물러섰다.

석방이 될 것을 간절히 바랐던 인질들에게는 임 장군의 약조는 위안이 되지 못했다. 희망이 좌절된 인질들은 웅크리고 앉아서 한참 동안 통곡했다.

하골대는 크게 안도의 한숨을 쉬었다. 자세히 살펴보니 그의 병사 중 목숨을 잃은 자가 2천 명이 넘었다. 조선 왕의 교서가 제때에 도착하지 않았더라면 자신의 목숨마저 잃었을 것이고 수많은 그의 병사들이 더 죽었을 것이다. 가까스로 살아남은 그는 내키지는 않지만 치밀한 군사 작전을 이끈 임 장군의 탁월한 지도력과 담대한 용기를 인정하지 않을 수 없었다.

박 씨는 그가 의주에서 임영업의 매복병과 맞닥뜨릴 것을 예지했을 것이라는 생각이 분노한 하골대에게 불쑥 떠올랐다. 박 씨는 임영업의 기습 공격을 방지하기 위해서 아무것도 하지 않았던 것이다.

"박 씨는 끝까지 나를 곤경에 빠뜨리려고 모사를 꾸민 여자구나! 나에게 미리 경고했어야지. 죄 없는 내 병사 2천여 명의 목숨을 잃었다니! 이게 다 네 소행 아니냐!" 하골대는 자기의 우둔함에 머리를 쥐어뜯으며 혼자서 중얼중얼 화풀이했다.

인질 중에 주왕덕이라는 보부상이 이 청군 장수의 절규를 우연히 들었다. 그는 의주에서 여러 나라 상인들에게 소금을 팔고 다니면서 그 사람들의 말을 주서 들었다. 하여 만주 말에도 익숙한 그는 자기 목숨이 달려 있는지라 오랑캐들이 하는 말을 유심히 들었다. 운 좋은 이 젊은이는 임영업 장군이 군사들을 철수한 뒤 이틀 후에 도망쳐서 살아남았다. 귀향한 그는 하골대의 이 피맺힌 절규를 한양 온 저잣거리를 들락거리며 널리 퍼트렸다.

그의 도주는 달 밝은 날의 한밤중에 이뤄졌다. 그와 몇몇 인질들이 용변을 보러 수풀 속으로 들어갔다. 보초들의 머리가 졸음으로 끄덕끄덕하는 것을 보고 그는 다른 인질들에게 "덮치자!"라고 했다. 보초들과의 작은 격투가 벌어졌고 주왕덕만이 용케 도망칠 수 있었다. 다음날 아침에 언덕 위에서 그는 청군이 지평선 속으로 사라지는 것을 보았다. 그는 며칠을 눈과 나무껍질로 연명하면서 한양까지 천신만고 끝에 돌아올 수 있었다. 혹독한 날씨 속에서 그가 살아 돌아온 것은 기적이었다. 무엇보다도 그가 지형을 잘 알기 때문에 살아남을 수 있었다. 그는 소금 보부상으로 한양에서 의주까지 장사를 자주 다녔고 그래서 지리를 잘 알았다.

주왕덕을 통해서 한양 사람들은 만주로 끌려간 거의 만 명에 가까운 조선 인질들의 고난을 더욱 상세하게 알게 되었다.

"포로들은 대부분 여자들로 끊임없는 학대를 당했습니다." 그는 자기 가족과 친지들에게 말했다. "우리는 이 얼어붙는 날씨에도 다 해어진 옷을 입고 걷는데 행군 속도를 늦춘다고 해서 걷어차이고 맞고 굶주림을 당했지요. 청군은 틈만 나면 여자들에게 집적거렸지요."

주왕덕의 이야기를 들은 한양 사람들은 헤아릴 수 없이 많은 우리 백성이 불쌍하게 인질로 끌려간 것을 슬퍼하며 눈물을 흘리고 오랑캐들을 증오했다.

"청군 장수가 자기에게 임영업 장군의 매복병에 대해 일러 주지 않았다고 박 씨에게 저주를 퍼붓는 것도 들었지요." 이 말을 상기하면서 그의 눈이 반짝였다. "임영업 장군이 엄청난 숫자의 적군 대열로 쳐들어가는 것도 봤습니다. 임 장군은 불과 수천 명의 군사로 용감하게 싸워서 청군 병사들을 무수히 죽였습니다. 우리 임금의 교서가 오지 않았더라면 훨씬 더 많은 오랑캐들이 죽었을 텐데요. 임금의 교서가 하골대도 살려 줬지요."

조선의 백성들은 후에 하골대가 인질들을 안전하게 보호하겠다는 약속을 지키지 않았다는 사실을 알고 분하고 서글퍼했다. 눈보라 치는 강추위 속에 끌려가면서 영양실조와 질병으로 목숨을 잃은 포로들이 헤아릴 수 없이 많았다. 개중에는 도주를 시도하는 사람들도 있었으나 오랑캐들은 다른 포로들에 대한 경종으로 그들을 끝까지 추격해 무자비하게 잡아 죽였다. 그런 고난을 견디기가 어려워서 여자들 중에는 스스로 목숨을 끊는 이도 꽤 있었다. 운 좋은 몇 명의 인질은 압록강을 건너가기 직전에 가족들이 달려와서 돈을 주고 풀려났다. 이 힘겨운 고난과 하루하루 싸우며 인질들이 청의 도읍 선양까지 겨우겨우 끌려갔다. 그 고생의 길에서 살아남은 포로들은 한양을 떠날 때의 절반도 채 되지 않았다.

한양의 백성들은 청군 장수를 교묘히 따돌린 박 씨에 대해서 칭송이 자자했다. 또 사람들은 임 장군의 불굴의 기백과 그의 용감한 병사들을 찬양했다. 그들은 임금에게 4천 년 역사 속에서 유례가 없는 수모를 주고, 조국을 황폐화하고, 백성을 닥치는 대로 죽이고, 무고한 사람들을 막무가내로 잡아간 오랑캐들에 대해 깊은 원한을 품었다. 박 씨와 임 장군의 영웅적 행적이 그들의 한을 조금이나마 누그러뜨려 주었다.

조선은 오랑캐의 침략과 찬탈의 엄청난 후유증에서 서서히 회복하기 시작했다. 제비들은 새봄이 다시 오는 것을 알렸다. 한강 변에는 버들강아지가 돋았다. 산과 들이 울긋불긋 꽃동산이 되고 꽃향기도 널리 널리 퍼져 나갔다. 온 나라 온 백성의 빠른 재활과 새로운 각오를 다짐하는 뜻으로 왕과 왕비는 이 역사상 가장 치욕스러운 사건의 영웅들을 기리는 향연을 베풀기로 했다. 고관대작과 귀빈들은 대덕궁으로 초대되었다.

이 향연은 잘 다듬어진 궁궐의 뜰에 진달래, 목련, 개나리, 그밖에도 많은 봄꽃들이 피어나서 빼어난 향기와 색깔을 뽐내는 때를 맞추어 잡았다.

이른 오후의 햇빛 아래 북이 울렸다. 그 소리는 임금이 공식적인 접견을 베푸는 장소인 정의전에서 울려 퍼졌다. 그 웅장한 소리가 넓은 궁전의 마당을 울리며 공식 연회의 시작을 널리널리 알렸다.

이 뜻깊은 행사의 장소인 정의전은 정교한 목조 건물로 붉고 푸른 단청이 곱게 칠해져 있고 처마는 두 층으로 되어 있었다. 궁궐의 전각은 땅에서 한 5척R 정도의 높이에 돌로 쌓은 두 단계 월대月臺 위에 서 있었다. 거기에 들어가기 위해서는 두 조組의 층계를 올라가야 했다. 임금과 중전의 옥좌는 그 전각의 장지문 앞에 드리워진 차양 아래에 자리 잡고 있었다. 아래 월대에는 커다란 북과 여러 악기들이 놓여 있었다.

돌이 깔린 세 줄의 인도가 돌계단 밑에서부터 남향의 웅장한 대문까지 이어져 있었다. 그 셋 중에서 가운데 길은 왕의 연이 다니는 조금 돋아난 길이었다. 그 인도의 양쪽으로는 품계석이 도열해 있었다. 품계석은 아홉 개의 품계 하나하나를 표시하고 있었다. 전각과 뜰은 돌담이 둘러싸고 있었고 동서남북에 문이 있었다. 거대한 붉은 기둥이 늘어서서 뜰의 3면을 에워싼 주랑柱廊을 받치고 있었다.

북소리가 나자 향연을 지휘하는 관리가 진홍색의 의상을 입고 나타났다. 그는 깃발과 현수막을 든 사람들에게 입장하라는 신호를 보냈다. 기수들이 두 줄로 행진해 들어와서 돌계단 아래에서 좌우로 갈라졌다. 궐문을 향해서 그들은 돌난간 앞에 열 지어 섰다. 그러자 궁중 악사들이 줄지어 하부 월대로 올라와서 각기 자리를 잡았다. 그다음엔 문관과 무관 고위 관료들이 예복을 입고 입장했다. 18품계에 따라 문관은 동쪽 무관은 서쪽의 품계석 옆에 자리 잡고 섰다. 그리고 마지막으로 관복을 입은 정승과 판서 대감들이 나타나서 앞줄에 자리 잡았다.

북이 다시 울려 임금과 중전의 도착을 알렸다. 모두가 허리를 굽혀 절을 했다. 임금과 중전은 연을 타고 기수와 수행원들을 거느리고 가운데 인도로 들어왔다. 그들은 계단 아래에서 연을 내린 후 전각으로 올라갔다. 임금과 중전이 옥좌에 앉을 때까지 모두 고개를 숙인 채로 서 있었다.

궁정악사들이 아악 연주를 시작했다. 연주가 끝나자 축연을 지휘하는 관리가 주상과 중전마마에게 큰절을 올리고 연회를 시작했다.

북이 다시 울리자 궁궐 무사들이 그날의 귀빈들을 궁궐의 정문으로 호위해 왔다. 정문은 이날의 특별한 연회를 위해 세 쪽이 모두 활짝 열렸다.

"오늘 우리는 나라와 백성을 위해 목숨을 바쳐 싸워서 국위를 선양하고 만백성에 희망의 서광을 비춰 준 조선의 영웅들을 기리기 위해 이 자리에 모였습니다." 연회를 주관하는 관리가 낭랑한 목소리로 고했다. "또한 우리가 평화와 번영을 누리고 살 수 있도록 이번 호란 때 목숨을 바쳐 싸운 우리의 아들딸, 누이와 형제들에게도 심심한 경의를 표하는 바입니다. 우리 4천 년 역사 속에서 수많은 이름 없는 용사와 여장부들의 희생과 헌신으로 지금 우리는 이 자리에 떳떳이 서 있을 수 있습니다. 이 위대한 호국의 영령들에게 고개 숙여 경의를 표합시다."

모든 사람들이 잠시 고개를 숙이고 묵념했다.

"우리는 강화 진수 마을의 이길손 이장을 비롯한 수많은 농부와 소년들의 희생을 기리고, 만심사의 주지 보상 스님을 비롯한 사찰 스님과 동자승들의 희생도 기억합니다." 연회 진행자는 말을 이어갔다. "살아서 그 현장의 모습을 생생하게 전한 신구원 동자승을 자랑스럽게 생각합니다. 또한 나라를 위해 목숨을 바친 태평 마을 농민들도 기억합니다. 강화도 요새에 피난 중이던 중전마마를 비롯해 왕자들과 신료들의 생명을 지키기 위해서 싸우다 돌아가신 사공훈 장군의 죽음도 기립니다. 그의 용맹은 길이길이 빛날 것입니다. 또한 청군 병사들을 끌어안고 서해에 몸을 던진 용감한 양반 부녀자들과 그 몸종들도 기억합니다. 나라를 위해 목숨을 바친 의병과 승병의 수는 이루 헤아릴 수 없이 많습니다."

이 말을 들은 유가족들은 눈물을 조용히 닦았다.

"남한산성의 장용기 장군과 행원사의 원무 주지스님, 고모산 요새의 송홍구 장군, 그리고 광교산의 김용준 의병대장 같은 분들의 공적이 없었다면 우리는 오늘 여기 이 자리에 설 수도 없었을 것입니다."

연회 진행자는 감동이 벅찬 목소리로 조목조목 알렸다.

그의 경과보고가 끝나자 궁중 무사들의 호위를 받으면서 이 영웅들의 유족들이 걸어 들어왔다. 조를 나누어 그들은 돌계단을 올라가서 임금과 중전에게 절했고 임금과 중전은 치하와 함께 하사품을 내렸다. 그들은 다시 절을 올리고 지정된 자리로 안내되었다.

"세 사람의 용감한 행동이 이 재앙의 물길을 바꿨습니다. 이 위기 국면에서의 모범적인 공헌을 인정하여 병조판서 이시원은 영의정에 임명되었습니다."

궁궐무사들이 이시원을 호위해서 전각의 섬돌 아래까지 갔다. 시원은 계단을 올라가서 주상과 중전에게 큰절을 올렸다.

"주상 전하, 그리고 중전 마마 제가 이 영을 감히 받들어 중책을 수행하겠사옵니다. 소신의 신명을 다하여 충직하게 봉직하겠나이다. 전하와 중전 마마, 만수무강하시옵소서." 이시원은 허리를 굽히며 말했다.

이시원은 곧바로 지정된 자리로 안내되었다.

"뛰어난 전공과 용맹으로 주상과 백성들의 찬사를 받은 임영업 장군은 병조판서로 임명되었습니다."

궁궐 무사들이 임영업을 돌계단 아래까지 호위했다. 돌계단을 올라가서 임 장군은 주상과 중전에게 예를 올렸다. 머리를 깊이 숙이고 그 자리에서 그는 병조판서직을 세 번이나 사양하는 겸양의 미덕을 보였다.

"임영업 장군은 앞날의 외침을 막기 위해 병조판서 직을 맡아 주시오." 주상은 임영업을 설득했다.

"주상 전하, 중전마마, 소신의 목숨을 다해 조국을 외적으로부터 수호하겠사옵니다. 또한 만주에 인질로 잡혀간 우리 백성들을 3년 이내에 구출해 오겠사옵니다." 임영업은 주상의 변함없는 신임에 대해 황공함을 표시했다.

엄숙한 맹서와 함께 임영업은 그 직책을 수락했다. 그는 성은에 다시 한번 예를 표하고 지정된 자리로 안내되어 내려갔다.

"전하께서는 이 나라와 왕실에 대한 비범한 공헌을 기려서 정렬부인 박 씨에게는 토지와 십만 냥의 상금을 내리셨습니다. 그리고 부인의 자손은 대대로 관직에 등용될 것입니다. 중전 마마께서는 '보라寶羅 부인'이라는 칭호를 부인께 내리셨습니다. '아름다운 나라의 보배'라는 뜻이지요. 아울러 중전께서 보라 부인이 만백성에게 존경과 경애의 대상이 될 것으로 믿으십니다. 이제부터 보라 부인의 함자銜字가 시가媤家의 족보에 오를 것입니다. 그리고 그의 후손은 남자만이 아니라 여자라도 차별 없이 이름을 갖게 될 것입니다." 진행자가 긴 설명을 맺었다.

임금은 이 국난의 결정적 순간에 박 씨가 발휘한 영웅적 역할을 칭송했다. 주상은 보라 부인의 경고에 귀를 기울이지 않은 것에 대해 깊은 가책도 덧붙었다. 임금은 보라 부인이 마법의 초능력으로 몸종을 시켜서 하율대의 목을 베고 하골대를 언 땅에 꿇어 엎드리게 한 빛나는 기상을 치켜세웠다. 보라 부인의 지시를 받고 하율대의 목을 친 미화도 표창을 받았다. 그의 암시에 따라 하골대는 군대를 거두어 귀국했던 것이다. 그리고 임영업 장군의 매복군이 보복을 벼르고 있다는 정보를 보라 부인이 하골대에게 미리 알리지 않아 임 장군이 하골대의 청군을 크게 참패시킨 공로도 높이 평가했다. 무엇보다도 부인은 우리 백성들에 대한 오랑캐의 무자비한 살육을 재빨리 마무리하도록 임금께 아뢴 공이 크고 남달랐다. 하여, 보라 부인은 비범한 신통력과 직관으로 다른 장수가 해내지 못한 설욕의 기회도 청군에게 보여줬다.

박 씨가 계단 위로 올라가서 임금과 중전에게 고개를 숙이고 큰

절을 올렸다. 주상과 중전은 고마움을 표하며 상을 내렸다. 그녀에게 가장 귀중한 상은 중전이 내린 '보라'라는 칭호였다.

당시에는 여성으로는 지극히 드물게 자기 이름을 가졌다. 대부분의 양반집 기혼 여성들도 혼인하기 전에는 규수라고 부르고 혼인하면 친정아버지의 본관과 성에 '부인'을 붙여서 불렀다. 한양 고관대작의 부인도 마찬가지였다. 박 씨는 부인 금강산 박 씨로 불렸듯이. 여아는 어릴 적에는 아명이 있지만 혼인하면 그 이름을 부르지 않았다. 혼인한 여성은 그 남편의 부인으로만 식별되었다. 아들이 태어나면 여자는 아무개의 어머니나 모친으로 통했다. 이제 박 씨는 자기 고유의 이름을 갖게 된 것이다. 주상과 중전께서 내린 이 큰 명예를 하사받고 박 씨는 감격의 절을 또 한 차례 올렸다.

"보라 부인, 나를 청군 오랑캐들로부터 구해 준 데에 대한 내 깊은 감사를 받아 주시오." 중전이 말했다. "나는 내 아들들과 다른 인질들의 곤경을 생각하며 그들이 한시라도 더 빨리 귀환하기만을 빌며 여생을 지내려 하오."

"전하와 중전 마마께서 저의 보잘것없는 역할에 과분한 영광을 베풀어 주셨사옵니다." 보라 부인이 겸허하게 말했다. "제가 한 일은 나라를 위해 목숨을 바친 수많은 분들의 높고 귀한 희생과 뛰어난 공적에 비하면 아무것도 아닙니다. 더구나 지금도 낯선 만주벌판에서 인질로 잡혀 포로 생활을 하고 있는 많은 동포의 고난을 생각하면 제가 한 일은 보잘 것 없습니다. 제 부족한 재주가 주상 전하와 중전 마마께 혹시라도 소용이 된다면 언제고 불러 주시옵소서."

보라 부인의 겸양과 상냥함은 주상과 중전 마마에게 매우 좋은 인상을 남겼다.

의식이 끝나자 연회 참석자들은 주상과 중전이 경화루에서 베푸는 향연에 초대되었다. 그러자 궁중 악사들이 신명 나게 음악을 연주했다. 주상과 중전은 호위를 받으며 돌계단을 내려와서 연을 타고 경화루로 향했다. 기수들이 행렬의 앞에 섰다. 전하와 중전의 연은 정의전의 옆에 있는 2층 전각 앞에 멈췄다.

이 웅장한 목조 건물은 동쪽의 큰 연못 위에 우뚝 서게 지어져 있었다. 세 개의 짧고 납작한 돌다리가 그 전각과 궁정을 연결하고 있었다. 연못 주위로는 넓은 정원이 있었다. 주상과 중전이 연에서 내려 전각의 나무계단을 올라갈 때 등불이 물에 비쳐 반짝였다. 모두가 주상과 중전을 따라서 2층으로 올라갔다.

여흥은 연못 건너편 정원의 높은 천막 아래에 마련된 임시 무대에서 진행되었다. 궁궐악사들이 거문고를 연주했다. 해금이 뒤를 이었다. 대나무 피리와 대금전각 연주도 뒤따랐다. 아름다운 등불 아래에서 온갖 악기의 장중한 아악이 궁전 구석구석을 울리며 듣는 이들을 매혹했다. 그리고 춤 순서가 이어졌다. 커다랗게 펼쳐진 종이 위를 돌면서 무용수가 큰 붓을 휘둘러 '태평', 즉 큰 평화라는 글자를 썼다. 다음에는 연화대 위에서 연화대무蓮花臺舞 춤이 열렸다. 가면무인 처용무를 끝으로 여흥 순서는 끝났다.

"주상 전하 만세! 중전 마마 만세! 우리 백성 만만세! 호란의 영웅들 만세! 만세! 만만세!" 신임 영의정 이시원이 술잔을 높이 들어 올리며 축배를 했다.

모두 술잔을 들어 올리며 화답했다. '만세! 만세! 만만세!'

불꽃놀이가 시작되자 환호성이 터지고 하늘을 점점이 밝혔다.

보라 부인의 영웅적인 초능력 행적은 온 나라 방방곡곡뿐만 아니라 바다 건너까지 멀리멀리 퍼져 나갔다. 사람들은 그녀의 놀라운 용기를 찬양했다. 보라 부인은 영의정인 남편보다 명성이 높았다. 시원은 나라와 백성을 위해 신통력을 힘껏 쓰도록 아내를 격려했다. 하여

보라 부인은 자기 초능력으로 나라와 백성을 위해 많은 일을 해냈다.

우리나라 역사상 보라 부인만큼 아름답고 용감하고 현명하고 다재다능한 여걸은 드물다. 그녀는 모든 어린이에게 애국심과 용기의 모범이었다. 우리나라를 탐내는 적들은 그녀의 이름만 들어도 두려움과 공포에 벌벌 떨었다. 보라 부인은 영원히 회자膾炙될 것이다. 온 나라 온 백성이 오래오래 그를 사랑하고 자랑스러워할지어다.